BESTSELLER

Biblioteca

DOMINGO VILLAR

El último barco

S

DEBOLS!LLO

El último barco

Primera edición en Mexico: noviembre, 2019

D. R. © 2019, Domingo Villar
c/o Schavelzon Graham Agencia Literaria
www.schavelzongraham.com

D. R. © 2019, Penguin Random House Grupo Editorial, S. A. U.
Travessera de Gràcia, 47-49, 08021, Barcelona

D. R. © 2019, derechos de edición mundiales en lengua castellana:
Penguin Random House Grupo Editorial, S. A. de C. V.
Blvd. Miguel de Cervantes Saavedra núm. 301, 1er piso,
colonia Granada, alcaldía Miguel Hidalgo, C. P. 11520,
Ciudad de México

www.megustaleer.mx

D. R. © 2019, Jorge Arranz, por el mapa del interior
Diseño gráfico: Gloria Gauger
Penguin Random House Grupo Editorial apoya la protección del *copyright*.

ISBN: 978-607-318-783-1

Impreso en México – *Printed in Mexico*

El papel utilizado para la impresión de este libro ha sido fabricado a partir de madera
procedente de bosques y plantaciones gestionadas con los más altos estándares ambientales,
garantizando una explotación de los recursos sostenible con el medio ambiente y beneficiosa para las personas.

Penguin
Random House
Grupo Editorial

Para mi madre

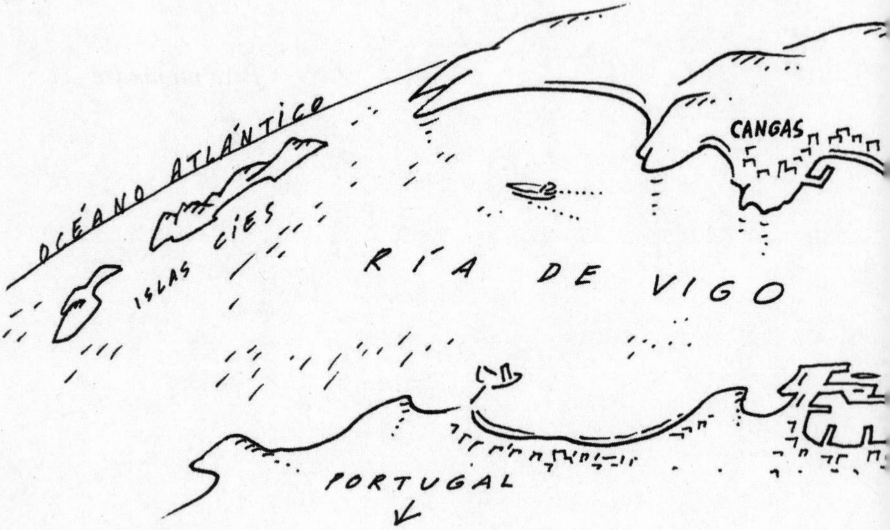
OCÉANO ATLÁNTICO
ISLAS CIES
CANGAS
RÍA DE VIGO
PORTUGAL

Nido. 1. Lecho que forman las aves con hierbas, pajas, plumas u otros materiales blandos, para poner sus huevos y criar los pollos. **2.** En los hospitales y maternidades, espacio destinado a los recién nacidos. **3.** Sitio al que se acude con frecuencia. **4.** Lugar donde se juntan personas, animales o cosas despreciables. **5.** Principio o fundamento de algo.

La mujer alta dejó de leer, se tumbó boca arriba y notó que le vencía el sueño. Incluso con los ojos cerrados, sentía el destello del sol en los párpados. Le gustaba la soledad de aquella playa en la que podía pasar las horas sin otra compañía que el libro, el rumor de las olas y el canto de las aves que tenían su nido entre las dunas.

Aún no se había dormido cuando creyó percibir una risa de niño. Se incorporó y vio la sombra de un pájaro que se movía en la arena. Levantó la mirada y lo vio pasar planeando con las alas muy quietas. Detrás, con los brazos levantados como si pudiese alcanzarlo, había llegado corriendo el chiquillo. Se había detenido al descubrirla entre las dunas y ahora la miraba fijamente con sus grandes ojos oscuros. Tendría unos ocho años y solo llevaba puesto un traje de baño verde mar. En el lugar en que debía estar su mano izquierda no había más que un muñón.

La mujer alta miró la mano que no estaba y atrajo hacia sí su cesta. Aún debía de quedarle una manzana en algún sitio.

—¿Quieres una manzana? —preguntó, enseñándosela.

El hombre que iba con el niño apareció sobre la duna unos segundos después. Su sonrisa también se transformó en sorpresa al tropezarse con ella.

—¿Puedo darle una manzana? —consultó la mujer alta, después de cubrirse con el pareo.

Antes de que el hombre pudiese contestar, el niño se le acercó y estiró su única mano. Luego, sosteniendo la manzana en alto como un trofeo, se perdió tras la duna para siempre.

Preludio. 1. Aquello que precede y sirve de preparación o principio de alguna cosa. **2.** Lo que se toca o canta para afinar la voz o los instrumentos antes de comenzar la ejecución de una obra musical. **3.** Obertura o sinfonía.

Durante los días que precedieron a la desaparición de Mónica Andrade, un temporal de lluvia y viento azotó con violencia la costa gallega. En la ciudad de Vigo, el agua anegó garajes y sótanos, y el viento derribó vallas y árboles y desprendió fragmentos de las cornisas de algunos edificios. La flota pesquera de bajura permaneció amarrada en los puertos y varios barcos de gran tonelaje, sorprendidos en mar abierto por la tempestad, buscaron en el interior de la ría el abrigo de las islas Cíes.

Una de aquellas madrugadas, Leo Caldas se despertó en mitad de la noche sobresaltado por los truenos. Encendió la luz, bebió en la cocina un vaso de agua fría y desde el salón contempló la lluvia intensa que dibujaba líneas casi horizontales alrededor de las farolas.

Regresó a la cama y cerró los ojos tratando de volver a dormirse. Después de media hora de vigilia, encendió la radio buscando en las voces desconocidas el arrullo que le devolviese el sueño. En Onda Vigo se emitía *El centinela*, un programa local que intercalaba piezas de música con llamadas de los radioyentes, como aquel otro en el que él mismo participaba dos veces a la semana.

Sobre el eco cada vez más distante de la tronada, Caldas escuchó cómo algunos oyentes saludaban al locutor con familiaridad mientras que otros, más azarados, apenas podían balbucear monosílabos durante sus primeros instantes en antena. Le gustó comprobar que a estos últimos nadie los apremiaba como habría hecho Santiago Losada, el conductor de su programa. Tampoco parecían incomodar al locutor nocturno los silencios que tanto irritaban al otro. Mientras que Losada habría arrancado las palabras a tirones y rellenado los vacíos con trivialidades, el locutor que conducía *El centinela* fomentaba unas pausas cómplices que invitaban a la confidencia y permitían que las palabras brotasen poco a poco, como el hilo de una costura que se deshilvana.

Aquel tono generaba en los oyentes la ilusión de estar hablando de manera íntima en lugar de para desconocidos y, durante el tiempo que estuvo despierto, Caldas escuchó a unos pedir consejo y a otros encontrar consuelo. Para todos, pensaba el inspector, aquellas llamadas a la radio eran una salida que les permitía huir de la soledad mientras la ciudad dormía.

A las cinco, el informativo interrumpió durante unos minutos *El centinela* con noticias de economía, de la inestabilidad política surgida tras las últimas elecciones y de la búsqueda de otro niño en Portugal. Las autoridades temían que se tratase de la novena víctima del asesino al que apodaban el Caimán y Caldas compadeció a los policías portugueses encargados del caso. No le habría gustado tener que lidiar con un asunto como aquel.

Las noticias locales que vinieron después se refirieron a la lluvia que, tras el día plácido, volvía a arreciar aquella noche. También al último golpe a una vivienda aislada por parte de los dos ladrones encapuchados que mantenían intranquila a la comarca y en alerta a la policía.

Leo Caldas se revolvió en la cama. Se imaginó a su padre despierto mientras la tormenta sobrevolaba su finca. Estaría encogido en una butaca frente al ventanal, abrigado con una manta y preocupado por si el viento levantaba las tejas más antiguas, por si se caía algún árbol sobre la casa o por si alguno de aquellos fogonazos prendía en un monte cercano y amenazaba sus viñas.

El inspector venció la tentación de telefonear a su padre para cerciorarse de que todo marchaba bien. No quería transmitirle su inquietud. Confiaba en que al menos el perro estuviese con él.

Después de otra llamada dejó de prestar atención al programa. Primero sintió los restallidos de la lluvia en el patio sobre el murmullo de la radio y luego, antes de quedarse dormido, oyó un coro lejano de gaviotas como un preludio del amanecer.

Oficio. 1. Ocupación habitual, especialmente la que requiere habilidad manual o esfuerzo físico. **2.** Dominio o conocimiento de la propia actividad. **3.** Profesión de algún arte mecánica. **4.** Comunicación escrita entre Administraciones públicas. **5.** Funciones de la Iglesia católica, particularmente las de Semana Santa.

Seguía lloviendo cuando Leo Caldas salió de casa el viernes por la mañana. El viento de la noche anterior había desplazado de su sitio algunos contenedores de basura y en las aceras se acumulaban más hojas caídas que de costumbre. Al llegar al paseo de Alfonso XII, el mar se le apareció tan gris como las nubes que cubrían la ciudad, aunque sobre el horizonte, más allá de las islas Cíes, se adivinaba una franja de cielo azul como un presagio de buen tiempo.

También había secuelas del temporal en los rostros de los agentes de guardia que conversaban en la puerta de la comisaría. Leo Caldas los saludó antes de entrar y caminó entre el alboroto de las dos hileras de mesas de la sala principal. Empujó la puerta de cristal esmerilado de su despacho, colgó el impermeable en el perchero y resopló al comprobar la cantidad de documentos que se amontonaba sobre la mesa. Como todos los viernes, después de varios días esquivando atestados, minutas y diligencias, le esperaban los papeles.

Comenzó separando los que tenían el adhesivo amarillo con el que solía señalar los asuntos más urgentes. Cuando los hubo identificado, encendió el ordenador, resopló de nuevo y salió del despacho para servirse un café en la sala contigua.

En el mes de junio, tras el atraco a una joyería de la ciudad, el propietario y los dos empleados del establecimiento habían pasado varias horas en aquella misma sala, tratando de reconocer a los asaltantes en los archivos de la policía. Dos semanas más tarde, cuando la unidad de Leo Caldas detuvo a la banda de atracadores, el joyero les envió una cafetera exprés para sustituir a la anterior. Nadie sabía si lo había hecho por gratitud o por compasión pero, salvo a Ferro, que añoraba el regusto quemado que dejaba la antigua, el obsequio del joyero los había reconciliado con el café de la comisaría.

Caldas regresó al despacho, colocó la taza en un hueco entre los papeles, se dejó caer en su butaca negra y se zambulló en el primero de los documentos.

Hora y media más tarde, mientras redactaba un oficio dirigido al juzgado, el cristal de la puerta se oscureció. Leo Caldas levantó la vista y reconoció la silueta de su ayudante antes de que la puerta se abriera.

—Ya estoy de vuelta —anunció Rafael Estévez.

—Ya te veo.

—¿Ha leído lo de anoche?

Leo Caldas negó con la cabeza.

—Eche un ojo al periódico —dijo entonces Estévez, señalando el ordenador—. Lo han vuelto a hacer. Hay que ser muy ruin y muy cobarde para pegar así a unos viejos. Ya pueden rezar para que no sea yo el que les caiga encima.

Cuando Estévez se retiró, Caldas abrió la portada del periódico local en la pantalla. En la parte superior se destacaban los efectos de las inundaciones nocturnas. Debajo encontró la noticia a la que se refería su ayudante y recordó que ya la había escuchado durante la noche: los dos encapuchados habían sorprendido a un matrimonio de ancianos mientras cenaba y se habían ensañado con ellos. En la fotografía que ilustraba el relato de los hechos aparecía la mujer. Tenía unos ochenta años y el rostro desfigurado por la paliza. Su marido estaba ingresado en un hospital.

Caldas se dijo que tal vez no sería mala idea dejar a los culpables de aquello con Estévez unas cuantas horas cuando alguien los capturase.

Terminó de redactar el oficio, se levantó y caminó entre las mesas hasta la calle. No lograba alejar de su mente la imagen de la anciana. En la acera, protegido de la lluvia por la cornisa del edificio, encendió el primer cigarrillo del día. Luego se sacó el teléfono móvil del bolsillo del pantalón.

—¿Cómo estás? —preguntó con cierto alivio cuando, después de varios tonos, oyó la voz de su padre.

—Preocupado —contestó el padre, y su suspiro de resignación sonó en el auricular como uno de los truenos de la noche anterior.

El inspector tragó saliva.

—¿Y eso?

—El viento tiró anoche un camelio. El grande. No sé si se podrá replantar.

Caldas agradeció que la preocupación de su padre tuviese una causa diferente de la suya.

—Vaya..., al menos parece que viene buen tiempo.

—No te fíes, Leo. Ayer hizo un día agradable y mira qué nochecita.

—Eso también es verdad —admitió Leo Caldas. Cuando volvió a interesarse por el temporal nocturno, su padre enumeró otros desperfectos menores producidos en su finca durante la semana. Caldas le dejó hablar, apagó el cigarrillo y entró de nuevo. Cruzó la comisaría asintiendo aunque el barullo apenas le permitía entender lo que su padre le contaba. Al abrir la puerta del despacho, la anciana le miró desde la pantalla del ordenador.

—¿Tienes a tu perro contigo? —interrumpió a su padre.

—No es mío —replicó el padre.

—Bueno, da lo mismo..., ¿está ahí?

—Por aquí anda, sí —dijo—. ¿Por qué te interesa tanto ese perro?

—Por nada —mintió—. ¿Qué hacías?

—Acabo de cambiar el agua al bacalao —le dijo el padre—. Ahora voy a ver si soy capaz de poner derecho el camelio.

El padre de Caldas no entendía el bacalao sin invitados.

—¿Tienes gente? —preguntó Leo Caldas.

—Antonio Lemos y su mujer vienen a pasar el fin de semana.

—¿Se quedan a dormir?

—Sí —respondió el padre—, un par de noches o tres. Las que quieran. Y Trabazo y Lola vendrán hoy a cenar también. A ver si despeja y podemos estrenar el telescopio.

—¿El qué?

—Antonio me ha regalado un telescopio que encontró en un mercado de segunda mano —le contó—. Siempre quise tener uno.

—¿Para qué?

—¿Para qué va a ser? ¿Tú no eras inspector?

Leo Caldas sonrió.

—¿Darás un abrazo a los cuatro de mi parte? —preguntó. Le alegraba saber que su padre estaría acompañado durante el fin de semana.

—¿Por qué no vienes a cenar y se lo das tú en persona?

Leo Caldas echó un vistazo a la mesa. La pila de papeles apenas había menguado.

—Me encantaría, pero tengo trabajo atrasado. Además, no tengo cómo ir.

—¿Y ese ayudante tuyo?

—No sé si puedo pedirle eso.

—Aparte del bacalao, tenemos un caldo que dejó hecho María y abriremos vino de la cosecha nueva, que no sabes cómo está —le contó el padre para ver si lo animaba—. Y Lola trae filloas.

—Bueno, ya veré —dijo, aunque los dos tenían la certeza de que no acudiría.

El padre hizo un último intento:

—Te dejo mirar por el telescopio. ¿Qué me dices?

—Que des ese abrazo a todos —respondió Leo Caldas antes de despedirse.

Luego colgó el teléfono y alcanzó el siguiente papel del montón.

Distancia. 1. Espacio lineal que media entre dos cosas. **2.** Intervalo de tiempo entre dos sucesos. **3.** Diferencia, desemejanza notable entre unas cosas y otras. **4.** Alejamiento, desapego, desafecto entre personas. **5.** Frialdad en el trato. **6.** Lejanía, lugar remoto o que se ve de lejos.

La lluvia apenas ofreció unas horas de tregua en todo el fin de semana. Caldas pasó el sábado trabajando en el despacho y el domingo tumbado en el sofá, leyendo frente al televisor. El lunes discurrió sin sobresaltos en la comisaría.

El martes salió el sol.

Después de reunirse con Estévez, Ferro y Clara Barcia para conocer las novedades y recordar las tareas pendientes, el inspector se sirvió un café y se sentó a releer el atestado del robo a un banco de la zona alta de la ciudad. Los ladrones habían desactivado la alarma y accedido a la sucursal desde el piso superior, abriendo un agujero de medio metro de diámetro en el techo. Después de forzar la caja fuerte con una lanza térmica, habían huido sin dejar una huella.

—Nunca me he encontrado un butrón en el techo —dijo Rafael Estévez, quien sentado al otro lado de la mesa revisaba las fotografías del expediente.

El inspector iba a comentar que el método no era nuevo para él cuando el zumbido de su teléfono móvil vibrando sobre la mesa reclamó su atención.

Caldas leyó en la pantalla el nombre del comisario Soto.

—Leo, ¿dónde te has metido?

—En mi mesa —respondió Caldas, y se preguntó dónde lo habría estado buscando el comisario para no haber dado con él.

—¿Quién era? —le preguntó Estévez.

Caldas dio un sorbo al café y señaló a la espalda de su ayudante. Una silueta se fue dibujando cada vez más grande en el cristal hasta que la puerta se abrió de golpe.

Estévez se puso en pie de un respingo al ver aparecer al comisario.

—¿Con qué estáis? —quiso saber Soto.

—Con el robo al banco del Calvario —respondió Caldas mostrándole la carpeta—. Íbamos a salir para allá.

—Pues dejadlo para luego —zanjó el comisario y, mirando al inspector a los ojos, añadió—: Necesito que te ocupes de algo.

Estévez, tan incómodo como cada vez que se hallaba frente al comisario, recogió la carpeta con el expediente de la mesa y guardó dentro las fotografías del robo. Estaba ansioso por salir de la habitación.

—¿Voy yendo yo? —se ofreció.

A Caldas no le pareció mal que Estévez fuese adelantando trabajo, pero la mirada de Soto le dictó una respuesta diferente.

—Espérame, mejor —dijo Caldas, señalando el pasillo.

Estévez se deslizó fuera del despacho y el comisario cerró la puerta.

—No quiero que Estévez vaya solo a ningún sitio, ya lo sabes.

—Por eso le he pedido que me espere —admitió Caldas—. Además, desde que sabe que va a ser padre, Rafa está bastante más tranquilo.

—Ni tranquilo ni gaitas, Leo —le cortó el comisario, y se volvió para confirmar que la puerta seguía cerrada—. Estévez es incontrolable y yo ya tengo suficientes problemas.

Leo Caldas torció el gesto.

—¿Ha venido solo para recordármelo? —preguntó, aunque era evidente que el motivo era otro.

—No, claro —respondió Soto—. ¿Sabes quién es el doctor Andrade?

—¿El doctor Andrade?

Aquel nombre le sonaba, pero Caldas se recostó en la butaca de cuero negro y negó moviendo la cabeza para invitar a su superior a revelárselo.

—Es un cirujano, una eminencia. Seguro que lo has visto en el periódico alguna vez. Yo lo conozco desde hace años. Operó a mi mujer. Le salvó la vida —explicó Soto, sin ocultar su admiración por aquel médico—. Me ha llamado hace un rato preocupado porque no sabe nada de su hija. Va a venir esta mañana por aquí y quiero que te encargues tú.

Caldas contuvo un silbido. Agradecía la deferencia del comisario Soto, pero había aprendido a apartarse de cualquier caso tras el que intuyese la presencia de un vínculo personal. Por otra parte, la naturaleza del asunto tampoco resultaba demasiado atractiva.

Era habitual recibir en la comisaría a padres alarmados ante la falta de noticias de sus hijos, aunque aquellas ausencias rara vez se dilataban en el tiempo. Bastaban una o dos noches al raso para enfriar el disgusto de quienes huían a causa de una discusión familiar, y los que prolongaban la diversión del fin de semana solían regresar tras despertarse en un parque, en una playa o en el dormitorio de alguien con quien habían pasado la noche.

Más complejas eran las fugas de enamorados, sobre todo desde que internet había sustituido a otros lugares públicos como territorio de encuentros. Durante los últimos años, las marchas imprevistas de adolescentes ávidos de poner cuerpo y rostro a un idilio virtual estaban proliferando tanto que Leo Caldas temía encontrarse ante una epidemia.

Tan pronto como vio salir al comisario, Estévez regresó al despacho. Encontró a Caldas resignado a no poder mantener la distancia que hubiera deseado con la desaparición de la hija del doctor Andrade. Cuando el inspector puso a su ayudante en antecedentes, este le preguntó:

—¿Otra que se fue a conocer al novio?

Caldas apuró el resto de café del fondo de la taza.

—Supongo —dijo después.

Nota. 1. Texto breve con el que se avisa de algo. **2.** Apunte sobre alguna cosa o materia para extenderse después o acordarse de ella. **3.** Papel que detalla los productos consumidos, su cantidad e importe. **4.** Calificación en un examen o evaluación. **5.** Sonido de la escala musical y signo que lo representa. **6.** Fama, concepto o crédito de alguien.

El doctor Víctor Andrade era un hombre alto, enjuto y casi completamente calvo. Tenía los ojos grises, la nariz prominente y la palidez en la piel de quien acostumbra a pasar demasiado tiempo alejado de la luz del sol. Vestía un traje azul marino sobre una camisa de un azul más claro. Por la abertura de la chaqueta asomaban una corbata verde y sus iniciales bordadas en la tela de la camisa.

Cuando conoció al cirujano, Leo Caldas pensó que era algo mayor para tener una hija adolescente. Cerca de sesenta años, calculó.

El comisario Soto invitó al doctor a acompañarle hasta su despacho y Caldas los siguió por el pasillo, con el cuaderno de tapas negras bajo el brazo, viendo brillar con cada paso las hebillas de los zapatos del médico.

Tomaron asiento alrededor de la mesa redonda y el doctor Andrade tamborileó en la madera sin encubrir una inquietud que el inspector ya había percibido en la humedad de su palma al estrecharle la mano. Tenía los dedos largos, rematados en unas uñas anchas muy cuidadas. No llevaba alianza. El reloj que lucía en su muñeca izquierda hacía que el del comisario, a su lado, pareciese de juguete.

—Se llama Mónica —dijo el doctor Andrade cuando el comisario le preguntó el nombre de su hija.

Leo Caldas abrió el cuaderno por la primera hoja en blanco, trazó una línea horizontal y sobre esta escribió con letras grandes: «Mónica Andrade». Mientras, el comisario había comenzado a formular las preguntas rutinarias.

—¿Cuándo la echaron en falta, doctor?

—El domingo habíamos quedado a comer, pero no se presentó. Tenía el móvil desconectado y, después de esperar casi una hora en el restaurante, me marché a casa. Estaba bastante enfadado porque, aunque no era la primera vez que mi hija me daba un plantón, me había asegurado unos días antes que no faltaría. Ayer por la mañana la telefoneé para pedirle explicaciones pero seguía sin responder. No me preocupé hasta que por la tarde llamé a su clase y me dijeron que no había pasado por la escuela desde el viernes ni había llamado como otras veces, cuando por algún motivo no podía ir a trabajar.

—¿A trabajar? —repitió Soto, sorprendido—. ¿En qué trabaja su hija, doctor?

—Es profesora de cerámica en la Escuela de Artes y Oficios. Siempre tuvo predilección por las cosas que no sirven para nada.

Leo Caldas y el comisario Soto se buscaron con la mirada. Fue el comisario quien expresó en voz alta lo que ambos se preguntaban:

—¿Cuántos años tiene?

—En diciembre cumplirá treinta y cuatro.

Los policías se miraron de nuevo.

—Ya no vive con usted, claro.

—No —contestó el médico. Se restregaba las manos como si frotara una pastilla de jabón—. Mónica se independizó cuando se marchó a Santiago, a la universidad. Luego solo ha vivido en casa alguna temporada.

—Pero ahora vive aquí, en Vigo, ¿no es así?

—Trabaja en Vigo —matizó el doctor—, pero desde hace unos meses vive en Tirán.

—¿Dónde? —intervino por primera vez Leo Caldas.

—En Tirán —repitió el doctor Andrade, y movió la mano como si saltase un obstáculo—. Al otro lado de la ría.

—Supongo que ha estado allí.

—Claro —confirmó el médico—. Ayer por la tarde, después de saber que no había ido a trabajar, me acerqué para ver si le había sucedido algo o si se encontraba mal. No estaba en casa. Esta mañana he vuelto a ir —dijo, con un gesto que daba a entender que el resultado había sido idéntico al del día anterior.

—¿Estaba el coche de su hija aparcado en la casa?

—Mónica no tiene coche —les explicó Andrade—. Cuando se mudó a Tirán lo vendió y se compró una bicicleta. Dice que allí no lo necesita.

Tirán era una de las pequeñas parroquias marineras de la península del Morrazo, al otro lado de la ría. En línea recta, poco más de dos millas de agua la separaban del puerto de Vigo. Desde allí había dos modos habituales de llegar a la ciudad: por carretera, atravesando la ría por el puente levantado en el estrecho de Rande; o por mar, en los barcos de línea que conectaban cada media hora el puerto de Vigo con los muelles de Cangas y Moaña.

—Viene a Vigo en barco, supongo.

—Sí —corroboró Andrade—. Siempre coge el barco en Moaña.

Caldas lo remarcó en su cuaderno y volvió a preguntar:

—¿Vio la bicicleta?

—No me fijé, la verdad.

—¿Su hija vive sola? —quiso saber Soto.

—Sí, sola.

—¿Tiene hijos?

—No.

—¿Pareja?

—Creo que no.

—¿No está seguro? —intervino Leo Caldas.

—No, no estoy seguro —confesó el doctor Andrade—. Mónica es una chica reservada. Pero no vive con un hombre, si es a lo que se refieren.

—¿Le conoce relaciones anteriores? —continuó el inspector.

Andrade miró hacia arriba haciendo memoria y dio un resoplido prolongado.

—Que yo sepa, hace cuatro o cinco años que Mónica no tiene una relación.

Demasiado tiempo como para tener algo que ver con su marcha, pensó Leo Caldas mientras lo escribía, y los ojos grises del doctor siguieron cada uno de sus trazos desde el otro lado de la mesa.

—¿Preguntó en Tirán si habían visto a su hija? —terció el comisario.

Víctor Andrade asintió otra vez:

—Su vecina no la ve desde hace días.

—¿Y sus amigos?

—El mismo domingo por la tarde llamé a Eva Búa. Es su amiga más íntima. Casi su única amiga de verdad.

Caldas escribió el nombre.

—¿Habían estado juntas?

—No. Eva estaba en el coche cuando la llamé, regresaba con su marido y sus niños de pasar el fin de semana en Madrid. Cuando le expliqué que no sabía nada de Mónica se extrañó. Ella le había contado que iba a comer conmigo.

—¿Cuándo se lo contó?

—No lo sé —dijo Andrade—. No se ven tanto como antes, pero siguen llamándose todas las semanas.

—¿Ha vuelto a hablar con ella —preguntó Caldas, y volvió a leer el nombre de la mujer en el papel—, con Eva Búa?

—Ayer me telefoneó para ver si tenía noticias de Mónica. Aunque tratara de tranquilizarme, sé que está tan preocupada como yo.

Caldas se llevó el bolígrafo a la boca y lo sostuvo un instante entre los dientes. Habría agradecido encender un cigarrillo.

—¿Tiene más hijos?

—No.

Según le había contado el comisario, el doctor estaba casado con una de las hijas de Sixto Feijóo, un empresario ya fallecido tan célebre por haber repelido un intento de secuestro fingiendo un ataque cardiaco como por las aportaciones altruistas con que había regado numerosas causas benéficas.

—¿Está usted casado? —preguntó, de todas formas.

Andrade asintió.

—¿Y qué dice su mujer?

—¿Qué dice?

—¿También está preocupada?

El doctor abrió las manos. ¿Cómo no iba a estarlo?

Mientras Caldas anotaba el nombre de la madre de la desaparecida en el cuaderno, los pensamientos que bullían en la cabeza del médico le obligaron a cambiar de postura en la silla. Su intranquilidad no pasó inadvertida para ninguno de los dos policías, pero fue Caldas quien preguntó:

—¿Sigue enfadado con su hija?

Andrade clavó en él sus ojos grises.

—¿Enfadado?

—Por el plantón y eso...

El doctor Andrade suspiró antes de responder.

—No —susurró—. Ahora estoy asustado.

—¿Tiene algún motivo para temer que pueda haberle sucedido algo? —insistió Leo Caldas, y sintió la mirada del comisario reprendiéndole. Soto aún no veía en Andrade al hombre que buscaba a su hija, seguía sentado ante el cirujano que había intervenido a su mujer.

—No lo sé —dijo con otro hilo de voz, y a Caldas le pareció que el médico menguaba al otro lado de la mesa—. Me parece tan raro que desaparezca así, sin decir nada...

—¿Ha llamado a los hospitales? —medió el comisario Soto.

—Hablé con todos los servicios de urgencias antes de llamarle a usted —respondió Andrade—. Mónica no ha ingresado en ninguno.

Caldas intervino para preguntar:

—¿Sabe cuál es el banco en el que tiene el dinero su hija?

—Sí —dijo Andrade—, es mi banco también.

El inspector le sugirió que se pusiese en contacto con ellos para tratar de averiguar los últimos movimientos en la cuenta de Mónica.

—Esa es información confidencial y nosotros necesitaríamos autorización de un juez para requerirla —explicó, mirando al comisario—, pero tal vez alguien pueda facilitársela directamente a usted sin necesidad de tanto trámite.

Antes de que Caldas hubiese terminado la frase, Andrade estaba marcando el número privado del director de la sucursal bancaria en su teléfono móvil. No necesitó insistir para obtener la respuesta.

—El miércoles por la mañana sacó dinero en un cajero en Moaña —dijo, repitiendo lo que oía en el auricular—. Desde entonces nada.

—¿Mucho dinero? —preguntó Leo Caldas, en voz baja.

—¿Mucho dinero? —repitió el médico, en un tono que no admitía una evasiva, y Caldas se preguntó si Andrade también habría operado a la mujer del director del banco.

Como si no se tratase de información reservada, la cantidad le fue transmitida al instante:

—Ciento veinte euros.

No era una fortuna, pensó Caldas, pero podía bastar para una escapada.

—Pregunte si hay alguna compra reciente en una agencia de viajes o una línea aérea —indicó, aprovechando lo solícito que se mostraba el director del banco con el doctor.

Un movimiento de la cabeza de Andrade le dijo que no.

Después de asegurarse de que le avisarían si se producía algún movimiento en la cuenta de su hija, el doctor se despidió de su interlocutor y colgó.

Leo Caldas volvió a mordisquear el bolígrafo.

—¿Se había marchado Mónica antes?

—¿Cómo? —respondió el médico, aunque el inspector supo que le había entendido.

—Su hija —repitió—, ¿ha hecho esto otras veces, desaparecer?

—Nunca varios días. No sin avisar.

El doctor Andrade se peinó hacia atrás el poco cabello cano que crecía sobre sus orejas y permaneció unos instantes con los dedos entrecruzados en la nuca y los codos apuntando a los policías.

—Disculpe que le hagamos estas preguntas, doctor, pero entienda que son necesarias —le dijo Leo Caldas—. Cualquier detalle puede servir para localizarla.

Andrade le miró a los ojos.

—¿Es usted inspector?

—Inspector, sí —respondió. Volvía a echar de menos el tabaco.

—Pues pregunte usted sin rodeos, inspector. En mi trabajo también es necesario llamar a las cosas por su nombre.

Leo Caldas asintió y comenzó a formular algunas de las preguntas que el comisario había evitado hasta entonces.

—¿Sufre su hija algún trastorno, tiene antecedentes por depresión o se ha desorientado...?

—No —le cortó el doctor levantando la mano—, nada de eso.

—¿Toma alguna medicación?

Volvió a negar moviendo el dedo.

—¿Alcohol, drogas?

—Tampoco.

—¿Algún conflicto personal o laboral?

Andrade se encogió de hombros.

—Creo que no.

—¿Se lo habría comentado en caso de tenerlo?

—Supongo —respondió, pero Caldas anotó otra cosa.

—¿Sabe si ha pasado por dificultades económicas? —preguntó, aun sabiendo que el abuelo de la chica había sido un empresario acaudalado y que los logros del doctor en el quirófano debían de haber engordado tanto su cuenta corriente como su reputación.

—¿Dificultades económicas? —respondió Andrade, y un proyecto de sonrisa modificó la expresión de su rostro—. No conocen a mi hija. El dinero le importa poco, si es que le importa algo. Mónica ganaba diez veces más en su trabajo anterior que en esas clases de cerámica. Y, sin embargo, fue ella quien decidió abandonar la fundación.

—Porque cuenta con el respaldo de su familia —adujo Caldas.

No había pretendido restar méritos a la hija del doctor sino formarse una idea precisa de su situación financiera. El comisario le fulminó con la mirada, pero a Andrade, en cambio, el comentario del inspector no pareció molestarle.

—No tenemos problemas de dinero —admitió—, pero hace años que Mónica no nos pide un céntimo. A veces creo que le habría gustado nacer pobre.

Caldas no supo distinguir si en las palabras del médico había orgullo o incomprensión.

—Estudió Filología Clásica —añadió Andrade—. Ya les he dicho que se siente atraída por todo lo inútil.

El comisario esbozó media sonrisa y Caldas hizo una anotación en el cuaderno. Nadie había llamado a la familia de Andrade pidiendo un rescate, pero no quería descartar ninguna posibilidad antes de tiempo. Luego retrocedió para revisar sus apuntes desde el principio. Se detuvo en una de las frases subrayadas y la comentó en voz alta:

—Habló con su hija para confirmar que comerían juntos. ¿Es así?

El doctor asintió.

—¿Cuándo se lo recordó?

—El jueves por la mañana, creo.

—¿Es la última vez que se vieron?

—No nos vimos. Hablamos por teléfono.

—¿Y cuándo fue la última vez que estuvieron juntos?

—El 3 de noviembre —respondió sin dudar—. Es mi cumpleaños. La invité a comer para celebrarlo.

—Eso fue hace dos semanas —concluyó Leo Caldas tras consultar el calendario colgado en la pared, tras la mesa de trabajo del comisario—. Desde entonces ¿solo se han telefoneado en una ocasión?

—No, habremos hablado dos o tres veces más.

—¿Y cómo la encontró? ¿Estaba preocupada?

—Estaba como siempre. Bien.

Caldas miró al comisario de soslayo. Hacía rato que su superior no intervenía en la conversación. Pensó que debía de estar incómodo con aquel disfraz de familiar de paciente del doctor que llevaba puesto. Luego volvió a su cuaderno y se detuvo en otra señal.

—Nos ha contado que estuvo en casa de su hija, en Tirán, ¿había algo fuera de sitio?

Víctor Andrade no pudo responder con precisión.

—No he ido tanto como para notarlo.

—Pero aparentemente ¿la casa está en orden?

Dijo que sí con la cabeza.

—¿Revisó todas las habitaciones?

—Miré en todos lados —admitió—. En la bañera, debajo de la cama, en los armarios...

—¿Faltaba ropa o alguna maleta?

—No lo sé, inspector, pero le repito que Mónica no se habría marchado sin avisar —contestó, y después de pasarse las manos por la calva, como retocándose el pelo que ya no estaba ahí, se frotó con fuerza los ojos.

El comisario Soto se levantó de la silla dispuesto a redimir al doctor:

—Lo que nos ha contado basta para que nos pongamos en marcha.

Andrade tragó saliva y Leo Caldas percibió el miedo en su mirada vidriosa.

—¿Le importaría acompañarnos a casa de su hija, doctor?

—¿Ahora?

—Si es posible... —sugirió Leo Caldas.

El médico consultó el enorme reloj de su muñeca izquierda.

—¿Podríamos ir ya? —respondió—. Tengo que estar en quirófano en dos horas.

—Claro —convino Leo Caldas, pero antes de que Víctor Andrade se pusiese en pie volvió a intervenir—: Una cosa más, doctor: ¿tiene su hija algún animal doméstico? ¿Un perro, un gato, pájaros...?

—Tiene un gato, sí.

El inspector se dispuso a tomar una última nota.

—¿Estaba el gato en la casa?

—No lo sé —dudó.

—¿No lo vio?

—No, creo que no —dijo el médico después de pensarlo mejor—. Ni esta mañana ni ayer.

Abatir. 1. Derribar, echar por tierra. **2.** Inclinar o tumbar lo que estaba vertical. **3.** Humillar. **4.** Hacer perder a alguien el ánimo, el vigor o las fuerzas. **5.** Desviarse de su rumbo una embarcación. **6.** Descender un ave sobre una presa.

Con Estévez al volante y el inspector recostado en el asiento contiguo, el coche de los policías tomó la autopista siguiendo al de Víctor Andrade. Estévez había dejado escapar un silbido al ver el automóvil del médico. A Leo Caldas le recordaba al propio doctor: grande, reluciente y con algunas piezas cromadas que destellaban en la carrocería como las hebillas en sus zapatos.

El inspector miró a la izquierda al pasar junto al monte de la Guía, cuya ermita en la cima parecía custodiar el puerto, y vio al otro lado de la ría la masa verde de la península del Morrazo. Luego cerró los ojos y se concentró en recibir el aire que dejaba entrar su ventanilla, abierta unos dedos.

Serpenteando entre casas cada vez de menos altura fueron dejando atrás la ciudad y enfilaron el puente de Rande. Asentado sobre dos enormes pilares, el puente conectaba las orillas de la ría por el lugar en que las márgenes estaban más próximas. Su inauguración, varias décadas atrás, había reducido en más de veinte kilómetros el trayecto entre Vigo y las poblaciones de la otra orilla.

Rafael Estévez, sin perder de vista el coche del médico, observaba de reojo el panorama que se extendía a su izquierda. A través del cristal, vio las bateas alineadas en el mar, como una escuadra dispuesta a entrar en combate, y a lo lejos, tapando la línea del horizonte, la silueta oscura de las islas Cíes.

—Qué bonito es esto —exclamó el aragonés, como cada vez que sobrevolaba la ría por el puente, y Caldas abrió los ojos. Por su ventanilla, orientada hacia la ensenada de San Simón, el sol brillaba en los bancos de arena descubiertos por la bajamar. Algunos barcos, escorados sobre el fondo seco, aguardaban el repunte de la marea para liberarse.

—Sí —contestó.

Abandonaron la autopista inmediatamente después del puente. El doctor no tomó la carretera de la costa. Le siguieron por la vía rápida, atravesando la península del Morrazo entre bosques de pinos y eucaliptos cuyo aroma se colaba por la rendija abierta en el cristal de Caldas, hasta que el intermitente del coche del doctor les indicó el desvío. Pasaron junto a un enorme letrero publicitario abatido por el temporal de la semana anterior y continuaron por una carretera sinuosa que desembocó frente al puerto de Moaña.

Caldas distinguió la popa de un pequeño barco de pasaje que se alejaba lentamente entre las bateas de los mejilloneros. Debía de ser el mismo que llevaba cada día a Mónica Andrade a la ciudad.

El padre de la chica giró a la derecha y Estévez lo siguió por el paseo marítimo hasta la playa de O Con. En la terraza del Marusía, las mesas y sillas metálicas todavía estaban apiladas, esperando la hora de abrir. Caldas había cenado varias veces en aquella estructura de madera que parecía suspendida sobre el agua. A Alba le gustaba ir con marea alta y sentir las olas rompiendo bajo los pies.

Al pasar, el inspector se quedó mirando la terraza vacía.

—¿Eso es un restaurante? —le preguntó Estévez.

Caldas asintió.

—¿Ha comido alguna vez ahí?

—Alguna —respondió, lacónico, el inspector.

Al final de la playa, se desviaron a la izquierda por una carretera estrecha que al principio discurría entre casas bajas y pequeñas huertas y luego zigzagueaba directamente sobre el mar.

—¿Sabe nadar? —preguntó Estévez.

—¿Qué?

—Como venga alguien de frente ya me dirá qué hacemos —sonrió el aragonés, vigilando el desnivel de su izquierda.

Un centenar de metros más adelante, después de una curva sobre una pequeña playa cubierta de algas, las casas volvieron a aparecer entre la carretera y la ría. Andrade sacó una mano por la ventanilla para indicarles que se detuviesen e hizo subir su vehículo por una rampa hasta una explanada situada en el lado de la carretera opuesto al mar. Estévez realizó la misma maniobra y estacionó al lado del doctor. Caldas consultó su reloj. Habían tardado menos de cinco minutos en llegar desde el puerto de Moaña hasta allí.

—Es mejor aparcar aquí arriba —explicó el médico a través de la ventanilla abierta—. Abajo no hay quien dé la vuelta.

Caldas salió del coche. Las casas impedían ver la ría, pero el olor intenso delataba su proximidad. En la explanada había otro vehículo aparcado y espacio para seis o siete más. También un contenedor de basura y, cerca de este, esperando a ser retirados, una pila de ramas arrancadas por el viento y varios sacos llenos de hojas.

Descendieron por una calleja empinada que bajaba entre casas de piedra en dirección al mar. Un letrero anunciaba que aquella cuesta llevaba a una iglesia del siglo XII.

La pequeña iglesia parroquial de Tirán ocupaba el centro de un atrio, una plataforma de suelo enlosado elevada sobre el mar y cerrada por un murete de medio metro de altura. Al frente, en la otra orilla de la ría, la ciudad de Vigo aparecía tendida como un animal dormido al borde del agua. A la izquierda, el atrio de la iglesia lindaba con un cementerio cuyas cruces de piedra se dibujaban contra el cielo azul. A la derecha había una casa baja con la fachada pintada de blanco.

Entre la casita y un huerto con un naranjo cargado de frutos partía, paralelo a la línea del mar, un sendero.

—Por ahí —dijo el doctor Andrade.

Le siguieron por el camino en fila de a uno, oyendo las olas que rompían en la playa y el ladrido de un perro pequeño dentro de la casa blanca.

La huerta de la izquierda se transformó a los pocos pasos en hierbas tan altas que por momentos ocultaban el mar. Caldas pensó que, como creciesen un poco más, quienes quisieran pasar por allí deberían abrirse paso a machetazos. Al otro lado, después de la casa blanca había un terreno de labor y, a continuación, la cerca de una finca. Dentro, una casa modesta de una sola planta con las paredes pintadas de azul.

El doctor Andrade empujó una cancela de madera, pintada también de azul, que cabeceó sobre los goznes al abrirse.

—Es esta —dijo.

Su mirada seguía trasluciendo la congoja que el inspector había percibido en la comisaría.

—¿No hay otra entrada? —preguntó Caldas. Le sorprendía que la forma de llegar hasta allí fuese a través de aquel sendero angosto que partía de la iglesia.

—Hay un portalón en la parte de arriba —dijo Víctor Andrade—, pero Mónica no lo utiliza. Siempre entra por aquí.

Caldas y Estévez acompañaron al médico por el camino de guijarros que, entre la hierba del pequeño jardín, conducía desde la cancela hasta la puerta de la vivienda de su hija. Las rodadas de la bicicleta habían formado un surco en la grava.

Se detuvieron al descubrir un hueco enorme en la hierba. Entre los terrones levantados surgían como barbas los restos de una raíz. A un lado vieron un tronco, limpio y cortado en piezas grandes. En el extremo de una de ellas aún podía verse la raíz arrancada de la tierra.

—Era un árbol de Navidad precioso —dijo el doctor Andrade—. Lo tiró el viento de la semana pasada.

—¿Se lo dijo ella?

—Sí.

—Cayó ahí —intervino Estévez, y señaló un segmento del cierre de la finca próximo a la vivienda. El árbol había derribado la tela metálica recubierta de hiedra y también había tumbado los dos postes entre los que se sostenía.

El tejado sobresalía un par de metros sobre la fachada de la casa formando un porche en el que, a cubierto del sol o de la lluvia, una mecedora invitaba a sentarse a contemplar el mar. Al lado de la puerta, las empuñaduras de dos bastones asomaban en un macetón alto de barro reciclado como paragüero. En el suelo, un felpudo con la silueta de un gato.

Caldas buscó el timbre y, al no encontrarlo, llamó haciendo resonar la aldaba, una redecilla llena de piedras que chocaba contra una lámina de metal embutida en la madera.

Mientras tanto, con las manos ahuecadas en el cristal de la ventana, Estévez trataba de atisbar el interior de la vivienda por una rendija entre las cortinas.

—Ya les he dicho que no está —murmuró el doctor Andrade después de otro aldabazo del inspector.

—¿Quiere que la abra yo? —terció Estévez.

Leo Caldas sabía que su ayudante no iba a utilizar precisamente una ganzúa. Era bien capaz de descerrajar la puerta de una patada delante de Andrade.

—No creo que sea necesario —masculló y, volviéndose, preguntó al doctor—: ¿Tiene llave?

—No, pero no hace falta —respondió este.

Luego se acercó a la puerta y, girando el pomo, la abrió.

Caldas y Estévez se miraron.

—¿Ya estaba abierta ayer? —preguntó el inspector, y el médico asintió.

Fuga. 1. Huida apresurada. **2.** Abandono inesperado del domicilio o del ambiente habitual. **3.** Escape accidental de un gas o un líquido. **4.** Composición musical basada en un tema y su contrapunto.

El salón de la casa de Mónica Andrade era pequeño, con el suelo de madera y las paredes pintadas de blanco, sin más muebles que un sofá y una butaca de colores vivos dispuestos alrededor de una mesa baja. Todo parecía orientado hacia la chimenea de piedra como en otras casas se habría dirigido hacia la televisión.

En la pared situada tras el sofá corrían las tres baldas de una estantería de obra. Una docena de caracolas de mar ocupaban la más baja. En las otras se intercalaban libros, figuritas de barro, un reloj y dos retratos de un gato de ojos verdes y pelaje gris.

La chimenea tenía las paredes tiznadas pero estaba limpia, sin ceniza ni rescoldos de fuegos recientes. En el suelo había una cesta con yesca, piñas y trozos de madera. Al lado, colgados de sendos ganchos, el fuelle y el atizador.

Junto a la cesta de la leña había una escultura de color oscuro, una figura con cabeza de hombre y cuerpo de caballo.

Caldas miró el amplio espacio vacío existente entre la chimenea y la mesa baja, parecía que Mónica Andrade lo hubiese despejado para que aquel centauro pudiese galopar.

En la cocina, como en el salón, nada parecía fuera de lugar. Solo un tenedor, un par de platos y un vaso, secos y colocados sobre una bayeta, esperaban a ser recogidos y devueltos a su estante.

Sobre la mesa, tan amplia que podrían sentarse cómoda-
mente seis personas a comer, había un jarrón con flores secas.
Las sillas estaban bien dispuestas alrededor.

Estévez se había detenido a contemplar una de las paredes
de la cocina, taraceada de arriba abajo con conchas pintadas de
colores.

El doctor Andrade se aproximó a él.

—Eso lo hizo mi hija —susurró.

Estévez iba a hacer una observación cuando la mirada del
inspector le hizo cambiar de idea.

—Ah —contestó.

Una puerta de cristal comunicaba la cocina con el patio posterior de la casa.

—¿También está abierta? —preguntó Leo Caldas, señalándola.

—Sí —dijo Andrade, y se lo demostró girando el pomo—.
Ese es el gabinete.

—¿El qué? —preguntó Caldas acercando su rostro al cristal. Caldas observó una caseta al otro lado del patio.

—En ese cobertizo es donde Mónica hace sus figuras de
arcilla. Lo llama gabinete como podía llamarlo trastero —dijo,
displicente.

—¿Miró dentro?

Andrade asintió:

—¿Quiere verlo?

—Luego —murmuró el inspector.

En el suelo de barro cocido de la cocina destacaban dos
cuencos de plástico. Uno contenía bastante agua y el otro, tres
dedos de pienso para gatos con forma de pez.

Caldas reparó en unas salpicaduras al pie del cacharro del
agua. Le parecieron recientes y se agachó para pasar un dedo
sobre el suelo. Sintió que su yema se humedecía en contacto
con las gotas.

—¿Está mojado? —preguntó Estévez.

El inspector asintió, se levantó a buscar el gato. Dejó de hacerlo al descubrir un resquicio en una de las ventanas.

—Date una vuelta por fuera —pidió a Rafael Estévez—, a ver si ha salido por ahí.

En el armario bajo la pila encontró el cubo de basura. Levantó la tapa para mirar en su interior. Estaba vacío y sin bolsa, como lo hubiera dejado cualquiera que fuera a ausentarse unos días de casa.

La nevera, en cambio, estaba más llena que la del inspector: huevos, queso, yogures, mantequilla, mayonesa, dos tomates, un brik de leche y varias latas de cerveza. También dos envases de plástico con las sobras de alguna comida anterior.

En un rincón de un cuarto contiguo, junto a la lavadora y a un cestón de ropa sucia, había una caja de plástico con arena para el gato. Al lado, apoyado en la pared, el saco de pienso.

El inspector bisbiseó y arañó un pantalón que asomaba del cesto. Nadie acudió al reclamo.

—¿Sabe cómo se llama? —preguntó.

—¿El gato? —respondió el médico.

Caldas agradeció que Estévez hubiese salido. La experiencia le decía que la pregunta del doctor habría encontrado una réplica presuntamente jocosa en su ayudante.

—Sí.

El doctor Andrade se pasó las manos por la calva.

—Dimitri —dijo.

—¿Dimitri? —repitió Caldas. Acababa de abandonar la idea de recorrer la casa llamándolo por su nombre.

—Creo que es de una raza rusa —trató de explicar el médico.

El dormitorio de Mónica Andrade tenía una sola cama, grande y cubierta con un edredón blanco. Sobre el cabecero, de madera rústica como las dos mesillas de noche, una enorme luna llena guiñaba un ojo a quien quisiese mirarla. Leo Caldas levantó apenas unos centímetros la almohada, buscando un pijama que no encontró.

En la mesilla más alejada de la puerta, junto a la lámpara, había un despertador y una radio. En la más próxima, un libro con una de las solapas plegada entre las páginas y tres fotografías enmarcadas. Una mujer delgada de cabello claro aparecía en todas ellas. Tenía los mismos ojos acerados y la nariz huesuda del doctor.

Caldas sostuvo un retrato en el que la chica rubia posaba con el gato en brazos y el cristal del marco le mostró el reflejo de Víctor Andrade. De pie, a su espalda, consultaba la hora en su reloj.

—¿Es esta su hija? —preguntó Caldas sin volverse, conociendo la respuesta.

En el vidrio, el médico asintió.

—Y la que está con ella en el barco es Eva Búa —advirtió Andrade, y Caldas vio en otro retrato a Mónica junto a una chica morena, mucho más menuda que la hija del doctor. Las dos mujeres sonreían a la cámara con la boca entreabierta, como si cantasen, y ocultaban sus ojos tras gafas de sol.

Luego, apuntando a la tercera fotografía con uno de sus larguísimos dedos, el médico confirmó lo que Caldas había intuido:

—Esa de ahí es mi mujer.

El inspector devolvió el marco a la mesilla y abrió el armario. Aunque encontró varios estantes a medio llenar y alguna percha vacía entre vestidos largos, se dijo que, si faltaba ropa, no podía ser mucha.

Una funda transparente repleta de ropa ocupaba medio altillo. Dentro se adivinaban camisetas y trajes de baño. En el resto del hueco se apilaban dos bolsas de viaje aplastadas bajo una maleta de plástico rígido. Había espacio libre para alguna más.

—¿Le suena si falta alguna maleta? —preguntó.

Víctor Andrade abrió los brazos. Se lo había adelantado en el despacho del comisario: no lo sabía.

Caldas cerró el armario y, cerca del radiador, entre la cama y la pared de la ventana, descubrió la canasta en la que dormía el gato. Era un cesto de mimbre recubierto de tela acolchada. Dentro había una manta de cuadros hecha un gurruño y una pelota de pimpón.

Se agachó a mirar bajo la cama y dio con las zapatillas de Mónica. Dimitri tampoco estaba allí.

Al levantarse se dirigió a la puerta entreabierta de un cuarto de baño con las paredes azulejadas del mismo color que la fachada. Era el primer lugar de la casa al que habría ido si el doctor Andrade no hubiese estado siguiéndole de una estancia a otra, creándole la obligación de detenerse en todas ellas.

Leo Caldas se fijó en una mancha rojiza al pie de la bañera de patas colocada bajo la ventana y se acuclilló para examinarla de cerca. Solo era la huella de una fuga de agua en la tubería oxidada.

Sobre el mármol del lavabo había un espejo de aumento, un cesto con horquillas y cepillos con cabellos rubios enredados en las púas, y un vaso de porcelana con un tubo de dentífrico sin tapa. La pasta se había endurecido alrededor de la rosca formando una costra dura. No había rastro del cepillo de dientes que debería asomar en el mismo vaso.

Pisó el pedal para abrir el cubo pequeño del rincón. Solo contenía un par de toallitas arrugadas con restos de maquillaje y el cilindro de cartón de un rollo de papel higiénico gastado.

El espejo sobre el lavabo era la puerta de un armario. En la balda inferior vio desodorante, perfume, bastoncillos para los oídos y un neceser con brochas y maquillaje. En el estante superior, varias cajas de medicamentos. En una de color púrpura puesta delante de las otras reconoció las píldoras anticonceptivas que Alba utilizaba cuando vivían juntos.

Caldas tragó saliva y estiró el brazo hasta alcanzarla. Después de asegurarse de que la puerta del armario lo mantenía oculto de la vista del doctor, abrió la caja. El blíster tenía espacio para veintiocho pastillas dispuestas en cuatro hileras, una por semana. Para evitar errores, una indicación junto a cada una de las píldoras detallaba el día de la semana en que debía ser ingerida. Aunque era martes, la última pastilla consumida correspondía a un jueves.

Devolvió la caja al estante y cerró el armario. En la puerta del cuarto de baño que se le apareció en el espejo ya no estaba el doctor.

Al salir lo encontró sentado al borde de la cama de su hija, hablando por el teléfono móvil. Con la mano libre se masajeaba la calva en un gesto que ya le había visto hacer en la comisaría.

Levantó la vista cuando Leo Caldas pasó junto a él, pero el inspector eludió su mirada y salió de la habitación con el paquete de tabaco en la mano para dirigirse al patio y al estudio de Mónica Andrade.

Se preguntaba si una mujer que hubiese cogido el cepillo de dientes antes de marcharse de casa olvidaría sus píldoras anticonceptivas, y una voz en su interior le respondía que no.

Tono. 1. Cualidad de los sonidos que permite ordenarlos de graves a agudos. **2.** Inflexión de la voz y modo de decir algo, según la intención o el estado de ánimo de quien habla. **3.** Señal acústica que suena en el auricular del teléfono. **4.** Carácter particular de la expresión y del estilo de un texto. **5.** Energía, vigor, fuerza. **6.** Grado de coloración.

Leo Caldas salió al patio por la puerta de la cocina y rodeó la casa con el cigarrillo sin encender entre los dedos, buscando la bicicleta en la que Mónica Andrade se desplazaba. No dio con ella. Tampoco halló rastro de su ayudante ni del gato gris que solo había visto en las fotografías.

De vuelta al patio se fijó en el portalón trasero. Era tan amplio como para permitir el paso de los coches pero, como les había explicado el médico, Mónica no lo utilizaba. Una hilera de macetones de terracota impedía que las dos hojas metálicas se pudiesen abrir.

El inspector apoyó un pie en una de las macetas para encaramarse y mirar al otro lado. La bicicleta tampoco estaba allí. Vio la cuesta empinada por la que habían bajado al llegar.

Caldas encendió el cigarrillo y se sentó en un banco a esperar a que el doctor saliese de la vivienda. Prefería no entrar al estudio de Mónica sin él.

Le pareció oír una voz y miró hacia su derecha. Rafael Estévez se aproximaba desde el jardín delantero.

—¿Has encontrado la bicicleta?

—No.

—¿Y al gato?

—Tampoco —resopló Estévez—, pero había un tipo ahí afuera.

—¿Dónde?

44

—Ahí —repitió, y señaló algún lugar a la espalda del inspector—. Estaba subido a algo, mirando por encima de la valla hacia aquí.

Leo Caldas observó el cierre de tela metálica cubierto de hiedra.

—¿Llegaste a hablarle?

—Qué va —negó Estévez moviendo la cabeza—. En cuanto me ha visto se ha bajado de un brinco y se ha esfumado.

—¿No lo encontraste?

—Coño, jefe, si le digo que se ha esfumado es porque se ha esfumado.

—Ya —dijo Caldas, y al instante añadió—: ¿Viste al menos cómo era?

—No me ha dado tiempo —respondió Rafael Estévez—, solo sé que iba vestido de naranja.

—¿De naranja?

El inspector apartó algunas de las hojas de la planta trepadora y trató de atisbar el otro lado. El naranja no era el color más adecuado para alguien que quisiera esconderse, pero no distinguió más tonos que los distintos verdes de la vegetación.

Realismo. 1. Forma de exponer o presentar las cosas del modo que son, sin exagerarlas ni suavizarlas. **2.** Sistema estético que asigna como fin al arte o la literatura la imitación fiel de la naturaleza.

Mónica Andrade llamaba gabinete al antiguo garaje, un cobertizo separado de la vivienda y reconvertido por ella en su taller de cerámica. La puerta corredera de metal del estudio tampoco estaba cerrada con llave.

El doctor la descorrió, apretó un interruptor y se echó a un lado para dejar pasar a los policías. Los dos tubos fluorescentes del techo parpadearon durante unos segundos antes de encenderse.

En el taller, el aroma de la bajamar se volvía imperceptible. Dentro solo olía a arcilla, a pintura y a humedad. Sobre una mesa alta de trabajo forrada con hule transparente había un libro abierto boca abajo. Caldas leyó el título de la cubierta: «El secreto de la porcelana». Al lado del libro, algo que no supo identificar conservaba el color del barro y, más allá, una esfera roja reposaba sobre papel de periódico. Parecía recién pintada y Caldas la tocó con la yema del dedo. Estaba seca.

En el extremo de la mesa, en la única zona limpia de salpicaduras, había un ordenador portátil con la tapa levantada. Un cable blanco lo conectaba con dos altavoces. Rafael Estévez se acercó y pulsó una tecla.

—¿Está encendido? —le preguntó Leo Caldas.

—No.

Estévez se apartó del ordenador y recorrió el gabinete mirando al suelo. Trataba de localizar al gato, como le había pedido el inspector, en alguno de los escondrijos que le podían proporcionar los cubos y materiales del taller.

Mónica Andrade había colocado varias piezas de cerámica en una estantería de madera. Destacaban tres centauros hermanos del que pretendía echar a correr junto a la chimenea del salón. Los cuerpos de los tres eran idénticos, pero todas las cabezas eran diferentes. Una de ellas, calva y de gran nariz, podía haber tenido como modelo al doctor.

Caldas se detuvo a examinarlos y luego se fijó en una pequeña caja con gruesas paredes de hierro. Cuando descubrió en un lateral los mandos para programar el tiempo y la temperatura entendió que se trataba del horno que Mónica empleaba para cocer el barro.

Un gran dibujo a lápiz del gato gris colgaba en la pared del fondo, junto a la única ventana del gabinete. Si no hubiese tenido los bordes difuminados podría haber pasado por una fotografía.

—¿Lo hizo su hija? —consultó el inspector.

Andrade se acercó a la pared.

—No creo —dijo—. Mónica no dibuja así.

—Esa es ella, ¿verdad? —preguntó Caldas, y señaló tres dibujos que formaban una serie bajo el del gato. Había reconocido a la hija del doctor en la mujer que aparecía en todas las escenas.

En el primero de los dibujos, Mónica modelaba una figura de arcilla sobre la mesa de trabajo con unas manos tan huesudas como las del doctor. En el segundo, ribeteaba esa misma pieza con un pincel. El tercer cuadro también la representaba en el gabinete, pero en esta ocasión agachada, recogiendo del suelo los fragmentos de algo que se había roto.

La perspectiva, la misma siempre, era una vista desde la ventana, como si el autor hubiese estado allí apostado, observando desde fuera lo que sucedía en el taller.

A Caldas le impresionó la exactitud con que estaba reproducido cada detalle del estudio. Hasta los pliegues de las figuras en la estantería y los reflejos de la luz en el hule de la mesa estaban dibujados con un realismo asombroso. Aunque no conocía a Mónica Andrade, intuyó que sus gestos estaban retratados con la misma fidelidad.

Una espiral en una esquina se repetía como una firma en los tres dibujos. Vio la misma marca en el retrato del gato gris.

Quien hubiese reproducido el taller con tanta precisión debía de haber pasado varias horas allí, y Caldas pensó que tal vez el autor pudiera ayudarlos a aclarar el paradero de la mujer.

—¿Sabe de quién es esa firma, doctor? —preguntó.

Víctor Andrade prestaba más atención a su reloj que a los dibujos.

—¿Cómo quiere que lo sepa? —respondió.

—Son muy buenos... —alegó Caldas.

—Mi hija trabaja en una escuela de arte. Alguien habrá allí que sepa pintar, digo yo.

—¿Nunca le preguntó quién le hizo esos retratos?

El médico volvió a pasar la vista por las escenas colgadas de la pared.

—Si soy sincero, nunca los había visto.

Caldas pensó que no era posible entrar en el gabinete sin reparar en el dibujo del gato gris ni fijarse en los otros tres.

—¿No había estado aquí antes?

El doctor reaccionó como si le hubiesen vertido sal en una llaga.

—Mire, Caldas, he venido hasta aquí para tratar de localizar a Mónica, no a perder el tiempo con los dibujos que adornan la pared. Esperaba que usted hiciera lo mismo que yo: buscarla.

Leo Caldas tragó saliva. No le habían molestado tanto las palabras del médico como el dedo índice con el que le había apuntado mientras le hablaba. Estévez aprovechó el silencio para escabullirse hacia el patio.

—Voy a ver si encuentro el gato —anunció tras aclararse la voz con un carraspeo. Luego comenzó a bisbisear.

Aún estaba en la puerta cuando se volvió para preguntar:

—¿Sabe cómo se llama?

—Dimitri —dijo Andrade con sequedad.

Estévez miró de hito en hito al doctor.

Luego se dio la vuelta y, retomando el bisbiseo, se alejó.

—¿Qué piensa hacer para encontrar a mi hija? —preguntó al inspector el doctor Andrade en el jardín delantero, junto a la cancela azul que daba al sendero sobre el mar—. Ya ha visto que aquí no está.

La respuesta del inspector fue otra pregunta:

—¿Ha vuelto a llamarla esta mañana?

—Claro —respondió el médico—. Hace un momento, desde su dormitorio, la llamé por última vez. Su móvil sigue apagado.

Caldas no había visto teléfonos en la casa.

—Solo tiene teléfono móvil, ¿verdad?

Andrade se lo corroboró:

—Nada más.

El inspector miró al frente, hacia el mar en calma cuyo aroma impregnaba la mañana en Tirán. Sentía a su lado la respiración profunda del doctor. El sol brillaba en el cielo y en los zapatos del médico.

—Lo mejor es que hable con sus conocidos. Tal vez alguno de ellos sepa adónde ha podido ir su hija.

—¿Cree que Mónica iba a marcharse sin cerrar antes las puertas con llave?

—No lo sé, ¿lo haría?

Andrade no contestó.

—Yo no conozco a su hija, doctor, pero aquí todo parece normal —añadió Caldas, señalando a su espalda, hacia la casa—. Su hija sacó la basura, se llevó el cepillo de dientes... Además, no está su bicicleta.

—Pero ¿dónde está ella? —le interrogó Víctor Andrade—. ¿Me quiere decir por qué no ha ido a trabajar ni responde al teléfono?

Leo Caldas abrió los brazos. No tenía las respuestas que el padre de la mujer le pedía.

—No lo sé, pero su hija es una persona adulta sin cargas familiares. Irse de casa no es un delito.

El médico estiró el cuello y le miró desde arriba, como si se hubiera subido a un pedestal. Amenazaba con transformarse otra vez en el hombre que le había reprendido en el gabinete.

—¿Insinúa que no van a hacer nada?

—No me malinterprete, doctor: vamos a buscar a su hija. Solo trato de hacerle ver que, aunque Mónica no esté en casa, no creo que tenga motivos para alarmarse. Estoy seguro de que hay una explicación.

El médico dio un suspiro prolongado.

—Eso es lo que me da miedo: que haya una explicación —susurró, y a Caldas le pareció que hablaba para sí mismo.

Luego Andrade volvió a consultar su reloj. Si le esperaban en el hospital a la una, iba a llegar con retraso.

—Tengo que volver a Vigo —anunció.

Caldas miró a su derecha. Sobre la vegetación asomaba una franja blanca de playa. El sol de la mañana se reflejaba en el ventanal de una de las casas de la ladera.

—Nosotros vamos a preguntar a los vecinos —dijo—. Es probable que alguien la haya visto estos días.

El doctor asintió y abrió la cancela, pero Leo Caldas le detuvo. Se le ocurría un modo de agilizar la búsqueda.

—¿Ha hablado con la prensa, doctor?

Muchas desapariciones terminaban con una llamada de la persona huida. Unas eran el primer peldaño hacia el regreso. Otras, la confirmación de un portazo: «No voy a volver, no me busquen más».

—¿Cómo?

—Puede que su hija no sepa que la están buscando.

El sarmiento del dedo índice se extendió de nuevo en la mano del médico para señalar al inspector.

—No voy a convertir esto en un circo, Caldas —le escupió—. Usted encuentre a Mónica. Cumpla con su obligación. Yo tengo que atender las mías.

Luego dejó la cancela azul bailando en las bisagras y tomó el sendero en dirección a la iglesia.

Dibujar. 1. Representar mediante líneas y sombras una figura en una superficie. 2. Describir. 3. Indicarse o revelarse lo que estaba callado u oculto.

Aunque hacía rato que las hierbas del sendero habían ocultado la cabeza pelada del doctor Andrade, Leo Caldas continuaba de pie ante la cancela azul. Pensaba en la forma en que se había revuelto el médico cuando le insinuó la posibilidad de informar a la prensa de la desaparición de su hija. «No voy a convertir esto en un circo», había gruñido, como si aquella sugerencia respondiese a una intención frívola.

Lamentaba que Víctor Andrade se hubiera marchado sin darle la oportunidad de explicarse, de aclararle que tampoco a él le agradaba el merodeo de los periodistas ni la pátina de sordidez con que tantas veces se recubrían las desgracias al ser transformadas en noticia. Por no hablar de las llamadas de desaprensivos y estafadores que, tan pronto como tuvieran conocimiento de la desaparición, comenzarían a acosar a la familia tratando de sacar provecho de su angustia. Sin embargo, los medios de comunicación eran capaces de obtener de forma rápida resultados que la policía difícilmente lograba.

Mónica Andrade no era una mujer conflictiva ni mantenía una relación sentimental tormentosa. Su casa estaba ordenada, sin señales de violencia. Nada hacía presumir que fuese una desaparición forzada. El doctor necesitaría convencer a políticos, jueces y mandos policiales de que algo extraño se ocultaba tras la ausencia de su hija para lograr que, pese a la falta de indicios de delito, se destinaran recursos a buscarla.

Entendía su prevención, su recelo ante la posibilidad de convertirse en protagonistas de un espectáculo público, pero años de experiencia habían enseñado a Caldas que no existía mejor espuela que un medio de comunicación. Se dijo que, si la desaparición se prolongaba, el mismo doctor Andrade acabaría por convencerse.

Un sonido intermitente a su espalda le hizo volverse hacia la casa. Estévez, en mangas de camisa, se balanceaba en la mecedora del porche con la cazadora y el jersey hechos un ovillo en el regazo.

—¿Qué haces? —La imagen de su ayudante columpiándose había apartado las suspicacias del doctor del pensamiento de Caldas.

—El gato no está —fue toda la explicación del aragonés.

El inspector resopló.

—¿Quieres levantarte de ahí? Vas a romper la mecedora.

Rafael Estévez se echó hacia atrás para tomar impulso y, aprovechando el vaivén, se puso en pie de un brinco. Como cada vez que lo veía en acción, Caldas se preguntó cómo era posible que un hombre de esa corpulencia se moviese con tanta agilidad. Sin embargo, en esta ocasión la cabriola del aragonés terminó en un quejido y un llevarse la mano al hombro.

—Joder —murmuró.

—Si te levantas así, lo raro es que no te hagas daño.

—No es por la mecedora —gruñó Estévez—. Ya me molestaba esta mañana. Creo que es de una mala postura.

—¿Has vuelto a dormir sentado? —le preguntó Caldas.

Estévez hizo como que no le había oído y comenzó a realizar estiramientos, rotando el brazo adelante y atrás.

—El gato no está ni en el jardín ni dentro de la casa.

—Pues alguien dejó comida y agua.

—Ya lo he visto —dijo Estévez. Los estiramientos le habían hecho sudar y se pellizcaba la tela de la camisa para separársela del cuerpo—. Andará de paseo con una gatita aprovechando este maldito sol.

—¿También te molesta el buen tiempo? —preguntó Caldas.
Durante la semana anterior, Estévez no había dejado de refunfuñar a causa de la lluvia y el viento.

—Me molesta no saber nunca a qué atenerme. Pasamos de un temporal que tumba un árbol como ese —dijo señalando el tronco seccionado del árbol caído— a un día como el de hoy. ¿Le parece normal a estas alturas de noviembre?

—¿Que haya un vendaval o que haga sol?

Estévez meneó la cabeza. Las ambigüedades climatológicas no eran las que más le incomodaban.

—No sabe cuántas veces tengo la impresión de que me hablan así a propósito para tocarme las pelotas.

Caldas sonrió y, bordeando la casa hasta el patio trasero, regresó a la cocina por la puerta de cristal.

Estévez se agachó junto a los comederos del gato como antes había hecho el inspector y deslizó las yemas de los dedos por el borde del cuenco del agua. Las salpicaduras eran recientes.

—Debió de encargar a algún vecino que diera de comer al gato mientras estaba fuera —pensó en voz alta.

Que el gato estuviese en la casa también era un síntoma de que Mónica Andrade solo tenía intención de ausentarse de casa durante unos pocos días. Si fuese a faltar una temporada larga, se habría llevado consigo el gato o lo habría dejado con alguien de su confianza.

Rafael Estévez se levantó con un gesto de dolor que Caldas hizo como que no veía.

—A lo mejor es ella misma quien le da de comer —dijo el aragonés.

—¿Ella misma?

—Puede que esté por aquí cerca. Si no ¿por qué está abierta la casa?

—Le habrá dejado las llaves a quien tenga que venir a llenar los cacharros del gato.

—¿Llaves de todas las puertas? Están abiertas las dos de la casa y la del estudio, y allí no hay ningún bicho al que echar de comer —enumeró Estévez, estirando los dedos índice, medio y anular de su mano derecha—. Además, si alguien tiene las llaves, ¿por qué no cierra al marcharse?

—No lo sé —dijo Caldas.

—Me juego un café a que, mientras nosotros perdemos el tiempo, esa chica está intercambiando gemidos con algún majadero en cualquier casa de estas —señaló el ventanal de la cocina—. Verá como no me equivoco.

Leo Caldas, en cambio, dudaba.

—¿Y por qué no responde a las llamadas del doctor? —preguntó, como antes había hecho Víctor Andrade.

El inspector no había sido capaz de ofrecer una respuesta al médico, pero Estévez encontró una al instante:

—Porque el padre es un ogro y la chica no querrá que le amargue el caramelo. Tendrá el teléfono apagado en el bolso o debajo de la cama.

—Pero ha faltado al trabajo dos días: el viernes y el lunes. Y tampoco parece que vaya a acudir hoy.

—No es la primera vez que no atiende una obligación —replicó Estévez—. ¿No ha dicho Andrade que le ha dado más de un plantón y que dejó de la noche a la mañana un puesto cojonudo en una fundación para irse a dar esas clases de modelado?

—De cerámica.

—De lo que sea. Es la única hija de un cirujano prestigioso y una millonaria. Con dinero uno puede permitirse jugar a la reencarnación y pasar por la vida sin dar explicaciones a los demás.

—Puede ser —dijo Leo Caldas, aunque pensaba otra cosa. El doctor también había mencionado que su hija siempre telefoneaba a la Escuela de Artes y Oficios cuando por algún motivo faltaba a sus clases. Aquello no encajaba con la caricatura que Estévez se estaba aventurando a dibujar.

Con un gesto, pidió a su ayudante que le esperase y se dirigió al dormitorio. Sacó de su marco la fotografía en la que Mónica sostenía al gato gris y regresó a la cocina.

—Mónica Andrade no es una niña —dijo abriendo la puerta del patio. Quería volver al gabinete antes de marcharse—. Tiene más de treinta años.

Estévez salió tras él.

—Da lo mismo, inspector. Los que tienen padres ricos no necesitan madurar.

Expuesto. 1. Explicado ordenadamente. 2. Colocado de forma que pueda ser admirado. 3. Puesto de manera que reciba la acción directa de un agente. 4. Aventurado, peligroso.

Caldas descorrió la puerta de metal del gabinete y encendió la luz. Atravesó el olor a arcilla y fue a apoyar la fotografía de Mónica Andrade junto a los dibujos colgados en la pared. Aunque en los retratos a lápiz la mujer estuviese concentrada en su trabajo y en la fotografía mirase a la cámara, tanto las facciones como la expresión del rostro eran idénticas.

—¿Qué te parece? —preguntó a su ayudante.

—Que está clavada —respondió Estévez y, después de mirar alrededor, añadió—: Está clavado todo.

Leo Caldas asintió.

—O hizo el dibujo a partir de fotografías o pasó muchas horas aquí con ella.

—¿Quién? —preguntó Estévez.

Caldas se encogió de hombros.

—No lo sé —contestó.

Antes de abandonar el taller, Caldas se volvió a echar un último vistazo al interior. Chasqueó la lengua al reparar en el ordenador sobre la mesa. Prefería no dejarlo expuesto a la vista de quien quisiera asomarse a la ventana. Cualquiera podía deslizar la puerta corredera y llevárselo. Caldas sabía que, si la mujer no regresaba, en ningún lugar podrían encontrar un rastro más fiel de sus últimos pasos que en su teléfono móvil y en su ordenador.

Tomó un periódico antiguo de una de las estanterías, separó tres hojas y con cada una de ellas fue cubriendo el ordenador y los altavoces a los que estaba conectado. Al lado de la esfera pintada de rojo, las tres formas tapadas con los pliegos de papel parecían otras figuras de cerámica puestas a secar.

Mientras Estévez recorría una última vez el interior de la vivienda, Leo Caldas se sentó en el banco y sacó el paquete de tabaco. Iba a encender un cigarrillo cuando por el rabillo del ojo creyó percibir que algo se movía de manera fugaz a su izquierda, cerca del acceso para vehículos que Mónica Andrade no utilizaba. Miró hacia allí, pero no vio nada extraño, ningún movimiento más allá del reflejo del sol centelleando en uno de los macetones de barro que se alineaban ante la entrada. El inspector se levantó y se dirigió al portalón. Apoyó el pie en uno de los grandes tiestos y, asomado sobre el callejón, comprobó que estaba tan desierto como el patio.

Oyó su teléfono sonar y, antes de responder, leyó el nombre que aparecía en la pantalla.

—Seguimos aquí, comisario, en Tirán.

—¿Puedes hablar? —quiso saber el comisario Soto desde el otro lado de la línea.

—Claro.

—¿No está el doctor con vosotros?

—Ya no —dijo Caldas—, se marchó a Vigo hace un rato. Tenía que estar a la una en el hospital.

—¿Habéis encontrado a la hija?

—No, aquí no hay nadie.

—Pero ¿sabéis dónde puede estar?

Leo Caldas no lo sabía.

—Parece que se fue de casa, sin más.

—¿Parece?

—Sacó la basura, se llevó el cepillo de dientes... No dejó ninguna nota ni hay desorden ni nada que haga temer otra cosa.

—Y el doctor —le cortó Soto, que seguía menos preocupado por la hija que por Andrade—, ¿se quedó más tranquilo?

—Creo que sí —mintió Caldas—. De todas formas vamos a hablar con los vecinos, por si alguien puede contarnos algo más.

Acababa de colgar cuando Estévez se asomó al patio desde la cocina. No traía noticias de Dimitri, pero había encontrado dos llaves unidas por una arandela.

—Una es de la puerta principal y la otra, del gabinete —anunció—. La que no encuentro es la de la cocina.

—No te preocupes —dijo Caldas. Al menos, podían dejar el ordenador de Mónica bajo llave—. Cierra y vamos a dar una vuelta.

Distinguir. 1. Conocer las diferencias entre unas cosas y otras. **2.** Diferenciar algo con una señal, una divisa, etc. **3.** Otorgar a alguien una dignidad o privilegio. **4.** Lograr ver pese a la lejanía o a cualquier otra dificultad.

A pesar de que varios siglos de azote vikingo habían despoblado la franja litoral de la península del Morrazo, la iglesia parroquial de Tirán había sido levantada a finales del siglo XII sobre un cantil rocoso al borde del mar. Debía su ubicación en la costa, alejada del núcleo de la parroquia, a un manantial que corría bajo sus cimientos a cuyas aguas se atribuían propiedades milagrosas. Un temporal había removido la tierra y cegado para siempre la fuente, pero la iglesia románica y la devoción por el Cristo das Boas Augas habían sobrevivido a la fuerza del viento y a los embates de los piratas y el mar.

La puerta verde de la iglesia estaba enmarcada por tres arquivoltas de piedra. Dos ventanas altas y estrechas, colocadas una encima de la otra, dividían en dos mitades la fachada principal. A cada lado de la puerta, colgaban los cables que tañían las campanas de la espadaña.

Frente a la fachada se levantaba un panteón solitario donde descansaban los muertos de las familias Carvajal y Castroviejo. Coronaban el monumento tres figurillas que representaban la fe, la esperanza y la caridad. No había más sepulturas en el atrio. Todas las demás estaban en el cementerio situado al otro lado.

El atrio que rodeaba la iglesia era un balcón sobre el mar protegido por un murete de piedra. Detrás, un terraplén descendía hasta la arena descubierta por la marea. Aquel talud de tierra compacta formaba un parapeto firme, una defensa contra el oleaje que en otro tiempo había sepultado el manantial.

El terraplén estaba cubierto de arbustos y otra vegetación baja. También había varias piedras grandes amontonadas a la izquierda, junto al muro del cementerio, como esperando a verse convertidas en lápidas.

—Me gusta esa planta —dijo Estévez señalando una de grandes flores anaranjadas.

—Sí —respondió el inspector—. Pero van a tener que podarla si sigue creciendo.

La vista que la planta amenazaba con tapar era espléndida. El sol de mediodía reverberaba en cada cresta del mar. Multitud de rocas dejadas al aire por la marea emergían aquí y allá. Dos mariscadoras se afanaban en rastrillar la arena húmeda antes de que el agua la volviese a cubrir. También había embarcaciones marisqueras peinando el fondo con sus aparejos y muchos otros barcos, grandes y pequeños, cruzándose en la ría bajo la ávida vigilancia de las gaviotas.

En un peñasco próximo, cuya cima mantenía el color de la piedra seca, una familia de aves extendía sus alas al sol. Cerca de allí, un hombre en un bote de remos fumaba una pipa mientras esperaba que algún pez hambriento se aventurase a comer de su sedal.

El sol también destellaba en las paredes acristaladas de varios edificios de Vigo, como si desde la orilla opuesta estuviesen enviándoles señales luminosas. Leo Caldas barrió su ciudad con la mirada. Distinguió los mástiles de los veleros alineados ante la falda oscura del monte de la Guía, los depósitos del puerto de mercancías, la silueta del antiguo hospital, el ayuntamiento recortado en el monte del Castro, las naves de la lonja y los frigoríficos, y las grúas de los astilleros huérfanos de barcos en construcción.

—Parece mucho más grande —dijo Rafael Estévez, como si le hubiese leído el pensamiento, y Caldas asintió: la ciudad parecía más hermosa y extensa desde allí.

El inspector abandonó las vistas para mirar alrededor. La iglesia seguía cerrada y el cementerio, vacío. Tampoco habían encontrado a nadie en la casa contigua a la de Mónica Andrade.

Decidió bajar por la rampa que descendía pegada al muro del cementerio hasta la arena y probar suerte con las mariscadoras de la orilla.

—Almeja rubia, pero hay poca —contestó una de las mujeres cuando el inspector se interesó por el marisco que extraían. Era robusta y su frente brillaba de sudor—. Toda la mañana para esas bolsiñas.

El inspector Caldas miró las dos bolsas a medio llenar que descansaban sobre la arena.

—No es mucho, no.

Rafael Estévez señaló el grupo de aves posado en la peña que ya habían visto desde arriba.

—¿Qué pájaros son esos?

—Cormoranes, creo —respondió Caldas, y la mujer se lo confirmó con un asentimiento.

—¿Y cantan así? —preguntó Estévez.

Caldas afinó el oído. Sobre el rumor de las olas percibió un trino de pájaros. Parecía provenir del peñasco.

—No lo sé —dijo, tan sorprendido como su ayudante.

La otra mariscadora, joven y con el cabello tapado con una pañoleta blanca, dejó de rastrillar.

—Los que cantan son los pájaros de Andrés el Vaporoso.

—¿De quién?

La chica señaló al hombre del bote de remos que pescaba cerca de la roca.

—Lleva en la barca una jaula con jilgueros que le hacen compañía.

—Le llaman el Vaporoso por la pipa —explicó la otra.

Después de una mañana encorvadas sobre la arena, no les faltaban ganas de hablar.

Los policías contemplaron la barca. El trino de los pájaros era ahora tan claro como la silueta de la jaula en la popa.

—Dicen que encontró una sirena en el Corbeiro y que por eso no se mueve de ahí.

—El Corbeiro es la roca grande —aclaró la del pañuelo señalando la piedra que servía de refugio a los cormoranes—. Andrés el Vaporoso no es de aquí, pero se le apareció una sirena y se quedó.

—¿Una sirena?

La muchacha asintió:

—Dicen que fue ahí mismo, donde siempre pesca él. Hace muchos años.

—Más de veinte —recordó la mariscadora más gruesa.

Ninguna de las dos mujeres había oído nunca el nombre de Mónica Andrade. Sin embargo, cuando Caldas les mostró la fotografía ambas la reconocieron.

—Vive aquí al lado —señalaron a un tiempo—. En una casita azul.

—¿La han visto?

—Esta mañana no vino a pasear —dijo la de la pañoleta blanca.

—¿Suele pasear por aquí?

—Todas las mañanas si no hace mal tiempo.

—¿A qué hora suele venir?

—Unos días más temprano y otros más tarde —respondió—. Depende.

Estévez no se pudo resistir:

—Depende ¿de qué?

—De que la marea esté baja.

—Es que con marea alta malamente se puede pasear —apostilló la del pañuelo.

Caldas se colocó de espaldas al mar para contemplar el litoral de Tirán. Vio la iglesia y el cementerio colgados sobre la arena y, a ambos lados, varias playas separadas por salientes rocosos. Cuando la marea retrocedía, como en aquel momento, era posible recorrerlas andando por la arena húmeda. Sin embargo, con la pleamar, el agua subía engullendo algunas de las playas y reduciendo las otras a franjas estrechas de arena entre acantilados.

Una pareja caminaba en la distancia, cogida de la mano, y Caldas se preguntó si no habría alguien que acompañase por la orilla a la hija del doctor.

—¿Pasea sola? —quiso saber.

La mariscadora más joven le regaló una sonrisa tan blanca como su pañuelo.

—Normalmente va con el inglés.

—¿Con quién? —se interesó Leo Caldas. Un inglés era una novedad.

—Con el inglés —repitió—. Siempre pasean juntos.

El inspector miró a su ayudante y este le devolvió un alzamiento de cejas: tal y como había presumido Estévez, Mónica se veía con un hombre.

—¿Saben cómo se llama? —preguntó Caldas.

Las mariscadoras se miraron: no lo sabían.

—Siempre lleva una cámara de fotos colgada aquí —dijo la de más edad señalándose el pecho.

—Es inglés... —insistió la del pañuelo. Parecía preguntarse para qué necesitaban un nombre si podían identificarlo por su nacionalidad.

—¿Lo han visto esta mañana?

Volvieron a mirarse la una a la otra, como interrogándose, y negaron a un tiempo moviendo la cabeza:

—Esta mañana no.

—¿Y ayer?

—Ayer hizo mal día. Cuando llueve nadie viene a pasear a la playa.

Como descansaban los sábados y los domingos, tampoco sabían si Mónica y el inglés habían ido a caminar durante el fin de semana.

—¿Ese hombre vive por aquí? —se interesó Estévez.

—Más arriba —dijo la mariscadora gruesa, y señaló la ladera que ascendía desde la playa. No conocían la dirección exacta, pero sabían que vivía en la parte alta de la parroquia.

—¿Cerca? —volvió a preguntar el ayudante del inspector.

—Lejos no —contestó la mujer.

Estévez miró a Caldas. «¿Ve a qué me refiero?», parecía decir con su gesto.

Los policías se despidieron de las mariscadoras y regresaron hacia la iglesia por la rampa lindante con el cementerio. El sol estaba alto y la sombra de las cruces se proyectaba entre sus pies.

—¿Qué le decía yo? —se jactó Estévez—. Está con un tío.

—Solo sabemos que pasea con él.

—Todos los días —remarcó Estévez—. Pero justo ayer y hoy ninguno de los dos aparece por la playa. ¿No le parece mucha casualidad?

—Puede ser.

—Están juntos, inspector —dijo el ayudante mientras taconeaba sobre el pavimento para desprender la arena de sus zapatos—. Ya lo verá.

Leo Caldas se apoyó en el murete de piedra del atrio para asomarse otra vez sobre la playa. Andrés el Vaporoso y la nube de humo de su pipa seguían cerca de la piedra del Corbeiro. No podía oír a los jilgueros desde allí.

El inspector permaneció con los ojos fijos en aquella barca, aunque su cabeza estaba en otro lado: pensaba en los dibujos del gabinete. Mónica podía haber posado mientras la dibujaban, pero los detalles estaban reproducidos con tal fidelidad que se inclinaba a pensar que el autor los había hecho a partir de fotografías.

Ahora sabía que el inglés solía llevar una cámara de fotos colgada en el pecho y Caldas se preguntaba si no sería también el dueño de la firma en espiral.

—Inspector —le llamó su ayudante, y movió la cabeza señalando la cuesta empedrada que ascendía hasta la carretera.

Una mujer de cabello blanco bajaba cargada con dos bolsas de supermercado. En una de ellas asomaba un ramo de florecillas envuelto en papel celofán.

Cómplice. 1. Que mantiene intimidad estrecha con otro. **2.** Persona que, sin ser autora de un delito o una falta, participa en su ejecución junto con otras.

Se llamaba Carmen Freitas y vivía en la casita blanca, la más cercana a la de Mónica Andrade. La suya era una vivienda modesta, de una sola planta, con las tejas de arcilla roja y un zócalo de piedra en su parte más baja. Una ventana daba a la iglesia y otra, abierta sobre el sendero, miraba al mar. En aquella misma casa había nacido setenta y tres años atrás y allí esperaba morir algún día.

—Y ustedes ¿quiénes son? —preguntó la mujer cuando le contaron que buscaban a Mónica Andrade.

—Yo soy el inspector Caldas —dijo— y él es el agente Estévez. Venimos de la comisaría de Vigo.

—¿Caldas?

—Sí.

—¿El Caldas policía que habla por la radio?

Volvió a asentir y la mujer le miró de arriba abajo antes de esbozar una mueca cómplice.

—En la radio parece más viejo.

—Las voces engañan —sonrió Caldas—. ¿Tiene un minuto?

La mujer le mostró las bolsas.

—¿Les importa si antes dejo esto en casa? Alguna cosa necesita frío.

—¿Le ayudo? —se ofreció Caldas, tendiéndole las manos.

La mujer rehusó el ofrecimiento:

—No hace falta. Ya le dije que vivo ahí mismo.

La mujer se dirigió a su casa y el ladrido agudo de un perro pequeño la recibió desde el interior.

—Ya estoy de vuelta, Medusa —anunció Carmen Freitas colocándose de espaldas a la puerta. Luego, sin soltar las bolsas, con la destreza de quien actúa por costumbre, bajó la manija con el codo y empujó la puerta con las nalgas.

Una perrilla blanca que apenas levantaba un palmo del suelo aprovechó el resquicio abierto por su dueña para escaparse.

—La jodimos —murmuró Rafael Estévez al verla salir.

—No se preocupe, Medusa no hace nada —sonrió la mujer antes de desaparecer en el interior de la vivienda.

Al principio la perra se alejó correteando por el atrio pero, como Estévez había sospechado, en cuanto husmeó su presencia en el aire regresó a la carrera para concentrarse en él.

Primero le ladró a cierta distancia y luego comenzó a girar a su alrededor, obligándole a dar vueltas sobre sí mismo para no perderla de vista.

Los círculos fueron haciéndose cada vez más estrechos y los ladridos transformándose primero en gruñidos y después en un sonido monocorde, como de gárgaras, que la pequeña Medusa emitía con la cabeza baja y los labios retraídos, mostrando dos hileras de dientes pequeños, blancos y afilados.

—Ni se te ocurra hacerle daño —le advirtió el inspector al ver que su ayudante blandía un pie frente al hocico de la perra.

—Pues que no se me acerque más —rumió el aragonés, tratando de mantenerla a raya—. Que me duele la espalda y no estoy para aguantar gilipolleces.

Carmen Freitas apareció en el umbral de la casa. En la mano derecha traía el ramillete de flores y otra bolsa de plástico colgada del asa. Le sorprendió encontrar a su perra enseñando la dentadura al ayudante del inspector.

—Medusa, no incomodes a ese señor, ¿no ves que es policía? —le pidió desde la puerta, y luego añadió—: No se preocupe que no muerde.

—¿Seguro? —receló Estévez, todavía con el pie en alto. La perrita no dejaba de gruñir.

—Segurísimo —confirmó la mujer—. Ven, Medusa, bonita, ven a casa.

—Venga, bonita, vete con mamá —la animó Estévez con la punta del zapato.

La perrita retrocedió un par de pasos y, cuando comprobó que Estévez relajaba la guardia, se abalanzó de un brinco sobre su pantorrilla.

—¡Me cago en todo! —voceó el aragonés sacudiendo la pierna hasta lograr desprenderse de la perra, que salió despedida un par de metros y aterrizó con un quejido sobre el pavimento de piedra.

—Ay, Dios mío, Medusa —gimió a su vez Carmen Freitas detrás del ramo.

—Que no le hagas daño —insistió Caldas.

—¿Y qué pretende que haga? —preguntó Estévez, sin dejar de vigilar a la perra, que, de nuevo sobre cuatro patas, parecía dispuesta a lanzar otro ataque.

—¡Medusa! —la llamó Carmen Freitas, pero, en lugar de acudir a la llamada, Medusa cargó hecha un basilisco contra el ayudante de Caldas y, esquivando las patadas, se echó sobre él de un salto.

Conteniéndose para no golpearla con el puño cerrado en el hocico, Rafael Estévez la apartó en el aire de un manotazo. Los dientes de Medusa se cerraron en vacío con un chasquido.

—¡Coño! —bufó Estévez—. Pero ¿cuánto salta este bicho?

—¡Medusa, ven! —la llamó una vez más su dueña.

La perra tenía sus propios planes y Estévez, poca paciencia.

—Señora, ¿deja las putas flores y viene a sujetar a su perra o prefiere que le pegue un tiro? —preguntó la tercera vez que se la quitó de encima.

No sin esfuerzo, Carmen Freitas logró contener a Medusa y arrastrarla del collar al interior de la vivienda. Estévez se sentó en un banco de piedra situado en la fachada de la iglesia que miraba al mar con una de las perneras del pantalón remangada. La huella de los colmillos de Medusa era patente en su gemelo.

Caldas se sentó al lado.

—¿Sangra?

—No sé —respondió Estévez, frotándose la pierna.

—Menos mal que tenía los dientes pequeños, ¿eh?

—A ver si se cree que no duele —replicó el ayudante.

Cuando la mujer se reunió con ellos traía el sofoco dibujado en el rostro y la bolsa y el ramito de flores en la mano. Dentro de casa, la perra no dejaba de ladrar.

—No me explico qué diablos le pasa esta mañana —dijo, y al ver la marca de los dientes en la pierna del policía, preguntó—: ¿Le molesta?

Estévez no contestó.

—¿Traigo agua oxigenada?

—Es igual.

—Medusa nunca había atacado a nadie —se excusó de nuevo—. Le juro que es la primera vez.

—Y si fuera por mí habría sido la última —murmuró Estévez.

La mujer miró al inspector.

—No le haga caso —la tranquilizó Caldas—. El agente Estévez no cae bien a los perros. Debió de ser un gato en otra vida.

—No creo que sea eso —murmuró la mujer, y miró al aragonés con los ojos entornados, como si tratara de identificar su especie—. Medusa se lleva bastante bien con los gatos.

—¿Ha visto a su vecina estos días? —preguntó Leo Caldas golpeando con la uña del dedo índice el paquete de tabaco que sostenía en la otra mano. Cuando los cigarrillos se separaron, sacó uno y se lo colgó entre los labios.

—No la veo desde el jueves pasado —dijo ella—. Ya se lo conté al padre.

Al referirse al doctor Andrade había mirado hacia la ciudad que lanzaba destellos desde la orilla de enfrente.

El inspector se palpó el pantalón buscando el mechero.

—¿Está segura?

—Por supuesto que estoy segura —dijo, y dirigió el pequeño ramo hacia el cementerio—: ¿Les importa que sigamos hablando mientras cambio las flores a mi marido? No querría que este sol las estropease antes de ponerlas en agua.

Caldas y Estévez se volvieron para observar el cementerio. Dos cruces altas con sudario talladas en piedra asomaban por encima del muro más próximo a la playa, como oteando el mar.

—Claro —accedió el inspector, y retirándose el cigarrillo todavía apagado de la boca lo devolvió al paquete.

—No hace falta que se guarde el pitillo —le dijo la mujer—. ¿No ve que la mayoría de los difuntos fuman?

Vapor. 1. Fase gaseosa en que se transforma una sustancia al alcanzar temperaturas próximas a su punto de ebullición o licuefacción. **2.** Vértigo o desmayo. **3.** Gas de los eructos. **4.** Embarcación movida por una máquina de vapor.

Atravesaron el atrio y descendieron tres peldaños hasta la verja de hierro del pequeño cementerio parroquial de Tirán. Una cruz coronaba el dintel de la entrada. Al otro lado de la verja, un pasillo de tierra compactada se abría entre las paredes cubiertas de nichos.

—Me gusta mucho *Patrulla en las ondas* —confesó la mujer, abriendo la verja—. ¿Hoy no tiene programa?

—Sí —respondió lacónico Leo Caldas.

—¿Él no viene? —quiso saber Carmen Freitas. Estévez seguía sentado en el banco de piedra. Ya no se frotaba la pierna, pero volvía a mover los brazos para estirar la espalda.

Caldas se interesó por la conversación que la mujer había mantenido con el doctor Andrade.

—¿Ese señor es realmente el padre de Mónica? —le preguntó Carmen Freitas mientras avanzaban entre los nichos. Las lápidas de mármol eran blancas, grises o negras. Unas relucían y otras estaban manchadas por el tiempo y la humedad. Varios apellidos se repetían aquí y allá: Salgado, Cruz, Soage, Nogueira, Sanluis...

Todas las sepulturas estaban dispuestas unas sobre otras, formando columnas bajo tejadillos a dos aguas. Algunos estaban rematados en lo alto por cruces sencillas, de piedra, como todo lo demás.

—¿Le extraña que sea su padre?

71

—Un poco, sí —confesó.

—¿No esperaba a alguien tan elegante?

—No es eso. Hablando cinco minutos con Mónica una se da cuenta de que no se crio en un barrio obrero. Aunque se disfrace con esos vestidos no lo puede disimular.

—¿Entonces?

—Siempre creí que su padre estaba... —se detuvo y a Caldas le pareció que buscaba un eufemismo en algún lado. No lo encontró y dejó la frase flotando entre ellos.

—Que estaba ¿cómo?

—Creí que viviría en un sitio como este.

Caldas miró en torno suyo.

—¿Le contó Mónica que su padre había muerto o qué?

—No, no —contestó la mujer—, pero habla de su madre como si estuviese sola. Y como nunca la oí mencionar a su padre, me había imaginado que...

—Ya —dijo Caldas, y trató de volver a encarrilar la conversación—. Me decía que no la ve desde el jueves.

—Desde el jueves por la mañana —precisó la mujer. Seguían avanzando entre paredes repletas de muertos.

—¿Y estaba bien?

Otra frase en el aire:

—Bueno...

—¿Bueno? —repitió el inspector.

—Estaba como todos: fastidiada por los destrozos del temporal. ¿Sabe que aquella noche se le vino abajo un árbol de Navidad precioso que tenía en el jardín? Estaba claro que se tenía que caer porque ya había empezado a encorvarse, como yo, que cualquier día yo también me voy al suelo —sonrió.

Caldas le contó que había visto el hueco en la tierra y la tela metálica vencida por el impacto.

—A mí el viento también me tiró un árbol, ¿sabe? —continuó Carmen Freitas con aflicción.

—¿También? —preguntó Caldas, por no parecer descortés.

—¿Se fijó en el naranjo que tengo en el huerto? —preguntó—: Delante de casa, al otro lado del camino.

—Sí, sí —mintió Caldas.

—Pues hasta el miércoles por la noche había otro igual de bonito al lado.

Carmen Freitas se detuvo ante un nicho. Sacó del bolsillo la llave para abrir el cristal que lo protegía y retiró el vaso de cerámica con flores marchitas que había dentro.

—Este es Arturo —dijo ella, y el inspector leyó su nombre en las letras talladas en el mármol: «ARTURO RODRÍGUEZ SOAGE». Debajo figuraban las fechas de nacimiento y defunción. Había vivido casi ochenta años. Encima, junto a una cruz, Arturo le miró desde una fotografía. Debía de haber sido tomada poco antes de su fallecimiento, y Caldas se preguntó si aquel hombre estaría conforme con ser recordado para siempre a través de aquella imagen, como si solo hubiera sido anciano.

Carmen Freitas tiró las flores mustias a una papelera y se acercó a un grifo para vaciar el vaso y rellenarlo con agua fresca.

Caldas la esperó observando a otros muertos en las fotografías. Ninguno era joven, ninguno sonreía. Todos miraban con gravedad, resignados al destino que les aguardaba tras sus largas vidas.

—Figúrese si tiraría árboles el viento en esta zona que por la mañana tuvieron que venir del ayuntamiento con una sierra eléctrica a cortar los troncos caídos para poder moverlos. Yo tengo leña para bastante tiempo —dijo, aspirando satisfecha, y Caldas no supo si olía las flores que traía en el vaso o el humo que habría de desprender la madera en su chimenea—. Mónica no quiso hacer leña. Pidió que le partieran el tronco en piezas grandes y las dejó en el jardín. Ella sabrá para qué las quiere.

—¿Y dice que desde la mañana del jueves no volvió a verla?

—No, pero la oí trabajar esa noche en su tallerciño.

—¿La oyó? —se sorprendió Caldas. La cerámica no era una actividad ruidosa.

—Mónica trabaja con música —explicó ella, y Leo Caldas recordó el ordenador y los altavoces que había tapado con las hojas del periódico—. La ventana de mi cuarto da a la parte de atrás, así que me acuesto todas las noche oyendo de fondo la música que pone para trabajar.

—¿No le molesta?

—Eso pregunta ella algunas veces, pero la verdad es que no me molesta nada —respondió—. ¿No ve que desde que Arturo falleció tomo una pastilla para dormir? Entre eso y que ya no ando bien del oído, Mónica podría tirar cohetes y yo no me enteraría. ¿Verdad, Arturo?

Caldas miró la lápida, pero el anciano del retrato no respondió.

—Entonces, la oyó trabajar esa noche... —dijo dirigiendo otra vez la charla a la última noche en Tirán de la hija del doctor.

—Eso es —confirmó Carmen Freitas. De la bolsa que había dejado en el suelo sacó una bayeta y una botella de limpiacristales con pulverizador—. Las once, serían.

—¿Y el viernes no la oyó?

Negó moviendo la cabeza, impregnó con limpiacristales la hoja de cristal y comenzó a frotarla con la bayeta.

—Mónica se fue el viernes por la mañana —dijo luego—. Se marchó a primera hora en la bicicleta.

—¿Cómo lo sabe?

—Una vecina se cruzó con ella —dijo—. Me lo contó esta mañana.

—¿Qué vecina? —quiso saber Leo Caldas. Había sacado su cuaderno para apuntar el nombre.

—Rosalía —dijo, y luego aclaró—: Vive en el Lazareto.

—¿Dónde es eso?

La mujer le explicó que siguiendo la senda litoral que partía desde su casa y pasaba frente a la de Mónica Andrade se llegaba a una playa más larga.

—El Lazareto son las casas que hay al final de esa playa —le indicó—. Rosalía vive allí.

Carmen Freitas dejó de frotar un cristal que, de tan limpio, resultaba ya invisible y colocó dentro el vaso con flores. Retrocedió un par de pasos y observó el conjunto. Luego recolocó uno de los tallos.

—¿Sabe a qué hora la vio?

—Sé que fue tempranito, pero la hora no la sé.

—¿Y no le contó adónde iba?

—Iba hacia Moaña —respondió ella y, señalando un punto en la franja de mar que se abría entre las paredes de piedra, añadió—: Iría a coger el vapor a Vigo, como hace siempre, digo yo.

Caldas siguió el dedo de la mujer y distinguió el barco aproximándose en la distancia. Hacía medio siglo que los transbordadores que cruzaban la ría funcionaban con gasoil, pero para Carmen Freitas seguía siendo un vapor.

—¿Y no le suena que su vecina tuviera intención de ausentarse de casa una temporada?

La mujer movió la cabeza.

—La otra vez que se fue me avisó para que regase las plantas y echase de comer al gato, pero esta vez no me comentó nada.

—¿Y sabe quién ha podido darle el agua y la comida estos días? Los cacharros están llenos.

Carmen Freitas apenas vaciló.

—Los llenaría ella antes de irse. Un gato no es como un perro, que come hasta reventar, los gatos saben dosificarse.

—Pero ¿usted ha visto al gato? —quiso saber el inspector—. En la casa no está.

—¿Miraron dentro de los macetones?

—¿En los del patio de atrás? —preguntó Caldas. Había tenido la sensación de que algo se movía precisamente entre los macetones que cegaban la entrada posterior.

—En esos —confirmó Carmen Freitas—. A Dimitri le gusta meterse allí a dormir cuando hace sol. Desde que lo caparon, no tiene otra cosa mejor que hacer.

Caldas sonrió y la mujer sacó la llave para cerrar el cristal. Caldas recordó que la mujer solo había tenido que empujar la puerta de su vivienda para entrar. Le llamó la atención que se molestara en cerrar el nicho y dejara abierta su casa.

—¿Vive sola?

—Desde que este murió —dijo señalando la foto—, vivo con Medusa.

—¿Y nunca cierra con llave? —preguntó Caldas.

—¿Quién va a querer entrar en mi casa?

—No lo sé —dijo el inspector, en su cabeza seguía viva la imagen del rostro magullado de la anciana a la que habían desvalijado la semana anterior.

—Hasta aquí no vienen los ladrones, *fillo*. ¿No ve lo difícil que es llegar hasta aquí abajo en coche? No hay espacio ni para dar la vuelta. Los cacos tendrían que aparcar arriba y caminar por delante de las casas, o venir andando por la carretera, o por la playa si la marea está baja. No merece la pena tanto trabajo para tan poca recompensa —resumió, con una sonrisa—. ¿Ustedes dónde aparcaron?

—En un descampado, por ahí arriba —señaló—, al lado de la carretera.

—Es el monte del Cura —apuntó la mujer—. Es propiedad de la casa rectoral.

—No lo sabía —se excusó Caldas.

—Ni se preocupe: todo el mundo aparca allí. Además, la casa rectoral está vacía. Desde que murió don Antonio, la plaza de cura sigue vacante. Hay uno que atiende varias parroquias y aparece cuando se le llama pero nada más. Andan escasos de vocaciones —dijo, resignada—. ¿Qué le estaba contando?

—Que por aquí no vienen los ladrones.

—Eso, y aunque vinieran, las cosas de valor no están en casas pequeñas. Aquí solo echan la llave los que tienen algo que esconder.

El inspector sonrió. Iba a interesarse por el hombre que acompañaba a Mónica en los paseos por la playa cuando, en un acto reflejo, sacó el tabaco. Miró alrededor y se arrepintió.

Carmen Freitas se dio cuenta.

—Fume tranquilo, hombre —le dijo.

Caldas no se decidía.

—A ellos no les importa, se lo digo yo —insistió la mujer y, echando un vistazo a los nichos que los rodeaban, fue señalando con el dedo—: Arturo fuma, Carlos fuma, Chiño fuma, Sindo fuma... No siendo aquellos dos —dijo, apuntando a un lado—, que yo sepa fuman todos.

Caldas se lo agradeció encendiendo un cigarrillo con una calada honda.

—¿Sabe si Mónica tiene amigos aquí?

—Hace poco tiempo que vive en Tirán.

—¿Y no hay nadie con quien se lleve especialmente bien?

—Es amable con todo el mundo.

Caldas decidió tomar el camino recto:

—Me han hablado de un inglés.

La expresión de Carmen Freitas le dijo que lo conocía.

—¿Sabe cómo se llama?

—Walter —dijo ella, y se llevó un dedo al pecho—. Lleva siempre una cámara de fotos colgada del cuello.

—¿Sabe dónde vive ese Walter?

—Algo más arriba —respondió, y le indicó que para encontrar el desvío debía ir primero hacia Moaña.

—¿Por la carretera en la que esa vecina se cruzó con Mónica Andrade?

—Y la misma por la que vinieron ustedes —confirmó la mujer.

Caldas aspiró su cigarrillo.

—¿Ha visto al inglés estos días?

La respuesta de la mujer fue otra pregunta:

—¿Cree que están juntos o qué?

—Es posible —dijo Caldas, y vio perfilarse una sonrisa en el rostro de Carmen Freitas.

—Hacen buena pareja, inspector. El inglés es algo mayor, pero hacen buena pareja. Mónica tiene un aire triste y él la hace reír, ¿sabe?

Aunque Caldas no lo sabía, asintió.

—Que nos hagan reír es importante, ¿verdad, Arturo? —afirmó ella mirando la foto de su marido en la lápida—. Tan importante como que no nos hagan llorar.

Recoveco. 1. Vuelta o curva pronunciada que traza un camino, río, línea... 2. Sitio escondido, rincón. 3. Artificio o rodeo del que se vale alguien para tratar de conseguir un fin. 4. Manera poco clara o complicada que alguien tiene de ser o de hablar.

—Pues en este tampoco está —dijo Estévez cuando revisó el último macetón del patio—. Para mí que el gato está aprendiendo idiomas con su dueña.

—Si se lo llevó con ella, ¿qué hacen los cuencos llenos? —murmuró, pensando en voz alta.

—Los llenaría Mónica antes de marcharse.

—¿Para qué, si no lo iba a dejar aquí? Además, las salpicaduras del suelo son recientes y la chica se fue hace cuatro días.

—Quizás haya vuelto a llenarlos —dijo Estévez—. Que no encontremos al gato no quiere decir que no ande por aquí.

—El gato sí, pero la vecina no sabe nada de la hija del doctor desde el jueves.

—Eso no significa que no haya venido.

—No —admitió el inspector, pero tenía el presentimiento de que Mónica Andrade no había pasado por su casa. No se habría vuelto a marchar sin sus píldoras.

—A lo mejor fue el doctor quien movió el cacharro del agua —conjeturó Estévez mientras bordeaban la casita azul hasta el jardín delantero—. Pudo darle un golpe con un pie.

—Puede ser —convino Caldas, y se fijó en el paragüero colocado junto a la entrada principal de la casa. Era un macetón de barro idéntico a los demás—. ¿Has mirado en ese del porche?

Cuando comprobaron que Dimitri tampoco estaba escondido allí, caminaron hasta la cancela que cerraba la finca.

—¿Damos una vuelta por aquí antes de ir a casa del inglés? —propuso Estévez mirando el mar entre los arbustos que crecían al otro lado del camino, y Caldas asintió.

Tomaron el sendero hacia la derecha, alejándose de la iglesia. Primero avanzaron entre hierbas altas y, más adelante, el camino de tierra continuaba en una pasarela de madera que sobrevolaba una cala de arena blanca y terminaba en un mirador sobre el mar. «O MIRADOIRO DA MONA», leyeron en un cartel. Caldas se asomó sobre la baranda de madera y comprobó que las mariscadoras ya no estaban frente al cementerio. La barca de Andrés el Vaporoso también había abandonado a los cormoranes del Corbeiro. El inspector lo vio pasar remando hacia tierra con sus pájaros trinando desde la popa.

El mirador constituía una barrera natural entre la pequeña cala y una playa más extensa llamada A Videira a la que se podía descender por unos peldaños de madera. Vio un tractor con remolque detenido cerca de la orilla, donde un hombre recogía algas con una pala.

En otros tiempos, solo dos propiedades habían ocupado la ladera que, como un anfiteatro, se levantaba desde la playa de A Videira. Una de ellas había sido el hogar del escritor José María Castroviejo, que había vivido con su mujer y sus hijos. La otra, una casa con granja y viñas llamada Foxón, había pertenecido a un canónigo, párroco de la iglesia de San Xoán, y desde el siglo XVII había pasado de herencia en herencia hasta que, en 1977, las dificultades para mantenerla habían empujado a sus últimos herederos a dividirla en tres parcelas que vendieron por separado.

En dos de las parcelas de Foxón, los nuevos propietarios habían levantado casas desde las que miraban orgullosos al mar. La tercera, la que contenía la vivienda modernista del mismo nombre que la antigua propiedad, era ahora un camping que permanecía cerrado en los meses de invierno. Las viñas habían sido arrancadas y los bancales transformados en gradas sobre las que se plantaban caravanas y tiendas de campaña. Los muros que contenían los diferentes niveles estaban pintados de verde claro y, desde lejos, daban la impresión de formar una única pared. Muchas veces, contemplando la orilla del Morrazo desde Vigo, Caldas se había preguntado qué sería aquella construcción levantada sobre la playa. Hasta aquella mañana de noviembre no había descubierto la respuesta.

Estévez se detuvo a leer un letrero con información turística.

—¿Sabe que hay una cueva debajo del cementerio?

—¿Cómo?

Estévez señaló el letrero y Caldas se acercó.

Había varias leyendas alrededor de aquella cueva que se abría entre las rocas. Se decía que comunicaba la playa con el monte de los Remedios y que estaba habitada por una nutria que desgarraba las redes de los marineros para comerse la pesca. Según el texto del cartel, algunos de los vecinos más viejos de la parroquia recordaban cómo unos chicos que se habían introducido en ella tras cruzar una apuesta salieron despavoridos al descubrir al fondo de la cueva un resplandor rojizo, una luz atribuida a fuegos fatuos emanados de los restos enterrados en el cementerio.

—¿Tú viste alguna cueva? —preguntó Caldas.

—No —respondió Estévez—, pero esto está lleno de recovecos.

El inspector paseó la mirada por aquella costa agreste. Su ayudante tenía razón.

Cerca de allí, en la falda del monte, se agrupaban las casas que los lugareños conocían como el Lazareto. Caldas buscó en su cuaderno el nombre de la mujer que había visto marcharse a Mónica Andrade. «Rosalía», leyó.

Antes de dirigirse hacia allí se apoyó otra vez en la barandilla del mirador y, cerrando los ojos, levantó la cabeza para recibir el viento en el rostro. Solo se oía el arrullo del mar.

—¿En qué piensa, inspector? —le preguntó Estévez, y Caldas abrió los ojos.

Vio su ciudad estirada en la orilla de enfrente, encaramada a cada ladera. Miró más cerca y descubrió al marinero de la pipa enfilando el espigón situado al final de la playa casi desierta.

—En nada —contestó.

Apenas dos millas de agua separaban las playas de Tirán del puerto de Vigo, pero tuvo la sensación de que un abismo se extendía entre las dos orillas.

Nave. 1. Embarcación, vehículo capaz de navegar por el agua. **2.** Vehículo aéreo o espacial. **3.** Construcción de dimensiones amplias donde se instala un almacén o una industria. **4.** Cada uno de los espacios en que se dividen longitudinalmente las iglesias, las lonjas y otros edificios importantes.

Caldas y Estévez bajaron la escalera hasta la playa de A Videira y echaron a andar por la arena húmeda. El sol incidía sobre las algas descubiertas por la marea envolviendo el mediodía con un aroma intenso. Vieron varias barcas de madera boca abajo, a salvo de la pleamar, y, cerca del muro verde del camping, una caseta pequeña medio engullida por la vegetación.

Al final de la playa se levantaba una edificación más grande: una nave blanca con el tejado de chapa y las ventanas protegidas con rejas. Seis o siete barcas se balanceaban en el agua, abrigadas contra el muelle de piedra al que se había dirigido remando Andrés el Vaporoso.

Llegaron a la altura del hombre que volcaba algas en el remolque. Cuando se percató de la presencia de los policías, clavó la pala en la arena y se apoyó en ella como en un bastón. Llevaba la cabeza cubierta con una gorra de color pálido. Tenía los ojos oscuros y el rostro agrietado por el salitre y las horas al sol.

—Un día bonito —le saludó Leo Caldas.

El hombre se quitó la gorra y se pasó el dorso de la mano por la frente empapada de sudor:

—Para pasear no debe ser feo —dijo, con una sonrisa.

Caldas señaló las casas concentradas sobre el extremo de la playa.

—¿Eso es el Lazareto?

—Es —respondió.

—¿Usted vive allí?

—Vivo —asintió.

Caldas iba a preguntarle si sabía dónde podían encontrar a Rosalía cuando Estévez se le adelantó.

—¿Qué es esto? —preguntó. Se había acercado al remolque y examinaba su contenido con el rostro arrugado.

—Son algas —dijo el hombre.

—Ya lo veo —replicó el ayudante del inspector—. Pero ¿para qué las quiere?

Caldas vio el recelo dibujarse en los ojos del hombre y respondió por él:

—Para abono —dijo—. ¿Verdad?

—Claro.

—¿Y qué piensa abonar? —preguntó el aragonés.

—La huerta de casa —contestó el otro, con naturalidad.

—Puf —resopló Estévez—. Pues sí que va a oler bien.

—No se lo tenga en cuenta —dijo Caldas—, es que en su tierra no hay algas.

—¿Y con qué abonan? —preguntó el hombre.

Estévez se encogió de hombros.

—No sé... —dudó—. Con estiércol.

—Ah —dijo el hombre, y guiñó un ojo al inspector—, pues seguro que allí huele mejor.

Caldas sonrió al ver que Estévez se ruborizaba y comentó que estaban buscando a una mujer llamada Rosalía.

—¿Rosalía Cruz?

Caldas no conocía su apellido:

—Vive en el Lazareto.

—Entonces es ella —confirmó—. No hay otra que se llame así.

El hombre les contó que era vecina suya y les dio las indicaciones para llegar hasta su casa.

—Lo más fácil es que suban por donde va aquella señora —dijo señalando a una mujer que ascendía por un camino entre árboles.

El inspector le dio las gracias y el hombre arrancó la pala de la arena para continuar la tarea que lo había llevado a la playa. Caldas ya había echado a andar cuando se volvió para preguntar:

—¿Usted no habrá visto a Mónica Andrade?

Volvió a clavar la pala:

—¿A quién?

Leo Caldas le enseñó la fotografía.

—Por el nombre no la conocía, pero de vista sí. Vive cerca de la iglesia, en una de las casas que da al camino sobre el mar.

—¿Le suena haberla visto estos días por aquí?

Negó moviendo la cabeza antes de responder.

—Viene a pasear por la playa cuando baja la marea. Pero hace días que no la veo.

—Suele pasear con un inglés.

—Se llama Walter —dijo el hombre, sin necesidad de que Caldas le sonsacase—: Hace días que tampoco lo veo a él.

No había más de cuarenta viviendas en el paraje conocido como el Lazareto. Casas sencillas de una o dos plantas, con patio o huerta y las paredes pintadas de blanco u otros tonos claros. Los tejados rojos, de arcilla.

El camino que ascendía desde la playa no estaba asfaltado en su primer tramo y los policías avanzaron entre las rodadas del tractor, nítidas en la tierra ablandada por las lluvias de los días previos. Cuando alcanzaron las primeras casas, los ladridos comenzaron a sucederse tras los muros.

Caldas se detuvo al ver que su ayudante llevaba el arma reglamentaria en la mano.

—¿Qué haces?

—A mí hoy no me vuelven a morder —respondió el aragonés.

—Guarda eso, anda.

—Yo no guardo nada, jefe. Si se me tira otro chucho me lo llevo por delante.

A Caldas no dejaba de sorprenderle la reacción que su ayudante provocaba en los perros: llevaban apenas dos minutos en aquel lugar y todos los del Lazareto parecían haberse puesto de acuerdo para ladrar a una voz. Prefirió no correr riesgos.

—¿Por qué no vuelves dando un paseo hasta el coche y vienes a recogerme a casa de esa señora?

Estévez regresó a la playa y los ladridos se marcharon con él.

Cruz. 1. Figura formada por dos líneas rectas que se cortan perpendicularmente. **2.** Objeto de forma parecida a esa figura. **3.** Instrumento de suplicio formado por dos palos atravesados en el que se clavaba o ataba a ciertos condenados. **4.** Lado de una moneda opuesto al que se considera anterior y principal. **5.** Sufrimiento o dolor que se soporta durante mucho tiempo.

La vivienda de Rosalía Cruz era modesta, como casi todas en el Lazareto. Un terreno pequeño rodeaba una casa con una ventana a cada lado de la puerta. El suelo del patio delantero era gris, de cemento. Había un pozo y un huerto en el que asomaban espinacas, nabos a punto de grelar y otras verduras de otoño. Más allá, cuatro o cinco gallinas encerradas tras una malla metálica recibieron al inspector estirando el cuello.

Caldas abrió la verja, atravesó el patio en tres zancadas y llamó al timbre. Un grifo abierto se cerró tras una de las ventanas y el inspector se apartó para observar a través del cristal. Una mujer se secó las manos antes de atender la puerta.

—¿Es usted Rosalía Cruz? —le preguntó Leo Caldas cuando le abrió, y la confirmación fue una oscilación mínima de cabeza—. Soy inspector de policía, vengo de Vigo. ¿Tiene un minuto?

Otro silencio, una inspiración profunda y un llevarse las manos al vientre. El temor a recibir una mala noticia se había dibujado en sus ojos negros.

—No se asuste —se apresuró a tranquilizarla Caldas—. No es nada que tenga que ver con su familia o con usted.

La mujer respiró aliviada.

—¿Quiere pasar?

Rosalía Cruz debía de rondar los sesenta años, calculó Leo Caldas. El paso del tiempo había ido sembrando de huellas su rostro. Tenía el color de piel de quien pasa muchas horas al aire libre y el cabello, negro y corto, con pocas canas. Llevaba los hombros cubiertos con una mañanita verde.

—No se preocupe —dijo Caldas quedándose en la puerta—, no le voy a dar la lata. No son más que unas preguntas.

La mirada de la mujer le dijo que estaba dispuesta a escucharle.

—Es acerca de Mónica Andrade —le explicó el inspector—. ¿Sabe quién es?

Rosalía lo miró sin afirmar ni desmentir y Caldas le enseñó la foto.

—Sí —respondió entonces la mujer.

—Estamos tratando de localizarla.

—Vive cerca de la iglesia —dijo ella.

Caldas asintió:

—Pero no está en casa y su familia no sabe nada de ella desde hace días. Están preocupados.

La mujer alzó las cejas en un gesto que significaba incomprensión.

—Carmen, la vecina de Mónica, nos contó que usted se cruzó con ella el viernes por la mañana.

—Sí, en la carretera que lleva a Moaña —confirmó.

Caldas sacó el cuaderno y destapó un bolígrafo ayudándose con los dientes.

—¿El viernes?

—El viernes, sí.

—¿Recuerda la hora?

—Aún podía la noche con el día.

Caldas levantó la vista del cuaderno y sonrió:

—Y eso son...

—Temprano. Las seis.

Tomó nota.

—¿Dónde se la cruzó?

—Ella iba hacia Moaña y yo volvía hacia aquí —dijo la mujer, y le explicó que trabajaba limpiando una cafetería por las noches—. A las seis y media tiene que estar todo limpio y seco para empezar a dar desayunos.

—Entiendo —dijo Caldas—. ¿A qué altura se la cruzó?

—¿Cómo que a qué altura?

—¿Fue en una calle de Moaña o era cerca de aquí?

—Fue bastante cerca de casa de la chica —dijo—. En una carretera estrecha que va sobre el mar.

El inspector recordaba el tramo.

—¿Está segura de que era ella?

—¿Por qué lo pregunta?

—Si la noche aún podía con el día... —sonrió el inspector.

—Había poca luz, pero la suficiente para saber que era ella. Pasó a poco más de un metro de mí. No es difícil distinguir a esa chica.

Caldas estaba de acuerdo.

—¿Usted venía andando?

—Sí —confirmó ella—. Si tengo prisa voy en coche —señaló un utilitario algo antiguo aparcado en la cuneta, junto a la entrada de su casa—, pero si voy bien de tiempo y no llueve prefiero caminar.

—¿Se saludaron?

—No —dijo—. No creo ni que me viera. Iba deprisa.

—¿Cómo de deprisa?

—Como si fuera a perder el barco.

—¿Hay barco a Vigo a esas horas?

—El primero es a las seis —dijo— y eran casi en punto. Miré el reloj y pensé: no llega al barco.

—¿Cómo sabe que iba a coger el barco?

—¿Adónde se puede ir con tanta prisa a esa hora?

—Solo una cosa más: ¿recuerda si Mónica llevaba alguna bolsa grande?

Rosalía cerró los ojos tratando de hacer memoria.

—¿Una mochila podría ser?

—Podría ser, claro —dijo Caldas, y cerró el cuaderno—. Siento haberla asustado.

—No se preocupe. Tengo un hijo y por un momento...

—Entiendo —dijo Caldas. No olvidaba ninguna de las veces que había confirmado a otras madres presentimientos idénticos al que había tenido aquella mujer.

—¿De verdad no quiere un café? —preguntó ella.

—De verdad —dijo Leo Caldas.

El inspector encendió un cigarrillo y bajó por el camino para disfrutar de la perspectiva de la ría desde el Lazareto. A lo lejos, los barcos entraban y salían del puerto de Vigo; pero en la zona más próxima a Tirán solo había bateas que flotaban plácidas en un mar cubierto de reflejos.

Vio a Andrés el Vaporoso, sentado al sol en su barca, con la pipa en los labios, y le recordó a un hombre que jugaba a los naipes en un cuadro de Cézanne que había visto en una ocasión en Londres. Estaba en un museo pequeño, cerca del río, que Alba se había empeñado en visitar.

Se quedó fumando, mirando al marinero y pensando en su padre hasta que oyó ladridos cada vez más próximos y supo que Estévez estaba a punto de aparecer.

Marcha. 1. Acción de desplazarse o de irse de un lugar. 2. Velocidad de un buque, locomotora, automóvil, etc. 3. Funcionamiento de un mecanismo. 4. Desarrollo de un proyecto o empresa. 5. Desplazamiento de personas con una intención determinada. 6. Pieza musical destinada a marcar el paso de un desfile o un cortejo.

De regreso, al pasar por el tramo entre las casas y el mar, Caldas contó a su ayudante que era allí donde Rosalía había visto a Mónica Andrade pedaleando el viernes por la mañana.

—A lo mejor no iba a coger el barco —dijo Estévez—. Ya ve que a casa del inglés también se va por aquí.

—¿Sabrás llegar? —preguntó Leo Caldas.

—Creo que sí —respondió su ayudante.

Antes de alcanzar el puerto de Moaña, tomaron un desvío hacia el monte y luego otro ramal más estrecho. Varias curvas después, Estévez redujo la marcha.

—Tiene que ser esta —anunció, y se detuvo ante una casa de piedra con la carpintería pintada de verde.

Salieron del coche y los recibió el olor penetrante de los eucaliptos que tapaban la vista de la ría. Aquellos árboles llegados del otro extremo del mundo se extendían por todas las laderas, invadiendo los montes que ni vikingos ni berberiscos habían logrado conquistar.

Leo Caldas pulsó el timbre y, después de una espera breve, se alejó unos pasos de la puerta para observar la fachada lateral. Las contraventanas estaban cerradas. Se asomó por encima del muro y tampoco advirtió movimiento en el jardín posterior.

—Me parece que aquí no hay nadie —dijo.

—Deles tiempo a vestirse, inspector —sonrió Estévez, pero Caldas dudaba que estuviesen en el dormitorio.

Miró alrededor buscando a alguien a quien preguntar y, al otro lado de la carretera descubrió a un anciano sentado al sol en un banco de piedra. A su lado había una carretilla con un montón de hojas rojizas.

—Insiste —pidió a su ayudante—. Yo voy a ver si aquel señor sabe algo de ellos.

Cruzó la carretera y el anciano, al verlo aproximarse, se agachó a recoger del suelo el rastrillo con el que había barrido las hojas. Lo dejó apoyado en el banco, al alcance de la mano, por lo que pudiera suceder.

—Buenos días —le saludó Caldas, y el hombre le correspondió mirándole de arriba abajo—. ¿Sabe si es esa la casa de Walter?

—¿De quién?

—De Walter —repitió el inspector. Se había referido al inglés por el nombre de pila para tratar de vencer la desconfianza del anciano.

El hombre estiró el pescuezo al mirar la vivienda y sacudió la cabeza para decirle que no.

—¿Está seguro? —preguntó Leo Caldas.

—Estoy —contestó—. Ahí solo vive un inglés.

—Ya...

—Y su amigo le va a *escarallar* el timbre.

Caldas vio a su ayudante con el dedo incrustado en el pulsador de la puerta. Hizo un aspaviento para captar su atención y, en cuanto le miró, le pidió que dejase de llamar.

—¿Sabe si está en casa? —preguntó el inspector.

—No parece —dijo el anciano.

—No, no parece —sonrió Caldas—. Pero ¿lo ha visto esta mañana?

El hombre inclinó la cabeza a un lado para mirar a la espalda del inspector y, cuando Caldas vio su mano aferrarse al mango del rastrillo, supo que Estévez estaba cruzando la carretera.

—¿Ha visto al inglés esta mañana? —volvió a preguntar.

El gesto del anciano le respondió que no.

—¿Y sabe dónde puede estar?

El anciano bajó la mirada. Si lo sabía, no iba a soltarlo con facilidad.

—Venimos de la comisaría de Vigo —le explicó Caldas para inducirlo a hablar—. Necesitamos dar con él. ¿Sabe dónde está?

El hombre observó al inspector en silencio.

—Que si sabe dónde está el inglés —intervino Estévez, vocalizando y elevando la voz.

—Hace días que no lo veo —confesó el anciano después de un instante.

—¿Desde cuándo? —quiso saber el inspector.

El hombre arrugó el rostro.

—¡Que desde cuándo no ve a su vecino! —le gritó el aragonés.

El anciano se apartó de él.

—Oigo perfectamente —protestó.

—Entonces ¿por qué no contesta? —dijo Estévez.

El anciano le miró a los ojos y se aferró al palo del rastrillo de tal modo que el inspector temió que fuese a estampárselo en la cabeza a su ayudante.

—¿Usted no necesita pensar antes de responder? —preguntó, y Caldas notó que Estévez se ponía colorado por segunda vez aquella mañana.

El hombre trató de hacer memoria, pero no pudo precisar cuándo había visto a su vecino por última vez.

—No se preocupe —le dijo Caldas, y luego quiso saber si el inglés vivía solo.

El anciano movió la cabeza para decirle que sí, y Leo Caldas le mostró la foto de Mónica Andrade.

—Un gato bonito —dijo el otro.

El inspector asintió.

—¿Conoce a la mujer? Vive en una casa sobre el mar, cerca del cementerio.

El anciano observó la fotografía y, cuando levantó la cabeza, preguntó:

—¿Seguro que es de Tirán?

—Es de Vigo —dijo el inspector—. Se mudó a este lado de la ría hace unos meses.

—Con razón no la conozco —murmuró.

—Es amiga del inglés.

—Serán, pero... —La expresión del anciano les confirmó que no sabía nada de ella.

—Suele moverse en bicicleta —añadió Caldas, por si eso le ayudaba a recordarla—. ¿Tampoco le suena haber visto a una mujer en bicicleta?

El anciano le devolvió la fotografía y sacudió la cabeza una última vez. Si Mónica Andrade había estado en casa de su vecino, él no la había visto.

Volvieron a cruzar la carretera y, antes de dirigirse al coche, Caldas se acercó al umbral de la casa. Sacó una tarjeta de visita y al dorso anotó su número de teléfono y unas palabras: «Llámeme a cualquier hora. Es urgente». Luego deslizó la tarjeta por debajo de la puerta.

—¿Volvemos a Vigo? —preguntó Estévez al arrancar el motor—. Va siendo hora de comer.

Caldas consultó el reloj.

—Pasa primero por el muelle de Moaña —dijo, tras bajar el cristal—. A ver si alguien los ha visto por allí.

Llave. 1. Instrumento que acciona una cerradura. **2.** Grifo que regula el paso de un gas o un líquido por un conducto. **3.** Mecanismo que dispara algunas armas de fuego. **4.** Medio para averiguar lo oculto o secreto. **5.** Signo musical que en el pentagrama determina las notas.

Aparcaron en el paseo marítimo de Moaña, frente a los árboles que crecían tras el muro del Pazo do Real, y se dirigieron caminando al pequeño muelle de pasaje. A la izquierda se balanceaban los mástiles de los veleros amarrados en el puerto deportivo. Al otro lado, en la playa que separaba el muelle del puerto pesquero, varios *virapedras* se daban un festín hundiendo los picos entre las algas acumuladas en la orilla.

La estación marítima era una estructura de aspecto provisional con las paredes acristaladas. La puerta estaba cerrada y un letrero pegado en el vidrio con cinta adhesiva informaba: «VENTA DE BILLETES A BORDO DEL BARCO».

Caldas se acercó a la cafetería que compartía el pequeño edificio acristalado con la estación marítima.

—Buenas tardes —dijo Leo Caldas, y la camarera que leía detrás de la barra levantó la vista del periódico. No debía de haber cumplido los veinticinco. Tenía el pelo largo, la sonrisa amable y un aro en una aleta de la nariz.

—¿Sabe a qué hora llega el barco de Vigo? —le preguntó el inspector.

La camarera miró el reloj colgado sobre la máquina de café. Pasaban dos minutos de las dos y media.

—Todavía debe de estar saliendo de Vigo.

—¿Cuánto tarda en cruzar? —se interesó Estévez.

—Poco —aseguró ella.

Aunque «poco» no era su respuesta favorita, Estévez le devolvió la sonrisa.

—¿Poco?

—Menos de un cuarto de hora —aclaró la chica—. A las tres en punto tiene que volver hacia Vigo.

Rafael Estévez miró a su jefe.

—¿Nos da tiempo a comer algo?

—¿En diez minutos? —respondió Leo Caldas como si no hubiese escuchado una propuesta más inverosímil.

—Me lo temía —suspiró el aragonés, y pidió un agua sin gas.

Mientras la camarera colocaba frente a Rafael Estévez el agua y un platillo con cacahuetes, Caldas se acercó al panel de vidrio que separaba la cafetería de la estación marítima. La puerta que comunicaba las dos estancias estaba cerrada con llave.

—¿No se utiliza esa sala? —preguntó a la camarera.

—Solo se abre cuando llueve, para que los pasajeros puedan esperar sin mojarse. Los billetes se venden en el barco —dijo ella.

Caldas se sentó junto a Estévez, que estaba hojeando el periódico. No había probado el agua, pero en el platillo no quedaba más que el aroma de los cacahuetes.

—Mire, el marido ya ha salido del hospital —dijo Estévez, y señaló el periódico abierto por la página de sucesos. Allí estaba otra vez, ilustrando la noticia, la fotografía de la señora con el rostro desfigurado por los golpes de los dos ladrones encapuchados que los habían asaltado mientras cenaban.

El diario recogía el alta médica del marido. Después de varios días ingresado volvía a casa con tres costillas y los dos brazos fracturados y cuarenta puntos de sutura repartidos entre la cabeza y las manos. El hombre no se había dejado fotografiar en ese estado, aunque Caldas sabía que las heridas más profundas, las que difícilmente cicatrizarían, eran las que no podían verse.

—Pone que quieren vender su casa —dijo Estévez.

—No me extraña —respondió Caldas y, pensando en su padre, se aclaró la garganta.

—¿Y ha oído lo de Portugal? Han encontrado el cadáver del niño.

El inspector asintió. Se estaba afeitando en la ducha por la mañana cuando habían dado la noticia en la radio y había cerrado el agua para poder escuchar los detalles. El perro de un cazador lo había encontrado en un humedal, escondido entre la vegetación. El examen forense aún no lo había confirmado, pero la policía daba por hecho que se trataba de otra víctima del Caimán.

—Niños y viejos —murmuró Estévez—. ¿Cómo puede haber tanto hijo de puta?

La camarera regresó a la barra y se dirigió a Leo Caldas:

—¿Seguro que usted no quiere nada?

El inspector levantó las palmas de las manos y declinó el ofrecimiento con un «gracias» apenas audible.

—¿Yo puedo pedir más cacahuetes? —preguntó Estévez.

La chica sonrió y rellenó el platillo que había frente a él. Leo Caldas cerró el periódico y dejó el retrato de Mónica Andrade sobre el mostrador.

—¿La conoce?

La chica echó un vistazo a la fotografía y luego sus ojos volaron de Estévez al inspector.

—¿Ustedes quiénes son? —preguntó, y Caldas supo que la conocía.

—Venimos de la comisaría de Vigo.

—¿Policías?

Caldas y Estévez asintieron a la vez.

—¿Ha ocurrido algo?

—Nada —dijo Caldas—. Solo queremos localizarla.

—Se llama Mónica, viene a diario por aquí. Vive en Tirán —dijo señalando al oeste.

—Venimos de su casa —intervino Estévez—, pero no está allí.

—¿Sabe dónde podemos encontrarla? —preguntó el inspector.

La camarera miró hacia el muelle antes de responder:

—En Vigo, supongo.

—¿En Vigo?

La chica asintió.

—Mónica es de Vigo y trabaja allí. ¿No han preguntado a la familia?

—No —mintió Caldas. Prefería ocultar que la inquietud del padre de Mónica Andrade los había llevado a cruzar la ría para buscarla.

—Pues debe de estar allí —volvió a decir.

—¿Qué le hace pensar eso? —se interesó el inspector.

La camarera señaló la cristalera situada a la espalda de los policías y ellos se dieron la vuelta sin saber a qué se refería.

—¿Qué? —preguntó de nuevo el inspector.

—La bicicleta —dijo ella.

Había dos bicicletas apoyadas contra la barandilla del muelle.

—¿Una de aquellas es de Mónica?

—La gris —aseguró la camarera—. Lleva ahí atada desde el viernes.

—¿Desde el viernes?

—Sí, desde el viernes por la mañana —precisó—. Cuando llegué a trabajar ya estaba ahí.

—¿A qué hora entra a trabajar? —quiso saber el inspector.

—A las ocho —respondió.

El viernes a primera hora, Rosalía Cruz había visto a Mónica pedaleando en el camino que serpenteaba sobre la costa. Acababan de confirmar adónde se dirigía.

—Mónica debió de coger el barco de las seis o el de las siete —supuso ella.

—Pero no suele ir a Vigo por la mañana, ¿verdad?

—De lunes a jueves, Mónica siempre va por la tarde, en el vapor de las tres —les explicó—. El viernes es el único día que va por la mañana.

—¿Todos los viernes tan temprano?

Les dijo que no:

—Lo normal es que los viernes coja el vapor de las nueve.

El inspector contempló una vez más las dos bicicletas candadas a la barandilla.

—¿Sabe si la otra también está ahí desde el viernes?

—¿La otra?

—La otra bicicleta —aclaró Caldas—. ¿Ya estaban las dos ahí el viernes por la mañana?

La chica sonrió al responder:

—La otra bici es mía.

—Ya —susurró el inspector.

La camarera reparó en que un cliente tomaba asiento en una de las mesas exteriores y preguntó al inspector si necesitaba saber algo más. Luego salió a atenderlo.

Caldas miró el platillo colocado frente a Estévez. Brillaba como si lo hubiesen frotado con un paño. Cuando comprobó que faltaba un minuto para las tres menos veinte se levantó.

El barco de línea llegaría en cualquier momento y antes quería ver la bicicleta.

Tendencia. 1. Propensión o inclinación en las personas y en las cosas hacia determinados fines. **2.** Fuerza por la cual un cuerpo se inclina hacia otro o hacia alguna cosa.

Después de cuatro días al borde del mar, una película de salitre había empezado a formarse sobre las costuras negras del sillín de la bicicleta de Mónica Andrade. Era una bici de paseo gris con una cesta metálica colgada del manillar. Un cable de acero flexible con tendencia a enrollarse sobre sí mismo la mantenía sujeta a la barandilla del muelle.

—Este cierre es de los que se fuerzan de un tirón —dijo Estévez y, al tensar el cable, una lluvia de arena seca se desprendió de la cara interna de los guardabarros—. Es raro que la bicicleta siga aquí después de cuatro noches, ¿no cree?

—Sí, es raro —murmuró, aunque no solo pensaba en la bicicleta.

El inspector observó el pantalán, donde una pareja esperaba en la pasarela la llegada del vapor.

El día era radiante, pero el viento estaba cargado de humedad. Caldas vio el barco de línea que se aproximaba navegando entre las bateas y contempló la ciudad salpicada de reflejos en la orilla opuesta. Si Mónica Andrade había cogido un vapor a Vigo el viernes por la mañana, deberían empezar a buscarla allí.

Distinguió un avión sobrevolando las montañas que se levantaban detrás y llamó por teléfono a Clara Barcia para pedirle que comprobase si la hija del doctor figuraba entre los viajeros que habían partido desde el aeropuerto en los últimos días.

—De acuerdo, Leo. ¿Algo más?

—Sí —dijo Caldas—. A ver qué averiguas de un ciudadano británico. Se llama Walter.

—Walter ¿qué? —le preguntó Clara Barcia.

—No sé su apellido. Es inglés y vive en Tirán. Es probable que esté con ella.

Cuando terminó de hablar, se frotó las manos y las escondió en los bolsillos de la chaqueta.

—¿Tú no tienes frío? —preguntó a su ayudante, y Estévez se encogió de hombros.

—Prefiero pasar frío que calor —contestó con indiferencia, sin dejar de mirar a un barco con el casco pintado de un rojo algo desvaído que estaba amarrado más adelante. Una masa oscura formaba una montaña en su cubierta.

—¿Qué es aquello negro? —preguntó Estévez.

—Mejillones —respondió Caldas, y se encaminaron hacia allí siguiendo las huellas de un perro plasmadas en el suelo cuando el cemento aún no estaba seco.

Al llegar a la altura del barco, observaron desde arriba los mejillones amontonados en la popa, junto a la grúa y el cestillo que los marineros habían usado para desgranarlos de las cuerdas de alguna de las bateas que se alineaban en el mar.

Uno de los cuatro marineros que trabajaban en cubierta los iba volcando a paladas en una tolva mientras sus compañeros los clasificaban por tamaños y los embolsaban en sacos de malla que dejaban apilados contra la borda.

Varias gaviotas vigilaban el barco con la esperanza de que alguna pieza rota fuese desechada y devuelta al agua.

—¿Crees que el tipo al que viste asomado al jardín de la chica era un marinero? —preguntó Caldas en voz baja.

—Iba vestido de naranja —dijo—. Podría ser.

Vela. 1. Vigilia. **2.** Tiempo de trabajo nocturno. **3.** Centinela o guardia, especialmente la realizada de noche. **4.** Cilindro de cera u otro material con un pabilo en el eje que se enciende y da luz. **5.** Paño que recibe el viento que impele una nave.

El transbordador que comunicaba los puertos de Vigo y Moaña era un catamarán blanco de unos veinte metros de eslora que se acercó al muelle con un borboteo. Una franja azul, más ancha en proa que en popa, decoraba los costados de la embarcación. Podía acomodar setenta pasajeros en la cabina interior y treinta más al aire libre, en los bancos situados tras el puente de mando, en la cubierta superior. El nombre del barco estaba escrito en letras de imprenta: Pirata de Ons.

El barco se abarloó al muelle y el patrón salió del puente y se asomó por la borda mientras un tripulante con el logotipo de la naviera impreso en el jersey aseguraba la embarcación.

—¡Firme! —gritó el marinero al amarrar un segundo cabo en popa, y el patrón regresó al puente para apagar el motor. Luego se sentó en uno de los bancos de cubierta a leer un periódico al sol.

Cuando el último pasajero estuvo en tierra, los que esperaban para embarcar bajaron la pasarela y fueron pasando de uno en uno a la cabina. Allí los recibía una marinera que, sentada tras una mesa, se ocupaba de los billetes.

Leo Caldas entró tras ellos. Aunque el catamarán estaba amarrado, sintió la sensación incómoda que solía sobrevenirle al subirse a los barcos. Encontraba el suelo inestable aun sin la vibración del motor y le desagradaba aquel olor que mezclaba plástico, gasóleo y humedad. Incluso el rechinar de los cabos, tan evocador desde el muelle, se le antojaba allí dentro un sonido estridente.

—Buenos días —saludó.

—¿Ida y vuelta? —le preguntó la marinera y, humedeciéndose las yemas de los dedos en el labio inferior, separó un billete del taco y se dispuso a rasgarlo por la línea de puntos. Llevaba puesto el mismo jersey estampado que su compañero.

—No —dijo Caldas, y después añadió en voz baja—: Vengo a hablar con usted.

La marinera dejó el taco sobre la mesa, junto a la caja de metal donde guardaba el dinero, y le miró con suspicacia.

—¿Conmigo?

El inspector asintió:

—¿Puede salir un momento?

—Estoy trabajando —dijo ella.

Leo Caldas le mostró la placa de forma discreta, tratando de mantenerla oculta a los pasajeros.

—Necesito hacerle unas preguntas. Solo la entretendré un momento.

—Eso seguro —murmuró ella, consultando el reloj. Luego cerró la caja del dinero, se guardó la llave en un bolsillo y lo acompañó hasta el pantalán, donde aguardaba su ayudante.

La marinera miró a Estévez de abajo arriba. Su corpulencia parecía haberla impresionado más que la placa del inspector.

—¿Qué es eso tan urgente que necesitan saber? —les preguntó.

Se habían alejado unos pasos, pero no perdía de vista la entrada del catamarán.

—Estamos buscando a esta mujer.

La marinera echó un vistazo al retrato.

—¿Sabe quién es? —preguntó Leo Caldas.

—¿Me permite un segundo? —dijo ella, escabulléndose para salir al encuentro de dos nuevos pasajeros.

A través de los cristales la vieron cobrar los billetes e intercambiar unas palabras con una mujer antes de volver al pantalán.

—¿Qué me estaban diciendo? —preguntó.

—Le decíamos que estamos buscando a esta mujer. —Volvió a enseñarle el retrato—. Va a Vigo todos los días en este barco.

—Hace días que no la veo —dijo, antes de excusarse otra vez al ver que dos viajeras bajaban la pasarela—. Si me esperan un momentiño...

—Tenemos prisa —respondió Estévez, interponiéndose en su camino.

—Y yo tengo que vender los billetes a esas pasajeras.

—Pues pídale a alguno de sus compañeros que se ocupe —sugirió el aragonés.

La mujer volvió al barco para encargar la venta de billetes al marinero que había amarrado el catamarán.

—¿Ese mal humor es hambre? —preguntó Leo Caldas a su ayudante.

—No me venga con metáforas: el hambre es hambre y el mal humor es mal humor.

Cuando la marinera regresó, Rafael Estévez ya no estaba en el pantalán. Caldas le había pedido que le esperase en el coche.

—Disculpe si mi compañero no ha estado muy amable —dijo el inspector, tratando de dirigir la conversación por un derrotero menos áspero.

Si la mujer aceptó sus excusas no lo manifestó:

—¿Qué quiere saber?

Miraba alrededor, incómoda, y Caldas supo que buscaba a Estévez.

—Se ha ido a gruñir a otro lado —comentó, y en el rostro de la marinera se insinuó una sonrisa cómplice.

Caldas le enseñó la fotografía una vez más.

—¿Desde cuándo no la ve?

—Desde el jueves, el día después del temporal.

—¿El jueves?

La marinera asintió.

—Volvió a Moaña en el último barco.

—¿Está segura? —preguntó el inspector, aunque las respuestas de la mujer habían sido categóricas.

—Del todo, cuando algo varía me llama la atención. Ella siempre vuelve en el barco de las nueve y media y se sienta delante —dijo apuntando hacia los bancos de proa—. Sin embargo, el jueves volvió en el último, en el de las diez y media. Y casi lo pierde. Entró cuando ya estábamos desamarrando y se sentó allí al fondo mientras yo cuadraba la caja —recordó, señalando un banco en la parte trasera de la cabina.

—¿Y el viernes?

—El viernes no la vi.

—Pero el viernes a primera hora vino al muelle en bicicleta. Es aquella —señaló Leo Caldas, y la marinera siguió el dedo del inspector.

—Cogería un barco por la mañana. Creo que los viernes siempre va a Vigo antes —explicó mientras contemplaba la bicicleta candada a la barandilla—. Yo no podría darle a los pedales con esos vestidos tan largos que lleva.

A Caldas no le interesaba la ropa.

—¿Y cómo es que no la vio?

—Nuestro turno empieza a las dos de la tarde —explicó ella—. Yo solo puedo decirle que volvió a casa en el último barco del jueves, pero no sé en cuál se marchó a Vigo al día siguiente.

—¿Por la mañana hay otra tripulación?

—¿Cuántas horas cree que trabajamos?

Caldas no respondió. Si pretendía regresar a Vigo con la confirmación de que Mónica Andrade se había marchado con el inglés, necesitaba localizar a alguien que hubiese cubierto el trayecto con ellos.

—¿Dónde puedo encontrar a sus compañeros de la mañana?

—¿Ahora?

El inspector asintió. Suponía que, después de ocho horas yendo y viniendo en el barco, estarían descansando en sus casas.

—No lo sé —dijo ella.

—¿No sabe dónde vive ninguno?

La mujer negó haciendo con la cabeza un gesto que a Caldas le pareció poco convincente, pero no insistió.

—¿Algún teléfono?

—Tampoco —aseguró la marinera—, pero si no quiere esperar hasta mañana puede hablar con nuestra oficina en Vigo. A lo mejor allí pueden darle esa información.

Caldas leyó el nombre de la naviera en el jersey de la marinera, que dudaba si regresar al barco o formular la pregunta que desde hacía un rato luchaba por escapar de su boca. Finalmente, venció la curiosidad:

—¿Le ha pasado algo a esa chica?

La respuesta de Leo Caldas fue una nueva pregunta:

—¿Usted es de por aquí?

—Sí —respondió ella.

—¿Conoce a un tipo llamado Walter?

—¿Cómo?

—Un inglés —explicó Caldas—. Vive en la parte alta de Tirán.

—¿Walter Cope?

—Supongo... —dijo el inspector.

—¿Uno que hace fotos? —preguntó la mujer, y pulsó el disparador de una cámara imaginaria.

—Ese —indicó Caldas—. ¿Cómo ha dicho que se apellida?

—Cope —repitió, y la sola mención de aquel nombre trajo una sonrisa a su rostro—. Algunas tardes viene en el barco para hacer fotos desde el mar. Es un hombre muy simpático.

El inspector Caldas asintió.

—¿Lo ha visto últimamente?

La marinera miró al cielo tratando de hacer memoria.

—Hace días que no lo veo.

—Ya —murmuró Leo Caldas—. ¿Lo ha visto con ella alguna vez?

—Creo que no... —vaciló.

—¿En el barco, a lo mejor?

—No —esta vez no había dudado—, a bordo seguro que no. Ella siempre va sola. Me habría fijado si los hubiese visto juntos.

—Claro —convino el inspector.

El patrón arrancó el motor del catamarán y una nube de humo gris se elevó desde la popa para desvanecerse casi de inmediato.

—Voy a tener que dejarle —dijo la marinera, y el inspector la acompañó hasta la entrada.

—No hay demasiada gente —observó Caldas.

—¿Cómo va a haber? —respondió ella, elevando la voz sobre el rumor sordo de las máquinas—. Si cada vez hay menos trabajo en la ciudad, para qué va a molestarse nadie en ir allí. Se está mejor a este lado.

—Cierto —dijo el inspector, y su respuesta animó a la mujer a seguir hablando.

—Antes iban los vapores llenos de trabajadores para las fábricas y los astilleros. Ahora muchos de los que cruzan la ría solo buscan trabajo. Sobra tiempo y falta dinero. Todos deberían hacer como Walter: sacar fotos, que es gratis. O entretenerse con cualquier otra cosa. Lo que sea menos quedarse en casa dándole vueltas a la cabeza.

—Tiene razón.

—En el futuro solo llevaremos en el barco pacientes a las consultas de los psiquiatras.

Caldas sonrió.

—¿Lo toma a broma? Hay tanta gente desesperada que cuando veo a un pasajero asomado por la borda en mitad de la ría me echo a temblar. A veces he tenido ganas de cachear a alguno a la entrada para comprobar que no llevaba piedras en los bolsillos —dijo, amarga, y luego añadió—: Está la cosa mal hasta para los balandros.

—¿Los qué?

La mujer señaló el barco mejillonero que habían estado viendo en el muelle.

—Los que recogen el mejillón en las bateas —explicó la mujer—. Aquí los llamamos balandros.

Leo Caldas miró el barco.

—¿Un balandro no es un barco de vela? —preguntó.

La marinera se encogió de hombros.

—Tendrían velas en otro tiempo —dijo, y apoyó la mano en el casco del Pirata de Ons—. Tampoco estos son ya barcos de vapor.

Luego, cuando un breve toque de sirena anunció la partida, ingresó en la cabina.

Caldas encendió un cigarrillo y permaneció de pie en el pantalán contemplando cómo el catamarán se alejaba del muelle.

Rafael Estévez esperaba apoyado en el capó del coche con las mangas de la camisa remangadas. Cuando vio acercarse al inspector se golpeó el reloj con el dedo.

—¿Comemos o qué? —protestó, pero Caldas no se molestó en contestarle.

Abrió la puerta del copiloto, sacó el cuaderno de la guantera y escribió el nombre del inglés. Debajo anotó los horarios de los barcos que Mónica Andrade solía tomar.

—Son más de las tres —porfió el aragonés.

—Lo sé —dijo Caldas, y entró en el coche—. Vamos a Vigo.

—¿Por qué no comemos algo por aquí? —propuso—. Podíamos ir a la terraza que hemos visto sobre el mar.

—No —respondió el inspector mientras se abrochaba el cinturón de seguridad—. Mejor vamos a Vigo y comemos en el Bar Puerto.

Estévez dio un acelerón estimulado por la perspectiva del menú del Bar Puerto.

—¿Ha conseguido algo?

—Que esa mujer no presente una queja en comisaría —respondió el inspector Caldas.

Estévez fingió concentrarse en la carretera. Al cabo de algunas curvas preguntó:

—Pero ¿iban o no iban juntos en el barco la chica y el inglés?

—Luego te cuento —respondió el inspector. Estaba telefoneando a Clara Barcia para comunicarle el apellido del inglés y pedirle que se pusiera en contacto con la tripulación de la mañana.

Cuando colgó, bajó unos dedos la ventanilla y cerró los ojos.

No podía apartar de su mente las palabras de la marinera: cuando veía a alguien asomado por la borda se echaba a temblar.

Gancho. 1. Instrumento corvo que sirve para prender, agarrar o colgar algo. **2.** Palo o bastón corvo por la parte superior. **3.** Persona o cosa que tiene el poder de atraer la atención de las personas o de inducirlas a algo. **4.** Puñetazo que se da con el brazo plegado. **5.** Atractivo de una persona o cosa.

Caldas y Estévez entraron al Bar Puerto. A las tres y media de la tarde el comedor todavía era un hervidero de estibadores, comerciantes y ejecutivos que habían acudido a devorar el menú.

—Hombre, mi locutor favorito —dijo Cristina al verlos llegar.

—¿Aún podemos comer?

—Algo habrá para daros —respondió ella.

Había una mesa vacía pegada a la pared. Era pequeña, no tendrían necesidad de compartirla con otros comensales.

—¿Ahí? —preguntó Caldas, señalándola.

Cristina recorrió el local con la mirada.

—Sentaos al fondo si queréis. Vais a estar más cómodos.

Al inspector le importaba menos la amplitud que la intimidad.

—¿Y solos?

—También —aseguró.

Estévez se relamió al ver el género expuesto en el mostrador que separaba el comedor de la cocina. Al otro lado, dos cocineras vigilaban los fogones. Una tercera mujer sacaba brillo a un puchero antes de colgarlo con los otros, en un gancho de la pared.

Cristina llegó con los vasos, los cubiertos y las servilletas de papel.

—De primero tenéis sopa de la abuela o empanada.
—Sopa —dijo Caldas. Llevaría toda la mañana cociendo a fuego lentísimo. No se le ocurría un primero mejor.
—¿Qué lleva la sopa de la abuela? —quiso saber Estévez.
—Abuela, patatas, pimiento y perejil.
Estévez la miró a los ojos. Tenía demasiada hambre como para celebrar chistes fáciles.
—Es broma —dijo Cristina, como si la mirada hosca de Estévez la hubiese hecho recular—. No lleva perejil.
—Es de pescado —intervino Caldas—. Muy buena.
—Está bien —accedió Estévez.
—Dos sopas de abuela bien hecha... —Anotó Cristina—. ¿Y de segundo? ¿Brocheta de pollo o bacalao?
—Bacalao —dijo Leo Caldas sin dudar.
El ayudante no estaba tan seguro.
—El bacalao ¿cómo lo preparan?
—¿Cómo lo prefiere?
—La jodimos... —murmuró Estévez, y Leo Caldas volvió a terciar:
—A la plancha, como el mío. Pero el suyo con ensalada en vez de patatas fritas, ¿no?
—No, no —le contradijo Estévez—. Yo también quiero patatas.
—¿Tú no estabas a dieta?
—A ratos.
—¿A ratos? —preguntó Caldas.
Cristina ya se acercaba con la sopera.

—Todavía no me ha contado lo que le dijo la mujer del barco —comentó Estévez limpiándose los labios. Dos platos de sopa caliente habían bastado para templarle el talante—. ¿Consiguió sacarle algo?
—Poco.
—Están juntos, seguro.
—Puede ser —dijo Caldas.

—Ya verá.

Cristina retiró la sopera y los platos hondos y colocó entre ellos dos fuentes de metal. En una había unos trozos generosos de bacalao con la carne blanca y brillante. Estévez cogió con los dedos una de las patatas fritas que rebosaban en la fuente.

—¡Cómo están estas patatas! —exclamó al llevársela a la boca.

—Pues ya verás el bacalao —dijo el inspector sirviéndose uno de los trozos.

El aragonés no miró el pescado. Seguía pendiente de las patatas, que ahora formaban una montaña en su plato.

—Con lo buenas que están las patatas fritas de verdad no comprendo cómo alguien las compra congeladas. No saben a nada.

—Son más cómodas —dijo Leo Caldas.

—El discurso ya me lo sé: son más cómodas, no hay que pelarlas ni cortarlas, se fríen sin descongelar, tienen todas el mismo tamaño... —respondió Estévez llevándose otra patata a la boca—. Deberían fusilar al que las inventó.

Estaban con los cafés cuando Caldas recibió una llamada de Clara Barcia.

—¿Has localizado a la chica? —le preguntó el inspector.

—Ni a ella ni al inglés. No hay reservas aéreas a nombre de ninguno de los dos. Pero tengo a uno de los tripulantes del barco en la otra línea. Es de Moaña. ¿Podrías verlo en media hora?

—¿En Moaña?

—No —contestó Clara Barcia—. Está aquí, en Vigo. Ha venido a hacer unas compras y dice que podría acercarse a la comisaría antes de volver a casa. ¿Qué le digo?

Caldas miró el reloj. En veinte minutos tenía que estar en la emisora de radio y luego pretendía ir a la Escuela de Artes y Oficios para hablar con los compañeros de Mónica.

—Dile que sí.

—Uno de los tripulantes del turno de la mañana va a pasar por la comisaría dentro de media hora —explicó al ayudante cuando colgó el teléfono—. Yo tengo programa, así que tendrás que recibirlo tú.

—De acuerdo.

—Enséñale la fotografía y a ver si te confirma que Mónica cogió un barco el viernes.

—¿Del inglés tenemos una foto?

—No, pero busca en internet por si hubiera alguna —dijo Caldas—. Aunque no creo que la necesites. Todo el mundo parece saber quién es.

Lapso. 1. Paso o transcurso. **2.** Tiempo comprendido entre dos límites. **3.** Caída en una culpa o error.

Al salir del Bar Puerto, Caldas acompañó a Rafael Estévez hasta el coche para recoger de la guantera su cuaderno de tapas negras.

—¿No le acerco? —preguntó Estévez.

La emisora estaba de camino a la comisaría, en uno de los edificios de piedra de la Alameda, pero Caldas ya había encendido un cigarrillo.

—Prefiero caminar —dijo y, con el cuaderno bajo el brazo, se dirigió a su cita con *Patrulla en las ondas*, el consultorio radiofónico que dos veces a la semana le obligaba a sentarse ante los micrófonos de Onda Vigo.

Estaba resignado a compartir la siguiente hora con el fatuo de Santiago Losada, el director del programa, a soportar su voz engolada y su desprecio hacia todo lo que no fuese él mismo. Sabía que las llamadas de los oyentes denunciarían ruidos, baches, señales de tráfico caídas, semáforos defectuosos, farolas sin luz y otras quejas que él se limitaría a trasladar a la policía municipal.

El verano anterior, unos días antes de marcharse de vacaciones, había vuelto a pedir al comisario Soto que lo liberase de participar en el programa. Para no esgrimir su mala relación con el director y no dar al comisario una excusa para repetirle que la imagen de la policía estaba por encima de cualquier relación personal, en aquella ocasión había dicho que encontraba su presencia innecesaria.

—No pinto nada en la radio —resumió.

—Es importante que los ciudadanos comprueben que tenemos rostro, Leo —replicó el comisario—. Que sientan que se pueden dirigir a nosotros, que los escuchamos cuando tienen una queja.

—Estoy de acuerdo en escucharlos, comisario. Pero yo no puedo solucionar sus problemas. Hace semanas que no recibimos una llamada con asuntos de mi competencia. ¿Por qué no buscan a otro?

—¿A quién?

—A cualquiera —contestó, lamentando no haber pensado previamente un nombre que proponer—. A un policía municipal...

El comisario reflexionó unos instantes.

—No entiendo para qué quieres cambiar algo que está bien, Leo —dijo luego.

—¿Cómo?

—El programa gusta. ¿Por qué vamos a cambiarlo si funciona?

—¿Porque a mí no me parece que funcione?

—¿No te lo parece?

—No.

—Pues nosotros no lo vemos mal —repuso el comisario Soto.

—¿Ustedes no lo ven mal?

Se preguntaba quiénes serían «ellos».

—El programa cumple su función.

—No sé qué función tiene que cumplir, comisario, pero le repito que apenas abro la boca. ¿Usted lo escucha alguna vez?

En lugar de responder, el comisario volvió a adoptar la postura de hombre pensante.

—Ya sé que Losada no es un tipo fácil —dijo después.

—No es por él, comisario —le interrumpió Caldas—. Le aseguro que no es solo por él.

—¿No?

Caldas sacudió la cabeza.

—Se lo aseguro —repitió.

—De acuerdo —se avino el comisario tras otro lapso de supuesta concentración—. Déjame unos días para pensarlo.

La respuesta no se demoró tanto: a la mañana siguiente, el comisario le llamó a su despacho.

—Con respecto a tu colaboración en la radio, creo que tienes razón —comenzó Soto con el tono ceremonioso del día anterior—. Y cuando alguien tiene razón, la tiene —añadió, y Caldas supo que la batalla estaba perdida.

—Ya.

—Pero tenemos motivos de peso para dejar por ahora las cosas como están.

Soto había vuelto a esconderse detrás de un plural.

—Con todo el respeto, comisario... —se resistió Caldas, pero el comisario no le dejó seguir.

—No te pido más que unos meses, Leo —dijo con gravedad.

—¿Unos meses? —preguntó el inspector. ¿Se daba cuenta el comisario de que cada mes eran ocho visitas a la emisora?

—Unos meses, sí. Dos, tres, cuatro... —enumeró Soto, y Caldas dio un suspiro de alivio al ver que se detenía ahí—. ¿Te parece si retomamos esta conversación hacia el final del año?

El inspector miró el calendario colgado en la pared y tuvo la tentación de preguntarle a qué año se refería.

—Está bien —murmuró, sabiendo que no tenía alternativa.

—Unos meses, Leo —repitió mientras mantenía la puerta abierta con una sonrisa beatífica, como si le estuviese haciendo un favor—. Unos meses nada más.

El inspector ya no pensaba en el calendario, sino en el libro de idiotas de su padre. Pretendía llamarlo tan pronto como abandonase el despacho para pedirle que incluyese en él al comisario. O que lo subrayase si es que Soto ya figuraba en sus páginas.

—Muchas gracias —dijo.

Y, devolviéndole la sonrisa, se marchó.

Espiral. 1. Curva que describe vueltas alrededor de un punto, alejándose más de él en cada una de ellas. 2. Hélice. 3. Proceso que se desarrolla con gran velocidad y de forma incontrolada.

Santiago Losada afectó la voz para despedir el programa y emplazar a la audiencia a la siguiente emisión. Luego levantó la mano poco a poco y el técnico de sonido sentado al otro lado del cristal fue subiendo el volumen de la sintonía de *Patrulla en las ondas*.

Cuando la luz roja indicativa de que los micrófonos estaban abiertos se apagó, Caldas se retiró los auriculares y los dejó sobre la mesa, junto al teléfono móvil que había desconectado al sentarse. Como cada vez que acudía a la radio, la parte inferior de la hoja con las quejas de los oyentes recogía el resultado del programa: «Municipales: 9, Leo: 0». Miró los márgenes de la hoja. De forma casi inconsciente, había trazado varias espirales.

Santiago Losada abandonó el estudio para dirigirse a la sala de control. A través del cristal, Caldas lo vio abroncar al técnico de sonido entre aspavientos.

Rebeca, la encargada de producción, hizo el recorrido inverso.

—¿Qué le pasa? —le preguntó Caldas. El programa había discurrido con normalidad.

—Cualquier cosa —respondió Rebeca—. Ya sabes cómo es.

Caldas se levantó y se acercó al ventanal para observar a la gente que paseaba por la Alameda, bajo los castaños que el viento y la lluvia de los días anteriores habían terminado de desnudar. Se fijó en un anciano que llevaba de la correa a un perro tan viejo como él. Avanzaban despacio, con pasos muy cortos, como obligándose mutuamente a caminar.

El grupo de madres estaba en su lugar de siempre, cerca de la fuente principal. Conversaban sin perder de vista a los niños más pequeños, que correteaban entre los jardines.

—¿Han plantado flores nuevas en la fuente? —preguntó mientras conectaba el móvil.

—¿Plantado? —respondió Rebeca acercándose hasta situarse a su lado—. Lo que han hecho es arrancar las azaleas. ¿Te parece normal sustituirlas por esos durillos?

Caldas miró las florecillas blancas del parterre y, aunque no le desagradaron, negó con la cabeza, dándole la razón. Después, cuando su teléfono se encendió emitiendo pitidos, apartó la atención de las flores. Tenía dos llamadas perdidas del comisario y Estévez le había dejado un mensaje: el marinero aún no se había presentado.

Esperó a que Rebeca se marchase del estudio para devolver las llamadas.

—¿Dónde *carallo* estás? —le preguntó el comisario Soto.

—Escuchando a los ciudadanos.

—¿Cómo?

—En la radio.

—Ah..., bien —dijo—. ¿Sabemos algo más de la hija del doctor? Ya me ha llamado dos veces.

—Hemos encontrado su bicicleta. Está atada a la barandilla del muelle de Moaña, donde la deja cuando coge el barco. Lleva allí desde el viernes a primera hora —le explicó.

—Entonces ¿se supone que vino a Vigo en un barco el viernes por la mañana?

—Eso parece, pero estamos tratando de que algún marinero nos confirme cuándo y con quién embarcó.

—¿Crees que no vino sola?

—Parece que se veía con un tal Walter Cope. Un inglés que tampoco está en casa ni responde al teléfono. Es posible que estén juntos.

—Me dijiste que se llevó el cepillo de dientes, ¿verdad?

—Sí —respondió el inspector, ofreciendo al comisario la base que necesitaba para apoyar su tranquilidad. No le dijo que se había marchado sin las píldoras.

—Entonces seguro que están los dos en algún lado.

—Es probable —admitió Leo Caldas—. De todas formas, pensaba acercarme a la Escuela de Artes y Oficios. A ver si es cierto que el viernes no pasó por allí.

—El doctor asegura que no la ven desde el jueves.

—Que al padre le hayan dicho que no saben nada de ella solo significa eso: que se lo han dicho.

—Tienes razón —admitió el comisario—, y si el novio es inglés hasta podrían estar en Inglaterra, ¿no?

—No sabemos si son novios —puntualizó Leo Caldas—. Y sus nombres no constan entre los de los pasajeros de ningún vuelo desde Vigo.

—Pueden haber volado desde otro aeropuerto.

—Es posible, claro —dijo Caldas—. Pediré a Clara que lo compruebe.

—Ya me encargo yo —dijo el comisario—. Tú ve a la Escuela de Artes y Oficios y llámame con lo que sea.

Caldas se despidió y permaneció de pie frente al ventanal, con el teléfono en la mano.

—¿Hay una chica desaparecida? —le preguntó una voz y, al volverse, encontró a Santiago Losada sentado en una de las sillas del estudio.

Caldas no lo había oído entrar. Se preguntó cuánto tiempo llevaría allí.

—Era una conversación privada.

—Una desaparición nunca es un asunto privado.

—Mis llamadas telefónicas sí.

—¿Aún no ha saltado la noticia?

Santiago Losada era una hiena. La casualidad había puesto en su camino una presa y no tenía intención de soltarla sin reñir.

—No hay noticia.

El director de *Patrulla en las ondas* simuló no haber escuchado la respuesta del inspector.

—Podríamos adelantarlo en el programa...

—Olvídalo —le cortó Caldas. Andrade había sido tajante: no quería ver involucrados a los medios.

—Acuérdate de Gloria..., ¿cómo se apellidaba?

Se llamaba Gloria Semprún. Caldas lo recordaba bien, aunque no respondió.

—Ya sabes a quién me refiero, Leo.

—Esto es distinto.

—¿Por qué? La encontrasteis gracias a nosotros. ¿Unas veces somos necesarios y otras no?

Caldas consideró la posibilidad de explicarle que solo se trataba de una adulta sin cargas que se había marchado con un hombre, pero decidió no hacerlo. Si todo iba bien, los habrían localizado antes de la emisión del jueves.

—¿Cómo se llama? —insistió el locutor.

El inspector recogió el cuaderno de la mesa y se puso la chaqueta. Se alegraba de no haber mencionado al doctor Andrade durante la conversación con el comisario, aunque era consciente de haber aludido al lugar de trabajo de la chica. A Losada no se le había escapado el detalle.

—¿Es una estudiante de la Escuela de Artes y Oficios?

—Que lo olvides —quiso zanjar Caldas dirigiéndose hacia la puerta.

—Deberías dejar de vernos solo como un escaparate en el que lucirte.

El inspector se detuvo en seco.

—¿Cómo dices?

El locutor no reculó:

—Aunque a ti te parezca un trampolín, esto es una emisora de radio —dijo, engolando la voz como cuando hablaba frente al micrófono—. Vivimos de dar noticias.

—¿Un trampolín? —preguntó Leo Caldas—. Un trampolín ¿hacia dónde?

Losada le miró con aquella sonrisa cínica que el inspector tanto detestaba.

—Tú sabrás... —murmuró.

Caldas salió de la emisora maldiciendo al locutor y bajó de dos en dos los peldaños de la escalera hasta el portal. Acababa de pisar la calle cuando el timbre de su teléfono comenzó a sonar de nuevo.

—¿Dónde anda? —le preguntó Rafael Estévez.

—Saliendo de la radio —dijo Caldas.

—Pues el marinero acaba de llegar.

Caldas dio un par de caladas a un cigarrillo hasta encenderlo.

—¿Reconoce a la chica?

—Todavía no he hablado con él. ¿Usted viene hacia aquí?

—No —contestó, lo último que deseaba era encerrarse en la comisaría—. Voy a acercarme a la escuela, a ver qué me pueden contar. Habla tú con él. Y no olvides preguntarle por el inglés.

Rafael Estévez colgó el teléfono y pidió al marinero del Pirata de Ons que le acompañase hasta una sala con una silla a cada lado de una mesa blanca. Se dejó caer en una y pidió al hombre que se sentase en la otra.

—Estamos buscando a una mujer —comenzó—. Creemos que hizo un trayecto en su barco el viernes por la mañana y necesito que me lo confirme.

—¿El viernes pasado? —preguntó el marinero

—El pasado, sí. Es esta —dijo, y le mostró la fotografía—. Tómese el tiempo que necesite.

El hombre se concentró en el retrato.

—¿La conoce?

El marinero hizo un gesto que el policía no supo desentrañar.

—Me quiere sonar —respondió.

—¿Le quiere sonar?

El marinero volvió a mirar la foto.

—Sí —dijo con gravedad.

—¿Pero qué mierda de respuesta es esa?

El marinero dio un respingo.

—¿Cómo?

El ayudante de Caldas apoyó en la fotografía un dedo que tapó el rostro de la hija del médico.

—¿La conoce o no la conoce? —preguntó—. ¡Me cago en mis muertos a caballo!

El marinero se encogió en la silla.

—Creo que sí.

—Pues dígalo, coño. Que es lo que le estoy preguntando.

Instrucción. 1. Acción de instruir o instruirse. **2.** Conocimientos adquiridos. **3.** Curso que sigue un proceso, un asunto. **4.** Reglas o advertencias para un fin. **5.** Orden concreta que se da a alguien.

En 1885, los trescientos miembros de la sociedad benéfica viguesa La Cooperativa acordaron crear una escuela en la que se enseñasen diversos oficios artesanos y actividades industriales. Estaban convencidos de que la instrucción ayudaría al desarrollo de las industrias establecidas en la ciudad y que, al mismo tiempo, daría a los trabajadores la oportunidad de abrir sus propios talleres, tomando a su cargo aprendices y convirtiéndose ellos mismos en empresarios independientes que aportasen prosperidad a la abatida economía local.

Fundaron la Escuela de Artes y Oficios de Vigo al año siguiente en el número 3 de la calle del Circo, en un edificio alquilado cuyos talleres resultaron pronto insuficientes para atender la demanda de matrículas.

Durante aquellos primeros años, la actividad de la escuela fue financiada con ayudas institucionales y mediante la aportación altruista de empresas y ciudadanos particulares. Uno de aquellos benefactores era José Manuel García Barbón, un banquero gallego retornado de Cuba con una fortuna inmensa que, viendo las condiciones precarias en que se impartían las clases, decidió sufragar la construcción de una nueva sede en una parcela de su propiedad. Encargó la obra a Michel Pacewicz, un arquitecto francés que en aquel tiempo estaba proyectando algunas de las edificaciones más hermosas y representativas de la ciudad.

El resultado fue un edificio señorial de tres plantas en el que desde el año 1900 se formarían mecánicos, maquinistas, tallistas, dibujantes, modelistas y otros artesanos cuya preparación, como habían augurado los socios de La Cooperativa, impulsaría el florecimiento de la actividad industrial de una ciudad que, en menos de un siglo, vería su población multiplicada por veinte.

Como la escuela había pasado a tener titularidad municipal, García Barbón se comprometía a donar el edificio al ayuntamiento con la sola condición de que no dejase de ofrecer en sus aulas enseñanza técnica gratuita. En caso contrario, pasaría a manos de quien acreditase ser su descendiente.

Leo Caldas se acercó caminando a la Escuela de Artes y Oficios. No recordaba haber entrado nunca en aquel edificio de piedra que, engullido por construcciones posteriores más altas, pasaba casi inadvertido. A dos pasos de la puerta había un vagabundo sentado en una silla plegable de tela junto a un carro de supermercado lleno de trastos. A sus pies, un perro y una lata con algunas monedas.

Cuando se encontró en el vestíbulo de la escuela tuvo la certeza de no haber estado allí antes. Las paredes eran de piedra y el suelo, de mármol ajedrezado, negro y blanco. Del techo, altísimo y decorado con molduras, colgaba una lámpara de forja. A un lado había un tablón con anuncios de actividades. Al otro, bajo un reloj de madera, una vitrina con notificaciones de la escuela.

Caldas leyó el nombre de Mónica Andrade en uno de los documentos. Figuraba como auxiliar de Miguel Vázquez, el maestro a cargo del taller de cerámica.

—¿El aula de cerámica? —preguntó a un chico.

—En el sótano —dijo, y le indicó que para llegar debía salir a un patio.

El inspector bajó por una escalera de metal hasta el patio, encajonado entre la escuela y el muro del edificio colindante. Caldas se fijó en un camelio y recordó que el viento había derribado uno en la finca de su padre la semana anterior.

Siguió la indicación de una flecha hasta una puerta bajo un tejadillo. Las manchas rojizas en la bata blanca de una mujer que había salido a fumar le dijeron que había encontrado el lugar que buscaba.

Dentro del taller la luz natural era escasa. Varios tubos fluorescentes colgados del techo, mucho más bajo allí que en el piso superior, iluminaban las distintas estancias.

Junto a la puerta, en la sala de secado, había tres hornos. El más pequeño, similar al que Caldas había visto en el gabinete de Mónica Andrade, parecía una caja fuerte de hotel. El más grande, en cambio, tenía la capacidad de una nevera doméstica.

En una estantería se ordenaban decenas de botes de plástico con pigmentos. Aunque las calaveras de algunas etiquetas advertían de su contenido tóxico, estaban al alcance de quien los quisiese coger.

En la sala contigua, mucho más amplia, cuatro mujeres y tres hombres trabajaban en dos mesas grandes. Los de la derecha estaban modelando figuras de arcilla sobre tablillas de madera; los de la otra mesa decoraban las piezas ya cocidas con cubiertas de esmalte o de óxido.

La idea que Caldas se había formado de los alumnos de Mónica Andrade tenía poco que ver con la realidad. Salvo una mujer joven, todos rebasaban ampliamente los treinta años. El mayor debía de rondar los setenta.

En una pared colgaban sierras, mascarillas y un rollo de lana de acero para lijar. Al lado había un fregadero hecho de una única pieza de granito.

Hacía más frío que en la calle y olía como una noche de lluvia: a barro y a humedad.

—¿Dónde puedo encontrar a Miguel Vázquez? —preguntó.

—No sé si estará en el despacho —señaló una de las mujeres.

Caldas pasó a otra sala con diversas máquinas. Había una laminadora y una extrusionadora manual con un letrero:

«LÍMPIALA BIEN, PIENSA EN TODOS». En el suelo se alineaban seis tornos de alfarería eléctricos.

Una alumna estaba empezando a modelar una vasija. Había hundido los pulgares en la masa de arcilla para formar el orificio central y sujetaba la pella entre los dedos embadurnados en barbotina, para que, al girar, se fuese levantando en un cilindro.

—¿El despacho de Miguel?

La mujer señaló una puerta entornada y, al empujarla, Caldas vio a un hombre acuclillado ante un archivador abierto.

—¿Miguel Vázquez?

El hombre cerró el archivador y se levantó.

Era poco mayor que Caldas y tenía su misma complexión, aunque una postura algo cargada de espaldas le hacía parecer más bajo. El cabello, muy corto, estaba cuajado de canas. Tenía una boca amplia y entrecerraba los ojos al mirar.

Caldas había leído en algún lado una máxima de John Ford: un actor, más que facciones hermosas, precisaba un rostro difícil de olvidar. El del maestro de cerámica era uno de aquellos.

—Soy el inspector Caldas —se identificó.

La media sonrisa que esbozó el ceramista le hizo cerrar los ojos todavía más.

—¿El patrullero de las ondas? —preguntó, arrastrando las palabras.

Leo Caldas apretó los labios con resignación.

—Mónica Andrade trabaja con usted, ¿verdad?

Miguel Vázquez movió la cabeza para responder que sí. Se había esfumado su sonrisa.

—¿Han sabido algo de ella?

—Aún no —respondió Caldas.

El ceramista hundió la mano en uno de los bolsillos de su bata, más sucia que la de cualquier alumno, y sacó un paquete de tabaco.

—¿Le importa si vamos afuera? —preguntó—. Aquí no se puede fumar.

Permiso. 1. Consentimiento dado por una persona con autoridad para hacerlo. **2.** Autorización para abandonar, durante un tiempo determinado, el trabajo, el servicio militar u otras obligaciones.

Encendieron los cigarrillos y se acomodaron en unos asientos oscuros de forma arriñonada, junto a dos columnas de hierro colocadas en el patio sin otra misión que la de decorar.

Miguel Vázquez le contó que sus alumnos habían modelado aquellos asientos aprovechando el barro sobrante de las clases.

—Eso también lo hicieron ellos —dijo refiriéndose a un relieve en la pared—. En principio era un trabajo para experimentar con diferentes tipos de anclajes. Lo colgamos un día y ahí se quedó.

—Es bonito —reconoció Caldas, y luego señaló la puerta del taller—. Sus alumnos ¿son todos así?

—¿Así?

—Ya no son niños —sonrió Caldas.

Miguel Vázquez se encogió de hombros.

—Esto no es un colegio, inspector. Aquí se aprenden oficios, de esos que permiten combinar trabajo y afición si se tiene un poco de talento y mucha suerte. Algunos descubren tarde lo que les gusta y otros solo vienen por intuición, sin saber bien si lo van a encontrar —dijo, adornando con gestos cada palabra—. Lo malo no es entregarse a una pasión con más o menos años. Lo terrible es morirse sin haberla buscado. Por desidia o porque la vida no le haya permitido a uno hacerlo.

Caldas miró el camelio y pensó en la vocación tardía de bodeguero de su padre. Aspiró el cigarrillo y preguntó lo que le interesaba:

—¿Sabe dónde puede estar su...? —No supo cómo referirse a la hija del doctor.

—Técnicamente es mi auxiliar —aclaró Miguel Vázquez—, pero los ceramistas no entendemos de jerarquías.

—¿Sabe dónde puede estar? —repitió—. Su padre asegura que no ha pasado por aquí desde el jueves.

—Y así es —aseveró el ceramista—. El jueves vino a las clases, como siempre, pero el viernes no apareció.

Caldas comenzó a tomar notas en su cuaderno.

—¿Qué horario tienen?

—Las clases son por la tarde, pero las mañanas de los viernes tenemos tutoría. En realidad, no es más que un poco de tiempo dedicado a hablar con los alumnos de uno en uno, a resolver dudas —explicó—. Lo normal es que no vengan más que dos o tres en toda la mañana, así que aprovechamos ese rato para ordenar el taller. Hay más tranquilidad que durante las clases.

—¿Y dice que Mónica no vino?

—El viernes no vino a la tutoría ni a la clase de la tarde —confirmó—. Me llamaron por teléfono para pedirme permiso...

Caldas le interrumpió:

—¿Usted dónde estaba?

La mano que sostenía el cigarrillo se movió hacia los lados.

—Estaba en Lisboa.

—¿En Lisboa?

El ceramista asintió.

—El viernes se inauguraba una exposición con varias piezas mías, así que el jueves viajé hasta allí. Más que nada, para asegurarme de que no colocaran las figuras boca abajo —sonrió—. No sería la primera vez.

Caldas le devolvió la sonrisa y recogió el dato en la libreta.

—Me decía que le llamaron por teléfono...

—Eso es, me llamaron el viernes a última hora de la mañana desde la secretaría porque había llegado un pedido y el taller estaba cerrado.

—¿Usted qué hizo?

—Llamar a Mónica, claro. Poco más podía hacer.

—¿Le contestó?

El ademán fue anterior a la respuesta.

—No.

—¿Le extrañó?

—Me pareció raro que no hubiese venido en toda la mañana, sí —dijo—. Mónica es formal, si alguna vez falta llama para avisarme. No se esconde.

—¿Y dice que por la tarde tampoco vino? —volvió a preguntar Caldas.

—Tampoco —dijo moviendo la cabeza—. Tuvimos que suspender la clase.

Caldas asintió y retrocedió en el cuaderno releyendo los apuntes anteriores.

—Entonces el viernes no vino... y hasta hoy.

—Hasta hoy —confirmó el maestro de cerámica.

El inspector se llevó a los labios el cigarrillo.

—¿Cómo estaba Mónica últimamente?

—¿Cómo estaba?

—¿Le parecía más preocupada que de costumbre? —preguntó—. No sé..., o más distante, más alegre.

El rostro de Miguel Vázquez se arrugó en otra mueca antes de hablar.

—Yo no noté nada raro.

—El último día, el jueves, ¿estaba bien?

—No se lo puedo decir, inspector. Yo me marché por la mañana a Lisboa. Por la tarde montábamos la exposición y hay más de cuatro horas de carretera hasta allí.

Leo Caldas revisó el cuaderno.

—Pero tiene constancia de que Mónica estuvo aquí el jueves, ¿verdad?

—Claro que tengo constancia. Vinieron varios alumnos a la clase.

—¿Y sabe si alguno de ellos notó algo extraño?

—No —dijo el ceramista—, no lo sé.

—¿No le han comentado nada?

—Algunos se han interesado por Mónica. Querían saber si estaba bien.

—¿Por alguna razón?

—Porque no la ven desde hace algunos días, supongo.

—Ya —murmuró Caldas—. ¿Y qué les ha dicho?

Miguel Vázquez abrió los brazos. ¿Qué les podía decir?

—¿Tienen ustedes alguna idea, inspector?

—Parece que se marchó de casa —le contó Leo Caldas—. Se llevó algunas cosas. ¿Se le ocurre adónde ha podido ir?

Miguel Vázquez aspiró el cigarrillo y, después de un instante, expulsó el humo con un resoplido prolongado.

—No.

—Ni le suena que planeara hacer un viaje...

El ceramista sacudió la cabeza.

—Si lo planeaba, a mí no me lo comentó.

—Es posible que no se haya marchado sola. ¿Sabe si se ve con alguien?

La primera respuesta del ceramista fue otra calada al cigarrillo.

—Creo que no —dijo—, pero Mónica es muy reservada. Tanto que hasta ayer no supe que su padre es... —Movió las manos en el aire tratando de dar con la palabra adecuada.

—¿Una eminencia? —terminó Caldas, y en el rostro del ceramista se dibujó un atisbo de sonrisa.

—Eso, una eminencia —respondió, aunque ambos sabían que en otras circunstancias ninguno habría recurrido a aquel término para describir al doctor.

El inspector regresó a las compañías de la desaparecida.

—¿Mónica tiene pareja?

—No —dijo; después rectificó—: Creo que no.

—¿Nunca le ha hablado de alguien un poco más cercano que el resto?

—No.

El inspector decidió disparar al aire:

—¿Un inglés, tal vez?

El ceramista miró al cielo mientras hurgaba en su memoria.

—¿Puede llamarse Walter?

Leo Caldas asintió.

—¿Lo conoce?

—De oídas.

—¿Qué me puede decir de él?

Los ojos del ceramista se escondieron entre arrugas.

—Que hace fotografías de animales. Delfines, aves...

—¿Ha visto esas fotos?

—Mónica me enseñó algunas en el ordenador —afirmó—.

Entonces ¿cree que están juntos?

—Podría ser.

—¿No está seguro?

—No —respondió—. No estoy seguro.

Cuando se consumieron los cigarrillos, los apagaron en un cenicero de arcilla.

—¿Todos los días vienen los mismos alumnos? —preguntó Caldas.

—No todos —dijo Miguel Vázquez—. Los talleres de la escuela están abiertos de lunes a viernes, de cuatro a nueve. Unos vienen un rato a diario, otros, una o dos tardes completas...

—¿Sabe si alguno de los que han venido hoy estuvo el jueves pasado?

—Una por lo menos.

Caldas se acercó al camelio y atrajo hacia sí una rama llena de botones.

—¿Le importa si hablo con ella?

—No tengo inconveniente —aseguró Miguel Vázquez, y pasó también la mano por las hojas del camelio, como peinándolo—. En un par de meses empezará a dar unas flores preciosas. Aquí abajo nunca llega a dar el sol, pero hay toda la humedad del mundo. Y la camelia es como la arcilla: le gusta la humedad.

Caldas miró hacia arriba, a los muros que rodeaban el patio, y asintió.

Aquel camelio, además, estaba resguardado del viento.

Confianza. 1. Esperanza que una persona tiene en que algo sea o suceda de una forma determinada. **2.** Seguridad, especialmente al emprender una acción difícil o comprometida. **3.** Familiaridad y sencillez en el trato propias de la amistad o el parentesco.

—Le ha ocurrido algo a Mónica, ¿no es eso? —preguntó la alumna en cuanto Leo Caldas se identificó como inspector de policía.

Se llamaba Dolores y debía de tener la misma edad que Mónica Andrade. Si acaso, un par de años más. Su bata recién lavada mostraba manchas de pintura desvaídas que el agua y el jabón no habían logrado eliminar.

—Solo estamos tratando de localizarla.

—¿Seguro que no le ha pasado nada? —insistió, mirando ahora a su profesor con los ojos cargados de inquietud.

Estaban los tres de pie en el despacho, con la puerta cerrada. El ceramista se había ofrecido a dejarlos solos, pero Caldas no lo había estimado necesario.

—Creen que está con el inglés —la tranquilizó Miguel Vázquez.

—¿Con qué inglés? —preguntó con extrañeza—. ¿Con el fotógrafo?

—¿Lo conoce?

—Sé que se llama Walter y que vive cerca de Mónica —le contó Dolores—. También sé que es bastante mayor que ella. ¿Por qué sospecha que están juntos?

—No encontramos a ninguno de los dos —respondió Caldas y, mientras hablaba, se dio cuenta de que no era un argumento demasiado sólido.

—¿Y dónde cree que están? ¿En Inglaterra?

—Podría ser.

Leo Caldas vio cómo las dudas se apoderaban del rostro de Dolores.

—¿Le extraña?

La mirada de la estudiante de cerámica viajó indecisa de un hombre al otro.

—¿Qué pasa, Dolores? —preguntó Miguel Vázquez.

—Que el jueves por la tarde le sucedió algo —respondió, críptica.

—¿A Mónica? —se sorprendió el ceramista.

—Creo que sí.

—¿Qué le pasó?

—No lo sé, Miguel. Pero algo.

—¿Te lo dijo ella? —insistió el profesor.

—No, ella no me dijo nada, pero... —dejó la frase en el aire.

—¿Pero?

—Pero no estaba como siempre. No era Mónica. Bueno —rectificó—, al principio sí.

—¿Al principio de qué?

—De la tarde.

Caldas estaba tan perdido como el ceramista.

—¿Le importa contárnoslo todo?

—¿Todo?

—Todo lo que pasó el jueves.

Dolores se frotó las manos en la bata mientras valoraba por dónde empezar.

—A ver —comenzó—. Yo llegué el jueves algo más tarde de lo habitual. Serían las siete o así. Había ya poca gente en el taller. Solo estaban Montse, Paco y Gloria. —Miró al ceramista—. Me crucé con Mónica en el patio al entrar. Me dijo que iba a hablar un momento con un luthier pero que venía enseguida —recordó y, a modo de resumen, apostilló—: Hasta ahí todo bien.

Leo Caldas y Miguel Vázquez asintieron.

—Cuando volvió seguía como siempre. Normal, vamos —continuó—. Alguien le había dicho que parecía salida de un cuadro de un pintor inglés que retrata mujeres con vestidos muy largos, como los que usa ella. No recuerdo el nombre.

—¿Meredith Frampton? —preguntó Miguel Vázquez.

—¡Ese! —dijo.

El ceramista se mordió un labio, como disculpándose por su erudición.

—Pues nosotras no teníamos ni idea de quién era —confesó ella—. Buscamos los cuadros en el teléfono de Paco y estuvimos un rato con la broma de si se parecía a aquellas modelos o no. Luego seguimos trabajando. Montse y Paco se marcharon pronto y Mónica estuvo pendiente de Gloria, que estaba desesperada con el dibujo de una de las bandejitas de loza. Después de bastante tiempo, Mónica le dijo lo que nos dices tú, Miguel: que lo dejara hasta el día siguiente para ver si por la noche le visitaba la inspiración. Así que Gloria recogió y se fue.

—Y se quedaron las dos solas.

—Sí, yo entretenida dando un esmalte y ella de aquí para allá. Ya sabes cómo es —le dijo al maestro—. Recogió bien todo, repasó las tablas en la pila... En fin, no paró en un buen rato. Luego salió.

—¿Adónde?

—No me lo dijo —respondió Dolores—, pero al cabo de un poco volvió a entrar y se dirigió directamente a la parte de atrás. El caso es que cuando acabé de esmaltar, mientras lavaba los pinceles, comenté en voz alta que íbamos a tener que pensar en marcharnos porque solo quedábamos las dos y, como no me contestaba, vine hacia atrás. —Señaló las salas posteriores del taller—. No la encontré ni en el almacén ni en las máquinas ni en el ropero y, como la puerta del despacho estaba cerrada, supuse que estaba aquí dentro. Llamé con los nudillos —explicó, haciendo el gesto en el aire— pero no me respondió, así que abrí. La luz estaba apagada y cuando la encendí encontré a Mónica ahí sentada, en tu silla.

—¿A oscuras? —preguntó extrañado Miguel Vázquez.

—Sí —confirmó ella con el mismo desconcierto que su profesor—. La asusté. Se sobresaltó tanto al verme que tuve que disculparme.

—¿Y qué te dijo?

—Nada —respondió—. Se quedó sentada con la frente apoyada en las palmas de las manos y respirando muy profundamente. No le faltaba nada para echarse a llorar.

Los tres miraron la mesa como si Mónica Andrade todavía estuviese allí.

—Le pregunté si se encontraba bien y me dijo que sí con la cabeza, sin mirarme, aunque se veía que no era cierto —rememoró Dolores—. Me pidió que la dejase sola pero, al cabo de un poco, entré otra vez por si necesitaba algo. Me volvió a decir que no y que me fuese. De todas formas no le hice caso. Me quedé haciendo tiempo hasta pasadas las nueve, que me asomé para advertirla de que, si no se marchaba ya, iba a perder el barco. Me ofrecí a acompañarla hasta el puerto, pero insistió en que estaba bien y que me marchara.

—¿Y la dejaste sola?

Abrió los brazos.

—Mucho más no podía hacer.

Caldas recordó las palabras de la marinera del Pirata de Ons: Mónica Andrade no había vuelto a Moaña en el barco de las nueve y media, como solía, sino en el último, el de las diez y media. Había subido a bordo cuando estaban a punto de zarpar y se había sentado en uno de los bancos de la parte posterior de la cabina.

—Cuando dice que Mónica no estaba bien ¿a qué se refiere?

Se quedó pensando un instante antes de precisar:

—Diría que estaba como aturdida.

El término sorprendió a Caldas:

—¿Aturdida?

—Tenía esa cara que se te queda cuando te dan una mala noticia —explicó—. Le pregunté si le había sucedido algo a algún familiar o a un amigo, pero no me quiso contestar. Solo me dirigió un gesto con la mano para volver a pedirme que la dejase tranquila.

—¿Seguro que en el taller solo estaban ella y usted? —preguntó Leo Caldas.

—Completamente seguro —dijo—. No quedaba nadie más.

El inspector había contado nueve alumnos en el taller aquella tarde. Con Miguel Vázquez eran diez.

—¿Por qué había tan poca gente el jueves pasado?

La mujer inclinó la cabeza hacia el maestro de cerámica.

—Miguel estaba en Lisboa —dijo—. Mónica no tiene su poder de convocatoria.

—Todavía lleva poco tiempo —alegó el ceramista, y ella añadió:

—Por lo que sea, pero siempre hay menos gente cuando Miguel no está.

—Ya —musitó Caldas, y reparó en un teléfono algo antiguo sobre la mesa—. ¿Recuerda si la oyó hablar con alguien mientras estuvo aquí dentro?

Sacudió la cabeza:

—No oí nada —dijo—. Además, la puerta estaba cerrada.

—De todas maneras, no pudo hablar desde aquí —intervino el ceramista—. En el taller no hay cobertura. Entre las paredes de piedra y que es un sótano..., para hablar tenemos que salir al patio.

—Es verdad —dijo ella.

—¿Y ese teléfono?

—Es de caolín.

—¿De qué?

—De porcelana —indicó para no entrar en detalles, y Dolores señaló a su profesor:

—Lo hizo él.

El inspector se detuvo a admirar el teléfono. Por fuera nada lo distinguía de uno de verdad. Hasta el cable se doblaba en un codo al alcanzar el borde de la mesa.

—Está muy bien.

—Gracias —susurró el ceramista.

Sobre la mesa, junto al teléfono no había más que algún papel. El inspector miró alrededor. En las estanterías colocadas contra la pared se exponían vasijas y otras figuras, pero no encontró lo que buscaba.

—¿No hay ordenador? —preguntó.

—De sobremesa no —dijo Miguel Vázquez—. Si alguna vez hace falta traemos el portátil Mónica o yo, aunque aquí tampoco hay wifi. Estamos más tranquilos así.

Caldas hojeó sus notas y volvió a Dolores y a la tarde del jueves anterior:

—Ha dicho que justo antes de encerrarse aquí Mónica había salido del taller.

—Sí.

—¿Cuánto tiempo estuvo fuera?

—No lo sé —contestó—. No mucho.

—¿Se fijó en si llevaba el teléfono en la mano al salir?

Dolores levantó la vista al techo tratando de recordar.

—No —dijo después.

—¿No lo llevaba o no lo sabe?

—No me fijé —contestó—. Aunque Mónica siempre lleva el móvil en el bolsillo de la bata.

—Y dice que ella no le comentó nada al entrar...

—No se paró a hablar conmigo —reiteró—. Vino derecha hacia aquí.

—¿Ya estaba mal?

—Yo estaba concentrada en mi esmalte. No me fijé en su cara.

—Y usted finalmente ¿cuándo se fue?

—A las nueve y pico.

—¿Mónica se quedaba más tranquila?

—Ella no lo sé, pero yo no —aseguró Dolores—. Y menos cuando al día siguiente supe que se había suspendido la clase. La llamé inmediatamente para ver cómo estaba. Tenía el móvil apagado. Hablé con una amiga de Mónica.

—¿Con Eva Búa?

Dolores asintió.

—Le dije que el jueves había notado a Mónica un poco rara y le pregunté si le había ocurrido algo a algún familiar.

—¿Qué contestó?

—Que creía que no, y que por qué se lo preguntaba..., pero me escabullí para no responder. No tengo tanta confianza con ella y no quise preocuparla. ¿Hice mal?

—Al contrario —le dijo Caldas, aunque no estaba seguro de tener razón.

—No entiendo por qué no me contaste nada de todo esto —murmuró Miguel Vázquez, mirándola lleno de reproches.

—Joder, Miguel, no me hagas sentir más culpable.

El inspector iba a hacer otra pregunta cuando llamaron a la puerta del despacho. Una alumna se asomó al interior.

—¿Qué pasa, Marta? —dijo Miguel Vázquez, y ella respondió pidiéndole con una mano enrojecida por la arcilla que se acercase.

Intercambiaron unas palabras en voz baja y el ceramista se volvió hacia el inspector:

—¿Espera a alguien? —le preguntó, y Caldas se lo confirmó moviendo la cabeza.

Rafael Estévez se reunió con ellos al cabo de un instante.

—Buenas tardes —murmuró al entrar. Era evidente que no venía de buen humor—. Llevo media hora dando vueltas por aquí. ¿No piensa encender el teléfono?

—No —respondió Caldas, lacónico.

No le explicó que allí abajo no había cobertura.

Recuerdo. 1. Memoria que se hace de algo hablado o sucedido en el pasado. **2.** Cosa que se regala en testimonio de buen afecto. **3.** Objeto que se conserva para tener presente a una persona o un lugar.

Al poco de llegar Rafael Estévez al despacho, Dolores se marchó llevándose sus remordimientos. Cuando se cerró la puerta, Caldas intercedió por ella ante el profesor.

—No la culpe —dijo—. Ser discreto no es un defecto.

—Lo sé —admitió Miguel Vázquez—. Pero el responsable de lo que sucede en este taller soy yo. Dolores tenía que haberme contado que Mónica no estaba bien.

—No da clase a niños. Ya lo hablamos en el patio.

El ceramista suspiró.

—Puede que tenga razón —dijo, más por zanjar el asunto que porque lo hubiesen convencido las palabras del inspector.

Rafael Estévez señaló las figuras expuestas en el despacho.

—¿Todo está hecho con arcilla?

—Todo —respondió Miguel Vázquez.

Las macetas, vasijas y otras piezas de alfarería ocupaban la balda inferior de la exposición, mientras que en las otras había representaciones humanas y de animales, candelabros, una tetera, un juego de copas de vino, azulejos, un barco de papiroflexia, esculturas abstractas... Destacaba una bola de billar sobredimensionada, más grande que una pelota de fútbol, pintada de color amarillo. No parecía de arcilla.

El ceramista les contó que habían ayudado a un artista local a reproducir en loza las quince bolas del billar americano, que luego habían cubierto con una capa de esmalte. Por un error en la pigmentación habían tenido que repetir aquella, la número cinco. Miguel Vázquez había conservado la bola defectuosa como muestra del trabajo realizado.

—¿Se puede tocar? —consultó el ayudante del inspector.

—Con cuidado, sí —sonrió Miguel Vázquez.

Rafael Estévez pasó la mano por la superficie de la bola y luego apoyó la yema de un dedo sobre la bayeta expuesta al lado. Aunque parecía que alguien la hubiese dejado olvidada al limpiar la estantería, no cedió a la presión. Tampoco eran de papel las paredes finísimas del barco de la balda superior.

—Casi todos son trabajos de alumnos. Recuerdos —comentó Miguel Vázquez.

Caldas pasó la mirada por las piezas. Los ceramistas no solo les daban forma, sino que se encargaban de dibujar las filigranas y las escenas que las adornaban. Se preguntó si el virtuoso de la firma en espiral sería alguno de ellos.

—¿La cerámica se firma?

—Casi siempre —dijo Miguel Vázquez.

—¿Con pintura?

—O plasmando la arcilla.

El ceramista tomó el barco de papel y mostró a Leo Caldas un nombre grabado con un objeto punzante en su parte inferior.

—¿Todos escriben su nombre?

—Unos firman con su nombre o sus iniciales, otros, con una marca que los distingue... No hay una regla fija.

El inspector pasó las páginas de su libreta y se detuvo en la hoja con las quejas de los oyentes de *Patrulla en las ondas*.

—¿Reconoce esta firma? —preguntó colocando el dedo índice sobre una de las espirales que había trazado durante el programa.

—No la recuerdo —dijo—. ¿De quién es?

El inspector no lo sabía.

—¿Le suena que el inglés dibuje?

—Sé que hace fotografías.

Leo Caldas asintió. Seguía pensando que los tres dibujos colgados en el gabinete de Mónica Andrade tenían que estar hechos a partir de fotografías.

—¿Alguna de estas piezas es de Mónica?

—Esa —dijo el ceramista, y señaló una cabeza de gato gris colocada en el estante más alto.

—¿Puedo? —consultó.

El ceramista dejó el barco en el estante y pidió a Estévez que le alcanzase la pieza al inspector. Las iniciales de Mónica Andrade estaban grabadas en la base de la figura.

Miguel Vázquez les contó que Mónica había terminado aquella cabeza de gato el primer año de los dos que había pasado como alumna en el taller.

—Sería de las buenas, ¿no? —dijo Caldas—. Si le ofreció quedarse a trabajar con usted...

—Por aquí ha pasado gente con mejores manos que Mónica —reconoció el ceramista—. Y algunos con más dominio de la técnica. Pero todo eso se aprende. Lo complicado es encontrar a alguien que entienda la cerámica, que le apasione y que sepa transmitir esa emoción a los demás. Eso no se puede enseñar.

—Comprendo —dijo Caldas, y entregó la cabeza de gato a su ayudante para que la devolviese a la balda más alta. Al hacerlo, Rafael Estévez tocó con el dorso de la mano la pieza contigua.

—Cuidado con esa figura —le previno Miguel Vázquez.

Caldas retrocedió un paso para observarla. Era un hombre sentado en un banco con la cabeza cubierta por un sombrero de ala ancha.

Miguel Vázquez les explicó que su autor era un ceramista mayor, un antiguo profesor de la escuela.

—Hace años que no reconoce a nadie —dijo—. Cuando supo que estaba enfermo me trajo esa escultura y una hoja con las instrucciones para darle color con sus cenizas cuando muera.

—¿Con sus cenizas?

—En vez de dejarlas en una urna quiere que formen parte de esa figura como pigmento. Es bonito, ¿verdad?

—¿Eso se puede hacer? —preguntó el inspector.

—¿Por qué no? —respondió Miguel Vázquez—. Muchos pigmentos tienen una base de ceniza.

—Pero de ceniza humana...

—La ceniza es ceniza con independencia de lo que haya sido antes.

Llamaron a la puerta del despacho y uno de los alumnos requirió a Miguel Vázquez en la sala de trabajo.

—¿Me disculpan un momento? —se excusó y, antes de salir, cogió un lápiz de su mesa y se lo colocó en la oreja.

Cuando los policías se quedaron solos, Caldas se dirigió a la mesa del ceramista.

—¿Qué te contó el marinero? —preguntó al ayudante mientras examinaba el teléfono de porcelana.

—No me contó nada —respondió Estévez.

—¿Nada?

—Nada.

El inspector encontró la firma de Miguel Vázquez estampada en la cara interior del auricular: una eme y una uve encabalgadas en un único trazo de color claro. Tendría que seguir buscando al dueño de la firma en espiral.

—Pero ¿reconoció a Mónica?

—Dice que le suena.

Leo Caldas devolvió el teléfono a su posición original.

—¿Y el inglés?

—Le suena también.

—¿Solo le suenan?

Rafael Estévez asintió.

—Pero ¿iban el viernes en el barco o no?

—Puede que sí.

—¿No te lo confirmó?

Estévez resopló.

—¿Confirmármelo? —respondió—. Ese tipo no es capaz de confirmar ni que es marinero.

La puerta se abrió de repente y Miguel Vázquez regresó al despacho obligándolos a interrumpir la conversación.

—¿Puedo ayudarlos en algo más? —preguntó—. Me necesitan en el taller.

Atravesaron la sala de trabajo, donde algunos de los alumnos ya no eran los mismos a los que Caldas había visto al llegar. Cruzaron la sala de secado y Estévez se detuvo a observar un muestrario de arcillas colgado en la pared, entre los dos hornos más grandes.

—¿A qué temperatura se cuece la arcilla? —preguntó.

—Depende —respondió Miguel Vázquez, que los había acompañado hasta la puerta—. La terracota o la loza, a unos mil grados. La porcelana, a más de mil doscientos.

Caldas reprimió un silbido de admiración.

—¿Estos hornos llegan a mil doscientos grados?

—Y a más —apuntó el ceramista—. Pero nosotros solo buscamos que la tierra alcance la temperatura necesaria para convertirse en roca. Si se pasa de calor, primero se reblandece y luego se funde, como la lava de un volcán.

—Entiendo.

Caldas entregó una tarjeta a Miguel Vázquez, quien se comprometió a mantener cierta discreción en lo relativo a la ausencia de Mónica y a ponerse en contacto con el inspector tan pronto como tuviera noticias de su ayudante.

—Solo una cosa más —le pidió Caldas—. Dolores mencionó que el jueves Mónica fue a ver a alguien. No sé si lo apunté bien.

Caldas buscó la anotación en su libreta, pero fue el ceramista quien terminó la frase:

—A un luthier.

—Eso: a un luthier. ¿Sabe dónde podemos encontrarlo?

Una vez más, un ademán, un brazo extendido hacia el otro lado del patio en penumbra, se adelantó a la voz.

—Los luthiers están en el otro edificio, en el anexo —respondió.

Acorde. 1. Conforme, concorde. **2.** Cosa hecha o dicha en armonía o consonancia con otra. **3.** Conjunto de tres o más sonidos simultáneos, combinados armónicamente.

El edificio anexo, inaugurado en 1904 con la intención de destinar sus aulas a la enseñanza para mujeres, ocupaba el solar contiguo al de la Escuela de Artes y Oficios en la calle Pontevedra, la que descendía hacia el mar por la fachada lateral. Aunque tenían entradas independientes, los dos edificios estaban comunicados por el interior a través de una biblioteca forrada de madera oscura.

Caldas y Estévez la atravesaron y, siguiendo las indicaciones de un alumno, bajaron por una escalera que terminaba frente a una puerta. Desde el otro lado les llegaba el zumbido de un torno y un aroma penetrante a barniz. El letrero en la pared rezaba: «CONSTRUCCIÓN ARTESANAL DE INSTRUMENTOS MUSICALES».

El taller que hallaron tras la puerta no se parecía en nada al aula de los ceramistas. Era amplio y diáfano, con un ventanal enorme que debía de inundarlo de luz natural durante las horas de sol. El techo estaba cruzado por unos refuerzos de hierro, fijados para soportar el peso del auditorio situado en el piso superior, que le conferían el aspecto de una estación de ferrocarril.

La sección del taller próxima a la puerta estaba dedicada a la construcción de zanfonas. La del fondo, donde se encontraba el torno que habían oído desde fuera, a las gaitas y el resto de instrumentos de viento. Había un banco de carpintero colocado contra la pared opuesta a las ventanas y, encima, varios cuadros con herramientas y fotografías antiguas que mostraban instrumentos y bandas de música.

Un hombre calvo repasaba una pieza de madera en la primera de las mesas. El inspector Caldas se aproximó a él para preguntarle si estaba a cargo del taller.

—No, yo no —dijo, y señaló a dos hombres más jóvenes que él que conversaban de pie cerca de la ventana.

—¿Cuál de los dos? —quiso saber Leo Caldas.

—Los dos —contestó.

El que enseñaba el oficio de constructor de gaitas era Carlos Corral y rondaba los cincuenta años. Era alto, casi tan corpulento como Estévez, y vestía una camiseta negra que se atirantaba alrededor de su abdomen. El cabello rizado, la perilla y el pendiente que brillaba en una de sus orejas le hacían parecer un pirata dispuesto para el abordaje.

El luthier de zanfonas, algo más joven, era delgado y estrecho de hombros. Llevaba abotonados los puños de una camisa blanca impoluta. Se llamaba Xaime Rivas y su imagen estaba más cercana a la idea que Caldas tenía de un profesor de Filosofía que a la del híbrido de ebanista, músico y afinador que era en realidad.

—¿Podemos hablar un momento con ustedes? —les preguntó el inspector.

Los luthiers percibieron en el tono de Caldas la necesidad de cierta reserva y se dirigieron hacia el fondo del taller. Fueron a apoyarse en una mesa alargada sobre la que, embutidos en unos pequeños vástagos de metal que sobresalían del tablero, se alineaban los distintos elementos de madera de las gaitas. Delante, punteiros, sopletes, ronquillas y chillones. Detrás, los roncones despiezados.

Algunas de aquellas piezas estaban torneadas en granadillo, cocobolo o palo violeta, maderas que estaban sustituyendo al boj de las gaitas tradicionales. Tampoco todos los fuelles de la mesa contigua eran ya de piel de ternera. Muchos músicos preferían los nuevos materiales sintéticos transpirables que no obligaban a desmontar cada poco tiempo los instrumentos para airearlos.

Rafael Estévez miró a los alumnos que trabajaban cerca de la ventana.

—¿Todos quieren dedicarse a construir instrumentos? —se interesó.

—Esa es la idea —respondió el luthier alto con aspecto de bucanero—. Que aprendan el oficio.

—Pero ¿todos acaban dedicándose a ello? —insistió el ayudante de Caldas.

—Todos no. Algunos vienen ya con vocación y al terminar los cursos montan sus propios talleres, pero otros solo vienen a probar.

—Hay quien hace un instrumento mientras está aquí y no vuelve a construir otro nunca más —explicó Xaime Rivas.

—¿Puede matricularse cualquiera?

—Hay que pasar un examen de ingreso. Pero sí, cualquiera.

Estévez asintió y volvió a mirar alrededor, fijándose en los instrumentos, unos terminados y otros a medio hacer, que descansaban sobre las mesas.

—No vienen a matricularse, ¿verdad? —preguntó el más alto.

—No —admitió Leo Caldas y se identificó como policía—: ¿Quién de ustedes estuvo hace unos días con Mónica Andrade?

Los dos profesores se miraron como si fuese la primera vez que oían aquel nombre.

—¿Con quién?

—Con Mónica Andrade —repitió el inspector—, la profesora auxiliar de cerámica.

—Ah, Mónica —dijo Xaime, y se volvió hacia su compañero dejando correr las manos hacia abajo, imitando el vuelo de los vestidos de la hija del doctor—. La de cerámica.

—Ya sé, ya.

—¿Estuvieron con ella?

—Comimos juntos hace días. ¿Por qué?

Leo Caldas no respondió.

—¿Cuándo? —preguntó, en cambio.

—¿Cuándo sería? —consultó Corral.

—¿Hace tres semanas o así? —respondió el otro.

El pirata cerró los ojos tratando de confirmar el cálculo del de la camisa.

—Sí, pudo ser hace tres.

Aquello no cuadraba con lo que Dolores, la alumna de cerámica, había relatado al inspector.

—¿No estuvieron con ella el jueves pasado?

Los luthiers intercambiaron otro gesto de extrañeza.

—¿El jueves?

—El jueves por la tarde —concretó Caldas.

—Yo no recuerdo haberla visto —dijo—. ¿Tú?

—Yo tampoco —aseguró el otro, y explicaron a los policías que, al estar sus aulas en edificios distintos, no era extraño que pasasen semanas sin ver a los ceramistas.

—Hay días que coincidimos en secretaría o en algún pasillo —dijo el constructor de gaitas—, pero la semana pasada no recuerdo haberme cruzado con ella siquiera una vez.

—La pasada no —corroboró el otro.

Una zanfona comenzó a sonar cerca de la puerta y los policías se volvieron un instante para observar al hombre que la tañía. Era el más joven de los alumnos del taller.

—Es raro —dijo Caldas—. Nos acaban de decir que el jueves salió de clase para venir aquí, a encontrarse con uno de ustedes.

—¿Aquí?

—Aquí, sí.

—¿Seguro?

El acorde de la zanfona continuaba reverberando en la sala.

—Ella misma se lo contó a una de sus alumnas al salir —dijo Caldas—. Le comentó que iba a hablar con un luthier.

—Pues conmigo no estuvo.

—Conmigo tampoco.

Estévez señaló a un grupo de alumnos.

—¿Tal vez con alguno de ellos?

Carlos Corral negó moviendo la cabeza:

—La habríamos visto. Además —añadió, mirando al grupo al que se había referido el ayudante de Caldas—, ellos aún no son luthiers.

—Como no fuera arriba... —intervino el de la camisa blanca, dejando la frase suspendida en el aire.

El pirata se atusó la perilla.

—Ah —concedió—, arriba podría ser.

—¿Arriba? —preguntó Leo Caldas.

—El taller de luthería antigua está en el segundo piso —dijo señalando el techo atravesado por los refuerzos metálicos—. El profesor es Ramón Casal. Se lleva bien con Mónica. Es posible que fuera a verlo a él.

Reconstrucción. 1. Hecho de volver a construir. **2.** Unión o evocación de recuerdos o ideas para completar el conocimiento de un hecho o el concepto de algo.

Los policías subieron por la escalera de metal del edificio anexo hasta el rellano de la segunda planta. A un lado había dos puertas y, al otro, un mirador desde el que se veían las luces encendidas en las aulas del edificio principal. Una de las dos puertas daba al taller de moda y confección. En la otra, sobre un pergamino y un molde de un pequeño violín, aparecía escrito con letras en relieve: «TALLER DE LUTHERÍA ANTIGUA».

Era una sala amplia de paredes blancas con molduras de escayola en el techo y cinco grandes ventanas que daban a la calle en penumbra. Había varias mesas y bancos de carpintero, y en los altavoces colocados en alto sonaba una melodía suave que invitaba a la relajación.

Cuatro hombres y dos mujeres trabajaban bajo la luz de los tubos de neón, pero solo uno, con el cabello ensortijado y la barba gris, levantó la vista apenas un instante para observar a los recién llegados.

Había dos arpas cerca de la puerta, apoyadas en el suelo. Caldas vio seis o siete más en una balda en la pared y, más allá, dentro de una vitrina, otros instrumentos más pequeños que desde allí no supo identificar.

Se acercaron a un hombre que cortaba una lámina de madera siguiendo un trazo marcado a lápiz.

—¿Ramón Casal? —le preguntó el inspector Caldas en un susurro, tratando de no quebrar con la voz la atmósfera del taller.

—Es él —contestó señalando al hombre de la barba que los había mirado fugazmente al abrir la puerta.

Cuando se percató de que lo buscaban, Ramón Casal se puso en pie.

—¿Podemos hablar un momento a solas? —le preguntó Caldas.

El luthier señaló una puerta cerrada.

—¿Les parece si vamos a mi despacho?

El despacho de Ramón Casal era pequeño. Apenas una estantería abarrotada de libros y una mesa sobre la que descansaba un instrumento de cuerda colocado en dos cuñas de madera. A pesar del aire frío que se colaba por la ventana entreabierta, olía intensamente a barniz.

—Acabo de darle una capa —les dijo Ramón Casal, como disculpándose por haber inutilizado la mesa—. Necesita un día para secar bien.

—Esto no es un violín, ¿verdad? —preguntó Leo Caldas.

—No —contestó el luthier—. Es una viola da gamba.

Caldas negó con la cabeza y Ramón Casal le explicó que las violas da gamba eran instrumentos medievales que se sujetaban entre las piernas.

—*Gamba* es «pierna» en italiano —apuntó.

Estévez acercó un dedo a la figura que adornaba el extremo del mástil de la viola. Era una mujer labrada en la misma madera del clavijero.

—Estos adornos no los tienen los violines, ¿no?

—No —respondió—, no los tienen.

—¿La ha hecho usted? —preguntó Leo Caldas, y Ramón Casal respondió con un alzamiento de hombros, como un niño sorprendido en plena travesura.

—No crean que hay que ser un virtuoso —dijo acariciándose la mata de pelo rizado—. Solo hace falta paciencia.

Ramón Casal era un hombre fuerte y no demasiado alto. Su cabello, frondoso, estaba algo descuidado, como la barba y el bigote encanecidos que le ceñían la boca. Al hablar, inclinaba ligeramente la cabeza para que sus ojos azules mirasen sobre el cristal de las gafas.

Había comenzado a construir gaitas y zanfonas cuando la barba aún no le había empezado a asomar. Más tarde, coincidiendo con la reconstrucción de los instrumentos del Pórtico de la Gloria, se había aventurado a hacer su primera arpa barroca. Para perfeccionar el oficio, Ramón Casal había viajado por Inglaterra e Italia, donde conoció a otros luthiers de los que aprendió a hacer violas da gamba, arpas célticas, laúdes y el resto de instrumentos medievales cuya construcción enseñaba en aquel taller desde hacía más de veinte años.

—¿Policías? —se extrañó el luthier—. ¿Pasa algo?

—Estamos buscando a Mónica Andrade. ¿Sabe quién es?

—Claro —respondió—. Es la auxiliar de Miguel en el taller de cerámica.

—Hace días que su familia no sabe nada de ella. Estamos tratando de localizarla —dijo el inspector.

—Pues no sé cómo puedo ayudar.

—Mónica vino a hablar con usted el jueves pasado, ¿verdad?

Si había ido, Ramón Casal no parecía acordarse.

—¿Conmigo?

—¿No estuvo aquí el jueves por la tarde?

—¿El jueves? No —aseguró—, no vino por aquí.

—Es extraño —dijo Leo Caldas—. Ella comentó que iba a hablar con un luthier, pero hemos estado abajo y allí tampoco estuvo.

—Espere —le interrumpió Ramón Casal.

El luthier se concentró en la puerta cerrada, como si buscara algo que confirmase lo que estaba pensando.

—Sí —dijo luego—, el jueves vino un momento por aquí.

Los dos policías se miraron.

—¿Habló con ella?

—No, no llegamos a hablar. Pero estuvo en el taller.

Caldas señaló a su espalda.

—¿Venía a ver a alguno de sus alumnos, tal vez?

—No —contestó—, creo que venía a verme a mí.

—¿Cree?

—Creo, sí —dijo, y mantuvo la boca abierta, como si no cerrarla le ayudase a recordar—. Pero casi no llegó ni a entrar. Yo estaba atendiendo a un alumno y ella abrió sin llamar, como han hecho antes ustedes. Abrió la puerta y me saludó con la mano. Cuando la miré otra vez, me hizo un gesto así —giró una mano en el aire—, para indicarme que volvería más tarde.

—Pero no volvió.

—No, no volvió —sostuvo el luthier.

—¿Por qué cree que se marcharía así?

Ramón Casal no lo sabía.

—Porque me vio ocupado con el alumno o porque le pidieron algo urgente por el teléfono.

—¿Estaba hablando por el móvil?

El luthier les dijo que sí.

—Por eso no cruzamos ni una palabra. Abrió, se quedó en la puerta hablando por el móvil y, al cabo de un momento, se fue.

—¿Seguía hablando por teléfono al irse?

—No estoy seguro, pero me parece que sí.

—¿Y está seguro de que eso fue el jueves?

Ramón Casal no vaciló:

—El jueves a última hora.

Caldas recordó lo que Dolores había pensado al ver a Mónica sentada a oscuras en el despacho del taller de cerámica. «Tenía esa cara que se te queda cuando te dan una mala noticia», habían sido sus palabras exactas.

—¿Pudo escuchar su conversación? —preguntó.

Ramón Casal sacudió la cabeza.

—Este taller invita a bajar la voz —dijo—. Además, Mónica no pasó de la puerta.

—¿Y notó si en algún momento cambiaba su expresión?

—No sé si le entiendo bien.

—¿Le pareció que se conmocionaba de repente, como cuando a uno le dan una noticia inesperada?

—No lo sé... —dudó.

—¿No se fijó?

—No, la verdad —confesó—. Estaba más pendiente de Óscar que de otra cosa.

—¿Quién es Óscar?

—El alumno con el que hablaba cuando entró Mónica.

—Tal vez él reparó en ella.

—Es probable —dijo—. Tuvo que verla igual que yo.

El inspector Caldas abrió la puerta del despacho y examinó a los alumnos del taller.

—¿Quién es? —preguntó.

Ramón Casal señaló a un hombre con el pelo recogido en una cola de caballo que cepillaba con una garlopa un taco de madera clara.

—Ese —dijo—. El de la coleta.

Examen. 1. Observación cuidadosa que se hace de alguien o algo con el objeto de conocer sus características, cualidades o estado. **2.** Prueba destinada a demostrar el conocimiento de una persona en una materia determinada o su aptitud para desempeñar cierta actividad o cargo.

—¿El jueves? —preguntó Óscar.

—Llegó bastante tarde ya, cuando tú y yo estábamos charlando.

—¿Estuvo aquí, en el taller?

—Abrió la puerta y nos saludó desde allí, sin llegar a entrar —señaló el profesor de luthería antigua—. Se quedó hablando por teléfono y luego se marchó.

—¿No pasó de la puerta?

—No, pero nos saludó con la mano —dijo Ramón Casal imitando el ademán de la chica—. ¿No te acuerdas?

La expresión de Óscar era inequívoca: no sabía a quién se refería.

—Una mujer más o menos de tu edad, alta, con una falda larga —insistió Ramón Casal, trazando con las manos el gesto descendente con el que todos acompañaban la descripción de la vestimenta de Mónica.

—Es esta mujer —dijo el inspector mostrándole la foto.

—Esa es —confirmó Ramón Casal mirando sobre el hombro de su alumno—. ¿La recuerdas ahora?

—Puede ser... —contestó, aunque a Caldas le pareció que solo evitaba contradecir a su maestro.

—¿La recuerdas? —preguntó, de todos modos.

Los ojos del alumno buscaron al luthier antes de responder.

—Puede ser —repitió.

Óscar creía recordar la imagen de Mónica Andrade en la puerta, pero no pudo precisar mucho más.

—Siento no poder ayudar —murmuró.

Había mirado a Leo Caldas, pero sus disculpas iban dirigidas al luthier.

—Tampoco me extraña que no se acuerde —dijo Ramón Casal en voz baja, observando a Óscar, que había retomado el cepillado de la pieza de madera.

—¿Por qué? —preguntó Leo Caldas.

Ramón Casal entornó la puerta del despacho antes de contarles que aquella tarde, cuando Mónica entró hablando por teléfono, él estaba tratando de convencer a Óscar de que meditase su decisión de abandonar la escuela.

—No lleva más que mes y pico de clases —les dijo—, pero se nota a la legua quién tiene vocación y quién viene a pasar el rato.

—¿No hay que aprobar un examen para poder ingresar? —preguntó Estévez.

—Tampoco es una prueba muy exigente. Por aquí ha pasado gente que no sabía distinguir una trencha de una gubia —sonrió Ramón Casal—. Afortunadamente, hay otros alumnos con verdadero interés. Óscar, además, tiene paciencia, oído, es observador...

—Entonces ¿por qué lo quiere dejar?

—Me dice que tiene un problema personal, pero creo que es más un problema de esto —dijo Ramón Casal, y se frotó las yemas de los dedos.

—¿Las clases son muy caras? —preguntó Rafael Estévez.

—Esta escuela es gratuita —respondió el maestro de luthería antigua—, pero Óscar no tiene trabajo. Vive fuera y se tiene que costear el desplazamiento. Los primeros días trató de encontrar algo en lo que trabajar al menos unas horas por las mañanas, pero ya lleva un tiempo aquí y la cosa no pinta bien.

—No —convino Leo Caldas—, no pinta bien para nadie.

Ramón Casal abrió una rendija en la puerta para señalar a otro alumno, el de más edad que les había indicado quién era el profesor.

—Aquel tampoco es de Vigo —dijo—, aunque su situación no es la misma. Está en casa de unos familiares y debe de tener cuartos. En cambio, Óscar... —Chasqueó la lengua con lástima—. A ver si estos días recapacita. Entiendo que es duro, que la mayoría de los que se matriculan aquí ya no son críos, pero él no tiene hijos a los que mantener ni otra cosa más segura en otro lado. No tiene más que el sueño de ser luthier. Sería una pena que se rindiese sin intentarlo, ¿no les parece?

Leo Caldas tragó saliva y contempló la viola da gamba puesta a secar sobre la mesa.

—¿Un constructor de instrumentos antiguos se defiende bien? —preguntó.

Ramón Casal dejó escapar el aire de la boca como un neumático que se deshincha.

—Unos sí y otros no. Pero eso no es lo más importante.

—Ya —respondió el inspector Caldas, aunque no estaba seguro de haberle comprendido.

Amor. 1. Sentimiento que nos mueve a buscar lo que considere-ramos bueno o la felicidad de otra persona. **2.** Pasión que atrae a una persona hacia otra. **3.** Blandura, suavidad. **4.** Persona amada. **5.** Cuidado con que se trabaja una obra.

Al salir del despacho, se detuvieron a observar al alumno de más edad de los del taller. Casi había terminado de recortar la figura dibujada en la lámina de madera.

Rafael Estévez se dirigió a Ramón Casal en voz baja:

—¿Qué está haciendo?

—Una roseta —respondió.

El luthier vio el gesto de desconcierto en el rostro de Es-tévez y pidió a los policías que le siguieran hasta una vitrina.

—Esos son laúdes —dijo señalando dos instrumentos de cuerda panzudos expuestos tras el cristal—. En vez de un agu-jero, como las guitarras, tienen rosetas talladas en la tapa. Hay que practicar mucho para hacerlas bien.

—Practicar y tener pulso —murmuró Estévez.

Ramón Casal sonrió.

—No es tan importante la habilidad como ser paciente y constante. Las mejores cosas se hacen poquito a poco, sabo-reándolas despacio.

Delante de los laúdes vieron varios modelos de rosetas y, en el estante inferior, dos arpas más pequeñas que las que estaban junto a la puerta. Ramón Casal les contó que una de ellas, de madera oscura y cuerdas metálicas, era una réplica del arpa de la reina María de Escocia hecha a partir de unos planos que había comprado en Edimburgo.

Adornando la pared, junto a la vitrina, había dos grabados con motivos musicales y una lámina de Stradivarius preparando los barnices en su estudio.

La música seguía sonando suave en los altavoces y los alumnos continuaban sumergidos en sus tareas, ajenos a lo que sucedía a su alrededor.

—Tiene un trabajo precioso —dijo Caldas.

Ramón Casal se pasó la mano por los rizos y asintió.

Cuando Rafael Estévez se acercó a una mesa para examinar varias maderas, el maestro de luthería antigua le explicó que eran las que los alumnos de segundo curso iban a utilizar para construir sus próximos instrumentos.

—¿Cómo eligen la madera? —preguntó el ayudante de Caldas.

—Observándola y escuchándola —contestó el luthier.

—¿La madera?

—Tan importante como saber trabajarla es saber elegirla. Distinguir las vetas buenas, el sonido... —dijo, acariciando con los dedos la superficie de una tabla de color muy claro—. ¿Ven? —musitó, y Caldas no supo si hablaba tan bajo para no molestar o para sentir lo que la madera le decía—. Cada una tiene su propia voz.

—Y esa ¿qué cuenta? —preguntó Estévez.

Había hablado demasiado alto y Ramón Casal se volvió hacia los alumnos. Sus ojos azules no dejaban de sonreír. Después de intercambiar un guiño cómplice con Óscar, contó a los policías que aquella tabla estaba destinada a ser la tapa de una viola da gamba.

—¿Como la del despacho?

—Sí —dijo Ramón Casal—. O como esa del aparador.

Leo Caldas contempló la viola que había señalado el maestro. Estaba expuesta en una vitrina similar a la de los laúdes. Las capas de barniz rojizo resaltaban las vetas de la madera proporcionándole un aspecto espléndido. Costaba imaginar que un instrumento tan delicado hubiese partido de una tabla de madera blancuzca como la de la mesa.

Buscó en el extremo del mástil la talla con la figura femenina que decoraba la viola que se secaba en el despacho, pero no la encontró. En su lugar, la madera se doblaba sobre sí misma formando un adorno en espiral, como un caracol.

—¿Por qué no tiene una mujer en la punta como la otra? —consultó.

—Esa viola da gamba la construyó un alumno —explicó el luthier refiriéndose a la de la vitrina—. La del despacho la hice yo. Suelo rematar las mías con una talla femenina.

—¿Como una firma?

—Más o menos, sí.

—¿Esa espiral también es una firma? —preguntó, trazando círculos en el aire con el dedo.

—No —sonrió el luthier.

—¿No?

—No —repitió—. A veces se tallan figuras, pero lo normal es que haya una voluta como esa decorando el clavijero.

Caldas permaneció unos segundos mirando fijamente la espiral, aunque en realidad pensaba en otra cosa.

—¿Le sorprende? —preguntó Ramón Casal.

—¿Eh? —El inspector Caldas apartó la vista de la vitrina, pero no le respondió—. La escuela tiene un taller de dibujo, ¿verdad?

—En el otro edificio —confirmó el luthier señalando la puerta—. Desde el rellano se puede ver.

Ramón Casal los acompañó afuera. Al cerrarse la puerta, la música tenue del interior dio paso a un rumor de conversaciones proveniente de otros pisos.

—¿Eso sí es un violín? —preguntó Rafael Estévez refiriéndose a un instrumento perfilado en madera que había colgado en la puerta.

Ramón Casal sacudió la cabeza.

—Tampoco —dijo—. Es una viola de amor.

Luego el luthier se aproximó a la galería y apuntó con el

dedo hacia unas ventanas algo más bajas que el rellano, en la pared de piedra del edificio contiguo.

—Esa es la clase de dibujo.

Caldas se acercó a la cristalera. Pese a que la altura debía de ofrecer una perspectiva completa del aula, unas cortinas blancas impedían ver el interior.

—Tienen que bajar las escaleras, atravesar la biblioteca hasta el edificio principal y volver a subir al segundo piso.

—¿Los dos edificios solo se comunican por la biblioteca?

—Solo por la biblioteca —repitió el luthier.

Leo Caldas miró las ventanas del aula de dibujo y preguntó:

—¿Sabe cómo se llama el profesor?

—Es una profesora. Se llama Elvira. Es muy buena chica también. Como Mónica —dijo, y después de un instante añadió—: ¿Dónde creen que puede estar?

—Parece que se marchó con alguien.

—Pero ¿creen que está bien? —se interesó. Ya no se encontraban en el taller, pero seguía hablando en voz baja.

El inspector hizo un gesto tan ambiguo como su respuesta.

—Esperemos que sí.

Ramón Casal les estrechó la mano.

—Bueno, si necesitan cualquier cosa, ya saben dónde estoy. Me tienen ahí dentro todos los días —dijo señalando la puerta—. Todas las tardes, vamos. Por las mañanas trabajo.

El inspector Caldas se preguntó cuál sería la ocupación que compaginaba con la de maestro de luthería antigua.

—¿En qué trabaja por las mañanas?

—Hago instrumentos barrocos.

—Como por las tardes, entonces.

—No —precisó Ramón Casal—. Por las tardes enseño a otros a hacerlos.

Intimidad. **1.** Relación muy estrecha de amistad y confianza.
2. Sentimientos y creencias más profundos de una persona.
3. Aquello que afecta solo a la propia persona y que se considera
que no ha de ser observado desde el exterior.

—¿Ahora quiere pasar por la clase de dibujo? —preguntó Estévez mientras seguía al inspector escaleras abajo.

—Sí.

—¿Sigue pensando en los retratos del estudio de la chica?

Caldas se encogió de hombros.

—Un dibujo de esos no se hace en un momento. Los hizo
alguien que sabía dibujar y ni la vecina ni su padre nos han
sabido decir quién es.

—¿Y eso qué tiene que ver con que la chica se haya marchado?

—No sé si tiene algo que ver o no —admitió Caldas—. Pero
ya estamos aquí: no perdemos nada por echar un vistazo.

Atravesaron la biblioteca y subieron por una escalera con
un primer tramo de piedra y el resto de madera clara.

—De todas formas, no hace falta que entres si no quieres
—dijo Leo Caldas al llegar arriba.

—No, no. Si a mí no me importa pasar todas las tardes en
un sitio como este —repuso Estévez—. Solo tengo la sensación de que perdemos el tiempo buscando a esa chica aquí.

Caldas llamó a la puerta del aula de dibujo y al instante les
abrió una mujer de unos cincuenta años. Llevaba el bolso colgado en bandolera y el abrigo doblado sobre el brazo.

—¿Sí?

—¿Es usted Elvira?

La mujer negó con la cabeza y se volvió hacia un grupo de personas que, de pie ante caballetes, formaban un círculo cerrado.

—Si esperan un momento, la aviso —les dijo antes de dirigirse hacia el grupo.

El aula de dibujo era muy amplia, con el techo alto y el suelo de tablones de pino tea que García Barbón había hecho traer de Cuba antes de levantar la escuela. Además de las cuatro ventanas que Caldas había visto desde el rellano de luthería antigua, había una más abierta en otra pared. En el lado opuesto, semioculta por un biombo, vio una chimenea de piedra imponente, con las paredes pulidas, sin hollín.

Por toda la sala había tableros y banquetas altas en las que sentarse a dibujar y en una mesa reposaban vasos, botellas, un jarrón con flores secas y otros objetos que componían un bodegón.

Junto a la puerta, la pared forrada de madera estaba cubierta de dibujos enmarcados. Caldas fue saltando de una firma a otra sin prestar atención a los motivos.

—Hay un tío en pelotas —dijo Estévez señalando al grupo de alumnos.

Caldas dejó de buscar la espiral.

—No lo veo.

—Yo tampoco —reconoció su ayudante—, pero es lo que están dibujando.

Aunque el corro de alumnos impedía verlo, los dibujos de los caballetes mostraban a un hombre desnudo tumbado boca abajo.

—Por eso habrán cerrado las cortinas —dijo el inspector, pensando en voz alta—. Para tener intimidad.

—Si no le importa tumbarse en bolas a dos pasos de toda esa gente, no creo que le moleste mucho que le puedan ver desde una ventana de otro edificio.

—No es lo mismo —dijo Caldas.

—Es peor —apostilló Estévez.

La mujer del bolso cruzado se acercó a ellos de nuevo.

—Ahora viene Elvira —les dijo antes de marcharse.

Mientras esperaba a la profesora, Caldas siguió repasando las firmas de los dibujos. Al no encontrar la espiral, se entretuvo contemplando unas láminas colgadas en la pared. Sobre un retrato de Otto Dix había una reproducción de *Ofelia*, el cuadro de Millais. Los ojos del inspector se clavaron en aquella muchacha retratada un instante antes de ahogarse. El vestido que se extendía sobre la superficie del agua era tan largo como los que describían para referirse a Mónica quienes conocían a la hija del doctor.

—¿Me buscaban? —dijo una voz a su espalda.

Al volverse, Caldas se encontró frente a una mujer algo más baja que él y quizá unos años más joven. Vestía un jersey gris no demasiado grueso y pantalones con rayas de varios colores. El cabello cortado por encima de los hombros caía a ambos lados de un cuello larguísimo. Tenía los ojos tan oscuros como el pelo, la nariz algo ganchuda y la boca grande. Su nombre apareció en la cabeza del inspector como un fogonazo.

—¿Eres Elvira Otero? —preguntó, aunque no hacía falta que la mujer se lo confirmase—. Soy Leo Caldas.

—Ya te veo —contestó Elvira y, al sonreír, unos hoyuelos profundos se dibujaron en sus mejillas.

—¿Se conocen? —intervino Estévez.

—Desde hace mucho tiempo —dijo ella sin dejar de mirar al inspector.

—Rafael es mi compañero —lo presentó Caldas—. Trabajamos en la comisaría.

—Lo sé —respondió Elvira—. Algunas veces te oigo en la radio.

El inspector Caldas buscó en el bolsillo el paquete de tabaco. Aunque no pudiese fumar dentro de la escuela, su tacto le reconfortó.

El silencio que habían encontrado al entrar dio paso a un murmullo producido por los alumnos que recogían los caballetes y los apartaban.

—Siento haber interrumpido la clase.

—No has interrumpido nada —le dijo ella—. Los días que vienen modelos a posar terminamos un poco antes.

Luego miró al inspector en silencio, invitándole a contarle qué había llevado a dos policías hasta su taller. Caldas decidió tomar el atajo:

—Estamos buscando a alguien que firma los dibujos con una espiral.

—¿Con una espiral?

—Parecida a estas —le dijo, mostrándole su cuaderno—. ¿Conoces a alguien que firme así?

Elvira observó las marcas que el inspector señalaba y negó moviendo la cabeza.

—No me suena —dijo—. ¿Por qué lo buscáis?

Estaba comenzando a explicárselo cuando Rafael Estévez le interrumpió.

—¡Joder! —murmuró el aragonés mirando sobre el hombro del inspector.

Leo Caldas se volvió hacia allí. El modelo que un momento antes posaba en la tarima se alejaba desnudo hacia el biombo.

—¿Qué pasa, Rafa? —preguntó el inspector.

—Nada, nada —respondió Estévez.

Cuando Caldas miró a la profesora encontró los hoyuelos en su rostro, como si conociera la razón del asombro del ayudante.

Los alumnos de Elvira Otero comenzaron a abandonar el aula entre conversaciones.

—¿Le importa si echo un ojo mientras esto se despeja? —preguntó Estévez.

—Por supuesto —respondió Elvira y, cuando el ayudante de Caldas se apartó unos pasos a observar de cerca un dibujo, aprovechó para comentar en voz baja—: ¿Cuánto tiempo hacía que no nos veíamos, Leo?

—No lo sé —mintió Caldas.

—¿Veinte años?

—Por ahí —respondió, y luego añadió—: Has cambiado un poco.

Elvira Otero le dedicó otra sonrisa.

—Ya no llevo trenzas —dijo—. Pero sigo pintando.

—Ya se veía que no lo ibas a dejar.

—Y tú eres policía...

Caldas asintió.

—Nunca lo habría imaginado —comentó ella.

—Yo tampoco —reconoció.

Iba a decir algo más pero decidió callar al ver que Estévez regresaba. El último de los alumnos acababa de cerrar la puerta tras de sí.

—Ya no queda nadie, ¿no?

—Solo Luis —dijo Elvira.

—¿Quién?

—Luis es el modelo —aclaró la profesora indicando el extremo del taller dominado por la chimenea—. Está vistiéndose detrás del biombo.

El chico apareció poco después y se dirigió hacia la puerta con una mochila al hombro. Tendría unos veinte años y parecía más menudo con ropa que sin ella. Elvira les contó que era estudiante de Ingeniería.

—Con esto saca algo de dinero para sus gastos. Como otros dan clases particulares a estudiantes más jóvenes.

El inspector iba a comentar algo pero el aragonés se le adelantó:

—Pierde el tiempo con la ingeniería —dijo Estévez—. En el cine porno le pagarían más.

La profesora sonrió y pidió a Leo Caldas que le explicase el porqué de su interés en aquella firma en espiral.

—Hay unos dibujos firmados así en casa de una mujer cuya desaparición estamos investigando.

—Pues no sé quién puede ser.

—A lo mejor estudia o ha estudiado aquí.

—¿Por?

—Son unos dibujos espléndidos.

Los hoyuelos regresaron al rostro de Elvira al escuchar el cumplido.

—No será solo por eso.

—No —admitió el inspector—. También es porque la mujer desaparecida trabaja en la escuela.

Elvira Otero le miró a los ojos.

—¿Aquí?

Leo Caldas asintió.

—Se llama Mónica Andrade. ¿La conoces?

—Claro, la ceramista —respondió ella con gravedad—. ¿Qué le ha ocurrido?

—Creemos que solo se ha marchado unos días —dijo el inspector—, pero la familia está inquieta y preferimos comprobarlo. Por si acaso.

—Hacéis bien —convino Elvira y pidió a los policías que le ayudasen a bajar seis carpetas grandes.

—Aquí hay un dibujo de cada alumno que pasó por aquí en los últimos seis años. Aunque ya os digo que no recuerdo esa firma.

—¿Todos están firmados?

—Firmados y con el nombre del alumno por detrás.

Se repartieron las carpetas y revisaron uno a uno los dibujos. No encontraron la firma que buscaban.

—¿Te importa si vemos los de años anteriores? —le pidió Leo Caldas.

—Antes había otro profesor —dijo Elvira—. No se guardaban los trabajos.

El inspector le dio una tarjeta.

—Ahí está mi teléfono —señaló—. ¿Te importaría avisarme si recuerdas una firma en espiral?

Elvira Otero aseguró que lo haría.

—Yo no tengo tarjeta —dijo—. Pero si algún día quieres hacerme una visita, ya sabes dónde trabajo.

Caldas miró el taller desierto.

—No es mal sitio.

—No, no lo es —coincidió ella, y luego le preguntó—: ¿Tu padre?

—Como siempre —sonrió Leo Caldas—, bastante bien.

—¿Sigue haciendo vino?

—Sigue, sí.

—No se puede luchar contra las vocaciones, ¿eh?

—Se ve que no. ¿Los tuyos?

—Mi padre tuvo un infarto hace unos meses —le contó Elvira.

—Vaya, no lo sabía —dijo Caldas—. ¿Cómo está?

Los hoyuelos desaparecieron del rostro de la profesora.

—No salió.

Mientras bajaban las escaleras hacia la entrada de la escuela, Caldas sacó el móvil y dejó que su ayudante se le adelantase.

—¿Va a llamar al comisario? —le preguntó Estévez. Se había vuelto al dejar de sentir los pasos del inspector en la escalera.

—Sí, ve saliendo —dijo, aunque no era al comisario a quien telefoneaba.

Después de dos intentos sin respuesta dejó un mensaje en el contestador:

—Papá, soy Leo. Llámame cuando puedas, ¿quieres?

Luego bajó de dos en dos los peldaños buscando la calle. Necesitaba fumar.

Gastar. 1. Hacer que algo se deteriore por el uso. 2. Emplear el dinero en algo. 3. Consumir. 4. Tener alguien habitualmente una determinada actitud. 5. Utilizar o poseer.

Cuando Leo Caldas salió de la Escuela de Artes y Oficios notó que había refrescado. El mendigo que pedía limosna en la entrada continuaba sentado en su silla de lona, sobre la acera, junto al carro de supermercado lleno de trastos. El perro seguía tumbado a sus pies.

—Conque buscando una espiral —dijo Estévez—. ¿No se le ocurría una excusa mejor?

—No sé de qué hablas —respondió Caldas, y se sobresaltó al ver cómo el perro del mendigo empezaba a ladrar a su ayudante.

—Ya me extrañaba ese interés suyo en pasar a toda costa por la clase de dibujo —porfió el aragonés sin hacer caso al perro.

—Puedes pensar lo que quieras.

—¿Pretende que me crea que no sabía que esa mujer trabaja aquí?

—Yo no pretendo nada —dijo Caldas, y retrocedió al ver que el perro se levantaba sobre las patas traseras, tensando la cadena que lo mantenía sujeto al carro.

—Timur, tranquilo —murmuró el mendigo con voz ronca.

El perro comenzó a intercalar gimoteos entre los ladridos y Caldas no supo distinguir si pretendía arremeter contra Estévez o si solo deseaba que lo soltasen para poder escaparse de él.

—¿Y a este qué le has hecho? —preguntó a su ayudante.

Estévez se encogió de hombros.

—Vamos hacia allá, anda —propuso Leo Caldas para alejarse del animal.

—¿De qué conoce a la profesora de dibujo? —insistió. Los ladridos iban cesando, pero Estévez había encontrado su propio hueso y no tenía intención de soltarlo sin más.

El inspector dio una calada al cigarrillo. Prefería mantener sus asuntos privados al margen de las conversaciones con Estévez, pero sabía cómo se las gastaba su ayudante. Repetiría la misma pregunta tantas veces como fuera necesario hasta obtener una respuesta.

—Le di clases particulares un verano —confesó.

—¿Usted? —preguntó Estévez, escéptico—. Clases ¿de qué?

—No me acuerdo ya. Fue hace mucho tiempo.

—¿Para sacarse un dinero cuando era estudiante?

Caldas asintió.

—Cada uno se defiende con lo que puede, ¿eh, inspector? Unos dan clases particulares y otros se exhiben en bolas.

Estaban a punto de irse cuando el inspector vio salir de la escuela a dos alumnas jóvenes que, tras hacer amago de despedirse en la puerta, se marcharon caminando juntas.

Caldas recordó que también Dolores se había ofrecido a acompañar a Mónica Andrade hasta el puerto el jueves anterior. Sin embargo, ante la insistencia de la hija del doctor, Dolores había terminado por marcharse y Mónica se había quedado sentada en el despacho.

—¿Volvemos a comisaría? —preguntó Rafael Estévez.

—Espera un momento —dijo el inspector, y permaneció observando a las chicas que se alejaban por la acera.

Estévez miró hacia allí, tratando de localizar aquello que llamaba la atención de su jefe. Todo parecía estar bien.

—¿Qué pasa, inspector?

—Nada —murmuró Leo Caldas.

—¿Piensa en esa mujer? —dijo Estévez.

Caldas asintió.

—¿Por qué no vuelve arriba y la invita a tomar algo? —sugirió el ayudante.

El inspector lo miró como habría mirado a un hombre con dos cabezas.

—Es en Mónica Andrade en quien estaba pensando.

—Ah, en Mónica. ¿Y qué pensaba, si se puede saber?

Caldas tardó un instante en revelárselo:

—El jueves la dejaron en el despacho pasadas las nueve, pero hasta las diez y media no cogió el barco de vuelta a Moaña —dijo Caldas—. ¿Cuánto se tarda en llegar hasta el puerto desde aquí?

—Unos diez minutos o un poco más —calculó Estévez.

—Más o menos eso.

Estévez no sabía adónde quería ir a parar el inspector.

—¿Y qué?

—Me preguntaba si Mónica se quedaría en la escuela todo el tiempo o si habría ido a algún otro lado antes.

—¿Y cómo pretende averiguarlo?

—Espérame aquí un momento —respondió y volvió a entrar en la escuela.

Sobre una puerta abierta en el vestíbulo un letrero indicaba: «SECRETARÍA». Dentro encontró a un hombre y a una mujer sentados tras una mesa larga, absortos en las pantallas de sus ordenadores.

Cuando Caldas se interesó por la persona que vigilaba la puerta, la mujer negó moviendo la cabeza. Nadie se encargaba de custodiarla.

—¿No hay un conserje?

—Hay ordenanzas —le explicó ella—, pero no están pendientes de la entrada.

—¿Y no hay cámaras?

—Sí, hay en la entrada y en la biblioteca. ¿Ve? —le dijo mostrándole un monitor con la imagen fraccionada en distintas vistas del interior.

—¿Le importaría que viera las imágenes del jueves pasado?

La mujer miró a su compañero:

—No graban —dijo—. Solo las tenemos para que nos ayuden a controlar.

—¿Seguro?

—Segurísimo.

Caldas chasqueó la lengua.

—Vaya —murmuró—. ¿Dónde puedo encontrar a un ordenanza? Necesito que me digan si recuerdan haber visto salir a una persona el jueves después de las clases, entre las nueve y las diez y cuarto de la noche.

—Los puedo buscar —dijo ella descolgando un teléfono—. Pero ya le adelanto que no van a poder decirle nada: se marchan a las nueve, como nosotros.

El hombre levantó la vista de su ordenador.

—¿Por qué no pregunta a Napoleón? —sugirió—. Él se queda siempre hasta más tarde.

—¿A quién? —preguntó Caldas.

La mujer señaló una ventana que daba a la calle.

—¿No hay un hombre sentado ahí afuera? —preguntó.

Caldas solo había visto al vagabundo.

—¿Uno con un perro? —preguntó.

—Ese —contestó el hombre—. Se llama Napoleón. Es lo más parecido a un conserje que tenemos.

El inspector no estaba muy convencido.

—¿Él se fija en quién entra y quién sale?

—Como un búho —respondió el hombre, y le miró con una mueca pícara—. ¿Lleva monedas?

Leo Caldas se palpó el bolsillo.

—Alguna llevo —contestó.

Clase. 1. Grupo de elementos con características comunes. 2. Personas que dentro de la sociedad tienen condiciones, intereses y medios parecidos. 3. Refinamiento, distinción. 4. Sesión en la que se imparte una lección. 5. Sala de un centro de enseñanza.

—¿Su amigo es humano? —preguntó el mendigo mientras acariciaba el lomo del perro para tratar de serenarlo.

Rafael Estévez se alejaba caminando a grandes zancadas por la acera. El inspector le había sugerido que se fuese.

—Creo que sí —respondió el inspector—. Pero no les cae bien a los perros.

—Ya veo: Timur nunca se comporta de esa forma —dijo el mendigo justificando el escándalo que su perro acababa de armar—. El letrero es para disuadir a la gente de hurgar en mi carro, no por otra razón.

El letrero al que se había referido era un cartón sujeto en las varillas del carro de supermercado. Había dos palabras escritas con rotulador en letras gruesas: «*CAVE CANEM*».

—Quiere decir cuidado con el perro.

—Ah.

—Es latín —aclaró el mendigo.

Caldas leyó de nuevo el letrero.

—Es policía, ¿verdad?

Leo Caldas asintió.

—¿Y usted es Napoleón?

—*Fama volat* —respondió el mendigo.

Aparentaba unos sesenta años y su voz sonaba profunda entre la barba espesa y gris.

—Si le molesta puedo llamarle de otro modo... —se ofreció el inspector.

172

—¿Napoleón no le parece adecuado para alguien como yo? —preguntó el vagabundo poniéndose una mano en el pecho.

Caldas sonrió.

—Al contrario —dijo—. Me parece muy apropiado.

El hombre se levantó de la silla y Timur se frotó contra sus piernas.

—¿Me invita a un pitillo?

Caldas le ofreció el paquete de tabaco.

—Coja los que quiera.

—Gracias —dijo Napoleón—. ¿Fuego tiene?

El mendigo le devolvió la cajetilla. Solo había cogido un cigarrillo.

—¿Siempre levanta aquí el campamento?

Napoleón expulsó una bocanada y observó el humo, satisfecho.

—Casi siempre —afirmó.

—¿El jueves pasado estuvo aquí?

—Ahora le cuento —dijo—, pero ¿no le importa echarse a un lado?

—¿Cómo?

—Póngase aquí si quiere —señaló—. Es que ahí plantado me tapa el cofre y yo vengo a ganarme el pan.

Leo Caldas miró la lata colocada en el suelo. Apenas contenía tres o cuatro monedas.

—Solía rebosar a estas horas, pero pierdo contribuyentes cada día —murmuró—. Como dijo Augusto en el lecho de muerte: *Acta est fabula*.

—Y eso significa... —dijo Caldas.

—Significa que el cuento está llegando al final.

El inspector se situó donde el vagabundo le pedía, dejando libre el espacio entre la lata y los viandantes.

—Le preguntaba por el jueves pasado. ¿Estuvo aquí hasta muy tarde?

—¿Qué quiere saber?

Caldas sacó la fotografía de Mónica Andrade.

—¿La conoce? —preguntó.

Napoleón echó un vistazo a la foto.

—Es Mónica, una de las ceramistas —dijo—. No sabía que tuviera un gato.

Caldas contempló al gato gris que, en brazos de su dueña, miraba al objetivo de la cámara.

—Hace días que no la veo —confesó el mendigo.

—¿Desde cuándo? —preguntó, para comprobar si podía fiarse de su memoria.

Napoleón apenas necesitó meditar su respuesta:

—Desde el jueves.

—¿La vio marcharse a casa?

Napoleón asintió.

—¿Y recuerda a qué hora se fue?

—Ya habían dado las diez —dijo el mendigo—. Las diez y veinte o así, serían.

—¿Está seguro?

Volvió a asentir.

—Mis novias se habían ido a la cama y yo empezaba a recoger.

—¿Sus novias? —sonrió el inspector.

—Están allí enfrente —dijo Napoleón señalando la acera opuesta—. En el segundo piso.

Caldas miró el edificio del otro lado de la calle. Había dos ancianas en una ventana de la segunda planta.

Cuando el mendigo levantó una mano para saludarlas, ellas le devolvieron el gesto con efusividad.

—Siempre se retiran a las diez.

—Y dice que el jueves ya no estaban ahí cuando salió Mónica.

—Ya no —murmuró con su voz de locutor mientras contemplaba el cigarrillo, saboreándolo también con la mirada.

—¿Se fijó en ella?

—Es difícil no fijarse —dijo—. Es una mujer alta y siempre usa vestidos largos como una vestal.

Si alguna vez había sabido qué era una vestal, Caldas lo había olvidado.

—Salió más tarde de lo normal y se marchó casi corriendo —recordó el vagabundo—. Debía de tener prisa.

El inspector asintió. La marinera le había contado que Mónica había embarcado cuando ya habían comenzado a desamarrar. Iba a preguntarle si iba sola, pero se detuvo al ver que un hombre con bigote y gafas de montura metálica se acercaba a dejar una moneda en la lata. El hombre intercambió unas palabras con el mendigo y regaló unas carantoñas al perro antes de entrar en la escuela.

—Eduardo también es profesor —le explicó luego Napoleón—. Es el maestro orfebre. Un artista.

—¿Mónica también suele detenerse a hablar con usted? —preguntó Leo Caldas.

—No es de las que más aportan al cofre, pero todos los días me saluda —dijo—. Hablar, habla poco. Pero me gusta. Me sonríe sin lástima ni rencor, ni miedo, ni asco. No creo que me sonriera de otra forma si me viera con maletín y corbata.

Caldas tragó saliva y el mendigo continuó hablando:

—A Timur también le gusta, ¿verdad? —dijo, mirando a su perro—. Esperemos que no le haya ocurrido nada.

—Esperemos —repitió Caldas—. ¿El jueves se despidió de usted?

—No creo ni que me viera de tanta prisa que llevaba —explicó Napoleón.

El inspector señaló en dirección al puerto.

—Se fue hacia allí, ¿verdad?

—Sí, como siempre —dijo el mendigo.

—¿Sola?

—Iba sola, sí.

—¿Se fijó en su rostro?

—No.

—¿Le pareció que se encontraba bien?

El mendigo se encogió de hombros.

—Me pareció que tenía prisa.

—Ya —musitó Leo Caldas, y le tendió el paquete de tabaco—. Coja otro para luego.

Napoleón le dio las gracias y se guardó un cigarrillo.

—Ya nos veremos otra tarde —se despidió Caldas, y levantó la vista hacia el edificio de enfrente. Las novias de Napoleón seguían en la ventana.

—Me debe dos monedas —murmuró el mendigo.

Caldas se hurgó en el bolsillo.

—Dos monedas ¿de cuánto?

—Dos monedas —repitió con su voz cavernosa—, las que a usted le parezcan bien.

—¿Por la información?

Napoleón movió la cabeza a los lados.

—La información es gratis, pero dos frases son dos monedas —recalcó, y esperó a que el inspector las dejase caer en la lata—. Siempre cobro las clases de latín.

Registro. 1. Acción de registrar. 2. Documento donde se relacionan ciertos acontecimientos; especialmente si deben constar de forma oficial. 3. Relación escrita de hechos o cosas que no se quieren olvidar. 4. Oficina donde se tramitan y guardan documentos públicos. 5. Notas que puede emitir una voz o un instrumento musical.

Caldas bajó la calle de Colón hasta la Alameda y al pasar frente al portal de la emisora de radio levantó la vista. Había luz en las ventanas e imaginó al fatuo de Santiago Losada sentado frente al micrófono, engolando la voz. Cruzó el parque y continuó caminando hasta la calle Luis Taboada. Estévez estaba en la puerta de la comisaría, conversando con el agente de guardia.

Leo Caldas consultó la hora.

—¿Te ibas ya? —preguntó.

Estévez negó con la cabeza.

—Estaba esperándole por si necesitaba algo más.

—¿Clara aún está dentro?

—Esperándole también —afirmó el ayudante—. Y el comisario ha preguntado varias veces por usted. ¿No le había llamado desde la escuela?

El inspector Caldas respondió con un ademán impreciso.

—¿Vienes un momento a mi despacho? —le pidió luego, y su ayudante le siguió presintiendo que le entretendría algo más que un momento.

Caldas encendió la luz, colgó la chaqueta en el respaldo de su butaca negra y dejó sobre la mesa el cuaderno y la fotografía de Mónica Andrade. Luego se sentó.

—¿Qué le ha contado el mendigo? —le preguntó Rafael Estévez.

—Que el jueves la chica salió a las diez y pico, así que no le dio tiempo a verse con nadie más. Tuvo que ir directamente al barco y caminando deprisa —concluyó Caldas.

—Pues el padre ha llamado varias veces al comisario. No sé qué pretende que hagamos.

—Por ahora vamos a solicitar a la juez una autorización para revisar las llamadas del móvil de Mónica.

—¿Para qué? —preguntó Estévez.

—¿Cómo que para qué?

—No nos van a conceder esa autorización ni aunque la pidamos de rodillas.

—Pues habrá que intentarlo —dijo Caldas—. ¿Redactas tú el oficio?

—¿Es una orden o tengo elección?

—Rafa, no me líes, ¿quieres? Ponte con ello y en cuanto lo tengas listo me lo traes y te vas a casa.

—¿Y qué alego —se revolvió el ayudante—, que el padre se ha puesto nervioso?

Leo Caldas resopló.

—Ya sabes lo que tienes que poner.

—Por supuesto que lo sé: que una persona adulta sin nadie más a su cargo que el gato que se llevó con ella se ha marchado con su compañero de paseos playeros, que la vieron irse en bicicleta al barco, que todo en su casa está en orden y que no constan denuncias ni amenazas previas de ninguna clase que puedan hacernos sospechar que se haya cometido un delito —enumeró extendiendo un dedo por cada uno de los argumentos—. ¿Le adelanto adónde nos manda la juez tan pronto como lo lea?

—No me adelantes nada. Tú limítate a dejar claro que la chica lleva cinco días desaparecida y ya veremos si nos lo conceden o no —dijo Leo Caldas, y se centró en las notas de su cuaderno.

Levantó la vista al comprobar que Rafael Estévez no se movía. Seguía de pie al otro lado de la mesa, mirándole fijamente en silencio.

—Sé que es tarde —murmuró Caldas poniéndose en el lugar de su ayudante—. Pero cuanto antes te lo quites de encima...

Estévez le interrumpió.

—No es por pereza, inspector, ya me conoce.

—Entonces ¿por qué es?

—Porque me molesta hacer algo cuando sé de antemano que no va a servir para nada. Esa chica está con el inglés y aparecerá tan pronto como se entere de que la estamos buscando.

—Puede ser —admitió el inspector.

—Entonces ¿por qué no esperamos un par de días más?

—¿Interrumpo? —preguntó Clara Barcia asomando la cabeza por la puerta del despacho.

—No, pasa —le dijo Caldas.

—¿Ya has estado con el comisario?

—Aún no —confesó el inspector—. ¿Puedes cerrar la puerta?

Clara Barcia obedeció y preguntó en voz baja:

—¿Qué relación tiene con el padre de esa chica?

—Operó a su mujer —le explicó el inspector—. Al parecer, tiene una deuda moral que saldar.

—Además es una familia de dinero, ¿verdad?

Caldas asintió.

—Al doctor no le va mal por su lado, y está casado con una hija de Sixto Feijóo.

—¿El empresario? —preguntó la agente, y el inspector asintió.

—Era el abuelo de la chica desaparecida.

Clara Barcia levantó las cejas.

—Pues a él quisieron secuestrarlo una vez. Fingió un infarto para escapar.

—¿De verdad? —se sorprendió Estévez.

Caldas asintió:

—Lo abordaron con una pistola en la puerta de su casa y él reaccionó llevándose la mano al pecho y pidiendo con voz ahogada que avisaran a su mujer para que le diera cafinitrina. Los tíos se marcharon dejándolo en el suelo convulsionando.

—¿Y era todo teatro? —preguntó el aragonés.

—Todo —sonrió Leo Caldas.

—¿Crees que podrían tenerla retenida para pedir un rescate? —inquirió Clara Barcia.

El inspector Caldas sacudió la cabeza.

—No parece. La vieron salir de su casa el viernes por la mañana. Ató la bici a la barandilla del puerto y al marinero que estuvo aquí esta tarde le suena haberla visto a bordo, ¿verdad?

—Le suena, sí.

—¿Iba con el inglés? —preguntó Clara Barcia.

—No está seguro, pero podría ser.

—Vamos, que todo apunta a que se marchó. Sin más —resumió Clara.

—Solo falta saber adónde —dijo Estévez.

—¿Llegaste a hablar con el aeropuerto de Santiago? —quiso saber Caldas.

—Y con el de Coruña —respondió ella—. Ni Mónica Andrade ni Walter Cope volaron desde Galicia en los últimos días.

—Y me dijiste que tampoco figuran en el registro de ningún hotel.

—Ni en un hotel ni en un camping —dijo Clara, y después señaló la foto de Mónica Andrade—. Y mandé a una patrulla con una copia de esa fotografía a la estación de tren y a la de autobuses. Nadie recuerda haberla visto.

—¿Y al inglés, a Walter Cope?

—No conseguí una foto, pero si ella no les suena...

—Tienes razón —dijo Caldas—. ¿Sabes que el inglés es aficionado a la fotografía?

Clara Barcia ya lo había descubierto por sí misma:

—Tiene una página en internet bastante bonita.

—¿Le echaste un ojo?

—Por encima —dijo ella, pero Caldas supo que había sido algo más que un vistazo.

—¿Y?

—Casi todo son imágenes de animales. Aves marinas, más que nada.

—¿Y averiguaste algo de él?

—Algo —dijo, restándose importancia—. Sé que antes de instalarse al otro lado de la ría vivió aquí, en Vigo. Llegó desde Inglaterra para trabajar en la Agencia Europea de Control de la Pesca. Es biólogo marino —precisó—. Cuando se jubiló, hace un par de años, en vez de regresar a Inglaterra se marchó a vivir a Moaña.

—¿Algo más?

—Está divorciado y tiene una hija que es médico en Londres.

Caldas y Estévez la miraron perplejos.

—¿Cómo has podido enterarte de todo eso?

—Tengo una amiga en la agencia. La llamé cuando supe que Walter Cope había trabajado allí —les explicó—. Era su jefe. Dice que es muy salado.

—Debe de serlo cuando todo el mundo lo dice.

Clara Barcia volvió a señalar la fotografía.

—¿El gato es de la chica?

—Sí —contestó Estévez—. Se llama Dimitri.

—Pero ¿estaba en la casa? —preguntó, y Caldas sonrió pensando que no solo era minuciosa. Tenía instinto.

—No lo encontramos —respondió.

—Seguro que se lo llevó con ella —apuntó el aragonés.

—Mejor —dijo la agente Barcia.

—Yo no lo creo —disintió Caldas.

—En la casa no está —replicó Estévez.

—Pero puede estar en cualquier lado —dijo el inspector, entonces explicó a Clara que había una ventana por la que podía entrar y salir al patio—. Además, los cacharros tienen agua y comida. El gato debe de seguir allí si le están dando de comer, ¿no?

Estévez se encogió de hombros por no darle la razón.

—¿Quién le está dando de comer? —preguntó Clara Barcia.

—Ojalá lo supiéramos —respondió Caldas—. La vecina que se encarga de atender al gato cuando Mónica no está ni siquiera sabía que pensaba marcharse.

—Pues alguien sí lo sabía si está alimentando al gato —dijo ella.

Caldas asintió:

—Eso creo yo.

—¿Y qué pensáis hacer? —preguntó Clara después de unos instantes de silencio—. ¿Vais a hablar con los medios?

—Andrade no quiere publicidad.

—Pues la hija no tardaría nada en enterarse de que la estamos buscando.

—Lo sé —dijo Caldas—. Pero no quiere.

—¿Entonces?

—Rafa iba a ponerse con una solicitud para ver si la juez nos permite hurgar en su teléfono móvil.

—No nos lo van a autorizar —repitió Estévez—. Además, aunque nos lo autoricen, no va a servir de nada.

—Yo sí creo que puede servir —dijo Leo Caldas, y les contó cómo una alumna de cerámica había encontrado a Mónica Andrade sentada en el despacho a oscuras.

—¿A oscuras? —se sorprendió Estévez, quien no había llegado al taller de cerámica a tiempo de escuchar el relato de Dolores.

—Sí —contestó el inspector.

—¿Cuándo fue eso? —se interesó Clara Barcia.

—El jueves a última hora de la tarde —respondió Caldas—. La alumna está convencida de que a Mónica le acababan de dar una mala noticia.

—Mala ¿de qué tipo?

El inspector no tenía la respuesta.

—Esa fue la conclusión a la que llegó ella. Pero no logró que Mónica le dijese nada.

Luego les contó que aquella tarde no quedaba nadie más que las dos mujeres en el taller y que en el sótano que ocupaba el aula de cerámica no había teléfono fijo ni ordenadores ni llegaba la señal de los móviles.

—¿Por qué no me dijo que no había cobertura? —preguntó Estévez.

Caldas hizo un gesto ambiguo y prosiguió:

—Mónica había salido un par de veces antes de encerrarse en el despacho. La primera fue a ver a un luthier —dijo—, pero no llegó a estar con él. Se quedó hablando por teléfono en la puerta y se marchó.

—¿Eso fue el jueves? —preguntó Clara Barcia.

—El jueves por la tarde, sí —repitió el inspector—. Desde allí se fue en el barco a casa. Al día siguiente salió temprano, ató la bicicleta al muelle y se esfumó.

—¿Se llevó el móvil? —quiso saber Clara.

—Lleva apagado varios días.

—Lástima —dijo ella—. Al menos, si la juez lo autoriza, podremos saber dónde estaba cuando lo apagó.

—Eso sí —admitió Caldas—. Pero sobre todo me interesa saber con quién habló esa tarde y qué le produjo una reacción tan extraña.

—Seguro que fue el inglés el que la llamó —dijo Estévez—. Querría contarle el plan de viaje o proponerle matrimonio o algo así.

—¿Eso es una mala noticia?

—Una escapada rápida no —elucubró Estévez—, pero si se trata de un viaje largo que la obligue a tirar todo por la borda, la cosa es como para pensársela. Sobre todo si tiene que renunciar a un trabajo tan bonito, ¿no le parece?

—Puede ser —se avino Caldas, por no llevarle la contraria—. ¿Te pones con el oficio para la juez? Quiero ver una cosa con Clara.

Rafael Estévez se resignaba a obedecer.

—Como quiera —dijo—, pero me apuesto un zapato a que esa chica está con el inglés.

—¿Un zapato?

—¿Prefiere que me apueste los dos?

—No, no —dijo Leo Caldas—. Con uno es suficiente.

Razón. 1. Capacidad de la mente humana para discurrir. **2.** Acierto, verdad o justicia en lo que alguien dice. **3.** Argumento que se aduce para demostrar algo o convencer a otra persona de lo que se dice. **4.** Motivo.

Caldas contó a Clara Barcia que habían encontrado la casa de Mónica Andrade recogida y que incluso habían sacado la basura en el momento de irse como habría hecho cualquiera que pretendiese pasar varios días fuera.

Clara no le quiso interrumpir, pero Caldas detectó un cambio en su mirada.

—¿Qué te extraña?

—¿Cómo sabes que sacaron la basura justo al irse?

—Porque no había otra bolsa en el cubo.

Clara Barcia asintió y Caldas siguió hablando.

—Como ves, todo apunta a que se marchó por su propia voluntad y probablemente con ese inglés, porque él tampoco aparece.

—Está claro entonces —dijo ella—. Pero...

Caldas sonrió. Siempre había un pero.

—Pero hay una cosa a la que llevo dando vueltas desde esta mañana —dijo— y quería ver si tú le encuentras explicación.

El cuello de Clara Barcia se contrajo en un ademán casi infantil de inseguridad y Caldas sacó el paquete de tabaco.

—¿Te molesta si fumo? —consultó.

—Es tu despacho —accedió ella.

Leo Caldas dejó sobre la mesa un cenicero y se levantó para abrir la ventana.

—Si tienes frío me lo dices y lo apago —dijo, y, al sentarse de nuevo, fue directo al asunto que le preocupaba—: ¿Crees que una mujer que se va unos días de casa olvidaría sus píldoras anticonceptivas?

Clara Barcia reflexionó un instante antes de responder.

—No es habitual, pero puede ser —dijo—. ¿Dónde estaban?

—En el cuarto de baño, en uno de esos armaritos con espejo sobre el lavabo —dijo, y movió la mano como si lo abriese antes de continuar—. Lo que me extraña es que olvidara llevarse las píldoras pero en cambio sí cogiera el cepillo de dientes, que estaba casi al lado. ¿No te parece raro?

El rostro de Clara Barcia respondió antes que su voz: estaba tan sorprendida como él.

—Tienes razón —dijo—. O te llevas todo o no te llevas nada. ¿Estás seguro de que está tomando esas píldoras?

—Creo que sí —respondió.

—¿Lo comprobaste? ¿Abriste la caja?

Leo Caldas se llevó el cigarrillo a la boca y asintió.

—Es de esas en las que pone el día de la semana al lado de cada pastilla —dijo, y Clara Barcia movió la cabeza para indicarle que estaba familiarizada con ellas—. Había consumido las de dos semanas enteras y, de la tercera semana, la última píldora que falta es la del jueves.

Sentada al otro lado de la mesa, Clara Barcia le miraba sin pestañear.

—El jueves fue el último día que Mónica durmió en su casa, ¿no?

—Exacto —dijo Caldas—. Eso te quería preguntar: ¿las píldoras se toman por la mañana, por la noche...?

—No hay una pauta concreta. Se recomienda tomarla a la misma hora todos los días, pero cada una elige cuándo prefiere hacerlo.

—¿Y se puede interrumpir en mitad de un mes?

—No —respondió, sin dudar—. Se puede suspender después de un ciclo, pero hay que terminar la caja que se empieza. Cada caja equivale a un ciclo.

—O sea que tienen que ser las píldoras de este ciclo.

—Lo normal es que si estaban empezadas sí, claro. Sobre todo si la última coincide con el día que desapareció.

—Ya —murmuró Caldas, y se quedó observando el humo que desprendía el cigarrillo en el cenicero.

—Si olvidó las píldoras es señal de que se marchó muy apresurada —le dijo Clara Barcia.

—O aturdida por algo, ¿no? —preguntó el inspector, recordando la palabra con la que la alumna de Mónica había definido su estado.

—O aturdida, sí —admitió ella.

Leo Caldas dio una última calada al cigarrillo antes de apagarlo. Luego escondió el cenicero bajo la mesa.

—¿Qué piensas hacer? —le preguntó Clara Barcia.

—Mañana a primera hora pasará por aquí Eva Búa, la mejor amiga de Mónica. El doctor dice que no sabe nada, pero prefiero que sea ella misma quien me lo cuente. Y también pensaba acercarme al puerto para hablar con la tripulación del vapor de la mañana, a ver si alguien puede confirmar que Mónica y el inglés vinieron juntos a Vigo el viernes a primera hora.

—Esperemos que estén juntos —dijo ella.

—Sí, pero no podemos quedarnos de brazos cruzados hasta que aparezcan.

—Por supuesto —convino Clara—. ¿Quieres que me encargue de algo?

—Me gustaría que pasaras mañana por casa de Mónica. ¿Sabes dónde está la iglesia de San Xoán de Tirán? —preguntó—. Es la azul, la segunda del camino que parte del atrio.

—De acuerdo —dijo ella—. ¿Tenemos una orden de registro?

—No —respondió Caldas—. Ni la hemos pedido todavía. Con que nos autoricen el teléfono me doy por satisfecho.

El inspector notó que no se encontraba cómoda ante la perspectiva de tener que inspeccionar una vivienda sin autorización.

—Tampoco te pido una toma de muestras —añadió—, solo que eches un vistazo. A lo mejor ves algo que a Rafa y a mí se nos pasó por alto.

Iba a decir algo más cuando Rafael Estévez abrió la puerta sin llamar.

—¿Dónde dejo esto? —preguntó. Traía el papel sujeto por una esquina, como si estuviese infectado.

Caldas echó un vistazo rápido al documento. Si la juez no les permitía examinar los datos del teléfono no iba a ser por culpa de Estévez.

—Muchas gracias, Rafa —le dijo.

—Hasta mañana —gruñó el aragonés al irse.

Clara Barcia se levantó con la intención de marcharse tras él.

—¿Algo más? —preguntó.

Caldas repasó las notas de su cuaderno.

—Ah, sí —dijo—. ¿Sabes si las fotografías del inglés están firmadas?

La agente le miró extrañada.

—No me fijé. ¿Por qué?

—Porque en el gabinete hay unos dibujos de Mónica firmados con una espiral como esta —dijo, y le mostró una de las que él mismo había trazado en su cuaderno.

—No me suena.

—Son dibujos hiperrealistas —recordó el inspector—. Todo está reproducido hasta el menor detalle. Así que o el dibujante pasó muchas horas con ella mientras posaba, o...

Fue la agente Barcia quien terminó la frase:

—... o hizo los dibujos a partir de fotografías.

—Eso pensé —dijo Leo Caldas encendiendo el ordenador—. ¿Me dices cómo se entra a la página de Walter Cope?

Aliento. 1. Aire que se expulsa por la boca al respirar. **2.** Aire que se respira. **3.** Fuerza moral que impulsa a la actividad. **4.** Inspiración, estímulo que impulsa la creación artística. **5.** Alivio, consuelo.

En la página del inglés había cientos de fotografías de animales divididas en dos grandes grupos: aves y mamíferos marinos. Mientras sonaba una música de fondo, llegó a una instantánea de un ave que picoteaba la arena descubierta por la bajamar.

La imagen estaba firmada en la esquina superior derecha, pero no con una espiral, sino con el nombre de Walter Cope escrito en una marca de agua tan tenue que se entendía que Clara Barcia no la recordase. Debajo de la imagen figuraba una leyenda con la familia y especie del ejemplar, así como el lugar y la fecha en que había sido tomada la foto. Aquella, de una aguja colinegra de pico larguísimo, había sido captada el verano anterior en la bahía de Bideford, en Inglaterra.

A la derecha de la fotografía encontró una barra de búsqueda. Caldas tecleó un nombre: *Mónica Andrade*. Un mensaje en el centro de la pantalla indicó que no existían resultados coincidentes. Después probó con un lugar: *Tirán*. Al instante se desplegaron en la pantalla decenas de miniaturas. Una indicación en la parte inferior advertía de que aquella solo era la primera de casi cincuenta páginas más.

Las fotografías de Tirán estaban ordenadas por fecha. Las últimas, del miércoles anterior, eran de un pájaro parecido a un pingüino que vigilaba la costa desde un peñasco. Según se indicaba al pie, se trataba de un alca torda. También eran del mismo miércoles las de una gaviota de cabeza negra posada en el mar.

Retrocedió del invierno al otoño de una miniatura a otra, y en la pantalla se fueron desplegando decenas de aves marinas. De vez en cuando, intercalada entre ellas, aparecía alguna serie con la aleta de una marsopa o con grupos de delfines haciendo piruetas en la ría.

Las imágenes eran excelentes pero, como le había adelantado Clara Barcia, se ceñían a los animales. No había rastro de la hija del doctor ni de ninguna otra persona. Solo en alguna panorámica de la familia de cormoranes que anidaba en la piedra frente a la casa de Mónica aparecía Andrés el Vaporoso sentado en su barca como un figurante en un decorado, con la pipa entre los labios y la jaula de los jilgueros en la popa.

Mientras pasaba las fotografías, Caldas comenzó a tararear la melodía de fondo que se repetía al terminar encadenándose una y otra vez. Primero un arpa y, sobre ella, el lamento de otro instrumento de cuerda. Le sonaba familiar, y se preguntó si no estaría en alguno de los discos que Alba ponía en casa cuando vivía con él.

Había retrocedido hasta el mes de junio cuando le sobresaltó la puerta de su despacho al abrirse de golpe.

—¿Cuánto tiempo llevas aquí? —preguntó el comisario Soto.

Caldas consultó el reloj. Llevaba más de media hora viendo animales.

—Poco —mintió.

—Suponía que estabas ocupándote de la hija del doctor.

—Con eso sigo —dijo, y giró la pantalla del ordenador para que el comisario también pudiese verla.

—¿Eso qué *carallo* es? —preguntó Soto.

En la pantalla, un alcatraz enmascarado planeaba sobre el mar.

—Es la página web del inglés —respondió Caldas.

—¿El que crees que está con ella?

—El mismo —dijo el inspector—. La última foto hecha en Tirán es esta del miércoles pasado.

—Y de la hija de Andrade no se sabe nada desde el... —Soto dejó la frase en el aire.

—Desde el viernes a primera hora.

—¿Y dices que esa del miércoles es su última foto?

—La última que hizo en Tirán, al menos.

—¿Y no hay alguna posterior aunque sea en otro sitio?

—Si la hay, yo no he sabido encontrarla.

—Creo que Malvar aún no se ha marchado —dijo Soto, y estiró una mano para alcanzar el teléfono y pedirle que se reuniera con ellos.

Malvar había sido el último en incorporarse a la comisaría, pero era el primero en solucionar cualquier asunto en el que hubiera de por medio un ordenador.

—A ver si tú puedes averiguar cuál es la última fotografía que se subió a esta página —le dijo el comisario.

Caldas se puso de pie para cederle el sitio, pero Malvar ni siquiera necesitó sentarse. En menos de treinta segundos la había localizado.

—Esta —dijo—. Es del domingo, de antes de ayer.

—¿Eso qué es? —preguntó el comisario.

La imagen mostraba una mancha oscura en un agua bastante turbia.

—Una foca gris —contestó Leo Caldas leyendo el rótulo de debajo—. Está hecha en un lugar llamado Blakeney Point.

—¿Dónde está eso?

—No lo sé —dijo Caldas.

Malvar tecleó el nombre de aquel lugar.

—Es una reserva natural en el condado de Norfolk.

—¿En Inglaterra? —preguntó el comisario.

—Sí.

Permanecieron un instante en silencio, con los ojos clavados en el mapa de las islas británicas que Malvar había situado en la pantalla. Blakeney Point estaba señalado con una marca.

—¿Habrá alguna en la que aparezca la chica? —preguntó el comisario.

—Lo dudo —susurró Caldas.

Walter Cope tenía que haber pasado varias horas retratando focas grises, pues había varias decenas de fotografías. Unas mostraban individuos aislados dentro del agua y otras a varios miembros de la colonia tendidos en la arena.

Caldas reparó en una línea anaranjada que aparecía en la parte inferior de una imagen.

—¿Esto es la borda de un barco? —consultó, pasando el dedo sobre aquella franja desenfocada.

—Parece —dijo Malvar.

El comisario se acercó a la pantalla con los ojos entornados.

—Yo no lo distingo bien —dijo.

Malvar fue saltando de una fotografía a otra hasta que las focas dieron paso a una serie de instantáneas de unas aves blanquinegras con el pico y las patas de un rojo muy llamativo.

—Ostrero común —leyó en voz alta.

—También son del domingo y en la misma reserva natural —observó Leo Caldas.

Descubrieron que Walter Cope había estado en Blakeney Point al menos desde el sábado, cuando había dedicado el día a fotografiar diferentes especies de patos y gansos en lugar de focas. Revisaron todas las imágenes: ni una sola persona.

—Se pasó el sábado y el domingo haciendo fotos en este sitio —dijo Caldas.

—¿Y el viernes? —preguntó el comisario.

Malvar movió la cabeza para decirle que no aparecía ninguna.

—La anterior ya es esta del miércoles que tenían en la pantalla cuando entré.

El comisario les dijo que el doctor estaba llamando a su hija cada media hora y que su teléfono seguía desconectado.

—¿Hay algún número de contacto o algo? —preguntó.

Malvar comenzó a abrir y cerrar imágenes, buscando a fondo en la página.

—No hay nada. Ni un número de teléfono ni una dirección electrónica. Pero a lo mejor se puede saber dónde estaba cuando publicó las últimas fotografías.

—¿Eres capaz de saber eso?

—Puedo llegar a saber a qué red estaba conectado, si me dan un poco de tiempo.

Malvar comenzó a escribir sobre una pantalla en negro.

—Publicó todas las fotos del fin de semana ayer por la noche —les anunció, al cabo de un poco.

Caldas y Soto se miraron. Para ellos, localizar un ordenador era poco menos que un truco de prestidigitación.

—Se conectó a la red inalámbrica de Sky, un proveedor inglés —añadió—. Habría que hablar con ellos para saber dónde se encontraba exactamente.

—Pero ¿estaba en Inglaterra? —interrogó el comisario.

—Ayer seguro que sí —afirmó Malvar.

Cuando el agente Malvar se marchó, Caldas y Soto permanecieron unos instantes en silencio, observando la marca que señalaba la ubicación de la reserva natural de Blakeney Point.

—Mañana habrá que hablar con Inglaterra —murmuró el comisario.

Leo Caldas asintió sin demasiado convencimiento.

—¿Hay algo que no te encaja o qué? —le preguntó el comisario.

Caldas se encogió de hombros.

—Nos conocemos, Leo. ¿Qué son, las fechas?

—No, las fechas están bien. Pudieron irse el viernes a Londres y pasar el fin de semana en ese sitio.

—¿Entonces?

—No sé...

—Leo, no me vengas con «no ses».

—¿A usted no le extraña que se vaya sin avisar?

—No sería la primera vez que alguien se marcha de repente.

—Eso es cierto —admitió Caldas, aunque le costaba creer que Mónica hubiese dejado plantados a sus alumnos para irse a ver unas focas.

—Pero sí crees que está con ese inglés, ¿verdad?

Caldas no estaba seguro, pero decidió dar al comisario la respuesta que esperaba oír.

—Suelen pasear juntos y se han marchado a la vez. Es razonable pensar que esté con él.

—Es razonable, sí.

—Necesitamos el registro del teléfono —dijo Caldas señalando el papel—. ¿Nos lo concederán?

—Déjame intentarlo, pero ya sabes lo sensibles que se ponen los jueces cuando algo roza el derecho a la intimidad —dijo Soto volviendo a leer el oficio por encima—. De todas formas, ¿no te parece más urgente localizar a ese inglés?

—¿Y qué hacemos, comisario? ¿Esperamos de brazos cruzados a que la policía inglesa lo encuentre?

—No, claro.

—Además, ¿qué pasa si al final no están juntos?

El comisario se quitó las gafas y las empañó con aliento.

—No quiero ni pensarlo —murmuró.

Leo Caldas observó cómo Soto limpiaba los cristales con una gamuza.

—¿Cómo está el doctor? —le preguntó.

El resoplido del comisario fue más aclaratorio que cualquier explicación.

—Esta tarde me ha llamado cinco veces —reveló—. He quedado en volver a hablar con él a última hora.

—Yo no le adelantaría nada —le aconsejó Caldas—. Por si acaso.

El comisario miró al inspector con unos ojos que parecían apagados sin las gafas.

—Es su hija. Algo tengo que decirle.

—Pues dígale que estamos trabajando para encontrarla —sugirió Leo Caldas—. Es mejor eso que dar pasos en falso.

Fondo. 1. Parte interior de una cosa hueca. **2.** Superficie sobre la que está el agua. **3.** Extensión interior de un edificio. **4.** Zona más alejada de la entrada o de un punto de referencia. **5.** Superficie sobre la que resaltan dibujos y figuras. **6.** Condición íntima de las personas. **7.** Conjunto de bienes. **8.** Sonido continuo que está en un segundo plano.

Las campanas de la concatedral daban las diez cuando Caldas salió de la comisaría. Atravesó la Alameda con el cuello encogido en el abrigo y subió hasta la Puerta del Sol. Levantó la vista hacia la escultura del hombre pez, en cuyas escamas metálicas parecían reflejarse todas las luces de la ciudad, y tomó la callejuela que conducía al Eligio.

Desde el exterior de la taberna se oía la conversación apasionada que mantenían los catedráticos en la mesa más próxima a la barra, pero cuando abrió la puerta de madera, como si alguien hubiese pulsado un interruptor, la tertulia cesó de forma abrupta y todas las miradas se centraron en él.

—Buenas tardes, Leo —le saludaron a coro, y el inspector les devolvió un gesto con la cabeza.

Los catedráticos regresaron a su charla con el mismo entusiasmo de antes y Leo Caldas se dirigió al fondo de la taberna, donde solo una de las mesas estaba ocupada por dos clientes veteranos, habituales como él de las tardes del Eligio.

Colgó el abrigo en el perchero y tomó asiento en el rincón. Carlos salió de la barra poco después con una botella de blanco y dos copas altas. Las colocó sobre la mesa y sirvió vino en ambas hasta la mitad.

—¿Hoy qué toca? —preguntó Caldas refiriéndose a los catedráticos, y entrechocó su copa con la de Carlos antes de beber.

194

—Los carteles —dijo Carlos.

El inspector negó con la cabeza. No sabía de qué le hablaba.

—Esas láminas que ha empezado a colocar el ayuntamiento en las calles —aclaró—. ¿No te has enterado?

Caldas volvió a negar.

—Pues sí que está informada la poli —sonrió Carlos—. Están poniendo láminas delante de algunos edificios construidos en los años sesenta y setenta para que la gente pueda ver cómo eran los que había antes, aquellos que se tiraron para levantar los nuevos en su lugar. Hay una justo ahí, en la Puerta del Sol. ¿No la has visto?

—No.

—Pues da lástima ver lo que hicieron. En quince años *escarallaron* la ciudad.

Leo Caldas señaló a los catedráticos.

—¿Y por qué discuten?

—No discuten. Están cabreados porque en las láminas no figuran los nombres de los alcaldes y concejales de urbanismo que autorizaron los derribos.

El inspector se encogió de hombros.

—Si las ha colocado el ayuntamiento, ¿qué esperaban?

—Eso les digo yo —opinó Carlos—. ¿Qué te traigo para picar?

—Algo calentito —dijo Caldas, y se quedó en la mesa saboreando la copa de vino blanco y observando los cuadros que decoraban las paredes de piedra del Eligio. Los había visto cientos de veces. Muchos llevaban décadas colgados en el mismo lugar y varios de los pintores habían muerto. Sabía que no encontraría la espiral allí. Sin embargo, no pudo evitar fijarse en las firmas.

Junto a unas *Meninas* de Barreiro, un óleo de Ramón Rivas mostraba a una mujer tumbada. Caldas recordó a Ofelia caída en el río con el vestido flotando en el agua y se quedó pensando en Elvira Otero, la profesora de dibujo. Le había alegrado encontrarse con ella después de tanto tiempo y comprobar que la vida le había permitido seguir pintando, como soñaba veinte años atrás.

Carlos se acercó desde la barra con un plato de chipirones que apartaron a Elvira de su cabeza.

—Se nota que de noche refresca —dijo Carlos, y dejó los chipirones junto al vino—. Todos queréis platos calientes.

—¿Nunca has pensado en ofrecer tazas de caldo? —le preguntó el inspector.

La expresión de Carlos habría sido la misma si le hubiesen hablado en un idioma extraño.

—¿Para qué?

—¿Para entrar en calor en invierno?

—¿Y qué hago con la estufa? —respondió Carlos señalando la estructura de hierro colocada junto a los barriles que hacían de mesas altas.

Caldas sonrió.

—Si te apetece puedo pedir la receta a María, la asistenta de mi padre. Lo borda.

—Tampoco es tan complicado hacer un caldo —opinó Carlos—. El truco es espumarlo bien.

—Espumarlo y no tener prisa. Al menos eso es lo que dice ella siempre.

Carlos rellenó las dos copas y, antes de regresar con la suya hacia la barra, le dijo que tenía una cosa para él.

—¿Para mí? —preguntó Caldas.

Carlos asintió.

—No te vayas sin recordármelo.

El inspector Caldas devoró los chipirones y siguió con un plato pequeño de *carne ao caldeiro*.

El Eligio se había ido llenando poco a poco, pero los dos clientes veteranos de la mesa vecina decidieron dar por concluida la velada. Se levantaron y se ayudaron mutuamente a ponerse los abrigos. Cuando se marcharon, algo trastabillados por el vino y la edad, Caldas pensó que, aunque su padre mantuviese lo contrario, aún era posible envejecer y ser feliz en una ciudad.

Chasqueó la lengua y miró el reloj. Lo llamaría otra vez al llegar a casa. Terminó la copa, descolgó el abrigo de la percha y se acercó a la barra para despedirse y pagar.

—¿No tenías que recordarme algo? —le preguntó Carlos mientras buscaba la cuenta del inspector entre las escritas con lápiz en el mármol del mostrador. Luego le entregó una bolsa con un tarro de cristal y le advirtió que debía guardarlo en la nevera.

Caldas abrió la bolsa y fue a sacar el tarro, pero Carlos le pidió discreción.

—¿Qué es?

—*Foie gras* de oca —le dijo Carlos—. Un hígado entero. ¿Te gusta?

—Claro que me gusta —respondió el inspector—. ¿De dónde lo has sacado?

—Pepe Devesa estuvo en Burdeos antes de ayer. Me lo trajo de regalo.

—¿Cuántos te trajo?

—Ese nada más.

—¿Y por qué no te lo quedas tú?

—Porque a mí no me gusta —confesó—. Pero no se lo iba a decir después de traérmelo desde allí.

—Claro —dijo Caldas abriendo la bolsa y echando otro vistazo a la pieza en el tarro de cristal—. Pues tiene una pinta...

El gesto de Carlos no fue precisamente de placer.

—Para ti.

Leo Caldas se abrochó el abrigo y se marchó caminando hacia la Puerta del Sol, canturreando la melodía de la página de Walter Cope. Al pie de las escaleras que bajaban desde la Herrería se detuvo ante una de las láminas que habían sido objeto de debate en la tertulia de los catedráticos.

En un panel de metacrilato, una gran fotografía en blanco y negro mostraba un hermoso edificio de piedra. Tenía cuatro plantas, barandillas de forja en los balcones y galerías en el chaflán. Sobre la imagen, en letras de imprenta, figuraban como en un obituario el nombre y las fechas de construcción y derribo: «Edificio Villa de París, 1897-1972». En un recuadro en la esquina inferior derecha se indicaba que había sido proyectado por Jenaro de la Fuente.

Caldas contempló el edificio de oficinas que se había levantado en lugar del antiguo. Era tan anodino que creyó estar reparando en él por primera vez. Volvió la vista a la fotografía y la comparó con el edificio de fachada lisa que ocupaba ahora el solar. Sintió menos lástima que perplejidad.

Miró la escultura del hombre pez en lo alto del pedestal. Él tampoco parecía comprenderlo.

Desvelar. 1. Impedir el sueño, no dejar dormir. **2.** Descubrir, poner de manifiesto.

Leo Caldas guardó en la nevera el *foie gras* de oca que le había regalado Carlos, se quitó el abrigo y encendió la televisión en busca de compañía.

Dejó el cuaderno sobre la mesa y se sentó en el sofá mientras marcaba el número de su padre. Los tonos se sucedieron sin respuesta y Leo Caldas le dejó otro mensaje insistiendo en que le devolviera la llamada.

Preguntándose dónde estaría a aquellas horas, se levantó para ir a buscar la agenda. Bajó el volumen del televisor y marcó el número de la asistenta de su padre.

—¿Quién es? —preguntó María con voz somnolienta al otro lado de la línea.

—María, soy Leo —le dijo—, Leo Caldas. ¿Estabas durmiendo?

—Estaba en la cama —precisó ella—, pero durmiendo todavía no. ¿Pasa algo?

—Estoy buscando a mi padre.

—¿No está en la finca?

—No lo sé —contestó—. Le estoy llamando desde esta tarde y no soy capaz de dar con él. No contesta ni en casa ni en el móvil. Estoy un poco preocupado.

—Pues cuando yo lo dejé este mediodía estaba perfectamente —dijo ella.

—¿Sabes si cenaba en casa?

—Comida tenía, desde luego —afirmó María.

—¿Y no se te ocurre...?

María le interrumpió:

—¿Está la noche despejada?

Leo Caldas se acercó a la ventana.

—Aquí parece que sí —contestó.

—Entonces está mirando las estrellas con el chisme ese que le llevó su amigo el otro día.

—¿Con el telescopio? —preguntó.

—Envuelto en la manta de lana y tan contento —afirmó, como si lo estuviese viendo—. Y el perro con él.

A Caldas le costaba imaginarse a su padre sentado en el jardín, observando el cielo.

—¿Estás segura?

—Completamente —repitió María, serena—. La otra noche que despejó ya se quedó hasta las tantas.

El inspector Caldas permaneció un momento callado, y María añadió:

—Puedes irte a dormir tranquilo, Leo. Hazme caso: tu padre está bien. Ya le digo yo mañana que te llame.

Leo se asomó a la ventana y miró hacia arriba. Al principio solo distinguió las estrellas más luminosas, pero, después de unos segundos, otros puntitos de luz aparecieron en el cielo.

Durante una época, Alba también había estado fascinada por la astronomía, y algunas noches la había acompañado a observar las estrellas. A Alba le gustaba tumbarse en cualquier playa alejada de la luz de la ciudad y ayudarse de un pequeño planisferio celeste para descubrir en las constelaciones unas figuras que él era incapaz de reconocer. Leo la había animado a comprarse un telescopio, incluso había pensado en regalarle uno, pero Alba le había hecho desistir. Prefería contemplar el firmamento desplegado frente al mar abierto sin que un objetivo restringiese su visión.

Luego, poco a poco, el hechizo de la astronomía había ido remitiendo. Las noches bajo las estrellas solo le habían dejado aquel recuerdo y el planisferio, que, algo deteriorado, asomaba entre los libros de recetas en la cocina.

Regresó al sofá y, más tranquilo, tarareando la melodía que acompañaba las fotografías del inglés, se concentró en las notas de su libreta. Después de revisarlas, llegó a la conclusión de que el comisario estaba en lo cierto: lo más urgente era localizar a Walter Cope.

Envió un mensaje a Clara Barcia para pedirle que, en vez de a la casa de Mónica, fuese a primera hora a la Agencia Europea de Control de la Pesca. Era probable que alguno de sus antiguos compañeros supiese cómo contactar con él.

Subió el volumen de la televisión para volver a sentir ruido de fondo y, después de pasar varios canales, se detuvo en un documental acerca de las pirámides mayas suponiendo que le ayudaría a conciliar el sueño.

El documental se terminó y Leo apagó el televisor decidido a irse a la cama. Estaba en el cuarto de baño lavándose los dientes cuando, sobre el rumor del grifo abierto, le pareció oír a lo lejos el timbre del móvil. Escupió el último resto del dentífrico y volvió al salón. Su teléfono vibraba en la mesa baja. Leo Caldas sonrió. Era demasiado tarde para cualquiera que no estuviese viendo las estrellas.

—Menudas horas para devolver una llamada —dijo al descolgar. Ni siquiera había mirado la pantalla.

—¿Inspector Leo Caldas? —le preguntó una voz de hombre algo extraña, distinta a la que esperaba escuchar.

—Sí —respondió—. ¿Quién es?

—Me llamo Walter Cope —dijo el hombre del teléfono, y Caldas reconoció el acento extranjero—. Perdone la hora, pero tengo aquí un mensaje suyo.

—No se preocupe.

—Pone que es urgente —se excusó.

—Lo es —dijo Leo Caldas—. Gracias por llamar. ¿Está Mónica Andrade con usted?

—¿Quién?

—Mónica Andrade.

—¿Mónica? —preguntó, extrañado—. Yo acabo de volver de viaje.

—¿Y Mónica?

—No lo sé —dijo el inglés.

—¿No está con usted?

—Yo vengo de viaje, de Inglaterra —recalcó, como si fuese suficiente explicación.

—Lo sé —dijo Caldas—. Pero ¿Mónica no ha estado con usted estos días?

El tono de sorpresa se hizo más evidente:

—¿En Inglaterra?

Caldas chasqueó la lengua.

—¿Usted cuándo se marchó, señor Cope?

—El jueves —dijo el inglés.

Mónica Andrade no había desaparecido hasta el viernes.

—¿En avión?

—Claro —respondió.

Había varios vuelos entre Galicia y el Reino Unido, pero Clara Barcia había asegurado que el inglés no figuraba entre los pasajeros de la última semana.

—¿Puedo preguntarle desde dónde voló?

—Desde Oporto —respondió Cope.

—Desde Oporto... —repitió Caldas en un susurro. No habían comprobado los vuelos desde Portugal, pero cada vez más viajeros del sur de Galicia volaban desde el otro lado de una frontera que solo era un letrero en el arcén.

—Sí —confirmó el inglés—. Acabo de llegar de allí. ¿Por qué está buscando a Mónica?

Caldas consultó el reloj.

—¿A qué hora podemos vernos por la mañana? —preguntó.

Cuando Caldas colgó se quedó inmóvil, de pie en mitad del salón. Volvió a mirar la hora y decidió no contar nada al comisario hasta el día siguiente, concederle aquella noche de tregua. Se alegraba de haberle aconsejado prudencia, de haberle sugerido que evitase proporcionar al doctor una esperanza que ahora habría devenido en frustración.

Encendió un cigarrillo y fue a servirse un vaso de agua fría a la cocina. Mientras bebía vio parpadear la luz del horno y recordó los del aula de cerámica y aquel en el que Mónica Andrade cocía el barro en su taller.

A las tres se obligó a meterse en la cama y, aunque estaba convencido de que la llamada del inglés le mantendría desvelado el resto de la noche, al poco de tumbarse se durmió.

Creyó que, si conseguía dormirse, soñaría con la hija del doctor Andrade, pero soñó con dos trenzas que llevaban veinte años oscilando en su memoria.

Reserva. **1.** Cosas que se guardan para otro momento en que se necesiten o para cierta circunstancia adecuada o especial. **2.** Prevención o cautela para no descubrir algo que se sabe o se piensa. **3.** Discreción, comedimiento. **4.** Extensión de terreno natural acotado y protegido para la preservación de su ecosistema.

Todavía no había salido el sol cuando Leo Caldas se despertó el miércoles por la mañana. Se metió en la ducha y se afeitó, como acostumbraba, bajo el chorro de agua caliente, sin apartar de su cabeza la llamada del inglés.

Después de vestirse, se acercó al salón para recoger el cuaderno y la fotografía de Mónica Andrade. Luego descolgó una chaqueta impermeable y salió.

La calle le recibió con frío y las farolas encendidas. El inspector bajó caminando con las manos en los bolsillos hasta el paseo de Alfonso XII y, a la altura de la estatua de la ninfa y el dragón, se apoyó en la barandilla para contemplar el mar sobre el antiguo barrio de los pescadores. Un transatlántico iluminado en mitad de la ría avanzaba hacia el puerto con su cargamento de turistas. Sin embargo, Caldas miraba más allá, a la orilla de enfrente, al litoral de Tirán, cuyo perfil comenzaba a insinuarse en el amanecer.

Al llegar a la comisaría fue a servirse un café a la sala contigua. Le agradaba el olor del café recién hecho, pero lo que más le gustaba era ver cómo el hilo de café iba formando al caer una capa de espuma en la superficie. Regresó a su despacho y buscó un hueco para la taza entre los papeles. Después se sentó con la intención de aprovechar la calma de primera hora para poner en orden sus ideas y fue enumerando mentalmente los pasos que se proponía dar para localizar a la chica.

Tenía pendientes las conversaciones con Walter Cope y con Eva Búa. La amiga de Mónica Andrade no podía demorarse demasiado. Había quedado en pasar a verle después de dejar a los niños en el colegio. En cuanto hubiese terminado con ella se acercaría al puerto para hablar con la tripulación de la mañana del Pirata de Ons. El testimonio del marinero que se había acercado a la comisaría el día anterior había sido poco concluyente, pero tal vez alguno de sus compañeros pudiese contarle algo más.

También pretendía ver a la mujer del doctor Andrade y asegurarse de que, pese a lo que su marido mantenía, no estaba al tanto del paradero de su hija ni de ninguna circunstancia que la hubiese podido empujar a marcharse.

Mientras repasaba sus notas, le pareció buena idea regresar a la Escuela de Artes y Oficios y volver a encontrarse con Dolores, la alumna de Mónica en el taller de cerámica, y con Ramón Casal, el maestro de lutería antigua. En ocasiones, en la inmediatez de un interrogatorio, los testigos pasaban por alto detalles y sensaciones que solo afloraban después de un periodo de reflexión. Quería comprobar si, transcurridas unas horas desde su primer encuentro, habían recordado algo que ayudase a recomponer las horas previas a la desaparición.

Se preguntó si el comisario habría conseguido la autorización judicial para que la compañía telefónica remitiese la información del móvil de Mónica y se acordó del ordenador que había ocultado bajo las hojas de periódico en el gabinete. Tal vez fuera posible obtener también los permisos necesarios para acceder a él.

Su café se había quedado frío, y Leo Caldas se levantó con la intención de servirse otro. Tras el cristal, el silencio de primera hora iba poco a poco dando paso al bullicio habitual de las mañanas en la comisaría.

Clara Barcia acostumbraba a llegar pronto, pero su mesa aún estaba vacía. Caldas quería que confirmase con la compañía aérea que Walter Cope había volado desde Oporto y que Mónica no le había acompañado. En principio, no había razón para dudar que fuese cierto: el inglés no había estado escondido; al contrario, había ido publicando en su página web las fotografías tomadas en aquella reserva natural, Blakeney Point. De todos modos, Caldas prefería asegurarse de que Cope le había contado la verdad.

Acababa de sentarse en su mesa con el café recién hecho cuando el comisario abrió la puerta. Llevaba el abrigo puesto y el teléfono aprisionado contra la oreja.

Soto no le habló, solo le indicó con un gesto que le siguiera antes de marcharse intercambiando monosílabos hacia el fondo del pasillo.

Sobre. **1.** Indica que una cosa está más alta que otra en su misma vertical, exista o no contacto entre ellas. **2.** Indica superioridad de una persona respecto de otra. **3.** Cubierta plana de papel que puede cerrarse y en la que se incluyen cartas o documentos que deben enviarse de una parte a otra.

Caldas esperó de pie en la puerta, sosteniendo la taza de café, mientras el comisario terminaba su conversación y se quitaba el abrigo.

—Era el doctor Andrade —dijo, por fin, dejándose caer en la silla e invitando al inspector a sentarse enfrente—. Quería saber si teníamos novedades.

—Pues las tenemos —contestó el inspector.

—¿Las tenemos?

Caldas dio un sorbo al café y asintió:

—Ha aparecido el inglés.

—¿Dónde?

—Está en su casa, en Tirán —dijo—. Regresó anoche de Inglaterra.

—¿Y Mónica?

Otro sorbo antes del anuncio:

—Ella no.

Soto se incorporó.

—¿Cómo que ella no?

—No está con él —le dijo Caldas con gravedad.

—¿Se quedó en Inglaterra?

—No fue a Inglaterra, comisario.

—¿Cómo que no fue?

—Eso dice el inglés.

—Y, según él, ¿dónde está?

—No lo sabe —respondió Caldas—. Se sorprendió al enterarse de que la buscábamos.

—¿Estuviste con él?

Caldas negó con la cabeza.

—Ayer dejé una nota en su casa pidiéndole que me llamara tan pronto como la leyera y me telefoneó por la noche. Acababa de llegar de Oporto. Viajó a Inglaterra desde allí.

—¿Desde Oporto?

—Sí —dijo Caldas—. Por eso no constaba en las listas de viajeros que revisó Clara.

El comisario Soto dio un suspiro y contempló el teléfono que había dejado sobre la mesa, como temiendo que empezase a sonar de nuevo.

—¿Confirmaste que todo eso es cierto?

—Aún no he tenido tiempo —contestó—. Voy a encargar a Clara que se ocupe de llamar a Oporto en cuanto llegue y yo voy a ir a Tirán a hablar con él. De todas formas, no sé por qué iba a mentirme.

—¿No sabes por qué? —replicó el comisario levantando la voz—. A lo mejor porque la mujer con la que se veía a diario desapareció al mismo tiempo que él.

—No fue al mismo tiempo —le corrigió Leo Caldas—. Walter Cope dice que voló a Inglaterra el jueves y Mónica Andrade todavía estaba aquí el viernes.

El comisario cogió un bolígrafo y lo apretó entre los dedos.

—Eso si ese tipo dice la verdad —dijo.

—Nadie se arriesgaría a mentirnos en algo tan fácil de comprobar como la fecha de una reserva aérea.

—Supongo que tienes razón —murmuró Soto, y se quedó observando el teléfono en silencio. Seguía más inquieto por la reacción de Víctor Andrade que por el estado de su hija—. ¿Tú qué crees que le habrá ocurrido?

Caldas bebió el resto del café y comenzó a juguetear deslizando las yemas de los dedos adelante y atrás por el borde de la taza vacía. Echaba de menos un cigarrillo.

—No lo tengo claro —admitió.

—¿Un secuestro?

—No, eso no.

—La familia tiene dinero.

—Ya sé que tiene dinero —dijo Caldas—, pero la vieron yendo en su bicicleta hacia el puerto. Nadie se la llevó a la fuerza.

—Pudieron abordarla después.

Caldas también explicó al comisario que, aunque los viernes por la mañana tenía tutoría, Mónica no acostumbraba a coger el primer vapor, como había hecho aquel viernes, sino el de las nueve.

—Un secuestro no se improvisa —sentenció—. Además, han pasado cinco días. Si hubiese sido un secuestro, alguien ya se habría puesto en contacto con la familia.

—Puede ser, sí —dijo el comisario con un rastro de alivio en la mirada—. ¿Entonces?

Leo Caldas se encogió de hombros.

—No podemos descartar nada.

—Coño, Leo, ya sé que no podemos descartar nada —protestó el comisario—, no te pido una declaración oficial. Quiero tu impresión.

—Es posible que haya huido —dijo el inspector después de meditar un instante.

—¿Huido? ¿De quién?

—Ni idea, comisario. Usted me pide una opinión y yo se la doy.

—Sí, perdona —reculó Soto.

Caldas fue enumerando algunas de las razones que le habían llevado a sospechar de una huida.

—Creo que no había planeado irse —le dijo—. Tengo la sensación de que algo la empujó a marcharse precipitadamente.

—¿El qué?

—No lo sé —respondió—, pero creo que estaba nerviosa cuando se fue: ni cerró la casa con llave ni se llevó más que una mochila. Y dejó cosas que no habría olvidado si hubiese podido preparar un equipaje con tranquilidad.

—Si no cerró la casa será porque no esperaba estar fuera demasiado tiempo, ¿no? —preguntó el comisario.

—Sí —convino Caldas—, aunque no sé qué pensar. Tampoco se habría llevado el gato con ella si previese que iba a regresar pronto.

—¿Y estás seguro de que se lo llevó?

—No, seguro no —respondió el inspector. Miraba la taza, pero tenía la cabeza lejos de la comisaría. Imaginaba a la hija del doctor recorriendo la casa con el gato en brazos, improvisando un equipaje y alejándose en la bicicleta a toda prisa antes del amanecer.

—¿Qué piensas? —quiso saber el comisario.

—¿Recuerda que una alumna la encontró sentada a oscuras en un despacho?

—Sí.

—Necesitamos que la juez autorice el registro del teléfono de la chica. ¿Llevó al juzgado el oficio que redactó Estévez?

Soto abrió uno de los cajones de su mesa y sacó el papel.

—Iba a hacerlo esta mañana.

—¿Cree que podrá convencerla? —preguntó Caldas. La mayor parte de los jueces exigían indicios de delito más sólidos que los que ellos estaban en disposición de aportar.

—Me preocupa menos la juez que el doctor Andrade —confesó el comisario, y Caldas supo que no había sido tan discreto como suponía.

—¿Le contó que su hija estaba con el inglés?

Soto dio un resoplido.

—Le comenté que sospechábamos que estaba con un hombre en el extranjero.

—¿Para qué?

—Para tranquilizarlo —respondió el comisario empujando el teléfono sobre la mesa con el dorso de la mano, alejándolo de sí—. Ayer debió de llamarme veinte veces. Estaba obsesionado con obtener resultados rápidos. No sé dónde *carallo* leyó que el noventa y pico por ciento de las desapariciones se resuelven en las primeras veinticuatro horas.

—Y es cierto —apuntó Caldas. Conocía aquella estadística que los periódicos se encargaban de recordar cada vez que se producía una desaparición.

—Ya sé que es cierto —murmuró.

Caldas chasqueó la lengua.

—Algo tenía que contarle —se revolvió el comisario—. Ya sabes que operó a mi mujer. Además, ¿desde cuándo tengo que entender como órdenes tus consejos?

Caldas guardó silencio, menos molesto por que Soto le hubiese recordado la jerarquía que preocupado por las futuras injerencias de Víctor Andrade. Si la sola presencia del doctor bastaba para intimidar al comisario, no imaginaba cómo iba a arreglárselas para mantenerlo apartado del caso después de reconocer que habían dado los primeros pasos en falso.

—¿Va a hablar con él?

Soto miró de reojo el teléfono.

—Tendré que admitir que hemos perdido las primeras horas —contestó. Estaba resignado a enfrentarse antes o después al doctor.

—Hoy es miércoles y no se sabe nada de la chica desde el viernes por la mañana —le recordó Caldas—. Hace cinco días que perdimos las primeras horas.

Soto bajó la cabeza.

—Lo sé.

—Además, desde que se presentó aquí el doctor no hemos hecho otra cosa que... —Le detuvieron unos golpes llamando a la puerta.

—¿Sí? —preguntó el comisario alzando la voz para que pudieran oírle desde el pasillo.

—Perdón, comisario —dijo un agente al abrir—. Está aquí una mujer: Eva Búa. Dice que ha quedado con el inspector.

—Sí —confirmó Leo Caldas—, pídele que espere un minuto.

Luego, cuando el agente cerró la puerta, añadió:

—Es la amiga de Mónica Andrade. ¿Quiere hablar usted también con ella?

—Hazlo tú, mejor —respondió, doblando el papel y metiéndolo en un sobre, el comisario—. Yo voy a ir con esto al juzgado.

Especial. 1. Singular o particular, que se diferencia de lo común o general. **2.** Muy adecuado o propio para algún efecto. **3.** Que está destinado a un fin concreto y esporádico. **4.** Programa radiofónico o televisivo dedicado a un asunto determinado.

La mujer que se sentaba al otro lado de la mesa solo se parecía ligeramente a la que sonreía junto a Mónica Andrade en la fotografía del dormitorio de la casa de Tirán. Eva Búa tenía el cabello más largo y había adelgazado varios kilos desde entonces.

—El jueves por la mañana —contestó—. La llamé para ver cómo había pasado la noche.

—¿Estaba mal?

—Estaba bien —dijo Eva Búa—, pero la noche anterior había habido un temporal tremendo. No sé cómo no se muere de miedo durmiendo sola en esa casita con semejante tormenta. Yo no sería capaz.

—¿Ella sí?

—Ella sí —sonrió—. Me contó que el viento había arrancado el abeto del jardín y que había pasado un rato malo temiendo que cayese sobre la casa. Era un árbol inmenso, pero cayó hacia otro lado. Cuando la llamé estaba esperando a que alguien fuese a cortarlo.

—¿Le comentó si tenía previsto marcharse unos días?

—Al revés —respondió Eva Búa—, me dijo que pensaba quedarse en casa. Pretendía aprovechar el fin de semana para descansar.

—¿Está segura?

—Completamente —respondió—. Nosotros íbamos a pasar el fin de semana a Madrid, para ver a mi hermana, y le propuse que nos acompañara. Mis hijos la adoran. Pero me explicó que no podía porque su jefe tenía una exposición en Portugal y ella se quedaba al frente de la clase. Eso le imponía mucho más respeto que las tormentas.

—¿Le contó algo más?

—Que iba a comer con su padre el domingo —respondió, sin ocultar un gesto de contrariedad.

—¿No le parece bien?

—A mí no me tiene que parecer nada, inspector. La que no estaba demasiado ilusionada era ella.

Caldas la dejó hablar.

—Nunca han tenido buena relación —añadió Eva Búa.

—¿Por qué?

—¿No ha conocido al padre de Mónica? —preguntó—. Es de los que creen que solo existe un camino: el suyo. Mónica, en cambio, es un espíritu libre de los que vuelan a su aire, sin entrometerse en la vida de los demás.

—Y no le gusta que el doctor se entrometa en la suya.

—Eso es —confesó—. A Víctor no le cabe en la cabeza que ella pueda ser feliz haciendo figuras de arcilla o viviendo en una casita humilde al borde del mar. Él cree que merece otra cosa. Siempre pretendió que fuera, ya sabe...

—¿Como él?

—Como él, exacto —admitió—. Y Mónica se ha pasado la vida huyendo.

—¿Huyendo de su padre?

—De él y de sus expectativas —contestó—. Por eso se mudó al otro lado de la ría. Lo hizo por higiene mental, para sentir que había un mar entre su vida y el mundo que su padre quería para ella. Y sé que se habría ido más lejos si no fuese por su madre.

—Con ella aún no hemos hablado.

—Amelia poco va a poder ayudarlos —dijo Eva Búa, con lástima—. No está bien y apenas sale de casa.

—¿Está enferma?

—Tuvo una isquemia —respondió.

Caldas no tenía claro qué significaba aquello, pero decidió devolver la conversación hacia la desaparición de Mónica. Si era necesario, regresaría sobre la madre más adelante.

—Entonces, ¿no se le ocurre dónde puede estar?

—No.

—Pero ¿le extraña que se haya marchado?

—Cuando Víctor me llamó para decirme que Mónica le había dado plantón no me pareció tan raro. Aunque a él no se lo dije, claro.

—Claro —repitió Caldas, instándola a continuar.

—No solo porque no se lleven bien —explicó—. Mónica es despistada, vive en su mundo: igual que pierde el teléfono cada dos por tres, no es raro que quedes con ella y no se acuerde. Lo que me extrañó fue saber que no había ido el viernes a la escuela, porque en lo que afecta a su trabajo sí es seria. No sé qué le pudo ocurrir para que no acudiera. ¿Usted qué cree, inspector?

—Esperaba que usted me ayudase a contestar a esa pregunta —dijo Leo Caldas.

El suspiro de Eva Búa le indicó que tendría que buscar la respuesta en otro sitio.

—El doctor nos ha contado que Mónica no tiene pareja, ¿es cierto?

—Sí —dijo ella.

—Pero ¿hay alguien, aunque no sea una pareja estable?

—Puede que se esté viendo con alguien, sí —respondió tras pensarlo un instante.

—¿Con quién?

—No lo sé.

—Es importante que sea sincera —le recordó Caldas.

—Ya comprendo que es importante, inspector, pero no le puedo dar un nombre.

—¿No le ha dicho Mónica quién es?

—No.

—¿Y por qué dice que puede haber alguien?

—Porque la conozco. Pero no sé quién puede ser. De todas formas, no creo que sea nada serio.

—¿Podría tratarse de alguien de su círculo?

—Mónica no tiene círculos, inspector —respondió Eva Búa con una mueca—. Podría ser un millonario o un vagabundo.

—¿Tiene mucho éxito con los hombres?

—Mucho no —admitió—, pero ya no es como antes.

—¿Cómo era antes?

—Desde niña tuvo complejo de alta, de nariz grande..., de casi todo. Hasta hace relativamente poco no empezó a quererse, a sacarse partido y a darse la oportunidad de gustar. Y eso que siempre tuvo buen tipo.

Caldas recordó al hombre vestido de naranja a quien Rafael Estévez había sorprendido encaramado a la tela metálica que cercaba la casa de la hija del doctor.

—¿Podría estar viéndose con un marinero?

—Podría ser —dijo.

—¿Y un hombre mayor? —preguntó Leo Caldas.

—No veo por qué no —respondió Eva Búa—. Pablo era veinte años mayor que ella.

—¿Quién es Pablo?

—El único hombre con el que Mónica ha tenido una relación larga.

—Pablo ¿qué? —consultó el inspector.

—Pablo Méndez —dijo Eva Búa—. Alguien tan peculiar como ella: tocaba la guitarra, pintaba, esculpía... Montó un estudio en el bajo de una casa, en la zona de Cabral. Allí fue donde Mónica empezó a trabajar con la arcilla. Él fue quien la animó a matricularse en el taller de cerámica de la escuela.

—¿Dibujaba?

—¿Pablo? Muy bien —respondió.

—¿Vio alguno de sus dibujos?

—Claro, muchos. Siempre tenía un lápiz en la mano.

—¿Recuerda si los firmaba?

Después de meditar un instante respondió:

—No, no lo recuerdo. ¿Por qué?

Caldas le habló de los dibujos colgados en la pared del gabinete, las escenas en las que Mónica aparecía modelando una figura de barro.

—¿Los ha visto?

—No me fijé —dijo ella—. He estado varias veces en casa de Mónica, pero solo recuerdo haber entrado un día en su taller.

Caldas los describió:

—Parecen fotografías y están firmados con una espiral. Tal vez los haya hecho ese Pablo.

—Seguro que no.

No era la respuesta que Caldas esperaba.

—¿Seguro que no?

—Seguro —repitió, tajante—. Mónica solo vive en Tirán desde hace unos meses. Si aparece ella posando allí, en la casa de Tirán, Pablo no pudo hacer los dibujos.

—¿Por qué?

—Porque volvió a Buenos Aires cuando se dejaron, hace más de cinco años.

—¿Es argentino?

Eva Búa asintió.

—Hijo de gallegos, pero nacido allí.

—¿Y no puede haber vuelto?

—Mónica me lo habría comentado.

—Ya —dijo Caldas—. ¿Recuerda por qué se dejaron?

Se encogió de hombros.

—Por nada concreto, pero creo que a ninguno de los dos le gustaba el compromiso.

—No fue traumático, entonces.

—En absoluto. Pablo y ella dejaron de estar juntos como habían empezado, sin ruido.

Mientras el inspector Caldas hacía una anotación en el cuaderno, Eva Búa comentó:

—Pierde el tiempo con lo que esté apuntando acerca de Pablo.

Leo Caldas dejó de escribir.

—La mayoría de las desapariciones tienen origen en una relación sentimental —le explicó, sin saber bien por qué.

—Yo eso no lo discuto —replicó Eva Búa—, pero Mónica no habría dejado de cumplir con sus alumnos por más que Pablo se hubiese presentado en su casa. Si la conociera sabría que no tiene sentido. Pablo lleva en Argentina cinco años. No es con él con quien se ve.

—¿Quién es, entonces?

—Le repito que no lo sé. Y tampoco estoy completamente segura de que exista alguien. No es más que una intuición. En cualquier caso, no es Pablo. Lo único que va a conseguir es perder el tiempo —insistió.

—Solo busco hilos de los que tirar —se justificó Caldas.

—Pues tendrá que buscarlos en otro lado —dijo ella, con firmeza pero sin brusquedad.

—Para eso la he hecho venir, para que me ayude a encontrarlos. ¿Se le ocurre qué le puede haber pasado?

Eva Búa arrugó el rostro.

—A lo mejor alguien la tiene retenida —dijo, y Caldas se dio cuenta de que aquello era lo que Eva Búa había estado temiendo desde el principio—. Aunque Mónica no lo aparente, su familia tiene mucho dinero.

Caldas le enumeró, como antes al comisario, las razones por las que consideraba improbable esa hipótesis. Mónica Andrade había pedaleado hasta el muelle y candado la bicicleta donde solía dejarla al embarcar rumbo a Vigo. Nadie la había secuestrado.

—¿La vieron marcharse? —preguntó ella, entre sorprendida y aliviada.

El inspector asintió.

—Y parece que se llevó el gato con ella.

—¿Se llevó a Dimitri?

—En la casa no está.

Eva Búa se hundió en la silla. Su expresión había variado por completo.

—Menos mal —murmuró—. ¿Y no pasó por la escuela? Los viernes por la mañana tienen tutoría.

—No —dijo el inspector—. El viernes por la mañana el taller de cerámica estuvo cerrado.

Eva Búa le escuchaba, pero Caldas advirtió que tenía la cabeza en otro sitio.

—¿Qué piensa?

—Que si se llevó a Dimitri es porque no espera estar de vuelta pronto.

Caldas estaba de acuerdo:

—¿Se le ocurre adónde puede haber ido?

Movió la cabeza a los lados. No lo sabía. Mónica no tenía muchos amigos.

—Si estuviese en Vigo no habría dejado de ir a la escuela —dijo Eva Búa pensando en voz alta—. ¿Han comprobado si Mónica ha cogido algún vuelo?

—Hemos comprobado todos los que salen desde aquí. Pero pudo irse desde otro sitio —respondió Caldas, cuya cabeza había comenzado a bullir. Era posible que Mónica Andrade hubiera partido desde Portugal, como Walter Cope, y tal vez la razón para que el cargo del billete aéreo no figurase entre los movimientos de su cuenta fuera simplemente que tenía alguna otra en un banco distinto del que conocía el doctor. No sería difícil confirmarlo.

—¿Sabe si Mónica tiene cuentas en varios bancos? —consultó, por si Eva Búa podía adelantarle una respuesta.

—Ni idea —dijo ella con la mirada fija en la pared—. ¿De verdad cree que puede estar con Pablo?

—Creo que no podemos dejar de comprobarlo.

Algo hizo cambiar la expresión de Eva Búa.

—¿Han hablado con Walter? —preguntó.

—¿Walter Cope?

—Sí, supongo que sí. Un inglés que vive cerca de Mónica. A lo mejor él sabe dónde está. Se ven casi todos los días.

—Hemos hablado con él, pero no sabe nada —le contó el inspector—. ¿Puede ser Walter Cope el hombre con el que Mónica mantenga una relación?

Eva Búa sonrió.

—No —dijo—, Walter no.

—¿Por qué no?

—Porque no —contestó—. Y no es porque él no quiera. Walter tiene mucha gracia y parece que nunca habla en serio, pero no deja de repetir que no le importaría echarse una novia gallega. Lo dice abiertamente, no crea que desvelo ningún secreto. Cenamos una vez los cuatro en casa de Mónica y...

—¿Los cuatro?

—Walter, Mónica, Félix y yo —enumeró—. Félix es mi marido.

—Sí, perdone, cenaron una vez los cuatro...

—... y Félix y yo volvimos de Tirán con la impresión de que, si Mónica accediera, Walter sería el hombre más feliz del mundo.

—¿Mónica no estaba dispuesta?

—Para ella es un amigo. Me consta que un buen amigo, además.

Caldas miró la libreta.

—¿También hay enemigos? —quiso saber.

—Mónica no se mete en la vida de nadie. Es difícil llevarse mal con alguien así.

—Tiene razón —convino el inspector.

—¿Por qué lo pregunta?

Caldas se encogió de hombros.

—¿Pudo haber sido por miedo?

—Miedo ¿a qué?

—No lo sé —dijo Caldas—, no es más que una suposición. ¿Podría estar asustada por algo?

La respuesta de Eva Búa fue una mueca de duda y una mirada perdida en la pared.

—No me gusta señalar —dijo luego—, y menos a una persona así.

—¿Así?

—Especial.

—Sigo sin entender —aseguró Caldas.

La mujer resopló antes de hablar.

—Hay un chico que vive cerca de ella. No sé qué le pasa, pero no es normal. Tiene una deficiencia o algo así. Las veces que he ido a casa de Mónica siempre estaba rondando.

—¿A Mónica le daba miedo?

—A Mónica no lo sé —respondió Eva Búa—. Pero a mí sí.

Dispensar. 1. Otorgar, conceder o distribuir algo, generalmente algo positivo o que implica afecto. **2.** Suministrar algo, especialmente medicamentos. **3.** Eximir de una obligación. **4.** Absolver de una falta leve ya cometida.

No era una novedad que Rafael Estévez todavía no estuviese en su sitio, pero a Caldas le extrañó que Clara Barcia tampoco hubiese llegado.

—¿Dónde estás? —le preguntó cuando respondió al teléfono.

—En la Agencia Europea de Control de la Pesca, como me pediste —dijo ella, y Caldas recordó el mensaje que le había enviado por la noche—. He conseguido una fotografía de Walter Cope y creo que sé cómo lo podemos localizar.

—Ya no hace falta —anunció el inspector.

—¿Han aparecido?

—Él sí.

—¿Y ella?

—Ella no —confirmó Leo Caldas—. ¿Puedes venir a comisaría?

—¿Dejo esto, entonces?

—Deja todo, sí —le pidió—. Necesito que te ocupes de otra cosa.

Cuando Clara Barcia llegó encontró al inspector sentado en su despacho, frente al ordenador.

—¿Has visto a Estévez por ahí? —le preguntó Leo Caldas.

—Suele venir más tarde —dijo ella y dejó sobre la mesa una fotografía de un grupo de gente que miraba a la cámara en el interior de un bar, entre guirnaldas de colores y banderas británicas.

—¿Quién es Walter Cope? —quiso saber Caldas.

—Este —dijo Clara, y señaló a un hombre de cabello gris que sostenía en alto una jarra de cerveza como la antorcha de la Estatua de la Libertad—. La foto es de la fiesta de despedida que le organizaron sus compañeros cuando se jubiló.

Caldas observó al inglés. No parecía precisamente consternado por tener que dejar de trabajar.

—¿Sigue en Inglaterra?

El inspector negó con la cabeza.

—Regresó en un avión anoche.

—¿En avión? —preguntó Clara Barcia.

—Voló a Oporto. Por eso no encontraste su reserva.

—Vaya —murmuró ella—. ¿Y la chica?

—No sabe dónde está —dijo Leo Caldas sin apartar la mirada del inglés en la fotografía.

Clara Barcia arrugó la nariz.

—Así que no era una fuga de enamorados, como creía Estévez.

—Eso parece —murmuró el inspector.

—¿Quieres que me acerque a Tirán? —le preguntó la agente.

—Eso después —respondió Caldas, y la invitó a ocupar la silla situada al otro lado de su mesa—. Lo primero es confirmar que no se fueron juntos. No creo que Walter Cope mienta, pero hay que comprobarlo y revisar el resto de vuelos a Inglaterra por si ella hubiese volado en otro.

—Yo me ocupo de revisarlos —dijo Clara—. ¿Lo segundo?

—Lo segundo también tiene que ver con aviones —le anunció Leo Caldas—. Quiero asegurarme de que no se haya marchado a Buenos Aires.

—¿A Buenos Aires? —se sorprendió ella, y Caldas le habló de la visita de Eva Búa y del antiguo novio de la hija del doctor—. ¿Crees que está con él?

—Es lo que quiero que averigüemos —respondió.

—De acuerdo. ¿Algo más?

—Sí —dijo—. Según la amiga, el antiguo novio de Mónica Andrade era artista, pero no he encontrado ninguna obra suya en internet. O firma con seudónimo o no debe de ser muy conocido.

—¿Lo busco yo?

—¿No te importa? Lo de bucear en el ordenador no es lo mío.

Clara Barcia respondió que no con un gesto.

—¿Cómo se llama?

—Pablo Méndez —leyó en sus notas.

—Quieres comprobar si firma con una espiral, ¿verdad? —preguntó Clara, adelantándose a lo que el inspector le iba a contar.

—Eso es, aunque la amiga asegura que es imposible que el tal Pablo hiciera esos dibujos.

—¿Por?

—Porque Pablo Méndez regresó a Argentina mucho antes de que ella se instalase en Tirán. No pudo pintarla allí.

—Tiene sentido —apuntó Clara Barcia.

—Tiene sentido si la espiral no es su firma —reconoció Caldas—, pero si lo es significará que, aunque la amiga no lo sepa, Pablo y Mónica han vuelto a verse en los últimos meses.

—¿Descartas que sea la firma de Walter Cope?

—No descarto nada —contestó Caldas—. ¿Preguntaste si dibujaba bien?

—No —confesó ella—, pero puedo preguntárselo a mi amiga.

—Si necesitas ayuda con lo de los aviones, pide a cualquiera que te eche una mano —sugirió Caldas recogiendo la libreta y las dos fotografías—. Para el comisario no hay otra prioridad.

—¿Tú adónde vas? —preguntó Clara Barcia. Se había puesto en pie y le hablaba desde la puerta.

Caldas consultó el reloj. El Pirata de Ons ya debía de estar llegando desde Moaña.

—A hablar con la tripulación del barco. Y luego quiero que Estévez me acerque a Tirán: he quedado con el inglés.

224

—¿Piensas volver a la casa de Mónica Andrade?

—¿Por qué? —preguntó Caldas.

—Estuve pensando en lo de las píldoras anticonceptivas —dijo la agente—. No recuerdas la marca, ¿verdad?

—No.

—No se pueden dejar de tomar en mitad de un ciclo, así que es probable que comprase otras tan pronto como se dio cuenta de que no las tenía —prosiguió ella—. Se me ocurrió que, como las ventas de medicamentos están informatizadas, si se las dispensaron...

—¿No habrá muchas coincidencias?

—Pues no sé si habrá muchas o pocas, pero no perdemos nada por intentarlo.

Caldas también se levantó. El puerto estaba a menos de cinco minutos de la comisaría, pero no podía retrasarse.

—Me parece bien —dijo.

En la puerta de la comisaría se cruzó con Estévez. No traía buena cara.

—¿Estás bien? —le preguntó.

—Regular.

—¿Qué te pasa?

—La espalda —respondió—. De noche me dio otro latigazo. No he pegado ojo.

—¿Has ido al médico?

Contestó que no moviendo todo el tronco de lado a lado, como si estuviese tallado en un único bloque de piedra.

—Es la tercera vez en dos semanas, Rafa. Tendría que verte alguien.

—Ya me duele menos —murmuró Estévez—. ¿Adónde vamos?

—En un rato quiero que nos acerquemos a Tirán —contestó—. Pero antes voy a pasar por el puerto a ver a los marineros del barco de Moaña.

—¿Al que estuvo ayer aquí?

—A él y a sus compañeros —confirmó el inspector.

En el rostro de Estévez se dibujó una mueca de hastío.

—¿Le importa si no le acompaño? Es pronto para que me empiecen a tocar los cojones con titubeos. Francamente, no estoy de humor.

Zozobrar. 1. Peligrar una embarcación por la fuerza y contraste de los vientos. **2.** Estar algo en gran riesgo de fracasar o perderse. **3.** Vacilar, sentir inquietud o desazón por la incertidumbre sobre lo que conviene hacer.

El transatlántico que el inspector había visto adentrarse en la ría cuando todavía era de noche estaba amarrado, y su cargamento de turistas británicos había comenzado a desparramarse por la ciudad cuando Caldas atravesó los jardines de Montero Ríos. En los bancos, bajo las pérgolas, vio al grupo de vagabundos que se juntaba allí para dormir, arropándose unos a otros, defendiéndose mutuamente del frío y la soledad. Le pareció que uno de los perros tumbados junto a ellos podía ser Timur, pero no distinguió a Napoleón.

En un pantalán del puerto deportivo, unos muchachos revisaban sus embarcaciones de vela ligera antes de lanzarlas al agua. El día era frío pero limpio, sin bruma, y soplaba la brisa necesaria para navegar.

Caldas reparó en un velero de madera que no estaba amarrado a los pantalanes como los otros, sino abarloado contra el muelle de piedra. Había ropa de distintas tallas tendida entre las jarcias. Un niño rubio y un perrillo parecían intercambiar confidencias en cubierta, sentados al sol.

Desde pequeño le habían llamado la atención aquellas familias que llegaban en barcos de vela. Una pareja y sus hijos dedicados durante un año entero a recorrer el mundo de puerto en puerto. ¿Seguirían un plan de navegación previsto o se dejarían llevar por el viento y el mar hasta el destino siguiente? De niño se preguntaba cómo sería la vida de aquellos chicos que cambiaban las aulas del colegio por lecciones en un camarote. Los padres de algunos de sus compañeros tenían barco, pero no conocía a ninguno que hubiera dejado la escuela para marcharse a conocer el mundo. Siempre eran extranjeras las banderas que ondeaban en las popas de aquellos barcos: inglesas, suecas, holandesas..., o de colores que no sabía reconocer.

Leo entonces los miraba con admiración. No envidiaba la aventura ni la libertad de no tener otro plan para el día siguiente que volver a navegar, sino la convivencia íntima que una familia en un barco estaba obligada a mantener.

Muchas veces, de niño, agarrado a la barandilla del muelle y con las piernas colgando sobre el agua, había fabulado con que su madre vivía y, con su padre y él, ocupaban el lugar de una de aquellas familias forasteras. En esas singladuras imaginarias nunca se mareaba ni tenía miedo a que una tormenta les hiciera zozobrar e irse a pique. Si los tres estaban juntos, poco importaba que fuese en el fondo del mar.

En la dársena dedicada al transporte de pasajeros por la ría vio tres pasarelas. Una conducía al barco que iba a las islas Cíes y las otras dos, a los transbordadores que cruzaban la ría hasta Cangas y Moaña. El Pirata de Ons ya esperaba nuevos viajeros con el motor apagado. Dos marineros conversaban junto a la entrada de la embarcación.

—Buenos días —los saludó Caldas.

—¿Uno? —preguntó un marinero, dispuesto a rasgar un billete del taco.

—No, no voy a embarcar. Soy policía —respondió el inspector—. Solo quiero hacerles unas preguntas.

—¿Viene solo? —preguntó uno de los dos marineros y estiró el cuello, incómodo, para observar el muelle.

Leo Caldas asintió.

—¿Es usted quien estuvo ayer en comisaría?

—Sí —reconoció el marinero.

—Muchas gracias por acercarse.

El hombre le miró con desconfianza.

—Se lo digo sinceramente —insistió Caldas—. No todo el mundo está dispuesto a ayudar.

—No me extraña —murmuró el marinero—. Yo no vuelvo por allí sin un abogado.

—¿No se encontró cómodo?

—¿Cómodo? —repitió—. Al energúmeno ese solo le faltó pegarme.

—Es posible que el compañero que le atendió no tuviera un buen día —dijo el inspector, tratando de excusar a Estévez.

—Malos días tenemos todos —replicó el hombre— y nos tenemos que aguantar. ¿O cree que a este o a mí nos consienten que nos caguemos en los muertos de los pasajeros si no estamos de buen humor?

Tras el intercambio de quejas y disculpas, Caldas les mostró la fotografía de la hija del doctor Andrade.

—Ya le dije ayer a ese compañero suyo que de vez en cuando viene en el barco —dijo el tripulante agraviado por Estévez.

—Casi todas las semanas, algún día —confirmó el segundo marinero.

—¿La vieron el viernes pasado?

El que había estado en comisaría respondió con un gesto inequívoco: no estaba seguro.

—¿Hoy qué día es? —preguntó el otro.

Empezamos bien, pensó Caldas.

—Miércoles.

El marinero se rascó la cabeza. El viernes quedaba demasiado atrás.

—Sé que hace no mucho la trajimos a bordo, pero hacemos dieciséis trayectos cada mañana —se justificó moviendo el dedo de lado a lado como si cruzara la ría.

—Tuvo que ser en el primer barco —dijo Caldas, por si le ayudaba a recordar.

—¿El de las seis?

—El de las seis o el de las siete —afirmó Caldas, recordando que cuando la camarera entró a trabajar, poco antes de las ocho, la bicicleta ya estaba en el muelle.

—Podría ser —admitió el hombre sin demasiado convencimiento.

—¿Recuerda si iba sola?

—A tanto no llego —sonrió—. Los primeros barcos a Vigo son los que vienen más llenos.

—Entiendo —murmuró Caldas, y guardó la fotografía en el instante en que el patrón ponía en marcha el motor levantando una nube de humo tras la popa.

—¿Lo entiende? —le preguntó el primer marinero.

—Sí, claro.

—Pues a su colega no le cabía en la cabeza.

El inspector no respondió. Temía otra retahíla de reproches, pero el otro marinero intervino:

—Si no hay nada que nos llame la atención es difícil que podamos recordar a un pasajero de hace cinco días —dijo, y Leo Caldas se acordó del gato. No debía de ser habitual que los pasajeros subieran animales a bordo.

Iba a preguntar cuando un toque corto de sirena anunció la partida del vapor y dos hombres que conversaban en el muelle descendieron a grandes zancadas la pasarela. El tripulante ofendido entró en la cabina para cobrarles los pasajes.

—Tengo que empezar la maniobra —se excusó el otro, alejándose unos pasos para desamarrar el cabo de popa. El inspector le siguió caminando por el muelle.

—¿Se pueden llevar animales a bordo?

—Si no van sueltos sí —respondió—. Tienen que llevarlos en brazos o en un trasportín. ¿Por qué?

—Porque es posible que la chica llevara un gato.

—¿Un gato? —preguntó lanzando el cabo sobre la borda y regresando hacia la puerta del vapor.

—Este gato gris de la foto —añadió Leo Caldas, colocándose a su lado y mostrándole nuevamente la fotografía—. ¿Lo recuerda?

El marinero se detuvo a observar al animal, pero un grito proveniente de la cubierta superior le apremió a entrar en la embarcación.

—¿Le importa si seguimos la conversación dentro? —propuso—. En cuanto hayamos zarpado tengo todo el trayecto para hablar con usted.

El marinero entró en la cabina del Pirata de Ons sin esperar una respuesta y Caldas se quedó de pie en el muelle. Aunque el motor aún estaba en punto muerto, el barco no dejaba de vibrar.

—No le cobramos el pasaje —le animó el marinero al ver que no se decidía a embarcar.

En la cubierta de proa, su compañero estaba soltando la última amarra.

—Está bien —musitó Caldas, y, tras tomar una bocanada de aire, pasó a la cabina.

Puente. 1. Construcción que se levanta sobre una depresión del terreno o en otro sitio para comunicar sus lados. 2. Lo que sirve para poner en contacto o acercar dos cosas distintas. 3. Plataforma desde la que se gobierna la embarcación. 4. Pieza de madera que sujeta las cuerdas en un instrumento musical.

En cuanto el inspector estuvo dentro, el tripulante cerró la puerta y la música de los altavoces se interrumpió. Dio paso a una grabación en la que una voz masculina recordó la ubicación de los chalecos salvavidas y el modo correcto de abandonar la nave en caso de emergencia. No habría más de quince pasajeros que miraban al exterior o consultaban sus teléfonos sin prestar atención a las recomendaciones de seguridad.

El marinero de cubierta dio una voz para avisar al patrón de que la última amarra estaba libre y el Pirata de Ons comenzó a separarse del pantalán. Primero la popa y después la proa. Cuando se hubo apartado unos metros del muelle, emprendió la marcha traqueteando.

En la cabina olía a espacio cerrado, a gasóleo y a humedad. Las olas resonaban al golpear el casco y Caldas trató de distraerse mirando a través del cristal. Vio la silueta oscura del monte de la Guía y, detrás, uno de los pilares que sostenían el puente de Rande, pero cuando se adentraron en la ría y el balanceo se hizo más intenso, su incomodidad aumentó y fue incapaz de concentrarse en el paisaje.

Intentó deslizar la ventanilla para dejar entrar aire fresco, pero la luna estaba sellada. Miró alrededor y descubrió una puerta en la parte trasera con un ojo de buey que permitía ver el mar.

—¿Por ahí se puede salir? —preguntó a una pasajera y, sin esperar la respuesta, abrió la puerta, salió a la cubierta de popa y se apoyó en la barandilla, sobre el agua revuelta por las hélices del barco.

Le incomodaban el humo, el ruido y el olor a combustible pero se conformaba con no respirar el ambiente cargado de la cabina.

—¿Se encuentra bien? —le preguntó el marinero que le había animado a embarcar.

—Mal —admitió Leo Caldas.

—Puede sentarse arriba, si quiere que le dé el aire —le indicó, señalando la escalerilla que llevaba a la cubierta superior.

Arriba no había un alma a excepción del patrón dentro del puente de mando, gobernando el vapor. Un cartel prohibía fumar y otro, tirar basura al agua. Una ristra de ajos colgada en lo alto de una antena, entre las banderas gallega y española, mantenía el barco a salvo del mal de ojo.

Con la embarcación en marcha, un aire cortante azotaba la cubierta, pero Leo Caldas agradecía aquel frío que le daba en el rostro y se llevaba la sensación de mareo.

Vio, delante del barco, una escuadra de bateas diseminada sobre el mar que parecía resguardar el puerto de Moaña. Cangas era la extensa mancha de casas situada a la izquierda. En medio, mucho más despoblado, estaba Tirán, el lugar elegido por Mónica Andrade para refugiarse.

Recorrió con la vista la península del Morrazo y las casas le parecieron salpicaduras, muy copiosas en la costa y más diseminadas a medida que ascendían las laderas de los montes.

No siempre había sido así. Hasta el siglo xx, las aldeas se situaban en lo alto, a salvo de unos peligros que siempre llegaban desde el mar.

Se pasó la mano por la cabeza. Tenía el pelo húmedo. También su chaqueta impermeable se había cubierto de gotas diminutas. No había nubes en el cielo, pero el aire era denso y estaba cargado de salitre. Se alegró de haberse puesto debajo el jersey de cuello vuelto que le protegía la garganta del frío.

Se asomó sobre la borda y vio el rastro de espuma que iba dejando el barco a su paso. Recordó que a la marinera del turno de la tarde le asustaba que cualquier día alguien pudiese saltar al agua.

El patrón seguía aferrado al timón dentro del puente. No se había vuelto una sola vez. El resto del pasaje iba abajo, en la cabina, como era habitual en invierno. Se dijo que él mismo podía haberse lanzado al mar sin que nadie lo advirtiese.

Un frenazo brusco redujo la marcha al ralentí cuando se acercaron a las bateas. Varios de los barcos que los locales llamaban balandros estaban abarloados a ellas, recogiendo mejillones en sus cestas metálicas. Los marineros que faenaban en las cubiertas se protegían con ropa de aguas amarilla o anaranjada, como la del tipo al que Rafael Estévez había sorprendido encaramado a la valla de la casa de Mónica Andrade la mañana anterior.

—Ya estamos llegando —anunció a su espalda la voz del marinero—. ¿Se encuentra mejor?

—Sí, gracias —respondió el inspector.

—¿No tiene frío?

Leo Caldas hizo un gesto de indiferencia. El frío era intenso pero mucho menos desagradable que el mareo de la cabina.

—Antes le hablaba de un gato —dijo retomando la conversación que había dejado pendiente al embarcar. Se metió la mano en el bolsillo y sacó la fotografía. También estaba brillante de humedad—. Es posible que lo llevara con ella el viernes por la mañana.

—No lo recuerdo —aseguró él—, pero tal vez no lo llevase a la vista para que otros viajeros no se sintieran molestos.

—Puede ser —convino Caldas—. ¿Ya se acuerda de ella?

—Sé que la he visto varias veces, pero no puedo decirle si venía el viernes por la mañana o no. Ya le expliqué que en los primeros vapores a Vigo embarca bastante gente. Cada vez tenemos menos pasajeros, pero por la mañana siguen siendo unos cuantos.

—¿Le suena haber llevado a bordo la semana pasada a un inglés? —preguntó—. ¿Uno que hace fotografías?

—Ya sé quién dice —sonrió el marinero—. Uno mayor, simpático.

—Sí —confirmó Leo Caldas—. ¿Suele venir en el barco?

—A veces —contestó, sin dejar de sonreír—. Pero hace dos o tres semanas que no lo veo.

El marinero bajó para realizar la maniobra de atraque y Caldas permaneció en el banco, sentado al sol. El aire frío se había detenido con la embarcación.

La cubierta superior quedaba a la altura del muelle de piedra, donde varios pasajeros ya esperaban en la pasarela para embarcar de vuelta a Vigo. La bicicleta gris de Mónica Andrade seguía candada a la barandilla, junto a la de la camarera del arete en la nariz.

Cuando los motores del vapor se apagaron, oyó el gemido de las defensas al ceñirse contra el casco. Caldas miró el reloj. Habían tardado poco más de doce minutos en atravesar la ría. Bajó las escaleras, se despidió de los marineros y saltó al pantalán.

Subió por la pasarela hasta el muelle y se acercó a la bicicleta. Estaba tal como la había dejado el día anterior. Observó el Pirata de Ons. Aunque ya pisaba tierra firme, aún podía sentir en su cabeza el balanceo del mar.

Algunos pasajeros iban subiendo y tomaban asiento en la cabina mientras los tripulantes conversaban ante la puerta de la embarcación. El patrón seguía arriba, en el puente, leyendo un periódico que en las páginas de sucesos hablaría de viejos apaleados por encapuchados o de niños portugueses raptados por el Caimán, pero no de una mujer cuyo rastro se perdía en aquel mismo lugar.

Caldas permaneció en el muelle hasta que llegó el siguiente pasajero. Un chico bajó la pasarela a grandes zancadas. Los marineros no dejaron de hablar entre ellos al rasgar su billete. Los viajeros que ya estaban dentro tampoco repararon en él cuando se acomodó en un banco, al fondo de la cabina. Podía haber salido por la puerta posterior y subido a la cubierta superior sin que nadie se diese cuenta.

Se fijó en el corazón de una manzana que flotaba en un recodo del muelle y se preguntó cuántas cosas no escondería el mar.

Contempló la ría y los reflejos del sol de la mañana en la ría apenas le dejaron distinguir su ciudad en la otra orilla. Una trainera pasó entre las bateas más próximas. Los remos entraban y salían del agua a la vez, como impulsados por un solo hombre. Podía oír nítidos los gritos de aliento que el timonel daba a sus remeros.

Caldas los vio alejarse y, cuando un saliente de la costa los ocultó, echó a andar hacia la casa de Mónica Andrade.

Mudo. **1.** Privado de la facultad de hablar. **2.** Muy silencioso o callado, habitual o momentáneamente. **3.** Que está muy sorprendido o emocionado. **4.** Espectáculo sin diálogos.

Caldas dejó atrás el muelle de pasajeros de Moaña, el puerto pesquero y la playa de O Con. Cuando tomó el desvío a la izquierda por el que habían seguido al coche del doctor Andrade el día anterior, ya se había quitado la chaqueta.

Caminó por aquella carretera estrecha que, entre huertas y casas bajas, discurría paralela al mar y, al llegar a un cruce, consultó a una mujer que barría las hojas caídas en su jardín.

—No tiene por qué seguir la carretera si va a pie —le dijo ella—. Lo más fácil es que baje por esa rampa hasta la playa. Al otro lado ya están el cementerio y la iglesia. A menos de cien metros.

Caldas se volvió. Una pendiente muy pronunciada descendía hasta una playa pequeña. Los árboles no le permitían ver qué había más allá.

—¿Por ahí? —vaciló.

—No se preocupe —sonrió la mujer mirándole los zapatos—. Al llegar abajo hay un paseo de madera. Se puede recorrer casi todo el litoral de Tirán sin necesidad de pisar la arena.

Bajó por donde la mujer le había indicado y se encontró en la misma playa que rastrillaban las dos mariscadoras la mañana anterior. La pasarela que sorteaba la arena desembocaba en el camino que subía a la iglesia, y el inspector avanzó viendo la sombra de las cruces de piedra del cementerio dibujarse ante sus pies.

Al llegar al atrio se acercó al murete y observó el panorama. La trainera que había visto antes regresaba a Moaña al ritmo que marcaba la voz del timonel.

Reconoció la jaula de los jilgueros en la popa de la barca de Andrés el Vaporoso. Remaba hacia el Corbeiro en busca de su sirena. Pensó que tal vez los trinos de aquellos pájaros cantores le animaran a avanzar, como los gritos de aliento a los remeros.

Llevaba un rato observando el mar cuando bajó la cuesta una mujer joven con un ramo de flores amarillas. Cuando Leo Caldas la saludó, respondió con indiferencia y se dirigió al cementerio.

El inspector Caldas se marchó en dirección contraria, por el sendero que conducía a la vivienda de la hija del doctor. La puerta de la casa de Carmen Freitas estaba entornada, aunque no había rastro de la vecina de Mónica. Medusa dormitaba plácida, tendida al sol.

Caldas empujó la cancela azul y volvió a dejarla cerrada tras de sí. Se acercó al porche y comprobó que la puerta principal seguía cerrada con llave. Llamó golpeando con la aldaba por si la hija del doctor Andrade hubiese regresado, pero nadie acudió a abrir.

Rodeó la casa hasta el patio trasero para dirigirse al gabinete. Dejó la chaqueta en el alféizar de la ventana y apoyó las manos en el cristal para atisbar el interior del taller. Comprobó que el ordenador seguía en el mismo sitio, bajo las hojas del periódico, tal como lo había dejado el día anterior. A pesar de la poca luz, distinguió algunas figuras y el horno en el que Mónica cocía la cerámica. Vio los dibujos colgados en la pared del fondo y sacó el teléfono para llamar a Clara Barcia.

—¿Encontraste la firma de Pablo Méndez?

—No, todavía estoy con los vuelos —respondió ella—. ¿No era más urgente confirmar que la chica no hubiese tomado un avión?

—Sí —admitió Caldas—. ¿Ya sabéis algo de eso?

—Desde España no voló a Inglaterra ni a Argentina ni a ningún otro destino. Estamos tratando de averiguar si lo hizo desde Portugal.

—De acuerdo —dijo Caldas—. Avísame en cuanto tengas algo definitivo.

—¿Dónde estás? —le preguntó la agente.

—En casa de Mónica Andrade —respondió.

—¿Cómo has ido hasta ahí?

—En el barco de línea —dijo, con naturalidad.

—¿Has montado en barco? —se sorprendió Clara Barcia.

—Sí —musitó—. ¿Puedes decirle a Estévez que ya estoy en Tirán?

—¿Quieres hablar con él? Está aquí, conmigo.

—No hace falta —respondió Leo Caldas—, solo pídele que venga en cuanto pueda. Y recuérdale que traiga las llaves. Yo he quedado con el inglés.

—¿Sabes que el antiguo trabajo del inglés está enfrente de la Escuela de Artes y Oficios?

—¿Cómo?

—Olvidé decírtelo esta mañana, pero la agencia de pesca en la que trabajó Walter Cope está justo al otro lado de la calle. Tal vez la hija de Andrade ya lo conociera antes de instalarse en Tirán.

—Tal vez —convino el inspector.

Cuando colgó el teléfono, atravesó el patio, entró en la casa por la cocina y se dirigió al cuarto de baño. Volvió a fijarse en la mancha de óxido bajo la bañera de patas y se miró en el espejo de la puerta del armario sobre el lavabo. El viento y la humedad del barco le habían encrespado el pelo. Abrió el armario y sacó la caja de los anticonceptivos. Separó una de las pestañas laterales y deslizó el blíster hacia fuera para asegurarse de que la última píldora consumida seguía siendo la del jueves. Luego devolvió las pastillas al interior de la caja y leyó los distintos nombres impresos en el cartón.

Regresó a la cocina con la caja de anticonceptivos en la mano y llamó a Clara Barcia de nuevo.

—Tengo las píldoras.

—¿Cuáles son?

Caldas no estaba seguro. Había demasiados nombres escritos en la caja.

—¿Te digo todo lo que pone?

—¿Las tienes delante?

—Sí, claro.

—¿Me puedes mandar una foto?

Caldas no contestó. Se había quedado mudo al descubrir una salpicadura de agua en el suelo. El reguero recorría la cocina desde el fregadero hasta los comederos del gato. Alguien había llenado el cuenco del agua bajo el grifo dejando un rastro de gotas al devolverlo a su lugar.

—¿Estás ahí? —preguntó Clara Barcia.

—Sí —musitó Caldas.

El otro cacharro tampoco estaba como la víspera. En vez de pienso con forma de pez, contenía restos de comida.

—¿Qué pasa, Leo?

—¿Recuerdas que ayer hablamos de los comederos del gato?

—Sí —respondió ella.

—Los han rellenado otra vez. ¿Estévez ya ha salido para acá?

—Todavía no. Está aquí, a mi lado.

—¿Puedes conectar el altavoz?

Caldas oyó cómo la agente Barcia y Rafael Estévez intercambiaban susurros. Luego le llegó la voz de su ayudante como un trueno.

—¿Ha encontrado al gato?

—No —respondió—, pero alguien ha llenado sus cacharros con agua y comida.

—¿Está seguro? Ayer aún quedaba bastante pienso.

—Ahora hay pollo, zanahoria y no sé qué —afirmó el inspector mirando el cuenco desde arriba—. Y han cambiado el agua. Está todo el suelo lleno de gotas.

—A lo mejor la chica ha vuelto a casa.

—Ella no —replicó Leo Caldas—. Su bicicleta sigue en el muelle.

—Pues si le están dando de comer es porque el gato está ahí.

—Eso estaba pensando —dijo Caldas—, y quien lo esté alimentando debería saber adónde se ha marchado Mónica.

—¿Ha preguntado a la vecina? —consultó Estévez.

—Ya nos dijo ayer que a ella no le encargó nada.

—Pero puede haber visto pasar a alguien.

—Eso sí —murmuró, y se agachó para aplastar una gota con el dedo—. Creo que no hemos coincidido en la casa por minutos.

—A lo mejor sigue ahí —apuntó Rafael Estévez.

El inspector Caldas vaciló.

—No parece —dijo, aunque un reflejo le hizo volverse sobre su hombro.

—¿Ha mirado bien?

—No —admitió—, pero aquí no hay nadie. ¿Vienes para acá?

—Sí —dijo Estévez.

—¿Cómo va la espalda?

—Un poco mejor.

—Pero ¿podrás conducir?

—Sin mirar a los lados, sí.

—¿Cómo?

—Es broma.

—Ya —murmuró Leo Caldas. Luego se dirigió a la agente Barcia—: Clara, ¿no te importa venir con él? Me gustaría que echaras un ojo a la casa. A ver si hay algo que a nosotros se nos escapa.

—¿Y los vuelos?

—¿Tardas mucho en revisarlos?

—No debería.

—Pues venid cuando lo hayas hecho —dijo Caldas—. Y pide a Malvar que se ocupe él de localizar al argentino. Si tiene alguna duda, que hable conmigo.

—De acuerdo.

—¿Va a estar en la casa? —preguntó Estévez.

—No —respondió Leo Caldas—. Voy a hablar con la vecina por si ha visto a alguien en la casa y luego he quedado con el inglés.

—¿Dónde han quedado?

—Por aquí.

—¿Y cree que se van a encontrar?

—Esperemos que sí —dijo el inspector—. Vosotros llamadme cuando estéis llegando.

Caldas guardó el teléfono y echó un vistazo al salón. Bisbiseó llamando al gato y, por un momento, temió que la escultura del centauro colocada frente a la chimenea fuese a galopar hacia él.

Salió al patio y, al ir a recoger la chaqueta que había dejado en la ventana del gabinete, algo le hizo volverse.

Todo parecía estar en calma en la casa. Sin embargo, había tenido la sensación de que algo se acababa de mover en algún lado. Miró al interior de la cocina a través de las ventanas y luego, como por instinto, al lugar en que Estévez había descubierto al hombre la mañana anterior. Recorrió con la vista todo el cierre, escudriñando cada hoja de la hiedra que recubría la tela metálica en busca de cualquier movimiento anormal. No detectó nada extraño. Aguzó el oído y solo percibió los ladridos de un perro en la lejanía y el rumor de las olas rompiendo en la playa.

Se dirigió, rodeando la casa, hacia el jardín delantero y se detuvo apenas un instante para desdoblar la chaqueta y sacar el paquete de tabaco. Se colgó un cigarrillo en los labios, lo encendió y reemprendió la marcha. Volvió a quedarse inmóvil al encontrar abierta la cancela azul que daba al sendero. Todavía estaba temblando en los goznes y el inspector fue consciente de que alguien acababa de salir.

Tiró el cigarrillo, corrió hasta allí y miró a los lados. No había nadie a quien perseguir. A la izquierda, el camino llevaba a la casa de la vecina, la iglesia y el cementerio; a la derecha, la senda seguía hacia el mirador y el resto de playas. Caldas decidió ir en aquella dirección. Corrió por el sendero y después por la pasarela hasta el mirador de la Mona. Tres personas paseaban en la playa más grande, pero no se molestó en bajar hasta la arena. Estaban demasiado lejos. No podían haber llegado hasta allí.

Regresó a la carrera y al alcanzar el sendero fue consciente de la vegetación alta que lo flanqueaba. La persona que había huido podía estar agazapada en cualquier sitio. Ni siquiera sabía a quién estaba persiguiendo.

Pasó frente a la casa de Mónica y siguió corriendo hacia el atrio de la iglesia. La vecina dejó de barrer la entrada de su casa al verlo acercarse, pero su perrilla siguió tumbada al sol.

El inspector se detuvo frente a la mujer.

—¿Ha visto pasar a alguien?

—¿Por dónde?

Caldas jadeó. En ocasiones comprendía a su ayudante.

—¿Ha pasado alguien o no? —repitió, impaciente.

—¿Hace poco?

—Ahora mismo —dijo—. ¿Ha pasado alguien antes que yo?

—Nadie —afirmó Carmen Freitas.

—¿Está segura?

—Claro que estoy segura, inspector.

—Mierda —murmuró Leo Caldas, y se volvió hacia el sendero. Valoró la posibilidad de regresar sobre sus pasos, pero decidió ahorrarse el esfuerzo. La persona que había huido debía de conocer el terreno. Podía estar escondida entre la vegetación, en alguna casa cercana o incluso haber bajado por la pasarela de madera hasta cualquiera de las playas. Con zancadas rápidas se dirigió al atrio y se asomó para mirar abajo. Las mariscadoras rastrillaban la arena. No había nadie más.

Al frente, la barca de Andrés el Vaporoso seguía pairada en el agua, cerca de la piedra de los cormoranes.

Leo Caldas apoyó las manos en el murete y permaneció reclinado, con la cabeza baja y la mirada perdida entre la vegetación que cubría el terraplén. Luego se sentó de espaldas al mar, se quitó el jersey y se palpó el pecho buscando el tabaco, pero sus cigarrillos estaban en la chaqueta que había dejado tirada en el jardín de la hija del doctor.

Antes de regresar a buscarla se detuvo a hablar con Carmen Freitas. La vecina insistió en que no sabía nada del gato.

—¿Seguro que no se lo llevó con ella? —se extrañó la mujer, y Caldas le dijo que no. Alguien que acababa de estar en la casa le seguía dando de comer.

De vuelta, arrancó una hierba alta de las que crecían a los lados del sendero y se la llevó a la boca. Al abrir la cancela, el timbre de su teléfono móvil comenzó a sonarle en el bolsillo del pantalón.

—¿Inspector Caldas? —preguntó la misma voz extranjera de la noche anterior—. Soy Walter Cope. ¿Ya está en Tirán?

—Sí —contestó—. ¿Usted dónde está?

—En la playa, dando un paseo —respondió el inglés.

—¿En la playa?

—Sí, ¿y usted?

—Delante de casa de Mónica.

—Entonces estamos cerca —dijo Walter Cope—. Si va hacia la derecha llegará a un mirador. Hay unas escaleras que bajan hasta una playa larga. Si no tiene inconveniente, le espero por aquí.

Objetivo. 1. Que se basa en los hechos y la lógica. **2.** Fin que se quiere alcanzar y al cual se dirige una acción. **3.** Que existe realmente, fuera del sujeto que lo conoce. **4.** Lente o sistema de lentes de algunos instrumentos ópticos.

—En Blakeney Point —respondió, con su acento inconfundible, mientras recorrían el litoral de Tirán caminando por la arena húmeda. Walter Cope era una de las personas a las que Caldas había visto a lo lejos, lo que descartaba que hubiese sido él quien había dejado la cancela de Mónica Andrade oscilando sobre los herrajes.

El inglés usaba unas gafas pequeñas de montura metálica y tenía el cabello más largo que en la fotografía de su fiesta de despedida del trabajo. Su indumentaria también había variado. Ahora vestía botas, pantalón de pana marrón y una cazadora ocre con tantos compartimentos que parecía hecha de bolsillos. Sobre el pecho, colgada de una correa alrededor del cuello, estaba la cámara fotográfica con la que todos lo identificaban.

—Es una reserva natural en la costa inglesa, en Norfolk.

—Lo sé —asintió Leo Caldas.

—¿Conoce Blakeney Point? —se sorprendió el inglés.

—Hasta ayer no lo conocía.

El asombro del vecino de Mónica se incrementó:

—¿Hasta ayer?

Caldas le explicó que, buscando dónde localizarle, había encontrado la página en la que publicaba sus fotografías.

—Son bonitas —le dijo.

—Gracias —contestó Walter Cope, y le contó que acudía todos los años a aquella reserva para asistir a la reproducción de las focas grises. Había comenzado a hacerlo en su primer año de carrera y ningún mes de noviembre había dejado de peregrinar hasta allí, ni siquiera después de trasladarse a Galicia—. Ya sabrá que soy biólogo, entonces.

—Sí —confirmó el inspector—. Me dijo que voló a Inglaterra desde Oporto.

—Eso es.

—¿Siempre vuela desde allí?

—Siempre que voy a Norfolk —respondió—. Hay un vuelo directo de Oporto a Stansted. Desde allí solo hay dos horas en coche hasta la reserva.

—¿Viajó solo?

—Desde aquí sí —contestó—. Pero en el aeropuerto me recogió Sarah.

—¿Quién es Sarah?

—Mi hija. Me recogió en el aeropuerto y pasamos juntos el fin de semana.

—¿Se alojaron en un hotel?

—Hay un pub llamado The Kings Arms. Arriba tiene habitaciones. Es limpio, barato y sirven buena cerveza. Siempre me alojo allí.

—¿También es bióloga su hija? —quiso saber Caldas.

—Más o menos —sonrió el inglés—. Sarah es médico.

Leo Caldas le devolvió la sonrisa.

—Va a cumplir cuarenta años —dijo Cope mirando al mar. Luego añadió—: Me parece imposible.

Siguieron caminando por aquella playa, la más larga de las de Tirán. El inglés le contó que se llamaba A Videira por las cepas que en otro tiempo habían estado plantadas en el terreno en bancales que ascendía desde la arena.

—¿Hace cuánto que conoce a Mónica? —preguntó el inspector.

—Cinco o seis meses —contestó Cope—. Desde que se mudó aquí.

—¿No se conocían de antes?

El inglés se detuvo.

—¿Por qué íbamos a conocernos?

—Ella trabaja en la Escuela de Artes y Oficios y usted trabajó en la Agencia Europea de Control de la Pesca. Están enfrente, ¿no?

—Justo enfrente —confirmó, reemprendiendo el paseo—. Mónica y yo bromeamos algunas veces con que tuvimos que cruzar el mar para encontrarnos a pesar de haber sido vecinos durante años.

—¿Ni siquiera se conocían de vista?

—Ni siquiera. En realidad, ni yo trataba a nadie de la escuela ni en la agencia sabíamos qué se cocía en el edificio del otro lado de la calle. Nos habían dicho que era una especie de universidad popular, pero no podíamos imaginar que hubiera artistas y músicos enseñando sus oficios. Cuando Mónica me descubrió todo lo que se puede aprender allí me quedé atónito. ¿No resulta increíble que un lugar así no salga todos los días en el periódico? —preguntó, y Caldas asintió. Para él, la escuela también había sido un hallazgo—. Yo creo que el único a quien trataba era al mendigo —admitió Walter Cope.

—¿A Napoleón?

—¿Lo conoce? —preguntó el inglés—. Cómo serán los de dentro si en la puerta hay un genio así, ¿verdad? Ese Napoleón es la prueba de que sabiduría y riqueza navegan mares distintos.

—Cierto —admitió Leo Caldas. Luego preguntó—: ¿Cuánto tiempo lleva viviendo aquí?

—Vine de Inglaterra en el año 2005 a poner en marcha la agencia cuando se creó. En principio era un destino por un año, pero aquí sigo.

A Caldas le sorprendía que alguien con un acento tan marcado se expresase con esa propiedad en un idioma extranjero. Se lo había comentado poco antes y Cope había sonreído como si para él también fuese un misterio.

—¿No echa de menos su tierra?

—Galicia no es tan distinto de Inglaterra. El sentido del humor es parecido. Allí tampoco decimos las cosas abiertamente, las dejamos bailando en el borde de la mesa para que se caigan solas, como aquí. Y esta tierra también es verde, y con la ventaja de que los días son más largos y hay muchas más horas de sol.

—¿Desde que llegó ha vivido en Tirán?

—No, no... Me vine a este lado de la ría cuando me jubilé, hace un par de años. Antes vivía en Vigo, cerca del trabajo —dijo, señalando la ciudad que se extendía en la otra orilla.

—¿Por qué se mudó?

El inglés resopló mientras buscaba una respuesta.

—Para estar más cerca de mi tierra, supongo. Esto queda más al norte.

Leo Caldas sonrió.

—Un buen motivo.

El inglés hizo una mueca de burla y, sin dejar de caminar, abrió los brazos como si pudiese abarcar el cielo, el mar y aquella playa agreste por cuya orilla avanzaban. Luego inspiró, llenándose los pulmones con el aroma de la bajamar, y preguntó:

—¿De verdad necesita que le explique por qué me instalé aquí?

—No —contestó Caldas—, no hace falta.

Iba a preguntarle por Mónica Andrade cuando Walter Cope se paró en seco e inclinó hacia atrás la cabeza para poder mirar a través de los cristales de sus gafas.

—¿Sucede algo? —se interesó el inspector.

El inglés señaló un ave que volaba sobre el agua.

—¿Le importa si tomo unas fotografías?

Caldas accedió con un gesto y Cope sacó la cámara de la funda y retiró la tapa de plástico negro que protegía el objetivo.

Como si hubiera estado esperando un testigo, tan pronto como el inglés lo enfocó, el pájaro se cernió en el aire y se lanzó en picado contra el agua. Emergió al cabo de un instante con un pez en el pico y se alejó volando muy bajo mientras Walter Cope apretaba el disparador de la cámara una y otra vez, como el gatillo de una ametralladora.

Cuando el ave se perdió en la distancia, el inglés revisó las imágenes, satisfecho de haber retratado toda la escena de pesca.

—¿Ve la punta amarilla del pico y el penacho negro en la cabeza? —preguntó, mostrándole en la pantalla una imagen aumentada del pájaro—. Es un charrán patinegro. Debería estar camino de África a estas alturas del año.

Caldas observó la imagen y luego señaló otro pájaro posado en el agua. Tenía el plumaje claro y la cabeza tan negra como el que Cope acababa de retratar.

—Es como aquel, ¿no?

El biólogo lanzó una mirada fugaz al ave que le había indicado el inspector y volvió a concentrarse en la pantalla de su cámara.

—No —contestó—. Aquella es una gaviota reidora.

—¿Cómo puede distinguirla de un vistazo? —se sorprendió el inspector.

—Aprendí a reconocer las aves dibujándolas —le explicó el inglés, y los dedos de su mano derecha se cerraron como si sostuviesen un lápiz—. Es un ejercicio muy útil. Obliga a fijarse en todos los detalles: la forma y el color del pico, de las patas, la cola, el plumaje, la postura que adoptan al volar... Todo eso ayuda a identificarlas después.

—¿Dibuja bien?

—Soy un caso raro —respondió.

—¿Raro? —preguntó Leo Caldas. Estaba convencido de que Walter Cope iba a contarle que era capaz de reproducir cualquier cosa como si fuera una fotografía.

Se equivocó:

—Solo sé dibujar aves —afirmó el inglés.

—¿Cómo?

—Solo sé dibujar aves —repitió Walter Cope con una sonrisa—. ¿Soy un caso raro o no? Puedo dibujar cualquier pájaro, pero no me pida que dibuje otra cosa porque no sé ni cómo empezar.

—¿No?

El inglés se rascó el mentón.

—En realidad no recuerdo haber dibujado nunca nada que no tuviese pico y alas.

Ilusión. **1.** Estado de ánimo de quien espera o desea que suceda una cosa. **2.** Cosa que se percibe como real siendo imaginaria. **3.** Alegría o entusiasmo. **4.** Esperanza sin fundamento real.

Cerca de las barcas de madera colocadas boca abajo sobre la arena seca de la playa de A Videira, bajo el muro verde del camping, estaba la caseta rodeada de vegetación que habían visto el día anterior.

Leo Caldas se dirigió hacia allí. La caseta tenía una puerta cerrada con llave y, por toda ventana, un agujero en la pared. El inspector miró dentro sin lograr distinguir más que siluetas.

—Lleva meses cerrada —le contó el inglés—. Solo se abre en verano, para que los clientes del camping no tengan que subir a la cafetería si quieren beber algo —añadió mientras el inspector, que había sacado el encendedor, introducía una mano por el agujero.

La llama iluminó varias cajas de cerveza apiladas contra las paredes y Caldas acertó a ver un par de botellas rotas en el suelo cubierto de arena, pero ninguna pisada reciente. Sacó la mano y echó un vistazo alrededor.

—¿Y aquella nave? —preguntó, señalando una edificación mucho más grande situada al final de la playa. Era blanca, de una sola planta, con tejado de chapa y las ventanas protegidas con rejas metálicas.

—Aquella nave iba a ser una factoría para procesar el mejillón —le explicó Walter Cope—, pero el proyecto quedó en nada. Hace años que los marineros la utilizan como almacén para sus aparejos. ¿Quiere verla?

Caminaban hacia la nave por la arena apelmazada de la bajamar cuando los adelantó un hombre que corría por la playa acompañado por dos perros de caza. El corredor movió la mano al pasar, saludando a Walter Cope, sin aminorar el paso. Los perros, en cambio, abandonaron su trote y se acercaron al inglés reclamándole caricias con los hocicos levantados. En cuanto Cope les palmeó el lomo se marcharon chapoteando por la orilla hasta alcanzar a su dueño.

La mirada de Caldas acompañó a los perros más allá de los peñascos que, cuando la marea crecía, separaban aquella playa de la cala siguiente. En su cabeza, la cancela azul de la hija del doctor seguía oscilando en los goznes.

—¿Ha estado en casa de Mónica esta mañana? —preguntó.

—Pasé por allí, sí —dijo Walter Cope.

—¿Hace poco?

El inglés no supo cómo interpretar la pregunta.

—¿A qué se refiere con «poco»?

—¿Fue justo antes de llamarme? —precisó Leo Caldas.

—No —respondió Walter Cope—. Llevaba más de una hora paseando por la playa cuando le llamé.

—¿Más de una hora?

—Es posible que ya no sirva para trabajar en un despacho, pero aún puedo caminar ocho o diez kilómetros por las mañanas —se justificó el inglés, compartiendo una sonrisa con Caldas.

—¿Entró en la casa?

—Primero la llamé desde fuera, como cada mañana. Siempre llamo desde la verja y espero en el camino hasta que aparece —dijo, y enarcó las cejas.

Caldas no recordaba haber visto un timbre junto a la cancela de Mónica Andrade y así se lo hizo saber.

—En mi isla tenemos nuestro propio timbre —aseguró el inglés.

Como Leo Caldas no parecía comprenderle, Walter Cope formó un círculo con los dedos índice y pulgar y, llevándoselos a la boca, profirió un silbido tremendo.

El inspector miró un instante al frente, hacia las rocas. No le habría extrañado ver a los perros del corredor regresar a la llamada del inglés.

—Luego entré —añadió Walter Cope.

—¿En la casa?

—En la casa no, pero di una vuelta por el jardín y miré por la ventana —dijo.

—¿Vio algo raro?

Negó con la cabeza antes de hablar.

—Vi que Mónica no estaba —dijo en un tono que dejaba entrever el miedo—. ¿Qué creen que le ha ocurrido?

—No lo sabemos. Parece que se marchó de casa —dijo Caldas.

—¿Voluntariamente?

—Podría ser —respondió—. Faltan algunas de sus cosas.

El inglés detuvo la marcha.

—¿Se llevó equipaje?

—Poca cosa, pero sí —confirmó el inspector, y constató cómo, a pesar de las dudas que él mismo albergaba, aquellas palabras tranquilizaban al inglés.

—Bueno, si se llevó equipaje... —dijo Cope rematando la frase con un gesto de alivio.

—¿Usted cuándo la vio por última vez?

—El jueves por la mañana.

—¿Está seguro?

—Sí —respondió Cope sin un titubeo—. El temporal de la noche tiró un árbol en su jardín y estuve con ella hasta que vinieron a cortarlo.

—¿Y después?

—Después me fui a Oporto, al aeropuerto —respondió—. ¿Por qué?, ¿no saben nada de ella desde el jueves por la mañana?

—No, no... —rectificó Leo Caldas—, sabemos que por la tarde estuvo en el taller de cerámica y que luego volvió a casa a dormir. El viernes a primera hora se marchó a Moaña para coger el barco a Vigo y a partir de ahí ya...

—¿Cruzó a Vigo en el vapor?

Caldas creía que sí.

—Dejó la bicicleta candada en el muelle, donde siempre.

Walter Cope lo miró sorprendido.

—Pues cogería un barco, sí.

—¿Usted no sabrá si se ve con alguien? —preguntó el inspector.

La pregunta desconcertó todavía más al inglés.

—¿Si se ve?

—Si tiene pareja, vamos, o una relación.

—¿Por qué lo pregunta?

—¿Podría ser un marinero?

El inglés se llevó una mano a la nuca y se frotó con incomodidad. Luego sacudió levemente la cabeza antes de responder.

—No, que yo sepa, no.

—¿Se lo habría dicho?

—Supongo —contestó, después de pensar un instante.

—Tuvo un novio argentino hace unos años. ¿Le suena?

Walter Cope le miró por encima de sus pequeñas gafas: Mónica no le había hablado nunca de Pablo Méndez.

—No nos gusta hablar del pasado —murmuró.

—Eso es porque usted y ella... —sugirió Caldas dejando la frase suelta, como un aguijón a medio clavar en la vanidad del inglés.

A Walter Cope se le escapó una sonrisa igual que se escapa una ilusión.

—Mónica podría ser mi hija, inspector —replicó, aunque ambos supieran que la edad no era un obstáculo insalvable.

Walter Cope permaneció de pie en la orilla. Miraba al frente, hacia el mar, pero Caldas casi podía escuchar el bullir de su cabeza.

—¿En qué piensa? —le preguntó.

—En que los viernes por la mañana va a la Escuela de Artes y Oficios, a resolver las dudas de los alumnos.

Caldas le contó que varios alumnos la habían esperado aquella mañana, pero que Mónica Andrade no había aparecido.

—¿Le comentó si pensaba ir a algún sitio?

—Al contrario: Mónica tenía pensado no moverse de aquí.

—¿Se lo dijo ella?

El inglés asintió.

—Me dijo que iba a quedarse en casa todo el fin de semana. Uno de los dos días iba a comer con su padre, además. ¿Han hablado con él?

—Fue el doctor Andrade quien puso la denuncia —le aclaró Leo Caldas—. Mónica no se presentó a esa comida.

—Eso tampoco es tan raro —dijo el inglés, y Caldas no supo si se estaba refiriendo a la mala cabeza de Mónica o a la relación tensa que, como ya le había adelantado Eva Búa, mantenía con su padre.

Decidió invitarlo a hablar:

—¿No?

Walter Cope movió la cabeza a los lados.

—Mónica habla poco de sí misma, pero es evidente que no le apetece estar con su padre más tiempo del necesario.

—¿Se llevan mal?

—No sé si mal es el término —respondió el inglés—. Unos padres se alejan y otros proyectan sombras demasiado grandes sobre sus hijos. —Walter Cope hizo una pausa, como quien busca una palabra, y después preguntó—: ¿Usted es padre?

Caldas confesó que no.

—Pues no siempre es fácil saber dónde colocarse.

Una melodía suave, la misma que sonaba al abrir la página web de Walter Cope, irrumpió en su conversación y redimió a Leo Caldas de la necesidad de apostillar algo.

—¿Le importa que conteste?

Mientras Cope respondía la llamada, el inspector se alejó unos pasos y, exponiendo su rostro al aire de la ría, comenzó a tararear mientras observaba cómo los balandros recogían su cargamento de mejillones en las bateas más próximas. Los reflejos del sol de mediodía en el agua impedían distinguir los detalles de su ciudad en la otra orilla. Se volvió buscando la casa de Mónica Andrade detrás del mirador, pero la vegetación que crecía sobre la playa la ocultaba.

—Era una antigua compañera de la agencia —comentó Walter Cope cuando terminó de hablar—. Me avisaba de que una policía está pidiendo información acerca de mí.

Caldas hizo una mueca cómplice. No había dejado de silbar cuando el inglés se situó a su lado.

—Si sigue silbando eso voy a tener que atender el teléfono otra vez —bromeó Walter Cope.

—Es bonito —afirmó el inspector—. ¿Qué es?

—Es una de las piezas de *El carnaval de los animales*, de Saint-Saëns —dijo el inglés—. «El cisne», se titula.

A Caldas no le sonó el nombre del compositor, pero estaba seguro de haber escuchado aquella melodía en uno de los discos que Alba ponía de fondo cuando se tumbaba a leer en el sofá.

Memoria. **1.** Facultad de recrear mentalmente hechos pasados. **2.** Recuerdo. **3.** Monumento conmemorativo. **4.** Exposición de hechos o motivos. **5.** Estudio escrito sobre una materia determinada.

Cerca de la nave que servía de almacén para los marineros, plantado sobre una roca, un poste de varios metros de alto pintado con franjas blancas y rojas parecía vigilar la costa. Walter Cope contó a Caldas que se trataba de una marca levantada por los marineros para valerse de ella como referencia y poder localizar con exactitud sus hallazgos.

—¿Qué son los hallazgos? —preguntó Leo Caldas.

—Así llaman los marineros a los lugares donde abunda la pesca. Cada uno conoce los suyos.

La proliferación de la pesca en un lugar determinado solía deberse a rocas sumergidas o a colonias de algas que les servían como alimento. Sin embargo, en aquella costa, la mayoría de esas zonas fértiles había sido creada artificialmente por marineros que hundían las bateas deterioradas para que los peces buscasen cobijo en sus armazones. Walter Cope le explicó que su ubicación se mantenía en secreto dentro de cada familia de pescadores, transmitiéndose de padres a hijos.

—Desde un punto en el mar toman como referencia varias marcas en la costa. Así identifican el lugar exacto en el que están y pueden regresar allí siempre que quieran —le dijo, y Caldas pensó que aquel sistema no era distinto de la triangulación que permitía ubicar la posición de los teléfonos móviles—. No tienen por qué ser postes como este. Puede valer un árbol, una casa, un peñasco... Cualquier cosa que sepan que el próximo día va a seguir ahí.

El inspector observó el poste mientras escuchaba a Walter Cope referirse a las particularidades del litoral de Tirán con la admiración de un recién llegado, como si no llevase dos años recorriéndolo cada mañana. Incluso se había asomado a la boca de la cueva que se abría bajo el cementerio y había descrito los fuegos fatuos de la leyenda con tanto entusiasmo como si el fenómeno se estuviese produciendo en aquel momento.

—Estas historias mágicas se parecen a las que cuentan los mayores en mi isla —había confesado con una sonrisa añorante.

—¿También son supersticiosos en su tierra? —le preguntó Leo Caldas.

—En apariencia no —sonrió Walter Cope—, pero en el fondo no dejamos de creer. En eso también somos como los gallegos, ¿no? Pragmáticos y crédulos a un tiempo, aunque haya quien piense que no es posible serlo a la vez.

Al llegar al final de la playa de A Videira, Caldas se subió a una de las rocas redondeadas que la separaban de la cala siguiente, sobre la que se levantaba un pequeño bosque colonizado por los eucaliptos en el que solo un vestigio de la vegetación original resistía arrinconado contra la arena. La mañana anterior, Caldas y Estévez habían subido por el camino que se abría entre los árboles hasta las casas que conformaban el Lazareto.

—El Nido del Cuervo —dijo Walter Cope a su espalda.

—¿Cómo?

—Esta playa se llama así: el Nido del Cuervo —precisó el inglés, y Caldas alzó la vista hacia las copas de los árboles.

—Ahí adelante hay un afloramiento de rocas plutónicas —comentó Walter Cope.

La expresión de Leo Caldas le dijo que no sabía de qué hablaba.

—Son rocas de origen magmático.

El mismo gesto en el inspector.

—No es más que lava que se enfrió poco a poco —sonrió el inglés.

—¿Lava como la lava de un volcán? —preguntó Caldas.

—Lava del interior de la tierra, sí. Se las enseño, si quiere.

Caldas rechazó aquella proposición con un gracias: no eran las rocas lo que le había llevado a Tirán aquella mañana.

Se volvió y observó las barcas amarradas al pequeño muelle de piedra que se adentraba en el mar al pie de la nave blanca y, con las manos en los bolsillos y la chaqueta impermeable bajo el brazo, se dirigió hacia allí. El inglés fue tras él.

Avanzó por el espigón hasta alcanzar su extremo y permaneció un instante en silencio, de pie, disfrutando del hecho de verse rodeado de agua. A la izquierda, tras un saliente de la costa, podía ver uno de los pilares del puente de Rande; a la derecha, la franja oscura de nubes parecía colgada del horizonte; enfrente, se extendía la ciudad. Leo Caldas la contempló con la barbilla hundida en el cuello vuelto del jersey, protegiéndose la garganta de la brisa fría del mar.

Cuando miró hacia atrás, encontró a Walter Cope sentado en el embarcadero, con las piernas colgando sobre el agua. Se había colocado de espaldas al viento y observaba el mundo a través del objetivo de su cámara.

Caldas se puso la chaqueta, encendió un cigarrillo y se sentó al lado.

—¿Quiere uno? —preguntó, ofreciendo la cajetilla al inglés.

—No, gracias —respondió Cope, que fotografiaba un ave que aleteaba cerca de la playa—. Ahí está nuestro amigo el charrán otra vez.

Mientras el inglés inmortalizaba al pájaro, el inspector Caldas aprovechó la perspectiva que le ofrecía el espigón para recorrer con la mirada aquel litoral en el que se sucedían arena, rocas y recodos.

Vio la barca de Andrés el Vaporoso cerca del Corbeiro, donde un cormorán abría las alas para secar su plumaje.

—A él también le gustan los pájaros —comentó Leo Caldas.

—También —respondió Walter Cope—, aunque yo prefiero dejar que ellos mismos elijan para quién quieren cantar.

—Lo entiendo.

—¿Sabe que se quedó aquí para estar cerca de una sirena? —preguntó el inglés sin apartar el ojo derecho del visor.

Leo Caldas asintió.

—Es bonito dejarlo todo por una sirena —dijo Walter Cope—, ¿no le parece?

—Supongo —respondió, lacónico, Caldas—. ¿Está todos los días ahí?

—Todos los días y muchas noches —dijo el inglés—. Cuando no trabaja, está en el mar.

—¿En qué trabaja?

—Es zahorí.

—¿Zahorí?

—¿No se llaman así los que buscan agua bajo tierra? —preguntó Walter Cope—. En mi isla los llamamos *diviners*: adivinadores del agua.

En gallego también se llamaban así.

—¿Es de los que buscan el agua con un péndulo? —respondió Leo Caldas.

—Con un palo —dijo el inglés, soltando la cámara y estirando las manos como si sujetase con ellas los dos extremos de una horquilla.

—¿Y la encuentra?

—Se sorprendería —sonrió Walter Cope.

Permanecieron observando al zahorí en su barca, en silencio. Fue el inspector Caldas quien lo rompió:

—Es un oficio curioso.

Walter Cope asintió.

—En esta zona predomina la gente poco convencional.

Caldas se dijo que el propio inglés era un tipo particular y, aprovechando la puerta abierta, decidió preguntarle por otro de los vecinos de Mónica Andrade.

—Me han hablado de un chico con problemas —dijo, tras una calada al cigarrillo.

Walter Cope le miró por encima de las gafas.

—¿Qué tipo de problemas?

—Una deficiencia, creo. Es un muchacho que vive por aquí, cerca de Mónica.

—¿Camilo?

—Podría ser —dijo Caldas, y, como Walter Cope parecía confuso, preguntó—: ¿Sabe quién es Eva Búa, la amiga de Mónica?

—Sí, claro. Mónica me invitó una noche a cenar con ella y con su marido.

—Pues ha estado esta mañana en comisaría y me ha hablado de ese chico.

—¿Y qué le ha contado?

—Que le da miedo.

—¿Camilo? —preguntó extrañado el inglés—. Miedo ¿por qué?

—No lo sé. Según ella, siempre está rondando la casa de Mónica. Dice que le intimida.

—Eva ni lo conoce, inspector —se revolvió Walter Cope—, y Camilo se aparta de la gente a la que no conoce. Son los demás quienes lo asustan a él. No entiendo cómo puede sentirse intimidada.

Caldas dio un paso atrás.

—No lo sé, pero como a una de las alumnas de Mónica le pareció que la tarde anterior a marcharse parecía preocupada, me preguntaba si...

El inglés no le permitió completar el argumento:

—Camilo tiene un trastorno que no le deja relacionarse con normalidad, pero es tan inofensivo como un niño de cinco años —afirmó, vehemente—. Se me ocurren veinte cosas que Mónica puede sentir por Camilo y le aseguro que ninguna de ellas es miedo.

El inglés, rumiando su indignación, apuntó con la cámara a unas gaviotas posadas en el mar, aproadas contra el viento como las barcas. Caldas esperó a que terminase la ráfaga antes de volver a hablar.

—Ya le he contado que el jueves por la tarde, en la Escuela de Artes y Oficios, encontraron a Mónica preocupada. ¿Por la mañana había estado bien?

El inglés volvió a acribillar a las gaviotas con su objetivo antes de responder.

—Sí —contestó, y luego matizó sus palabras—. Con el susto del árbol, pero bien.

Caldas había visto el tronco cortado y los desperfectos en el cierre de la finca. El inglés tenía razón: pese a todo, Mónica había tenido suerte.

—Tomé algunas fotografías —dijo Walter Cope, descolgándose la cámara del cuello para hacer retroceder el tiempo en la pantalla. Después de multitud de aves y focas fotografiadas durante el fin de semana en Blakeney Point, aparecieron las imágenes que buscaba: el árbol tumbado en el jardín, la tela metálica abatida, detalles del cepellón arrancado, el agujero en la tierra...—. Un empleado del ayuntamiento cortó el tronco en piezas grandes y las hicimos rodar hasta la valla.

—¿Esa es Mónica? —preguntó Leo Caldas.

Walter Cope volvió atrás hasta detenerse en la imagen de Mónica Andrade de pie junto al abeto derribado.

—Debió haber talado el árbol antes, porque ya estaba medio... —Una mano tembló como adjetivo—. Yo se lo advertí un par de veces, pero ella insistía en dejar que pasase la Navidad. Para decorarlo iba a hacer unas figuras en su taller.

—En el gabinete —dijo en voz baja Caldas y, como no logró descifrar la mirada del inglés, añadió—: ¿No llama así a su taller?

—¿Sabe que el nombre se lo puse yo?

—¿Gabinete?

Walter Cope se lo confirmó moviendo la cabeza.

—¿Conoce esa película alemana, *El gabinete del doctor Caligari?*

Caldas dijo que sí, aunque no conocía más que el título.

—El taller de Mónica también es misterioso y está lleno de figuras, como los monstruos del doctor —dijo Walter Cope, mostrándole una imagen de la hija de Víctor Andrade agachada junto al agujero del árbol—. A ella le gustó el nombre.

Caldas se concentró en la pantalla de la cámara del inglés: el gato gris aparecía en una esquina.

—¿Ha visto al gato? —preguntó.

—¿Cómo?

—El gato de Mónica —dijo Caldas—. ¿Lo ha visto en la casa esta mañana?

—No —respondió Walter Cope después de hacer memoria.

Caldas miró el reloj y se dijo que Estévez y Clara Barcia no podían tardar.

Cuando se puso en pie, el inglés le preguntó:

—¿Se vuelve a Vigo, inspector?

—Todavía no. Voy a dar otra vuelta —contestó señalando un punto cualquiera en la costa.

—Yo tengo que ir esta tarde a Vigo para devolver el coche —dijo Cope, y le explicó que lo había alquilado en Oporto al aterrizar.

—¿No tiene coche?

—Hace años que lo regalé. Y si usted hiciera números también regalaría el suyo.

Caldas sonrió. No solo no tenía coche, sino que se mareaba si no dejaba entrar aire por la ventanilla durante la marcha.

—Avíseme inmediatamente si tiene noticias de Mónica.

Walter Cope le dijo que lo haría y le tendió la mano.

—Y usted llámeme si necesita cualquier cosa —se ofreció—. Aún voy a estar por aquí cuatro o cinco días.

—¿Solo cuatro o cinco? —se sorprendió Leo Caldas.

Walter Cope le contó que había recibido malas noticias durante el fin de semana en Inglaterra.

—A Sarah, mi hija, le han encontrado un bulto. Va a operarse la semana que viene y prefiero estar cerca de ella.

—Claro —convino Leo Caldas—. ¿Es serio?

—Como dirían aquí, «poco no es» —sonrió Walter Cope, esforzándose por no perder el humor—. Aunque parece que está cogido a tiempo.

—¿Después piensa volver?

—Sí, claro, pero no sé cuándo. Ahora mi sitio está allí. Si he vuelto es porque ya tenía el billete y necesitaba recoger algunas cosas en casa —respondió Walter Cope, y siguió con la vista el vuelo de un pájaro—. Lo bueno de estar jubilado es que uno puede decidir dónde estar. Soy como ese charrán: puedo quedarme a pasar el invierno aquí o volar hasta la isla en la que anida mi colonia.

Caldas ya se encaminaba por el espigón hacia la playa cuando se volvió para hacer una última pregunta al inglés.

—A ese Camilo ¿sabe dónde podría encontrarlo? —Y añadió, como una excusa—: Tal vez haya visto a Mónica.

—Lo podrá encontrar en cualquier camino, cuando menos se lo espere —dijo Walter Cope—. No le costará identificarlo: suele ir vestido de naranja.

—¿De naranja?

—Como le he dicho, no le gusta que la gente se le acerque. Se viste de ese color para que nos alejemos de él.

Caldas miró los árboles que tapaban la casa de la hija del doctor.

—De todas formas, pierde el tiempo si pretende que le cuente algo —apuntó el inglés.

—¿Por qué?

—Porque Camilo no habla.

—¿No habla porque no puede hablar?

—No habla porque no habla.

Fe. 1. Primera de las tres virtudes teologales de la religión cristiana. **2.** Conjunto de creencias de una religión. **3.** Confianza, buen concepto que se tiene de alguien o de algo. **4.** Validez que se otorga al testimonio de alguien por su autoridad o su fama. **5.** Seguridad de que algo es cierto.

Caldas encontró a Rafael Estévez y a Clara Barcia en el atrio de la iglesia de San Xoán. Estévez, con las manos entrelazadas en la nuca, se estiraba buscando una postura que le aliviase el dolor de espalda. Clara, en cambio, parecía disfrutar: contemplaba la ría apoyada en el murete, con el cabello alborotado por el viento frío que seguía empapando la mañana de humedad.

Caldas se situó junto a ella y los destellos del sol en el agua y en la ciudad de la otra orilla le obligaron a entornar los ojos y a mirar más cerca, donde Andrés el Vaporoso, incorporado sobre la borda de su embarcación, recogía sedal a brazadas lentas.

—¿A que no sabes a qué se dedica ese hombre? —preguntó Caldas a modo de saludo.

Clara Barcia observó al pescador en la barca, rodeado de mar.

—¿A qué?

—Busca agua.

—Pues le van a dar una medalla —intervino Rafael Estévez.

Caldas sonrió.

—Cuando está en tierra, me refiero. Es zahorí. Busca el agua subterránea con un palo.

—¿Y la encuentra? —preguntó Clara Barcia, repitiendo la pregunta que el inspector había formulado poco antes al inglés.

—Eso dicen.

—Aquí también la encuentro yo y sin necesidad de palos —dijo Estévez—. Si está todo verde es porque hay agua por todos lados. Querría yo ver a un charlatán de estos en mi tierra: «Buenos días, vengo a encontrar agua con mi palo». «Ven, bonico, que yo también tengo un palo». —Estévez echó atrás la mano amenazando con una bofetada imaginaria, pero el amago quedó reducido a una mueca de dolor y a un lamento—. Me cago en mis muertos a caballo.

—Está fatal —susurró Clara Barcia cuando el aragonés se apartó unos pasos para jurar con intimidad—. He venido conduciendo yo.

—¿Encontraste lo que te pedí?

—No había reservas aéreas a nombre de Mónica Andrade tampoco desde Portugal —afirmó Clara—. En cambio, sí estaban las de Walter Cope. No mintió: se marchó el jueves por la tarde y regresó ayer.

—Lo sé —dijo Caldas—, vengo de hablar con él.

—¿Y?

Caldas iba a contestar, pero se calló al descubrir que la línea de Andrés el Vaporoso traía una robaliza prendida en el extremo. El pez salió del agua sacudiendo su cuerpo brillante, luchando por liberarse del anzuelo, y continuó cimbreándose cuando el hombre de la pipa lo sujetó por las agallas para desengancharlo y lo dejó caer en una cesta colocada en el suelo de la embarcación.

El pescador se secó las manos con un paño mientras los trinos de los jilgueros parecían festejar la faena desde su jaula. Luego cebó el anzuelo y volvió a largar el sedal.

Leo Caldas imaginó al pez dentro de la cesta. Sabía que durante varios minutos seguiría abriendo la boca, buscando oxígeno entre espasmos. Siempre le había producido una inquietud extraña la agonía de los peces fuera del agua. En ella creía percibir la angustia de los ahogados, boqueando crispados en busca de vida sin encontrar más que una muerte lenta bajo el mar.

—¿Nos va a decir qué le ha contado el inglés? —preguntó, impaciente, Estévez, devolviendo la cabeza del inspector a tierra firme.

—Estuvo con Mónica el jueves por la mañana, antes de marcharse de viaje —respondió, y les dijo que había visto a la hija del doctor en la pantalla de la cámara de Walter Cope—. Desde entonces no sabe nada más.

—¿Y usted le cree? —receló Estévez.

—¿Por qué iba a mentir? —preguntó Leo Caldas—. Si hubieran querido marcharse juntos se habrían marchado sin más. Son dos adultos libres.

—¿Pasea con ella todas las mañanas, desaparecen a la vez y resulta que no sabe nada desde hace días? ¿De repente todos creemos en las casualidades?

—No desaparecieron a la vez, Rafa. Walter viajó a Inglaterra el jueves por la tarde y la chica estuvo toda esa tarde en el taller con sus alumnos. No se marchó hasta la mañana siguiente.

—Hemos comprobado todos los vuelos —terció Clara Barcia—. No se fue con él. De eso no hay duda.

—Puede que no volaran juntos —admitió Estévez—, pero no me creo que ese inglés no sepa nada.

Caldas no apartaba la vista del pescador de la pipa.

—Había alguien en la casa —dijo, como si hablara para sí.

Barcia y Estévez se miraron.

—¿En la de Mónica Andrade?

Caldas asintió.

—¿Quién?

—No lo sé. Después de hablar por teléfono con vosotros me quedé un rato por la casa. Al marcharme, encontré la cancela abierta.

—Sería el inglés —dijo Estévez.

—Imposible. Estaba paseando por la playa.

—¿No la dejaría abierta al entrar?

—No —dijo, sin dudar, Caldas—. Cuando miré aún se movía. Estoy seguro de que alguien acababa de salir, pero huyó a la carrera o se escondió en algún lado, porque en el camino no había nadie.

—Pudo abrirla el viento —apuntó Clara Barcia.

—No lo creo —dijo Caldas—. Tuvo que ser la misma persona que llenó los cacharros.

—Pues si alguien viene a darle de comer es porque sabe que Mónica no va a hacerlo.

—Sí —respondió el inspector.

—Pero ¿por qué se escapa? —preguntó Rafael Estévez.

Permanecieron un momento en silencio. Luego Caldas dijo algo que podía conducir a una respuesta:

—¿Recuerdas que ayer te pareció ver a alguien vestido de naranja asomado a la verja de la finca?

—No es que me pareciera —aclaró Estévez—, es que había un tipo de naranja que se esfumó cuando lo descubrí.

—Pues me han hablado de un vecino de esta zona —dijo Caldas—. Suele ir vestido de ese color. Eva Búa, la amiga de Mónica, dice que las veces que ha venido lo ha visto. Que se pasaba horas apostado junto a su casa.

—¿Podría ser el mismo que se le ha escabullido hoy?

—Eso me estaba preguntando —dijo Caldas, con los ojos fijos en un punto cualquiera de la superficie del mar.

—Hoy no hay misa —los saludó una voz a sus espaldas.

Los policías se volvieron y encontraron a un hombre delgado que empujaba una carretilla con varias tejas rojizas. Vestía zapatillas deportivas, pantalón de lona y una sudadera oscura con cierre de cremallera y capucha.

—No hemos venido a misa —dijo Caldas.

—No hablaba en serio —sonrió el hombre y, cuando dejó la carretilla, les contó que era él quien oficiaba las misas en aquella iglesia.

—Creía que no había cura —dijo Caldas.

—Lo que no hay son fieles —precisó el sacerdote sin dejar de sonreír—. Ni dinero para contratar albañiles.

Según les contó, su parroquia estaba en el centro de Moaña, pero venía a atender también la de San Xoán si era necesario.

—Unas veces me requieren los feligreses y otras, las tejas levantadas.

Los tres policías alzaron a la vez la mirada hacia el tejado, donde, les explicó el sacerdote, a juzgar por las goteras del interior de la iglesia, el temporal había debido de dejar numerosas víctimas. Después se interesó por el motivo que había llevado a tres extraños hasta el atrio de su iglesia.

—Somos policías —dijo Caldas, y, cuando mencionaron la desaparición de Mónica Andrade, su gesto les confirmó que no le sonaba aquel nombre. Tampoco la reconoció en el retrato.

—¿Qué creen que le ha pasado? —preguntó el cura.

—Tenemos constancia de que se marchó el viernes por la mañana, pero no sabemos adónde ni por qué —contestó Caldas—. Son varios días sin noticias y su familia está preocupada.

El sacerdote hizo una mueca de comprensión.

—Pero si se marchó ella es buena señal, ¿no? —consultó luego.

—En principio, sí, claro —aseguró Caldas.

—Pues me encantaría ayudarlos, pero no sé cómo —dijo, y se excusó para ir a buscar una escalera. El inspector Caldas fue tras él.

El interior de la iglesia de San Xoán estaba repleto de imágenes. Las paredes interiores y el suelo eran de piedra y el techo, blanco, estaba cruzado por listones de madera oscura. A la izquierda de la entrada había una pila bautismal y al otro lado unos peldaños subían al palco del coro. El pequeño órgano, le explicó el sacerdote, había sido dejado en herencia por su predecesor.

—Murió muy mayor, pero estuvo diciendo misas hasta el último momento. Unas veces perdía el hilo y se saltaba un rito, otras repetía la liturgia varias veces... —sonrió el cura—. Los parroquianos nunca sabían cuánto tiempo iban a pasar aquí dentro.

Caldas caminó tras él por el pasillo entre los bancos y pasó bajo el arco ojival que separaba el altar del resto de la nave. En la pared de piedra situada detrás, sobre el sagrario, vio un Cristo crucificado. Al lado, san Juan Bautista.

El cura entró en una sacristía diminuta y Caldas se quedó en la puerta.

—Estamos buscando a otra persona. Alguien que viste de naranja —precisó Leo Caldas—. Creo que es un chico un poco raro.

—Tiene que ser Camilo —aseguró el cura, y rebuscó en un cajón hasta dar con una llave—. Su madre es la que limpia la iglesia y el cementerio. ¿Él también ha desaparecido?

—No, pero nos han dicho que suele pasear por aquí.

—Camilo pasea por todos lados. Siempre va de aquí para allá.

El cura salió de la iglesia, se dirigió a un galpón contiguo y lo abrió con la llave.

—Aquí se hacían las autopsias a los ahogados —le contó—. Se colocaba al muerto sobre una mesa y se llamaba al médico. De aquí ya los llevaban a enterrar.

Caldas se asomó al interior del pequeño almacén. Además de la mesa a la que se había referido el cura, vio imágenes de santos y andas para llevarlos en procesión. También herramientas y, en el suelo, la escalera salpicada de pintura que el sacerdote había ido a buscar.

Rodeaban la iglesia, cargando la escalera cada uno por un extremo, cuando Caldas volvió a interesarse por el chico de naranja.

—Nos gustaría hablar con ese Camilo —dijo—. Es posible que haya visto a Mónica en uno de sus paseos.

—Es posible —convino el cura—. Pero, aunque la haya visto, no va a poder decirle nada: no sabe hablar.

—Con que me responda con un gesto de sí o de no es suficiente —le tranquilizó el inspector—. ¿Dónde podría encontrarlo?

Dejaron la escalera en el suelo, junto a la carretilla, y el sacerdote apuntó con el dedo al camino que pasaba frente a la casa de Mónica.

—A saber dónde estará ahora —dijo—, pero vive en el Lazareto con su madre. Si sigue por este camino hasta el final...

—Creo que sé llegar hasta el Lazareto —aseguró Caldas, ahorrándole las indicaciones.

—Pues allí pregunte por Camilo al primero que vea —sugirió—. Todo el mundo lo conoce.

Aprovechando que el cura había regresado al interior de la iglesia, Caldas se acercó a Estévez y a Barcia.

—Voy a ver si encuentro a ese Camilo. Si Mónica le encargó que diese de comer al gato tiene que saber algo de ella. Vosotros id a casa de Mónica —les pidió. Luego, dirigiéndose a Clara Barcia, añadió—: Echa un vistazo con calma a sus cosas, a ver qué encuentras tú.

—De acuerdo.

—Y después me gustaría que fuerais casa por casa hablando con los vecinos.

—¿Casa por casa? —protestó Estévez.

—A las más próximas, al menos. Alguien debería haber visto algo.

Rafael Estévez echó hacia atrás la cabeza para recordarle su dolor de espalda y Clara Barcia lo compensó con un gesto tranquilizador. Ella podía llevar el peso de las visitas.

—¿Y cuando los vecinos nos pregunten qué le ha pasado a la chica?

—No le ha pasado nada —dijo Caldas, recordando que el doctor Andrade les había exigido discreción—. Solo pretendemos localizarla para hablar con ella.

—No va a colar —dijo Clara Barcia.

—Si no cuela, mejor.

El cura apareció de nuevo en el atrio. Levantó la escalera y la apoyó contra el lateral de la iglesia.

—Usted, que es fuerte —dijo mirando a Rafael Estévez—, ¿le importa sujetar la escalera mientras subo?

El aragonés, que en ese momento trazaba movimientos circulares con el cuello, interrumpió los ejercicios.

—¿Tengo cara de querer sujetar una escalera? —gruñó.

—No sé —dudó el cura, sin saber si el policía hablaba en serio o en broma. Buscó la respuesta en Leo Caldas—: ¿Qué le pasa?

Estévez respondió como si se hubiera dirigido a él:

—Tiene la iglesia vacía y las tejas sueltas. ¿De verdad le preocupa qué me pasa?

Otra mirada de desconcierto al inspector, que se apresuró a sostener él mismo la escalera.

—Le duele la espalda —susurró Caldas—. Tiene que ir a que se la vea un médico.

El cura estuvo un par de minutos en el tejado evaluando los desperfectos. Cuando bajó, volvió a dirigirse a Estévez:

—Perdone que me entrometa —le dijo—, pero va a perder el tiempo.

Estévez no sabía de qué le hablaba.

—Yendo al médico —aclaró el cura—. Va a perder el tiempo. Yo tuve un problema en este hombro. Me daba la lata casi todos los días —dijo rotando la articulación para mostrar que el dolor era un asunto del pasado—. Estuve meses de médico en médico: que si un músculo, que si un tendón, radiografías, resonancias magnéticas... Y nada.

Estévez movió el cuello con resignación.

—¿Sabe quién me lo arregló?

Estévez no lo sabía.

—Un sanador de Cangas —desveló, triunfal, el sacerdote.

—¿Un sanador?

—Un sanador, sí, un curandero. Llámelo como quiera —dijo el cura—. Primero me aplicó un emplasto y luego, con un tirón o dos, me colocó todo en su sitio. Un momento de dolor y toda la vida de alivio.

—Como el flagelo, entonces —apuntó Caldas, que hacía poco había leído en una revista que algunos religiosos todavía se azotaban buscando la expiación de sus pecados.

—Más o menos —sonrió el cura, y preguntó al aragonés—: ¿Quiere que le diga dónde recibe? No está lejos de aquí.

—No hace falta —masculló Estévez, tan poco dispuesto a escuchar los consejos de un sacerdote como a poner su espalda en manos de un curandero.

—Pues debería dejar que ese hombre se lo viera —le aconsejó el cura—. Le juro que yo a nada le tengo más fe.

Senda. 1. Camino más estrecho que la vereda, abierto principalmente por el tránsito de peatones y del ganado menor. **2.** Procedimiento o medio para hacer o lograr algo.

Caldas pasó frente a la casa azul de Mónica Andrade y más adelante, cuando la senda litoral dejó de ser un camino de tierra, sobrevoló la playa de la Mona por la pasarela de madera.

Al llegar al mirador echó un vistazo a la playa de A Videira, desierta a excepción del hombre que volcaba algas en el tractor.

El espigón que se adentraba en el mar al final de la playa también estaba vacío. El inspector Caldas había dejado a Walter Cope sentado en la piedra, con los pies colgando sobre el agua, pero ya no había rastro del inglés en el muelle.

Cerca de la nave blanca que servía de almacén a los marineros vio el ramal que ascendía entre los árboles hacia el barrio del Lazareto. Caldas bajó los peldaños de madera hasta la arena y echó a andar, aunque no necesitó llegar a las casas para localizar a Camilo.

Había recorrido media playa y caminaba distraído cuando, al levantar la vista, distinguió una prenda de color naranja intenso en la distancia. Camilo se aproximaba por la orilla. Caminaba con pasos cortos, oscilantes, y traía apoyado en el pecho un libro grande que sujetaba con las dos manos.

Para evidenciar su intención amistosa, Caldas levantó la mano y lo saludó desde lejos. Sin embargo, el gesto no produjo el efecto deseado. Al contrario, el muchacho dio media vuelta y retrocedió, alejándose del inspector.

—¡Camilo, espera! —le pidió Caldas, pero su voz solo sirvió para que el chico apretase la marcha.

El inspector salió tras él, caminando algo más aprisa, pero sin necesidad de correr porque Camilo tampoco lo hacía: su huida apresurada era una especie de tambaleo y, cada tres o cuatro pasos, una mirada atrás.

Prevenido de las dificultades comunicativas de aquel chico que evitaba el trato con la gente, decidió no abordarlo de manera brusca sino seguirlo a unos metros, manteniendo la distancia.

—Tengo que hablar contigo, Camilo —le decía cada poco, repitiendo intencionadamente su nombre, buscando proximidad—. Soy policía, Camilo, necesito que me ayudes.

El inspector creyó que buscaría refugio en su casa, pero cuando llegó al final de A Videira, en lugar de ascender hacia el Lazareto, continuó por la línea de la costa. Dejó atrás la nave y se encaminó, cada vez más jadeante, hacia el Nido del Cuervo, la playa siguiente. Caldas iba detrás y no dejaba de hablarle. Podía oír su respiración.

Camilo sorteó unas rocas grandes y siguió avanzando unos metros. Poco después se rindió. Con los pies clavados en la arena y el libro apretado contra el pecho, comenzó a balancearse, atrás y adelante, en un ligero vaivén.

—Solo quiero hacerte unas preguntas —repitió Leo Caldas al acercarse desde su espalda. Luego dio un rodeo amplio para situarse frente a él.

Tendría alrededor de veinte años, calculó Caldas. Aunque la postura encorvada le hiciera parecer más bajo, debía de ser algo más alto que el inspector. Sus ojos, grandes y oscuros, no le miraban. Parecían perdidos en el mar.

—¿Entiendes lo que te digo? —preguntó sin elevar el tono ni obtener otra respuesta que el balanceo—. Necesito saber dónde está Mónica, la mujer de la casa azul —señaló—. Su familia no sabe dónde está desde hace días y creo que tú puedes ayudarme a localizarla.

Los ojos en el agua; el cuerpo adelante y atrás.

—¿La has visto?

Adelante y atrás, adelante y atrás.

Caldas sacó la fotografía de Mónica con el gato.

—Mira —le dijo acercándose a mostrársela—, es Mónica. ¿Sabes dónde está?

Cuando Camilo notó que el inspector se le aproximaba, se estremeció: cerró los ojos, incrementó el balanceo y contrajo el rostro en una mueca de espanto, como si le faltara vida. Su boca entreabierta permitió ver a Leo Caldas unos dientes grisáceos, desordenados sobre las encías, como salpicaduras de agua sucia en una pared.

—No voy a hacerte daño, Camilo —le dijo Caldas con suavidad, sorprendido por la reacción del muchacho—. Solo necesito que me digas si la has visto.

La mano en el hombro que pretendía tranquilizarlo tuvo el efecto de una descarga eléctrica e hizo que Camilo agitara, rígidos, los brazos. El libro, que no era tal sino un cuaderno, cayó cerrado sobre la arena.

—¡Eh, usted! —gritó una voz—. Déjele en paz.

Caldas se volvió y encontró al hombre que recogía algas. Se había subido a una de las rocas que hacían de límite entre las dos playas.

—No le toque —le advirtió otra vez el hombre que, encaramado al peñasco y con la horquilla en la mano, tenía el aspecto de un Poseidón.

—No le he hecho nada —se excusó Leo Caldas—, pero necesito hablar con él. Soy policía.

—Ya sé que es policía, pero ¿qué pretende que le diga? ¿No se da cuenta de que no puede hablar?

Claro que se daba cuenta.

—Un sí o un no con la cabeza es suficiente.

—Pues aléjese de él —le dijo el hombre—. ¿No ve que le da miedo? ¿No ve cómo está?

Caldas se agachó a recoger el cuaderno y se apartó de Camilo. Esperaba que, con él, también se alejara su angustia. Mientras daba tiempo a que el chico se recompusiese, miró el cuaderno. En la cubierta figuraba una frase, «20 hojas de dibujo», escrita en seis idiomas distintos. De las veinte hojas solo conservaba cinco o seis. Las demás habían sido arrancadas del cuaderno por la línea microperforada. En la primera estaba el gato de Mónica en la cocina, tan fielmente dibujado que a cierta distancia habría costado distinguirlo de una fotografía. En la esquina inferior derecha, la firma en espiral que había estado buscando el inspector.

—¿Esto lo has dibujado tú? —preguntó, y, como el chico no contestaba, se volvió hacia el recolector de algas y le mostró la hoja del cuaderno—. ¿Lo ha dibujado él?

El hombre estaba demasiado lejos como para distinguir siquiera los trazos más gruesos.

—Supongo —contestó—. Dicen que dibuja bien.

—Camilo, ¿este dibujo es tuyo? —repitió Caldas—. ¿Esta firma es tuya?

El chico no le miraba. Habían vuelto las manos protegiéndose el pecho, los ojos en el horizonte y el vaivén.

Caldas se contuvo para no acercarse de nuevo. Le costaba creer que el muchacho que se balanceaba aislado del mundo fuese el autor de aquel dibujo magistral.

Observó una vez más los detalles: cada pelo del gato gris, las gotas en el suelo de barro cocido alrededor del cacharro del agua... Si no fuese imposible hacer un dibujo semejante en tan poco tiempo, habría creído que reflejaba una imagen de aquella misma mañana.

Caldas pasó la hoja y la siguiente escena del cuaderno le desconcertó todavía más. El escenario también era la cocina de Mónica, pero en esta ocasión era el propio Leo Caldas quien aparecía dibujado. En la mano derecha sostenía el teléfono móvil y, en la izquierda, la caja de píldoras que Mónica había olvidado en el cuarto de baño. ¡Aquello había sucedido hoy! Se recordaba a sí mismo en la cocina, hablando con Clara Barcia del anticonceptivo. ¿Cuánto tiempo había transcurrido desde entonces? ¿Una hora, dos? Miró el dibujo. ¿Podía hacerse algo así en ese tiempo?

—Camilo, esto sucedió esta mañana —dijo, perplejo, el inspector—. ¿Has estado esta mañana en casa de Mónica? ¿Me hiciste una foto?

Estaba convencido de haber sido retratado con una cámara. ¿Podía reproducirse una escena con aquella precisión sin copiarla de una fotografía?

Volvió al principio:

—¿Es tuya esta firma, Camilo? ¿Me has dibujado tú?

Nada.

—Si no me contestas aquí, voy a tener que llevarte a comisaría.

Adelante y atrás, adelante y atrás.

—Estuviste esta mañana en casa de Mónica, ¿verdad, Camilo? Fuiste a dar de comer al gato. —No obtenía respuestas, pero Caldas encadenaba preguntas al ritmo que se encabalgaban sus pensamientos—. ¿Te pidió Mónica que le dieras de comer? ¿Te encargó que te ocuparas mientras ella estuviese fuera? ¿Dónde está Mónica Andrade? Su familia está preocupada, Camilo. Dime dónde está.

Caldas avanzó un par de pasos y el muchacho pareció empequeñecerse.

—¿Dónde está Mónica, Camilo? Si estás yendo a dar de comer al gato es porque ella no lo puede hacer. ¿Cómo sabías que no iba a estar en casa? ¿Te lo dijo ella?

—Se lo dije yo —respondió una voz diferente de la que Caldas esperaba escuchar.

Rosalía Cruz, la mujer que había visto marcharse a Mónica Andrade en su bicicleta el viernes por la mañana, avanzaba con pasos rápidos sobre la arena del Nido del Cuervo.

Caldas dudó:

—¿Se lo dijo usted?

—Camilo es mi hijo —explicó ella. Por su rostro conges-
tionado, el inspector supo que había bajado corriendo desde
su casa.

—¿Su hijo?

Rosalía Cruz asintió y se acercó al muchacho.

—Camilo, cariño, vete a casa —le pidió, y luego se dirigió a
Caldas—: No le importa que se vaya, ¿verdad?

Caldas le dijo que no y lo siguió con la mirada mientras
se alejaba de la playa por el camino que subía al Lazareto. Le
pareció bien que se fuese. De todas formas, no habría obtenido
nada de él.

Rosalía Cruz le explicó que ella había comentado a su hijo
que Mónica se había ido el viernes a primera hora. Al ver que
no regresaba, habría salido de él ir a comprobar cómo estaba
el gato.

—Son amigos —dijo, y luego aclaró—: Amigos a su manera. Camilo pasa tiempo en su casa porque ella sabe cómo
tratarlo: le deja espacio y lo mira sin lástima. Y valora su arte.

Caldas abrió el cuaderno y le mostró el dibujo de sí mismo
en la hoja.

—¿Esto lo ha hecho su hijo?

La mujer movió la cabeza afirmando y se colocó a su lado
para ver el dibujo de cerca.

—Sí —dijo, y pasó un dedo por la espiral—. Su firma son
las dos ces de Camilo Cruz.

Caldas reparó en que el muchacho se apellidaba como su
madre.

—Quédeselo, si quiere —le ofreció Rosalía.

Caldas le preguntó si lo había dibujado a partir de una fotografía, pero ella le contó que no:

—Es todo de memoria. Solo necesita ver una imagen un
momento para dibujarla como si todavía la tuviese delante.

—¿De memoria? —se asombró Leo Caldas.

—Parece imposible, ¿verdad? —dijo la madre del chico—. Desde niño lleva soportando miradas, burlas y risas. Casi todos lo consideran un deficiente mental. Ignorantes... —murmuró, y se quedó un instante contemplando el dibujo con los ojos arrasados—. ¿Usted cree que un deficiente sería capaz de hacer algo así?

Eco. 1. Repetición de un sonido al reflejarse sus ondas en un obstáculo. **2.** Sonido originado en esa repetición. **3.** Cosa influida por un antecedente o procedente de él. **4.** Sonido que se percibe débil y confuso. **5.** Rumor o noticia vaga de un suceso.

El Pirata de Ons dejó atrás la zona de bateas próxima a Moaña e incrementó la marcha hasta los diez nudos. El inspector Caldas, sentado en la cubierta superior con la barbilla hundida en el cuello alto del jersey, desenrolló el dibujo.

Había vuelto a Moaña desde la playa del Nido del Cuervo recorriendo la senda litoral, con las manos en los bolsillos y los pensamientos desordenados. Al pasar frente a la casa de Mónica Andrade había percibido como un eco las voces de sus ayudantes en el interior. Después de un momento de duda, había decidido no asomarse y continuar andando.

Había llegado al puerto a la vez que el Pirata de Ons y visto saltar a tierra a una docena de pasajeros. Candada a la barandilla metálica, la bicicleta de Mónica Andrade parecía esperar que ella también desembarcase para llevarla de vuelta a casa.

Mientras se fijaba en los detalles del dibujo, por encima del ronquido sordo del barco, retumbaba en su cabeza la conversación con la madre de Camilo Cruz.

—¿Qué le pasa? —le había preguntado Caldas cuando Rosalía le explicó que desde niño le costaba relacionarse con los demás, y que ella misma había tardado años en comprender que no era la falta de amor lo que le llevaba a rechazar sus besos.

—Nunca me supieron dar un diagnóstico —había contestado ella con el tono de quien está habituado a hacerlo—. Pero no es más que un chico de diecinueve años con sus particularidades. ¿Acaso no las tenemos todos?

Le explicó que Camilo siempre había buscado el contacto con los animales, que parecían entenderle mejor que las personas.

—¿Cree que podrá seguir llevando comida a ese gato mientras su dueña esté fuera? —había preguntado Rosalía Cruz—. Sabe que está solo y no sé cómo impedir que vaya.

—Supongo que sí —había respondido el inspector.

Enrolló el dibujo, lo devolvió al bolsillo de la chaqueta y echó la cabeza atrás para mirar hacia arriba. Vio una nube con forma de pájaro y las estelas de varios aviones que atravesaban el cielo azul como tejiéndolo de lado a lado. De niño, su padre le había enseñado a anticipar en ellas los cambios de tiempo. Cuando la humedad engordaba las estelas de aquella forma sabía que, a pesar de estar el cielo despejado, no pasarían dos noches sin que llegara la lluvia.

Repasó mentalmente las últimas notas de su libreta. Quería volver esa tarde a la Escuela de Artes y Oficios para hablar con Dolores. Tal vez hoy recordase algo que ayer había pasado por alto.

Luego cerró los ojos y se concentró en disfrutar de aquel aire que le impregnaba la piel, como si sudara cada trecho de mar que atravesaban.

—Qué tamaño, ¿verdad? —le sobresaltó una voz.

El marinero que había hablado con él en el trayecto de ida estaba en el pasillo entre los bancos.

—¿No le parece impresionante? —dijo, y señaló, sobre la borda, el transatlántico atracado en el puerto de Vigo—. Leí que tiene doce pisos, aunque algunos quedan por debajo del agua.

Leo Caldas observó la silueta que ocultaba toda la parte vieja de la ciudad. Siempre le había sorprendido que hubiese tanta gente dispuesta a pasar las vacaciones de escala en escala a bordo de uno de aquellos barcos gigantescos, durmiendo en camarotes cerrados en los que uno no podía sentir el viento en la cara. La hilera amarilla de lanchas salvavidas que recorría el transatlántico de proa a popa habría debido resultar tranquilizadora, pero producía en el inspector el efecto contrario.

—He estado pensando —dijo el marinero, y después se quedó callado. Caldas supo que había subido a la cubierta para dejarse arrancar las palabras.

—Pensando ¿en qué?

—En lo que me preguntó cuando íbamos para allá —dijo, refiriéndose a la conversación que habían mantenido durante el trayecto de ida—. En la chica alta de los vestidos largos.

Caldas le miró en silencio, invitándole a seguir hablando.

—Es posible que viniera en el barco un día de la semana pasada a primera hora.

—¿El viernes?

—Yo diría que sí. El miércoles hizo muy mal tiempo y no cruzamos más que un par de veces hacia el mediodía. No estaba la mar para aventuras. Así que debió de ser el jueves o el viernes.

El inspector sabía que Mónica había pasado la mañana del jueves en Tirán. Tenía que referirse al viernes.

—Al que no vi fue al inglés —añadió el marinero.

—No se preocupe, vengo de estar con él.

Caldas se alegraba de que el marinero estuviese confirmando el testimonio de Rosalía Cruz y descartase la posibilidad de que le hubiera sucedido algo a Mónica en Tirán.

—Es simpático, ese inglés —volvió a comentar el marinero—, ¿verdad?

—Lo es.

El tripulante se quedó mirando el transatlántico, cuya dimensión al ser contemplado desde el mar impresionaba incluso a un hombre acostumbrado a verlos.

—Los que vienen en ese barco también son ingleses.

—¿Cómo?

Apuntó con el dedo al transatlántico.

—Viajan cuatro mil ingleses a bordo. Están por toda la ciudad.

—¿Ese barco viene de Inglaterra?

—De Southampton —confirmó—. Este creo que va hasta Canarias.

—¿Y después vuelve a Inglaterra?

—Su puerto base está allí.

—¿Todos los transatlánticos que paran aquí tienen el puerto base en Inglaterra? —preguntó Leo Caldas.

—No sé si todos, pero muchos. ¿No leyó el otro día en el periódico que hemos alcanzado el medio millón de visitantes británicos en lo que va de año?

Trece minutos después de haber soltado amarras en Moaña, el Pirata de Ons estaba de nuevo en Vigo. En cuanto Caldas puso un pie en tierra, sacó el teléfono.

—¿Seguís en Tirán?

—Sí, claro —contestó Clara Barcia—. Estoy preguntando a los vecinos, pero nadie sabe nada de Mónica.

—Puedes ver el puerto de Vigo desde ahí.

—Puedo, sí.

—¿Ves el barco?

—¿El grande?

—El grande, sí. ¿A que no sabes adónde va?

Clara debía de estar al tanto del medio millón de visitantes británicos, porque Leo Caldas no necesitó añadir nada más.

—Voy a llamar ahora mismo a Ferro para que revise los que hicieron escala en Vigo desde el jueves. No pueden ser muchos.

—Con mirar desde el viernes es suficiente, pero si quieres ya se lo comento yo. Estoy llegando a comisaría —dijo Caldas.

—¿Estás en Vigo?

—Sí.

—¿Y el chico?

—He estado con él. Los dibujos con la firma en espiral son suyos. Luego os cuento —dijo, y después preguntó—: ¿Tienes a Estévez contigo?

—No —contestó Clara Barcia—. Tenía mucho dolor. Me está esperando en el coche.

—A ver si se recupera —murmuró Caldas.

—Le he convencido para que vaya a que le vean. Tiene cita esta tarde a primera hora.

—¿Con el curandero ese que decía el párroco?

—No —respondió ella, y Caldas notó el resoplido de su risa en el auricular—, con un fisioterapeuta.

—Algo tiene que hacer, sí.

—Ya le he dicho que lo primero es arreglarse la espalda —bromeó Clara Barcia— y lo segundo, cambiar de sofá.

Caldas estaba de acuerdo.

—Siento que te toque el puerta a puerta a ti sola.

—No hay problema —dijo ella—. Además, estoy más tranquila así. Cuando Estévez viene conmigo los perros no nos dejan de ladrar.

Fidelidad. 1. Actitud de la persona que no traiciona la confianza puesta en ella. **2.** Exactitud en la ejecución o realización de una cosa.

Caldas se entretuvo unos minutos en los aledaños del puerto, fumando un cigarrillo mientras buscaba cámaras que pudieran enfocar al muelle y les permitiesen saber hacia dónde se había dirigido Mónica Andrade al desembarcar. No vio ninguna demasiado cerca.

Sí vio, en cambio, a muchos turistas ingleses que aprovechaban la escala del transatlántico para conocer la ciudad. Tantos que, pensó Caldas, Walter Cope debía de ser el único inglés en muchos kilómetros a la redonda que no estaba paseando por allí.

Al llegar a la comisaría le salieron al paso Olga y Ferro. Olga quería avisarle de que el comisario había preguntado varias veces por él y Ferro decirle que había localizado a Pablo Méndez, el pintor argentino con el que Mónica había mantenido una relación tiempo atrás.

—Según él, se fue hace cinco años y no ha vuelto. Vive en Buenos Aires con su novia. Tienen una niña pequeña —le dijo Ferro—. He encontrado su firma y no es una espiral, sino su nombre escrito todo seguido, sin espacios, en minúsculas.

El inspector le dio las gracias.

—¿No te ha llamado Clara?

Ferro le mostró un papelito.

—Desde el viernes pasaron por Vigo tres transatlánticos: el Ventura, el Balmoral y el Independence of the Seas —leyó—, que es el inmenso que está atracado hoy en el puerto. He pedido las listas de embarque a las consignatarias hace un cuarto de hora, no creo que tarden en mandármelas.

Leo Caldas se dirigió a su despacho a colgar la chaqueta. Iba a salir a ver al comisario cuando recibió la llamada de su ayudante.

—Me dice Clara que ya no está por aquí —le saludó Rafael Estévez.

—He vuelto a Vigo en el barco de la una —confirmó Caldas.

—Le está cogiendo el gustillo. ¿Ya no se marea?

—Si me da el aire, no.

—¿Cómo le fue con el chico de naranja?

Caldas le contó que la firma en espiral correspondía a las iniciales de Camilo Cruz y que era él quien había estado en casa de Mónica por la mañana.

—Fue allí para dar de comer al gato.

—¿Se lo dijo él?

—Él no habla —insistió Caldas—, pero llevaba un cuaderno con dos dibujos de esta misma mañana: en uno está el gato y en el otro aparezco yo, con la ropa que llevo puesta, hablando por teléfono en casa de Mónica. Debió de verme mientras hablaba con Clara y contigo —explicó—. Es increíble que le diera tiempo a hacer un dibujo así..., con esa fidelidad y de memoria. Lo tengo aquí, luego os lo enseño.

—Yo no sé cuándo podré estar en comisaría. Después de comer voy a ir a que me den un masaje.

—Te va a venir bien.

—Eso espero —suspiró el aragonés—, pero voy a tardar un poco en pasar por ahí.

—No te preocupes —dijo Leo Caldas—. ¿Sabes que el marinero del barco de línea cree que trajeron a Mónica a Vigo el viernes por la mañana?

—El pescador que fuma en pipa también la vio irse —dijo Estévez.

—¿Os lo ha contado él?

Estévez confirmó que se lo había contado a Clara Barcia.

—La vio yendo en la bicicleta en dirección a Moaña, muy temprano, con una mochila a la espalda —dijo Estévez, y, después de un silencio, concluyó—: Esa chica no está aquí.

Caldas llevaba tiempo convencido.

—¿Te habló Clara de los transatlánticos?

—No.

—Casi todos los que hacen escala aquí van antes o después a Inglaterra.

—¿A que voy a acabar teniendo razón y se ha marchado con ese inglés? —dijo Rafael Estévez, y Caldas intuyó que, a pesar del dolor de espalda, sonreía.

—¿Algo más?

—Sí —respondió Estévez—. Clara quiere interrogar a un par de vecinos más y, viendo la hora, estamos pensando en comer algo a este lado de la ría antes de volver a Vigo. ¿Alguna recomendación?

Línea. 1. Sucesión continua de puntos. **2.** Raya en un cuerpo cualquiera. **3.** Silueta o perfil. **4.** Dirección, tendencia u orientación. **5.** Sucesión de personas o cosas situadas una detrás de otra o una junto a otra. **6.** En pintura, el dibujo, por contraposición al color. **7.** Medio que conduce la corriente eléctrica de un lugar a otro. **8.** Vía terrestre, marítima o aérea.

Caldas llamó a la puerta y el comisario Soto le invitó a pasar con un gesto. No estaba sentado en la mesa de trabajo, sino en la redonda que solía utilizar para las visitas. Jugueteaba con un bolígrafo entre los dedos, como tenía por costumbre cuando estaba nervioso.

—¿Qué dijo la juez de acceder al teléfono de la chica? —preguntó Leo Caldas.

—Le dejé el oficio al secretario. La juez tiene vistas toda la mañana.

—¿Quién es? —quiso saber el inspector. Desde que se había jubilado el titular del n.° 7, los ocho juzgados de instrucción de Vigo estaban a cargo de mujeres.

—Flores —dijo el comisario, y Leo Caldas asintió satisfecho. Se entendía bien con ella.

—¿Me traes algo? —le preguntó Soto mirando la libreta de notas que el inspector llevaba en la mano.

—Por ahora, no mucho —admitió el inspector.

—El doctor Andrade ha vuelto a llamar hace un momento, Leo. Te estaba esperando para devolverle la llamada —dijo el comisario, y señaló el teléfono en el centro de la mesa.

—¿Y qué va a decirle?

—Quiere conocer las novedades.

Caldas resopló. ¿A qué novedades se refería?

—¿El doctor es consciente de que esa no es manera de dejarnos trabajar?

—Es consciente de que no sabe nada de su hija —dijo Soto con severidad.

Caldas no se pudo contener y tiró de sarcasmo para hacer patente su disconformidad:

—¿Y quiere que le avance algo a usted o vamos llamando y le pongo al día mientras nos escucha el padre de la desaparecida?

El comisario estrujó tanto el bolígrafo que Caldas se sorprendió de que no se rompiese.

—Has dicho que no tienes mucho.

—He dicho que no tengo mucho, pero alguna cosa tengo —afirmó Caldas—. Aunque nada nos va a ayudar más que la actividad del teléfono móvil.

—A ver.

—Tenemos bastante certeza de que nadie se llevó a Mónica a la fuerza. Hay al menos dos personas que la vieron yendo a Moaña en bicicleta el viernes por la mañana. La bici sigue candada en el muelle donde suele dejarla cuando coge el barco de línea, y uno de los marineros cree recordar que iba a bordo a primera hora el viernes.

—¿Cree recordar?

—Sabe que fue una mañana a finales de la semana pasada —dijo, y le explicó que en la cámara del inglés había visto fotografías de Mónica Andrade en su casa de Tirán durante la mañana del jueves—. Tuvo que ser el viernes.

—¿Qué te contó el inglés?

—Que no sabe nada de ella desde el jueves y que Mónica no pensaba hacer nada especial durante el fin de semana.

—¿Se lo habría dicho?

—Van a caminar juntos todos los días. Son muy amigos.

—¿Algo más que amigos?

—Parece que no.

Dos vueltas más al bolígrafo.

—¿Él dónde ha pasado el fin de semana?

—En Inglaterra, en una reserva natural: Blakeney Point.

—¿Él solo?

—Con su hija —dijo Caldas, y, como el comisario fruncía el entrecejo, añadió—: He visto fotografías y tengo el nombre del hotel en el que se hospedaron. Y hemos confirmado que el inglés compró un solo billete desde Oporto. Mónica Andrade no voló en ningún avión a Inglaterra.

Los labios del comisario Soto vibraron como los de un caballo.

—Si quiere hablar con el inglés, puedo pedirle que se acerque —dijo Leo Caldas—. Aún va a estar unos días por aquí.

—¿Solo unos días?

—Se vuelve a Inglaterra —explicó—. A su hija le han encontrado un tumor y tienen que operarla. Quiere estar con ella.

—¿Cuándo la operan?

—La semana que viene.

—¿Lo has comprobado? —quiso saber Soto.

—No, pero nadie se inventaría una cosa así pudiendo poner cualquier otra excusa.

—No, supongo que no.

—Nos hemos puesto en contacto con el puerto por si Mónica hubiera comprado un pasaje de barco —dijo el inspector, y el comisario le dirigió una mirada llena de esperanza que Caldas se apresuró a reprimir—: Aún no tenemos la relación de pasajeros, pero ni Mónica ni Walter Cope son unos críos. Cuesta imaginarlos en el papel de amantes fugados a escondidas.

El comisario masajeó un poco más el bolígrafo antes de volver a hablar.

—¿Tú qué opinas, Leo?

—¿Qué opino de qué? —preguntó mientras valoraba si tranquilizarlo o decirle la verdad.

—De todo esto, de la hija del doctor. ¿Qué crees que le ha pasado?

—¿Sinceramente?

—Claro.

—Creo que estaba asustada y se escapó.

El comisario dejó caer el bolígrafo en la mesa y arrugó la nariz como si hubiera percibido un olor desagradable.

—¿Por?

—Parece evidente que tenía prisa —dijo—. Ni siquiera se llevó el gato ni encargó a nadie que lo cuidara.

—Ya oíste al doctor: la chica es despistada.

—Usted me ha preguntado qué pienso y yo pienso que estaba asustada y algo la obligó a escapar dejando cosas por hacer.

—Asustada ¿de qué?

—Ni idea —respondió Caldas, que no dejó pasar la oportunidad de meter un dedo en el ojo al comisario—. El inglés y su mejor amiga coinciden en que no le apetecía esa comida del domingo con su padre, pero no parece un motivo como para huir así, de madrugada, dos días antes.

El comisario chasqueó la lengua.

—No digas tonterías, Leo —dijo, y Caldas pensó que el propio comisario huiría del doctor si pudiese.

—Necesitaríamos conocer la actividad del teléfono para saber algo más.

—A ver qué dice la juez —suspiró el comisario.

—Me voy a acercar a explicárselo personalmente —dijo Caldas—. Y también nos vendría bien revisar las cámaras próximas al puerto y comprobar hacia dónde se dirigió después de desembarcar —añadió, y miró la hora—. A ver si alguien me lleva al juzgado antes de que la juez se marche.

El comisario Soto recuperó el bolígrafo de la mesa.

—¿Y qué le decimos al doctor?

Caldas utilizó el singular para responder:

—Dígale la verdad: que no estamos seguros de qué le ha ocurrido a su hija pero que seguimos trabajando para descubrirlo.

Temporal. 1. Perteneciente o relativo al tiempo. 2. Aquello que dura por un tiempo determinado. 3. Secular, profano. 4. Que pasa con el tiempo, que no es eterno. 5. Tempestad o tormenta grande. 6. Tiempo de lluvias persistentes. 7. Perteneciente o relativo a las sienes.

A diferencia de los que se mostraban en los paneles, el edificio que desde 1880 había albergado la cárcel y el palacio de justicia no había sido derruido en aquellas fatídicas décadas del siglo xx. Incluso había sobrevivido a una corporación municipal que más tarde, en el año 1986, había pretendido demolerlo para levantar en su lugar un parque con árboles y escaleras. El arquitecto portugués Álvaro Siza y otros compañeros suyos, alarmados por la noticia, se habían opuesto públicamente al proyecto y habían logrado una protección legal que lo salvaguardaría en el futuro de cualquier tentación de derribo.

Aquellos arquitectos dejaron de colaborar con el alcalde, pero la ciudad conservó un edificio singular que luego sería rehabilitado como museo de arte contemporáneo.

Poco antes de aquel episodio, los juzgados habían sido trasladados a un edificio moderno de la calle Lalín, en el ensanche de la ciudad, con la esperanza de que conservaran aquella ubicación durante mucho tiempo. Sin embargo, la progresiva judicialización de la vida cotidiana había obligado a sucesivas ampliaciones y a contemplar un nuevo traslado al enorme edificio que antes había ocupado el Hospital Xeral.

El inspector saludó a los policías que custodiaban la entrada y subió en el ascensor hasta el juzgado de instrucción n.º 5.

Llamó a la puerta antes de abrir y asomarse. Roberto, el secretario judicial que asistía a la juez Flores, levantó los ojos del ordenador apenas un instante.

—Hola, Leo, pasa —saludó sin dejar de teclear, y echó otro vistazo fugaz a la espalda del inspector—: ¿No traes a Sansón?

Caldas sonrió.

—Sansón está mal de la espalda. No le está sentando bien la paternidad.

—No sabía que tuviera hijos.

—Es que aún no los tiene —dijo el inspector, y señaló el pasillo que conducía al despacho de la juez—. ¿Está su señoría?

Roberto movió la cabeza: estaba.

—¿Tiene el papelito que os trajo el comisario?

—Se lo he pasado hace unos minutos —contestó Roberto—. Llevamos una mañana de no parar.

—¿Puedo pasar? —preguntó, aunque ambos sabían que Caldas siempre era bienvenido en el juzgado de Isabel Flores.

La juez leía sentada en una mesa tras varias pilas de documentos semejantes a las que se amontonaban en la del inspector. Todos aquellos papeles la hacían parecer más pequeña, pero era tan alta como Caldas. Llevaba el cabello rubio corto y la cara lavada, sin maquillar. La toga negra con la que se vestía en sala colgaba en un perchero de pared.

Isabel Flores era una juez meticulosa, tan exigente con los que trabajaban a su lado como consigo misma. Caldas se alegraba de que la denuncia hubiera entrado en el juzgado durante su turno de guardia, aunque era consciente de que Flores no vulneraría la intimidad de Mónica Andrade sin más. Si quería intervenir su teléfono tendría que darle algún motivo de peso.

—Señoría, ¿puedo comentarle un tema? —preguntó desde la puerta.

—Buenas tardes, Caldas. Claro, siéntese si quiere.

No se sentó, prefería no tener las columnas de documentos entre ambos.

—¿Se da cuenta de un atestado que mandamos ayer? Es una denuncia por desaparición.

—Sí —dijo la juez—, está sobreseído a la espera de tener más información.

—Esta mañana, el comisario le ha traído un oficio para el teléfono de la mujer desaparecida. Me ha dicho Roberto que se lo acaba de dejar.

—Tiene que estar por aquí, entonces.

La juez apartó lo que estaba leyendo y recogió los papeles colocados en una bandeja de rejilla. El segundo era el oficio en cuestión.

—¿Lo trajo el comisario en persona? —se extrañó Isabel Flores.

—Quería haber hablado con usted, pero estaba en un juicio.

La mirada de la juez le dijo que buscaba una respuesta más explícita.

—Para el comisario el caso tiene prioridad: conoce al padre de la chica.

—Pues vamos a ver qué podemos hacer —dijo la juez disponiéndose a leer el documento.

—Si prefiere, se lo explico yo —se ofreció Leo Caldas.

—Mejor, sí —dijo ella, y luego le pidió concreción—: Los hechos, nada más.

Caldas le puso al corriente de la desaparición de Mónica Andrade desde el principio ciñéndose a lo sucedido, como había requerido Isabel Flores.

—¿Tiene pareja? —preguntó luego la juez.

—Que sepamos, no.

—¿Había recibido amenazas o...?

—Tampoco.

—¿Hizo algún comentario a alguien que pueda alarmarnos?

—No —dijo—. Pero sabemos que tuvo al menos una conversación telefónica, porque el luthier que hace instrumentos medievales la vio hablando con el móvil.

—¿Discutiendo?

—No estamos seguros —dijo el inspector.

—Pero ¿la vieron haciendo aspavientos mientras hablaba? —insistió la juez.

—Creo que no.

Isabel Flores enarcó las cejas.

—¿Han ido a su casa a ver en qué condiciones está?

Caldas asintió.

—Fuimos con el padre —aclaró, por si acaso.

—¿Y estaba todo en orden?

—Aparentemente, sí —admitió.

La juez Flores abrió los brazos y dejó caer las manos abiertas sobre la mesa.

—No hay nada que haga suponer una desaparición inquietante, Caldas.

—Ya han pasado cinco días sin noticias, señoría. Si pudiéramos localizar la señal del teléfono o si supiéramos con quién habló antes de irse...

—Una persona adulta sin cargas tiene derecho a ausentarse los días que estime —le interrumpió la juez—. Y a tener el teléfono apagado. Y a que nosotros no intervengamos por muy amigo del padre que sea el comisario.

—No son amigos —dijo Caldas—. El padre de la chica es cirujano. Operó del corazón a la mujer del comisario.

Isabel Flores leyó el nombre de la desaparecida en el oficio e hizo sus cábalas.

—¿Es la hija de Víctor Andrade? —inquirió, y Caldas le dijo que sí mientras se preguntaba si el doctor también habría operado a un familiar de la juez.

Isabel Flores dio un suspiro y se tomó el tiempo necesario para leer el documento de arriba abajo. Una mueca en la boca, mordiéndose el labio por dentro, dejaba traslucir cierta inquietud.

—La verdad, sigo sin ver por qué tengo que autorizar esto —dijo cuando terminó—. Que se haya marchado no justifica que se ponga su vida a la vista.

—Señoría, me conoce. No voy a meter la nariz, solo queremos asegurarnos de que está bien.

—No se trata de confianza en usted, Caldas, sino de proporcionalidad —dijo la juez—. No voy a permitir que se quebrante la intimidad de esta mujer solo porque un comisario se encuentre en deuda con su padre. Sin un motivo real para temer que le haya sucedido algo, no hay teléfono.

—Autorícenos al menos a comprobar las cámaras —dijo Caldas.

—¿Qué cámaras?

—Todas las que puedan haber grabado a Mónica Andrade el viernes por la mañana desembarcando en Vigo. Nos vendría bien saber hacia dónde se dirigió y si estaba sola o se encontró con alguien.

—¿Ya las han visto? —preguntó ella. No era extraño que los policías primero revisasen las cámaras y, si encontraban algo relevante, fueran luego a pedir los permisos necesarios para revestir de legalidad el procedimiento.

—No —contestó Leo Caldas.

—¿Seguro?

—Seguro.

—Entonces, ¿a qué viene tanta preocupación? Una chica se ha ido de casa con una mochila. Ese no es un motivo de alarma por mucho que al comisario le interese dar con ella.

—Si he venido aquí a pedirle que nos lo autorice, no es por el comisario —dijo el inspector—. Esto no tiene buena pinta.

—¿Por qué? —quiso saber la juez, quien en los dos años que llevaba trabajando en Vigo había comprobado que, cuando el inspector presentía que algo no marchaba bien, pocas veces se equivocaba.

—Si me pide hechos contrastados, no tengo nada —empezó.

—A ver, Caldas —le urgió la juez.

—Llegó a su casa tarde en el último barco del jueves y se marchó el viernes cuando aún era de noche. Y recogió sus cosas aprisa: no debió de encontrar al gato pero se fue de todas formas sin encargar a nadie que se ocupase de él. Debía de estar apurada.

La expresión de la juez indicó que aquello no era suficiente.

—Tampoco se llevó las píldoras anticonceptivas —añadió el inspector—. Estaban en el estante del baño. Se llevó el cepillo de dientes, pero no cogió las píldoras.

—A lo mejor ya no las toma —dijo la juez—. Hay medicamentos antiguos en todos los cuartos de baño.

—Las sigue tomando —afirmó Caldas, y a él mismo le sorprendió su convicción—. Faltaban todas hasta el jueves. ¿Es natural que una mujer que hace el equipaje coja el cepillo de dientes y deje las píldoras que están al lado?

La juez le mostró las palmas de las manos como abarcando entre ellas demasiadas posibilidades.

—Tampoco avisó en el trabajo, y eso que suele llamar incluso cuando se va a retrasar unos minutos.

—Puede ser extraño, Caldas, pero no basta para sospechar que se haya cometido un delito. Puede haberse ido de excursión o de viaje o incluso tendría derecho a querer empezar una vida nueva.

—Hemos comprobado que no cogió ningún avión —dijo Caldas—. Y lo otro ya lo hizo.

—¿Qué es lo otro?

—Romper con su vida anterior —respondió Leo Caldas—. Hace unos años Mónica dejó un trabajo para dedicarse a dar clases de cerámica, que es lo que le gusta. También abandonó Vigo y se mudó a esa casita al otro lado de la ría con un taller para trabajar el barro. Mónica ya tiene la vida que quiere tener. Se encargó de poner unos kilómetros de mar entre su vida nueva y la anterior.

El teléfono de Leo Caldas comenzó a sonar y el inspector leyó el nombre de Clara Barcia en la pantalla. Miró a la juez, que le autorizó con un gesto a responder la llamada.

—Dime, Clara.

—Hace un rato, cuando ya nos íbamos de la casa, ha aparecido un hombre preguntando por Mónica.

—¿Qué quería?

—Tiene una empresa dedicada a colocar cierres de malla metálica. Había quedado con Mónica en pasar a ver cómo podía arreglar el tramo que se cayó durante el temporal.

—¿Habían quedado hoy? —preguntó.

—Sí —respondió Clara—. Hablaron por teléfono el jueves y se citaron hoy a mediodía.

—Ya —dijo Caldas.

Al colgar le explicó las novedades a la juez, que le escuchó mordiéndose la cara interna del labio.

—Si le citó hoy es evidente que no pensaba marcharse —concluyó.

Isabel Flores asintió. Ambos eran conscientes de que nadie que quisiese romper con su vida se preocuparía por recomponer su casa. ¿Qué más daba un jirón en lo que se pretendía dejar atrás?

La juez tomó el oficio e hizo unas anotaciones en el margen.

—Solo los números con los que se comunicó en la última semana, ¿de acuerdo?

Caldas no puso objeción.

—¿Autoriza que pidamos la localización del teléfono?

—Sí, eso sí —convino ella—. Y también las grabaciones de las cámaras próximas al puerto.

Diligencia. 1. Cuidado al ejecutar algo. **2.** Prontitud, agilidad, prisa. **3.** Trámite de un asunto administrativo. **4.** Coche grande arrastrado por caballos y destinado al transporte de viajeros.

Leo Caldas se dirigió a la comisaría con los oficios del juzgado en una carpeta de cartón que le había entregado Roberto, el secretario judicial.

De camino recibió tres llamadas. La primera, del agente Ferro, para comunicarle que el nombre de Mónica Andrade no figuraba en las listas de pasajeros de ninguno de los transatlánticos que habían recalado en Vigo en los últimos días.

La segunda fue de Santiago Losada, el locutor del programa de radio en el que participaba desde hacía demasiado tiempo.

—¿Podrías acercarte por la radio? —le pidió Losada.

—Los miércoles no tengo programa.

—Lo sé —afirmó el otro—, pero quería hablar contigo.

—Dime —murmuró el inspector, tras un silencio.

—Es a propósito de eso que comentaste ayer.

La tarde anterior le había oído hablar por teléfono con el comisario y Losada no era de los que pasaban por alto una información si podía extraerle jugo. Caldas estaba seguro de que se refería a la desaparición de la mujer.

—No recuerdo haber comentado nada —dijo.

Losada no se anduvo por las ramas:

—Lo de la Escuela de Artes y Oficios. ¿La chica sigue sin aparecer?

—No sé de qué hablas.

300

—Es decir, que sigue sin aparecer —repitió Losada antes de colgar.

La tercera llamada fue de Estévez. Telefoneaba para agradecerle la recomendación. Sonaba como si hubiese enterrado el dolor de espalda.

Caldas les había recomendado quedarse en la terraza del Marusía o acercarse a Cangas y darse un homenaje en O Jefe.

—¿En cuál estáis?

—En el Marusía —dijo Estévez—, y tenía razón usted: es como estar en un barco. Con mal tiempo tiene que ser impresionante.

Caldas los imaginó al otro lado de la ría, sentados en aquella terraza colgada sobre el agua. La marea estaría casi alta y, entre los listones de madera del suelo, podrían ver el mar bajo sus pies.

—Vengo del juzgado —le anunció Caldas—. Su señoría nos echa una mano.

—¿Con el teléfono? —quiso saber Estévez.

—Con el teléfono y con cualquier cámara que la haya podido grabar bajando del barco en Vigo —confirmó Leo Caldas—. ¿Cuándo venís?

Estévez tardó un poco más de lo debido en responder:

—Acaban de traer los calamares —balbuceó.

Los calamares del Marusía eran cosa seria. Caldas lo había constatado en más de una ocasión.

—No tardéis demasiado, anda —le pidió—. Hay que revisar las cámaras cuanto antes.

—Yo tengo cita en el fisioterapeuta dentro de una hora —le recordó Estévez—. ¿Quiere que la anule? Ya me duele menos.

—No, Rafa, no hace falta —respondió Leo Caldas—. Pero dile a Clara que la necesitamos pronto en comisaría.

Cuando se despidió de Estévez, llamó a su padre. Escuchó varios tonos y colgó sin dejar otro mensaje en el contestador. ¿Para qué, si no los escuchaba?

Los dos agentes que custodiaban la entrada de la comisaría le dieron el recado a la vez:

—El comisario le está esperando.

El inspector llamó con los nudillos antes de abrir la puerta. Encontró al comisario estrangulando con una mano un bolígrafo mientras con la otra mantenía el teléfono pegado a la oreja. Leo Caldas movió en el aire la carpeta con las autorizaciones concedidas por la juez y Soto se apresuró a despedirse de su interlocutor.

—¿Te lo ha concedido?

—El teléfono y las cámaras.

—¿Así de fácil?

—Bueno, así de fácil no —dijo Caldas, y habló al comisario de las reticencias iniciales de la juez y de cómo la cita de Mónica con el hombre que arreglaba mallas metálicas la había hecho cambiar de idea.

—¿Cuándo contactó Mónica con ese tipo? —quiso saber el comisario.

—El jueves, el día antes de desaparecer —dijo Leo Caldas.

—¿Se vieron?

—El hombre dijo que no, que Mónica le llamó por teléfono —explicó Caldas—. ¿Cómo fue la conversación con el doctor?

La respuesta del comisario Soto fue precedida de un vibrar de labios.

—Está enfadado.

—¿Con usted?

—Con el mundo.

—Es normal —dijo Caldas. Había tratado a otros familiares de desaparecidos. Todos atravesaban las mismas fases: primero se asustaban, luego se enfadaban. Pronto aparecerían la angustia y el sentimiento de culpa.

—No deja de preguntar qué estamos haciendo para encontrar a su hija —se quejó el comisario—. Ya no sé qué decirle.

—Esto no es poco —repuso Caldas mostrándole la carpeta.

El comisario extendió la mano y el inspector se la entregó.

—Lo vamos a pedir nosotros, ¿verdad? —preguntó mientras echaba un vistazo rápido a los papeles.

—Claro —dijo Caldas. Ambos eran conscientes de que la policía podía ser más persuasiva que los funcionarios del juzgado. Si eran ellos quienes requerían una información, las empresas solían responder con diligencia.

—Pues encárgate de las cámaras —dijo Soto alargándole la hoja correspondiente—. Ya hablo yo con Madrid para que den prioridad al teléfono.

Caldas se reunió con tres parejas de policías de uniforme, les entregó una copia del documento firmado por la juez Flores y les pidió que se distribuyesen para requerir todas las grabaciones de las cámaras próximas al puerto.

—Lo que vayáis teniendo se lo vais pasando a Clara Barcia.

No necesitó apostillar que era urgente.

Luego dio instrucciones a Olga:

—Llama al ayuntamiento y, si hay cámaras de tráfico funcionando en esa zona, que nos manden las imágenes que tengan del viernes por la mañana.

—De acuerdo.

—En cuanto las tengas se las haces llegar a Clara.

—Clara no está —le dijo Olga.

—No va a tardar.

Consultó la hora, eran casi las tres. Las clases de la tarde en la Escuela de Artes y Oficios no empezaban hasta las cuatro. Si se daba prisa, incluso tenía tiempo de comer algo rápido en el Bar Puerto.

Discrepancia. 1. Desacuerdo, disentimiento personal. 2. Diferencia que resulta al comparar dos cosas entre sí.

Leo Caldas entró en el Bar Puerto y se apostó en la barra situada a la izquierda, junto a la entrada, esperando a que lo sentasen. En la mesa más próxima, un cliente solitario, también habitual de los mediodías, se daba un festín ante unos mejillones abiertos al vapor que iba regando con unas gotas de limón antes de llevárselos a la boca.

Caldas recordó una tarde en el Eligio, cuando uno de los catedráticos había exprimido medio limón sobre una fuente de berberechos y había provocado un altercado entre partidarios y detractores de verterlo. Los primeros argumentaban que el ácido cítrico potenciaba el sabor de los moluscos y los otros defendían que aquella era una costumbre de tiempos en que era preciso enmascarar el mal olor de los productos menos frescos, y que el limón igualaba el sabor de los mariscos e impedía disfrutarlos en su esplendor. La discrepancia fue subiendo de tono y amenazaba con llegar a las manos, cuando Carlos colocó sobre la mesa otra fuente de berberechos para que los agraviados pudieran comérselos al natural y la discusión se atemperó. Los insultos cesaron y comenzó un concurso de gemidos de placer entre los miembros de ambos bandos que atrajeron las miradas del resto de la concurrencia.

Alba también solía exprimir limón sobre los berberechos. A Leo Caldas no le importaba siempre que no lo derramase también sobre los suyos.

—Buenas tardes, patrullero en las ondas —le saludó Cristina con una sonrisa. Estaba retirando el mantel sucio de una mesa pequeña recién abandonada—. Si me das un minuto puedes comer aquí mismo.

Al sentarse, Caldas pidió a Cristina una botella de agua con gas y una bandeja de mejillones como los de la otra mesa. Cuando los tuvo delante, se preguntó si provendrían de alguna de las bateas que obligaban al barco de línea a reducir la marcha al acercarse a Moaña.

Se llevó el primer mejillón a la boca mirando a la calle a través de la puerta de cristal. Vio pasar un coche azul y otro rojo, y detrás un hombre en bicicleta. Luego pasó un taxi, pero Leo Caldas ya tenía la mente lejos de allí, en un puerto en la otra orilla de la ría.

Imaginó a la hija del doctor Andrade llegando a Moaña en su bicicleta cuando todavía era de noche, dejándola atada a la barandilla del muelle como quien espera volver a buscarla pronto.

Recordó que la alumna había comentado que las clases siempre estaban menos concurridas cuando Miguel Vázquez no las impartía, y Caldas se preguntó cuántos alumnos habrían acudido a la tutoría de la mañana del viernes sabiendo que Miguel no podría atenderlos. Concluyó que habrían sido muy pocos, o incluso ninguno.

Mónica no había dado la clase del viernes por la tarde, eso era un hecho: varios alumnos la habían estado esperando a la puerta del taller. Desde el primer momento, Caldas había asumido que Mónica no había ido a la Escuela de Artes y Oficios tampoco el viernes por la mañana, pero ahora se daba cuenta de que no tenía por qué haber sucedido así.

Detuvo un mejillón a medio vuelo y se concentró en aquel razonamiento. Los testigos que la habían visto pedaleando coincidían en que llevaba una mochila, pero eso tampoco implicaba que pretendiese ausentarse varios días. Ni siquiera tenía por qué ser un hecho excepcional. Tal vez Mónica llevara habitualmente la mochila. Además, aquel viernes ella era la única maestra a cargo del taller. ¿Y si cuando estaba sola precisaba de más material del que necesitaba cuando apoyaba a Miguel Vázquez? ¿Tendría sentido entonces que llevase una mochila más grande? Sacó su libreta y tomó nota para no dejar de preguntar aquellos detalles.

Se acordó del cepillo de dientes, cuya falta en el vaso también había achacado a la intención de Mónica de dormir alguna noche fuera de casa, pero ahora se daba cuenta de que existían más alternativas. Los viernes pasaba todo el día en el taller, tenía por fuerza que comer en Vigo, y no era extraño que quisiese cepillarse los dientes después.

Caldas siguió comiendo mejillones por pura inercia. Las ideas se encabalgaban y su cabeza transitó del cepillo de dientes a la caja de anticonceptivos con la píldora del viernes intacta. Clara Barcia aseguraba que debían ingerirse siempre a la misma hora, pero, aunque así fuese, ¿acaso no podía Mónica Andrade tomar sus anticonceptivos por la noche?

El otro motivo de alarma había sido el gato. Llevaba día y medio tratando de figurarse qué la habría empujado a desaparecer sin llevárselo con ella ni encargar a nadie su cuidado. La posibilidad más sencilla, por obvia, le produjo sonrojo: ¿y si Mónica pensaba estar de vuelta ese mismo día?

Terminó los mejillones, se llevó las yemas de los dedos a la nariz y se levantó para lavarse las manos con agua y jabón. Volvió a la mesa y sacó el papel que llevaba enrollado como un pergamino en el bolsillo de la chaqueta. Se vio a sí mismo en casa de Mónica Andrade, dibujado de memoria por aquel chico que deambulaba por los caminos incapaz de articular otra respuesta que un vaivén, el mismo chico que había ido a dar de comer al gato al constatar que Mónica no lo haría. Sintió haberlo asustado.

Miró el reloj: las cuatro menos cinco. Se volvió hacia Cristina y le pidió el café solo con el que solía cerrar las comidas.

—¿No quieres nada de segundo? —se sorprendió Cristina.

—No tengo tiempo —dijo el inspector, pero lo cierto era que tampoco tenía hambre.

Peregrino. 1. El que anda por tierras extrañas. 2. Quien por devoción o por voto va a visitar un santuario. 3. Extraño, especial o pocas veces visto. 4. Aves que van de un lugar a otro. 5. Alma que está en la vida mortal de paso para la eterna.

Napoleón posó una mano sobre el perro cuando vio aparecer a Leo Caldas. Después de mirar en torno y asegurarse de que el ayudante no le acompañaba, dio a Timur unas palmaditas en el lomo y dejó que siguiese dormitando a sus pies.

—¿Ha aparecido la vestal? —preguntó el mendigo.

Caldas negó con la cabeza y le tendió el tabaco.

—Coja un par, si quiere —le dijo el inspector, pero Napoleón solo tomó un cigarrillo que pareció desaparecer en la espesura de su barba gris cuando se lo colocó entre los labios. Caldas dejó que lo encendiese antes de hablar.

—Ayer olvidé preguntarle si Mónica suele traer una mochila.

—A remotis, inspector.

—¿Cómo?

—Que se eche a un lado, por favor. Me tapa el cofre —dijo señalando la lata del suelo—. Los clientes se me despistan si no lo ven y creen que no estoy trabajando —añadió, y apuntó a la derecha—. Vamos a charlar ahí, si quiere.

Como cada vez que se levantaba de su silla, el mendigo miró al segundo piso del edificio del otro lado de la calle y movió una mano. El inspector vio a las dos ancianas sonrientes a las que el mendigo llamaba «novias» devolverle el saludo desde la ventana. Caldas y Napoleón se apartaron unos pasos dejando el cofre y el resto de enseres al cuidado de Timur.

—¿Qué me decía? —preguntó Napoleón, y él mismo se respondió—: Ah, la mochila. A veces trae una mochila, sí.

—¿Grande?

—No sé qué entiende por grande, inspector. No es un zurrón, pero tampoco es como las de los peregrinos que van a Compostela.

—Ya supongo —sonrió Leo Caldas—. Ayer me dijo que el jueves pasado Mónica se marchó más tarde de lo habitual.

—Y así fue.

—Y que el viernes no la vio.

—No la vi, no —confirmó.

—¿Desde qué hora estuvo aquí?

—Como siempre: desde las doce o así.

El inspector Caldas mostró su contrariedad con una mueca.

—Vaya —dijo—, creí que pasaba aquí todo el día.

—*Quandoque bonus dormitat Homerus.*

Caldas sonrió aunque no supiese qué quería decir. Le fascinaba que un mendigo incorporase el latín a sus conversaciones con aquella naturalidad.

—El buen Homero también duerme de vez en cuando —tradujo Napoleón sin necesidad de que el inspector se lo pidiese—. No puedo estar veinticuatro horas trabajando.

—Ya le debo dos monedas —dijo Caldas.

—Por ahora —carraspeó Napoleón.

Caldas recordó que le había parecido ver al perro del mendigo en los jardines de Montero Ríos, junto a las pérgolas que por las noches servían de refugio a algunos de los vagabundos de la ciudad.

—¿Podía ser su perro? —preguntó.

—Cuando no llueve ni hace demasiado frío, Timur y yo preferimos la calle que el albergue —corroboró—. Al menos, podemos dormir juntos.

Caldas se volvió hacia el perro, que no había apartado un instante la vista de su dueño.

—Escuché una vez que un niño solo necesita dos cosas para ser feliz —le dijo Napoleón—. ¿Sabe cuáles son esas dos cosas?

El inspector Caldas movió la cabeza. No lo sabía.

—La primera es un perro —reveló el mendigo— y la segunda es una madre que le deje tener un perro.

El inspector hizo como que sonreía, pero por dentro se aclaraba la garganta. Las palabras del mendigo le hicieron evocar los últimos días de su madre, tras volver del hospital sin esperanza. Recordaba el silencio de su padre, el olor acre apoderándose de la casa y la pequeña perra tumbada en la puerta del dormitorio, sin moverse más que para ir a beber el agua precisa para estar de guardia un día más. Se habían apagado las dos a un tiempo, aquel lejano verano en que la infancia de Leo se acabó de repente.

—Si otro día nos ve al viejo Timur o a mí por los jardines del puerto, acérquese —le pidió Napoleón, que había apagado el cigarrillo y regresaba a la silla de lona—. Los que acampamos allí somos gente hospitalaria.

Caldas aseguró que lo haría. Tal vez podría llevarle alguna botella de las de su padre, como cuando le invitaban a una casa.

—¿Le gusta el vino? —quiso saber.

Napoleón se pasó la mano por la barba y respondió con otra pregunta:

—¿Ha oído hablar de los tres golpes, inspector?

—No —admitió Leo Caldas.

—*Vulnerant omnes, ultima necat.*

—Me temo que las monedas ya son tres —dijo Caldas.

—Todas hieren y la última mata —tradujo el mendigo—, como las puñaladas de los senadores a Julio César.

—Sigo sin entender a qué se refiere.

—No se preocupe —sonrió Napoleón—, es evidente que tiene prisa y hay cosas que solo se pueden contar despacio. Deje las monedas en el cofre. Ya hablaremos de los tres golpes el día que venga a vernos.

Giro. 1. Vuelta alrededor de un punto o un eje. **2.** Dirección que se da a una conversación, a un negocio y sus diferentes fases. **3.** Forma en que se ordenan las palabras al expresar un concepto. **4.** Envío de dinero a distancia. **5.** Variación con respecto a la dirección o a la intención original.

Una vaharada de calor intenso recibió a Caldas al entrar en el taller de cerámica, y el inspector introdujo dos dedos en el cuello alto de su jersey y estiró la tela separándosela de la piel. Encontró la explicación a aquella temperatura en la luz roja encendida de uno de los dos hornos grandes.

Atravesó la sala de secado y llegó al espacio de trabajo contiguo, donde la temperatura era más razonable. Una mujer con perlas alrededor de la garganta compartía mesa alta, confidencias y ropa de trabajo con un chico con la nariz y las orejas perforadas, y Caldas pensó que le gustaba aquel ambiente mestizo en el que gente en apariencia distinta se encontraba unida por una pasión común.

Dos mujeres jóvenes y un hombre con aspecto de llevar muchos años jubilado trabajaban en los tornos de alfarería. Con una mano en la palanca del torno, tirando o relajándola para conseguir las revoluciones deseadas, y la otra en la pieza, trabajándola a favor del giro. A los pies de cada uno de los alumnos, un cacharro con la medialuna, la serreta y la esponja. Al lado, las tanzas que necesitarían al terminar para desanclar las piezas.

—¿Miguel? —les preguntó.

—Aquí estoy —respondió una voz a su espalda. El maestro ceramista se lavaba las manos en el fregadero de piedra.

Miguel Vázquez se secó con un trapo y Caldas lo siguió hasta su despacho. Se quedó mirando la figura con sombrero que un día habría de ser coloreada con las cenizas pigmentadas de su autor y se acordó de su padre. Tenía que volver a llamarlo en cuanto tuviera un momento.

—¿Dónde *carallo* lo dejé? —oyó a Miguel Vázquez, que se rebuscaba en los bolsillos de la bata.

—Yo tengo tabaco —dijo Caldas, presumiendo que Miguel también se sentía más cómodo si podía interponer un velo de humo mientras conversaba.

Fueron a sentarse junto al camelio del patio y Caldas le alargó la cajetilla y el mechero.

—¿Tienen novedades? —le preguntó Miguel Vázquez tras encender un cigarrillo.

—No —confesó Caldas—. El inglés ha aparecido, pero Mónica no estaba con él.

—Los alumnos están preparando unos carteles con su foto para pegarlos por la ciudad si Mónica no aparece. Y me han pedido que le diga que se ofrecen a ayudar en las partidas de búsqueda.

Caldas se aclaró la garganta.

—Por ahora no hemos contemplado dar ese paso.

—¿Dónde creen que está?

—Parece que vino a Vigo en un barco el viernes por la mañana, pero no sabemos más —contestó—. Ella suele traer una mochila, ¿verdad?

—Una de cuero, sí.

—Es que la mochila nos hizo pensar que podría haberse marchado de viaje, pero tal vez no fuera nada excepcional. Me preguntaba si no pasaría por aquí como todos los viernes.

—¿Por aquí? —se extrañó el ceramista.

—Usted estaba fuera, ¿no?

—En Lisboa, sí. Desde el día anterior.

—Entonces, ¿por qué está seguro de que no vino?

Miguel Vázquez dudó:

—La clase se tuvo que suspender porque Mónica no apareció.

—La clase es por la tarde, ¿verdad? —preguntó, y el ceramista asintió—. Pero ella vino a Vigo en un barco a primera hora. A lo mejor sí que estuvo aquí por la mañana.

Miguel negó moviendo la cabeza antes de hablar:

—Por la mañana me llamaron de secretaría porque llegaba un pedido de material y el taller estaba cerrado. Se lo conté ayer.

—Sí, me lo contó —admitió Caldas—. Pero ¿cómo puede saber que no estaba?

—Si hubiese estado en la clase tendría la puerta abierta —repuso el ceramista como si no cupiese otra respuesta—. Y la llamé varias veces al móvil y no di con ella.

—Precisamente, desde dentro no se puede contestar —dijo Caldas recordando que el día anterior Rafael Estévez había tratado de localizarle sin éxito mientras estuvo allí—. No hay cobertura.

Miguel Vázquez dio una calada al cigarrillo.

—¿Cree que estaba en el taller?

—Si los viernes viene por aquí... —respondió Caldas.

—Pero nadie la vio.

—Estoy seguro de que por las mañanas se puede entrar en la escuela, bajar a este patio y meterse en el taller sin cruzarse con nadie —dijo el inspector—. Si no hay clase, esto debe de estar casi desierto.

—Los viernes por la mañana tenemos las tutorías.

—¿Cuántos alumnos vinieron a la tutoría el viernes?

Aspiró el cigarrillo de nuevo antes de responder:

—El viernes pasado creo que ninguno.

—¿Ve? —dijo Caldas, y Miguel Vázquez permaneció mirando al infinito a través del humo.

—A ver si le sigo, inspector. ¿Cree que Mónica estaba dentro?

—No lo sé —respondió—, solo me planteo si cabe esa posibilidad. ¿Qué hicieron con el pedido de material que le trajeron?

—Eran unos sacos de arcilla. Los dejaron en la sala de secado.

Caldas acababa de ver varios sacos en la entrada, junto a los hornos.

—¿Quién les abrió?

—Una de las ordenanzas.

—¿Sabe si comprobó que Mónica no estuviese dentro?

—No lo sé, pero supongo que no.

Seguro. 1. Libre de peligro ni riesgo. **2.** Lo que ocurrirá con toda certeza. **3.** Que tiene la certeza de algo. **4.** Persona que no falla o no duda. **5.** Contrato por el que se garantiza resarcimiento en el caso de que existan daños o pérdidas. **6.** Mecanismo que impide el funcionamiento involuntario de un aparato, máquina o arma, o que aumenta la firmeza de un cierre.

Caldas llegó al vestíbulo y miró hacia arriba, a la cámara que enfocaba a la entrada, antes de dirigirse a la secretaría. El hombre y la mujer que trabajaban allí volvían a estar concentrados en sus ordenadores. Separada de ellos por una mampara de cristal estaba una de las ordenanzas de la escuela.

El inspector se identificó y ella se brindó a ayudarle en todo lo que estuviese en su mano. Sabía que estaban buscando a Mónica Andrade.

—¿Seguro que la cámara de la puerta no graba? —quiso saber Caldas.

—Completamente —le respondió la ordenanza. Se llamaba María, era una mujer alta, con el pelo largo y rojizo, un fular alrededor del cuello y una sonrisa franca que le atravesaba el rostro de lado a lado.

—¿Podemos hablar en otro sitio?

Siguió a la ordenanza por el vestíbulo hasta la biblioteca y, de allí, a una sala contigua, muy amplia, con las paredes revestidas de madera y presidida por un enorme retrato del primer cronista de la ciudad.

—Es un sitio bonito, ¿verdad? —le dijo María—. Aquí a veces hay conciertos, presentaciones... A mí es la sala de la escuela que más me gusta.

El inspector se interesó por las medidas de seguridad del edificio. Era evidente que allí dentro había cosas de valor.

—Estamos los ordenanzas, pero no es que nos ocupemos de la seguridad —le explicó la mujer—. Nunca hemos tenido un problema serio.

—¿No hay un vigilante?

—Hasta hace unos años había un vigilante de una empresa de seguridad que venía por las noches, pero hace ya tiempo que dejamos de tenerlo. Los recortes, ya sabe —se lamentó—. Ahora nos turnamos. De eso quería hablarle.

—¿De los turnos?

—Del último turno del jueves y de Mónica —reveló ella. La había abandonado la sonrisa—. La vi el jueves a última hora, más tarde de lo normal. Le di un susto de mil demonios.

—¿Aquí, en la escuela?

—Sí, claro.

—¿Le importa contarme cómo fue? —le pidió Caldas.

—Yo estaba en el patio y...

—Cuéntemelo con detalle, por favor —la interrumpió el inspector.

María obedeció:

—Como le decía, a las nueve terminan las clases. Pero siempre hay gente que se queda un poco más, recogiendo o lo que sea, uno de nosotros tiene que esperar a los rezagados y hacer una ronda rápida después para comprobar que están apagadas las luces y el edificio vacío. Eso antes lo hacía el vigilante y desde que no está nos toca a nosotros.

Caldas asintió.

—Pues el jueves me tocó a mí quedarme hasta más tarde y al bajar al patio para revisar que todo estuviese apagado en los talleres de cerámica y serigrafía me di cuenta de que había un grifo goteando. Me acerqué a cerrarlo bien y me pareció que había alguien mirando hacia fuera por una ventana del taller de cerámica. Al principio me extrañó, pero luego vi que era Mónica. Me acerqué hasta allí —dijo— y, claro, entre que yo venía de una zona distinta a la que ella miraba y que estaba todo bastante oscuro, cuando me vio aparecer al otro lado del cristal se llevó un susto de muerte.

—¿Qué más pasó?

—Nada, abrí la puerta y la encontré sentada en una silla, todavía sofocada por el susto. Le dije que era la última maestra que quedaba y me explicó que no estaba Miguel y que se había enredado más de la cuenta.

—¿Qué hora era?

—Las diez y pico —recordó la ordenanza.

—¿Hablaron de algo más?

—No —respondió—, nos pedimos perdón mutuamente, yo por asustarla y ella por haberse demorado tanto. Cuando la acompañé a la puerta me dio las buenas noches y se fue deprisa, casi corriendo.

—¿Le importa que bajemos al patio para que lo vea mejor?

Volvieron al vestíbulo y bajaron por la escalera hasta el patio en el que acababa de estar charlando con Miguel. María le enseñó la ventana tras la que había visto a Mónica y el grifo que había ido a cerrar.

—¿Hacia dónde miraba ella? —preguntó Leo Caldas.

La ordenanza apuntó con una mano a las escaleras por las que habían bajado.

—¿Cuánta luz había?

—Muy poca —dijo María—. Solo esa que está sobre la puerta. —Señaló un aplique colocado bajo el tejadillo que protegía la entrada del taller de cerámica.

—Y algo de luz llegaría desde el vestíbulo, ¿no? —quiso saber el inspector, pues había varias ventanas sobre el patio.

—Algo sí.

—¿Y cómo miraba? —preguntó el inspector.

—Tuve la sensación de que estaba vigilando.

—¿Por qué?

María se llevó la mano a la barbilla antes de responder:

—Porque no estaba pegada al cristal. Miraba hacia la escalera pero desde dentro, a un metro de distancia de la ventana o así —recordó—. No sé si me explico.

—Se explica perfectamente —dijo Caldas—. ¿Como si quisiera que no la viesen desde fuera?

La ordenanza sonrió al comprobar que el inspector la entendía.

—Algo así. De hecho, yo la vi porque fui a cerrar el grifo, pero alguien que hubiese venido al taller atravesando el patio no la habría podido ver.

Caldas observó la ventana desde la que la hija del doctor Andrade atisbaba el patio el jueves anterior. Recordó que Dolores había descrito el estado de Mónica como «aturdido».

—¿Le pareció que estaba aturdida?

—Ya le dije que el susto fue grande. Era tarde, este es un edificio antiguo, ya estaba vacío, no me sintió llegar... Imagínese.

—¿Le comentó si esperaba a alguien?

—No —dijo María—, al revés, me dijo que ya se iba y era evidente que era así. Tenía sus cosas en el suelo junto a la puerta, y había apagado las luces.

—Claro —dijo Leo Caldas.

—Yo supongo que ella me vio a mí —dijo la ordenanza.

—¿Cómo?

—Al ir a marcharse debió de ver que alguien bajaba al patio por la escalera y, como ni volví a subir ni estaba a la vista, porque me había apartado de la luz, a lo mejor prefirió esperar a ver quién era antes de salir. Por si acaso.

—Es posible —dijo Caldas—. ¿Y dice que no quedaba nadie más en la escuela?

—Nadie más —confirmó la ordenanza—. Ella fue la última. Luego apagué todo, cerré y me marché a casa.

La conversación había llegado al lugar que Caldas llevaba rumiando algunas horas.

—¿El edificio se queda vacío por la noche?

—Sí.

—¿Hasta qué hora?

—Hasta las ocho de la mañana, que llega alguno de mis compañeros a abrir.

Si Mónica había cogido el barco de las seis, habría desembarcado en Vigo hacia las seis y cuarto de la mañana.

—Entonces, si alguien viene a la escuela antes de las ocho, ¿no puede entrar?

—No puede, no. La puerta está cerrada.

—¿Y si un profesor necesita algo urgente?

María se pellizcó otra vez la barbilla antes de contestar.

—Hay algunos profesores que tienen copia de la llave de la puerta de la calle. No todos, pero algunos sí.

—¿Mónica Andrade es una de ellas?

—Nooo —respondió, dejando patente que Mónica ocupaba una categoría relativamente baja en la jerarquía de la escuela—. Mónica tiene llave de su taller, pero no del edificio. Esa solo la tienen algunos de los que llevan más tiempo.

—¿Miguel Vázquez tiene llave? —preguntó Leo Caldas.

—Sí, Miguel es uno de los que sí. Y también los luthiers, Eduardo el orfebre, la bibliotecaria...

—¿Y está segura de que Mónica no tiene llave?

—Completamente.

—Entonces ¿no cree que viniera el viernes por la mañana?

—El viernes no estuvo aquí, inspector. Eso se lo garantizo yo. El taller estuvo cerrado toda la mañana. De hecho, llegó un pedido de arcilla y tuve que abrir yo misma para que lo dejaran dentro.

—Por eso he venido a hablar con usted —confesó Caldas—. ¿Llegó a entrar en el taller?

—No —dijo María—. Abrí, le dije al tipo que dejara los sacos junto a la entrada y salimos.

—¿Echó un vistazo dentro?

—¿Para qué?

—Por si hubiera alguien.

—Pues no —dijo la ordenanza—. Pero no había nadie.

—¿Cómo puede saberlo si no pasó de la primera sala?

—Estaban las luces apagadas —respondió con naturalidad.

—¿Y seguro que nadie vio a Mónica en toda la mañana?

—Ni por la mañana ni por la tarde —insistió María, y le explicó que ella misma había pasado varias veces por el patio durante la mañana y que siempre había visto el taller cerrado y a oscuras—. Sabía que Miguel estaba en Portugal e imaginé que se habían suspendido las tutorías.

—Entonces, dejaron los sacos junto a la entrada, cerraron y ya no entró nadie más en el taller hasta el lunes. ¿Es así?

—Exacto —aseguró la ordenanza primero, y luego vino la apostilla—: A no ser las limpiadoras, por supuesto.

—¿Las limpiadoras? ¿Cuándo limpiaron el taller?

—Siempre se limpian a última hora de la mañana, para que esté todo bien para las clases de la tarde.

—¿Sabe quién lo limpió el viernes?

—Abajo suele limpiar la misma siempre —dijo María, y añadió—: Si quiere hablar con ella, puede que aún esté aquí.

Leo Caldas esperó en el patio mientras María iba a buscar a la limpiadora. Era una mujer joven, con el pelo rubio de peluquería. Ya se había cambiado de ropa y se disponía a irse a su casa.

—¿Es el Caldas de la radio? —preguntó cuando María se lo presentó.

—Soy yo, sí.

—Me parecía mayor por la voz —le dijo ella, y le contó que el viernes había limpiado a fondo el taller: salas, baños, despacho y hasta armarios.

—¿Estaba todo bien?

La mujer miró a la ordenanza y sonrió.

—Estaba hecho una mierda.

—¿Por algo concreto?

—Siempre está así. Usted no sabe lo malo de limpiar que es el barro ese —se quejó.

—Sería importante si se acordara del viernes —le pidió Caldas.

La mujer miró de reojo a la ordenanza.

—Es por la ayudante, ¿no? ¿Por la profesora que no aparece?

—Sí —afirmó Caldas—. No estaba en el taller, ¿verdad?

—¿Allí dentro? —preguntó ella a su vez—. Allí dentro no había nadie.

—¿Hubo algo que le llamara la atención?

—¿Como qué?

—Alguna cosa que notase distinta, algo roto o fuera de sitio, o cualquier detalle poco habitual.

Pensó la respuesta unos segundos.

—No —dijo—, creo que no.

Caldas le dio las gracias y le pidió que no dejase de llamar a comisaría si más tarde recordaba algo.

—¿Qué cree que le ha pasado? —preguntó la mujer con un mohín.

Caldas trató de frenar la alarma.

—A veces la gente se va —dijo.

—Pues, entonces, como yo —respondió la limpiadora, que dio media vuelta y se marchó.

Cuando desapareció en la escalera, Caldas dio las gracias a la ordenanza y se dispuso a tomar el mismo camino.

—Una cosa, inspector —le detuvo María—. Quería pedirle que cuenten con nosotros si van a hacer batidas. Estoy segura de que todos querríamos colaborar.

—Muchas gracias —respondió, y se palpó el paquete de tabaco en el bolsillo.

No le dijo que Miguel ya le había transmitido la voluntad de los alumnos de participar en las batidas.

Tampoco le dijo que no sabían dónde buscar.

Ruido. 1. Sonido inarticulado, habitualmente desagradable. 2. Litigio, alboroto o discordia. 3. Apariencia grande en cosas sin gran importancia. 4. Repercusión pública de algún hecho.

Caldas se encontraba en el vestíbulo de la Escuela de Artes y Oficios cuando recibió la llamada del comisario Soto. Antes de responder, buscó un rincón desde el que hablar con intimidad. Del bolsillo de su chaqueta sobresalía el papel enrollado con el dibujo de Camilo.

—¿Dónde estás, Leo? —quiso saber el comisario.

—En la Escuela de Artes y Oficios. En un rato voy para ahí —dijo Leo Caldas, que antes de regresar a comisaría pretendía subir a ver a Elvira Otero y enseñarle el dibujo.

—¿Alguna novedad?

—Pocas por ahora —reconoció el inspector—. Estamos recogiendo las grabaciones de las cámaras para ver si aparece algo. ¿Ha pedido el teléfono a Madrid?

—La compañía telefónica se ha comprometido a mandarnos todo mañana a primera hora —respondió el comisario.

—¿No lo pueden enviar antes?

—Parece que la localización no. Pero me han jurado que mañana lo tendremos todo.

Caldas dirigió la mirada hacia la entrada y se sorprendió al descubrir a Santiago Losada hablando con dos alumnos jóvenes.

—Mierda —murmuró.

—Si de verdad la tenemos mañana no está mal, Leo.

—No lo decía por lo del teléfono —apuntó Caldas.

—¿Qué pasa? —preguntó el comisario.

—Losada está agitando el avispero.

—¿Losada?

—El de la radio —precisó Caldas—. Está aquí, en la escuela, haciendo preguntas.

—¿Sabe algo?

—Hasta hace un rato solo detalles imprecisos que dedujo ayer al oírme hablar por teléfono. Ahora ya debe de saber casi todo.

—Bueno, era inevitable que trascendiese —se conformó el comisario.

—Sí —convino Leo Caldas—. Pero el doctor Andrade fue claro: no quiere que este asunto de su hija se convierta en un circo.

—¿Lo dijo así?

—Con esas palabras.

—Pues voy a hablar con Losada, a ver cómo se puede parar.

—No se puede —dijo Caldas—. Si no es Losada, será otro. Hay demasiada gente que ya sabe que la estamos buscando. Además, Losada es una piraña. Si ha olido la sangre, no se va a apartar por mucho que se lo pidamos.

—Déjame intentarlo.

—Vaya pensando qué le va a ofrecer a cambio —sugirió Caldas, y al instante se arrepintió de haberlo dicho. Si el comisario se veía obligado a resarcir al periodista, tal vez su permanencia en el programa formara parte del precio.

El inspector permaneció en el rincón después de colgar. Desde allí vio a Losada tratando de sonsacar a los estudiantes y luego atravesar el vestíbulo para continuar buscando en el interior de la escuela piezas que incorporar al puzle. Tan pronto como el locutor se apartó de la entrada, Caldas salió a la calle. En la mano llevaba enrollado el dibujo del chico, su pretexto para ver de nuevo a Elvira. Saludó al mendigo sentado en la silla de lona junto al fiel Timur y se dirigió con paso apresurado hacia la comisaría.

Había recorrido medio trayecto cuando una idea se cruzó en su camino y le obligó a detenerse en mitad de la acera. Pese a estar a solo unos metros del panel de metacrilato, ni siquiera reparó en la lámina que mostraba el antiguo Cine Royalty, derruido con su sabor oriental en 1963 para plantar en su lugar un insulso edificio de oficinas con una iglesia en el semisótano.

Dio media vuelta, regresó a la Escuela de Artes y Oficios y, tras cerciorarse de que Losada no andaba cerca, entró en secretaría. Se acercó a María, la ordenanza, que en aquel momento festejaba con una risotada el comentario de un compañero.

—¿Tiene otro minuto? —consultó Caldas en voz baja.

—Claro —dijo María, y el inspector le pidió con un gesto que le acompañara hasta el exterior del edificio, donde el ruido de los coches mantendría su conversación a salvo de oídos indiscretos.

—¿Hacía calor? —le preguntó Leo Caldas.

—¿Cómo? —preguntó la ordenanza. Su sonrisa se había transformado en una mueca de extrañeza.

—El viernes por la mañana, cuando acompañó al transportista a dejar los sacos de arcilla en el taller de cerámica —explicó el inspector—. ¿Recuerda si hacía calor?

—En el taller de cerámica siempre hace calor.

Caldas sabía que aquella afirmación solo era cierta cuando algún horno estaba encendido.

—¿El viernes pasado también?

María miró hacia arriba haciendo memoria.

—Sí, también —dijo después.

—¿Seguro?

—Segurísimo —confirmó la ordenanza—. Recuerdo que, cuando abrí la puerta, el transportista hizo un comentario al respecto.

Caldas se quedó de pie en la acera, intentando poner orden en el alboroto que le bullía en el cerebro.

—¿Necesita saber algo más? —preguntó María al cabo de un poco, sacándolo de su ensimismamiento.

—¿La limpiadora con la que he hablado antes ya se ha ido?

—Sí.

—¿Sabe su teléfono?

—Lo tienen en secretaría —afirmó la mujer.

Caldas esperó a la ordenanza, que regresó al cabo de un momento con el número apuntado en un papelito.

—¿Algo más? —preguntó al entregárselo.

—Nada más —aseguró el inspector, pero se dirigió a ella una última vez—: ¿Puedo pedirle un favor?

Esperar en la acera fue su forma de decir que sí.

—No comente lo que hemos hablado con nadie —dijo Caldas.

—No se preocupe —respondió María.

—Con nadie —insistió, mirándola a los ojos, y la ordenanza se comprometió a guardar silencio.

El inspector marcó el número de la limpiadora y, con el teléfono móvil en la oreja, echó a andar hacia la comisaría.

—Sí que hacía calor el viernes, sí —confirmó la mujer—. Cuando alguno de los hornos se queda funcionando, ese taller es como una sauna.

Caldas se detuvo.

—¿Había un horno encendido?

—Encendido ya no estaba —matizó la mujer—. Pero aún desprendía calor.

—¿Estaba cerrado?

—Claro —dijo ella—. No se abren hasta que están fríos.

—Antes me dijo que le parecía que no había ido nadie por el taller aquella mañana...

—Y es lo que creo.

—¿Y cómo explica que el horno estuviese caliente?

—Siempre es así —dijo la mujer, y le contó que los ceramistas dejaban los hornos programados—. Creo que tienen un relojito para apagarse automáticamente. Pero ¿por qué no se lo pregunta a Miguel? Él puede explicárselo mejor.

—Sí, lo haré —dijo Caldas, que había visto tres hornos del taller. El más pequeño tenía el tamaño de un microondas. El más grande era mayor que la nevera que Leo tenía en su cocina—. ¿Recuerda cuál de los hornos era el que estaba caliente?

—El grande —contestó la limpiadora.

No había dudado un instante al responder.

—¿También limpió el taller el lunes?

—A fondo, no —dijo—. Pero pasé a última de la mañana a comprobar que todo estaba bien para las clases.

—¿Recuerda si seguía el horno cerrado el lunes?

—No —dijo ella—, estaba abierto.

—¿Quién lo abrió?

—Sería Miguel.

—¿El profesor?

—Claro —dijo—. Estaba allí.

De lunes a jueves no había clase de cerámica hasta la tarde.

—¿Estaba en el taller el lunes por la mañana?

—Sí, como siempre —dijo ella—. Lo raro es no encontrarlo allí.

Caldas se despidió de la mujer y marcó otro número. Esperó varios tonos hasta que saltó el contestador, pero no dejó ningún mensaje. Se situó al borde de la calle y, mirando los coches, mantuvo un brazo levantado hasta que un taxi se detuvo junto a él.

—A los juzgados —dijo, escueto, cuando se montó.

Trastorno. 1. Cambio que se produce en el funcionamiento de algo o en la actividad de alguien. **2.** Inquietud. **3.** Perturbación en el funcionamiento normal de la mente o de la conducta de una persona. **4.** Alteración leve de la salud.

—Buenas tardes, Caldas —le saludó una voz a su espalda, cuando entraba en el edificio—. ¿Viene a verme a mí otra vez?

El inspector se volvió y se encontró de frente con la juez de guardia.

—En principio, no —dijo, aunque no descartaba tener que subir a verla más tarde.

—¿Hay novedades con lo de la chica? —preguntó Isabel Flores mientras avanzaban por el vestíbulo.

—No —admitió Leo Caldas, y se fijó en el logotipo de la frutería impreso en la bolsa de papel que la juez traía bajo el brazo.

—Manzanas, por si la guardia se hace larga —dijo ella sonriendo, y al llegar a los ascensores apretó el botón de llamada—. ¿Han pedido eso a la compañía telefónica?

—Van a mandarnos todo mañana —confirmó Caldas—. Ya estamos revisando las cámaras cercanas al puerto.

—¿Y?

—Aún es pronto —respondió.

El ascensor llegó a la planta baja y las puertas se abrieron. Isabel Flores entró, pero Caldas permaneció de pie en el vestíbulo.

—¿No sube? —preguntó la juez.

Leo Caldas negó con la cabeza y señaló con una mano para indicar adónde se dirigía.

—¿Es por la hija de Andrade? —le preguntó ella.

Caldas prefirió no entrar en detalles.

—Quiero consultar una cosa —dijo, sin más.

Las puertas del ascensor se cerraron y Caldas pudo oír un «manténgame al corriente» sordo desde dentro. Luego caminó hasta el final del vestíbulo, a las dependencias del Instituto de Medicina Legal.

Caldas encontró a Guzmán Barrio sentado en su despacho, hojeando una revista frente a una taza de café.

—¿Por qué nunca respondes al teléfono? —preguntó.

—Por la misma razón por la que tú no das las buenas tardes —dijo el forense quitándose las gafas de leer y cerrando la revista. Luego hurgó en los bolsillos de su bata blanca e hizo un gesto despreocupado—. Debí de dejarme el móvil en el coche. ¿Quieres un café?

Caldas observó la taza.

—No lo mires con esa cara, que también tenemos cafetera nueva —le dijo Barrio—. ¿Quieres o no?

—No me vendría mal —accedió Leo Caldas.

—Solo, ¿verdad?

—Solo y sin azúcar, sí.

Guzmán Barrio abandonó el despacho para ir a preparar el café y Caldas se sentó frente a la butaca del forense. Al hacerlo, oyó arrugarse el dibujo contra el brazo de la silla. Estaba alisándolo sobre la mesa cuando Barrio regresó con el café.

El forense se quedó mirando el dibujo y el inspector le habló de Camilo Cruz.

—No fue capaz de responder a ninguna pregunta —dijo Caldas—, pero dibujó esto en menos de una hora.

—Las anomalías psíquicas pueden ser positivas, Leo. No se conoce bien la genética de esos trastornos, pero parece que el mismo mecanismo que les impide relacionarse puede producir alta capacidad de concentración —dijo Barrio, y, tras dejar la taza en la mesa, se sentó frente al inspector—. En la mayor parte de los casos, lo que se considera talento genial no implica superioridad cualitativa sino expeditiva. Lo que nos admira es que alguien pueda hacer rápido lo que a los demás nos llevaría mucho tiempo.

—Lo que más me admira a mí es que ese chico solo pudo verme un instante —dijo Caldas—. Está todo dibujado de memoria.

—La misma alteración que frena una conexión ahí dentro se puede abrir camino por otro lado y desencadenar resultados asombrosos —explicó el forense tocándose la frente con los dedos, como un pianista—. Eso demuestra lo inexplorado que está nuestro cerebro. Este tipo de personas son como exploradores. Sabemos que el ser humano puede hacer determinadas cosas solo porque gente como ellos nos lo han demostrado.

Barrio estiró la mano y Caldas le acercó el dibujo. El forense lo examinó durante unos segundos antes de volver a hablar:

—En muchos casos, la misma capacidad para reproducir hasta el detalle más pequeño es incapacidad a la hora de crear. A este mismo chico, si le das el lápiz y el papel y le dices que pinte una casa de su invención es posible que no sepa ni cómo empezar. Te sorprendería, Leo —dijo—. Hay quien puede recitar libros enteros de memoria, pero no es capaz de distinguir la ironía en una frase. Como si tuvieran la puerta del pensamiento abstracto cerrada con llave.

El forense le devolvió el dibujo deslizándolo sobre la superficie de la mesa.

—¿Es ese dibujo lo que te trae aquí?

—No —dijo Caldas—. Está relacionado, pero es otra cosa.

—Pues dispara.

El inspector dio un sorbo al café antes de preguntar. Le habría gustado encender un cigarrillo.

—¿Habría forma de saber si un cuerpo ha estado en un horno?

—¿Un cuerpo humano?

—Sí, claro.

—¿En el horno de una casa?

—No —dijo Caldas—, en un horno de ceramista, de los de cocer barro.

El gesto de extrañeza de Guzmán Barrio fue una invitación a que el inspector entrase en detalles.

—Estamos buscando a una mujer —le dijo Leo Caldas—, vecina del chico que hizo el dibujo. Es profesora auxiliar de cerámica en la Escuela de Artes y Oficios. Puede ser una marcha voluntaria, aunque hay algo que no me gusta.

—¿El qué?

—Algo —respondió el inspector moviendo con la mano el aire frente a su nariz como hacía su padre cuando hablaba de un vino—. El taller de cerámica estuvo cerrado el viernes, que es cuando desapareció. Sin embargo, uno de los hornos estaba caliente. Y nadie lo vio abierto hasta el lunes, tres días después.

—¿Y crees que ella estaba dentro del horno?

Caldas se rascó la cabeza.

—No lo sé —dijo, y comenzó a pensar en voz alta—: La vieron con la mochila que lleva cuando va a dar clase. La escuela no abre hasta las ocho, pero varios profesores tienen llave y...

El forense levantó una mano para interrumpirle:

—¿De qué tamaño es el horno?

—Como ese armario —señaló Caldas.

Guzmán Barrio miró el armario metálico de doble hoja en el que guardaba sus cosas.

—O sea, que cabría una persona dentro.

—Perfectamente.

—¿Y dices que estaba caliente aunque el taller estaba cerrado?

—Sí.

—¿Y qué explicación te dan?

—A los ceramistas no les he preguntado nada para no ponerlos en alerta —confesó Caldas—. Pero la mujer que limpia en la escuela dice que es habitual que los ceramistas los programen para que cuezan las piezas de noche.

—Bueno, eso lo explicaría —dijo el forense—. Esos hornos conservan calor muchas horas.

—Lo explicaría, sí. Pero no dejo de pensar que nadie vio el horno abierto hasta el lunes. Es mucho tiempo —murmuró.

Permaneció un rato en silencio, mirándose a sí mismo hablando por teléfono en el dibujo con la firma en espiral. Luego formuló las preguntas que le habían llevado al despacho del forense:

—¿Cuánto tiempo hace falta para quemar un cuerpo en un horno?

—Depende de la temperatura a la que...

—A mil doscientos grados, por ejemplo —apuntó Leo Caldas.

—*Carallo*, a esa temperatura no hace falta mucho tiempo. Para que te hagas una idea, los hornos crematorios de los tanatorios trabajan a setecientos grados como mucho. Y en dos o tres horas no queda nada.

—¿Nada?

—Es una forma de hablar, Leo —rectificó Guzmán Barrio—. Quedan cenizas.

—¿Muchas?

—Pues de una persona de complexión normal puede quedar un poquito más de dos kilos. ¿Nunca has visto una urna funeraria o qué?

—Encontrar ADN será imposible, ¿no?

—Olvídate —zanjó el forense—. En este caso sí que «nada» es literal. El calor lo desnaturaliza.

—Pero ¿podría llegar a saberse que son restos humanos?

—Si encuentras algo, sí. Pero como lo tengas muchas horas a mil doscientos grados...

Barrio terminó la frase con un ruido hecho con la boca que daba pocas esperanzas a Leo Caldas.

—Oye, ¿y huele?

—¿Cómo que si huele?

—Mientras el cuerpo se está quemando habrá olor fuerte a carne chamuscada, ¿no?

—En los crematorios no huele a nada, desde luego, pero no sé si es porque los hornos tienen un tratamiento o porque son estancos —admitió Barrio—. Me puedo enterar.

Caldas iba a hacerle otra pregunta cuando recibió una llamada. Miró la pantalla. Era el comisario Soto.

—¿Dónde cojones estás, Leo? —le saludó.

—¿Sucede algo?

—Sucede que hace más de una hora que me dijiste que venías en cinco minutos.

A Caldas le extrañó tanta impaciencia.

—Estoy yendo para ahí —mintió.

—Pues date prisa —dijo Soto—. El doctor Andrade está en mi despacho y quiere conocer las novedades.

—¿Qué novedades? —preguntó Caldas.

—Ven rápido —se limitó a insistir Soto—. No le hagas esperar.

Asistir. 1. Ayudar, favorecer o auxiliar. 2. Acompañar a alguien en un acto público. 3. Servir o atender a otro desempeñando tareas específicas. 4. Cuidar a los enfermos. 5. Estar presente en un lugar.

—¿Eso es todo? —preguntó el doctor Víctor Andrade cuando el inspector le puso al corriente de los pasos dados desde la mañana anterior.

—Sé que no es demasiado —reconoció Caldas—, pero estamos seguros de que la información del teléfono de su hija nos permitirá avanzar mucho más.

—¿Y hasta entonces?

—Estamos revisando las cámaras del puerto.

—¿Aparece mi hija en ellas?

—Por ahora, no —admitió—. Pero acabamos de empezar.

—¿Y al margen de las cámaras?

—Acabo de decírselo: vamos a esperar al teléfono —repitió Caldas, que se negaba a compartir sus sospechas con el padre de la chica—. Así sabremos dónde ha estado y con quién se puso en contacto antes de marcharse.

El doctor Andrade se pasó las manos por la calva mientras masticaba la información que el inspector le había facilitado.

—¿Y a usted le parece que esa es forma de buscar a una persona desaparecida? —preguntó.

Caldas se revolvió en el asiento y miró a su superior en busca de apoyo, pero el comisario Soto se limitaba a mantenerse a resguardo de la crudeza del doctor, asistiendo a la conversación como si fuera un espectador neutral.

—¿Qué deberíamos hacer, en su opinión? —preguntó finalmente Caldas al padre de Mónica Andrade.

—No me pida que haga su trabajo, inspector —dijo el médico estirando hacia él un dedo como una estaca—, pero hablar con unos y con otros y sentarse a esperar no es forma de buscar a nadie. Mónica podría estar retenida en cualquier parte.

—Si fuese un secuestro, ya se habrían puesto en contacto con la familia para negociar un rescate.

El doctor Andrade se peinó los mechones canos que le crecían sobre las orejas.

—No han hecho ni batidas para buscarla.

—Batidas ¿dónde, doctor?

—Alrededor de la casa de mi hija hay decenas de sitios en los que podría estar.

—Su hija no está en Tirán —afirmó Leo Caldas—. Se marchó de allí el viernes por la mañana. Acabo de contarle que varios vecinos la vieron ir hacia el puerto de Moaña para coger el barco que viene a Vigo a las seis.

—¿Cómo saben ellos que iba a coger ese barco?

—Porque el horario lo sugiere y porque dejó la bicicleta amarrada en el muelle —indicó el inspector—. Además, la tripulación cree recordar que Mónica iba a bordo.

—¿Cree recordar?

—Estamos revisando las cámaras —reiteró Leo Caldas—. No tardaremos en confirmarlo.

—¿Y si no lo confirman y están perdiendo un tiempo precioso?

Caldas pudo responderle que era miércoles por la tarde, que Mónica faltaba desde la mañana del viernes anterior y que ese tiempo precioso que habría sido imprescindible no perder ya era cosa del pasado.

—Usted me pidió discreción —dijo, en cambio—. Si empiezan las batidas, se acabó el sigilo.

—Precisamente —terció por primera vez el comisario Soto, abandonando la neutralidad—, cuando has entrado estaba explicando al doctor Andrade que tal vez fuera conveniente dar un paso en esa dirección.

—¿En qué dirección? —preguntó Caldas.

—Creo que deberíamos hablar con los medios —respondió Soto. Luego se dirigió al padre de Mónica—: Es necesario que tanto la propia Mónica como las personas que hayan podido estar en contacto con ella sean conscientes de que la estamos buscando —dijo, y se volvió hacia Caldas para obtener su refrendo—: ¿No es cierto?

—Ya lo propuse ayer, pero el doctor...

—... el doctor quiere evitar el sensacionalismo —apuntó el comisario—, y estoy de acuerdo con él. Pero una noticia bien filtrada no tiene por qué convertirse en espectáculo.

El comisario hizo una pausa y Caldas tomó conciencia de que el nombre de Santiago Losada estaba a punto de aparecer en la conversación.

—Hay un locutor en Onda Vigo con el que hace tiempo que colaboramos —continuó el comisario, confirmando el presagio de Caldas—. Se llama Santiago Losada y tiene una audiencia muy amplia en la zona. Él podría abordar el asunto con delicadeza.

Caldas observó al comisario y se preguntó cómo era capaz de atribuir cualquier tipo de delicadeza a Losada sin sonrojo.

—Sé quién es —dijo el doctor Andrade, y señaló al inspector—: ¿No es el que presenta su programa de radio?

Caldas dijo que sí con la cabeza y Soto siguió hablando:

—Por eso tenemos la certeza de que Losada abordaría el asunto evitando los detalles escabrosos. Si usted estuviera de acuerdo, mañana mismo podríamos aprovechar la emisión de *Patrulla en las ondas* para dar la noticia y pedir la colaboración de los ciudadanos a través de líneas intervenidas por nosotros. Sin melodrama y sin entrar en asuntos molestos. En fin, todo si a usted le parece bien —insistió el comisario, como si un programa dedicado a la desaparición de Mónica Andrade al día siguiente no fuera un hecho consumado.

El doctor Andrade clavó sus ojos grises en el inspector.

—¿Usted estaría presente?

—Por supuesto —respondió el comisario por él—. Leo velaría por que nada se saliera del raíl.

El doctor bajó la mirada y se pellizcó la punta de la nariz con dos dedos mientras valoraba la propuesta, y Caldas se preguntó cómo se las compondría el comisario para acallar a Losada si el doctor decidía no hacer pública la desaparición de su hija. Conocía al locutor: no habría forma de frenarlo.

Sin embargo, cuando Andrade levantó la vista, Caldas supo que se había tragado el cuento del periodista manso.

—¿Y las batidas? —preguntó el doctor.

—Podemos organizar una partida de búsqueda que empiece mañana a primera hora —garantizó el comisario Soto tras consultar su reloj.

Contorno. 1. Territorio o paraje que rodea un lugar o una población determinada. **2.** Conjunto de las líneas que limitan una figura o composición.

—¿La veis? —preguntó Leo Caldas.

Clara Barcia señaló la pantalla.

—En el grupo principal no está, pero allí hay tres personas más —dijo siguiendo unas siluetas con el dedo índice.

Caldas se apoyó en los hombros de Ferro y acercó los ojos al monitor. No veía más que sombras que se apartaban de la luz de una farola y se perdían en la oscuridad. El reloj situado en la parte inferior de la pantalla marcaba las 6:14 del 15 de noviembre. Faltaba más de una hora para el amanecer.

—¿No hay una grabación mejor?

—No hemos encontrado otra cámara que enfoque al muelle —confirmó Ferro.

La imagen había sido tomada por una cámara de seguridad de la estación marítima, cerca del muelle de transatlánticos, a bastante distancia del pantalán al que llegaban los barcos que cruzaban la ría. Varios viajeros desembarcaban por la pasarela y se alejaban como en un desfile hacia la calle Cánovas del Castillo. Las siluetas que había señalado Clara Barcia tomaban un camino distinto y, tras desembarcar, se dirigían hacia la izquierda y se perdían en la oscuridad.

—¿Seguro que no está ahí? —preguntó señalando al grupo principal.

—Seguro —dijo Clara Barcia—. Todos estos aparecen en las cámaras del Hotel Bahía y en una de control de tráfico. Se distinguen bastante bien. Podemos pasarlas otra vez para que lo compruebes tú mismo, pero no está.

—No es necesario —dijo.

—Si Mónica Andrade vino en ese barco, tiene que ser una de las mujeres que se van para allá —dijo Clara, y Caldas volvió a fijarse en las figuras borrosas que Ferro hacía avanzar y retroceder en la pantalla.

—¿Cómo sabéis que hay mujeres?

Clara puso un dedo sobre los pies de una figura.

—No estamos seguros al cien por cien, pero a esta persona no se le distinguen las piernas, ¿ves? Podría ser un abrigo, aunque parece una mujer con una falda larga.

No era más que un perfil y parecía evidente que las piernas se movían como un todo, sin separación, desde el suelo.

—Tiene que ser ella —dijo Leo Caldas—. Mónica siempre se viste con faldas hasta los pies.

—También podría ser un hombre con un abrigo —vaciló Clara.

—Es ella, Clara —repitió el inspector—. Cruzó la ría en ese barco y usa esa ropa. Además, si iba a la Escuela de Artes y Oficios es lógico que se fuera hacia ese lado. ¿Por dónde cruzó después?

—Tuvo que atravesar el club náutico. O pasó junto a la piscina o más allá, cerca de los pantalanes de los barcos de recreo. En cualquier caso, no hay imágenes.

—¿En el náutico no hay cámaras?

—Hay varias que graban los barcos y el interior de los edificios —le explicó el agente Ferro—, pero las que enfocan a las zonas de paso solo son de vigilancia.

—Es decir, que no graban —murmuró Caldas recordando la que había en la entrada de la escuela.

—Eso es.

Clara Barcia extendió sobre la mesa un plano de la parte baja de la ciudad y marcó con círculos rojos el club náutico y la Escuela de Artes y Oficios.

—Pudo seguir junto al mar hasta el final del paseo o atravesar los jardines de Montero Ríos en cualquier momento y subir por alguna de estas otras calles —dijo trazando líneas por los diferentes trayectos posibles.

—Eso ahora no importa —dijo Caldas—. Lo urgente es confirmar que fue a la escuela.

—No será difícil: hay un banco justo al lado y otro enfrente. —Señaló Ferro en el mapa—. Y aquí creo que hay una farmacia. Alguna cámara tiene que haberla grabado.

—Sí —dijo Caldas, y se quedó mirando los círculos rojos del plano.

—Pues si queremos esas imágenes vamos a necesitar otra autorización del juzgado —intervino Clara Barcia—. La que tenemos es clara: «cámaras próximas al puerto». Con eso me temo que...

—Yo me temo que no la lleguemos a encontrar —masculló Leo Caldas. Había hablado para sí mismo, liberando de forma inconsciente un presentimiento. Confiaba en que Barcia y Ferro no le hubiesen entendido y, mientras los dos policías se miraban extrañados, fingió concentrarse en uno de los círculos del papel.

—¿Cómo que temes que no la lleguemos a encontrar, Leo? —preguntó Clara Barcia.

No contestó.

—¿Crees que está muerta? —insistió ella.

—Es solo una sospecha, pero no dejo de darle vueltas a algo —dijo Leo Caldas, y les contó que el horno grande del taller de cerámica estaba caliente el viernes por la mañana—. Son hornos para cocer barro que alcanzan mil doscientos grados. Más que los de los tanatorios.

—¿Crees que la...? —Clara buscó una palabra, pero no halló otra más adecuada que la que acababa de emplear el inspector para referirse a la cerámica—. ¿Crees que la cocieron?

—Nadie vio el horno abierto hasta varios días después —siguió argumentando Caldas—, y el forense dice que esa temperatura dejaría un cuerpo reducido a unas pocas cenizas imposibles de identificar. —Miró en torno y vio el bolso de Clara colgado del respaldo de la silla—. Hasta tu bolso serviría para deshacerse de los restos.

Ferro dio un resoplido imaginando la escena. A Clara Barcia, en cambio, le costaba apartarse de la realidad.

—¿Has preguntado si estaban cociendo alguna pieza?

—No quise poner a nadie sobre aviso —reconoció el inspector.

—¿De quién sospechas?

Caldas movió la cabeza: no había un quién ni un porqué.

—Leo, que no te parezca mal la pregunta —dijo ella—, pero ¿todo esto es solo porque un horno estaba caliente?

—Más o menos —admitió—. A Mónica le pasó algo el día anterior mientras estaba en esa escuela que le afectó hasta el punto de esconderse en su despacho. Pudo ser una llamada —dijo, y les contó que Ramón Casal, el maestro de luthería antigua, la había visto hablando por el móvil—, pero pudo alterarla cualquier otra cosa. Lo que tengo claro es que no puede ser casualidad que la víspera de desaparecer pasase en pocos minutos de estar bien a encerrarse a oscuras.

—¿Y no pudo poner tierra de por medio sin más? —consultó Clara.

—Pudo, sí —respondió el inspector, aunque era evidente que no lo creía—. De cualquier manera, estoy seguro de que pasó por la escuela.

—Si se llevó cosas con ella, no sé por qué te extraña que se marchase.

—¿Qué se llevó? —preguntó el inspector—. En realidad, no tenemos constancia de que se llevase siquiera una muda. Es verdad que la vieron en la bicicleta con una mochila a la espalda, pero Mónica solía llevar una mochila a la escuela. Además, se fue dejando la casa abierta y sin encargar a nadie que se hiciese cargo del gato —dijo el inspector fijándose en las siluetas congeladas en la pantalla del ordenador—. Si lo analizamos bien, ¿qué falta en su casa que haga suponer que quisiera marcharse voluntariamente?

Era una pregunta retórica, pero se encontró la respuesta de Clara Barcia:

—El cepillo de dientes.

—Cierto, cogió el cepillo de dientes —dijo el inspector—. Pero los anticonceptivos se quedaron en el cuarto de baño. ¿Tú te irías sin ellos si no pensaras volver en varias noches?

Clara movió la cabeza.

—Ya te dije que no.

—Si el día hubiese transcurrido con normalidad, Mónica no habría regresado a su casa hasta la noche. Ese viernes tenía a su cargo la tutoría de la mañana y la clase de la tarde. Cabe en lo posible que, sabiendo que iba a estar fuera todo el día, se llevase el cepillo de dientes al trabajo, ¿no?

—Yo tengo un cepillo en la taquilla —admitió Clara Barcia.

Ferro levantó una mano para dar a entender que él también.

—Pues eso —dijo Caldas sin poder evitar sentirse algo incómodo: él solo guardaba una bobina de hilo dental en el fondo de un cajón—. Era un viernes más. Lo único que varió con respecto a otros viernes es que cogió el barco antes de lo habitual.

Clara Barcia asintió.

—¿Y qué dice el comisario del horno?

—No sabe nada del horno —confesó Caldas.

—¿No acabas de estar con él?

—No podía contárselo con Andrade delante. Además, prefiero no decirle nada hasta que no tenga algo más firme que un presentimiento. Vamos a ver dónde sitúa a Mónica el teléfono y a pedir esa orden para ver en las cámaras quién más entró en la escuela de madrugada.

—¿Está abierta por la noche?

—Abre a las ocho de la mañana, pero algunos profesores tienen llave.

—¿Mónica?

—Ella no, al menos en teoría. Pero el profesor titular al que ayuda sí tiene llave y algunos otros también. Puede que existan más copias de las que se suponen.

Caldas marcó el número de la juez Flores.

—Buenas tardes, señoría.

—¡Caldas! —le saludó la juez—. Creí que se iba a olvidar de ponerme al día.

—Pues tenemos novedades: una cámara grabó a una mujer desembarcando en Vigo el viernes por la mañana. Creemos que es Mónica Andrade —le contó—. Por la dirección que tomó, se dirigía hacia la Escuela de Artes y Oficios. Así que puede que pasara allí sus últimas horas.

—¿Sus últimas horas?

Caldas rectificó, pero solo en parte:

—Si hubo unas últimas horas, o unas últimas horas que precedieron a una huida, creemos que se produjeron allí.

—Y necesitan intervenir más cámaras, ¿es eso? —preguntó la juez.

—Exacto —corroboró Caldas—. En los bancos de alrededor debe de haber algunas apuntando a la entrada de la escuela.

Se hizo un silencio mientras la juez valoraba la petición.

—¿Solo serían las imágenes de la entrada? —quiso saber Isabel Flores.

—En principio, sí —respondió el inspector, y levantó un pulgar hacia Ferro y Barcia—. Necesitamos comprobar que entró y saber si había alguien con ella. Si lo confirmamos es posible que necesitemos algo más.

—Paso a paso, Caldas —le frenó la juez Flores—. Empecemos por las cámaras y luego ya vemos.

—Claro.

La juez suspiró antes de preguntar:

—¿Cuándo necesitan el mandamiento?

El inspector dedujo que era un momento de trabajo intenso en el juzgado.

—Los bancos hoy ya están cerrados. Con que podamos recogerlo a lo largo de la tarde es suficiente.

—De acuerdo. ¿Algo más?

—Sí —dijo Caldas sabiendo que la juez iba a agradecer estar preparada cuando la noticia de la desaparición tomase vigor—. Me temo que mañana va a empezar el ruido.

—¿Cuánto ruido?

—Se está organizando un operativo de búsqueda al otro lado de la ría.

Caldas no podía ver su gesto, pero supuso que sería parecido a la mueca de extrañeza con la que le miraban Ferro y Clara Barcia.

—¿No me acaba de decir que la han visto bajándose de un barco en Vigo?

—Sí, pero el doctor insiste en las batidas. Le parece que sin ellas no estamos haciendo todo para buscar a su hija. Es un hombre persuasivo...

—Pues con tanta persuasión va a conseguir que el caso salte a la prensa —dijo ella.

—Precisamente, vamos a tratar la desaparición en el programa de radio de mañana.

—¿En el suyo?

Caldas asintió:

—Si Mónica está bien, es la manera más rápida de localizarla.

—Si Mónica está bien, sí —admitió la juez—. De todas formas, mientras los asaltantes de ancianos sigan actuando apenas debe de quedar espacio para otras noticias.

Cuando colgó, la pantalla del móvil le mostró la lista de llamadas. Allí figuraba, junto al nombre de su padre, el número de veces que había intentado localizarlo.

—¿De verdad va a haber batidas en Tirán? —le preguntó Clara Barcia.

Caldas pensaba en su padre. ¿Por qué no devolvía las llamadas?

—¿Leo?

—¿Eh?

—¿Vamos a perder el tiempo buscándola en Tirán?

—Eso parece —dijo Caldas—. Tanto el doctor como el comisario saben que creemos que no está allí, pero uno insiste en buscarla en el contorno de la casa y el otro no se atreve a desairarlo. ¿Qué quieres que haga yo?

Clara Barcia señaló el monitor donde seguían congelados los pasajeros del vapor de Moaña.

—Esa imagen no es una opinión. Si la mujer de la falda es ella...

—Es ella, pero prefiero no decir nada y que el doctor tenga sus batidas —zanjó el inspector—. Además, hasta podría venirnos bien que parezca que la buscamos en la otra orilla..

—En eso tienes razón.

Caldas había marcado el número de su padre cuando la puerta se abrió de golpe y Rafael Estévez apareció en la sala. El inspector esperó a que los tonos terminaran antes de interesarse por la sesión de fisioterapia de su ayudante.

—¿Qué tenías?

—Según él, un desgarro pequeño, pero los músculos han formado alrededor un nudo, como una coraza para proteger la lesión.

—¿Te lo ha arreglado? —le preguntó Clara Barcia.

—Dice que debería notar mejoría —contestó el aragonés—. Parece una broma de cámara oculta: llegas a la consulta con un dolor insoportable, te tumbas en una camilla y el fulano te empieza a apretar justo donde te duele con tanta fuerza que por un momento llegué a pensar que el hijo de perra me estaba clavando el codo.

Ferro hizo como que miraba algo en la pantalla y Clara Barcia se dio la vuelta para no reírse abiertamente. Caldas no encontró manera de disimular.

—No se ría —le dijo Estévez—, que hubo un par de veces en que si no me llega a doler tanto me habría levantado a retorcerle el pescuezo.

—¿Nadie le advirtió de que era conveniente atarte? —bromeó Caldas, pero su ayudante hizo como que no lo oía.

—Y encima hay que pagar —rumió.

—Pero ¿estás mejor o no?

—Un poco mejor puede que sí —reconoció.

—Más vale —dijo Caldas—. Mañana nos espera un día intenso.

Rafael Estévez señaló el monitor.

—¿Aparece Mónica o qué?

—No se distingue bien —admitió Caldas—, pero parece que es ella.

—¿A ver? —Estévez se acercó a la pantalla—. ¿Cuál es?

Ferro señaló la figura del vestido largo que desaparecía en la oscuridad.

—Podría ser Mónica Andrade o la reina Cleopatra de Egipto —apuntó el aragonés.

—Cierto —dijo Caldas—. Recuérdame que comprobemos si Cleopatra también dejó su bicicleta en el muelle de Moaña.

—Lo haré —dijo Estévez guiñando un ojo a Clara Barcia.

—Ven a mi despacho, anda —pidió Caldas a su ayudante—. Tengo que contarte cosas.

El aragonés le escuchó en silencio, con la espalda apoyada en el respaldo de la silla y los brazos caídos a los lados de su corpachón.

—Y ahora ¿qué vamos a hacer?

—Nada —afirmó Caldas.

—¿Nada?

—Nada hasta saber dónde la sitúa el teléfono y qué nos muestran las imágenes del exterior de la escuela.

La pantalla del móvil del inspector se iluminó sobre la mesa y Caldas se apresuró a ver de qué se trataba. No era el mensaje que esperaba y, decepcionado, volvió a dejar el teléfono entre dos montañas de papeles.

—¿Le pasa algo? —preguntó Rafael Estévez al percibir su mueca de contrariedad.

—No —mintió.

—Es la cuarta vez en diez minutos que comprueba el móvil.

Caldas tardó un instante en contestar.

—No localizo a mi padre —dijo—. Llevo llamándole todo el día.

—¿Le ha dejado un mensaje?

—Varios.

—Habrá dejado el teléfono en silencio —comentó.

—O lo habrá olvidado en cualquier sitio —dijo el inspector—. No le gusta llevarlo encima.

—Seguro —convino Estévez, pero luego preguntó—: ¿Quiere que le acerque hasta allí?

—¿Hasta dónde?

—No me joda, jefe, ¿hasta dónde va a ser? A casa de su padre.

—Gracias, Rafa —dijo Caldas declinando el ofrecimiento—. ¿No te han recomendado reposo?

—Puedo conducir —insistió Estévez—, sentado es como mejor estoy.

Leo Caldas miró el reloj.

—Se tarda más de media hora en llegar.

—Tengo tiempo.

—¿Y tu chica?

—Los miércoles trabaja hasta tarde —respondió—. De verdad que no me importa. Yo hago tiempo sentado y usted se queda más tranquilo.

—¿Seguro?

—Ya me conoce, inspector. No soy de los de decir las cosas por quedar bien.

Postura. 1. Modo en que está puesto alguien o una parte de su cuerpo. **2.** Actitud adoptada respecto de algún asunto. **3.** Planta o árbol tierno que se trasplanta. **4.** Pacto o concierto, ajuste o convenio. **5.** Conjunto de huevos puestos de una vez. **6.** Lo que cada jugador de un juego de azar arriesga en cada suerte.

Antes de salir de la ciudad, el inspector pidió a Estévez que pasara un momento por su casa. Mientras el ayudante esperaba en el coche con el motor en marcha, Caldas subió las escaleras de dos en dos hasta la puerta. Entró en la cocina, abrió la nevera y sacó el *foie gras* de oca que Carlos el del Eligio le había regalado la noche anterior. Ya se marchaba cuando vio, asomando entre los libros de recetas, el viejo planisferio celeste de Alba.

—Eso sirve para identificar estrellas, ¿no? —le preguntó Estévez cuando se montó en el coche.

—Se lo llevo a mi padre —dijo, y abrió unos dedos más la ventanilla—. Le han regalado un telescopio y parece que le ha dado fuerte por la astronomía.

—Me gusta mirar al cielo, pero no conozco ninguna estrella.

—A mí también me gusta.

Hicieron parte del trayecto en silencio. Estévez concentrado en la carretera y Caldas con los ojos cerrados o mirando al exterior a través del cristal. En el coche olía intensamente a la pomada que el fisioterapeuta había aplicado a la espalda agarrotada del ayudante.

Al ver un gato atropellado al borde de la carretera, Estévez se acordó de algo:

—¿Le he dicho que vimos al gato de Mónica?

—¿En la casa?

—En el jardín. Es un gato grande de color metálico. Pasó andando junto a nosotros y ni nos miró. Siguió adelante como si no existiéramos, saltó la valla y se fue —dijo—. No entiendo para qué quiere la gente un animal que se va cuando te ve. Muy mal tiene que estar alguien para creer que su vida va a mejorar por tener un gato.

Caldas no supo si hablaba en serio o de broma.

—Y vimos al chico de naranja —añadió Estévez—. Tiene algo de gato, él también. Venía de frente y, al vernos, se dio la vuelta y se alejó.

—La gente le da miedo —le explicó Caldas.

—Lo sé —dijo Estévez y, después de una pausa, añadió—: A mí lo que me da miedo es ver gente así.

—Ver gente ¿cómo?

—Desde que mi chica está embarazada no veo más que personas con problemas por todos lados. Me da pánico que algo no salga bien.

—Supongo que a todo el mundo le da miedo, Rafa —dijo Caldas, sorprendido por la confesión—. Pero la mayor parte de los problemas se pueden detectar en las revisiones antes de nacer.

—Puede ser —dijo Estévez y la desazón le llevó a mover los hombros, como para quitarse la incomodidad de encima. La contractura de la espalda se resintió y el inspector detectó el dolor en su rostro contraído.

—¿Te molesta?

—Casi nada —mintió.

—¿Te dijo el fisio si era por dormir en el sofá?

—Me dijo que no ayuda. Pero voy a seguir así hasta marzo.

—¿Hasta marzo?

—Hasta que nazca el niño.

—Pues verás cómo vas a tener la espalda dentro de cuatro meses si sigues durmiendo en mala postura. No quiero meterme donde no me llaman —dijo el inspector—, pero ¿no podrías hablar con tu chica?

—Lo hablamos todas las noches —admitió Estévez—. Ella insiste en que durmamos juntos, pero yo prefiero el sofá. Soy muy grande y me muevo mucho cuando duermo. No les quiero hacer daño.

Rígido. 1. Que no se puede doblar ni torcer. 2. Riguroso y severo. 3. Que no se acomoda a las necesidades o circunstancias.

Aquella tarde de mediados de noviembre, el sol se había puesto poco antes de las seis y media, por lo que cuando alcanzaron la finca del padre de Caldas ya era noche cerrada.

—¿Es aquí?

Estévez se detuvo frente a la entrada y el inspector se bajó a empujar la verja y luego se apartó para que Estévez aparcara dentro, junto al coche de su padre.

No había luz en la casa ni estaban encendidos los focos exteriores. Caldas aprovechó la iluminación que proporcionaban los faros del coche para acercarse a la puerta. Comprobó que estaba cerrada y llamó al timbre. Cuando fue evidente que nadie acudiría a abrir, rodeó la casa y se asomó sobre el muro del patio para ver la bodega. La encontró a oscuras, también.

—¿No está? —le preguntó Estévez.

—No parece.

—¿Ese coche es el de su padre? —quiso saber el ayudante, que seguía sentado al volante con la espalda rígida y hablaba al inspector a través de la ventanilla abierta.

—Sí —respondió Leo Caldas.

—Entonces debería estar por aquí, ¿no?

—Debería, sí.

—¿Usted no tiene llave?

El inspector meneó la cabeza. Guardaba una copia en un cajón del dormitorio, pero no se había acordado de cogerla.

Sacó el móvil y llamó a su padre una vez más. Tampoco en esta ocasión hubo respuesta.

—Si quiere, puedo acercarme e intentar abrir la puerta yo —se ofreció Estévez, para quien «intentar abrir la puerta» solía ser un eufemismo que en realidad significaba echarla abajo a patadas a poco que se resistiese.

—Mejor espérame aquí —le pidió Caldas, resuelto a buscar él mismo la forma de saber si su padre estaba dentro.

Primero miró a través del cristal de la ventana de un salón demasiado oscuro como para atisbar algo. A continuación, recorrió el perímetro de la casa revisando las ventanas del primer piso. Todas estaban cerradas pero ninguna protegida con rejas. Miró hacia arriba y encontró abierto el ventanuco de un baño en la fachada posterior. Fue a buscar una banqueta y, subido a ella, logró encaramarse al ventanuco. Ya tenía medio cuerpo dentro cuando oyó los ladridos de un perro y después el claxon de un coche. Tanteó la banqueta con el pie y se dejó caer en ella para volver afuera.

Rodeó la casa hasta la fachada principal y encontró al perro de su padre ladrando junto al coche. Estévez dejó de tocar la bocina cuando vio aparecer al inspector. Había tenido la precaución de subir la ventanilla.

Caldas ordenó al perro que se marchara, pero el animal no le hizo caso.

—¿Es de su padre? —preguntó Estévez bajando unos centímetros el cristal para hablarle por la rendija.

—Sí —respondió Caldas observando al perro. Le alegró ver que no se arredraba.

Se volvió hacia el camino y distinguió una figura que se acercaba. Lo reconoció pese a la oscuridad. Llevaba puesto el abrigo y la gorra de invierno y traía una cesta de mimbre en el brazo.

—Hola, Leo —le saludó su padre con una voz apenas audible entre los ladridos.

Caldas salió a su encuentro y lo abrazó.

—¿Dónde estabas?

—Cogiendo setas.

—¿Todo el día?

El padre de Caldas se encogió de hombros.

—¿Puedes llamar a tu perro? —le pidió el inspector.

—No es mío.

—Llámalo, anda.

El padre de Caldas profirió los soplidos suaves de quien apenas sabe silbar. Si pudo oír algo, el perro no reaccionó. Al contrario, la presencia del padre del inspector parecía haberlo envalentonado.

—¿Cómo se llama? —le preguntó Caldas.

—No lo sé.

—Tendrá un nombre.

—Pues ni idea —admitió el padre.

—¿Y qué haces cuando se pone así?

El padre de Caldas observó al perro furioso enfrentado al coche. Estévez, sentado al volante, parecía ajeno a la salva de ladridos que llegaban desde el otro lado del cristal.

—Nunca lo había visto tan cabreado —dijo—. ¿Qué le habéis hecho?

—Nada —dijo Caldas—. Algunos perros se inquietan cuando ven a Rafa.

—¿Se inquietan? —preguntó el padre. El perro estaba hecho una fiera.

—Sí. ¿Puedes sujetarlo?

—Sujetarlo ¿cómo?

—No sé... —dijo Caldas al ver que no tenía collar—. ¿No tienes una cadena?

El padre de Caldas dejó la cesta en el suelo y, simulando llevar algo de comida en la mano, consiguió atraer al perro hasta el patio que daba a la bodega.

—¿Lleváis mucho tiempo aquí?

—Poco —dijo Caldas.

Rafael Estévez seguía dentro del coche.

—Así que eres Estévez —dijo el padre cuando Caldas se lo presentó, al tenderle la mano a través de la ventanilla—. Leo me ha hablado de ti. ¿Os quedáis a cenar?

Estévez miró al inspector. No quería desairar al padre, pero habían quedado en regresar cuanto antes.

—No —respondió Caldas—, solo venía a comprobar que estabas bien.

—¿Por qué no iba a estar bien?

—Te he llamado por teléfono veinte veces.

—Estaba fuera, Leo. No podía contestar.

—¿Y el móvil?

—En casa —dijo, con naturalidad.

—¿Por qué no te lo llevas contigo?

—Si salgo a coger setas es para estar tranquilo —dijo el padre levantando la cesta.

—¿Ha ido a por setas? —se interesó Estévez, estirando el cuello.

—Sí.

—¿Hay muchas?

—Depende del día —dijo el padre.

—¿Dónde las coge? —quiso saber el aragonés.

El padre de Caldas no era de los que revelaban sus secretos.

—En el monte.

Estévez no se dio por vencido y señaló a la oscuridad.

—¿Por ahí?

—O por otro lado —respondió.

—¿Y ha cogido muchas?

El padre de Caldas meneó la cabeza para indicar que no había sido la mejor cosecha.

—Poca cosa —dijo, y levantó la tapa para demostrarlo. No había más que unos níscalos y un par de amanitas cesáreas.

El padre de Caldas se apartó unos pasos para encender una luz exterior y el inspector le acompañó.

—¿De dónde vienes, papá? —le preguntó por lo bajini.

La respuesta fue otro susurro.

—De coger setas.

—¿Todo el día cogiendo setas y solo traes eso?

—A mí también me molesta encontrar pocas —dijo el padre de Caldas. Luego decidió que ya estaba bien de cuchicheos y preguntó a viva voz—: ¿No tomáis un vino?

—Tenemos que volver —declinó Caldas—. Le prometí a Rafa que estaríamos pronto de vuelta, ¿verdad?

Estévez estuvo de acuerdo.

—¿Ni uno? —insistió el padre—. Ya que estáis aquí...

—Otro día —dijo Estévez—. Prefiero estar en casa cuando llegue mi chica.

—En ese caso no digo nada —repuso el padre, y luego miró a su hijo—. ¿Por qué no te quedas tú a pasar la noche?

—Imposible —dijo.

—Puedo llevarte a Vigo mañana.

—Quiero estar a primera hora en comisaría.

—Yo madrugo siempre —arguyó el padre—. No me importa acercarte.

El inspector miró a su ayudante, quien con un gesto le dio a entender que no tenía inconveniente en volver solo a la ciudad.

—¿Seguro? —preguntó Caldas.

—Seguro —le respondieron los dos.

—Sí que tenía prisa —dijo el padre en cuanto el coche de Rafael Estévez enfiló el camino de regreso a Vigo.

—Su novia está embarazada. Se está tomando a pecho el cuidarla.

—No hace falta que lo jures: ni se ha bajado del coche.

—Eso es porque tiene la espalda fastidiada —lo excusó Leo Caldas, en cuya mano colgaba como un péndulo la bolsa de plástico con el *foie gras* y el planisferio celeste de Alba—. Bastante ha hecho con traerme.

—Pero ¿no era una especie de ogro tarado?

—¿Estévez? —sonrió Caldas—. Es impaciente y si se cabrea no se sabe controlar, pero en el fondo es un cacho de pan.

El padre se dirigió a la bodega para soltar al perro, que correteó con el hocico en alto, olisqueando el aire, pero sin ladrar. Luego se alejó en la oscuridad.

—Pues voy a tener que borrarlo de mi libro de idiotas —murmuró.

—¿Has apuntado a Estévez en tu libro de idiotas? —preguntó Caldas yendo tras él.

—A lápiz —precisó el padre—. A la espera de confirmación.

—¡Pero si no lo conoces!

—Lo que conozco de él es por ti —le dijo el padre entrando en la casa—. Tú sabrás lo que me has contado.

El inspector permaneció de pie en el patio, consciente de que su padre tenía razón. Se había limitado a completar el cuadro a partir de los trazos que él había ido proporcionándole, como el niño que une los puntos con líneas para descubrir el dibujo oculto. Si la figura resultante había aparecido distorsionada, suya era en buena medida la responsabilidad.

—¿Qué te apetece cenar? —dijo el padre echando un vistazo a la nevera—. ¿Limpio las setas?

El inspector sacó el hígado de oca de la bolsa, cogió un cuchillo y cortó el precinto que sellaba el tarro de cristal.

—¿Qué es eso? —preguntó el padre.

—Un *foie gras*, regalo de mi amigo Carlos —dijo Caldas abriéndolo—. Se lo trajeron de Francia.

El padre hizo un gesto de aprensión.

—¿No te gusta o qué?

—No es que no me guste.

—¿Es por el colesterol? —preguntó Leo Caldas, pese a no saber si tenía bien o mal el colesterol.

—Es por mis principios —respondió el padre—. Leí en algún sitio que la oca está viva cuando le extirpan el hígado. Lo hacen así para que no sufra.

—¿Para que no sufra?

354

—Para que no sufra el hígado.

—Joder —suspiró Leo Caldas, y se quedó mirando el *foie*—. Pues si no quieres no lo abrimos.

El padre se inclinó sobre el tarro, cerró los ojos e inspiró profundamente.

—Vaya... —exclamó después de olerlo una segunda vez.

—¿Qué pasa? —preguntó Leo Caldas.

—Creo que este aroma es más potente que mis principios —dijo, y se rio de su propia ocurrencia.

—¿Entonces?

—No se lo habrás extirpado tú, ¿verdad?

Leo Caldas levantó las manos en señal de inocencia.

—Ni tu amigo el cacho de pan —insistió el padre.

—No digas disparates.

—Pues entonces saca dos copas altas del aparador. Yo voy a buscar vino —dijo, y salió de la cocina en dirección a la bodega.

Regresó con dos botellas, media sonrisa y una justificación:

—Además, Leo, ¿cómo podemos estar seguros de que esa historia del hígado es verdad?

—No lo sé —respondió—. A mí me la acabas de contar tú.

—¿Ves? —dijo el padre mientras abría la primera de las botellas—. ¿Quién te dice que no es un bulo?

Auxiliar. 1. Prestar auxilio. 2. Dar auxilio o socorrer a quien corre peligro. 3. Funcionario de categoría subalterna. 4. Profesor encargado de ayudar o suplir al titular. 5. Administrar los últimos sacramentos a un moribundo. 6. El verbo que ayuda a formar la voz pasiva y los tiempos compuestos.

Después de vaciar una botella de vino y medio tarro de *foie gras* de pie en la cocina, abrieron la otra botella, calentaron unos guisantes que la asistenta del padre de Caldas había preparado el día anterior y se sentaron a la mesa.

—¿Hay alguna novedad por Vigo?

—No —respondió Caldas en principio, pero después recordó los paneles de metacrilato con las fotografías de los edificios emblemáticos derruidos, dando testimonio de la ciudad que Vigo habría podido ser.

—¿Están en la calle?

—Hay una foto grande en la acera, delante de cada edificio —detalló Leo Caldas abriendo los brazos—. Parece imposible que se tiraran esas casas sin que hubiera movilizaciones en la calle. A los arquitectos que hicieron los proyectos nuevos y a los alcaldes que los aprobaron les debe de dar vergüenza verlos ahí.

—Supongo —comentó el padre—. De hecho, alguno de esos arquitectos veteranos renunció a las retrospectivas y dicen que fue por eso, para no enfrentarse con alguna de esas obras.

—No me extraña.

—Pero tampoco se puede juzgar el pasado desde el presente —replicó el padre—. Entonces parecía que el progreso pasaba por ahí y no es que no hubiese movilizaciones, como dices tú, es que absolutamente nadie alzó la voz. Y en los pueblos pasó lo mismo. ¿Cuántas casas viejas de piedra se tiraron por aquí para hacer otras nuevas de ladrillo que son verdaderos adefesios? Pero las de ladrillo tenían cámara aislante y a la gente que había nacido en casas de piedra le daba igual si eran bonitas o feas: progresar era dejar atrás el frío de la infancia.

—Pues es una pena.

—De todas formas, es bueno volver la vista atrás para aprender de las cosas que se hicieron bien y mal, pero no se puede vivir mirando constantemente postales antiguas. Aunque solo sea por higiene mental, yo prefiero pensar en las viñas que voy a injertar que en las que se me han ido muriendo —dijo y, levantando su copa, se quedó contemplando el vino que contenía—. Por cierto, ¿te he dicho que voy a plantar uvas tintas?

—¿Para qué?

—¿Cómo que para qué? A veces me pregunto cómo has llegado a inspector.

Caldas le recordó que desde niño le había oído defender la idoneidad de aquella tierra para el cultivo del albariño y otras variedades de vino blanco.

—Ya sé lo que decía entonces, pero no tengo la culpa de que el clima haya cambiado todavía más que yo. Cada vez hay más horas de sol y menos lluvia, como piden los buenos tintos. Y ya no es cosa de un año o dos, Leo: es una tendencia.

—¿Y qué uvas vas a plantar?

—Aún no lo he decidido. Quiero plantar merenzao y cabernet sauvignon, pero es posible que injerte alguna otra cosa —le explicó su padre—. Bruno, mi amigo suizo, me insiste en que plante nebbiolo. He encargado un análisis de la tierra porque no me quiero confundir.

—Bueno, tienes tiempo.

El padre de Caldas le miró a través del vino.

—Es lo único que no tengo, Leo: tiempo.

Caldas iba a replicar cuando sonó su teléfono. Era el comisario Soto.

—¿Dónde estás? —quiso saber.

—En casa de mi padre. ¿Pasa algo? —preguntó.

—El doctor Andrade acaba de llamar. Me ha hablado de un chico deficiente que vive cerca de Mónica.

—Se llama Camilo Cruz y no es deficiente —le corrigió Caldas—. Tiene un trastorno.

—Lo que sea —dijo Soto—. ¿Has estado con él?

—Sí.

—¿Y qué dice?

—¿Qué dice de qué?

—Coño, Leo, ya sabes de qué —protestó el comisario—. No imaginas lo intranquilo que está el doctor. Parece ser que a las amigas de su hija ese chico les da miedo. Dicen que siempre está rondando la casa de Mónica.

—El chico no tiene nada que ver.

—¿Estás seguro?

—Completamente —afirmó Caldas—. Ese Camilo puede dar miedo a quien no lo conozca porque tiene una forma un poco extraña de moverse. Pero todos los que lo tratan coinciden en que es inofensivo. Si a veces se acerca a casa de Mónica es porque son amigos, nada más.

—¿Amigos?

—Sí —dijo Caldas, y, después de una pausa, añadió—: Sé que mañana empiezan las batidas, comisario, pero no es en Tirán donde hay que buscarla. Se marchó de allí el viernes temprano, cruzó la ría. La hemos visto desembarcar en Vigo.

—¿Aparece en una grabación? ¿Por qué no me lo has dicho?

—Aparece una silueta con falda larga que tiene que ser ella.

—Pero ¿la habéis identificado o no?

—No al cien por cien —admitió el inspector—. Pero mañana lo confirmará el teléfono.

Caldas lo oyó respirar hondo.

—Vamos a organizar esas batidas de todas formas —dijo el comisario—. Tal vez encontremos algo que nos ayude a saber dónde está.

—Puede ser —dijo Leo Caldas antes de colgar.

—¿Problemas? —le preguntó el padre.

—La semana pasada desapareció una chica. La estamos buscando.

—¿Es muy joven?

—Bueno, en realidad tiene ya treinta y tres años. No sé por qué he dicho una chica.

—Porque es una chica —razonó el padre.

Caldas sonrió.

—Es hija de Víctor Andrade, un cardiocirujano bastante prestigioso. ¿No lo conoces?

—Me suena.

—Media ciudad se siente en deuda con él. Entre otros, el comisario. Cuando están juntos no tengo claro quién de los dos es mi jefe.

Caldas relató las circunstancias de la vida de Mónica Andrade evitando referirse a la desaparición. Le habló de la casita azul sobre las playas de Tirán y de su trabajo como profesora auxiliar en el aula de cerámica de la Escuela de Artes y Oficios.

—¿Has estado alguna vez en esa escuela? —preguntó.

—Yo no —respondió el padre apoyando sus palabras con un movimiento de la cabeza—. Pero el hijo de Chicho Novo está estudiando allí. ¿Te acuerdas de Chicho?

Leo Caldas buscó en su memoria y encontró un avión de papel planeando sobre las viñas.

—¿Chicho, el que hacía aviones de papel?

—Aquellos no eran simples aviones de papel, Leo. Eran así de grandes —dijo, separando las manos— y volaban treinta o cuarenta metros. Eran como águilas.

—¿Ya no los hace?

—No —contestó el padre de Caldas—. Está enfermo. Le costaría sostener esta copa sin derramar el vino.

—Vaya...

—Su hijo estuvo trabajando fuera un tiempo, pero cuando Chicho se puso peor volvió a casa a echar una mano. Pasó hace un mes o así por aquí a buscar vino y me contó que se había matriculado en esa escuela. Quiere aprender a construir instrumentos musicales y montar su propio taller. ¿Tú te acuerdas de él?

Caldas se había marchado a estudiar a Madrid cuando el hijo de Chicho Novo tendría siete u ocho años. Recordaba que le gustaba subirse a los árboles. La última vez que lo vio, el niño tenía una herida en la frente recuerdo de una caída.

—Poco —dijo el inspector—. ¿Cómo se llamaba?

—Óscar —dijo el padre.

Una luz se encendió en la cabeza de Leo Caldas. ¿No se llamaba Óscar el estudiante de la coleta con el que había estado hablando en el aula de luthería antigua?

—¿Tiene coleta?

—Ese es.

—Pues estuve ayer con él. De haberlo sabido...

—La próxima vez identifícate, hombre, que seguro que le hace ilusión saludarte después de tanto tiempo. ¿Tienes que volver por allí?

Caldas suspiró.

—Me temo que sí.

—Pues, si lo ves, dale un abrazo de mi parte.

Caldas dijo que lo haría y pinchó con el tenedor los dos guisantes rezagados que quedaban en su plato. Después sirvió vino en las copas y se limpió con la servilleta antes de beber.

—La que también trabaja en la escuela es Elvira Otero —dijo cuando devolvió la copa a la mesa—. Es la profesora de dibujo.

—¿Elvira Elvira? —preguntó el padre. Había utilizado el mismo tono de voz que usaba para bromear con respecto a Elvira Otero cuando Leo tenía diecisiete años e iba dos veces a la semana a su casa para ayudarla con las asignaturas que llevaba peor.

—Elvira, sí —sonrió Caldas. Le divertía que su padre lo siguiera tratando como a un adolescente—. Hace años que no la veía.

—¿Y cómo está?

—No me contaste que su padre había muerto.

El padre de Caldas dio un trago al vino.

—Ni te conté lo suyo ni te cuento lo de tantos otros. A cierta edad es mejor no profundizar en quién se queda y quién se va. Por no perder la moral, sobre todo.

Habían terminado de cenar y se levantaron a llevar los platos a la cocina. El inspector notaba el zumbido del alcohol en la cabeza mientras les daba un agua bajo el grifo antes de meterlos en el lavavajillas.

Se secó las manos y vio a su padre mirando por la ventana.

—No hay una nube —dijo el padre.

Caldas decidió aprovechar el momento y el refuerzo que le proporcionaba el vino para comentarle otra cosa:

—Deberías poner rejas.

—¿Dónde?

Tocó el cristal con los nudillos.

—En las ventanas.

—¿Para encerrarme?

—Para que no sea tan accesible la casa. Cuanto más difícil lo tengan los malos, mejor.

—Para defenderme de los malos ya tengo el sacacorchos —repuso, palpándose el bolsillo derecho del pantalón.

—Hablo en serio, papá.

El padre de Caldas siguió mirando al exterior.

—Yo no quiero ser un rehén en mi casa, Leo. Vivo aquí porque me hace sentir libre. Si quisiera estar encerrado viviría en Vigo, como tú.

—Pero ¿no lees los periódicos? —preguntó y, al instante, se arrepintió. No pretendía asustarlo.

—Claro que los leo. Precisamente porque los leo sé que el mundo está lleno de desgracias —respondió—. Hay tantas guerras y muertes violentas que ya solo nos llaman la atención si nos tocan de cerca —dijo, y señaló hacia el sur, donde el río Miño discurría trazando la frontera—. A doscientos kilómetros al otro lado del río han encontrado muerto a otro niño. ¿Lo sabías?

—Sí —dijo Caldas. Todos los medios habían dado la noticia del hallazgo del cadáver del niño que llevaba semanas desaparecido en Portugal.

—Se los lleva un hombre al que llaman el Caimán.

—Lo sé.

—Que exista gente capaz de hacer daño a unos niños sí que me da miedo —confesó—, no que unos ladrones puedan entrar aquí.

—Cada uno debería temer lo que le amenaza.

—Pero eres tú el que está asustado, no yo —dijo el padre, sin apenas alzar la voz—. Cuando llamas por teléfono te interesas por si estoy acompañado o solo; ahora me hablas de poner rejas... Tú eres policía, Leo, es lógico que te preocupen esas cosas, pero a mí me preocupa que las viñas arranquen bien y que llueva lo que tiene que llover cuando llegue la primavera. Puedo convivir con el miedo a morirme, pero no quiero tener también miedo a vivir.

Caldas miró el reflejo de su padre en el cristal y lamentó haber mencionado el asunto. Como casi siempre que le hablaba en voz baja, su padre tenía razón. Se dijo que era hora de retirarse a descansar.

—¿Me dejas un pijama o una camiseta o algo?

—¿No te irás a ir a dormir?

—Mañana tengo un día largo.

—Pero si aún no son las once. Y toda esta semana se pueden ver las leónidas. Un tipo que se llama Leo no se puede ir a la cama sin haberlas visto.

—¿Son estrellas?

—Según Antonio Lemos, son polvo desprendido de un cometa, pero, sí, para ti y para mí son estrellas fugaces —resumió el padre—. ¿Sabes que me regaló un telescopio?

Caldas se acordó del planisferio celeste que seguía dentro de la bolsa, sobre la encimera.

—He traído esto. Estaba en casa.

El padre miró el planisferio, sorprendido.

—¿Desde cuándo te interesa la astronomía?

Leo Caldas no respondió.

—Era de Alba, ¿verdad? —dedujo el padre. ¿De quién iba a ser, si no?

—Sí, claro.

Farol. 1. Caja transparente dentro de la cual se coloca una luz. 2. Cazoleta formada de aros de hierro, en que se ponen las teas para las luminarias o para alumbrarse. 3. Hecho o dicho jactancioso que carece de fundamento. 4. Envite falso que se realiza en el juego para desorientar o atemorizar al adversario. 5. Funda de los paquetes de picadura de tabaco.

El viñedo del padre de Caldas descendía en bancales hasta el río como un anfiteatro orientado al mediodía. La casa y la bodega, semihundida en la tierra para favorecer una temperatura estable, se situaban en la parte alta, de manera que las fachadas posteriores parecían suspendidas sobre la finca. En una plataforma orientada al sur, junto a la prensa neumática que esperaba cubierta con una lona hasta la próxima vendimia, había instalado el padre de Caldas el campamento de observación astronómica. Consistía en un par de sillas de lona reclinables, una mesa de plástico, el pequeño telescopio obsequio de Antonio Lemos y un farol de acampada que el padre encendió antes de regresar a la casa para coger unas mantas y apagar los focos exteriores.

Caldas se sentó en una de las sillas y sacó el paquete de tabaco. Había dado dos caladas a un cigarrillo cuando el teléfono móvil comenzó a sonar.

—Soy Walter Cope, inspector —le dijo el inglés, quien se disculpó por molestarlo a aquellas horas.

—No se preocupe. ¿Ha pasado algo?

El inglés le contó que algunos vecinos de Tirán estaban recibiendo mensajes en los que se solicitaban voluntarios para rastrear la zona en busca de una persona desaparecida.

—Me llegó el aviso al móvil y supuse que se refería a Mónica.

La confirmación de que al día siguiente habría una batida por los alrededores de la casa de Mónica Andrade dio paso a una batería de preguntas del inglés: ¿no la habían visto marcharse a coger el barco el viernes? ¿No seguía la bicicleta en el puerto? ¿Por qué organizaban una búsqueda a pie cerca de su casa? ¿Creían ahora que le había ocurrido algo allí?

Caldas comprendía su nerviosismo, pero no quiso revelarle sus sospechas.

—El protocolo nos obliga a no descartar ninguna posibilidad mientras Mónica no aparezca —se limitó a comentar.

Apagó el cigarrillo y echó mano del planisferio celeste de Alba. Lo formaban dos láminas de plástico superpuestas. La de abajo era una carta estelar, mientras que la de arriba giraba sobre la otra enseñando a través de una ventana redonda la porción de cielo visible en un momento determinado. Caldas consultó el reloj e hizo coincidir la hora y la fecha de aquella noche en la parte exterior de los dos discos de plástico para que las estrellas de la carta se correspondiesen con las del cielo. Luego trató de localizar el norte.

Los focos exteriores se apagaron y al poco regresó el padre de Caldas alumbrándose con una linterna. Se había cubierto la cabeza con un gorro de lana que le tapaba las orejas. Además de las mantas, había cogido la botella con vino que quedaba y las dos copas. El perro apareció correteando tras él y, cuando el padre del inspector se sentó, se tumbó a sus pies. Bajo la luz amarillenta del farol, su pelaje marrón parecía más bien naranja intenso.

—Deberías ponerle un nombre —dijo Caldas.

El padre sirvió vino en las copas.

—Con lo que me costó ponerte nombre a ti... —murmuró, aunque ambos sabían que la decisión de llamarle así había partido de la pasión de su madre por Léo Ferré.

—Yo no debería beber más —dijo el inspector.

El padre le ofreció una manta y se envolvió en la otra.

—¿Sabes orientar esto? —le preguntó Leo Caldas moviendo el planisferio celeste como un abanico.

—Más o menos, pero ya no se usan esos chismes para identificar estrellas —respondió, y señaló el teléfono móvil que el inspector había dejado en la mesa—. Es más fácil con el teléfono.

—¿Con el teléfono?

—Haces una foto al cielo y aparece todo identificado en la pantalla.

—¿Puedes hacer eso con tu móvil?

—No. Hay que tener la aplicación instalada y yo no la tengo. Antonio Lemos insiste en que es la mejor manera de familiarizarse con el firmamento, pero las veces que lo probé me acabé armando un lío. Además, lo de escudriñar el cielo para poner nombre a cada luz no va conmigo. Ni siquiera utilizo demasiado el telescopio —admitió—. He descubierto que lo que más me gusta es venir aquí y mirar al cielo sin preocuparme de cómo se llame cada cosa. Me pasa algo parecido con las mujeres por la calle: si no las conozco, disfruto de la vista con tranquilidad. En cambio, cuando sé cómo se llaman o de quién son hijas, ya no puedo mirarlas igual.

Caldas quiso replicar, pero no encontró las palabras y se limitó a mover a los lados la ventana del planisferio celeste.

—¿Cómo está Alba? —le preguntó su padre de repente, como si el rozamiento de las láminas del planisferio hubiese producido un reflejo condicionado.

—Bien, supongo.

—¿La ves?

Caldas dudó un instante, pero escogió decirle la verdad:

—Creo que está con alguien.

El padre de Caldas dio un sorbo largo al vino. Luego dejó la copa en la mesa y reclinó al máximo la silla como si fuese a dormir.

—Pues deberías buscarte a alguien tú también, Leo —dijo mientras se movía para encontrar la mejor postura—. Lo de querer y esperar está muy bien para las novelas, pero en la vida real hace falta calor.

Caldas se quedó sentado, con las manos en las rodillas, mirando a la noche. No pensaba en Alba, sino en dos trenzas que llevaban años bailando en un rincón de su cabeza.

—¿No te tumbas? —le preguntó el padre.

—¿Eh?

—Hemos venido a ver estrellas fugaces. Las leónidas. ¿Recuerdas?

—Sí, sí —dijo Caldas. Y reclinó su silla hasta dejarla como la de su padre, casi horizontal.

—Ahora viene el momento que más me gusta —confesó el padre—. ¿Estás preparado?

Luego, sin esperar la respuesta de su hijo, estiró la mano y apagó el farol.

Caldas notó que la noche se hacía más oscura y borrosa, pero esa sensación duró apenas un instante. En cuanto sus ojos se acostumbraron a la falta de luz, un cielo plagado de estrellas se iluminó de repente.

—¿No es maravilloso? —dijo el padre y, cuando Caldas quiso comentar algo, añadió—: Aunque no lo creas, si hay silencio brillan más.

Permanecieron tumbados uno junto al otro bajo las mantas, mirando al cielo, hasta que después de un buen rato sin rastro de estrellas fugaces Leo Caldas preguntó:

—¿Hacia dónde hay que mirar?

—¿Qué?

—Para ver las leónidas. ¿Hacia dónde hay que mirar?

—Hacia arriba.

—No tienes ni idea, ¿no?

—¿Te vas a callar? —preguntó el padre, y Caldas supo que sonreía en la oscuridad—. ¿O tengo que recordarte que acaba de quedar una vacante en mi libro de idiotas?

Caldas siguió tumbado hasta que lo levantaron las ganas de fumar. Entonces encendió el mechero para localizar el tabaco en la mesa sin tirar las copas y dedicó un momento a mirar alrededor. Tanto como la abundancia de estrellas en el firmamento le sobrecogían el silencio y la oscuridad casi total de la finca en aquella noche sin luna. Solo un resplandor tenue sobre una de las laderas revelaba la existencia de luces detrás. Al otro lado del río, en cambio, los montes portugueses aparecían salpicados de viviendas iluminadas. A lo lejos, una alineación de lucecitas rojas le llamó la atención.

Se acercó al telescopio, retiró la tapa de la lente y enfocó aquellas luces que brillaban como ascuas en la distancia.

—Todos aquellos puntos rojos ¿qué son? —quiso saber.

—¿Cuáles?

—Allí enfrente, en Portugal —señaló el inspector.

Notó cómo su padre se incorporaba en la oscuridad.

—Son molinos de viento —dijo—. No sé por qué los llaman así si no muelen otra cosa que el paisaje.

Caldas sonrió.

—¿Tantos hay? —preguntó.

El padre dio un suspiro antes de contestar:

—Cualquier día va a salir volando la montaña.

Estuvieron casi una hora más allí fuera y en ese tiempo pudieron contemplar varios meteoros dejando estelas brillantes en el cielo. Caldas pasó un rato entretenido con el telescopio antes de volver a tumbarse junto a su padre, que solo cambió de postura para alcanzar el vino.

Bajo las estrellas, Caldas repasó la jornada que le esperaba al día siguiente. Entendía la angustia de Víctor Andrade por no encontrar a su hija, pero temía que su injerencia pudiera retorcer la investigación y afectar a inocentes. Tragó saliva al imaginar la congoja de la madre de Camilo cuando supiese que la desesperación del doctor apuntaba a su hijo, y pensó en Walter Cope, a quien el pronóstico incierto de la enfermedad de su hija Sarah obligaba a dejar de fotografiar aves y regresar a Inglaterra. Recordó el calor de los hornos y le estremeció la idea de no encontrar en aquel caso un lugar para la esperanza.

Se acurrucó en la silla y se concentró en un punto brillante del cielo. Las primeras horas de la noche comenzaban a revestir la tierra de humedad y Caldas respiró hondo el olor del viñedo.

Entrevió en la oscuridad la cabeza de su padre embutida en el gorro de lana y recordó las veces que siendo un niño se había tumbado con él en la hierba y habían jugado a encontrar formas en las nubes. Oyó respirar al perro, que dormía enroscado sobre sí mismo, y cerró los ojos.

Había pedido a Estévez que le acercase aquella noche a la finca preocupado por la seguridad de un padre solitario y mayor.

Sin embargo, tumbado junto a él, Leo Caldas era quien se sentía seguro.

Evidencia. 1. Hecho tan claro y manifiesto que no precisa explicación. **2.** Prueba determinante en un proceso judicial.

Leo Caldas permaneció de pie en la acera, con un estuche de tres botellas de vino en cada mano, viendo alejarse a su padre. Caldas le había vuelto a pedir que valorase la posibilidad de poner rejas, a lo que su padre había respondido con una reflexión acerca de cómo la edad había cambiado su forma de enfrentarse a la muerte. Lo que con menos años resultaba trágico o incluso glamuroso, perdía con el tiempo cualquier aroma de glamur para convertirse en la desembocadura natural de la decadencia.

—A veces no es tan dramático encontrar el atajo —había sentenciado el padre con una sonrisa que el inspector no compartió y habían hecho el resto del trayecto en silencio.

Esperó a que las luces rojas del coche desaparecieran tras la esquina, para entrar en una comisaría todavía silenciosa, a medio desperezar. Fue a su despacho y dejó los dos estuches de vino en el suelo, apoyados contra la pared. Entre los papeles de la mesa, cerca del dibujo enrollado de Camilo, estaba el documento del juzgado que autorizaba el registro de las cámaras próximas a la Escuela de Artes y Oficios.

Estaba leyéndolo, cuando entró el comisario Soto.

—Buenos días, comisario —le saludó Caldas, y echó un vistazo disimulado al reloj.

—He quedado con Andrade.

—¿Ahora?

—Me llamó preguntándome si podría vernos antes de pasar por el hospital. Tiene que estar en el quirófano a las ocho y media, así que no puede tardar.

—¿Por algo en concreto?

—Está obsesionado con el chaval ese, el vecino.

Los ojos de Caldas buscaron el rollo de papel sobre la mesa.

—Ya le expliqué ayer que ese chico no tiene nada que ver.

—Y yo se lo transmití, pero el doctor insiste en que está implicado. A ver si tú lo convences.

—¿De verdad es necesario perder el tiempo con eso? —preguntó Caldas.

—Vamos a escucharle al menos, Leo —dijo Soto recurriendo a su tono más conciliador—. Luego hacemos lo que consideremos oportuno. ¿Te parece?

El inspector, consciente de que no tenía alternativa, no se molestó en replicar.

—Iba a buscar un café —le dijo el comisario—. ¿Vienes y me enseñas esa imagen que tenemos antes de que llegue el doctor?

—¿Ve? —dijo Caldas señalando la figura en la pantalla—. Se marcha caminando hacia allá.

—La verdad es que no se distingue muy bien.

—No —admitió el inspector—, pero si vino a Vigo en ese barco tiene que ser ella. Tanto la falda como la dirección que toma concuerdan.

—¿Adónde crees que iba?

—A la Escuela de Artes y Oficios.

—¿Seguro? —preguntó el comisario—. ¿No decían que no pasó por allí?

—Tengo el presentimiento de que llegó antes de que abrieran —explicó Caldas—. Algunos profesores tienen llave. Ayer por la tarde llamé a la juez para pedirle que nos dejase intervenir también las cámaras próximas a la escuela para confirmarlo. Hay bancos, una farmacia..., debería aparecer en alguna grabación.

El comisario asintió mientras removía el café.

—¿Y qué dijo la juez?

—Que sí —contestó el inspector—. Tengo el mandamiento en el despacho.

El comisario se acercó a ver de cerca la imagen congelada de los pasajeros del Pirata de Ons que habían desembarcado en el puerto de Vigo el viernes a primera hora.

—Y si pasó por la Escuela de Artes y Oficios, ¿adónde se marchó después?

—Tal vez no saliera de allí —respondió Leo Caldas.

—¿Cómo?

No teniendo a mano un cigarrillo, el inspector se llevó a los labios la taza de café.

—Es una posibilidad —dijo luego, pero el comisario sabía que no había hablado por hablar.

—¿Crees que no salió de allí? —Su voz había adquirido un color que Caldas identificaba con la alarma.

—Las grabaciones de las cámaras y la información del teléfono nos sacarán de dudas. No ha llegado lo del teléfono, ¿verdad?

El comisario no se molestó en responderle: ambos sabían que no.

—¿Me vas a explicar qué te ronda por la cabeza? —exigió, en cambio.

Caldas dejó el café en la mesa y se pasó las manos por el rostro, ponderando cómo empezar.

—Creo que Mónica no hizo nada extraordinario el viernes. Salió de casa un poco antes de lo normal, eso es todo. Podemos descartar que tuviese la intención de marcharse varios días de la ciudad o de hacer un viaje. No consta como pasajera en ningún avión ni en ningún barco.

—Pudo irse de otra forma —planteó Soto—. Para comprar un billete de tren o de autobús en la estación no hay que identificarse.

—Ni para irse en coche —añadió el inspector—. Pero no lo creo. En la casa no falta nada.

—¿No me dijiste que cuando se marchó llevaba una bolsa de viaje?

—No exactamente —respondió Caldas—. La vecina que se cruzó con ella habló de una mochila.

—A eso me refería.

—Pero no es nada extraordinario: Mónica suele llevar una mochila cuando va a sus clases.

—Vale —dijo el comisario—. Entonces ¿crees que fue a la escuela?

—Como todos los viernes —respondió Caldas, sin vacilar—. Ya lo confirmarán las cámaras y el teléfono.

—¿Y dónde está?

Caldas valoró no revelarle sus sospechas hasta tener al menos la constatación de que Mónica había entrado en la escuela, pero escogió decirle la verdad:

—En el aula de cerámica hay varios hornos para cocer la arcilla. En el más grande de los tres cabe holgadamente una persona.

—Joder, Leo, ¿qué dices?

—Tanto la ordenanza como la limpiadora que pasaron por allí el viernes dicen que hacía calor. Así que algún horno debía de estar funcionando pese a no haber clase. La limpiadora asegura que uno de ellos estaba cerrado.

—¿El grande?

Caldas le dijo que sí.

—Y nadie vio ese horno abierto hasta el lunes, tres días después.

—¿Crees que la...? —No se atrevió ni a terminar la pregunta.

—Esos hornos alcanzan más de mil grados. Hablé ayer con Barrio y me dice que de un cuerpo sometido a esa temperatura no queda nada.

—¿Nada?

—Bueno, sí: un puñado de cenizas inidentificables. Según él, es la forma perfecta de deshacerse de un cadáver.

—Joder.

—Sí.

—¿Has preguntado a los alumnos? A lo mejor encendieron ellos el horno.

—No —respondió el inspector—, ni a los alumnos ni al profesor titular. No quiero hacerlo todavía.

—¿Y eso?

—Prefiero no poner a nadie sobre aviso, por si quedasen evidencias. Si las imágenes y el teléfono confirman que Mónica estuvo en el taller, tendremos que pedir permiso a la juez para precintarlo. Ya habrá tiempo de aclararlo todo después.

El comisario volvió a mirar la figura borrosa que se alejaba del barco.

—¿Y no es posible que Mónica estuviese yendo a otro sitio?

—¿Adónde?

—A casa de alguien..., ¿qué sé yo?

—Puede ser, comisario. Claro que puede ser.

—Pero no lo crees.

—No, no lo creo —confesó Leo Caldas—. Porque algo le sucedió el día anterior mientras estaba en esa escuela —dijo, y le contó que la ordenanza que hacía la ronda la había encontrado vigilando desde una ventana.

—Vigilando ¿qué?

—No lo sé, pero no puede ser casualidad que desapareciese al día siguiente, cuando volvió por allí.

El comisario se quedó removiendo un café que se había quedado frío hasta que llamaron a la puerta y un agente uniformado asomó la cabeza.

—¿Ya? —preguntó el comisario. Había pedido que lo avisaran tan pronto como viesen el coche del doctor Andrade.

—Acaba de llegar.

Instinto. 1. Conjunto de pautas de reacción que, en los animales, contribuyen a la conservación de la vida del individuo y de la especie. **2.** Móvil que obedece a una razón profunda, sin que se percate de ello quien lo realiza o siente. **3.** Facultad que permite valorar o apreciar ciertas cosas.

Leo Caldas explicó a Víctor Andrade que, entre la información del teléfono de Mónica, las batidas y el llamamiento público desde la radio, confiaba en que aquel fuese un día de avances en la investigación.

—¿Eso significa que no van a hacer nada más? —le preguntó el doctor Andrade desde el otro lado de la mesa.

—Yo no he dicho eso —respondió Caldas—. Seguimos buscando un hilo del que tirar.

Andrade no se había acercado hasta allí tan pronto para perder el tiempo.

—Pero no van a detener a ese chico.

—¿Acusado de qué?

—¿Acusado de qué? ¿Que mi hija haya desaparecido no es un motivo? ¿Qué necesita?

El inspector trató de mantener la calma.

—Algo que incrimine a ese muchacho.

—Le estoy diciendo que está obsesionado con mi hija, que siempre la está rondando.

—La gente que lo trata a diario coincide en que es inofensivo.

—Todo el mundo es inofensivo hasta que deja de serlo, inspector.

—Le aseguro que hay unanimidad entre los vecinos.

—Entre las amigas de mi hija también hay unanimidad —dijo Víctor Andrade—. Le tienen miedo.

—Porque no lo conocen, pero probablemente le den miedo ellas a él. A ese chico le cuesta relacionarse con la gente. Incluso se viste de naranja para que nadie se le acerque.

—Ahí lo tiene —dijo el doctor apuntándole con el dedo—. Cuando la capacidad intelectual está mermada lo que asoma es la esencia animal.

—Creo que no le entiendo.

—Los colores llamativos en la naturaleza son señales de alerta. Cualquier criatura sabe por instinto que más vale mantenerse alejado de los animales de colores vivos. Esa pigmentación solo significa una cosa: veneno. Si ese chico se viste así es porque es consciente de lo que representa.

—No puede hablar en serio —murmuró Caldas, y miró al comisario confiando en que abandonase su condición de espectador y le apoyara—. ¿De verdad pretende inculpar a una persona por vestirse de naranja?

—A veces se producen anomalías en la naturaleza, pero es la propia naturaleza la que se encarga de corregirlas —continuó el doctor Andrade—. ¿O cree que un león ciego o un delfín que tenga alterada la capacidad para orientarse sobreviven? El problema es médico también. Se ha pervertido nuestra función. Nuestros predecesores no se preocupaban solamente por la salud de los individuos, sino que también velaban por la de la comunidad. Los niños que no venían en condiciones no salían adelante, y ni era un drama ni generaba un debate ético. Se asumía con naturalidad que incluso muchos recién nacidos sanos no llegarían a la edad adulta ni sobrevivirían a sus padres. Hace no tanto, un niño de esos no habría tenido la oportunidad de convertirse en un monstruo. Habría ido directamente del vientre de su madre al cubo.

El doctor se aplastó el pelo que le crecía sobre las orejas, como recomponiéndose.

—¿De verdad tenemos que escuchar estos disparates? —preguntó Leo Caldas.

Se había dirigido al comisario, pero fue Andrade quien contestó.

—Un disparate es que los tabúes de una sociedad infantilizada afecten a la forma que tiene un policía de entender la realidad.

—¿A qué realidad se refiere? ¿A la del asunto que nos concierne o a la del hombre de las cavernas?

Víctor Andrade le miró a los ojos y tomó aire antes de responder.

—Las realidades en el asunto que nos concierne son tres, inspector —comenzó, y fue extendiendo dedos a medida que las enumeraba—. Una, que mi hija Mónica sigue desaparecida; dos, que un chico con las facultades perturbadas está obsesionado con ella; y tres, que sus prejuicios le impiden relacionar una cosa con la otra.

Aunque hervía por dentro, Caldas logró refrenarse. No respondió que era el doctor quien estaba cargado de prejuicios. Tampoco le contó que una cámara de vigilancia había recogido a una mujer de falda larga desembarcando del Pirata de Ons en el puerto de Vigo. Había acordado con el comisario no mencionarlo hasta que alguna imagen próxima a la Escuela de Artes y Oficios permitiese identificar a Mónica o hasta que la localización del teléfono móvil la situase en la ciudad.

—Me gustaría hablar con su mujer.

—¿Por qué?

¿Por qué? ¿Qué clase de respuesta era aquella?

—¿Porque la desaparecida es su única hija? —preguntó a su vez el inspector.

—Amelia no está bien —dijo Víctor Andrade buscando con la mirada al comisario—. Se angustiaría.

—Pero es posible que sepa algo relevante —repuso Caldas—. Algo que los demás estemos pasando por alto. Mónica sí tiene buena relación con ella.

El comisario le miró con severidad y el doctor Andrade, con desdén.

—Nuestra obligación es hablar con ella —insistió el inspector.

Andrade extendió un dedo como la batuta del director que silencia a un violinista.

—No la molesten —dijo, en plural.

Luego, consultó la hora en la enorme esfera de su reloj y se puso en pie.

—Me esperan en el quirófano —dijo, y a Caldas se le escapó una mueca de compasión por el paciente.

Andrade la detectó.

—Soy un profesional, inspector. Los asuntos personales no traspasan la puerta del quirófano. Usted debería hacer lo mismo: dejar los remilgos a un lado y cumplir con sus obligaciones de una vez.

—Las obligaciones de un policía no incluyen detener a ciudadanos inocentes.

El doctor Andrade se acercó a él y lo miró desde arriba con su rostro de ave rapaz.

—Como ese perturbado esté implicado en la desaparición de mi hija le juro que se acordará de mí.

Luego se despidió del comisario y se marchó.

—No molestes a su mujer —dijo el comisario cuando se quedaron solos.

¿Que no la moleste?, pensó Leo Caldas. ¿Qué mierda de orden era esa?

Empañar. 1. Cubrir el vapor de agua un cristal o una superficie pulimentada. 2. Restar prestigio a una persona. 3. Llenarse los ojos de lágrimas. 4. Poner los pañales a un niño.

Leo Caldas salió a fumar a la calle con el eco de las palabras de Andrade todavía resonando en su cabeza. Estaba indignado tanto por la actitud intimidatoria del doctor como por la pasividad casi sumisa del comisario. Encendió un cigarrillo y se apoyó en uno de los coches patrulla aparcados frente a la comisaría.

El día comenzaba a clarear. No había llovido, pero los cristales de las ventanas amanecían empañados y los coches, recubiertos por una película fina de humedad.

Miró el reloj y se dijo que los bancos debían de estar abriendo al público. Tenía prisa por centrar cuanto antes la búsqueda en la ciudad, pero ahora también por apartar las sospechas del chico que vivía en la otra orilla.

En cuanto acabó el cigarrillo, regresó al despacho y buscó el teléfono de la alumna de Mónica. Dolores había sido la última en abandonar el taller el jueves, debía de recordar si el horno más grande se había quedado en marcha. Le pareció temprano para llamarla, así que le escribió un mensaje pidiéndole que se pusiese en contacto con él.

Dolores le llamó de vuelta dos minutos más tarde.

—¿Ha aparecido Mónica?

—Todavía no —le dijo Caldas, y le preguntó si en algún momento durante la mañana podría acercarse a la comisaría.

—Claro —respondió ella—, en menos de media hora estoy ahí.

El inspector dejó el teléfono sobre la mesa, encendió el ordenador y echó un vistazo a las noticias. La noche había sido intensa en Madrid y Sevilla, donde se habían llevado a cabo once detenciones relacionadas con el terrorismo islamista que acaparaban las portadas. Las fuentes citadas hacían referencia a que la célula preparaba un ataque a gran escala contra infraestructuras críticas del Estado. En uno de los domicilios registrados se habrían hallado planos de diversos objetivos, así como gran cantidad de peróxido de acetona listo para ser detonado.

En Vigo, en cambio, los titulares eran más esperanzadores: el contrato para la fabricación de tres buques oceanográficos firmado por un astillero local permitiría reincorporarse a sus antiguos puestos a más de dos centenares de trabajadores.

Estaba leyendo los detalles cuando la agente Barcia llamó a la puerta.

—Pasa, Clara.

—¿Tienes el papel del juzgado? —preguntó ella.

—Haz un par de copias —le pidió Leo Caldas tendiéndole el documento— y que te acompañe un grupo de cinco o seis. Que alguien se acerque al ayuntamiento a ver qué aparece en las cámaras de tráfico y los demás id peinando el área alrededor de la escuela. Lo que vayáis recogiendo lo traéis, ¿de acuerdo? Quiero que Ferro lo pueda ir revisando a medida que lo tengamos.

—De acuerdo.

—¿Ya ha llegado Ferro? —quiso saber el inspector.

—Sí.

—Pues que esté pendiente —dijo—. Ya hablo yo luego con él.

Clara Barcia acababa de marcharse cuando la silueta enorme de Rafael Estévez oscureció el cristal de la puerta.

—Buenos días —le saludó al abrir, y después bajó la voz para decirle que había una mujer en el pasillo que preguntaba por él.

—Es Dolores, una de las alumnas de Mónica —le explicó
Leo Caldas—. ¿No estabas el otro día cuando hablé con ella?

—No —dijo Estévez—. Llegué después.

—Pues dile que pase y quédate —le pidió—. A ver a ti qué
te parece.

Sentido. 1. Que expresa o manifiesta con sinceridad un sentimiento. **2.** Persona que se ofende con facilidad. **3.** Capacidad para percibir estímulos externos o internos mediante determinados órganos. **4.** Razón de ser o justificación de algo. **5.** Significado de una palabra, de una frase o de un mensaje o una obra. **6.** Tendencia o intención de algo. **7.** Cada una de las dos orientaciones opuestas de una misma dirección.

—Usted comentó que podía estar con su amigo inglés —dijo Dolores—. Con Walter.

—Eso está descartado —le comunicó Leo Caldas—. Walter Cope está de vuelta y tampoco sabe nada de Mónica desde el jueves.

—Pero ¿siguen pensando que se marchó o piensan que...? No se atrevió a mencionar la alternativa.

—Sabemos que salió de casa el viernes por la mañana y que vino en un barco a Vigo. Luego le perdemos la pista.

—Mejor si se marchó ella, ¿no?

Como Caldas no se pronunciaba, Dolores buscó una respuesta en Estévez. El aragonés asintió con la cabeza para tranquilizarla.

—¿Le importaría contarnos otra vez lo que pasó con Mónica la tarde del jueves? —consultó el inspector—. Me gustaría que mi compañero lo oyese.

—Claro —dijo Dolores, y les explicó lo sucedido desde que llegó al taller hasta que se marchó dejando a Mónica Andrade encerrada a oscuras en el despacho de Miguel Vázquez.

Estévez cruzó una mirada con Leo Caldas.

—¿A oscuras? —preguntó.

—A oscuras, sí. Luego se agarró la cabeza —dijo apoyando ella misma la frente en las palmas de las manos— y se quedó un momento respirando hondo.

—¿Le explicó qué le sucedía? —preguntó Estévez otra vez.

—No —respondió—. Cuando dejó de jadear me dijo que no era nada y me pidió que me fuera a casa.

—¿Se fue?

—No, porque era evidente que le pasaba algo y no quise dejarla sola en aquel estado. Esperé un poco y, al ver que no salía, entré otra vez a preguntarle si necesitaba algo, pero insistió en que estaba bien y en que me marchase.

—Me contó el otro día que le pareció que le habían dado una mala noticia —dijo Caldas—. ¿Sigue teniendo esa sensación?

—Es que tenía cara de eso —afirmó Dolores—. No sé por qué, pero pensé que se le había muerto alguien. Hasta le pregunté si le había ocurrido algo a algún familiar, pero volvió a decirme que prefería estar sola y que por favor la dejase.

—Y es cuando se fue.

—¿Qué iba a hacer?

El inspector miró a Rafael Estévez.

—¿Qué te parece?

—Que habría que saber qué hizo cuando salió del taller —dijo el ayudante del inspector.

—Fue a ver a los luthiers —afirmó Caldas.

—¿Cómo lo sabe? —preguntó ella.

—Porque el profesor de lutheria antigua recuerda que pasó por allí. Además, usted misma comentó que había ido a verlos. Lo tengo apuntado en algún lado —dijo, y comenzó a revisar sus notas—. Aquí está.

—Es que Mónica salió dos veces de clase —precisó Dolores—. Primero salió a ver a los luthiers y estuvo un buen rato fuera. Pero luego volvió.

—¿Y estaba bien al volver?

—Perfectamente —afirmó ella—. Siguió supervisando los trabajos e incluso hicimos bromas porque alguien le había comentado que se parecía a la modelo de un cuadro.

Caldas recordaba la referencia a la pintura.

—Entonces, ¿salió dos veces? —preguntó.

—Eso es. Primero, fue a ver a los luthiers cuando estábamos todos y luego, cuando ya solo quedábamos las dos, salió otro momentito.

—¿Esa segunda vez fue inmediatamente antes de encerrarse a oscuras?

—Exacto.

—¿Y no sabe adónde fue?

—No me lo dijo —respondió—. Pero no estuvo fuera más de cinco minutos.

—Puede que saliera a hablar por teléfono —dijo Estévez.

—Eso creo yo también —dijo ella—. En el taller no tenemos cobertura y es necesario salir al patio si se quiere hablar. ¿No hay forma de saber si recibió una llamada o un mensaje?

—En eso estamos —dijo Caldas. Luego trazó una línea en el cuaderno y se dispuso a abordar el motivo que le había llevado a requerir la presencia de Dolores en la comisaría aquella mañana—. ¿Recuerda si se quedaba encendido algún horno cuando se marchó a casa?

Dolores cerró los ojos haciendo memoria.

—Encendido ya no —dijo—. Se habían cocido engobes en un horno, pero ya estaba apagado y enfriando.

Estévez no se resistió a preguntar qué era eso.

—Los engobes son piezas de arcilla con color.

—¿Estaban en el horno grande? —preguntó Caldas.

—No, en el más pequeño —dijo, y abrió los dedos apenas unos centímetros—. Eran piecitas así.

—¿Seguro que el grande no se quedó encendido?

—Seguro —respondió, sin dudar—. ¿Por qué?

—Porque a la persona que limpió el taller el viernes a mediodía le pareció que hacía mucho calor.

—Sería calor residual del horno pequeño —sugirió Dolores—. Tardan horas en enfriarse del todo.

—Tiene sentido —dijo Caldas, aunque pensaba otra cosa.

Hizo una última anotación en el cuaderno, agradeció una vez más a la alumna de Mónica el haber acudido con tanta diligencia y se puso en pie.

—Si recuerda algún otro detalle, avísenos —le pidió—. Y preferiría que no comentase con nadie lo que hemos hablado esta mañana.

—Sí, claro.

—Nada con nadie, ¿de acuerdo? —repitió Caldas al abrir la puerta de cristal.

Dolores le miró con los ojos muy abiertos, esforzándose por mantenerlos sin lágrimas.

—Ojalá la encuentren pronto —dijo, y su voz sonó como un lamento—. Leí una novela hace unos años en la que una mujer huía de su casa en Suecia para instalarse en Australia bajo otra identidad. Tardaban varias décadas en localizarla. Les debo de parecer una tonta por contarles esto, pero no me lo quito de la cabeza.

Exposición. 1. Presentación pública de artículos de la industria o de las artes y las ciencias con fines comerciales o culturales. 2. Explicación de un tema o asunto por escrito o de palabra. 3. Situación de un objeto en relación con los puntos cardinales del horizonte. 4. Incidir la luz en una placa fotográfica o un papel sensible para que se impresione. 5. En ciertas composiciones musicales, parte inicial en la que se presenta lo que debe repetirse o desarrollarse después.

Caldas acompañó a Dolores hasta la calle. Al regresar, fue a ver al comisario: aún no había noticias del teléfono de Mónica Andrade.

—Si a las diez no hemos recibido nada, pienso reclamar a Madrid —aseguró Soto, y al inspector le pareció prudente—. ¿Vas a acercarte a Tirán?

—¿Para qué?

—En media hora empiezan las batidas.

—Son una pérdida de tiempo.

—No es necesario pasar allí toda la mañana —aclaró Soto—, pero alguien de nuestro equipo debería aparecer, aunque solo sea al principio.

Caldas consultó el reloj.

—Si no quieres ir tú puedo mandar a otro —dijo el comisario.

—No —replicó el inspector—, ya vamos nosotros.

—¿Qué tal la espalda esta mañana?

—Más o menos —respondió Rafael Estévez, sentado al volante—. El fisio me advirtió de que hoy estaría molesto.

—Pero ¿puedes conducir?

El aragonés le miró de reojo.

—Estoy conduciendo.

Leo Caldas sonrió y bajó un poco más la ventanilla. No llovía, pero el aire entraba en el coche cargado de humedad. Miró al cielo y constató que la franja oscura de nubes que el día anterior se extendía sobre el horizonte había alcanzado tierra firme. Esta noche su padre no podría salir a ver las estrellas.

—Gracias por acercarme ayer.

—Sin problema —dijo Estévez.

—Por cierto —se acordó Caldas—, mi padre me dio un estuche de vino para ti. Lo tengo en el despacho.

—Ah, gracias —respondió el ayudante, y después de una pausa volvió a referirse a la visita de Dolores. Ambos coincidían en que el cambio súbito en la forma de comportarse de Mónica en la tarde del jueves tenía que estar relacionado con su desaparición.

—¿Cuándo podremos saber con quién habló por teléfono? —preguntó Estévez, y, como si lo hubiesen invocado, el timbre del móvil del inspector comenzó a sonar.

—Espero que ya —dijo mostrando a su ayudante el nombre del comisario Soto en la pantalla—. ¿Tenemos noticias de Madrid? —preguntó al descolgar.

—Todavía no —respondió el comisario—. Pero ya que vais a Tirán, sería bueno que hablaras con ese chico.

—El chico no tiene nada que ver.

—Por eso —dijo Soto—, para descartar su implicación a ojos de todo el mundo.

Ambos eran conscientes de que «todo el mundo» no dejaba de ser un eufemismo para referirse a Víctor Andrade, pero tal vez tuviera razón.

—¿Qué pasa? —preguntó Estévez cuando el inspector colgó el teléfono.

—El doctor Andrade ha venido a vernos a primera hora. Una amiga de Mónica le contó que Camilo Cruz solía rondar la casa de su hija y se ha obsesionado con la idea de que el chico tiene algo que ver. Quiere que lo detengamos —dijo ahorrándole los detalles más escabrosos de la diatriba del doctor.

—¿No le han contado que parece que una imagen la sitúa en Vigo?

—No podíamos enseñarle un vídeo en el que apenas se distingue una sombra —dijo Caldas, y luego añadió, como hablando para sí mismo—: Ni que creo que acabó en un horno.

—¿Sigue creyéndolo?

—Esperemos a ver si las cámaras confirman que estuvo allí, pero si el horno más grande estaba apagado el jueves por la tarde y la limpiadora dice que estaba caliente el viernes, alguien tuvo que ponerlo en marcha.

—Todos los días se encienden hornos y no...

—Ya lo sé —le cortó Leo Caldas.

—¿Cómo se llama el profesor de cerámica, el jefe de Mónica?

—Miguel Vázquez.

—¿Le ha preguntado a él? Si encendieron ese horno pese a no haber clase es probable que él sepa por qué.

—No —dijo Caldas.

Estévez reconoció el acento de la sospecha en la voz del inspector.

—Miguel Vázquez estaba en Lisboa desde el jueves —dijo.

—Sí —respondió Caldas—, llegó a Lisboa el jueves para montar una exposición que se inauguró el viernes, el día que desapareció Mónica.

—Pues entonces hay que señalar a otro.

—No lo descartes tan rápido —dijo Caldas—. Pudo ir el jueves a Lisboa, registrarse en un hotel y regresar a Vigo durante la noche para encontrarse con Mónica.

—¿Para encontrarse con Mónica?

—¿Por qué no? Ella desembarcó en Vigo a las seis y cuarto, así que a las seis y media podía estar en la escuela.

—¿Está abierta a esas horas?

Caldas le dijo que no abría hasta las ocho.

—Pero Miguel tiene llaves —explicó—. En esa hora y media sobra tiempo para matar a una persona, meter el cuerpo en el horno y regresar al coche. Habría llegado a Lisboa antes de las dos de la tarde. A tiempo para la inauguración y con una coartada perfecta.

—¿Usted se arriesgaría a dejar un cadáver en un horno todo el fin de semana? —dudó Estévez.

—¿Por qué no, si tienes la certeza de que nadie lo va a abrir antes que tú? —contestó Leo Caldas—. La ordenanza vio a Miguel Vázquez en el taller el lunes por la mañana, a pesar de que los lunes no tiene clase. Dispuso de varias horas para limpiar a conciencia el horno y el taller. Además, según Barrio, después de una incineración en un horno de esos no quedan restos que identificar. Y sin un cadáver no tenemos asesinato.

A Caldas le sorprendió comprobar lo firme que resultaba aquella teoría cuyos flecos había ido entretejiendo sobre la marcha, a medida que hablaba.

—Suena bien —dijo Estévez, y luego rectificó—: Bueno, usted ya me entiende.

Caldas sonrió y miró a través de la ventanilla. Estaban sobrevolando la ría por el puente de Rande y, al ver la antigua leprosería de la isla de San Simón, le vino a la cabeza la ropa naranja que Camilo esgrimía para mantenerse alejado de los demás, como la campanilla de un leproso. Estiró el cuello, cerró los ojos y se concentró en recibir en el rostro el aire que entraba por la rendija.

Cuantas más vueltas daba a su hipótesis, más verosímil le parecía.

Contingente. 1. Que puede suceder o no suceder. 2. Suceso posible, casualidad. 3. Fuerzas militares de que dispone el mando. 4. Grupo, conjunto de personas o cosas que se distingue entre otros por su mayor aportación o colaboración en alguna circunstancia.

Aquella mañana, en la explanada situada frente a la casa rectoral apenas había sitio para aparcar.

Caldas y Estévez bajaron por la pendiente hasta el atrio de la iglesia de San Xoán de Tirán, donde estaban convocados los voluntarios que iban a participar en la batida. Los miembros de la unidad canina de Protección Civil se sorprendieron cuando los perros comenzaron a ladrar.

Se sentaron en el múrete, junto al cementerio, y observaron al grupo que escuchaba en silencio las instrucciones. Un policía municipal y un miembro de Protección Civil, subidos a unos escalones de piedra, terminaban de explicar el protocolo a los que iban a buscar a Mónica Andrade por tierra, haciendo hincapié en que se avisara a los jefes de equipo ante cualquier hallazgo. Les pedían que estuviesen especialmente atentos al mal olor, a la proliferación de insectos o a las aves que levantasen el vuelo desde un mismo sitio a la vez.

Los voluntarios se habían dividido en equipos, a los que se había entregado una fotografía de Mónica y un plano con el área que debían rastrear. Muchos eran estudiantes, pero también había gente mayor. El inspector reconoció a Walter Cope por el pelo alborotado. Atendía, junto al resto del contingente, a las últimas indicaciones del policía local.

Caldas miró alrededor por si Camilo estuviese observando desde algún lugar apartado, pero no dio con él. Se apoyó en el murete y lo buscó en el trecho de playa visible desde allí. En la orilla, otro grupo formado por piragüistas, marineros y buceadores locales recibía instrucciones de los miembros de la unidad acuática llegados desde Vigo, pero no había rastro del chico. Se dijo que tendría que buscarlo en el Lazareto.

Mientras a su espalda alguien barría con una escoba de púas el interior del cementerio, el inspector contempló su ciudad en la otra orilla, casi tan gris como el cielo y el mar. Andrés el Vaporoso, como cualquier otro día, tendía un sedal ajeno a lo que sucedía en tierra.

Viéndolo pescar, Caldas recordó una canción de Krahe. Contaba la historia de un marinero que cada mañana se acercaba a la lonja a vender lo que había pescado y, con el dinero, compraba lo que precisaba aquel día. Luego se iba al bar a beber y, al anochecer, al retirarse a descansar, de camino a casa, se acercaba al puerto para arrojar al agua las monedas sobrantes, devolviéndoselas al mar. Le gustaban la historia y la canción. En una ocasión se la había canturreado a Alba.

—¿Cómo se titula? —había preguntado ella.

—*En la costa suiza.*

—¿Suiza tiene costa?

—En la canción, sí.

Cuando la charla terminó, Leo Caldas se acercó a saludar a Walter Cope. Se había avenido a participar en la batida porque se necesitaban voluntarios que conociesen los recodos del litoral, pero no lograba entender por qué se insistía en buscarla allí cuando varias personas la habían visto marcharse.

Caldas le explicó que seguían el procedimiento habitual en un caso de desaparición.

—¿Cuándo vuelve a Inglaterra?

—El lunes —dijo Cope.

Después de asegurar al inglés que lo mantendrían al corriente de las novedades, Caldas y Estévez se presentaron a los mandos al frente del operativo. La batida era compleja por la vegetación alta de algunas zonas, los desniveles del terreno y la abundancia de pozos y cuevas. Tampoco los recovecos de la costa hacían sencilla la búsqueda por mar. Ya estaban al corriente de que varios testigos situaban a Mónica Andrade camino de Moaña, aunque no dejarían de revisar otros parajes.

—También han venido buceadores de un club de espeleología submarina para revisar las *furnas* —les explicó el más veterano de los policías municipales señalando la playa.

—Muy bien —dijo Leo Caldas.

—¿Van a quedarse hasta el final?

Caldas y Estévez se miraron.

—¿Es necesario? —preguntó el inspector.

—Si no apareciese antes, nos reuniremos aquí a las dos —contestó el otro, dando a entender que era suficiente con verlos a esa hora.

Desde el atrio de la iglesia, observaron cómo los grupos se dispersaban. Unos tomaban la senda litoral que pasaba frente a la casa de Mónica, mientras que otros bajaban por la cuesta que descendía pegada al muro del cementerio hasta la playa. El viento del mar traía el rumor de las lanchas al ponerse en marcha.

—¿Te importaría quedarte toda la mañana aquí? —preguntó Leo Caldas a su ayudante, que observaba el panorama.

—La verdad es que no.

—Pues quédate —propuso el inspector—. Yo quiero volver a Vigo, pero puedo cruzar en el barco de línea.

—¿Quiere que le acerque al muelle?

—Luego —respondió, y, cuando su teléfono móvil empezó a sonar y vio en la pantalla la sucesión interminable de números correspondiente a una centralita, intuyó que la juez Flores le estaba llamando desde el juzgado.

Se apartó unos metros y contestó.

—¿Caldas? —preguntó la juez, confirmando su suposición.

—Buenos días, señoría.

—¿Puede hablar?

—Sí, claro. Dígame.

La juez carraspeó antes de continuar:

—¿Cómo va eso que me contaba ayer?

—Poco a poco —contestó el inspector.

—¿Tienen la información del teléfono de Mónica Andrade?

—Aún no la hemos recibido.

—Pero van a mandársela hoy, ¿no?

—Esta mañana, sí.

—¿Y las cámaras? ¿Han podido revisar las grabaciones?

—Aún estamos recabando imágenes. Hemos empezado a primera hora.

La juez tardó un par de segundos en volver a preguntar:

—Entonces, ¿aún no hay evidencia de que la chica viniese a Vigo?

—Evidencia todavía no —dijo—. Pero ya le comenté ayer que estamos seguros de que sucedió así. Todos los testimonios apuntan a eso.

Otro silencio.

—¿Cree que podrán confirmarlo esta mañana?

—Sí, supongo —dijo Leo Caldas, algo extrañado por el interés de la juez en conocer los detalles—. ¿Sucede algo?

—No..., bueno, sí —titubeó Isabel Flores—. El juez decano ha pasado hace un rato por aquí para interesarse por este asunto. Es buen amigo de Víctor Andrade, fueron juntos al colegio. Andrade le ha llamado esta mañana preocupado porque el tiempo corre y cree que estamos dando palos de ciego, buscándola en Vigo cuando el culpable está en Tirán. Por lo visto hay un muchacho, un vecino que suele vigilar su casa que...

—Conozco a ese chico, señoría. Se llama Camilo Cruz —la interrumpió Leo Caldas sin molestarse en ocultar su incomodidad.

—A mí esto me fastidia tanto como a usted —dijo Isabel Flores—. No me gusta que se interfiera en mi trabajo.

—Ya supongo —repuso, lacónico, mientras sacaba un cigarrillo y lo encendía.

—El caso es que el padre asegura que ese chico está obsesionado con su hija y sospecha que...

—Estoy al corriente de qué sospecha —indicó Caldas dejando escapar la primera bocanada de humo—. Pero Camilo y Mónica son amigos. Ella incluso tiene varios dibujos hechos por él.

—¿Es pintor? —se sorprendió la juez.

—Más o menos —dijo—. Tendría que ver sus dibujos: parecen fotografías.

—Creí que era un chico con una deficiencia.

—No, no es deficiente, aunque se comporta de una manera extraña. Es de esos que observan fijamente pero desde lejos, sin acercarse.

—Andrade dice que a su hija le asusta.

—A su hija no —la corrigió Caldas—. Es a una de las amigas de Mónica, pero esa mujer apenas lo ha visto una o dos veces. En cambio, todos los que conviven con él coinciden en que es inofensivo.

—¿Usted también?

—No tengo motivos para pensar otra cosa.

—¿Ha estado con él?

—Por supuesto —respondió Caldas, y le contó que había acudido a Tirán por la batida—. No quiero volver a Vigo sin haber visto de nuevo a ese chico y descartado de una vez cualquier implicación.

—¿Le importaría mantenerme al corriente? —le pidió ella—. Si Andrade tiene intención de pasar por aquí no me va a quedar más remedio que recibirlo.

Caldas dio una calada al cigarrillo y emitió un sonido que significaba que lo haría.

Cuando colgó el teléfono permaneció de pie en el atrio de la iglesia, viendo a Andrés el Vaporoso en su barca, fumando como él. Sobre el compás de las olas que rompían mansas en la playa oía el murmullo de voces de los voluntarios encargados de inspeccionar las zonas más próximas. También percibía con nitidez el sonido de la escoba de púas barriendo el suelo dentro del cementerio.

Cerró un instante los ojos tratando de concentrarse. ¿No había comentado el cura que la madre de Camilo se ocupaba de limpiar la iglesia y el cementerio? Se volvió a mirar el muro recubierto de verdín y la inscripción «Cementerio parroquial de Tirán» bajo la cruz de piedra.

Apagó el cigarrillo y empujó la verja. Estévez fue tras él.

En un pasillo encajonado entre paredes de nichos encontraron barriendo a Rosalía Cruz.

Fantasía. 1. Facultad para crear o representar idealmente lo inexistente. **2.** Imagen formada por la mente. **3.** Pensamiento o cosa ilusoria. **4.** Ficción, cuento, novela o historia elevada o ingeniosa. **5.** Composición musical formada a partir de fragmentos de una ópera.

—¿No iba al barco? —preguntó Rosalía Cruz dejando de barrer cuando el inspector le hizo saber que querían hablar con ella. No llevaba la mañanita sobre los hombros, sino una bufanda alrededor del cuello. En distintos rincones del cementerio había ido dejando montoncitos de tierra, hojas y pétalos de flores con la intención de recogerlos después.

—¿Cómo?

—La mañana que vi a Mónica en la bicicleta me pareció que iba con prisa para no perder el barco. ¿No se lo dije?

—Sí, me lo dijo. Y hay otro vecino que piensa como usted —afirmó Caldas—. ¿Por qué duda ahora?

—Por toda esa gente que la está buscando aquí —respondió ella—. ¿Preguntaron a los marineros del vapor si llegó a embarcar?

—Preguntamos, claro —confirmó Caldas—. Y sí, creen que iba a bordo.

Cuando le contó que habían encontrado la bicicleta amarrada junto al pantalán, Rosalía arrugó la frente.

—¿Por qué han venido buceadores? —preguntó—. ¿Creen que se cayó al agua desde el barco?

—Hasta que no la encontremos no podemos dejar de buscar —contestó el inspector evitando responder a su pregunta—. ¿Cómo está su hijo?

Rosalía Cruz apretó los labios y se apoyó en la escoba, como si la sola referencia a Camilo le exigiese descansar.

—Siento que ayer se asustase de mí —se excusó el inspector—. No sabía que iba a reaccionar de esa manera.

—Camilo se bloquea cuando se le acercan demasiado —explicó Rosalía Cruz—. Yo ni siquiera puedo abrazarlo. En su cabeza, el cariño no se demuestra así.

Los ojos de la mujer se humedecieron y Caldas tragó saliva. Desvió la mirada hacia los nichos, ordenados en una cuadrícula heterogénea. Algunas lápidas eran de mármol blanco y otras de piedra oscura; unas tenían encastrados los retratos de los difuntos y otras solo mostraban los nombres junto a una cruz y dos fechas. Intercalados aquí y allá, tapiados con ladrillos de forma provisional, unos cuantos nichos sin lápida parecían esperar su huésped. Contra uno de aquellos nichos sin muerto había apoyado la espalda Rafael Estévez.

—Necesitaría ver a su hijo otra vez —confesó Caldas.

—¿Para qué?

—Porque quizá él sepa adónde iba Mónica.

—Camilo estaba durmiendo en casa cuando Mónica se marchó. ¿Cómo va a saber adónde iba?

—En todo caso, nos gustaría hablar con él —dijo Caldas—. ¿No podríamos hacerlo a través de usted?

El inspector percibió una alteración en su rostro.

—¿Hay quien desconfía de mi hijo?

—No —mintió Leo Caldas.

La boca de la madre del chico se torció en la sonrisa amarga de quien es consciente de que no le están diciendo la verdad.

—Puede hablarme sin rodeos, inspector. La vida de Camilo es así desde que era un niño. Estamos habituados a que le insulten, a que huyan de él, a que le peguen, a que se burlen, a que desconfíen... Todo porque es diferente, porque no lo entienden. Por eso está cómodo con Mónica. Ella lo mira sin asco y sin pena —dijo al principio, y luego añadió—: Ni miedo.

Caldas la previno de que la desaparición de Mónica Andrade iba a ser noticia esa misma tarde en algunos medios y trató de hacerle entender la importancia de apartar desde el primer momento las sospechas de su hijo.

—Pero si Camilo no tiene nada que ver —respondió Rosalía Cruz, sin concebir cómo aquel asunto podía llegar a afectarle—. Le repito que Mónica es de las pocas personas con las que se encuentra cómodo.

—Lo sé —dijo el inspector—. Precisamente por eso es posible que lo señalen. Los rumores pueden hacer mucho daño.

—Hace tiempo que dejó de importarme lo que piense la gente —sostuvo Rosalía, y Leo Caldas resopló al comprobar que la mujer no era consciente de la devastación que podía ocasionar el acoso de los medios, de su capacidad para hurgar en cada rendija de la intimidad sin detenerse a valorar los daños colaterales.

Recordaba un caso sucedido al poco de su ingreso en la policía. Un profesor de una escuela de educación especial de Vigo había sido acusado por una menor discapacitada de violarla reiteradamente. Pese a las dudas que la denuncia había suscitado en los investigadores, la identidad del presunto violador había terminado por trascender, apareciendo publicada en portadas de periódicos que, acogiéndose a su derecho a la información, no habían dudado en pisotear la presunción de inocencia de un acusado al que describían como un monstruo. Caldas había sido uno de los policías desplazados al domicilio del profesor para detenerlo y evitar así que lo linchase la muchedumbre que clamaba venganza en la calle. Semanas después, el estudio ginecológico confirmó que todo era producto de la fantasía de la menor, pero el hombre había quedado señalado para siempre.

El inspector no había olvidado el gesto de decepción de alguno de los periodistas que hacían guardia frente a la comisaría cuando se les comunicó que el profesor era inocente. El comisario les había sugerido que sacaran la noticia en las portadas, a lo que uno de ellos había respondido sin rubor:

—La inocencia no vende periódicos.

Caldas miró a su ayudante y Estévez hizo un gesto con las manos, dándole a entender que tal vez fuera mejor no insistir. El inspector estaba de acuerdo. Consultó la hora y se despidió de la mujer.

Si Estévez le acercaba en el coche aún podía llegar al barco de las once.

Transparente. **1.** Cuerpo que permite ver los objetos con nitidez a través de él. **2.** Translúcido. **3.** Claro, evidente, que se comprende sin duda ni ambigüedad.

A las once en punto, el Pirata de Ons soltó amarras en Moaña y avanzó al ralentí entre las bateas. Leo Caldas iba en la cubierta superior, detrás del puente de mando, mientras que el resto del pasaje hacía el trayecto en la cabina, a resguardo del frío.

Caldas se frotó las manos y miró al cielo cuajado de nubes oscuras. La proximidad de la lluvia ya era, más que una amenaza, una certeza. Estiró la tela del cuello alto del jersey y escondió dentro la barbilla, luego se subió hasta arriba la cremallera de la chaqueta impermeable. Seguía pensando en Rosalía Cruz y en su resignación cuando la previno de los recelos que despertaba su hijo.

—Es todo por haber ido a cuidar de ese gato, ¿verdad? —había preguntado. Luego, como respondiéndose ella misma, había murmurado—: Daría todo por que Camilo me abrazase una vez como abraza a los animales, por que se entendiera conmigo como se entiende con ellos. ¿Cómo voy a impedirle ir a cuidarlo?

Caldas tragó saliva. Confiaba en que la geolocalización del teléfono de Mónica Andrade lo liberase pronto de cualquier sospecha.

Al rebasar el espigón del muelle de pesca, Caldas se volvió a contemplar el litoral de Tirán. Se levantó y, apoyado en la barandilla, observó a uno de los grupos de rastreo que escudriñaban la zona rocosa. Las lanchas neumáticas de los submarinistas y las otras embarcaciones pequeñas que participaban en la búsqueda se diseminaban frente a la costa.

Distinguió la iglesia e intuyó, oculto por la vegetación, el cementerio. Poco antes, mientras hablaba con la madre de Camilo Cruz, había visto una urna en un nicho cerrado con una lámina transparente, y su cabeza había viajado al horno de la Escuela de Artes y Oficios.

Cuando el vapor dejó atrás las bateas y aumentó la velocidad, Caldas volvió a sentarse en el banco. Al frente, el mar, el cielo y la ciudad formaban un todo plomizo. Dos barcos mercantes se cruzaban cerca del muelle de carga y varios pesqueros regresaban a puerto escoltados desde el aire por bandadas de gaviotas.

Seguía pensando en el horno cuando notó las primeras gotas. Al volverse la lluvia más copiosa, el patrón le miró a través de una de las ventanas del puente y le indicó con señas que se pusiese a cubierto.

Caldas permaneció inmóvil, encogido en su chaqueta impermeable. De alguna manera, le gustaba aquella sensación de ir arriba y recibir el viento y la lluvia en el rostro, como si fuese un vigía y viajase en la cofa de un velero.

El patrón desatendió un instante el timón, descorrió el cristal de una de las ventanas y se asomó para hablarle.

—Abajo no llueve —le dijo, casi a gritos.

—Ya le había entendido —contestó Leo Caldas—, pero no me gusta ir abajo.

El patrón vaciló y luego le invitó a acompañarle.

—¿Quiere pasar al puente?

—No, gracias —respondió—. Prefiero quedarme aquí fuera. Si no me da el aire, me mareo.

Caldas desembarcó, subió por la rampa del pantalán flotante hasta el muelle y se dirigió a la comisaría evitando los charcos que estaban comenzando a formarse en el suelo.

Al atravesar los jardines de Montero Ríos reconoció a Timur entre los perros que correteaban bajo la lluvia y aminoró el paso. Descubrió a Napoleón empujando su carro lleno de cosas hasta la pérgola de hormigón bajo la que otros sin techo se resguardaban del aguacero. Luego se dejó caer en un banco y permaneció mirando al suelo.

Y Caldas tuvo la certeza de que, más que el carro, le pesaba la vida.

Visionar. 1. Creer que son reales cosas inventadas. **2.** Examinar técnica o críticamente, en una sesión de trabajo, una grabación audiovisual.

Caldas llegó a la comisaría, colgó la chaqueta impermeable y se dirigió a la sala de visionado. Ferro y Clara Barcia seguían revisando las grabaciones.

—¿Algún positivo?

—Todavía no —contestó Clara—. Tienes el pantalón empapado.

—Un poco, sí —dijo Caldas mirándose unas perneras que se volvían de un color más oscuro por debajo de las rodillas—. ¿Hay alguna en la que se vea bien la puerta de la Escuela de Artes y Oficios?

—Hay una justo enfrente, en la sede de la Agencia Europea de Control de Pesca, donde trabajaba el amigo inglés de la desaparecida —le contó Clara Barcia—. Desde esa cámara se ve bien la puerta, pero solo graba setenta y dos horas.

—Entonces no nos sirve para saber quién entró el viernes pasado.

—No.

—¿Pero? —preguntó Caldas, confiando en que hubiese un pero.

Lo había.

—Pero en esta del banco que hay al lado de la escuela podemos ver la acera y el paso de cebra —dijo la policía, y movió un dedo sobre el fondo de la imagen—. Si fue a la escuela desde el puerto debió de pasar por ahí.

—Si fue directamente, sí.

—¿Ves? —señaló Clara—. Tuvo que cruzar por donde cruzan esos dos.

Caldas acercó el rostro al monitor. En efecto, había dos personas cruzando la calle, aunque eran poco más que manchas. Se preguntó cómo iban a ser capaces de identificarla.

—No se ve nada bien.

—Las cámaras enfocan las puertas, Leo, no las calles que hay detrás.

—Ya lo sé —dijo el inspector—, pero ¿no hay nada más nítido?

—En lo que hemos visto hasta ahora, no. Pero acabamos de empezar. Tenemos que revisar las grabaciones de estos tres bancos —dijo Clara, y le mostró un plano de la zona en el que habían marcado las cámaras con rotulador rojo—, y desde el control de tráfico del ayuntamiento nos han pasado la grabación de una cámara que está aquí —indicó, señalando con la meticulosidad de siempre—. Si ellos pueden leer las matrículas, tiene que verse con nitidez. Ah, y en la farmacia que está aquí enfrente también hay cámara de vigilancia. Nos va a mandar la grabación la empresa de seguridad que la instaló.

Caldas echó un vistazo al plano.

—¿Cuánto calculáis que tardaréis en encontrarla?

Clara Barcia miró a Ferro.

—¿De qué hora a qué hora hay que buscar? —preguntó el agente.

Leo Caldas se rascó la nuca.

—Entre las seis y cuarto, que es cuando el barco llegó a Vigo, hasta las ocho, que es cuando los ordenanzas abrieron la escuela.

—¿Después de las ocho no?

—No, en principio no —dijo Caldas—. ¿Cuánto crees que tardaréis?

Ferro no le supo dar una respuesta.

—Lo que tarde ella en aparecer.

Detenido. 1. Lo que se para o cesa en su movimiento. 2. Acción o movimiento interrumpido. 3. Falto de soltura, de poca resolución. 4. Privado provisionalmente de libertad por una autoridad competente.

Leo Caldas llamó a la puerta del despacho del comisario antes de asomarse al interior.

—¿Se puede? —preguntó.

El comisario Soto estaba hablando por teléfono, pero le invitó con la mano a entrar y tomar asiento frente a él. Todavía pronunció unos cuantos monosílabos antes de despedirse de su interlocutor y dirigirse a Caldas.

—No dejo de pensar en el horno ese, Leo. Ojalá estés equivocado.

—Eso espero yo también.

—¿Has estado en Tirán?

—Claro.

—¿Y?

—Van a buscarla durante toda la mañana. Hay perros, buzos... Estévez sigue allí, por si acaso —explicó, aunque los dos sabían que aquello no era lo que el comisario le estaba preguntando—. ¿Qué sabemos del teléfono?

—¿Y el chico? —insistió el comisario.

—El chico no tiene nada que ver —respondió Caldas.

—¿Has estado con él?

—No —admitió—, pero hágame caso: no está implicado.

—Vamos a necesitar algo más que una corazonada para tranquilizar al doctor, Leo.

—No es una corazonada. Camilo estaba en su casa cuando Mónica Andrade se marchó de Tirán —dijo—. ¿No han mandado nada de la compañía telefónica?

—¿Seguro?

—Seguro —respondió, tajante—. ¿Por qué no reclama la localización del teléfono a Madrid y se convence?

—Acabo de hacerlo —afirmó Soto—, pero tenemos que esperar.

—¿Esperar a qué?

—Hay una operación antiterrorista en marcha. Van casi veinte detenidos, pero parte de una célula no ha sido localizada —dijo Soto—. Me temo que hoy esa es la prioridad.

Caldas resopló. Estaba al corriente de la noticia. El asunto tenía suficiente envergadura como para oscurecer todo lo demás.

—¿Le han dicho cuándo nos lo podrán mandar?

El comisario negó con la cabeza.

—Me han pedido que tengamos un poco de paciencia.

Caldas regresó a la sala de visionado, donde Clara Barcia y Ferro escrutaban la pantalla.

—Acércate, Leo —le pidió Clara mientras Ferro hacía avanzar y retroceder a unas personas en el monitor.

—¿Es ella?

—Me parece que sí.

Caldas se aproximó y vio en la pantalla a dos mujeres que cruzaban la estrecha calle que separaba la Escuela de Artes y Oficios de la entidad bancaria situada al otro lado. De inmediato supo a quién se estaban refiriendo. La imagen en blanco y negro era borrosa y no permitía distinguir los rostros, pero la fisonomía de una de las mujeres coincidía con la de Mónica Andrade: alta, con el pelo claro y un vestido largo, hasta los pies.

—Podría ser —convino.

—Eso está grabado a las 6:28 de la mañana —dijo Clara Barcia mostrándole el plano a Ferro y señalando otro de los puntos rojos—. Busca esa hora en esta cámara de aquí.

La imagen de las dos mujeres en el paso de cebra desapareció mientras Ferro trataba de localizar lo que le había pedido Clara.

—¿Por qué quieres precisamente esa cámara? —preguntó Caldas—. También pudo subir por aquí, ¿no?

—Sí —dijo ella—. Pero esta es la cámara de un cajero, en la calle, y se ve muy bien. Si pasó por delante, no sería difícil identificarla.

Ferro tardó un par de minutos en encontrar la imagen. Un rostro femenino se veía con claridad y Caldas no necesitó compararla con la fotografía para saber que no era Mónica Andrade.

—No es ella, ¿verdad? —preguntó Clara Barcia.

—No.

Ferro volvió a la cámara que enfocaba el paso de cebra más próximo a la entrada de la Escuela de Artes y Oficios e hizo avanzar la grabación hasta que apareció otra mujer.

—¿Hay que verlo así, persona a persona? —preguntó Caldas.

—No hay otra manera.

El proceso era siempre el mismo: la imagen pasaba a cámara rápida hasta que alguna mujer llegaba al paso de cebra. Entonces Ferro detenía la grabación unos segundos para poder descartarla antes de seguir adelante. Si había dudas, trataban de encontrar a esa persona en otra cámara.

Cuando el reloj de la grabación marcaba las 6:32, empezó a llover. A partir de entonces, muchos de los transeúntes que llegaban al paso de cebra lo hacían bajo un paraguas.

—Así no vamos a encontrarla nunca —dijo Caldas, lleno de impaciencia al comprobar que cada vez había más gente en la calle y en ocasiones resultaba difícil incluso adivinar si debajo del paraguas caminaba un hombre o una mujer—. ¿Es posible que no haya una sola cámara desde la que se vea la puerta del edificio?

Clara le dijo que no.

—La de tráfico enfoca a los coches. Se ve parte de la acera, pero la puerta no.

—¿Y la de la farmacia?

—Aún no ha llegado.

—Pues reclamadla, anda —dijo levantándose de la silla y abandonando la sala.

Le ponía nervioso la espera y fue hasta su despacho a buscar un cigarrillo. Vio, en el suelo, los dos estuches de vino que había traído esa mañana desde la bodega de su padre. Uno era para Rafael Estévez, que se había marchado sin catarlo el día anterior. Las otras tres botellas eran suyas, aunque una había prometido regalarla.

Cogió el tabaco, atravesó la comisaría y, al llegar a la calle, se dio cuenta de que, al contrario de lo que sucedía en la grabación, había cesado la lluvia.

Volvió a su despacho, abrió uno de los estuches, sacó una botella y la metió en una bolsa de plástico. Luego se puso la chaqueta impermeable, avisó a Clara de que salía un momento y caminó hasta los jardines de Montero Ríos.

Bajo la pérgola, con la nariz hundida en un libro, encontró a Napoleón.

Escaparate. **1.** Espacio exterior de las tiendas, cerrado con cristales, donde se exponen las mercancías a la venta. **2.** Vitrina. **3.** Apariencia ostentosa de alguien o de algo.

Caldas carraspeó y Napoleón levantó la vista y cerró el libro que estaba leyendo.

—¿Conoce a Dave Robicheaux?

Caldas no entendió bien el nombre.

—Es policía, como usted —aclaró el mendigo.

—¿Y cómo dice que se llama?

—Robicheaux —repitió Napoleón—. Vive en una casa flotante en un lago, cerca de Nueva Orleans —añadió mostrándole el libro—. Merece la pena.

Caldas se preguntó si Napoleón también cobraría las recomendaciones literarias.

—¿Viene a preguntar por la vestal?

—No —dijo Caldas extendiéndole la bolsa de plástico—, vengo a traerle la botella que le prometí.

—No tenía por qué hacerlo.

—Entendí que le gustaba el vino.

El mendigo miró dentro de la bolsa con ojos traviesos.

—*Trahit sua quemque voluptas* —respondió y, sin necesidad de que Caldas se lo pidiera, se tradujo—: A cada uno lo domina una pasión.

Luego señaló a los demás sin techo que, como él, habían buscado cobijo bajo la pérgola.

—Aquí casi todos compartimos el afecto por la botella. ¿Llegué a hablarle de los tres golpes?

—Quedó en contármelo cuando tuviera tiempo.

—¿Lo tiene ahora? —preguntó apartando unos periódicos viejos del banco para hacer sitio al inspector.

Caldas echó un vistazo al teléfono: ni mensajes ni llamadas.

—Claro —dijo, y cuando se sentó a su lado apareció, empapado, el perro. Primero se acercó a olisquear al inspector para asegurarse de que no suponía una amenaza. Después apoyó el hocico húmedo en el muslo de su dueño y dejó que le frotase con fuerza detrás de las orejas antes de tumbarse.

—Casi todos los que estamos aquí hemos sufrido tres golpes que nos cambiaron la vida. De una existencia normal nos condenaron a esta. ¿Verdad, Timur? —preguntó apretando al perro entre las piernas—. Son tres golpes, nada más que tres. El primero suele suceder en casa, justo donde deberías encontrarte a salvo. Tienes un desengaño y te quedas sin saber a quién acudir. ¿A quién le vas a contar que te estás desgarrando por dentro, que tu mujer te está siendo infiel? ¿En quién se puede confiar para algo así? Vivimos rodeados de gente, pero en determinadas circunstancias estamos siempre solos. Uno no va contando sus penas: que te han puesto los cuernos, que tu mujer apaga la luz cuando sales del baño para no verte y empieza a respirar profundamente, fingiendo el sueño. O que ni siquiera se molesta en fingirlo. ¿A quién le vas a contar eso? —dijo mirando al suelo—. Por la tarde no quieres volver a casa. Sales del trabajo y haces tiempo. Un día te cansas de dar vueltas y entras a un bar. Empiezas a beber y encuentras algo del consuelo que necesitas. Pero es una trampa: es el segundo golpe.

Napoleón abrió la bolsa, sacó la botella y la sostuvo en alto, frente a los ojos.

—*Non facit ebrietas vitia, sed protrahit.* Lo dijo Séneca, y es verdad: la embriaguez no crea vicios nuevos, pero deja los viejos a la vista. Y, poco a poco, en el trabajo comienzan a notar que te comportas de un modo extraño y un día llega el tercer golpe que te empuja a la calle: te quedas sin forma de ganarte el pan. La gran mayoría hemos seguido ese camino.

Ese o el inverso —matizó—. En estos años de penuria fueron muchos los que perdieron su empleo y siguieron saliendo cada mañana fingiendo ir a trabajar. No contaron nada en casa, por vergüenza y por la esperanza de encontrar algo nuevo y no tener que humillarse. Primero recorrieron oficinas y empresas, y cuando se sabían el camino de memoria comenzaron a hacer altos aquí y allá. Empezaron a darle a la botella hasta que un día todo salió a la luz. En casa, en vez de consuelo, te dan la espalda. Por perder el empleo, por mentir, por beber..., y te tienes que marchar a peregrinar de favor en favor. Como decía el viejo de la novela de Hemingway, «primero pides prestado y luego pides limosna», y, sin saber ni cómo, un día te sientas en la acera de una ciudad en la que esperas que nadie te conozca. Todo se resume en una palabra: humillación. Porque la soledad absoluta es horrorosa, pero la soledad en medio de mucha gente es, además, degradante. Y cuando ya no tienes nada te ves mirando al suelo, con la lata recubierta de papel para apagar el dolor que produce el tintineo de las monedas al caer.

Caldas sacó el paquete de tabaco y se llevó un cigarrillo a los labios. Luego ofreció la cajetilla a Napoleón.

—Al principio la calle me daba miedo —continuó el mendigo después de la primera bocanada—. Todo me atemorizaba: encontrarme solo o estar con gente. Los parques me intimidaban, pero en los albergues no dormía más tranquilo. Al menos en el parque podía ilusionarme pensando que no era más que una situación transitoria. En el albergue, en cambio, me encontraba con muchos otros que llevaban años en el mismo pozo al que yo me estaba asomando. No soportaba que me tratasen como a uno más. No quería que estos espectros harapientos me consideraran uno de los suyos —dijo, señalando a los otros—. Al principio yo no desentonaba entre la gente normal. Pero un día, como si alguien hubiera pulsado un interruptor, uno me miró con ojos asustados y todos comenzaron a hacer lo mismo. Hasta perdí mi nombre y pasé a llamarme como mi perro —recordó, y explicó al inspector que a todos les había puesto el nombre de un conquistador—. Me costó meses asumir en qué me había convertido, pero he aprendido a encontrar dignidad en lo que soy. Antes no quería mirar a la gente a la cara por vergüenza, por miedo a que me reconocieran. Ahora no lo hago para no perder recaudación: si miras a los ojos a los que pasan a tu lado, los intimidas, apresuran la marcha y no hay moneda.

—¿Cuánto tiempo lleva en la calle? —quiso saber Leo Caldas.

—El tiempo que tarda en crecer una barba como esta —respondió.

—¿En todos esos años nunca intentó encontrar trabajo?

—Ya tengo un trabajo: soy profesor de latín.

—Precisamente —sonrió Caldas—, esta sociedad está muy enferma si se permite prescindir de alguien como usted.

—*Vitam regit fortuna, non sapientia.*

—Importa más la suerte que la sabiduría —probó el inspector—, ¿no?

—Está aprovechando las clases —dijo el mendigo con un guiño—. Esto es así desde antes de Cicerón, desde que el ser humano se irguió. Y si las cosas han cambiado más rápido en los últimos años, no lo han hecho a mejor. Cada vez hay más gente en el mundo, pero cada vez hace falta menos gente para hacer las mismas cosas. O se toman medidas o mi pozo acabará engulléndolos a casi todos. *¡Caveant consules!* —exclamó—. Que se preparen los privilegiados.

Permanecieron sentados, fumando en un silencio que rompió el teléfono del inspector. Caldas leyó el nombre de Clara Barcia en la pantalla.

—¿La habéis encontrado?

—Tenemos dos candidatas —explicó—, aunque los paraguas no nos dejan ver las caras. Estamos tratando de localizarlas en las otras cámaras.

—¿Y la grabación de la farmacia?

—Por eso te llamo —dijo Clara—. ¿Dónde estás?

—A tres minutos —respondió Leo Caldas—. ¿Se ve la puerta?

—Me temo que no —dijo—. La cámara está dentro de la farmacia y unos paneles en el escaparate no dejan ver nada de lo que pasa fuera.

—¿Nada?

—Nada —repitió.

Caldas colgó el teléfono y se frotó los ojos.

—¿La vestal? —le preguntó Napoleón.

—Sí —susurró.

—*Veritas filia temporis* —dijo Napoleón a un Caldas que había perdido la cuenta de las monedas que le debía—. La verdad es hija del tiempo. Ya aparecerá.

Impasse. 1. Callejón sin salida. 2. Compás de espera.

Caldas volvió a la comisaría y se dirigió a la sala de visionado. Clara Barcia y Ferro ya habían descartado a una de las dos mujeres que caminaban bajo paraguas, pero seguían tratando de adivinar si la otra era Mónica Andrade.

Quince minutos más tarde, después de verla una y otra vez desde distintos ángulos, seguían igual que al principio: la estatura y la ropa hasta los pies encajaban, también el andar, algo cargado de espaldas, era característico de quien considera su estatura excesiva, pero no había una imagen del rostro que les permitiera identificarla. Tampoco tenían la evidencia de que aquella viandante hubiese entrado en la Escuela de Artes y Oficios.

Caldas se puso en pie. Le ponía nervioso aquel *impasse* al que los condenaba la falta de noticias del teléfono.

—¿No hay nadie que pueda reconocer el paraguas o la forma de caminar? —preguntó Ferro.

—¿El padre? —sugirió Clara Barcia.

Caldas buscó en su móvil un número de teléfono y lo copió en una hoja que encontró sobre la mesa.

—El padre no —repuso. Prefería involucrar al doctor solo lo imprescindible—. Pero esta es la mejor amiga de Mónica Andrade —dijo subrayando el nombre de Eva Búa en el papel—. Seguro que nos puede ayudar.

Caldas se dirigió al despacho del comisario para adelantarle que, aunque la imagen no fuera concluyente, las cámaras habían grabado a una mujer cuya fisonomía coincidía con la de la hija del doctor.

—¿No podemos volver a reclamar los datos del teléfono, aunque solo sea su ubicación?

El comisario no quería insistir. En Madrid le habían dejado claro que, aquella mañana, la prioridad en cuanto a rastreos telefónicos era otra.

—Pero me han ofrecido un dron con cámara térmica que tienen en Sistemas Especiales para búsquedas en zonas inaccesibles —dijo—. Mañana podría estar aquí.

—No hace falta —contestó Caldas—. Lo que necesitamos es saber dónde estuvo el viernes pasado.

—También me ha llamado hace un momento Santiago Losada —dijo Soto—. Quiere preparar contigo el programa de esta tarde, pero no le coges el teléfono.

—No hay nada que preparar —replicó Caldas.

—Quedamos en ayudarle.

—Quedamos en hacer el programa para que dejase de meter la nariz —le corrigió el inspector—. ¿No tiene suficiente con que me preste a hablar del caso en directo?

—Para armar el programa necesita datos. De entrada, quiere fotografías para las redes sociales y conocer más detalles de la desaparecida.

—Ahora hablo con Ferro para que le haga llegar una foto —convino Caldas—. En cuanto a los detalles, recuérdele que queremos que se limite a contar que estamos buscando a una profesora de la Escuela de Artes y Oficios sin hacer otras referencias a su vida.

—¿Por qué no hablas tú con él?

—A mí no me va a hacer caso —se excusó Caldas, aunque sabía que el comisario tampoco lograría que Santiago Losada renunciase a exprimir una noticia jugosa—. ¿Sabe si vamos a recibir llamadas de los oyentes en directo mientras yo esté en antena?

—En el programa siempre hay llamadas, Leo. Se trata de eso, de buscar la colaboración de la audiencia.

—Se trata de tener a Losada entretenido para que nos dé tiempo a encontrar a la chica —le corrigió Caldas.

El inspector Caldas se estaba levantando cuando recibió una llamada.

—¿Es Losada? —le preguntó el comisario.

—No, es Estévez, que sigue en Tirán —respondió Caldas, dejándose caer de nuevo en la silla—. Dime, Rafa.

Primero, Estévez le contó que el operativo de búsqueda seguía sin dar resultados, luego le dijo que, antes de que empezase a llover, había dado un paseo por la playa.

—He visto a Camilo andando por la pasarela y le he seguido. ¿Sabe adónde iba?

Con el teléfono pegado a la oreja, Caldas miró al comisario manteniendo una expresión de normalidad, como si desde el otro lado de la línea le estuviesen hablando de la lluvia.

—¿Adónde? —preguntó.

—A casa de Mónica Andrade —confirmó el ayudante—. Otra vez.

Caldas se quedó callado.

—Ha debido de oírme llegar, porque se ha escondido. Lo he encontrado en el patio, detrás del cobertizo en el que trabaja la desaparecida, balanceándose sin parar. He tratado de hablarle, pero ni siquiera me miraba. Le he dejado marchar —dijo—. No sé si he hecho bien.

Caldas no abandonó el tono neutro para aprobar su conducta.

—Sí.

—¿Alguna novedad? —preguntó el comisario Soto enarcando las cejas cuando el inspector se despidió del aragonés.

Caldas acompañó su respuesta con un gesto de indiferencia.

—Siguen buscando, pero allí no la van a encontrar.

—¿Quién está con Estévez?

—Nadie.

—Joder, Leo. No lo dejes solo. No quiero más problemas de los que ya tenemos.

El inspector clavó la vista en un punto en la pared.

—¿En qué piensas? —le preguntó Soto, y Caldas decidió que era el momento de señalar en la dirección correcta.

—Creo que el maestro de cerámica está implicado.

—¿Quién?

—El jefe de Mónica Andrade en el taller de cerámica. Se llama Miguel Vázquez.

—¿No estaba en una exposición en Portugal cuando ella desapareció?

—Es la coartada perfecta, pero hay menos de cinco horas de Lisboa a Vigo. Pudo venir después de montar la exposición y estar de vuelta en Lisboa al día siguiente para la inauguración. Miguel Vázquez tiene llave del edificio y, por supuesto, del taller. Además, sabe manejar el horno. Él fue quien el lunes abrió y vació el que la limpiadora encontró caliente el viernes por la mañana. Dispuso de todo el tiempo del mundo para deshacerse de lo que hubiese dentro.

—¿También aparece en las imágenes?

—No estoy seguro —reconoció Leo Caldas—. Nos estamos centrando en encontrar a Mónica primero. Pero no va a resultar sencillo identificarlos. Los paraguas tapan casi todas las cabezas.

—Podemos buscar su coche en las cámaras de tráfico o entre los que pasaron los peajes.

—Sí, podemos —dijo Caldas—, aunque dudo que encontremos nada. Miguel Vázquez es un tipo meticuloso. Tendría que ver la paciencia con la que trabajan en ese taller. Si tengo razón y eligió el viernes para garantizarse una coartada, ni habrá venido en su coche ni habrá traído el teléfono.

El comisario hundió la mirada en la mesa. Luego preguntó:

—¿Y qué motivo tendría él para querer matarla?

Era la primera vez que el comisario asumía que podía estar muerta.

—Todavía no lo sé —dijo Caldas—, no he querido apretarles ni a él ni a sus alumnos para no ponerlo en alerta. Destruiría los pocos restos que pudiesen quedar. Antes de que sospeche nada quiero pedir a la juez que autorice el precinto del taller para inspeccionarlo a fondo.

—No imagino a la juez Flores dejándonos intervenir en un edificio público sin nada más sólido que una intuición.

—Por eso necesitamos la geolocalización del teléfono y saber con quién estuvo en contacto durante las horas y los días previos. En las grabaciones de las cámaras no se ve la puerta del edificio. Así que, aunque la amiga confirme que la mujer a la que se ve en la imagen es Mónica Andrade, tampoco podríamos demostrar que entró en la escuela.

—¿Qué cuenta la amiga de la relación de Mónica con ese profesor? —quiso saber el comisario.

—De Miguel en concreto nada, pero sí nos comentó que no le extrañaría que se estuviese viendo con alguien —recordó Caldas reproduciendo las palabras de Eva Búa—. En todo caso, duda que sea nada serio.

—¿Por qué?

—Supongo que precisamente porque Mónica no le ha contado de quién se trata —dedujo Caldas—, ¿no?

—Tiene sentido —admitió Soto—. Entonces, ¿crees que la razón puede ser sentimental?

Caldas se encogió de hombros para decirle que podría ser esa razón o podría ser cualquier otra, y le instó a reclamar a Madrid.

—Necesitamos la información del teléfono para poder avanzar.

El comisario se frotó el rostro con las manos y el inspector arrastró hacia atrás la silla para incorporarse.

—¿Qué vas a hacer, Leo?

—Salir a fumar un cigarrillo.

El comisario le miró entre los dedos.

—También quiero poner en antecedentes a la juez —dijo Caldas y, después de una pausa, añadió—: Y también creo que es hora de visitar a la madre de Mónica.

—Ya oíste al doctor Andrade: su mujer no está bien —objetó el comisario.

—Tiene buena sintonía con su hija, es posible que ella sepa darnos un motivo.

—Es posible —dijo Soto—. Pero no quiero que hables con ella si el doctor no está de acuerdo.

Pelaje. 1. Naturaleza y calidad del pelo o de la lana que tiene un animal. **2.** Disposición y calidad de una persona o cosa.

Caldas se bajó del coche patrulla y se cubrió con la capucha. Luego llamó al timbre situado en una de las dos columnas que sostenían el portalón, se identificó como policía a la mujer que respondió y esperó bajo la lluvia a que le abriesen. Oía al otro lado los resoplidos de un perro grande que husmeaba por debajo de la puerta y se alegró de que Estévez no estuviese allí.

Víctor y Amelia Andrade vivían en una casa señorial de piedra en los aledaños del pazo de la Pastora, en una calle llamada Sixto Feijóo en honor al suegro del doctor. Por encima del muro asomaban varios árboles centenarios.

En aquella zona, en otro tiempo algo apartada, habían construido sus viviendas muchos de los armadores y conserveros que, entendiendo las condiciones naturales que ofrecían el puerto y la ría, habían elegido asentarse en Vigo en las últimas décadas del siglo XIX e impulsado la transformación de la pequeña villa de pescadores de entonces en la gran ciudad que era hoy.

Le abrió una mujer de unos cuarenta años vestida con uniforme de enfermera: bata, camiseta y pantalón blancos.

—¿Ha aparecido? —preguntó, nerviosa. Traía el cuello encogido entre los hombros y arrugaba la cara como si así pudiera protegerse de la lluvia.

El perro, un gran danés de ojos tristes y pelaje marrón claro, se acercó a oler al inspector y se retiró unos metros, sin dejar de vigilar.

—Todavía no —dijo Caldas, y le explicó que había acudido para hablar con la madre de Mónica—. Es posible que ella nos pueda ayudar a encontrarla.

—¿Doña Amelia? —se sorprendió la mujer—. Sufrió un infarto cerebral hace cuatro años y desde entonces apenas balbucea palabras inconexas. ¿No lo sabía?

—Sabía que no estaba bien de salud —admitió Caldas—, pero no que fuese tan grave.

La enfermera le invitó a seguirla por un camino entre hortensias hasta el porche de entrada de la casa, tan grande y sobria como prometía desde fuera. Había dejado abierta la puerta de madera gruesa, pintada, como todas las ventanas, de un verde sombrío.

—Doña Amelia está bien de aspecto —le adelantó la mujer, restregando las zapatillas deportivas en un felpudo hasta que se convenció de que estaban secas—. Pero necesita ayuda para todo.

Entraron a un recibidor amplio presidido por un retrato al óleo. Caldas reconoció a la mujer del doctor Andrade en la pintura. Ya la había visto en una fotografía en la mesilla de noche de Mónica.

—¿Y dice que casi no puede hablar?

—No dice nada que se entienda.

—Pero alguien me contó que Mónica y ella hablan a menudo.

—Viene a verla muchos días —confirmó la enfermera—. Y cuando no puede acercarse la llama por teléfono, sí.

Caldas la miró extrañado.

—Doña Amelia se lleva el auricular al oído y Mónica le habla —le contó.

—¿Y ella la entiende?

No estaba segura.

—Algunos días notas que se le encienden los ojos. Pero otros se queda mirando a ningún sitio o deja el teléfono en la mesa y una ya no sabe si es que no la ha reconocido esa vez o si nunca va a volver a reconocerla.

—¿Usted cómo se comunica con ella?

—Con mucha dificultad —dijo, con un gesto resignado—. El único que sabe lo que quiere solo con mirarla es el doctor. Ese hombre es un ángel.

Caldas no sabía si le estaba hablando en serio.

—¿Andrade?

—No imagina lo pendiente que está de su mujer. Desde que tuvo el episodio solo se separa de ella para ir a trabajar. Hace cuatro años que no vive para otra cosa —dijo—. Ahora, desde lo de su hija, ni siquiera descansa un rato por las noches. Nunca lo había visto llorar. A ver si Mónica aparece pronto, porque da mucha pena ver cómo está sufriendo.

La enfermera avanzó por un pasillo tan ancho como para lucir muebles a ambos lados.

—¿Mónica viene a menudo? —le preguntó Leo Caldas caminando al lado.

—Todas las semanas algún día.

A Caldas no le cuadró.

—Creía que el doctor y su hija se veían poco.

—Nunca coinciden —le explicó la enfermera—. Mónica suele venir cuando el doctor está en el hospital.

El tono que había empleado sugería que lo hacía a propósito.

—Sé que no se llevan bien —dijo Leo Caldas, para tirarle de la lengua.

—No —confirmó ella—. Ojalá cuando aparezca puedan arreglar sus cosas.

—¿Por algo en concreto?

—Yo creo que por su forma de ser. Mónica es un poco... —No supo dar con la palabra y agitó una mano sobre la cabeza, como removiendo el aire.

—¿Soñadora?

—Exacto: soñadora. Y el doctor es todo lo contrario. Todo lo que tiene de bueno lo tiene de exigente. Consigo mismo el primero, pero con los que tiene a su alrededor también —remarcó, haciendo ver que no le resultaba sencillo estar a la altura—. Trabaja muchísimo y aun así se ocupa por las noches de su mujer. Mire si no podría tener otra enfermera que la atendiese esas horas para poder descansar —dijo—. Pero quiere hacerlo él.

—¿Padre e hija discuten mucho?

—Mucho no, porque se evitan. La asistenta que trabajaba antes aquí me contó que tuvieron una bronca tremenda una vez cuando ella estaba en la universidad y que Mónica ya nunca quiso volver a vivir en casa —dijo, y luego bajó la voz—: Pero la verdad es que yo nunca los he oído discutir.

La enfermera se había detenido ante una puerta corredera acristalada que daba a un salón inmenso y señaló con el dedo al fondo.

Al otro lado de los cristales había una mujer con el pelo grisáceo recogido en la nuca. Estaba sentada en una butaca, frente a la galería. Iba vestida completamente de negro y tenía la mirada perdida en algún punto del jardín posterior. Al inspector le recordó a un ama de llaves que había visto en una película antigua.

—Así se puede pasar horas —dijo la enfermera en un susurro.

—¿Cree que echa en falta a su hija?

La enfermera movió la cabeza muy despacio arriba y abajo.

—Desde hace cuatro días no consiente en vestir de un color que no sea el negro. Si trato de ponerle una prenda de otro tono se pone rígida. El doctor dice que los colores son la forma que tenemos de revelar nuestro estado de ánimo cuando otras maneras de expresarnos fallan, que está grabado en el instinto, en nuestra naturaleza. Una ya no sabe qué pensar.

Caldas tragó saliva.

—¿Cuándo fue la última vez que Mónica estuvo aquí?

—El jueves —contestó la enfermera—. Pasó por aquí antes de ir a sus clases.

—¿Estaba bien?

—Sí, bien.

—¿Le contó algo?

—Mónica no es muy comunicativa. Conmigo, al menos, habla poco. Viene, se sienta media hora ahí con su madre —señaló— y se va.

—¿Seguro que no recuerda nada distinto esa última vez?

—Nada —contestó ella—, estaba como todos los días. Y desde entonces ni una visita, ni una llamada. Como si se la hubiese tragado la tierra.

Constancia. 1. Firmeza y perseverancia del ánimo en las resoluciones y en los propósitos. **2.** Autenticidad, certeza o exactitud de un hecho.

Caldas salió de casa de los Andrade y, aprovechando que no estaba lejos y había dejado de llover, caminó hasta el juzgado. La juez Flores le contó que el doctor Andrade había pasado poco antes por allí con su carga de suspicacia dirigida contra el chico de naranja, y Caldas le transmitió sus sospechas con respecto al profesor de cerámica. También le habló de la mujer captada por las cámaras cuya identidad trataban de comprobar y de la operación antiterrorista que había demorado el envío de los datos del teléfono.

Ella le escuchó en silencio, y, cuando Caldas le entregó la solicitud, se comprometió a autorizar el registro del aula de cerámica y a intervenir el teléfono de Miguel Vázquez en cuanto hubiese constancia del paso de Mónica por la escuela el viernes por la mañana.

El inspector deslizó otro papel sobre la mesa.

—También nos gustaría revisar el ordenador de la desaparecida, por si hubiera algo. Sabemos dónde está.

Isabel Flores leyó el oficio con el gesto torcido. Entrar en un ordenador personal suponía un quebranto casi absoluto de la intimidad.

—Solo queremos ver las últimas búsquedas y el correo electrónico —puntualizó Caldas—. Nada más.

La juez respondió a su propuesta con una sonrisa escéptica.

—Tiene mi palabra —insistió el inspector.

En otras circunstancias, la juez se habría negado, pero Caldas salió con la autorización.

El inspector bajó por las escaleras hasta la puerta de los juzgados. Estaba lloviendo otra vez y se quedó de pie en la entrada. Encendió un cigarrillo y llamó a Estévez.

—¿Sigues en Tirán?

—Sí, claro —dijo el aragonés—. Hasta las dos no era la reunión, aunque con el agua que está cayendo parece que va con retraso. ¿Quiere que vuelva ya o qué?

—No —respondió Leo Caldas—, necesito que te acerques a casa de Mónica y traigas su ordenador. Estaba en la mesa alta del gabinete, ¿te acuerdas?

El silencio de Estévez sonó a reticencia.

—La juez lo ha autorizado, Rafa.

—¿Y no podría autorizarme también a pegar un tiro al perro de la vecina? —propuso el aragonés—. Sale a tocarme los cojones cada vez que me acerco al camino.

Caldas le preguntó si había vuelto a ver a Camilo.

—No, pero alguien debería explicarle que no puede seguir yendo a casa de una desaparecida.

—Ya oíste a la madre —dijo Caldas—: no va a dejar de ir a dar de comer al gato mientras la dueña no pueda alimentarlo.

—Más que alimentar al gato lo que alimenta son los recelos —replicó Estévez—. ¿No sería mejor que se llevasen el gato a casa?

—Tienes razón —dijo—. Coméntaselo a la madre, si la ves.

Cuando colgó, se quedó de pie, fumando mientras la lluvia se volvía cada vez más intensa. No había taxis libres a la vista, pero un coche se detuvo ante los juzgados. El conductor bajó la ventanilla.

—¡Leo! —le gritó, y Caldas reconoció a uno de los catedráticos que pasaban las tardes en la mesa más próxima a la barra del Eligio—. ¿Te llevo a algún lado?

Caldas se cubrió con la capucha y corrió bajo el aguacero hasta el coche. Un cuarto de hora después, entraba en la comisaría.

Audiencia. **1.** Acto en el que personas de alta jerarquía atienden, previa concesión, a quienes exponen, reclaman o solicitan algo. **2.** Tribunal de justicia. **3.** Distrito de la jurisdicción de una audiencia. **4.** Público que atiende los programas de radio y televisión, o que asiste a un espectáculo. **5.** Número de personas que recibe un mensaje a través de un medio de comunicación.

—He llamado otra vez, sí. Y me dicen que si fuese una niña, si hubiéramos encontrado signos de violencia o si todavía estuviésemos en las horas críticas podrían adelantarlo —resumió el comisario Soto—, pero en el caso de una mujer adulta que se marchó voluntariamente hace casi siete días...

—Ya —dijo Leo Caldas. Le molestaba escucharlo, pero era consciente de que tenían razón.

—De todas maneras —añadió Soto—, creen que esta tarde o mañana por la mañana podrán mandarnos algo.

—¿Y esto? —preguntó Caldas cogiendo un papel de la mesa del comisario. Era una hoja con una fotografía de Mónica Andrade impresa bajo una palabra en letras mayúsculas rojas: «DESAPARECIDA». Debajo de la foto, en letras más pequeñas, se facilitaban dos teléfonos de contacto.

—Lo ha hecho Santiago Losada —indicó Soto—. Después del programa de la tarde van a empapelar la ciudad con este cartel y a subirlo a todas las redes sociales.

Caldas se fijó en los teléfonos. Uno era de la policía, pero el otro era el número que Losada no se cansaba de repetir en cada emisión de *Patrulla en las ondas* para invitar a la audiencia a ponerse en comunicación con la emisora.

—¿Por qué figura el teléfono de la radio?

El comisario no había reparado en los números.

—¿Cómo?

—Este es el número de teléfono del programa —le indicó Caldas—. ¿No lo sabía?

El comisario negó con un gesto y Caldas buscó el número de Losada. Luego conectó el altavoz y colocó el móvil en el centro de la mesa.

El locutor atendió la llamada con la voz impostada de cuando hablaba en antena:

—Hombre, Leo, qué milagro.

—¿Por qué has puesto el número de la emisora en los carteles?

—Llevo toda la mañana tratando de hablar contigo —dijo Losada, ya sin voz de locutor.

—Pues ya estamos hablando, y el número de la radio tiene que desaparecer de ahí.

—Quedamos en colaborar para encontrar a esa chica.

—Que os llamen a vosotros no es colaborar sino entorpecer.

—No veo por qué.

Caldas no quería perder el tiempo.

—Me da igual lo que veas, pero no puedes pegarlos en ningún sitio ni ponerlos en internet —sentenció—. ¿De acuerdo?

—Durante el programa vamos a recibir llamadas a ese mismo número —se revolvió Losada.

—Durante el programa no hay más remedio —dijo Caldas—, pero en cuanto termine la emisión el único contacto somos nosotros.

La puerta del despacho se abrió y Clara Barcia asomó la cabeza. El comisario le indicó con la mano que volviera después y la puerta se cerró de nuevo.

—Tengo doscientos carteles hechos.

—Pues si no tachas o borras el número de la emisora, ya los puedes llevar a reciclar.

—Tu jefe no ha visto problema en distribuirlos así.

—El comisario está aquí conmigo —reveló Caldas.

—Hola, Santiago —le saludó Soto.

—¿No quedamos en poner nuestro teléfono a disposición de la audiencia como hacemos siempre? —preguntó el locutor, y Caldas se adelantó al comisario:

—Esto no tiene nada que ver con la audiencia del maldito programa.

—¿Ah, no?

Caldas se dirigió al comisario:

—¿Ve cómo no era buena idea prestarme a hablar del caso en la radio?

Fue Losada quien respondió:

—Llevo desde ayer mordiéndome la lengua porque vosotros me lo pedisteis.

—Y te lo agradecemos —templó gaitas Soto—, de verdad.

—Quedamos en que yo daría la noticia en exclusiva —insistió Santiago Losada—, pero en todas las redes sociales hace horas que se está hablando de la búsqueda de una mujer desaparecida en Tirán. Y tú, Leo, ni siquiera te has puesto al teléfono para confirmarme si se trataba de la misma mujer. Me he tenido que enterar de que la profesora es vecina de Tirán por otras fuentes.

Caldas sonrió. Si Losada no había hecho referencia a Andrade ni a Sixto Feijóo era porque aún no sabía quién era la chica.

—Eso no podemos controlarlo, ya lo sabes —dijo el comisario—. Hay decenas de voluntarios colaborando en las batidas.

—Nosotros también hemos colaborado dejando la noticia en la nevera hasta esta tarde.

La puerta volvió a abrirse. Clara Barcia otra vez.

Caldas se levantó sin hacer demasiado ruido y se acercó a ver qué quería.

—Eva Búa está viendo las grabaciones en la sala —le dijo Clara—. Parece que la reconoce.

Caldas regresó a la mesa pero no se sentó. Movió la mano en el aire para pedir al comisario que se entendiera él con Losada y se escabulló fuera del despacho.

Complejo. 1. Que se compone de elementos diversos. **2.** Complicado, lioso. **3.** Conjunto de edificios o instalaciones agrupados para una actividad común. **4.** Ideas, emociones y tendencias generalmente reprimidas y asociadas a experiencias, que perturban el comportamiento de una persona.

—¿Qué pasa, Clara? —preguntó el inspector al reparar en la expresión de la agente.

—Que no está segura —respondió Clara Barcia.

Caldas se dirigió a Eva Búa, que miraba fijamente la pantalla en blanco y negro.

—¿No la había reconocido?

—Creía que sí, pero ya no estoy segura —repitió ella, y su voz sonó a condolencia por la decepción de los policías—. Sin verle la cabeza es muy difícil. Podría ser Mónica, no digo que no, pero tampoco quiero meter la pata en algo así.

Caldas trató de volver al punto de partida.

—¿Cuál ha sido su primera impresión?

—¿Cómo?

—Lo primero que ha pensado al verla en la pantalla, la primera vez.

Eva Búa no tuvo que meditar su respuesta.

—Que era Mónica.

—¿Que era Mónica? —repitió Caldas haciendo énfasis en el «era».

—Sí —contestó—, es lo que he pensado.

—¿Y por qué ha cambiado de opinión?

—No lo sé —dijo—. Tal vez por la forma de caminar y porque me parece más estilizada. Y tampoco he cambiado de opinión —corrigió—. No aseguro que no sea Mónica, pero soy incapaz de pronunciarme sin ver nada más que esto.

Caldas se volvió a Clara Barcia.

—¿Ha visto todas las imágenes?

—Las dos más claras, sí.

Caldas se llevó la mano cerrada a la frente y se dio unos golpecitos con los dedos, como si con ellos pudiera favorecer su pensamiento. Luego señaló la pantalla.

—¿No reconoce el paraguas? —preguntó—. Parece que tiene varios colores.

—No me suena, pero podría ser —dijo Eva Búa.

—¿Y la ropa? —quiso saber Caldas.

Volvió a mirar el monitor.

—La ropa suelta es de su estilo, sí —dijo—. Creo que eso es lo que me ha hecho pensar que era ella.

—¿Los zapatos? —preguntó Clara Barcia.

Otra vez la vista en la imagen.

—Es que casi no se distinguen —dijo entornando los ojos—. Son planos, ¿no?

Clara Barcia movió la cabeza arriba y abajo: tenía la misma impresión.

—Mónica siempre lleva zapatos planos —expuso Eva Búa, que ya había aludido al complejo de alta que su amiga arrastraba desde la adolescencia.

Más golpecitos en la frente del inspector y una pregunta a Clara Barcia:

—¿Le habéis enseñado la grabación del puerto?

—Se ve muy poco —dijo Clara.

—Da igual.

Ferro hizo que las imágenes de la calle desaparecieran del monitor y las sustituyó por la llegada del Pirata de Ons al puerto de Vigo el viernes por la mañana.

Caldas había visto aquella grabación demasiadas veces: los pasajeros recién desembarcados entraban en el espacio iluminado por una de las farolas. Mientras la mayoría avanzaba como en una procesión hacia la calle Cánovas del Castillo, tres personas se desviaban hacia el club náutico.

—Es esa, ¿verdad? —preguntó Eva Búa siguiendo con el

dedo a una de las tres personas que desaparecían de la pantalla. Nadie había tenido que señalársela.

—Creemos que sí.

—Esa sí parece Mónica —dijo su amiga—, aunque es difícil distinguirla desde tan lejos. ¿Es la misma que la otra?

—Podría ser.

Caldas pidió a Eva Búa que le acompañase a su despacho para hablarle de un asunto que requería intimidad y la invitó a sentarse en la silla al otro lado de su mesa.

—Puedo ofrecerle agua o café.

—Agua —dijo ella—, por favor.

Caldas salió del despacho, pero en lugar de ir directamente a por la botella de agua regresó a la sala de visionado. Clara y Ferro estaban comenzando a revisar otra cámara de la calle, y Caldas les pidió que dejaran de hacerlo para buscar a Miguel Vázquez en internet.

Entre las respuestas que devolvió el buscador, había algunos vídeos con entrevistas al jefe de Mónica Andrade. Ferro pulsó en el que Caldas le indicó y Miguel Vázquez ocupó la pantalla. Sentado en una silla, con sus gafas de pasta y una camisa de cuadros a medio abotonar sobre una camiseta, se refería a las particularidades de su oficio.

—Hay que buscar a este hombre en las grabaciones del viernes por la mañana —les dijo—, cerca de la escuela. Yo tengo que volver al despacho.

—No va a ser fácil reconocerlo con los paraguas —repuso Clara Barcia.

Caldas se encogió de hombros. No tenía otras cartas para jugar la partida.

—¿Cómo es de alto? —quiso saber Ferro.

—Así, más o menos —dijo Caldas colocando una mano en mitad de su frente—. Buscad hombres de estatura media.

Estatura media era un término demasiado ambiguo y la expresión de Ferro dejó traslucir sus dudas. Si no habían podido reconocer a una mujer alta y rubia como Mónica Andrade, difícilmente podrían identificar a un hombre de estatura media.

Caldas regresó a su despacho con el agua y se excusó ante Eva Búa por la demora.

—Le han llamado —le informó ella, señalando el teléfono móvil que Caldas había dejado en la mesa.

—No es urgente —dijo el inspector tras leer el nombre de Rafael Estévez en la pantalla. Después silenció el móvil y lo dejó boca abajo para evitar que los interrumpiese.

—¿Ha estado con Amelia? —preguntó Eva Búa cuando Caldas le contó que había visitado la casa de los Andrade.

—La he visto —dijo—, nada más.

—Yo hace años que no la veo —confesó ella—. ¿Cómo está?

El inspector respondió apretando los labios.

—¿Sabe si está enterada de lo de Mónica? —insistió Eva Búa.

—La enfermera cree que la echa de menos —se limitó a decir.

—Pobre mujer —se lamentó Eva Búa.

—¿Por qué no me dijo que estaba en esas condiciones?

—Es que ni Víctor ni Mónica se refieren nunca a su estado. No comentan si está mejor o peor, por eso yo tampoco quise advertirle de nada —se justificó—. Siempre que hablamos, Mónica me cuenta que ha ido a verla o que la ha llamado por teléfono, aunque yo sé que Amelia casi no puede comunicarse y que necesita una persona a su lado para todo. Pero Mónica se refiere a ella como si estuviese bien, como si no hacer mención a su enfermedad la convirtiese en una mujer sana.

—No pretendía hacerle un reproche —dijo Caldas, mientras Eva Búa se servía agua en el vaso. Luego le preguntó si estaba al corriente de que Mónica y su padre rara vez coincidían en casa.

—Ya le conté que no se llevan bien. Víctor no tiene mala intención, pero tanta protección y tanta rectitud acabaron volviendo el aire irrespirable.

—La enfermera mencionó un desencuentro serio entre ellos cuando Mónica estaba en la universidad.

—Tuvieron un problema, sí.

—¿Por qué?

—Esos años de Mónica en Santiago estuvimos menos cerca. Sé que tuvieron un enfrentamiento. Alguien me comentó que incluso intervino la policía, pero no sé si es verdad.

—¿La policía?

—Mónica no hablaba del tema, como si lo que hubiera pasado le diese vergüenza.

—¿Por qué vergüenza?

—No sé —dijo—, es solo una intuición. Lo que puedo decirle es que su relación ya nunca fue igual.

—¿En todos estos años su amiga nunca le contó nada?

—Nunca —confirmó—. Mónica es así: si quiere que sepas algo, ella se encarga de hacértelo saber; pero si no quiere, es mejor no preguntar, porque lo único que se consigue es que se encierre todavía más.

—Ya.

—¿De verdad le interesa aquello? —inquirió Eva Búa dando otro sorbo al vaso de agua—. Han pasado quince años.

—También quería hablarle de otro asunto —dijo Caldas abriendo su cuaderno. Luego quitó la tapa al bolígrafo y se dispuso a tomar notas—. Ayer, cuando le pregunté si Mónica se veía con alguien, me dijo que no le extrañaría.

—Sí.

—¿Ha pensado quién puede ser? —preguntó Caldas, tras comentar que ya habían descartado al argentino.

—Como le digo, Mónica es indescifrable. Una solo sabe lo que ella quiere que sepa.

—¿Y por qué cree que puede estar viéndose con alguien?

—Solo contesté a una pregunta. No sé por qué.

—¿Otra intuición? —preguntó Caldas con una sonrisa que ella compartió.

—Con Mónica siempre es así. Si soy sincera, ni siquiera me lo había planteado, pero cuando usted me preguntó pensé que era una posibilidad. A lo mejor me está llamando algo menos últimamente y quizá por eso...

—Quería preguntarle si esa persona podría ser Miguel Vázquez, su jefe en la Escuela de Artes y Oficios.

—¿Miguel? —se sorprendió—. Ya no. No creo, vamos.

—¿Ya no?

—Al principio no dejaba de hablar de él. Era todo el tiempo «Miguel esto», «Miguel aquello». Estaba deslumbrada. ¿Conoce a Miguel?

Caldas afirmó con un gesto.

—Pues ya habrá visto que no es el clásico guapo pero es muy atractivo —prosiguió Eva Búa—. Mónica decía que todas sus compañeras estaban medio enamoriscadas de él. Supongo que ella también lo estaría, aunque siempre le gustaron los hombres muy altos y Miguel no lo es.

—¿Entre él y Mónica alguna vez...? —preguntó Caldas.

Sacudió la cabeza.

—Miguel no estaba interesado. Ni en Mónica ni en las otras. Tenía claro que él era el profesor y ellas, las alumnas —dijo—. Y tenía pareja, además.

—¿Ya no la tiene?

—Ni idea —respondió—. Sé que nunca se ha casado y que ha tenido varias novias, pero no sabría decirle si ahora mismo está con alguien.

Caldas miró el cuaderno. No había tomado una nota, pero una mancha de tinta azul se había formado en el punto en que había apoyado el bolígrafo.

—Mónica quiere mucho a Miguel, pero ya no lo ve de esa forma. Lo admira y le está agradecida por haberle dado la oportunidad de dar clase a su lado. Tiene en él un apoyo parecido al que tiene en Walter, el inglés —explicó Eva Búa—. Ellos le proporcionan esa estabilidad que Mónica siempre ha necesitado y que ya no encuentra en sus padres.

—Entiendo —dijo Caldas.

—Además, la hacen reír —añadió ella—. Hay días que Mónica habla de su paseo con Walter o de su clase con Miguel como podría hablar cualquiera de mis hijos de una tarde en un parque de atracciones.

Caldas bajó los ojos de nuevo al cuaderno y trazó una línea desde la manchita azul.

—¿Llegaron a hablar con el chico que siempre está rondando su casa? —le preguntó Eva Búa—. Le aseguro que cada vez que he ido lo he visto vigilando. Yo creo que está obsesionado con ella.

—El viernes de madrugada vieron a Mónica yendo a Moaña en la bicicleta. Usted misma acaba de verla desembarcar del primer vapor —le dijo Caldas—. Camilo estaba en su cama a. esa hora.

—¿No podría estar huyendo de él? —preguntó Eva Búa, tras meditar un momento.

Caldas abrió las manos para expresar que todo podía ser.

El inspector acompañó a la amiga de Mónica Andrade hasta la calle, encendió un cigarrillo y se quedó un rato fumando y viendo llover antes de apagarlo y regresar a la sala de visionado.

En la primera media hora de grabación no había rastro de Miguel Vázquez, pero Ferro y Clara Barcia ya habían contado casi veinte hombres de estatura media con las cabezas ocultas por paraguas.

—Necesitamos a alguien que pueda reconocer algo —protestó Clara Barcia—. Al menos, que nos ayude a descartar a los que no son. Buscarlo así es perder el tiempo.

Caldas volvió a su despacho y se dejó caer en la silla. Dio la vuelta al teléfono y comprobó que tenía dos llamadas perdidas. Ambas de Rafael Estévez.

—¿Has encontrado el ordenador? —le preguntó, al devolverle la llamada.

—Lo tengo, sí —confirmó el aragonés—. Pero quería comentarle otra cosa. ¿Se acuerda del árbol que tiró el temporal?

—Sí, claro.

—Uno de los voluntarios que está participando en la batida es el empleado municipal que cortó el árbol para poder retirarlo. He estado hablando con él y me ha contado que Mónica le pidió que lo partiera en trozos tan grandes por si la madera podía aprovecharse para construir instrumentos musicales. Eso fue el jueves por la mañana y por la tarde es cuando quiso hablar con el luthier.

—Pues sería para eso —dijo Caldas.

—Estoy seguro —coincidió el aragonés.

El inspector se despidió, dejó el móvil en la mesa y se frotó el rostro con las manos, tratando de recomponer los pasos de Mónica el jueves por la tarde.

Cuando abrió los ojos, se quedó mirando el cuaderno.

Había dibujado una espiral.

Presumir. **1.** Suponer o considerar algo por los indicios o señales que se tienen. **2.** Mostrarse alguien orgulloso de sí mismo o de sus cosas. **3.** Preocuparse mucho del aspecto propio para resultar atractivo.

Pepe Silva era inspector de policía en Santiago de Compostela. Caldas había colaborado con él en varias ocasiones. La última, en la desarticulación de una banda especializada en atracos a tiendas de telefonía solo unos meses atrás. Estaba en la comisaría cuando recibió la llamada de Leo Caldas.

—Aquí no me aparece nada —dijo, después de teclear, cuando Caldas le explicó que quería averiguar el motivo por el cual una discusión entre Víctor Andrade y su hija había precisado intervención policial—. ¿Cuándo fue?

—No sé la fecha —contestó Caldas—. La chica tiene treinta y tres años y esto sucedió mientras estudiaba la carrera, así que pudo ser hace catorce o quince años —calculó.

—¿No sería la policía municipal la que intervino?

—No lo sé —admitió Caldas—. Y tampoco sé ahí a quién acudir.

—Déjame a mí —dijo Silva, y se comprometió a preguntar a los municipales compostelanos y a consultar el asunto con el grupo de policías jubilados que por las tardes se reunía a jugar la partida en una tasca de la rúa Nova—. Igual alguno lo recuerda.

En la sala de visionado, Ferro y Barcia seguían sentados frente al monitor al acecho de Miguel Vázquez.

—Tenemos demasiados candidatos —se lamentó Clara Barcia al verlo entrar, mostrándole un folio lleno de números en el que había ido apuntando el momento exacto en que aparecían en la grabación.

Caldas los animó a seguir buscando y les informó de que Estévez no tardaría en llegar con el ordenador de Mónica Andrade.

—¿Me pongo con él? —preguntó Ferro.

—Que se ponga Malvar —dijo el inspector—. Vosotros seguid buscando al ceramista.

—¿Tú te vas? —le preguntó Clara.

—Pero no tardo —confirmó Caldas.

Había decidido acercarse a la Escuela de Artes y Oficios antes de que empezasen las clases. Aunque los luthiers no hubieran llegado, tal vez la ordenanza pudiese confirmar si Miguel Vázquez tenía pareja estable y si era cierto que dejaba tanta distancia entre la cama y el trabajo como Eva Búa presumía.

Salió a la calle y a los pocos pasos la lluvia intensa le obligó a retroceder para coger un paraguas. Luego subió caminando hasta la calle García Barbón. Tuvo que apartar el paraguas para poder ver la cámara que el viernes anterior, antes del amanecer, había grabado a una mujer alta con un vestido hasta los pies.

La esquina de Napoleón estaba vacía y Caldas se preguntó si, a pesar de la lluvia, también acudiría aquel día a su cita con la acera.

Sentimental. 1. Emotivo, que expresa o provoca sentimientos tiernos. **2.** Persona que se emociona o afecta con facilidad o que tiende a obrar por impulsos afectivos. **3.** Correspondiente al amor o a la relación amorosa entre dos personas.

Caldas entró en la Escuela de Artes y Oficios y se dirigió a la puerta de la derecha. María, la ordenanza, no estaba sentada en su cubículo y le dijeron que había pedido el día libre para ayudar en la búsqueda de Mónica.

—¿Se sabe algo? —le preguntaron el hombre y la mujer que trabajaban en secretaría.

—No —respondió Caldas. Lamentaba no haber reconocido a la ordenanza entre los voluntarios congregados frente a la iglesia de Tirán.

—Ha ido con cinco o seis alumnos —le informó la mujer—, pero si mañana siguen las batidas hay mucha más gente que se ha ofrecido a participar.

—Miguel está organizando el grupo que va a ir mañana —dijo el hombre.

—¿Miguel Vázquez, el jefe de Mónica?

—Sí —confirmó.

—¿Está abajo?

—Todavía no, pero estamos todos en contacto a través del móvil. ¿Ve? —dijo enseñando al inspector el grupo en la pantalla de su teléfono—. Ya hay más de ochenta apuntados.

Caldas no estaba seguro de si continuarían las batidas al día siguiente o si se daría ya la zona por peinada.

—También vamos a pegar carteles y hemos impreso cuatrocientas octavillas con su imagen para repartirlas por la ciudad.

Vamos a dárselas a los alumnos al final de las clases —le contó la mujer, y señaló una repisa—. Tenemos todo ahí preparado.

Caldas se acercó. Había unos treinta carteles impresos en hojas grandes y un taco enorme de octavillas. El formato de ambos era idéntico al del papel que había tenido en la mano en la comisaría: la foto, la palabra «DESAPARECIDA» y, debajo, los dos números de teléfono.

—¿De dónde lo han sacado? —preguntó.

—Nos han mandado el archivo desde Onda Vigo para que las imprimiéramos —dijo ella—. Llevan toda la mañana anunciando un programa especial que se va a emitir esta tarde.

—Pues me temo que esto así no se puede distribuir —lamentó Caldas.

—¿Cómo?

—Este teléfono es de un medio de comunicación —dijo poniendo el dedo sobre el número de la radio y, para evitar reticencias, improvisó algo que sonara convincente—: Es ilegal reclamar colaboración ciudadana a través de números distintos a los que determinen las familias de los afectados o las fuerzas de seguridad.

Cruzaron una mirada de extrañeza.

—¿No lo sabían?

—No.

—Pues hay dos opciones —indicó—: tacharlo en cada uno de los papeles o volver a imprimir todo sin que figure ese número.

Caldas se tomó un momento para escribir un mensaje a Santiago Losada amenazándole con no acudir al programa de la tarde si veía otra foto de Mónica con el número de la emisora. Cuando lo envió, ellos ya habían resuelto tachar el teléfono en los carteles y volver a imprimir las octavillas.

—¿A qué hora llegan los profesores de luthería? —les preguntó Caldas.

—Hoy es jueves, ¿no? Jueves, jueves, jueves... —repitió la mujer mientras revisaba el horario de clases—. La clase de instrumentos gallegos tradicionales empieza a las cuatro.

—¿Y luthería antigua?

—Jueves, jueves, jueves... —volvió a susurrar—. Luthería antigua tiene perfeccionamiento ahora.

—¿Eso qué quiere decir?

—Que están en clase.

—¿Ramón Casal estará arriba?

—Debería —dijo ella—, sí.

Caldas salió de secretaría y se detuvo a tachar el teléfono de la emisora en un cartel que ya estaba colocado en el tablón de anuncios de la entrada. Al pasar junto a la escalera que daba al patio donde tenían su taller los ceramistas bajó unos peldaños. Vio los asientos elaborados con restos de arcilla y el camelio. Todo estaba desierto a aquella hora y lamentó no disponer de la ubicación del teléfono o de una imagen nítida de Mónica para haber precintado el taller. Habría preferido empezar a trabajar sobre el terreno antes de que el ruido de los medios alcanzara al caso.

Luego, como había hecho la propia Mónica Andrade el jueves anterior, volvió atrás, atravesó la biblioteca para llegar al edificio anexo y subió hasta el segundo piso, donde se ubicaba el taller de luthería antigua.

Se detuvo en el rellano, junto a la galería. En el otro edificio, algo más abajo, las luces del aula de dibujo estaban encendidas, reforzando la escasa luz natural de aquella mañana de lluvia.

A través de una de las ventanas distinguió a Elvira Otero. Estaba casi de espaldas, algo reclinada sobre el caballete de una alumna, pasando una mano por el papel con trazos imaginarios, guiándola en la forma de avanzar en el dibujo.

Se dijo que era probable que Elvira estuviese al tanto de la vida sentimental de Miguel Vázquez. Los dos eran profesores en aquella escuela y no resultaba extraño que conociera sus circunstancias. Decidió bajar al aula de dibujo a hablar con ella en cuanto se hubiese visto con Ramón Casal.

Se quedó un momento más de pie ante la galería, observándola desde arriba. Llevaba un jersey de lana verde, algo abierto en la espalda, que dejaba a la vista el nacimiento del cuello, y Leo Caldas recordó las veces que se había quedado mirando aquel cuello cuando casi eran niños, en aquellos meses lejanos en que la había ayudado con las asignaturas que se le atragantaban.

De pronto, se dio cuenta de que una mujer mayor asomada a otra ventana había advertido su presencia. Debió de avisar a Elvira, porque la profesora se volvió hacia él. Cuando sus ojos se cruzaron, el inspector se apartó de la galería y echó a andar con paso apresurado hasta alcanzar la puerta del taller de luthería antigua.

Madera. 1. Parte sólida de los árboles situada debajo de la corteza. **2.** Pieza labrada que sirve para cualquier obra de carpintería. **3.** Talento o disposición natural de las personas para una actividad. **4.** Término genérico que designa una de las dos subfamilias en que se dividen los instrumentos de viento.

—Mónica me habló de ese árbol hace unas semanas, sí. Me enseñó varias fotos que había hecho con el teléfono. Es una *Picea abies*, un abeto rojo —dijo Ramón Casal, y Caldas se preguntó si tendría que ir preparando una moneda como cada vez que Napoleón traducía un latinajo—. Me contó que estaba un poco inestable y que temía que cayera sobre la casa, así que quedamos en ir a talarlo en la luna menguante de enero.

Caldas no pudo reprimir la curiosidad.

—¿Por qué en la luna menguante de enero?

—Durante las lunas menguantes de invierno, la savia se acumula en la raíz y el tronco está casi limpio —explicó el maestro de luthería antigua—. Así se evita que el almidón de la savia pueda pudrir la madera en el futuro.

Ramón Casal abrió la puerta a una habitación contigua.

—Esta es la sala de máquinas en la que cortamos y preparamos la madera —dijo—. Está separada de la sala de trabajo para aislarla del ruido y el polvo.

Al fondo, cerca de la ventana, dos alumnos calibraban una plancha de madera en una lijadora de banda. Llevaban guantes de seguridad y máscaras para protegerse los ojos, nariz y boca de la viruta. Cuando vieron que tenían visita, dejaron de trabajar.

—Esto es abeto rojo —le siguió contando Ramón Casal, acercando la punta del pie a un tronco colocado en el suelo, junto a la puerta—. Esta pieza vino de Eslovenia hace unos años. Estamos esperando que ella sola se vaya abriendo. ¿Ve? —dijo, y se agachó para pasar la mano por una huella—. En lugar de cortarla, yo prefiero desgajarla por sus vetas naturales, como hacían los luthiers antiguos.

Luego pidió con un gesto a Leo Caldas que regresaran a la sala de trabajo para no interrumpir más a sus alumnos y levantó la mano hacia ellos agradeciéndoles la pausa.

—Así que el árbol no aguantó hasta enero.

Caldas le dijo que no.

—Lo tiró el temporal de la semana pasada. El jueves por la mañana fue un empleado municipal a retirarlo. Se llevó las ramas, pero Mónica quiso que el tronco se quedara allí, cortado en piezas grandes, por si se podía aprovechar. Es buena madera, ¿no?

—Ya lo creo —respondió el luthier—. Stradivari hacía las almas y las tapas de sus violines con abeto rojo.

—Me imagino que por eso vendría a verle el jueves por la tarde.

Ramón Casal dirigió sus ojos azules hacia la puerta como si aún pudiese verla hablando por teléfono en el umbral.

—No se sabe nada, ¿no?

—Todavía no —confirmó Leo Caldas.

—Pues es una pena —susurró el luthier pellizcándose la barba, y el inspector no supo si se refería a Mónica Andrade o a la madera tirada en el jardín.

Caldas pasó la mirada por los instrumentos colocados en vitrinas alrededor de la clase y respiró el olor del barniz que un alumno aplicaba a una pieza. Le gustaba aquel espacio que invitaba a bajar la voz, como una burbuja ajena al frenesí de la ciudad. Se acordó del hijo de Chicho Novo que estaba estudiando allí.

—¿Sabe que ya conocía a ese alumno suyo de pelo largo con el que estuve hablando el otro día?

—¿A Óscar?

—Sí —dijo Leo Caldas—. No lo reconocí porque no lo había visto desde que era un niño, pero es hijo de un amigo de mi padre.

—Pues es uno de los que acaba de ver en la sala de máquinas —dijo Ramón Casal señalando la puerta cerrada.

—¿Era uno de los de la máscara?

—El de la coleta —indicó el luthier llevándose el puño derecho a la nuca—. El primer trimestre los alumnos nuevos casi pasan más tiempo preparando el material ahí dentro que trabajándolo en las mesas.

Caldas se había fijado en las máscaras que cubrían sus rostros, pero no había advertido que ninguno de ellos llevara el pelo recogido en una coleta.

—Su padre siempre fue muy bueno trabajando con las manos. Hacía unos aviones de papel que volaban muchísimos metros.

—Óscar también es hábil —dijo el luthier.

—¿Podría saludarlo?

—Claro —dijo Ramón Casal.

Caldas lo vio abrir la puerta de la sala de máquinas y, desde allí, mover una mano para pedir a Óscar que se acercase.

—¿Sabes quién soy? —le preguntó Caldas.

Óscar Novo le miró receloso. Llevaba en la mano la máscara protectora.

—Es de la policía, ¿no? Estuvo aquí el otro día preguntando por esa profesora.

—Y además soy el hijo de Caldas —dijo—. Caldas el del vino, el amigo de tu padre.

—¿El alquimista?

El inspector sonrió, ya no recordaba que algunos de los amigos de su padre se referían a él de aquella forma.

—Soy Leo —se presentó tendiéndole la mano—. Fue él quien me contó que estudiabas aquí. Pasaste por su finca no hace mucho a buscar unas botellas, ¿no?

—Mi padre no quiere otro vino. Y eso que casi no puede beber.

—Sé que Chicho no está bien.

—Sigue la evolución normal de su enfermedad —dijo Óscar Novo—. Aún se entera de las cosas, pero cada vez le cuesta más interactuar.

Caldas se preguntó si no tendría razón su padre cuando confesaba que no le desagradaba la idea de tomar un atajo, aun renunciando a algunos años buenos, si con ello evitaba deteriorarse.

—No nos conocíamos, ¿verdad? —le preguntó el hijo de Chicho Novo.

Leo Caldas le contó que alguna vez habían coincidido en la finca de su padre antes de que él se marchase a estudiar a Madrid.

—Tú eras pequeño —le dijo Caldas—. Es normal que no te acuerdes.

—No me acuerdo de nada —rio Óscar.

—Yo me acuerdo de tu padre y de aquellos aviones así de grandes —dijo Caldas abriendo las manos—. Me comenta mi padre que tú también sabes hacerlos.

Óscar se encogió de hombros, restándose importancia, y Leo Caldas miró alrededor.

—Qué lujo tiene que ser venir todos los días a un sitio como este.

—Sí —admitió él—. Siempre quise aprender a hacer instrumentos y nunca tuve la oportunidad. Tengo ya treinta y seis años.

—No los aparentas —dijo Caldas.

—Ya —sonrió Óscar—. Es un poco tarde para una nueva aventura, pero ahora surgió esta posibilidad. Podía cogerla en la última estación o dejar que se escapara el tren.

—Estamos encantados con que al final haya decidido quedarse —intervino Ramón Casal—. Tiene madera y aprende rápido —añadió dándole unas palmadas amistosas en la espalda—. Aquí hay un luthier.

Cuando el profesor se apartó unos pasos, Óscar Novo se sinceró con el inspector:

—Aún no es seguro que me quede los dos cursos —susurró—. He vuelto a casa para ayudar a mi madre con mi padre. Si él se pone peor...

—Te entiendo.

Se despidieron con otro apretón de manos y el encargo de repartir recuerdos mutuos. Caldas lo vio abrir la puerta de la sala de máquinas y ponerse la máscara protectora antes de cerrar de nuevo la puerta tras de sí.

Iba a decir adiós también a Ramón Casal cuando sonó un mensaje en su móvil. No tenía firma ni el número estaba guardado en su agenda, pero supo al instante de quién procedía.

Reproducción. 1. Proceso biológico que permite la creación de nuevos organismos. 2. Copia de una obra original o preexistente.

Llamó con los nudillos a la puerta del aula de dibujo y esperó unos segundos. Oía voces dentro, pero nadie acudió a abrir. Cuando se cansó de esperar, giró el picaporte y entró en la clase.

Distinguió el jersey verde y el pelo moreno de Elvira Otero entre el grupo de alumnos que había acudido a clase aquel día. Todos parecían mayores que ella. Cuando le hicieron notar la presencia del inspector, Elvira se acercó a la puerta mirando a los lados como quien espera encontrar a alguien más.

—Hoy vengo solo —dijo el inspector.

—¿Se sabe algo de Mónica?

Movió la cabeza.

—Seguimos buscándola.

—Nos estamos organizando para ir a ayudar en la batida mañana por la mañana —le contó la profesora de dibujo—. Justo estábamos hablando de eso.

—No es seguro que vaya a haber otra batida mañana —la avisó Caldas.

—Pues hay casi cien apuntados —dijo ella.

—Lo sé. Lo está coordinando Miguel Vázquez, ¿no?

—Sí —confirmó Elvira—. Lo está pasando fatal, el pobre.

Caldas agradeció que la inercia hubiese llevado la conversación hasta el maestro de cerámica.

—¿Sabes si entre ellos hay solo trabajo o...?

—Trabajo nada más —respondió Elvira—. ¿Por qué lo preguntas?

—Puede que Mónica haya empezado hace poco una relación —dijo, como si no tuviera demasiada importancia.

—¿Con Miguel? —se extrañó ella.

—No estamos seguros.

—Miguel tiene pareja, Leo.

—¿La conoces?

—La conocí hace unos meses.

—¿Siguen juntos?

—Que yo sepa, sí —dijo Elvira—. ¿Se lo has preguntado a él?

Respondió que no con la cabeza.

—Tiene que ser otro —dijo Elvira, y Caldas decidió no insistir.

—Puede ser —se limitó a decir.

El trabajo de una alumna requirió el consejo rápido de la profesora y Caldas la esperó de pie junto a la puerta, repasando con la mirada las obras colocadas en la pared. Se detuvo en Ofelia en la reproducción del cuadro de Millais y no pudo dejar de pensar en Mónica Andrade y en sus vestidos demasiado holgados.

—Tengo que irme —dijo en cuanto Elvira regresó a su lado—. Si se te ocurre algo que pueda ayudar, ya tienes mi teléfono.

Elvira Otero se mordió un labio.

—Oye —dijo—. Lo de antes fue una broma.

—¿Eh?

—El mensaje —aclaró, como si hiciese falta—. Al verte ahí arriba no me pude resistir. Espero que no te haya parecido mal.

—No —mintió.

—Además, sé que no me mirabas a mí —dijo, divertida, al comprobar que Caldas se ruborizaba—. Buscabas a Luis, ¿no?

—¿A quién?

—Al ingeniero —dijo, y un hoyuelo apareció a cada lado de su sonrisa.

Caldas recordó al estudiante de ingeniería cuya desnudez había impresionado a Rafael Estévez.

—Sí —sonrió él a su vez—. ¿Hoy no posa?

—Esta mañana no —dijo Elvira—, pero va a estar aquí toda la tarde.

—Por la tarde no creo que pueda venir.

Elvira Otero le clavó sus ojos casi negros.

—Pues ven en cualquier otro momento —propuso—. Y, si Luis no te hace caso, vamos a tomar algo y nos ponemos al día.

Trámite. 1. Cada una de las gestiones que hay que recorrer en la resolución de un asunto. 2. Procedimiento legal o administrativo para resolver un contencioso. 3. Paso de una parte a otra, o de una cosa a otra.

En comisaría, Ferro y Clara Barcia aún no habían podido identificar a Miguel Vázquez. Después de examinar todas las cámaras, las alternativas se habían reducido a cuatro transeúntes, pero los paraguas les impedían ir por el momento más allá.

—¿Todavía no ha llegado Estévez? —les preguntó extrañado Leo Caldas.

—Llegó hace veinte minutos o así —contestó Clara Barcia.

—No está en su sitio.

—Iba a llevar el ordenador a lofoscopia. Debe de estar en el cuarto oscuro con Maside, esperando a ver qué les enseña el reactivo —dijo Clara refiriéndose a la sala donde, bajo una luz ultravioleta, se revelaban las huellas dactilares.

—Voy a ver.

—Oye, Leo —le detuvo Clara Barcia—. ¿No podemos pedir a la juez que nos autorice a revisar otras cámaras?

La respuesta de Caldas fue otra pregunta:

—Otras cámaras ¿dónde?

—Con las del final de la calle podríamos saber si la chica o alguno de estos cuatro —señaló la imagen congelada en el monitor— se quedaron en la zona de la Escuela de Artes y Oficios o siguieron de largo.

—O si el ceramista llegó por el otro lado —añadió Ferro—. Él no venía del puerto, ¿no?

—Supongo que no —dijo Caldas.

—¿Qué te parece?

—Me parece bien. Pedidlas.

—¿Y la autorización? —dudó ella.

—Si son en la misma calle no creo que necesitemos otra.

Abrió la puerta para salir y se encontró de bruces con el comisario.

—Te estaba buscando —le dijo Soto—. ¿Puedes venir a mi despacho? El doctor Andrade quiere hablar contigo.

—¿Está aquí?

Soto le dijo que sí.

—Acaba de llegar.

Paciente. 1. Que tiene paciencia. 2. Sujeto que recibe o padece la acción de un agente. 3. Persona que sufre una enfermedad o está en tratamiento. 4. Persona que es o va a ser reconocida por un médico.

Víctor Andrade había dejado sobre la mesa varios libros. El inspector Caldas leyó el título del colocado arriba. Se refería a los trastornos y la sexualidad.

—Son de la biblioteca del hospital —dijo el doctor mirando a Caldas, como si el comisario no estuviera presente—. Los he traído para ver si así se convence de que no son cosas mías. Si no quiere leerlos, se los puedo resumir yo —comenzó, tomando el primero de los libros—. En lo que respecta al sexo, tienen dificultad para distinguir las conductas socialmente adecuadas de las que no lo son, su carencia de empatía les dificulta entender el significado de las negativas y las consecuencias de su propio comportamiento. Pero que no sepan relacionarse no implica que no tengan el apetito de cualquier otro joven y, si no se sabe canalizar, toda esa fiebre reprimida puede acabar por explotar de manera violenta, no por el trastorno en sí sino por sus co-morbilidades.

—No sé qué significa esa palabra —dijo Leo Caldas.

—Significa que entre esos pacientes prevalecen los que tienen asociadas otras patologías —explicó el doctor Andrade—. Así como son mucho más frecuentes las alergias o las alteraciones gastrointestinales en esos individuos que en el resto de la población, también lo son la agitación, la autolesión o las agresiones hacia los demás. He traído estos estudios, pero hay decenas de trabajos al respecto.

Caldas observó los distintos libros y cuadernillos que Andrade había ido esparciendo sobre la mesa. Recordaba a Camilo balanceándose con los pies clavados en la arena, lleno de angustia. Su reacción parecía incompatible con la de un sujeto agresivo como el que el padre de Mónica describía.

—Combine todo esto en un chico que se pasa el día vagando sin vigilancia y que vive obsesionado con mi hija y entenderá que el mío no es un miedo infundado.

El inspector levantó la vista de la mesa. Tras la montura metálica de sus gafas, los ojos del doctor se hundían cada día en un contorno más oscuro.

—Entiendo su miedo —dijo el inspector—, pero no consta que Camilo haya tenido el problema de agresividad que le atribuye. Tampoco creo que la relación entre ese chico y su hija sea como usted la imagina.

—Entonces ¿cómo es? —le preguntó Víctor Andrade.

—Para ella, Camilo no es un desconocido. Ni siquiera es un vecino más —dijo Caldas—. Son amigos.

El doctor cogió un cuaderno de la mesa.

—Hace años que la doctora Spanglet enumeró los déficits de los enfermos con trastornos en el área de la relación social —expuso mientras buscaba una página que dejó abierta frente al inspector—. ¿Le importaría leer el primero de esos déficits?

—«Gran dificultad para establecer y mantener amistades» —leyó en voz alta Caldas.

—Ya ve que no dice «dificultad» —remarcó el doctor—, sino «gran dificultad». Viven condicionados por su problema de comunicación.

—Usted conoce a su hija, doctor. Ella sabe cómo tratar a la gente con problemas de comunicación —dijo Leo Caldas, y el doctor Andrade le incrustó sus ojos grises. Los dos sabían que se estaba refiriendo a su mujer.

El inspector se preparó para escuchar la voz autoritaria del doctor reprochándole ante el comisario el haber ido a su casa pese a todo. Sin embargo, la reprimenda no se produjo.

—¿Recuerda los dibujos que había en el estudio de Mónica, doctor? ¿Esos que usted no sabía quién había hecho? —preguntó Caldas, y Andrade asintió—. Pues son suyos.

—¿Cómo suyos?

—Fue ese chico quien hizo esos dibujos.

—¿Los del gabinete?

—Sí.

La reacción del doctor no fue la que Caldas esperaba.

—Ahí lo tiene —exclamó—. Ese tipo está completamente obsesionado con Mónica. ¿Sabe cuántas horas tuvo que pasar apostado en la ventana del taller para poder dibujarla con ese detalle? Usted mismo comentó que parecían fotografías. Si fuesen amigos, ella habría posado abiertamente, pero él la dibuja sin acercarse, como un depredador al acecho.

Caldas se disculpó y salió del despacho del comisario para dirigirse al suyo. Regresó con el dibujo que le había hecho Camilo.

—No necesitó verme más que un momento —dijo, y describió la facultad del chico que no solo le permitía reproducir una escena con todo detalle, sino hacerlo de memoria.

Andrade no parecía escucharle. Estaba absorto en el dibujo.

—Es la casa de Mónica —susurró antes de levantar la voz—. Estaba dentro de la casa de mi hija cuando le dibujó.

—Lo sé.

—¿Lo sabe?

—Y hoy ha vuelto por allí —dijo Caldas, esforzándose por aparentar calma—. Está yendo todos los días para dar de comer al gato.

—No puede ser —se escandalizó Andrade—, no puede ser que le parezca normal.

—Mónica le pidió que se ocupara del gato si ella no estaba.

—¿Se lo dijo él?

—Me lo dijo su madre —respondió Caldas—. Camilo no puede hablar.

—Él tiene que saber dónde está Mónica.

—Me temo que no lo sabe.

—¿Se lo ha preguntado?

Caldas respondió otra cosa.

—Mónica se marchó de Tirán el viernes por la mañana —le explicó Caldas—. Estamos esperando el informe con la actividad y la localización de su teléfono móvil.

—Si el móvil estuviese encendido, sabríamos inmediatamente dónde buscarla —intervino Soto.

—La he llamado cien veces —murmuró el doctor Andrade—. Está apagado.

—En cualquier caso —dijo Soto—, nos permitirá saber dónde estaba cuando se apagó y qué recorrido siguió hasta entonces.

—Tenemos que ser prudentes —añadió Leo Caldas—, pero todo apunta a que vino a Vigo en el primer vapor del viernes.

—Entonces, ¿dónde está? —preguntó el doctor.

Caldas vio la desesperación brillar en sus pupilas y decidió contarle que una cámara había grabado a una mujer con un vestido largo desembarcando en el puerto de Vigo.

—Creemos que se trata de Mónica —resumió.

Cerco. 1. Lo que ciñe o rodea algo. **2.** Aro de una cuba, una rueda y otros objetos. **3.** Asedio que pone un ejército, rodeando una plaza o ciudad para combatirla. **4.** Corrillo, grupo de gente que forma un círculo. **5.** Movimiento circular. **6.** En las costas de Galicia, arte de rodeo empleada en la pesca de la sardina.

—No sé cómo pueden deducir siquiera que es una mujer —dijo el doctor Andrade, que miraba el monitor con los ojos entrecerrados.

—Los tripulantes del primer vapor de la mañana creen que su hija iba a bordo —dijo Caldas—. Si vino a Vigo en ese barco tiene que ser ella.

—¿Y si no vino? —preguntó el doctor.

—Le acabo de decir que los tripulantes...

—Le he oído, inspector —le cortó Víctor Andrade—: los tripulantes creen que iba a bordo. Es decir, no están seguros.

—Por eso estamos revisando otras cámaras: para confirmar que era ella y poder seguir su rastro.

El doctor se pasó las dos manos por la calva de adelante atrás, como si pudiera peinársela.

—¿Y si no fuese ella? —insistió.

Caldas no tenía una respuesta para eso, pero el comisario tomó la palabra.

—También la estamos buscando alrededor de su casa —dijo recordándole la batida recién terminada en Tirán.

—Entonces tampoco descartan que Mónica nunca cogiese ese barco.

—Creemos que venía a bordo —le explicó una vez más Leo Caldas—, pero le prometo que, hasta tener una evidencia, no vamos a descartar nada.

—¿Esta es la única imagen que tenemos? —preguntó el comisario Soto.

—Del puerto sí. En otras cámaras aparece una mujer —afirmó Caldas indicando con un gesto a Ferro que se las mostrase—, pero las imágenes tampoco son claras.

Andrade volvió a concentrarse en la pantalla y, cuando la mujer del paraguas pasó caminando por la acera, Caldas notó que se incorporaba. Eva Búa había tenido una reacción parecida al ver aquella grabación por primera vez.

—¿Puede darle para atrás? —pidió.

La mujer retrocedió en la acera y la nariz de ave rapaz del médico la siguió pegada al monitor. Luego se alejó un poco para ver la toma con otra perspectiva.

—¿Es su hija? —le preguntó Leo Caldas.

—Al principio creí que sí, pero ahora tengo dudas —dijo—. ¿Dónde es?

—Muy cerca de la Escuela de Artes y Oficios —contestó Caldas.

Andrade señaló el reloj en la parte inferior de la pantalla. Marcaba las 6:36.

—¿La hora está bien?

—Sí.

—¿La escuela está abierta tan temprano?

—No —dijo el inspector—, pero algunos profesores tienen copia de la llave.

El doctor Andrade se quitó las gafas y las limpió con un pañuelo que sacó de uno de sus bolsillos. Antes de ponérselas de nuevo se frotó los ojos con fuerza, como si quisiera borrar los cercos oscuros que los comprimían.

—La enfermera que atiende a mi mujer me ha preguntado si descartábamos la posibilidad de un secuestro. ¿No habrá alguien esperando que ofrezcamos dinero?

Caldas le dijo que no lo creía.

—Ha pasado casi una semana, doctor. Si alguien quisiera dinero, se habría puesto en contacto con ustedes en las primeras horas para tratar de cobrar un rescate antes de que nosotros interviniésemos.

Andrade se puso las gafas y se quedó mirando la pantalla.

—Esta tarde el inspector va a estar en la radio hablando de su hija —le recordó el comisario—. Es posible que alguien la haya visto.

—A propósito de eso —indicó Andrade—, ¿qué les parecería ofrecer una recompensa a quien pueda aportar algún dato que nos ayude a encontrarla?

Las radios y las ediciones digitales de los periódicos locales ya mencionaban una búsqueda en Tirán. En cuanto trascendiese que la mujer desaparecida era hija de un médico eminente y que su acaudalado abuelo había sufrido un intento de secuestro años atrás, la carrera de la noticia hacia las portadas y las televisiones se aceleraría hasta volverse imparable. Y después llegarían decenas de comunicaciones de ciudadanos bienintencionados que asegurarían haberla visto en lugares distintos, pero también las llamadas de aprovechados dispuestos a vender información, supuestos videntes, desequilibrados, bromistas y sádicos sin otra aspiración que avivar el dolor ajeno.

Leo Caldas le hizo ver que no era conveniente atraer un interés excesivo. La atención de los medios ayudaría a abrir algunas puertas, pero el foco no solo iluminaba, sino que también podía deslumbrar.

—Es mejor que no se sepa que la familia tiene una situación económica desahogada —dijo—. Quienes sepan algo ayudarán sin necesidad de otros estímulos.

—¿Por qué iban a hacerlo? —preguntó el doctor.

A Caldas le vino a la cabeza una alusión a la generosidad de los extraños que Alba utilizaba de vez en cuando. No era capaz de reproducir las palabras exactas, pero recordaba que era una frase extraída de una obra de teatro.

—Por ayudar.

Huella. 1. Señal que el pie del hombre o del animal deja en la tierra a su paso. 2. Marca estampada en el papel. 3. Rastro, señal, vestigio que deja alguien o algo. 4. Impresión profunda y duradera. 5. Indicio, mención o alusión.

Mientras el comisario acompañaba al doctor Andrade hasta la calle, Caldas se dirigió a la mesa de Rafael Estévez.

—Hemos encontrado huellas de Mónica Andrade y de otra persona en el ordenador. Maside ha metido las otras en el SAID —le dijo Estévez refiriéndose al sistema automatizado que permitía comparar una huella digital con las de todos los detenidos—, pero no hay coincidencias.

—Serán de Camilo Cruz —murmuró Caldas—. ¿Llegaste a decirle a su madre que se llevasen el gato?

—No la he localizado, pero sí he hablado con varios vecinos —dijo Estévez—. Los que lo conocen coinciden en que el chico nunca ha dado problemas. En cambio, los voluntarios que lo vieron cerca de la casa estaban comenzando a murmurar.

Al notar que el comisario Soto se acercaba, Caldas reclamó silencio a su ayudante con un gesto.

—¿Cómo fue la batida? —quiso saber el comisario parándose junto a ellos.

Rafael Estévez se levantó sin poder disimular una mueca de dolor y le puso al corriente de lo sucedido durante la mañana: el área alrededor de la casa había sido rastreada sin resultados y, a falta de que el grupo de buceadores se sumergiera por la tarde en un fondo rocoso, se daba el operativo por concluido.

—En la Escuela de Artes y Oficios hay casi cien apuntados para colaborar en el rastreo de mañana —comentó Leo Caldas.

—Pues salvo que la localización del teléfono lo sugiera —dijo el comisario—, no habrá más búsquedas en Tirán.

—No lo va a sugerir, hágame caso.

El comisario indicó a Caldas que reuniera a su gente y acudiesen cuanto antes a su despacho. Quería que todos estuviesen al corriente de los siguientes pasos.

Cuando el comisario desapareció por el pasillo del fondo, Estévez se dejó caer en la silla con alivio.

—¿Le habéis pasado el ordenador a Malvar? —le preguntó Leo Caldas.

—Maside quería hacerle otra prueba antes —dijo Estévez moviendo el cuello.

—No estás mejor, ¿verdad?

—Sentado no me duele tanto —confesó Estévez.

—Hazme un favor: después de la reunión, vete a casa y descansa.

—¿No haré falta aquí hoy?

—Todos vamos a hacer más falta mañana, cuando lleguen los datos del móvil.

—Mañana es cuando tengo la segunda cita con el hijo de perra del fisioterapeuta —dijo Estévez—. Tiene que volver a clavarme el codo.

—¿A qué hora?

—Temprano, a las nueve. ¿Quiere que llame y lo cancele?

—No te preocupes.

—¿Seguro?

—Seguro —dijo el inspector—. Vamos a ver al comisario.

Antecedente. 1. Que va delante en tiempo, orden o lugar. 2. Dato o circunstancia anterior a un hecho que sirve para comprenderlo o juzgarlo. 3. Primera proposición de un entimema. 4. Constancia de un delito cometido por alguien en el pasado que, en caso de reincidencia, puede constituir un agravante.

El comisario Soto pidió a Caldas que tratara de reconstruir en voz alta las horas previas a la desaparición de Mónica Andrade.

—¿Desde dónde?

—Desde donde te parezca importante.

El inspector empezó por la mañana del jueves.

—El temporal de la noche había derribado un árbol y estuvo en casa con su amigo Walter Cope hasta que llegó un empleado municipal a partir el tronco en trozos para poder moverlo. Al inglés le contó que no pensaba hacer nada especial en todo el fin de semana salvo ir a comer con su padre. A su amiga Eva le dijo lo mismo. Y habló con una empresa de cierres metálicos para que fueran a arreglar cuanto antes los destrozos del jardín. Quedaron en pasar ayer miércoles, así que parece evidente que no tenía previsto ir a ningún sitio.

—Sigue —dijo Soto, que había comenzado a hacer anotaciones en un papel.

—Por la tarde fue ver a su madre antes de ir a la Escuela de Artes y Oficios —continuó el inspector—. Miguel Vázquez, el profesor titular, se había marchado esa mañana a Lisboa porque al día siguiente inauguraba una exposición, así que ella se quedaba a cargo del taller. La clase del jueves transcurrió con normalidad hasta última hora.

—¿Qué pasó a última hora?

—Que salió del taller unos minutos y al volver se encerró en el despacho.

—A oscuras, ¿no? —apuntó Estévez.

—A oscuras, sí —confirmó Caldas—. La alumna que estuvo con ella tuvo la sensación de que le habían dado una mala noticia, pero Mónica no quiso contarle qué le ocurría.

—¿Nadie sabe qué hizo mientras se ausentó? —preguntó el comisario.

—La alumna recuerda que Mónica salió de clase dos veces aquella tarde. La primera, sabemos adónde fue porque ella misma lo anunció: iba a ver a un luthier. Creemos que para avisarle de lo del árbol —explicó Leo Caldas, y les contó que semanas atrás ya había ofrecido la madera del abeto a Ramón Casal—. Hemos confirmado que subió hasta el taller de luthería antigua, aunque no llegó a entrar. Ramón Casal la vio hablando por teléfono en la puerta, pero Mónica se marchó sin haber intercambiado una palabra con él y volvió a su clase.

—Y la segunda vez que salió ¿no dijo nada?

—No, pero seguro que también fue para hablar por teléfono —respondió Caldas—. Para llamar hay que salir porque el taller de cerámica está en un sótano sin cobertura. Aunque no podemos confirmarlo si la compañía telefónica no nos manda la información.

—Ya te he dicho que mañana a primera hora como tarde la tienes aquí, Leo —repitió, molesto, el comisario—. ¿Qué pasó después?

—La alumna se marchó y Mónica se quedó sola en el taller —dijo, y les contó que una ordenanza que revisaba que todo quedase en orden la había encontrado vigilando el patio y que la hija del doctor se había asustado al verla—. El mendigo de la puerta la vio salir a la carrera y una tripulante recuerda que llegó por los pelos al último barco, el de las diez y media. Del muelle de Moaña se fue en bicicleta a casa.

—¿Alguien os ha confirmado que se fuera directamente a casa?

—La vecina la oyó y vio luz hacia las once, así que tuvo que ir directamente a casa desde el barco.

Caldas esperó a que el comisario terminase de anotar.

—Sigue, sigue.

—Lo siguiente ya es la mañana del viernes: otra vecina de Tirán que volvía de limpiar una cafetería en Moaña se cruzó con ella poco antes de las seis, cuando se dirigía al puerto en la bicicleta —continuó Caldas—. Tomó el primer barco y llegó a Vigo a las seis y cuarto.

—¿De todo eso estamos seguros?

—Es la mujer alta que aparece en el vídeo.

—El doctor no ha podido identificarla.

—Porque no se ve bien —repuso Leo Caldas—, pero si una mujer alta con un vestido largo baja de ese barco, tiene que ser Mónica.

—¿No pudo venir más tarde, en otro barco?

El inspector no lo creía.

—La vecina la vio pedaleando rápido para no perder el vapor de las seis.

—¿Cómo podía saber esa vecina adónde iba?

—Porque allí, cuando ven a alguien yendo con prisa hacia el puerto y falta poco tiempo para que zarpe un barco, saben que es porque no quiere perderlo —argumentó el inspector Caldas—. ¿Adónde iba a ir si a esas horas aún no hay nada abierto? Además, la bicicleta sigue candada en el muelle, donde la deja siempre.

—De acuerdo. Asumamos que vino a Vigo en el barco de las seis. ¿Qué hizo después?

—Caminar hasta la Escuela de Artes y Oficios.

—De eso no hay constancia aún —matizó Soto—, ¿no?

—Sí la hay.

Caldas notó que Clara Barcia torcía el gesto.

—¿Qué pasa, Clara?

—Que no estamos seguros, Leo —dijo ella.

—Tiene que ser la mujer del paraguas.

—El padre tampoco la ha reconocido en esa imagen —le hizo ver el comisario.

—Ni la amiga —añadió Clara Barcia.

—Porque está tapada por el paraguas, joder —se revolvió Caldas—. No la han reconocido, pero tampoco han descartado que sea ella. No puedes identificar a una persona si no la ves bien, pero la triangulación del teléfono confirmará que es Mónica.

—¿Se ve cómo entra en el edificio? —El comisario Soto se había dirigido a Clara Barcia esta vez.

—En las grabaciones que tenemos no se ve la puerta —dijo ella.

—Vamos a revisar las cámaras que hay más allá de la Escuela de Artes y Oficios para comprobar que no pasó de largo —terció Caldas, y luego añadió—: Y para ver quién llegó desde allí.

—¿Sigues pensando en el ceramista?

—Sigo pensando que algo ocurrió en esa escuela. Se marchó a su casa corriendo como quien busca un refugio.

—Entonces ¿por qué volvió al día siguiente? —le preguntó el comisario.

—No lo sé —dijo Caldas—. En todo caso, vino antes de lo habitual, cuando la escuela debería estar cerrada.

—A lo mejor olvidó algo —apuntó Clara Barcia.

—Puede ser —convino el comisario—. Imaginad que, por la razón que sea, necesitaba marcharse. Es posible que antes quisiese coger algo del despacho, ¿no?

Clara Barcia y Estévez estuvieron de acuerdo. Caldas cerró los ojos buscando concentración.

—¿En qué piensas, Leo? No tiene por qué estar muerta. Puede haberse marchado a cualquier sitio.

Caldas le devolvió otra pregunta:

—¿Y por qué el horno más grande estaba caliente el viernes por la mañana?

Soto no tenía una respuesta, pero Estévez sí.

—A lo mejor quiso cocer alguna pieza antes de irse.

—O la dejó cociéndose el día anterior y quiso pasar a recogerla —dedujo a su vez Clara Barcia.

El comisario Soto miró al inspector, esperanzado con la posibilidad de que la desaparición de Mónica Andrade solo se debiese a una huida. Caldas, sin embargo, dudaba.

—Miguel Vázquez se ocupó personalmente de vaciar ese horno.

—Si al volver a Vigo lo encontró cerrado es normal que lo abriese —dijo el comisario—. Eso no lo convierte en sospechoso de nada. Además, el jueves y el viernes estuvo en Lisboa.

—No hay ni cinco horas en coche desde Lisboa a Vigo. Pudo venir conduciendo el jueves por la noche y estar de vuelta el viernes por la tarde para la inauguración.

—¿Has hablado con él?

—Si lo que me está preguntando es si le he apretado, la respuesta es no —contestó Leo Caldas—. Creo que Mónica habló con él por teléfono el día antes de desaparecer, pero no puedo demostrarlo hasta recibir el informe con las llamadas. Y, sin la localización del teléfono ni una imagen nítida, tampoco puedo demostrar que Mónica pasase por el taller el viernes por la mañana. Hasta entonces, prefiero que Miguel Vázquez no sepa que sospechamos de él.

—¿No te parece que es demasiado complicado? —le preguntó el comisario.

—¿El qué?

—Todo.

Caldas cerró un momento los ojos y, cuando los abrió, encontró la misma mirada cargada de escepticismo en los demás rostros.

—Puede ser —murmuró—. Pero si se marchaba, ¿por qué no se llevó el gato?, ¿por qué tampoco pidió a nadie que lo cuidara?, ¿por qué no cerró la puerta de su casa con llave?, ¿por qué no cogió la caja de anticonceptivos que estaba a la vista en el baño?, ¿por qué concertó una cita para ayer con la empresa que debía reparar el cercado? —Iba encadenando las preguntas sin dar tiempo a las respuestas—. ¿No ve que nada hace suponer que Mónica Andrade tuviese intención de estar fuera de casa varios días?

Soto guardó silencio, tratando de digerir la salva de interrogantes que Leo Caldas acababa de plantear.

—Pero tiene razón el comisario —intervino Estévez—. Eso no convierte al jefe de la chica en sospechoso de nada.

—Tenía la posibilidad y la coartada perfecta.

—Pero ¿por qué? —preguntó Clara Barcia—, ¿cuál sería el móvil?

Caldas le dijo la verdad.

—Todavía no lo sé.

—¿Sabes al menos si Miguel Vázquez tiene antecedentes? —inquirió el comisario.

—No —dijo Caldas.

—¿No lo sabes o no tiene?

—No tiene —respondió.

—Que no te parezca mal lo que voy a decirte, Leo —comenzó Soto, rompiendo el silencio que durante unos segundos se había apoderado del despacho—, pero objetivamente parece un disparate sospechar de alguien que estaba a más de cuatrocientos kilómetros de aquí basándote en... —Hizo una pausa en busca de un término que no encontró—. Basándote ¿en qué? ¿En una intuición? No tiene sentido.

Caldas quiso objetar algo, pero Soto levantó la mano instándole a esperar hasta que él hubiese terminado.

—Hablas de que tuvo la coartada y la posibilidad. Y es cierto —dijo, y señaló el papel con sus notas—. Pero en tu relato hay varias personas que estuvieron a solas con Mónica poco antes de su desaparición. ¿Las hemos descartado a todas?

Sospecha. 1. Conjetura basada en apariencias o indicios. 2. Desconfianza, recelo. 3. Consideración de que alguien ha cometido un delito.

—Walter Cope voló a Inglaterra el jueves por la tarde. Su hija le recogió en el aeropuerto y estuvieron hasta el lunes viendo focas en una reserva natural —dijo Leo Caldas—. Volvió el martes y, para entonces, Mónica Andrade ya llevaba varios días desaparecida.

El comisario levantó la vista del papel en el que seguía tomando apuntes.

—¿Está comprobado? —preguntó.

—Walter Cope me enseñó las fotografías que tomó durante el fin de semana y Clara revisó la reserva aérea.

—Un billete de ida y vuelta —aclaró ella—. Un pasajero nada más. Mónica Andrade no voló en ese avión ni en ningún otro. Y tampoco viajó en barco a Inglaterra. También lo comprobamos.

—¿Lo tenéis localizado? —preguntó el comisario.

—Esta mañana ha estado en Tirán ayudando en la batida —dijo Estévez.

—Pero el lunes regresa a Inglaterra —apuntó el inspector.

—¿Otra vez?

—Operan a su hija en Londres —explicó Leo Caldas—.Va a quedarse con ella hasta que se recupere.

La mirada del comisario preguntó demasiadas cosas y Caldas no respondió a ninguna de ellas. Luego Soto regresó a su lista de personas que habían tenido contacto con Mónica Andrade.

469

—El siguiente es el empleado municipal que fue a cortar el árbol. ¿Qué sabemos de él?

Caldas resopló dejando constancia de que, a su juicio, estaban perdiendo el tiempo.

—¿No sabemos nada? —insistió el comisario.

—Se ha acercado esta mañana a hablar conmigo —contestó Rafael Estévez—. También se ha presentado voluntario al rastreo.

—¿Qué te contó?

—Que Mónica le pidió que cortase el tronco en trozos grandes porque podrían servir para construir instrumentos musicales.

—¿Te dijo qué hizo el viernes?

—Comentó que sus compañeros y él estuvieron retirando ramas y árboles hasta el sábado.

—Ya —dijo Soto, y puso el dedo en el siguiente nombre de la lista—. Ahora viene el luthier al que Mónica fue a ver: Ramón Casas.

—Casal —le corrigió Caldas—. Se llama Ramón Casal.

—Casal —repitió Soto escribiendo al final del nombre una ele sobre la que volvió en varios trazos.

—Pero Mónica no llegó a hablar con él —dijo Caldas.

—¿Cómo lo sabes?

—Se quedó hablando por teléfono en la puerta del taller de lutería antigua y se marchó. Se lo he explicado antes.

—Eso es lo que os contó él, claro.

—Sí.

—Mónica dice a sus alumnos que sube a ver a un luthier y cuando regresa se encierra a oscuras llena de miedos. Se queda escondida hasta más tarde de lo normal, pasa por su casa unas pocas horas y a la mañana siguiente desaparece —recapituló el comisario—. Pero el luthier mantiene no solo que no habló con ella, sino que ni siquiera entró en su taller. ¿No suena un poco raro?

Rafael Estévez, Clara Barcia y Ferro asintieron.

—¿Qué dices, Leo?

Caldas no respondió. Aunque sus ojos pareciesen buscar respuestas en la pared, pensaba en el horno grande de los ceramistas.

—¿Cómo puedes estar seguro de que lo que afirma ese Ramón Casal es cierto? —insistió el comisario.

—Había un alumno con él —dijo Caldas—. Se llama Óscar Novo, es hijo de un amigo de mi padre. Estaban hablando cuando apareció Mónica.

—¿Ese alumno lo ha confirmado?

—Más o menos.

—¿Cómo más o menos?

Caldas les contó que Óscar Novo había comunicado esa tarde a Ramón Casal su intención de abandonar las clases.

—Su padre no está bien y...

Al comisario no le interesaba la situación familiar de Óscar Novo.

—¿La vio o no la vio?

—Cree que sí —respondió el inspector—. Aunque Ramón Casal estaba tratando de persuadirle de que reconsiderase su decisión, y no prestó demasiada atención a la puerta.

—¿Estaba el luthier delante cuando hablaste con él?

—Sí —admitió, y el comisario torció la boca en una mueca de desconfianza—. De todas formas —prosiguió Caldas—, Mónica Andrade avisó a sus alumnos de que iba a ver a los luthiers la primera vez que salió del taller. Pero después de salir una segunda vez fue cuando se encerró en el despacho.

—Pudo volver allí la segunda vez —dijo el comisario.

—Has dicho que Mónica salió esa segunda vez a última hora, ¿no? —intervino Clara Barcia.

—Así es.

—A lo mejor la primera vez no habló con el luthier porque estaba ocupado con ese alumno —dijo ella—, pero volvió después para hablar con él en privado.

—En cualquier caso, subió a ofrecerle la madera —repuso el inspector—. Lo que necesitamos saber es con quién hablaba por teléfono.

—Si es que realmente hablaba por teléfono con alguien —murmuró el comisario Soto.

—Mañana por la mañana lo sabremos.

El comisario le miró a los ojos.

—No has dejado de mantener que lo que sucedió el jueves a Mónica en esa escuela está relacionado con su desaparición.

—Es lo que creo, comisario.

—Entonces, ¿por qué te empeñas en sospechar de alguien que estaba tan lejos en vez de hacerlo de los que estaban aquí?

El inspector Caldas se tomó un tiempo antes de volver a hablar.

—¿Hay alguien más en esa lista suya?

—En esta lista no —señaló Soto—, pero me han llamado esta mañana del ayuntamiento de Moaña. Parece que el vecino raro de Mónica sigue yendo por su casa. No me quiero imaginar que el hecho llegue a oídos del doctor.

—Camilo se toma el cuidado de ese gato como una misión personal. Estévez iba a recomendar esta mañana a la madre que, si el chico no quiere dejar de darle de comer, se lleve al gato a su casa hasta que se aclaren las cosas, pero no la encontró.

—He estado dándole vueltas a eso —dijo el comisario—. Si ese chico está yendo a dar de comer al gato desde el primer día, es porque sabía que Mónica Andrade no iba a poder hacerlo, ¿no?

—Es de suponer que sí.

—¿Cómo lo supo? —preguntó el comisario—, ¿no le diría ella que pensaba marcharse?

Caldas negó con la cabeza.

—Se lo contó su madre —dijo, y al momento se arrepintió.

—¿Su madre? —se sorprendió el comisario.

—Rosalía Cruz, la vecina que la vio yendo hacia el barco el viernes por la mañana, es la madre de Camilo.

El comisario masticó las palabras de Caldas antes de preguntar escandalizado:

—¿Me estás diciendo que la madre del sospechoso es la testigo que vio a Mónica irse en la bicicleta?

—No es ningún sospechoso.

—No es tu sospechoso, Leo —le reprochó Soto, escupiéndole el «tu»—. ¿Cómo sabes que la madre no lo está protegiendo?

—Hay otros vecinos que también vieron a Mónica Andrade yendo en la bicicleta hacia el puerto —dijo Caldas, recordando que Andrés el Vaporoso había confirmado el relato de Rosalía Cruz—. Ese chico solo se está ocupando del gato de una amiga. Ya ve que ni se esconde ni le importa que le vean allí. Si tuviésemos los datos del teléfono se acabarían las dudas.

—Pero no los tenemos —levantó la voz el comisario dando un golpe en la mesa.

El resto de los asistentes intercambió la mirada que se cruzan quienes saben que están de más en algún sitio, y Caldas volvió a experimentar la incómoda sensación de que, para su superior, todo en aquel caso era menos importante que la reacción de Víctor Andrade, como si el fin último de la investigación no fuese dar con el paradero de Mónica sino contentar al doctor.

El comisario se dirigió a Clara Barcia:

—De paso que buscáis al ceramista en las grabaciones buscad también al luthier.

Clara escribió el nombre de Ramón Casal en su teléfono.

—¿Es este? —preguntó mostrando al inspector una fotografía en la pantalla del móvil.

Caldas vio el pelo ensortijado y la barba tupida.

—Ahora tiene más canas, pero sí.

—¿Tú qué vas a hacer? —quiso saber el comisario dirigiéndose a Caldas.

—Tengo radio a las cinco —dijo el inspector.

—A propósito de eso —refunfuñó Soto—, Losada me ha llamado protestando: le prometiste la primicia.

—Por eso voy a estar hoy con él.

—Dice que no le coges el teléfono.

473

—¿Qué más quiere?

—Quería saber si la batida en la otra orilla había dado frutos y que le mandáramos un perfil de Mónica para preparar el programa.

—No se lo daría, ¿no?

—Claro que no, pero algo tengo que adelantarle.

—Dígale lo acordado: que es una profesora de cerámica que vive en Tirán y punto. Losada no necesita saber más.

—Pretendía entrevistar a algún familiar en antena, pero ya le he dicho que no va a ser posible.

Caldas miró la hora y cerró el cuaderno.

—Antes de ir a la emisora quiero acercarme por la Escuela de Artes y Oficios —anunció—. Esta mañana han colgado carteles con la fotografía de Mónica en la entrada. Puede que alguien haya visto algo que no sepamos.

—No estaría de más que fueras a hablar con tu amigo.

—¿Con quién?

El comisario leyó el nombre del alumno de luthería antigua en el papel.

—Con Óscar Novo —dijo—. A ver si es verdad que vio a Mónica en la puerta del taller.

—Óscar Novo no es mi amigo —le corrigió Leo Caldas—. Es hijo de un amigo de mi padre.

—Lo que sea —dijo Soto—. Deberías hablar con él.

Caldas iba a levantarse cuando el agente Malvar abrió la puerta del despacho y asomó la cabeza.

—¿Se puede?

Soto le pidió con un gesto que entrara.

—¿Has revisado el ordenador? —preguntó Caldas.

Malvar asintió.

—Hay poco que ver. Es un ordenador nuevo. No tiene ni tres meses y apenas se ha usado. Casi todo lo que hay en la memoria son fotografías de figuras de barro.

—¿Has podido entrar bien?

—Podría entrar cualquiera —respondió—. No hay ni contraseña. He revisado el correo electrónico y no he encontrado nada relevante. Hay tan poco tráfico que es probable que tenga otra cuenta de correo que revise desde el móvil.

—Puede ser —dijo Caldas—. ¿Y las últimas páginas visitadas?

—Ahí quería llegar —respondió Malvar—. La última vez que encendió el ordenador fue el jueves pasado por la noche, un poco después de las once. Puso música e hizo una búsqueda en internet.

—¿Qué buscó?

—Los teléfonos de la policía judicial portuguesa.

El comisario Soto se incorporó en la silla.

—¿Buscó alguna otra cosa? —preguntó Leo Caldas.

—Nada más —confirmó.

Continuaron sentados alrededor de la mesa del despacho del comisario mientras distribuían las tareas. Ferro volvería a encerrarse en la sala de visionado. La prioridad ya no era solo confirmar que la mujer del paraguas no hubiera seguido de largo, sino encontrar al jefe de Mónica en alguna de las grabaciones y poder situarlo en Vigo. Clara Barcia se ocuparía de hablar con Lisboa para confirmar que Mónica se había puesto en contacto con ellos.

—Sería bueno que usted también hiciese alguna llamada —dijo Caldas mirando al comisario—, para que ayuden desde arriba.

—Sí.

El inspector abrió otra vez su cuaderno y pasó las hojas hasta dar con un nombre. Mónica Andrade había visitado la web de la policía portuguesa mientras Miguel Vázquez estaba supuestamente en Lisboa.

Hacía años que Caldas había dejado de creer en las casualidades.

Había llegado el momento de apretar.

Montaje. **1.** Colocación de las piezas de un aparato, máquina o instalación en el lugar que les corresponde. **2.** Selección y ordenación del material ya filmado para constituir la versión definitiva de una película. **3.** Composición de fotografías y otros elementos con fines decorativos o publicitarios. **4.** Farsa, aquello que se prepara para que parezca real.

—Usted viajó el jueves por la mañana desde Vigo a Lisboa. Fue en su coche, usted solo. Comió en su destino y por la tarde estuvo en el Museo del Azulejo, revisando el montaje de la exposición colectiva en la que participa. ¿Hasta ahí voy bien? —preguntó Caldas, quien había explicado al ceramista que estaban volviendo a interrogar a todas las personas del entorno de Mónica.

—Sí —dijo Miguel Vázquez.

—Los otros tres artistas que participan en la exposición se llaman Terry Davies, Sofia Beça y Virgínia Fróis —siguió—. Y ellos también estuvieron revisando el montaje el día anterior. ¿Es así?

—Sí.

—Después de montar la exposición se fueron los cuatro a cenar con Maria Antonia Pinto, la directora del museo. ¿Correcto?

—Correcto.

—¿Y después?

—Después fuimos a beber algo.

—¿Los cinco?

—Solo Virgínia Fróis y yo.

La mirada de Leo Caldas le obligó a extenderse en los detalles.

—No es lo que está pensando —dijo el ceramista—. Virgínia es profesora de Bellas Artes en la Universidad de Lisboa. Somos viejos amigos.

—¿Hasta qué hora estuvieron juntos?

—Hasta poco antes de la medianoche.

—¿Y luego?

—Luego me fui a dormir —respondió Miguel Vázquez.

—¿A un hotel?

Negó con la cabeza antes de hablar.

—Alquilé un apartamento en Alfama, no demasiado lejos del museo. Para mí es más cómodo que un hotel —dijo—. Y más económico.

Además, en un apartamento no había un recepcionista que pudiese confirmar las horas de entrada y salida, pensó Caldas.

—¿Lo alquiló por internet?

—Sí.

—La exposición se inauguraba el viernes a las seis de la tarde. ¿Qué hizo hasta entonces?

—Nada especial —dijo—. Comí con un amigo y luego fui a la inauguración.

—¿Y el viernes por la mañana, antes de comer con su amigo?

—Me quedé toda la mañana leyendo.

—¿En el apartamento?

Miguel Vázquez asintió.

—Llovía un poco y no me apetecía salir.

—¿A qué hora quedó con ese amigo? —quiso saber Caldas, y calculó que si había salido de Vigo antes de las nueve podía haber llegado a Lisboa hacia la una.

—A la una —respondió.

Tras apuntar el nombre del amigo del ceramista, Caldas consultó su teléfono móvil.

—¿Me disculpa un momento? —se excusó, fingiendo tener que devolver una llamada.

El inspector entró en la habitación contigua. Desde allí, el comisario Soto seguía el interrogatorio del ceramista a través de un monitor.

—¿Lo ha escuchado? —preguntó Caldas—. No tiene coartada desde las doce de la noche del jueves hasta la una de la tarde del viernes. Eso son trece horas. Conduciendo rápido se tarda poco más de cuatro horas hasta Lisboa y otro tanto de vuelta. Le sobran más de tres.

—Tiempo tuvo, desde luego.

—Y está nervioso —apuntó el inspector señalando la pantalla donde se veía al ceramista frotarse las manos.

—Sí —convino el comisario—, pero no puedes detenerlo por eso. Esas paredes blancas intimidan a cualquiera.

—Ya lo sé —dijo Caldas—. ¿Han hablado con la policía portuguesa?

Soto lo confirmó.

—En el sistema no les consta ninguna llamada desde el teléfono de Mónica Andrade. De todas formas, iban a consultar a los agentes que estaban de guardia el jueves por la noche por si recuerdan algo que no se registró.

—¿Y las cámaras?

—Tus chicos están con ellas —dijo refiriéndose a Ferro y a Clara Barcia.

Caldas pasó por la sala de visionado en busca de una prueba antes de volver con el ceramista.

—¿Tenéis algo? —preguntó, desde la puerta.

—Tenemos la grabación de la cámara que hay en la entrada del Hotel NH —dijo Clara Barcia.

El hotel estaba en la misma manzana que la Escuela de Artes y Oficios.

—¿Y?

—La mujer alta del paraguas no pasa por delante, eso seguro. Así que o entró en la Escuela de Artes y Oficios o lo hizo en alguno de los dos portales que hay entre la escuela y el hotel.

A Leo Caldas le interesaba el profesor de cerámica. Para detenerlo necesitaba una imagen que lo situase a él también en Vigo el viernes por la mañana.

—¿No hay rastro de Miguel Vázquez?

—Hay cuatro o cinco hombres a los que los paraguas les tapan la cabeza —le dijo Clara Barcia—. Puede que se vea algo más en otras cámaras, pero en principio no me parecen él. En cambio, uno tiene barba.

Aquello sí que no lo esperaba.

—¿Es el luthier? —preguntó.

—No estamos seguros —respondió ella—. Pero puede ser. Míralo tú.

Caldas se acercó a la pantalla. En un viandante de cuerpo robusto, al borde del paraguas, se entreveía por momentos una barba. Era demasiado poco, pero tenía razón Clara: podía ser.

Al ir a cerrar, reparó en que Estévez estaba sentado detrás de la puerta, con la espalda muy rígida apoyada contra la pared.

—¿Qué haces todavía aquí, Rafa?

—Como hay un interrogatorio, pensé que a lo mejor hacía falta.

Leo Caldas sonrió.

—Anda, vete a casa —dijo— y no duermas en el sofá.

Estévez se levantó de la silla con un gesto de dolor.

—Y antes pasa por mi despacho —le dijo Caldas—. Debajo de mi mesa hay dos estuches de vino: uno tiene las tres botellas y el otro solo dos. El que está completo es tuyo.

—Gracias, jefe.

—No es a mí a quien se las tienes que dar.

Leo Caldas regresó a la sala de interrogatorios, donde Miguel Vázquez le recibió de pie. Las paredes blancas estaban haciendo mella en su paciencia.

—¿Puedo irme? —consultó—. Mis alumnos me esperan en clase.

El inspector no tenía argumentos para retenerlo.

—Por supuesto —dijo dándole las gracias por haberle dedicado aquel tiempo—. Es libre de irse cuando quiera.

Opresivo. 1. Que ejerce presión sobre algo. **2.** Que produce desasosiego o sensación de angustia. **3.** Que somete a una persona o a una colectividad privándola de sus libertades o por medio de la fuerza y la violencia.

Leo Caldas salió de la comisaría, se cubrió con la capucha y bajó caminando por la calle Castelar hasta los jardines de Montero Ríos. No vio a Napoleón entre los sin techo que se resguardaban de la lluvia menuda bajo la pérgola. Tampoco Timur correteaba ya con los demás perros.

Recorrió el paseo de madera y pasó junto a los turistas que se hacían fotos en la escultura de Julio Verne. Iban uniformados con los impermeables amarillos que les facilitaban al desembarcar del transatlántico en el que habían llegado a Vigo con las primeras luces del día. El Ventura tenía la popa recta, como si le hubieran dado un tajo, y la bandera británica pintada en la proa. Era más grande que cualquiera de los edificios de la ciudad.

Al llegar al final del paseo, Caldas caminó por el malecón que cerraba el puerto deportivo hasta la luz roja de la bocana. Solo se cruzó con tres corredores a quienes tampoco arredraba la lluvia. A la derecha del espigón, la ría reflejaba el color acerado del cielo. A la izquierda vio los barcos de recreo alineados en los pantalanes y el edificio del club náutico; detrás, los jardines; y más allá, las fachadas que daban al mar.

Contempló el enorme transatlántico que robaba el horizonte a la ciudad. En el muelle habilitado para los transbordadores que cruzaban la ría no estaba el Pirata de Ons. Caldas lo distinguió cerca de la orilla opuesta, que parecía más próxima desde allí. Siguió la línea de la costa hacia el oeste y localizó la iglesia de San Xoán. Los árboles ocultaban la casa azul de Mónica Andrade y el resto de las del sendero. Vio los muros del camping sobre el arenal de A Videira y a la izquierda, como suspendidas sobre la playa, las casas del Lazareto. Por un momento, dejó de pensar en Miguel Vázquez e imaginó a Camilo vagando por algún camino.

Sacó el paquete de tabaco y se agachó para protegerse del viento húmedo mientras encendía un cigarrillo. Cuando se asomó sobre el agua a fumar, el ceramista volvía a ocupar su mente.

La directora del Museo del Azulejo había sostenido la declaración de Miguel Vázquez: el jueves había invitado a cenar a los artistas participantes en la exposición. Virgínia Fróis y Miguel se habían retirado más tarde que el resto. El amigo portugués con el que había comido el viernes también había confirmado su encuentro en un restaurante de Alfama. El ceramista estaba de buen humor, aunque no había querido prolongar la sobremesa por tener algo pendiente antes de la inauguración. Caldas supuso que, si había conducido de noche hasta Vigo y había vuelto a Lisboa a la hora de comer, aquello que tenía pendiente debía de ser una siesta.

El ceramista no tenía coartada durante doce horas, las que coincidían con la desaparición de Mónica Andrade. En el instante en que Caldas había tenido noticia de que el horno grande estaba caliente el viernes por la mañana, una luz se había encendido en su interior. Desde entonces, todo lo que había ido conociendo solo había contribuido a robustecer aquella sensación íntima de haber encontrado al culpable. En su cabeza la historia estaba armada, pero todavía faltaba un detalle, el que más importaba al inspector: el porqué.

Todos los que habían tratado a Miguel Vázquez y a Mónica Andrade coincidían en que tenían buena relación. Excelente, incluso había apuntado alguien. Para ambos, la cerámica era una suerte de militancia espiritual que no abandonaban al terminar su jornada de trabajo en la escuela, sino que los acompañaba también cuando se recogían en casa. Mónica había manifestado en varias ocasiones sentirse en deuda con Miguel por haberle permitido cumplir el sueño de dedicarse por completo a su pasión

En el tiempo que llevaban trabajando juntos no habían tenido ningún desencuentro. Ninguno que hubiese trascendido, al menos. Y tampoco parecían haber compartido más intimidad que la que se suponía a dos compañeros de trabajo. El ceramista tenía pareja desde hacía tiempo y Mónica parecía feliz con aquella vida solitaria en Tirán, a cobijo del bullicio de la ciudad y la presencia opresiva de su padre.

Asomado sobre la ría, Caldas no encontraba un motivo por el que Miguel Vázquez pudiese querer hacer daño a su auxiliar. Sin embargo, cuando el viento levantó una rociada de mar y le obligó a cerrar durante unos segundos los ojos, se le aparecieron como en una película el encierro de Mónica en la escuela, el miedo vigilante en el patio, la huida apresurada para llegar al último barco, la vuelta a la escuela por la mañana, el horno grande demasiado caliente y el teléfono de la policía en Portugal.

Volvía caminando a comisaría cuando recibió una llamada del juzgado.

—Caldas —le saludó la juez Flores—, me ha dicho Roberto que ha llamado. ¿Hay novedades?

—Creo que mi corazonada va a resultar cierta, señoría.

—¿El ceramista? —preguntó ella, recordando la conjetura del inspector.

—Sí —contestó—. El jueves por la noche, al llegar a casa, Mónica Andrade buscó en su ordenador el teléfono de la policía judicial portuguesa. No hay registro de la llamada, pero el jefe de Mónica estaba en Lisboa. Ella debía de sospechar algo.

—¿Han hablado con él?

—Le hemos hecho venir a comisaría para interrogarlo —confirmó Leo Caldas—. No tiene coartada.

—¿No tiene coartada? —repitió la juez.

—Dice que se retiró a un apartamento hacia las doce de la noche del jueves y que estuvo allí hasta la una de la tarde del día siguiente.

—Eso son más de doce horas —murmuró Isabel Flores—. La hija de Andrade ¿cuándo desapareció?

—Perdemos su pista hacia las seis y cuarto de la mañana.

Se produjo un silencio mientras la juez llegaba sola a la conclusión de que el ceramista podía haber estado en Vigo a esa hora.

—¿Está detenido?

—No —respondió el inspector.

—¿No?

—Sin nada que lo sitúe en Vigo no podíamos detenerlo. Además... —prefirió no terminar la frase.

—¿Además?

—Además, no comprendo el motivo que le pudo llevar a... —Volvió a dejar otra frase colgando.

—¿Sigue creyendo que no está viva?

—Eso me temo.

La juez volvió a interesarse por la declaración de Miguel Vázquez.

—¿Cómo ha reaccionado a lo del teléfono de la policía portuguesa?

—Hemos preferido no mencionarlo —confesó el inspector—. Ni eso ni que creemos que Mónica aparece en las grabaciones. Tenemos a la científica prevenida y, en cuanto una imagen o la triangulación del móvil confirme que Mónica estuvo en la escuela, precintaremos el taller de cerámica e iremos a por él —siguió contándole Caldas—, pero entre tanto es mejor que no sepa lo que sabemos.

—Entiendo.

—Eso sí, le vamos a poner un seguimiento. Y necesitamos intervenir su teléfono. Para eso la he llamado antes.

Otro silencio en la línea antes de responder.

—Está bien.

—Y también necesitamos pedir a la compañía telefónica el tránsito de llamadas y la localización del móvil. Y revisar los peajes entre Lisboa y Vigo —añadió el inspector, aunque estaba convencido de que, si marcharse a Lisboa formaba parte de un plan minucioso, Miguel Vázquez habría dejado el teléfono en el apartamento y regresado a Vigo en otro coche.

—De acuerdo —dijo ella—. Pídamelo todo por escrito. ¿Cuándo esperan recibir la información del teléfono de la chica?

—Hasta mañana no tendremos nada —respondió Leo Caldas.

—A ver si el del ceramista no tarda tanto.

El inspector se despidió y, antes de guardar el móvil, consultó la hora en la pantalla. Las clases de la tarde en la Escuela de Artes y Oficios ya estaban en marcha. No había tenido tiempo de sentarse a comer en el Bar Puerto, pero tal vez en la Aldeana quedase algo de tortilla y un hueco en la barra.

Relación. 1. Conexión o correspondencia de una cosa con otra. **2.** Trato o comunicación entre personas. **3.** Lista de nombres o elementos de cualquier clase. **4.** Exposición que se hace de un hecho. **5.** Trato de carácter amoroso.

Cuando Leo Caldas llegó a la esquina encontró a Napoleón sentado en la acera, en su puesto de observación habitual.

—Buenas tardes, inspector —le saludó.

Caldas no vio la botella de vino entre las cosas que guardaba en el carro y supuso que ya se lo había bebido.

—¿Qué le pareció el vino? —se interesó.

El mendigo aún no lo había catado.

—Han guardado mis novias la botella en la nevera —dijo moviendo la cabeza hacia la casa de enfrente—. El blanco hay que tomarlo frío.

—Eso dicen los que saben.

Napoleón señaló la puerta de la Escuela de Artes y Oficios.

—Está el gallinero revolucionado con el asunto de la vestal —dijo acariciando el lomo del perro—. Y su cara me dice que aún no sabe qué le ocurrió. ¿Estoy en lo cierto?

—Está en lo cierto —contestó Caldas.

—*Felix qui potuit rerum cognoscere causas* —dijo entonces Napoleón, y Caldas buscó en su bolsillo una moneda que dejar en la lata mientras el otro traducía—. Dichoso aquel que pudo conocer la causa de las cosas.

Al entrar en el vestíbulo de la escuela, se topó de frente con un caballete que mostraba una ampliación del cartel que había visto por la mañana: la fotografía de Mónica Andrade, la palabra «DESAPARECIDA» en letras rojas y, debajo, un solo teléfono de contacto. En una mesa, a un lado, estaban las pilas de carteles y octavillas preparadas para que quienes fuesen saliendo los distribuyesen por la ciudad.

Todos los alumnos que entraban a la escuela se quedaban un instante parados ante el cartel. Luego, unos seguían de largo y otros se incorporaban a los corrillos que comentaban el asunto, produciendo un rumor de voces que resultaba extraño en aquel edificio.

El teléfono de Caldas también sufría una actividad inusual. El comisario Soto había llamado tres veces: la primera, para decirle que habían reforzado las líneas telefónicas; la segunda, para comentarle que el alcalde le había llamado personalmente para interesarse por el caso.

—¿También es amigo del doctor? —había preguntado Caldas.

—No —había respondido el comisario—. Se ha enterado de quién es su padre por mí. Él llamaba para interesarse por Mónica como profesora de una institución municipal. De alguna manera, es empleada suya.

La tercera llamada de Soto fue para recordarle que hablase con el estudiante de luthería antigua.

—Habla con tu amigo —le había dicho el comisario, y Caldas no se había molestado en repetir que solo era un conocido—. Que te confirme si es cierto que Mónica no llegó a hablar con el luthier.

Intercaladas con las del comisario hubo varias llamadas de Santiago Losada que Caldas no atendió. En un rato tenía la obligación de verlo en la emisora y no estaba dispuesto a mantener con el locutor más contacto del imprescindible.

Caldas vio a María, la ordenanza, acercándose por el pasillo. Traía un fular distinto y la misma sonrisa que la otra vez.

—Hola, inspector —le saludó—. Le hacía en la radio.

—No empezamos hasta las cinco —dijo Caldas—. Sé que ha estado en la batida en Tirán.

—No ha servido para mucho —respondió, contrariada—. Mañana íbamos a ir muchos más, pero nos acaban de comunicar que se ha cancelado la búsqueda.

—Así es.

María levantó una ceja.

—¿Eso son buenas o malas noticias?

La respuesta de Caldas fue una mueca ambigua.

—¿Tenemos que cancelar también la concentración? —preguntó ella.

—No sé nada de eso.

—Mañana hemos convocado una concentración a las doce del mediodía para reclamar que aparezca. Estamos preparando una pancarta.

—¿Dónde se quieren concentrar?

La ordenanza señaló la entrada.

—En la calle, delante de la escuela. ¿Tenemos que cancelarla?

—No, no tienen que cancelar nada —dijo Caldas, y, como no dejaban de pasar alumnos, sugirió que se alejaran de la puerta para encontrar privacidad. Luego le preguntó en voz baja—: ¿Ha recordado algo más?

—Creo que le conté todo —contestó—, pero no dejo de pensar en ella. Cierro los ojos y puedo ver a Mónica dentro del aula, a oscuras, mirando fijamente la escalera que baja al patio. Pienso en el susto que le di y, si lo llego a saber, no me arrimo a esa ventana.

—Ahora que saben que Mónica ha desaparecido, supongo que estarán hablando más de ella.

—Todos todo el tiempo, inspector. No se habla de otra cosa.

—¿Se ha comentado si había tenido algún desencuentro en los últimos días?

—Nada —respondió moviendo la cabeza—. Al revés, solo se oye que Mónica es cordial con todo el mundo. Un poco distante pero cordial, no sé si me explico.

—Se explica muy bien —sonrió Caldas—. ¿Nadie ha insinuado si Mónica mantiene una relación con alguien?

—¿Una relación de pareja? —preguntó, y ella misma dio la respuesta—: Que yo haya oído, no.

—¿Y algo menos formal que una pareja?

—Tampoco —dijo—, pero Mónica no es de las que van hablando de sí mismas. Es tan discreta que la mayoría ni siquiera sabíamos que vive en la otra orilla.

—Mónica tendrá más trato con la gente del taller de cerámica que con el resto, supongo.

—Sí, claro —dijo. Seguían hablando entre susurros.

—¿Con Miguel?

—Con él sobre todo —admitió—. Están juntos varias horas al día desde hace años.

—¿Se llevan bien?

—Con Miguel es imposible llevarse mal —contestó—. Es un amor, ¿lo conoce?

Caldas asintió.

—Miguel fue el primero en ofrecerse voluntario para buscarla y es quien ha organizado la concentración de mañana —reveló María—. Si alguien desea que Mónica aparezca pronto es él.

Cuando María volvió a su mesa, Caldas consultó el reloj. Faltaban minutos para que empezase el programa de radio pero la emisora no estaba lejos. Si se daba prisa, aún tenía tiempo de contrastar con Óscar Novo lo sucedido el jueves anterior.

Campanada. 1. Golpe que da el badajo de la campana. 2. Escándalo o novedad inesperada.

El inspector llegó al rellano de la segunda planta, pero esta vez no se paró frente al mirador. Horas antes, Elvira Otero lo había sorprendido observando la clase de dibujo desde allí arriba y le había enviado un mensaje: «¿Aún te pones rojo cuando te descubren?».

Caldas supo al instante que se refería a aquel final de curso en que la había ayudado con las dos asignaturas que se le atragantaban en el colegio. Él le explicaba la teoría y luego supervisaba sus tareas, pero era incapaz de concentrar la mirada en el cuaderno. Tan pronto como Elvira bajaba la cabeza y las dos trenzas caían sobre sus hombros, los ojos de Leo se olvidaban del papel y se quedaban prendidos en aquel cuello larguísimo como si los atrajese un imán. Una vez, con una sonrisa y sin levantar la vista del cuaderno, Elvira le había preguntado si, en lugar de un profesor, no sería en realidad un vampiro que pretendía chuparle la sangre. Veinte minutos más tarde, cuando la clase terminó y Leo salió a la calle, todavía estaba colorado.

Al llegar a la puerta del taller de luthería antigua, el inspector bajó la manija y empujó lo justo para poder atisbar el interior. No quería hablar con Óscar Novo si el maestro luthier estaba presente.

490

Vio al hijo del amigo de su padre trabajando una pieza de madera en uno de los bancos de carpintero y abrió la puerta un poco más. Miró a los lados, constató que Ramón Casal no se encontraba en la sala de trabajo, y levantó la mano para llamar la atención de Óscar.

—¿Dónde está Ramón? —preguntó Caldas con un susurro cuando Óscar se reunió con él.

—En el despacho, ¿quieres que lo avise?

—No, sal —dijo escueto Caldas, y en cuanto Óscar estuvo fuera, cerró la puerta otra vez.

Se apartaron unos pasos, hasta el extremo del rellano.

—¿Pasa algo? —le preguntó Óscar Novo, extrañado por tanto sigilo.

—Solo quiero aclarar una cosa —comenzó Leo Caldas—. ¿Recuerdas lo que Ramón Casal me contó de Mónica Andrade?

La expresión de Óscar hizo ver al inspector que no sabía a qué se refería.

—Ramón dijo que Mónica vino al taller cuando solo quedabais vosotros dos —le explicó—, que abrió la puerta mientras hablaba por teléfono y se marchó sin llegar a entrar.

—Ah, ya.

—Y tú me dijiste que no estabas seguro.

—Es que para mí no era buen momento —confesó Óscar Novo, pellizcándose el pelo recogido en la coleta.

—Eso ya lo sé —repuso Caldas—. Lo que quiero que me digas es si no lo recuerdas bien o no lo recuerdas en absoluto.

—No sé si te entiendo.

—Te estoy preguntando si viste o no viste a Mónica en la puerta —aclaró—. Me da igual que no recuerdes si hablaba por teléfono ni los demás detalles.

—Es que no estoy seguro —respondió, como en la ocasión anterior.

Antes de que Caldas pudiese insistir, la puerta del taller de lutheria antigua se abrió y una estudiante de brazos tatuados se deslizó al exterior y caminó con paso apresurado hacia ellos.

—Usted es el poli ese que habla por la radio, ¿verdad? —preguntó en voz baja, y cuando Caldas le dijo que sí, se presentó como Tina. Después se dirigió a Óscar Novo en el mismo tono confidencial—: ¿Estás contándole lo de la profesora desaparecida?

Fue Caldas quien contestó:

—¿Qué es lo que me tiene que contar?

—¿No se lo has contado? —le preguntó ella.

—Es que no sé qué importancia puede tener eso —repuso Óscar Novo.

—¿Por qué no me dejáis decidir a mí si tiene importancia o no? —intervino Caldas.

—Ni siquiera sabes si era la misma profesora, Tina. Vas a meter a Ramón en un lío.

—Sí que era ella, joder —se revolvió Tina, girándose para vigilar la puerta del taller y haciendo un esfuerzo por no gritar—, que está la foto en la entrada. Tú no la pudiste ver bien porque llevabas la máscara de cortar madera, pero te juro que era ella.

Caldas miró a la chica y calculó que tendría unos veinticinco años. Los tatuajes que cubrían sus brazos simulaban escamas de pez. Llevaba una bola metálica en cada ceja y otra en el labio inferior.

—El otro día estábamos cortando madera en la sala de despiece —comenzó su relato Tina sin levantar la voz—. Bueno, para ser exactos, él estaba cortando madera —dijo señalando a Óscar— y yo estaba eligiendo material para la tapa de un laúd. Bueno, lo que fuese, el caso es que entró esa profesora y nos preguntó si sabíamos dónde estaba Ramón. ¿Fue así o no?

—Que entró alguien sí que es verdad —admitió Óscar.

—Eché un ojo por el taller y no lo vi —prosiguió la chica—, y supuse que habría salido. Entonces ella me dijo que tenía que volver abajo y me preguntó si podía darle un recado: me contó que se había caído un árbol de su jardín y que Ramón podía pasar al día siguiente por allí para ver si quería la madera. Me dijo que vivía en una casa azul en un camino con una iglesia y no sé qué —farfulló—. Hizo un dibujo de cómo llegar para que yo se lo diera a Ramón.

Caldas se puso en guardia: el maestro luthier no había mencionado nada de aquello al referirse a Mónica.

—¿Esto cuándo ocurrió?

—El jueves —dijo Tina—. Yo solo vengo los jueves. No puedo cogerme más que un día en el trabajo.

—¿El jueves pasado?

—El jueves, sí, hace siete días —respondió, siempre hablando deprisa y sin dejar de mirar hacia la puerta cada poco, como temiendo que los pudiesen descubrir—. Dicen que la profesora desapareció el viernes por la mañana, ¿no?

Caldas se lo confirmó moviendo la cabeza arriba y abajo.

—Pues esto fue la tarde anterior.

—¿Tú le diste ese plano a Ramón? —preguntó otra vez el inspector Caldas.

—No se lo di porque tuve que irme antes —recordó ella—. Lo dejé en su despacho con una nota encima de la mesa y me marché.

Caldas guardó un silencio que Tina interpretó a su favor.

—¿Era importante o no? —preguntó mirando a Óscar, y luego volvió a hablar al inspector—: Y no sabe lo más grave: hoy he preguntado a Ramón y dice que él no vio ningún papel ni sabe nada del tema. Pero le juro que ella le pidió que pasara por su casa la mañana que desapareció.

El hijo de Chicho Novo miró hacia arriba como quien invoca una paciencia divina y desde algún lugar de la escuela sonaron cinco campanadas en un reloj.

—¿Son las cinco? —se sobresaltó Caldas. *Patrulla en las ondas* comenzaba a las cinco en punto.

—Sí —dijo Tina—. Yo me vuelvo para dentro.

Caldas sacó su teléfono del bolsillo: catorce llamadas perdidas.

Cuando Tina entró en la clase, Óscar pidió a Leo Caldas que no la tomara demasiado en serio.

—Tina es un poco fantasiosa —le dijo.

—Pero esto que me ha contado es verdad, ¿no? —preguntó el inspector antes de salir pitando hacia la escalera.

—Lo de que entró una mujer a la sala de despiece preguntando por Ramón sí que es cierto. El resto, lo del dibujo y todo eso que habló con ella, no lo sé.

Consciente. 1. Persona que tiene conocimiento de sus propios actos y sus consecuencias. **2.** Que tiene la facultad de reconocer la realidad.

Caldas llegó al edificio de Onda Vigo casi a las cinco y diez, saludó al conserje, subió los peldaños de dos en dos hasta el primer piso y empujó la puerta de la emisora. Rebeca, la encargada de producción, se asomó al pasillo al oírlo llegar.

—Ya está aquí —anunció, y el técnico de sonido repitió el mensaje por línea interna para que Santiago Losada lo oyera dentro del estudio.

Caldas se disculpó con Rebeca y con el técnico, consciente de que el locutor habría desahogado en ellos su impaciencia. Desde el control de sonido vio, al otro lado del cristal, a Santiago Losada. Se daba importancia engolando la voz sobre un fondo musical que pretendía resultar inquietante.

Rebeca le contó que ya tenían llamadas de oyentes que habían visto la fotografía de Mónica y creían poder ayudar.

—Primero vamos a hablar con una alumna, luego con una mujer que vive en Tirán y después vamos con los oyentes.

Cuando la luz roja se apagó y llegó el primer bloque de anuncios, Caldas entró en el estudio.

—¿Dónde estabas? —gruñó Santiago Losada con un tono que se parecía poco al que utilizaba frente al micrófono—. He tenido que hacer la presentación sin ti.

Caldas se dijo que, al menos, se había ahorrado la retahíla de tópicos con que siempre presentaba *Patrulla en las ondas*.

—Trabajando —respondió.

—¿Tu trabajo no te deja contestar llamadas?

—Las importantes sí.

—Habíamos quedado en que la primicia era mía —se quejó el locutor—, pero todos saben desde hace horas que hay una profesora desaparecida.

—¿Y qué quieres que haga yo?

—¿Que qué quiero que hagas tú? —respondió Losada—. Lo mínimo sería ponerte al teléfono y dedicarnos algo de tiempo. Se llama colaboración. Yo llevo todo el día preparando un programa especial para que podáis encontrar a esta chica y tú no solo no colaboras, sino que tienes el valor de presentarte tarde a una emisión en directo.

—No te hagas el mártir, ¿quieres? Si dedicas el programa a esto es por tu propio interés. Yo nunca he pedido tu colaboración.

—Tú no, pero tu jefe sí —replicó el locutor.

—Pues ya sabes a quién te tienes que quejar.

Losada continuó echándole en cara su falta de compromiso, pero Caldas ya se había embutido los auriculares y apenas percibía aquellos reproches como un rumor lejano. Abrió el cuaderno, escribió la fecha y se quedó mirando la hoja en blanco mientras trataba de recolocar las piezas, de encontrar un encaje para lo que la chica de los brazos tatuados le acababa de contar.

Con los años creía haber aprendido a reconocer la maldad; sin embargo, en los ojos de Ramón Casal no había ni el atisbo de un canalla. Si era sincero, tampoco los de Miguel Vázquez le hacían sentir incómodo, y Caldas se preguntó si su intuición, aquella en la que tantas veces se había apoyado, no se estaría distorsionando. Sabía que en determinadas circunstancias cualquiera podía cometer un crimen, pero le incomodaba la sensación de estar avanzando en aquel caso como sobre arenas movedizas, hundiéndose con cada paso un poco más.

El locutor seguía protestando cuando el técnico de sonido les comunicó por línea interna que estuviesen prevenidos.

—Es el último anuncio —advirtió.

La luz roja del estudio se encendió y regresó la sintonía. Losada la dejó sonar unos segundos, pegó la boca al micrófono y recordó con su voz impostada que aquel era un programa monográfico con una única misión: dar con el paradero de una profesora de la Escuela de Artes y Oficios. Luego saludó a Leo Caldas, quien se refirió a la desaparición con pinceladas gruesas para no influir en el testimonio de los oyentes.

Apenas terminó, Santiago Losada dio paso a la alumna de Mónica Andrade, que la describió como una mujer positiva y una profesora responsable. Al igual que el resto de alumnos y profesores de la escuela, estaba desconcertada por su desaparición. Mónica no se había presentado a la clase del viernes, que se había tenido que cancelar al encontrarse el profesor titular de viaje en Lisboa. Nadie se explicaba qué le había podido ocurrir, pero tenía esperanzas en que el programa contribuyese a dar con ella. También invitaba a la audiencia a asistir a la concentración que tendría lugar al día siguiente frente a la escuela.

—Está con nosotros una vecina de la desaparecida —anunció Losada en cuanto se despidió de la alumna—. Carmen, buenas tardes.

—Buenas tardes.

—Usted vive en Tirán, ¿verdad?

—Muy cerquiña de su casa —aseguró. La mujer habló de Mónica como de una vecina discreta pero siempre dispuesta a ayudar, y explicó que la habían visto en un camino cercano el viernes por la mañana.

—Toda esa zona ha sido peinada hoy mismo, ¿verdad, inspector?

—Sí —dijo Caldas—. Allí parece que no está.

—Otras veces, cuando se va, me avisa para que me ocupe de las plantas y del gato —añadió Carmen Freitas—. Esta vez no me pidió nada.

Losada le preguntó si había visto u oído algo extraño.

—Nada —dijo ella—, ya se lo conté al inspector cuando vino por aquí.

—¿Y sus vecinos?

—Una vecina que vive junto a la iglesia recuerda que un gallo no dejó de cantar aquella noche. No sé si puede significar algo.

El locutor miró a Leo Caldas.

—¿Inspector? —preguntó con gravedad, dándole paso.

—No soy veterinario —dijo Caldas—, poco puedo ayudar.

Losada despidió a Carmen Freitas y empezaron las llamadas de los oyentes. El primero fue un residente en Moaña que trabajaba en Vigo y coincidía a menudo con Mónica en el vapor que cruzaba la ría. Comentó que era un tanto solitaria y apenas pudo aportar nada más. Luego llamó una vidente ofreciendo sus servicios a la familia y varios oyentes convencidos de haber visto a la mujer en escenarios diversos: en el cine, en un centro de estética haciéndose los pies, en un supermercado llenando de víveres un carro inmenso, con un perro en la playa de O Bao, en un velero que había partido del puerto hacía unos días, en un coche que repostaba en una gasolinera camino de Madrid...

Losada los instaba a hablar rápidamente y pasaba a la siguiente llamada sin apenas permitirles entrar en detalles. A un oyente con dificultad de comunicación lo cortó tan pronto como empezó a vacilar y a otros dos, que admitieron estar nerviosos por salir en antena, los apremió hasta que decidieron colgar el teléfono sin haber revelado dónde creían haber visto a Mónica.

Cuando llegó la desconexión para publicidad, Caldas se lo echó en cara:

—No puedes pedirles que colaboren y tratarlos así.

—Así ¿cómo?

—Sin dejar que se expliquen —dijo el inspector, que había ido recogiendo en su cuaderno cada una de las llamadas—. Ni están habituados a hablar con la policía ni a hacerlo por la radio, es normal que duden.

—Es un programa en directo. Hay muchas llamadas y si perdemos el tiempo no entra en antena ni la mitad.

—¿Quieres encontrar a una persona desaparecida o batir el récord mundial de llamadas? Si no hay tiempo para escucharlos es mejor no hacer el programa —dijo Caldas, y se acordó del locutor que por las noches presentaba *El centinela* en aquella misma emisora. A diferencia de Losada, cuidaba a los oyentes con unos silencios cómplices que incitaban a hablar.

Tras la pausa, la primera comunicación fue con otro vidente, que percibía con nitidez la fuerza de la vida al invocar a Mónica Andrade. Después llamó una mujer diciendo que tal vez fuese Mónica la joven que llevaba tres noches durmiendo en su portal y luego un hombre que se la había cruzado por la mañana en El Corte Inglés. El siguiente no la había visto, pero llamaba al programa para aclarar que, por su experiencia, el canto nocturno del gallo era un presagio funesto: la noche previa al fallecimiento de su madre, un gallo no había dejado de cantar.

Luego recibieron la llamada de un vecino de Moaña aficionado a correr.

—Esta semana estoy corriendo de día, pero la semana pasada corrí por la noche —dijo—, porque soy enfermero y cada semana trabajo en un turno distinto en el hospital. Siempre hago el mismo recorrido: voy desde Moaña bordeando el mar hasta la iglesia de Tirán, luego subo la cuesta y vuelvo por la carretera. La zona no está bien iluminada, pero cuando corro de noche llevo un frontal en la cabeza.

Losada acercó la boca al micrófono y Caldas supo que iba a pedir al oyente que fuese al grano.

—Déjale hablar —le dijo tapando el micrófono.

—La noche del jueves al viernes llegué a Tirán y encontré a un hombre joven en el camino que sale de la iglesia —prosiguió el oyente—. Es una zona tranquila y nunca me había encontrado con nadie a esas horas.

—¿Qué hora era? —quiso saber Leo Caldas.

—Las dos de la madrugada o así.

—Siga, por favor.

—Cuando me vio, el hombre se dio la vuelta y se marchó corriendo por el camino. Como es la zona de la batida y la fecha coincide con la que han dado ustedes, pensé que podría ser importante.

—Ha hecho bien —dijo Caldas.

Iba a pedirle que, en lugar de seguir hablando en antena, se acercase a la comisaría, pero Losada se le adelantó.

—¿Podría dar una descripción de ese hombre? —preguntó el locutor y, cuando el oyente contestó, las piezas de la hipótesis de Caldas se tambalearon por segunda vez aquella tarde.

—No puedo dar una descripción porque apenas lo vi un momento, pero sí sé que iba vestido con ropa de un color vivo —recordó el corredor—. Yo diría que naranja.

Caldas hizo un gesto a Rebeca, escribiendo con el bolígrafo en el aire, y ella le confirmó que tenía los datos del corredor nocturno. Tal vez necesitasen tomarle declaración. Luego se quedó mirando su cuaderno, aturdido, pensando en Camilo Cruz. Apenas atendió a la siguiente llamada, en la que un hombre creía haber coincidido con la desaparecida en un tren el sábado anterior.

Minutos más tarde, Rebeca levantó un letrero en el control de sonido: «Tenemos al alcalde en línea», había escrito.

Lleno de vanidad, Losada anunció que la última intervención del día era del alcalde de la ciudad, que llamaba personalmente a Onda Vigo para participar en el programa. El alcalde agradeció a Losada la iniciativa, se puso a disposición de la familia en todo lo que estuviese en su mano y anunció que acudiría a la concentración frente a la escuela. Afirmó sentirse, como todos los vecinos de la ciudad, consternado por la desaparición de la profesora de cerámica, aunque confiaba en que todo se resolviese de forma feliz con la mayor brevedad.

—Cientos de familias están en deuda con el padre de esta joven —continuó el alcalde, como en un discurso—, cuyo talento en el quirófano ha salvado tantas vidas a lo largo de los años. El doctor Andrade y su mujer tienen que saber que cuentan con mi amistad y colaboración como alcalde y, estoy seguro, con la amistad y colaboración de todos los ciudadanos a los que represento.

Losada miró al inspector Caldas y ató cabos al instante.

—¿La chica es hija de Víctor Andrade, el cirujano? —preguntó en voz baja, alejándose del micro.

El inspector se encogió de hombros, seguía pensando en la ropa naranja.

—¿Cómo cojones no me lo habéis dicho, Leo? —volvió a susurrar Losada, que, mientras el alcalde hablaba, seguía completando el puzle—. Entonces, su abuelo ¿era Sixto Feijóo, el industrial?

—Debía de ser —dijo Caldas, y el locutor abrió los brazos para exteriorizar su enojo. Habría preparado un programa distinto de haber conocido su identidad.

Cuando despidió al alcalde, el programa había dejado de girar alrededor de una profesora de cerámica para tomar una dirección distinta. Leo Caldas temía que el caso también lo hiciese.

Sin tiempo más que para la despedida, entre pausas dramáticas, Santiago Losada se permitió imaginar en antena distintas razones que explicarían la desaparición y, pese a que el inspector le aseguró que no contemplaban esa posibilidad, cerró el programa sugiriendo que alguien podía haber secuestrado a la hija del doctor Andrade.

Testificar. 1. Declarar como testigo en un acto judicial. **2.** Declarar, explicar y denotar con seguridad y verdad algo, en lo físico y en lo moral. **3.** Afirmar o probar de oficio algo, con referencia a testigos o documentos auténticos.

Caldas salió a la calle lamentando haber participado en el programa. Ya había advertido al comisario que corrían el riesgo de que alguien revelase en antena la relación de la desaparecida con el doctor Andrade y que, si eso llegaba a saberse, el ruido dificultaría la investigación.

Antes de abandonar la emisora, Rebeca le había dado un papel con los datos de todos los oyentes que habían llamado. La encargada de producción también le había comentado extrañada que, aunque no habían entrado en antena por falta de tiempo, dos participantes en la batida se habían puesto en contacto con la emisora para avisar de que ellos también habían visto a un joven vestido de naranja cerca de la vivienda de Mónica.

No dejaba de dar vueltas al asunto. Por la mañana, en comisaría, Eva Búa le había preguntado si Mónica no estaría huyendo de Camilo. El inspector no lo creía, pero tampoco era capaz de evitar que aquellas palabras resonasen como un eco en su cabeza.

Mientras atravesaba la Alameda, activó el sonido del móvil. No tardó ni treinta segundos en recibir una llamada.

—Leo, ¿puedes hablar? —le preguntó Pepe Silva, el inspector de Santiago de Compostela—. Uno de los veteranos me recordó lo de ese Víctor Andrade y su hija.

—¿Por qué se pelearon? —preguntó Caldas.

—No fue exactamente una pelea.

—¿Entonces?

—Fue hace dieciséis años. La hija acababa de llegar a la universidad y vino a denunciar a un tipo que pegaba a su novia. Casi no los conocía —dijo Pepe Silva—, eran sus vecinos de arriba y oía las palizas. La novia no se atrevía a venir, pero ella se presentó en comisaría diciendo que quería denunciar al fulano, que si a ella le pegasen y estuviese acojonada también le gustaría que alguien diese la cara por ella. Era menor, le faltaban unos meses para cumplir los dieciocho, así que avisamos al padre. ¿Estás ahí, Leo?

—Estoy escuchando.

—Creí que se había cortado. Bueno, pues el padre llegó de Vigo una hora más tarde. Era un tipo calvo, muy alto, acostumbrado a mandar. ¿Podía ser médico?

—Es cirujano, sí.

—¿Ves? Pues llegó e intentó convencerla de que se echara atrás. No quería ni oír hablar de que su niña denunciase a un tipo violento y tuviese que testificar contra él en un juicio. Empezó con la cantinela de que se iba a complicar la vida sin necesidad, que quién le mandaba meterse en la intimidad de los demás y todo eso. Ya conoces el miedo de los que tienen algo que perder —dijo Pepe Silva—. La hija se enfadó, se gritaron, discutieron, pero acabó haciendo caso a su padre. No llegó a poner la denuncia, por eso no figuran sus datos en ningún sitio. Luego supimos que el padre le había alquilado otro piso en un vecindario tranquilo.

Caldas digirió lo que acababa de oír. Con razón el doctor Andrade no entendía que alguien colaborase desinteresadamente en un programa de radio para encontrar a una desconocida.

—¿Qué fue del tipo? —quiso saber.

—Fue un hijo de puta toda su vida. Se casó con aquella pobre chica y la siguió moliendo a palos mientras estuvo con ella —respondió—. Un día se le fue la mano más de la cuenta: la dejó en silla de ruedas.

—Joder, qué angelito —murmuró Leo Caldas—. ¿Dónde está ahora?

—Se suicidó echándose a un tren hace siete u ocho años —reveló Pepe Silva—. Es lo mejor que hizo en su vida ese desgraciado, la pena es que no lo hiciese antes. ¿Por qué te interesa un asunto de hace tanto tiempo?

—Por la hija, se llama Mónica Andrade —respondió Caldas—. No se sabe nada de ella desde hace una semana. Estoy investigando qué le ha podido suceder.

—Vaya —dijo Pepe Silva—, pues espero de corazón que no sea nada.

Obsesión. 1. Perturbación anímica producida por una idea fija. 2. Idea recurrente que condiciona una determinada actitud.

—¿Qué dices de esa llamada? —le preguntó Soto. Había esperado a Caldas a la puerta de la comisaría y le había pedido que le acompañase a la cafetería Rosalía Castro, a la vuelta de la esquina, donde el comisario y algunos otros policías tenían su segunda casa—. El chico de naranja estuvo allí la noche que desapareció Mónica. El doctor ya me está exigiendo que actuemos.

—Vamos a pedir al oyente que se acerque a comisaría —dijo—, pero que Camilo estuviese deambulando a las dos de la mañana no supone nada. Vieron a Mónica irse al barco horas después.

—Por favor, Leo —dijo el comisario, aburrido de escuchar el mismo argumento una y otra vez—. ¿La vio quién? ¿La madre del chico? Si se entera el doctor Andrade...

—No tiene por qué saberlo.

—La cuestión no es que lo sepa o que no lo sepa el doctor, sino que a un sospechoso le facilita la coartada su madre.

—Hay otros testigos que la vieron irse en la bici —dijo Caldas—. Además está la cámara del puerto.

—En esa grabación no se ve nada.

—Se ve lo suficiente: una mujer alta que desembarca en Vigo veinte minutos después de que la hayan visto yendo al barco en la otra orilla. Los tiempos cuadran.

—¿Cómo sabes que es ella? —insistió Soto.

—¿Y quién va a ser?

—No lo sé —dijo el comisario—, cualquiera. Lo que parece evidente es que el chico tiene una obsesión con Mónica Andrade y que estaba rondando su casa esa noche.

Leo Caldas dio un sorbo al café.

—¿Insinúa que Camilo Cruz la mató y esa misma noche se fabricó una coartada?

—Yo no he dicho que la matara —observó Soto.

—Da igual, ¿está sugiriendo que Camilo, para procurarse una coartada, dejó la bicicleta de Mónica atada al muelle, hizo que una mujer parecida a ella cruzase la ría antes de que amaneciese y convenció a varios testigos para que dijeran que la habían visto yendo al puerto justo antes de que el barco zarpase? ¿Es así o le estoy entendiendo mal?

—No me parece más descabellado que sospechar que un ceramista vino conduciendo cuatrocientos kilómetros de noche para incinerarla en un horno de cocer barro y regresar a Lisboa —replicó el comisario revolviendo su café.

—¿Se da cuenta de que ese chico ni siquiera es capaz de hablar? Camilo se estremece cuando alguien se le acerca. No es ningún Maquiavelo.

—El ceramista tampoco lo parece.

—En eso tiene razón.

—¿Has vuelto por la escuela? —se interesó el comisario cuando terminaron los cafés.

—Sí.

—¿Pudiste hablar con tu amigo?

—Hablé con él, sí.

—¿Y? —preguntó—. ¿Vio o no vio a Mónica en la puerta del taller de luthería?

—Óscar estaba renunciando a seguir adelante con las clases —respondió Caldas—, tenía la cabeza en otra cosa.

—No es eso lo que te he preguntado, Leo. ¿Sí o no?

—No lo recuerda.

—O sea, que no.

—¿Le importa que salgamos? —dijo Caldas, incómodo—. Quiero contarle algo, pero necesito un cigarrillo.

En la calle, bajo el toldo que los guarecía de la lluvia, Caldas le habló de Tina, la estudiante de lutería antigua que aseguraba que la hija del doctor Andrade había estado allí arriba la tarde del jueves anterior.

—Mónica subió para contar a Ramón Casal que el árbol se había caído y que podía pasar a ver la madera al día siguiente —dijo Caldas—. Pero, como el luthier había salido, hizo un dibujito rápido con las indicaciones hasta su casa y se lo dio a la tal Tina para que ella se lo hiciese llegar.

—¿Le dio el dibujo?

—Lo dejó encima de su mesa con una nota explicándole todo.

El comisario se quedó pensando mientras Caldas daba una calada honda al cigarrillo.

—El luthier no te contó nada, ¿no? —preguntó Soto, y el inspector negó con la cabeza mientras expulsaba el humo.

—Cuando hablé con él la primera vez me aseguró que no sabía nada de Mónica desde hacía semanas. Que ni siquiera se la había cruzado en la escuela.

—¿Le has hablado de ese papel?

Respondió que no había podido.

—Llegaba tarde a la radio —se excusó—, pero Tina se lo ha preguntado hoy. Ramón Casal no sabe nada de ningún dibujo ni de ninguna nota.

—O eso dice.

—O eso dice —admitió Caldas—, sí.

—Y todo esto ¿adónde nos lleva? —preguntó el comisario Soto. Seguían de pie bajo el toldo, viendo la lluvia caer.

—Nos lleva a tener una idea bastante precisa de lo que hizo Mónica Andrade las dos veces que se ausentó de su clase —dijo Leo Caldas—. La primera vez fue sobre las siete: subió a hablar con Ramón Casal, pero se encontró con que el luthier había salido. Mónica no quiso dejar su clase desatendida y, en vez de esperar, le dejó el dibujo con las indicaciones. La segunda vez fue a última hora, aprovechando que en su clase no quedaba más que una alumna: debió de subir a lutería antigua con la intención de explicarle todo personalmente.

—Tiene sentido.

—Según Ramón Casal, esa segunda vez tampoco habló con él —siguió diciendo Caldas—. Se quedó en la puerta hablando por el móvil y se marchó sin llegar a entrar.

—Pero ese amigo tuyo, que en teoría estaba allí con él, no la recuerda.

—No, esa segunda vez no la recuerda.

—Pues o tu amigo tiene muy mala memoria o el luthier miente.

Lo único que el inspector Caldas tenía claro era que algo había alarmado a Mónica Andrade aquella tarde.

—Hay otra posibilidad —dijo—: que Óscar Novo no se fijase, pero Mónica estuviese hablando con alguien por el móvil como mantiene el luthier.

El comisario Soto le miró, descreído.

—¿Sigues pensando en el ceramista? —preguntó, y Caldas se llevó a la boca el cigarrillo antes de responder.

—Mónica buscó el teléfono de la policía judicial portuguesa y Miguel Vázquez estaba en Portugal.

El comisario resopló como si quien estuviese fumando fuese él.

—Ha pasado una semana y todavía estamos así —se lamentó.

—Así ¿cómo?

—Sin saber adónde apuntar.

—Ha pasado una semana desde la desaparición —matizó Caldas—, pero nosotros llevamos sobre el tema desde el martes por la mañana. Eso no son ni tres días. Ni siquiera hemos recibido la información desde Madrid.

Al echar a andar hacia la comisaría, Soto volvió a referirse al programa de radio y a los distintos lugares en que los oyentes aseguraban haberse cruzado con la hija del doctor Andrade.

—Vamos a necesitar más gente —dijo Caldas.

El comisario aseguró que la tendrían.

—¿Oíste a Losada apuntando a un secuestro?

—Nadie la ha secuestrado para pedir un rescate, comisario. Habrían contactado con la familia hace días.

—Lo sé, pero tengo confianza en que esté viva —confesó Soto—. A lo mejor solo se ha marchado.

—Si se marchó, no va a tardar en saber que toda una ciudad la está buscando —afirmó el inspector—. La bola de nieve está creciendo deprisa.

El comisario dio otro resoplido.

—No sé de qué se extraña —le dijo Caldas—. Y el circo solo acaba de empezar.

Acceso. 1. Acción de llegar o acercarse. **2.** Entrada o paso a algún lugar. **3.** Posibilidad de llegar a tratar o de comunicarse. **4.** Arrebato o exaltación.

Cuando Caldas y Soto volvieron, en la comisaría se respiraba una actividad bastante más intensa de la que habían dejado al salir.

—Va a ser una locura comprobar todo esto —se quejó Clara Barcia al verlos aparecer—. No deja de sonar el teléfono.

El comisario aseguró que esa misma tarde llegarían cuatro agentes de refuerzo y Caldas preguntó a Clara Barcia si habían pedido al oyente de la radio que se acercase a declarar a comisaría.

—No he podido localizarlo —dijo Clara señalando la hoja—, el número está mal.

—¿Cómo que está mal? ¿Has llamado?

—Sí —dijo Clara Barcia— y me contestó una señora de Madrid que ni sabe dónde está Moaña.

Caldas cogió el listado, fue hasta su despacho y llamó a la emisora de radio.

—¿Aún tienes por ahí los números de los oyentes? —preguntó a Rebeca.

—Creo que sí.

—¿Me puedes volver a dar el del tipo que corría por la noche?

—Claro —dijo la encargada de producción, y Caldas esperó mientras ella localizaba el número—. ¿Ya lo has perdido o qué?

—No, pero creo que lo habéis apuntado mal.

—Aquí está —dijo Rebeca, después de un poco, dándoselo cifra por cifra.

Caldas constató que nadie se había confundido. El número era el mismo que figuraba en el papel.

—¿Seguro que llamó a la radio desde este teléfono?

—No sé desde cuál llamó porque el número no me aparecía en la pantalla —recordó Rebeca—. Pero cuando le pedí sus datos me dijo que se llamaba Samuel y me dio este teléfono de contacto.

—Pues no es suyo.

—No querría dar la cara —dijo ella—. Una cosa es informar de algo por la radio y otra declarar ante la policía.

—Es posible —convino el inspector y, cuando se despidió de Rebeca, se quedó de pie, mirando el móvil en silencio, recordando el episodio de Mónica en la comisaría cuando acababa de empezar la universidad. Merecía que diesen la cara por ella.

Clara Barcia llamó a la puerta.

—¿Has comprobado el número? —preguntó cuando Caldas la invitó a pasar.

El inspector le contó que era el mismo que había dejado el oyente.

—Si vive por allí cerca es normal que no quiera líos —dijo Clara—. Sobre todo, después de señalar a un chico enfermo.

—Sí, ya sé que es normal.

Clara no se movió y Caldas supo que no había entrado a su despacho solo para interesarse por el oyente.

—¿Qué pasa? —le preguntó.

—¿Puedes venir un minuto?

—¿Adónde?

—A la sala de visionado. Queremos que veas algo.

—¿La habéis identificado?

—A ella no.

—¿Al ceramista? —quiso saber Leo Caldas.

Clara movió la cabeza a los lados para negar.

—Al luthier.

El inspector Caldas apoyó las manos en la mesa y pegó los ojos al monitor. Era la primera vez que veía esa grabación. La cámara estaba colocada en algún local de la calle García Barbón. En la acera opuesta no se veía la Escuela de Artes y Oficios, pero sí el hotel situado un poco más adelante. Todas las flores de las jardineras que adornaban la acera parecían blancas en la pantalla.

—Es ese hombre que viene ahora por ahí —le anunció Ferro.

—Este, ¿no? —preguntó Caldas colocando el dedo sobre la figura que aparecía andando bajo un paraguas en dirección a la escuela. El reloj digital de la esquina inferior marcaba la hora y la fecha: eran las 7:05 de la mañana del viernes anterior.

—Ese, sí —confirmó Ferro.

—Atento —dijo Clara Barcia.

El hombre del paraguas se detuvo, buscó algo en un bolsillo y, al hacerlo, apartó el paraguas de su rostro. Fue apenas un instante, pero Caldas pudo ver el cabello rizado y la barba espesa de Ramón Casal.

Ferro acercó la imagen, pero Caldas no necesitaba más.

—¿Es él? —preguntó Clara.

—Sí, es él.

Caldas regresó al despacho y se dejó caer en su silla pensando que la Escuela de Artes y Oficios no abría hasta las ocho de la mañana. ¿Qué estaría haciendo allí una hora antes el luthier? Su imagen en la acera se sumaba al relato de la alumna de los brazos tatuados, formando una oscura nube de sospecha a su alrededor que Caldas no sabía cómo interpretar.

Lamentó una vez más no disponer de la relación de llamadas de Mónica Andrade. Eva Búa no descartaba que la hija del doctor estuviese viviendo un romance y el inspector se preguntó si entre Ramón y Mónica habría una relación menos superficial que la que el luthier había sugerido. Después de unos segundos se dijo que no era posible: Mónica no le habría dibujado un plano con las indicaciones hasta su casa si mantuviesen una relación íntima.

Volvió a sonar su teléfono: la juez Flores.

—Buenas tardes, señoría.

Isabel Flores le contó que el juez decano acababa de hacerle otra visita.

—El doctor Andrade sigue preocupado por ese vecino —dijo la juez, y Caldas entendió que el término «preocupado» no era sino un eufemismo para referirse a quien debía de estar histérico—. Parece que un oyente acaba de involucrar a ese chico en su programa.

—Sí, llamó un oyente —confirmó el inspector—. Contó que la noche previa a la desaparición vio a alguien vestido de naranja por la zona.

La juez le preguntó si iba a tomar alguna medida al respecto y Caldas respondió que no.

—La persona que llamó a la radio dejó datos de contacto falsos. No hay forma de contrastar su información —dijo—. Pero, aunque fuese verdad, Camilo vive por allí y se pasa el día vagando. Todos lo acaban viendo antes o después.

—Espero que tenga razón —dijo ella, y Caldas volvió a percibir que le incomodaba aquel asunto. Estaba seguro de que lamentaba que hubiese entrado en el juzgado durante su semana de guardia—. Por cierto, acabo de firmar la autorización para intervenir el teléfono de Miguel Vázquez. Pueden pasar a recogerla.

Leo Caldas casi se había olvidado del profesor de cerámica.

—Tal vez mañana tengamos que pedirle otra cosa, señoría —le adelantó—. Si la geolocalización del teléfono de Mónica confirmase que el rastro se pierde en la escuela, habría que identificar todos los teléfonos que estuvieron cerca en esas primeras horas del viernes.

—¿Piensa en alguien aparte del ceramista?

Caldas le contó que una cámara había grabado al maestro de luthería cerca de la escuela y que Mónica venía de hablar con él el día anterior, cuando empezó a comportarse de un modo extraño.

—¿Ese luthier también tiene acceso al horno de cocer arcilla? —preguntó la juez.

—No —dijo Leo Caldas, y luego rectificó—: No lo sé.

Acababa de dejar el teléfono sobre la mesa cuando la puerta se abrió sin que nadie hubiese llamado antes.

—¿Vienes a mi despacho? —le pidió el comisario Soto—. Ha llegado el doctor.

Análisis. 1. Distinción y separación de las partes de algo para conocer su composición. **2.** Estudio detallado de algo, especialmente de una obra o de un escrito. **3.** Examen realizado con un fin diagnóstico. **4.** Tratamiento psicoanalítico.

—¿Va a detener a ese tipo? —le preguntó el doctor Andrade una vez más. Su frente casi brillaba tanto como el enorme reloj de su muñeca.

Caldas respondió que no.

—¿No ha oído al hombre que llamó a su programa? Camilo Cruz estuvo en casa de mi hija la noche que desapareció.

—Vive por allí —explicó Leo Caldas—. Esta mañana lo han visto muchos de los que han participado en la batida. No es extraño que alguien se lo encuentre si va a correr por esa zona.

—¿A las dos de la madrugada?

—A cualquier hora.

Andrade no estaba conforme.

—Pero el oyente sostiene que Camilo huyó al verlo.

—Camilo se aparta de todo el mundo, doctor —le dijo Caldas.

—Una cosa es apartarse y otra, escaparse.

—Lo sé —reconoció el inspector.

—¿Por qué no traen al oyente a declarar qué fue exactamente lo que vio?

—Lo hemos intentado, pero dejó datos de contacto falsos. No sabemos quién es ni si lo que nos contó es cierto.

—¿Qué ganaría mintiéndoles?

Caldas no estaba dispuesto a elucubrar en voz alta.

—Solo digo que no lo sabemos.

—¿No tienen forma de dar con él?

—Me temo que no —repitió el inspector—. Si no quiso dejar sus datos es porque no quería testificar. Alguna gente considera que denunciar un delito es complicarse la vida.

El doctor Andrade estiró el cuello, le apuntó con su nariz de ave rapaz y volvió a insistir en la detención de Camilo.

—No entiendo a qué espera, Caldas —le reprochó—. ¿A que sea tarde?

—No voy a contarle los detalles de la investigación.

—¿Por qué no? —se revolvió.

Caldas miró al comisario en busca de un apoyo, pero este ya se había puesto su disfraz de paciente del doctor.

—Yo creo que puedes explicarle por qué crees que Camilo no está involucrado.

Caldas, perplejo, se pasó las manos por la cabeza mientras hacía un repaso mental de los detalles, como si pudiese ordenar sus pensamientos.

—En primer lugar, porque varios testigos vieron a Mónica por la mañana. Creemos que es la mujer que aparece en las imágenes que le mostramos, aunque confirmarlo nos está llevando algo de tiempo —comenzó—. Por otro lado, en casa de su hija no hay desorden ni evidencia de lucha. No hay nada allí que nos pueda hacer pensar en una situación violenta. A pesar de todo, para mayor seguridad, hemos organizado una batida con un centenar de personas y perros especializados. El resultado ha sido negativo —continuó Caldas, y, cuando el doctor quiso apuntar algo, levantó la mano para pedirle que le permitiese seguir argumentando—. En cuanto al chico, pese a lo que sostengan los estudios psicológicos que usted me trajo, rehúye todo contacto físico. Ni siquiera su madre ha podido abrazarlo nunca, lo que hace difícil imaginarle cualquier motivación de índole sexual. Tampoco hay registro de conductas agresivas contra nadie. Camilo se pasa el día vagando, pero nunca abandona su zona de confort. Esa zona de confort coincide con el área rastreada esta mañana —concluyó—. Mónica no está allí.

—Conoce ese terreno como la palma de su mano —repuso Andrade—. Podría tenerla en cualquier sitio.

—Camilo es un solitario. No resulta verosímil que sin ayuda pudiese retener a una mujer fuerte como su hija. Además, ¿dónde iba a tenerla retenida? —preguntó Caldas—. ¿Y para qué, cuál sería el móvil?

El doctor Andrade se quitó las gafas y las empañó con el aliento. Luego sacó un pañuelo con sus iniciales bordadas y comenzó a limpiar los cristales. Sin las gafas, sus ojos miopes parecían hundidos en ceniza.

—No me refería a un secuestro —confesó, y Caldas notó cómo su voz se quebraba—. Esa zona está llena de pozos. La puede haber enterrado en cualquier sitio.

El inspector miró al comisario, pero Soto solo apretó los labios. No hizo ademán de intervenir.

—Doctor —dijo Leo Caldas—, en este momento no estamos investigando un crimen sino una desaparición. No tenemos una víctima, ni un móvil. Ni siquiera estamos seguros de que se haya producido un delito. La batida de esta mañana pretendía encontrar a una persona viva, no buscábamos restos. Por eso hemos hecho un llamamiento en la radio. No voy a negar que existe la posibilidad de que haya sucedido lo que usted insinúa, pero por ahora solo es eso: una posibilidad.

—Entonces ¿dónde está?

—Mañana recibiremos la información del teléfono de su hija y podremos saber con exactitud qué recorrido siguió y con quién tuvo contacto antes de desaparecer.

El doctor se puso las gafas.

—No imaginan cómo desasosiega la falta de noticias. La sensación de incertidumbre te ahoga. No te deja dormir, ni te deja vivir.

—Es normal que le angustie —dijo Caldas—, pero tiene que confiar en nosotros. Incriminar a un inocente no le va a devolver a Mónica.

Andrade resopló.

—Espero que tenga razón.

—Y debería descansar —añadió Caldas—. Esto puede ser largo.

—No creo que pueda soportarlo si se prolonga mucho tiempo —murmuró Víctor Andrade.

—Pues puede ser largo —repitió Caldas— y más duro. Necesitará estar fuerte.

El doctor se peinó los mechones sobre las orejas, como recomponiéndose del momento de fragilidad.

—Por dura que sea la verdad —dijo—, no creo que afrontarla sea peor que no saber dónde está una hija.

Caldas se calló, aunque tenía la certeza de que el doctor estaba equivocado. El dolor siempre era más grande cuando la realidad extinguía la esperanza.

Recordó un reportaje que había visto con Alba meses antes, dedicado al Caimán, el asesino de niños que aún mantenía en jaque a la policía portuguesa. Unos restos habían aparecido enterrados en una playa y, al ser identificados, un policía había llevado la noticia a los abuelos con los que el niño vivía. El policía contaba a la cámara que el abuelo seguía confiando en que su nieto apareciese por la puerta sonriendo y, cuando le anunció que estaba muerto y le entregó los resultados del análisis, se había negado a admitir la realidad.

—Da igual lo que diga este papel —dijo el hombre—. Ese no es mi nieto.

El policía le había explicado que la del ADN era una prueba concluyente, pero el anciano no se resignaba a perder la esperanza que le había permitido levantarse cada mañana durante tantos meses.

—Mi nieto está vivo —aseguró, al despedirlos, con lágrimas en los ojos, llevándose la mano al corazón—. Lo noto aquí.

Seguimiento. 1. Paso en busca de alguien o algo; dirigirse, caminar hacia él o ello. **2.** Continuación en lo empezado. **3.** Profesión o ejercicio de una ciencia, arte o estado. **4.** Observación atenta del curso de un negocio o los movimientos de alguien o algo.

Caldas permaneció en la comisaría el resto de la tarde. Primero en una reunión para organizar un trabajo que, pese a los refuerzos, se intensificaba para todos con cada nueva llamada. Se dispuso el seguimiento a Miguel Vázquez y las escuchas del teléfono autorizadas por la juez. También decidieron intervenir la línea de casa de los padres de Mónica y el teléfono móvil del doctor. Víctor Andrade había accedido al entender que, ahora que había trascendido la identidad de su hija, no tardarían en producirse las llamadas a la familia.

Tras la reunión, Caldas se ocupó de atender personalmente a varios testigos que telefonearon afirmando haber visto a Mónica Andrade. Después siguió revisando las grabaciones de las cámaras, dando el relevo a Clara Barcia, que, ante la insistencia del comisario en encontrar al oyente, contactó con todos los hospitales de los alrededores, buscando en vano entre sus empleados a un enfermero de Moaña llamado Samuel.

Hacia el final de la tarde, el inspector Caldas encontró un momento de tranquilidad y se encerró en el despacho tratando de buscar claridad en la niebla. Otras dos cámaras mostraban a Ramón Casal en las inmediaciones de la escuela a las siete de la mañana del viernes. Sin embargo, no había modo de confirmar quién era la mujer del paraguas que se había visto allí poco antes.

Hasta el día siguiente tampoco sabrían si Mónica hablaba con alguien por teléfono cuando subió a ver a los luthiers o si, como sospechaba el comisario, aquella conversación nunca había existido.

Quiso fumar y se levantó para abrir la ventana. Había anochecido y llovía con fuerza.

Sacó el cenicero del cajón, encendió un cigarrillo y se quedó pensando en el luthier. También en el horno con calor residual y en el número de la policía portuguesa que Mónica había buscado antes de desaparecer. Intuía que el día siguiente iba a ser intenso, sobre todo si los teléfonos descubrían hilos firmes de los que tirar.

Apagó el cigarrillo, cerró el cuaderno y echó mano del dibujo de Camilo. Lo desenrolló, se vio a sí mismo en la cocina de Mónica Andrade, hablando por teléfono, y decidió acercarse a la escuela antes de ir a casa. Sabía de alguien que podía ayudarle a comprender quiénes eran Ramón Casal y Miguel Vázquez. Miró la hora: quedaban veinte minutos para las nueve. Si se daba prisa, aún podía llegar a tiempo.

Se puso la chaqueta impermeable, se guardó el dibujo enrollado en un bolsillo y apagó la luz. Luego atravesó la comisaría, se ajustó la capucha y echó a andar a buen paso.

En la puerta de la Escuela de Artes y Oficios un equipo de televisión grababa recursos con los que ilustrar su crónica. Caldas conocía a la periodista que acompañaba al cámara, pero la capucha le ayudó a pasar inadvertido.

Entró en la escuela y los ojos de Mónica Andrade le recibieron desde el enorme cartel del vestíbulo. Oyó un carraspeo a su espalda y se volvió. Sentada junto a la puerta, con un estuche de violín sobre las rodillas y el pelo recogido en una cola de caballo, una de las agentes a quienes había encomendado la vigilancia del ceramista parecía una alumna más.

Caldas se dirigió a la escalera del edificio principal y esperó mientras bajaba en silencio una procesión de alumnos de todas las edades. Después subió de dos en dos los peldaños.

Cuando alcanzó la puerta de la clase de dibujo, los últimos alumnos se estaban despidiendo de la profesora.

—Hola, Leo —le saludó Elvira Otero al verlo entrar—. Creí que no podías acercarte esta tarde.

—Al final, me he escapado.

Elvira miró hacia el biombo colocado al fondo de la clase.

—Pues Luis ya terminó de posar —dijo simulando seriedad—. Debe de estar vistiéndose.

—No venía solo a verlo a él —sonrió Caldas—. ¿Sigue en pie lo de tomar algo y ponernos al día?

Abrigo. 1. Cierta prenda de vestir que se pone sobre las demás para protegerse del frío. **2.** Defensa contra el frío. **3.** Refugio, lugar defendido de las inclemencias del tiempo o de cualquier otra amenaza. **4.** Auxilio, amparo o protección.

Leo Caldas empujó la puerta del Eligio y se echó a un lado para dejar pasar a Elvira. Habían ido caminando desde la escuela, intercambiando sonrisas y silencios al principio. Luego la conversación había sobrevolado a Mónica Andrade en círculos cada vez más estrechos.

—Buenas noches, Leo —dijeron a coro los catedráticos, sentados en su mesa de siempre, al verlo entrar. Carlos, apoyado en el mostrador, le saludó atusándose el bigote.

Elvira Otero dejó el paraguas junto a la puerta y miró alrededor, a las paredes de piedra repletas de cuadros, con la expresión de asombro de todos los que entraban al Eligio por primera vez. Había un olor intenso a vino y a la leña que ardía en la estufa de hierro y daba calor a la taberna.

—¿No habías estado aquí nunca? —le preguntó Caldas cuando se sentaron a la mesa pequeña del fondo.

—Nunca —dijo ella—. ¿Vienes mucho?

—De vez en cuando —respondió el inspector, aunque casi todas las tardes, en aquella misma mesa, formaba parte del paisaje de la taberna.

Carlos se les acercó trayendo las gafas en la punta de la nariz y dos copas de cristal colgadas entre los dedos. Las colocó frente a ellos, sobre el mármol de la mesa, y se quedó mirando a Elvira Otero hasta que el inspector los presentó.

—Elvira es la primera vez que viene.

—Pues bienvenida —dijo Carlos con aquella voz de trueno por la que Santiago Losada habría pagado una fortuna.

—Oye, el *foie gras* estaba... —En vez de elegir un adjetivo, Leo Caldas se besó las yemas de los dedos. Luego le contó que, entre su padre y él, se lo habían acabado de una sentada la noche anterior.

—Venía de Francia —dijo Carlos, como si eso lo explicara todo—. ¿Qué vais a beber?

—Yo, una cocacola —pidió Elvira, y Carlos la miró por encima de las gafas.

—Leo, ¿a quién *carallo* me traes? —preguntó con su vozarrón, y a Caldas se le escapó la risa.

—¿Qué pasa? —quiso saber ella.

Caldas empezó por el principio.

—¿Blanco o tinto?

—¿Solo hay vino?

—Nada más.

—Ah —dijo ella—. El mismo que tomes tú.

Elvira se levantó a ver de cerca un cuadro de Xosé Tomé y Caldas se acordó del dibujo de Camilo. Cuando ella se sentó a la mesa, ya lo había desenrollado sobre el mármol.

—¿Es la espiral que buscabas en mi clase? —preguntó señalando la firma.

Caldas contestó que sí.

—¿Ya sabes quién lo dibujó?

—Un chico con problemas de comunicación.

A Elvira se le torció la boca en un gesto de duda.

—Yo creo que se comunica de maravilla.

Caldas sonrió.

—Lo increíble es que esté dibujado con este detalle cuando solo pudo verme un momento.

—Te haría una foto con el móvil.

—No tiene móvil —dijo Caldas, y le explicó que Camilo no podía hablar—. Dibuja todo de memoria.

Elvira sostuvo el dibujo en alto para que le incidiera de lleno la luz y luego lo dejó sobre la mesa.

—¿Es la casa de Mónica?

—Sí —respondió Caldas y, viendo que Carlos se aproximaba, volvió a enrollar el papel—. ¿Verdad que un sitio como este debería ofrecer caldo calentito en invierno? —preguntó el inspector a Elvira cuando Carlos estuvo suficientemente cerca.

—El que tenga frío que se arrime a la estufa, que para algo está —dijo Carlos guiñando un ojo a Elvira mientras dejaba un plato de pulpo sobre la mesa—. Ya me dirás qué te parece.

La taberna se fue llenando y se volvió a quedar medio vacía mientras Leo Caldas y Elvira Otero compartían recuerdos, miradas y risas en la mesita del fondo. A cada poco, su conversación encallaba de nuevo en Mónica Andrade.

—¿No habéis sabido nada más?

—Por ahora no.

—¿Y toda esa gente que la ha visto en distintos sitios de la ciudad? —preguntó ella. En la clase de dibujo también habían escuchado el programa.

Caldas reconoció que era improbable que se tratase de Mónica.

—Nos han dicho que nunca ha faltado a una clase. Sería extraño que estuviese en la ciudad y ni siquiera hubiese excusado su ausencia, ¿no?

Elvira estuvo de acuerdo.

—Sí —dijo—, pero como el día anterior estaba rara...

—¿Cómo sabes eso?

—Miguel nos lo contó a unos cuantos profesores: el día anterior se encerró en su despacho casi llorando, aunque nadie sabe por qué.

Caldas ni confirmó ni desmintió nada, simplemente la dejó hablar.

—Da pena por ella y por cómo está la escuela estos días.

—¿Cómo está?

—Triste —dijo Elvira—. Como si todos nos temiéramos lo peor.

—¿El ambiente suele ser bueno?

—Muy bueno, ¿por?

—No sé —dudó Caldas—, siempre se habla del ego de los artistas que...

—Porque siempre hay algún imbécil —le cortó Elvira—, pero son la excepción que confirma la regla. En general, cuanto más vale la gente, mejor suele ser el trato.

Caldas no desaprovechó la oportunidad de preguntar si era el caso de Miguel, y ella le aseguró que sí.

—Hay que ser muy generoso para ser un artista de ese nivel y compartir tu conocimiento con los demás sin guardarte nada. No dejan de llamarle para exponer, y eso que no puede crear toda la obra que quisiera porque las clases nos roban a todos mucho tiempo. Por eso habló con la dirección y pidió que contratasen a Mónica, para tener algo más de desahogo —dijo, y se quedó mirando el vino con sus ojos oscuros—. Hoy el pobre iba como un alma en pena por la escuela. Ha organizado una concentración, aunque no sé yo si esas cosas sirven de mucho.

Caldas hizo un gesto ambiguo, pero no apartó la conversación del ceramista.

—Me dijiste que tenía pareja.

—Se llama Susana, llevan ya varios años juntos. Es bastante más joven que él. Era su profesora de informática —sonrió Elvira, y un hoyuelo se le formó en cada mejilla—. Para que veas: el mismo Miguel que siempre presumió de mantener la distancia con sus alumnas, liándose con su profesora.

—¿Los demás no sois tan escrupulosos o qué?

—Nuestros alumnos son adultos, Leo. Mira mi aula: hay días en que la más joven soy yo, y ya no soy una niña.

Caldas iba a comentar que tampoco había cambiado tanto, pero se contuvo. Fue ella quien lo mencionó.

—Tú sí que has cambiado poco —dijo como si le hubiese leído el pensamiento—. Sigues con los mismos ojos tímidos y los jerséis de cuello vuelto. Ahora te quedan bien. Ya no pareces un niño disfrazado de señor.

Caldas notó que se le calentaban las mejillas. Necesitaba aire fresco.

—Me los compraba mi padre para no pasar frío en la viña y me acostumbré a usarlos —admitió—. ¿Me acompañas afuera?

—¿A qué?

—A fumar.

Se refugiaron de la lluvia bajo una cornisa al otro lado del callejón. Caldas encendió el cigarrillo y Elvira se fijó en el edificio de cristal contiguo al Eligio.

—¿Eso es el Colegio de Arquitectos? —preguntó.

—Sí, la fachada posterior.

—Pues llegaron tarde por poco.

—¿Cómo?

—Ahí pone que se fundó en 1973 —señaló Elvira—. ¿Has visto las fotografías de los edificios que se tiraron en los años anteriores?

Los paneles estaban por toda la ciudad.

—Alguno parece una broma —admitió Caldas.

—Mi apartamento está en la calle Cánovas del Castillo. Es un edificio alto sin ninguna gracia, pero el sitio es maravilloso. Desde la terraza veo toda la ría hasta las Cíes —comentó, y movió una mano de lado a lado para remarcar lo extenso del panorama—. Lo que yo no podía imaginar es que allí antes hubiese una casa de baños termales con acceso a una playa. ¿Tú sabías que hubo una playa ahí? —Caldas negó con la cabeza y ella siguió hablando—: Los baños se demolieron y la playa se drenó; y para construir el hotel de veinte pisos que hay al lado se tiró un mercado maravilloso; y más allá había otros edificios modernistas, de tres o cuatro alturas, de los que tampoco queda nada —lamentó—. Se demolió todo y se levantó una pared de hormigón entre el mar y la ciudad. Cada vez que veo el panel que hay junto al portal de casa me entra cargo de conciencia por vivir allí.

—Para eso los ponen, para sensibilizar a la gente —dijo Caldas, y al ver a través de las paredes de cristal del Colegio de Arquitectos varias esculturas colocadas en círculo, se acordó de Miguel Vázquez y cambió de tema—: ¿Tú también expones?

Elvira movió la cabeza para decirle que no. Había dejado el abrigo dentro y tenía los brazos cruzados, protegiéndose del relente.

—Tengo más vocación de profesora que de artista. Me gusta el dibujo desde niña, ¿qué te voy a contar? —sonrió recordando el tiempo en que Leo iba a su casa a darle clase y ella no hacía otra cosa que dibujar—. Pero me gusta más la gente. Mi trabajo es perfecto, disfruto enseñando a quien disfruta aprendiendo. Nunca he soñado con vivir de vender cuadros. No me compensaría: pintar exige soledad y yo ya tengo suficiente soledad. Además, los sueños no pagan el alquiler.

Elvira había bajado la cabeza para mirar un instante al suelo y, cuando la levantó, encontró a Leo absorto en su nuca, como cualquier tarde años atrás.

—¿Has terminado? —preguntó ella.

—¿Cómo?

Elvira se frotó el cuerpo con los brazos.

—¿Vas a fumar otro?

—No —dijo Caldas—. ¿Tienes frío?

—Un poco —reconoció.

Dentro los esperaban el vino y unas croquetas de jamón que Carlos había dejado en su mesa. Elvira se interesó por las viñas del padre de Leo y por su colaboración en la radio. Luego, la conversación regresó a la Escuela de Artes y Oficios.

—También he conocido a Ramón Casal —dijo el inspector dejando la frase colgando, como cuando interrogaba.

—Ramón como músico es un nueve, como luthier, un diez y como persona, un once. Ya has visto su clase, que es como él: música, talento, discreción y paz. Las veces que subo tengo que hacer un esfuerzo para marcharme.

—¿Sabes qué relación tiene con Mónica?

—Ramón tiene buena relación con todos. Siempre está dispuesto a ayudar.

—Me refería a si puede ir más allá de ser compañeros en la escuela.

Elvira le miró extrañada.

—No creo que tengan ninguna —opinó—. Ramón ni siquiera vive por aquí.

Le contó que el luthier tenía una casa a la orilla del mar en la ría de Arousa, a casi una hora de coche al norte.

—¿Va y viene todos los días?

—Todos —respondió—, a veces le hemos sugerido que alquile algo en Vigo, pero ni quiere oír hablar del tema. En su casa tiene un tallerciño para seguir construyendo instrumentos y un barco. Es todo lo que necesita para ser feliz.

Una luz se encendió de repente en la cabeza de Caldas.

—¿Un barco de vela? —preguntó.

—No me imagino a Ramón Casal navegando a motor —dijo Elvira. Allí estaban los hoyuelos otra vez—. Restauró un velero antiguo, de madera.

Caldas terminó el vino y se levantó con la excusa de ir al cuarto de baño. Desde allí llamó a la comisaría. Ferro aún no se había marchado y Caldas le pidió que buscase el listado con los teléfonos de los oyentes que habían llamado a *Patrulla en las ondas* por la tarde.

—Tiene que constar una mujer que aseguró haber visto a Mónica zarpando del puerto de Vigo a bordo de un velero —dijo Caldas.

—Sí, aquí está —confirmó Ferro—. Se llama Carmina.

—¿Sabes si alguien ha hablado ya con ella?

—No lo sé —vaciló—. Yo estoy con las cámaras.

—Bueno, da igual. Mándame el número en un mensaje.

En cuanto lo recibió, antes de regresar a la mesa, Caldas llamó a la oyente: tenía el teléfono apagado.

Había arreciado la lluvia cuando salieron del Eligio. Elvira abrió el paraguas y el inspector se ciñó la capucha.

—Cabemos los dos —le dijo ella.

Se pegó a Elvira y caminaron bajo el paraguas hasta la calle del Príncipe. Allí Caldas miró hacia arriba y vio brillar las escamas metálicas del hombre pez.

—¿Conoces el Maispalá? —le preguntó ella.

Leo no lo conocía.

—¿Dónde está?

—En la calle Manuel Núñez —dijo—. Te encantaría.

Elvira había señalado a un lado, pero echó a andar hacia el otro, y Caldas se amoldó a su paso sin preguntar adónde iban, sintiendo el calor de ella en el costado, compartiendo paraguas y silencio hasta un apartamento en una muralla de hormigón y cristal, donde alguna vez hubo una casa de baños.

Inseguridad. 1. Que entraña algún tipo de riesgo. 2. Que produce incerteza o genera dudas. 3. Sensación de estar poço firme o inestable. 4. Que ofrece poca confianza.

Caldas salió a fumar a la terraza y, sin acercarse demasiado a la barandilla, contempló la vista sobre la ría. A la izquierda, en el puerto pesquero, comenzaba el bullicio de cada noche. Por tierra recibía un desfile de camiones y, desde el mar, varios barcos con escoltas de gaviotas iban llegando a descargar las bodegas. Todo estaría subastado antes del amanecer.

La lluvia había amainado pero el cielo conservaba un color lechoso de nubes bajas. Aquella noche no había estrellas que su padre pudiese observar. Al otro lado del mar, la península del Morrazo era una masa oscura con la línea de la costa ribeteada de brillos. En Cangas y en Moaña las luces se apretaban. Sin embargo, entre las dos villas, en la zona tranquila que Mónica Andrade había elegido para vivir, los destellos eran más dispersos.

Dio una calada al cigarrillo y miró a su derecha, a los mástiles alineados en el puerto deportivo, donde una cámara había grabado a Mónica Andrade al desembarcar en la ciudad.

Leo Caldas había asumido que se dirigía a la Escuela de Artes y Oficios. Sin embargo, ni el doctor ni Eva Búa estaban seguros de que la mujer del paraguas que caminaba cerca de la escuela fuese Mónica. ¿Y si estuviesen en lo cierto?, ¿y si se hubiese quedado en el club náutico y no hubiera seguido más allá?

Las cámaras situaban a Ramón Casal en Vigo muy temprano aquella mañana, pero el luthier, pese a lo afirmado por su alumna de brazos tatuados, había negado cualquier contacto con Mónica. ¿Y si Mónica no se hubiese quedado en la puerta al subir a verle el jueves anterior? ¿Y si en realidad hubiera subido más tarde, cuando ya no quedaban alumnos? Ramón Casal había asegurado que, cuando Mónica apareció en la puerta, estaba tratando un asunto importante con Óscar Novo. Sin embargo, su alumno no lograba recordarla. ¿Y si el luthier solo buscaba reforzar con un testigo el relato de algo que nunca había ocurrido?

Por más vueltas que daba al asunto, igual que sucedía con Miguel Vázquez, Ramón Casal no encajaba en el perfil de alguien involucrado en la desaparición de una mujer. Entonces recordó una frase que Elvira había pronunciado en el Eligio para referirse a él: «Siempre está dispuesto a echar una mano», había dicho, y se preguntó si no estaría protegiendo a Mónica Andrade.

El luthier tenía un barco de vela. Saliendo de Vigo antes del amanecer, podían haber desembarcado durante la mañana en cualquier puerto cercano. ¿Era posible que la hubiese ayudado a huir de lo que la llevó a encerrarse en el despacho del taller de cerámica? Y, si era así, ¿cómo encajaba aquello con el horno caliente y con la búsqueda del contacto de la policía portuguesa en el ordenador?

—No me extraña que no engordes con todo lo que fumas —dijo Elvira Otero saliendo a la terraza con una copa de vino en la mano. Ella sí se apoyó en la barandilla.

Caldas había encendido otro cigarrillo sin darse cuenta, mientras daba forma a una teoría que acababa de explotar en su cerebro como una pompa de jabón.

—¿En qué pensabas? —preguntó Elvira, con aquella sonrisa.

—En todo.

La expresión de ella cambió cuando le preguntó:

—¿Crees que está viva?

—No lo sé.

—No lo sabes, pero ¿qué crees?

—Espero que sí.

—¿Sospecháis de alguien de la escuela?

Leo Caldas dio una calada al cigarrillo para esconderse tras el humo.

—¿Por qué preguntas eso?

—Esta noche le hemos dado un buen repaso —dijo ella.

—Curiosidad —trató de justificarse Caldas.

—¿Sospecháis de alguien? —insistió.

—No.

—No me mientas —dijo.

—Pues no me hagas esas preguntas si no quieres que te mienta.

Caldas apagó el cigarrillo y volvieron adentro. Elvira cerró la puerta corredera de la terraza y se sentó en el sofá con las piernas cruzadas, como haría una niña.

Hablaron del vino y del telescopio del padre de Caldas. Y la charla alcanzó al padre de Elvira, fallecido solo unos meses atrás. Ella le contó, sin amargura, que cuando pensaba en su padre se veía de niña, protegida entre sus brazos, mientras él le leía un cuento.

—¿No te ocurre —preguntó— que a veces solo encuentras refugio en cosas que sucedieron hace mucho tiempo?

—Puede ser —mintió Caldas, para no contarle que en los recuerdos de la infancia hallaba miedo a lo inevitable en lugar de seguridad.

Luego comentaron asuntos menos tristes. Caldas le contó una peripecia de cuando era un novato en comisaría que Elvira celebró con carcajadas, y ella narró una anécdota de una de sus alumnas más maduras a propósito de Luis, el estudiante de ingeniería que posaba como modelo en la clase de dibujo.

Caldas escuchó la anécdota fingiendo una sonrisa que trataba de disimular sus recelos. No le constaban reproches a su desnudez en el pasado, pero que la virilidad de quien ella veía a diario hubiese impresionado tanto a Estévez le generaba cierta inseguridad.

Elvira rellenó las copas y, cuando la conversación tomó un camino nuevo, Caldas se olvidó del ingeniero y se concentró en sus labios y en su cuello, en sus pies descalzos y en su forma de mover las manos al hablar.

—No te interesa nada de lo que te estoy diciendo —sonrió ella—, ¿verdad?

Caldas arrastró un «sí» que significaba «no», y Elvira lo besó y lo condujo a la cama.

Encuentro. 1. Acto de coincidir en un punto dos o más cosas, a veces chocando una contra otra. **2.** Dar con alguien o algo. **3.** Oposición, contradicción. **4.** Discusión, pelea o riña. **5.** Entrevista entre dos o más personas, con el fin de resolver o preparar un asunto. **6.** Ajuste de estampaciones de colores distintos. **7.** Competición deportiva.

La comisaría estaba en plena actividad por la mañana cuando el inspector Caldas llegó. Se había despertado algo más tarde de lo habitual y había pasado por casa para ducharse y cambiarse de ropa.

Caminó hasta el despacho, se dejó caer en la silla y se estiró, eufórico. No le importaba que las pocas horas de sueño y los vinos de la noche anterior le hubieran dejado la boca algo pastosa y una molestia sobre los ojos.

Se agachó a apartar el estuche de vino que había golpeado con los pies al estirarse y, cuando se incorporó, encontró a Rafael Estévez de pie al otro lado de la mesa. Con él había entrado en el despacho el aroma mentolado de la pomada que se había aplicado en la espalda.

—Buenos días, jefe.

—¿Estás mejor? —le preguntó Leo Caldas.

El aragonés asintió.

—Me vino bien descansar —dijo—. Ya me ha informado Clara de que el hombre que aparece en la grabación es el profesor de luthería antigua.

El inspector le pidió que se sentara enfrente y le habló de las visitas de Mónica Andrade que Ramón Casal podía estar tratando de ocultar. Estévez hizo una mueca de extrañeza.

—¿Qué pasa?

—Nada —admitió Rafael Estévez—, que me cuesta creer que el culpable de una desaparición sea alguien como ese luthier.

—No he dicho que sea culpable de nada —repuso Leo Caldas—. A lo mejor está ayudando a Mónica a esconderse.

—A esconderse ¿de quién?

—No lo sé —dijo el inspector—. ¿Sabes si han localizado a la oyente que la vio en un velero?

Estévez asintió.

—Son los dos que están esperando ahí fuera —respondió refiriéndose a un hombre y una mujer de edad avanzada a los que Caldas había visto sentados en uno de los bancos del pasillo.

El inspector terminó el resto del café de un sorbo y se levantó para ir al encuentro de la mujer que había llamado al programa.

—¿Ha visto el periódico? —le preguntó el aragonés con un tono que sugería malas noticias.

—¿Han apaleado a otros viejos?

—No, la hija del doctor —dijo Estévez dibujando con los dedos un cuadrado en el aire—. Su fotografía ocupa media portada.

—No esperaba menos —dijo, resignado, Caldas. Luego le preguntó si, más allá de aplicarse la pomada, estaba tomando algo para el dolor de espalda.

—Ibuprofeno —contestó Estévez.

—¿Tienes uno? —consultó.

Caldas enseñó la fotografía de Mónica Andrade a la pareja sentada al otro lado de la mesa. Rafael Estévez seguía la conversación de pie.

—¿Seguro que era esta mujer?

—Seguro —respondió con firmeza Carmina, y luego se dirigió a su marido—: ¿Verdad que era ella, Antucho?

Antucho arrugó el rostro. Era menos expresivo que su mujer.

—Era, era esa chica —se reafirmó la señora.

—¿Recuerdan cómo era el barco?

—Era un barco de madera muy bonito —dijo Carmina moviendo las manos como si lo tuviese delante.

Elvira le había contado que el del luthier era un barco de madera que él mismo había restaurado.

—¿Seguro que era de madera?

—De madera y muy bonito —repitió Carmina—. ¿Verdad que te quedaste mirando el barco porque te pareció muy bonito?

Antucho apenas movió la cabeza.

—¿Esto fue el viernes pasado?

—El viernes, sí —contestó la mujer.

—¿Qué hora era? —quiso saber Leo Caldas.

—¿Qué hora sería, Antucho, las ocho de la mañana? —consultó Carmina, y el marido puso una cara de duda que ella consideró un sí—. Sí, serían más o menos las ocho.

—¿El barco dónde estaba?

—Saliendo a la mar.

—¿Desde un pantalán o desde el muelle?

Carmina se giró y repitió la pregunta:

—¿Desde un pantalán o desde el muelle?

Antucho miró al frente.

—¿Era desde un pantalán? —insistió ella.

El hombre insinuó un movimiento que solo su mujer supo interpretar.

—No —dijo—, desde el muelle.

—¿Iba sola?

—¿Iba sola? —repitió.

Otro gesto de Antucho que ella tradujo.

—Le parece que no.

—Y a usted ¿qué le pareció? —preguntó Caldas mirándola a los ojos—. ¿Iba sola o no?

—¿Yo cómo quiere que lo sepa? —respondió ella—. A esas horas estoy en cama.

—La madre que me parió —murmuró Estévez.

—¿Usted no la vio?

—El que está operado del corazón y tiene que dar paseos es Antucho —se justificó Carmina, con toda naturalidad—. Yo tengo el corazón bien.

—A ver si me aclaro —dijo Caldas—. ¿Quién vio a esta chica en el barco?

—Antucho —dijo ella.

Caldas miró al hombre.

—¿Usted?

—¿No le estoy diciendo que sí? —volvió a responder la mujer—. En cuanto vio el cartel me dijo: «Pues a esa chavala no sé si no la vería yo el otro día en un barco». Y por eso llamamos al programa.

—Pero al programa llamó usted.

—Claro, no va a llamar Antucho.

—Entonces permítanos hablar un momento a solas con su marido.

Estévez la acompañó a sentarse en el banco del pasillo. Cuando el aragonés regresó, Caldas reanudó el interrogatorio.

—¿Era esta mujer?

Antucho se rascó la cabeza.

—¿Era o no era? —insistió el inspector.

El hombre hizo una de sus muecas indescifrables.

—Mírela bien —dijo Caldas acercándole la foto, y Antucho obedeció mirándola largamente.

—¿Quiere que se lo pregunte yo? —se ofreció Rafael Estévez.

—No va a hacer falta —dijo Caldas, y volvió a dirigirse al hombre—: ¿Está seguro de que era esta mujer?

La tercera vez que Antucho se rascó la cabeza, Caldas entendió que no era posible la comunicación sin intérprete.

—Llama a la señora, anda —pidió a su ayudante, y Estévez salió a buscar a la mujer.

Diez minutos más tarde, la pareja abandonó la comisaría. Gracias a la mediación de la mujer de Antucho, ahora sabían que iban dos personas más a bordo del barco en el que el testigo creía haber visto a Mónica Andrade, aunque no pudo precisar si eran hombres o había alguna otra mujer. El barco sí lo recordaba bien: era un velero antiguo con la cubierta de madera clara y el casco pintado de un color oscuro que podía ser verde o azul.

Caldas regresó a su despacho y vio la pantalla del móvil iluminada sobre la mesa. Mientras interrogaba al matrimonio había recibido un mensaje de Elvira Otero y cuatro llamadas del comisario Soto.

Abrió el mensaje de Elvira: había hecho una fotografía a un panel próximo a su casa y, bajo el antiguo mercado demolido, había escrito: «A veces pasa el tiempo y algo que nos parecía feo acaba pareciéndonos hermoso». Terminaba el mensaje con una cara que sacaba la lengua.

Caldas sonrió y releyó el mensaje. Estaba pensando qué responder cuando el comisario Soto entró trayendo la expresión desasosegada que había visto otras veces.

—¿Dónde estabas?

—Interrogando a unos testigos —dijo Leo Caldas—. ¿Pasa algo?

—Hemos recibido la información del teléfono móvil de Mónica Andrade —confirmó el comisario, y señaló con la mano como si la pared fuese transparente y permitiese ver la otra orilla de la ría—. Parece que no salió de Tirán.

Entidad. 1. Ente o ser. 2. Lo que constituye la esencia o la forma de una cosa. 3. Valor o importancia de algo. 4. Colectividad considerada como unidad.

El comisario Soto, el inspector Caldas y los agentes Estévez, Barcia y Ferro estaban sentados de nuevo alrededor de la mesa del despacho del comisario. Ferro había desplegado un mapa para mostrarles el recorrido que había seguido el teléfono de Mónica Andrade las veinticuatro horas antes de desaparecer.

—Estuvo en su casa todo el jueves por la mañana. Un poco antes de las tres de la tarde fue hasta el muelle de Moaña para cruzar la ría en el barco —dijo mientras seguía el trayecto en el mapa con el dedo—. Al llegar a Vigo se dirigió hacia esta zona de aquí. Por la velocidad a la que se movió, supongo que iría en un coche.

—¿Qué hay ahí? —preguntó el comisario Soto, refiriéndose al punto en el que había terminado el dedo del agente Ferro.

—Es la casa de sus padres —dijo Leo Caldas—. Mónica pasó a ver a su madre antes de ir a la clase.

—Estuvo allí más o menos media hora —prosiguió Ferro— y a las cuatro menos diez se fue en otro coche a la Escuela de Artes y Oficios. ¿Puede ser?

El inspector Caldas asintió.

—Las clases empiezan a las cuatro.

—El siguiente movimiento es a las diez y cuarto de la noche. Sale de la escuela, va hacia el puerto de Vigo y cruza en el barco. A las once menos cuarto desembarca en el puerto de Moaña y desde allí se dirige directamente hacia su casa —dijo señalando Tirán—. Se movió rápido, así que supongo que iba en la bicicleta.

Caldas asintió.

—¿Y después?

—No hay nada más —dijo Ferro—. La señal no se mueve de la casa. Estuvo allí desde las once de la noche hasta las cinco de la mañana, que es cuando se apaga el teléfono.

—¿Se apaga en casa de Mónica? —preguntó Caldas.

—O cerca —dijo Ferro—. En las zonas con menos antenas no hay la misma precisión que en las ciudades, pero yo entiendo que estuvo en el mismo sitio todo el rato.

Se quedaron callados, mirando el mapa.

—Pues todo esto ya lo sabíamos —dijo Leo Caldas.

—Entonces ¿dónde está? —preguntó el comisario.

—Si apagó el teléfono es para que no sepamos dónde está.

—¿Y si no lo apagó ella? —insistió el comisario Soto.

Caldas les habló de Ramón Casal y su barco de vela, del hombre que aseguraba haberla visto saliendo del puerto y de la posibilidad de que la hubiesen ayudado a huir.

—A huir ¿de quién, Leo?

—No lo sé —dijo Caldas—. En cualquier caso, hay que ir a Tirán y precintar la casa. ¿Y las llamadas?

—Estas son las llamadas de los siete días previos a que el teléfono se apagase. Son pocas —dijo Clara señalando el menos extenso de los dos listados que tenía sobre la mesa—. Y estas otras son las que se recibieron en el teléfono una vez que estaba apagado. Como veis, las segundas son muchas más, pero aún no me he puesto con ellas.

—No te preocupes, empieza por lo que tengas —le pidió Caldas.

—Empezando de atrás adelante, la última llamada que hizo fue a la policía judicial portuguesa en Oporto —dijo Clara Barcia—. Fue el jueves a las 23:19. Duró treinta y ocho segundos.

—¿Llamó a Oporto? —se sorprendió Caldas. El profesor de cerámica no estaba en Oporto sino en Lisboa.

—A Oporto, sí.

—Hay que hablar con ellos —ordenó el comisario.

—Acabo de hacerlo —dijo Clara Barcia—. Les consta una llamada desde el número de Mónica, pero no saben para qué llamó.

—¿No la registraron? —preguntó el comisario.

—Llamaría a alguien a título personal —añadió Estévez—. Si llaman aquí y preguntan por mí no queda registro de nada.

—Puede ser —convino el inspector—. Y antes ¿con quién habló?

—Con una... —empezó Clara Barcia, pero Caldas la interrumpió.

—Espera —dijo. Buscaba una llamada en concreto, la que supuestamente se había producido la segunda vez que Mónica Andrade salió de su clase. Quería saber si hablaba por teléfono cuando llegó a la puerta del taller de luthería antigua a última hora del jueves o si Ramón Casal les había mentido—. ¿Hay alguna llamada entre las ocho y las nueve?

—Precisamente, la anterior fue a las 20:38 —confirmó Clara Barcia—. Ya os digo que hay pocas.

—¿A quién llamó? —preguntó Leo Caldas.

—A una clínica veterinaria de Moaña —respondió la agente—. La conversación duró algo más de dos minutos.

—¿A una clínica veterinaria?

—Sí —confirmó, y pasando el dedo por el listado añadió—: Y el día anterior ya había llamado a esa misma clínica más o menos a la misma hora.

Caldas cogió el teléfono que había sobre la mesa y pidió a Clara que le diese el número. Luego conectó el altavoz.

Respondió un hombre, Caldas se identificó y le preguntó si conocían a Mónica Andrade.

—Claro: es Mónica de Dimitri —dijo pronunciándolo como si la hija del doctor y su gato formasen una única entidad.

Estaba al corriente de la desaparición, pero no le constaba que se hubiese puesto en contacto con la clínica la semana anterior.

—Los gatos azules rusos son muy sanotes. Pero es posible que hablase directamente con el veterinario —dijo el hombre, que debía de ser un auxiliar—. ¿Quiere que le pase con él?

—Mónica Andrade trae a su gato a vacunar —dijo el veterinario, que se había identificado como Emilio Rueda.

—¿Lo ha vacunado recientemente?

—No.

—Pero Mónica le llamó la semana pasada.

—Sí.

—¿Para algo en concreto?

—Más o menos —respondió el veterinario, y Caldas intuyó que entre ellos había algo más que las vacunas de un gato.

—¿Hay algo que nos quiera contar?

Un silencio valorativo antes de la respuesta.

—Sí.

—Le escucho —dijo Caldas.

—Espere que cierre la puerta —dijo el veterinario. Después de unos segundos, añadió—: Mónica y yo nos vemos de vez en cuando.

—¿Se ven?

—Exacto.

—Cuando dice que se ven ¿se refiere a que mantienen una relación?

—No, yo estoy casado y tengo dos hijos. Pero... —No supo terminar la frase.

—¿... pero de vez en cuando se ve con Mónica? —le ayudó Caldas.

—Eso es.

—¿Con qué frecuencia se ven?

—Algunos meses nos veíamos tres o cuatro veces, ahora nos vemos menos.

—¿Por alguna razón?

—Depende de lo que ella quiera. Siempre es ella la que llama.

—¿Mónica sabe que usted está casado?

—Sí, claro.

—¿Y es ella la que llama para ver si se pueden ver?

—Me llama a la clínica —explicó.

—¿Cuándo suelen verse?

—Por las mañanas. Me avisa el día anterior, yo programo alguna visita y así.

—Veo que Mónica también había llamado a la clínica el día anterior, el miércoles.

—Ya.

—¿Es posible que el jueves por la tarde no hablaran del gato?

—Es posible.

—¿Se habían visto esa mañana?

—Nos vimos, pero no de la forma que usted cree.

—No sé si le entiendo.

—Habíamos quedado en vernos, pero llegué a su casa y había gente —dijo el veterinario—. Estaba un chico del ayuntamiento cortando un árbol caído con una sierra eléctrica.

—Así que no entró.

—No —confirmó—, salió Mónica al camino y me dijo que lo sentía y que ya me llamaría.

—Y usted se volvió a la clínica.

—Exacto.

—Y por la tarde ¿Mónica le llamó para quedar al día siguiente otra vez?

—No, al día siguiente no podía. Llamó para decirme que lamentaba lo sucedido por la mañana y que ya me llamaría.

—¿Llegó a llamarle?

—No.

Clara Barcia, que había empezado a revisar el otro listado, encontró dos llamadas desde la clínica veterinaria al teléfono de Mónica Andrade el martes siguiente por la tarde. Las marcó con un rotulador rojo y deslizó el papel sobre la mesa para que Caldas lo viera.

—¿Y usted volvió a llamarla a ella?

—La llamé un par de veces el martes por la tarde —dijo confirmando lo que revelaba el papel—, pero tenía el teléfono apagado.

—¿Sabe que Mónica ha desaparecido?

—Me enteré ayer de que había una batida y hoy he oído el programa de radio —dijo, con gravedad.

—¿Le comentó si pensaba ir a algún sitio?

—No.

—¿Usted durmió en su casa la noche del jueves al viernes pasado?

—Sí, claro. Duermo en casa todas las noches.

—¿Con alguien?

—Con mi mujer y con los niños.

—¿Y qué hizo el viernes por la mañana?

—Dejé a los niños en el colegio y me vine a la clínica. Estuve aquí de nueve a dos.

—¿Vio a alguien?

—A los dos auxiliares y a varios clientes —dijo—. Tendría que mirar la agenda para saber a quién atendí el viernes, pero tengo mucho trabajo todos los días.

—¿Entiende que tenemos que comprobar todo lo que usted nos está contando?

—Lo entiendo, sí.

—¿Mantiene algún otro tipo de comunicación con Mónica?

—Mensajes y eso no —dijo—. Estoy casado, Mónica me llama siempre a la clínica y siempre a última hora, después de las ocho y media, cuando ya se han ido los auxiliares.

—¿Usted nunca la llama?

—Alguna vez, llamo y cuelgo.

—Para que no se olvide de usted.

—Exacto.

—¿Sabe si Mónica se ve con alguien más?

—Es posible —dijo el veterinario—. Tiene una aplicación en el móvil para verse con gente.

—¿La utiliza a menudo?

—Ella dice que no, pero cualquiera sabe.

—Voy a tener que pedirle que venga a comisaría.

—Ya contaba con ello —admitió.

—¿Puede pasar hoy mismo?

—Sí.

—¿Esta mañana?

—¿Podría ir después de cerrar? —preguntó—. Tengo la consulta a tope.

—Traiga el teléfono y la agenda, por favor.

—De acuerdo.

Cuando Caldas colgó el teléfono miró a los demás.

—Habrá que tirar de este hilo, ¿no?

—Tiene coartada —repuso el comisario Soto.

—Da igual la coartada, comisario. Cuando Mónica se encerró en el despacho venía de hablar con este tipo —recordó Leo Caldas—, y al día siguiente desapareció. Si se está escapando de alguien ya tenemos candidato.

Clara Barcia siguió enumerando las llamadas.

—Además de la llamada a Portugal y la del veterinario, a las seis menos cuarto llamó a la empresa de cierres metálicos. Por la tarde no hay nada más.

—¿Y por la mañana?

—Por la mañana llamó al teléfono de atención ciudadana del ayuntamiento de Moaña y luego recibió dos llamadas de un empleado municipal.

—Eso debió de ser para avisar de que se había caído el árbol —dijo Caldas.

—Y el empleado municipal la llamaría pidiéndole indicaciones para llegar a la casa, supongo —aportó Estévez.

Caldas estuvo de acuerdo.

—¿Algo más?

—Esa misma mañana hizo dos llamadas al teléfono de Ramón Casal —dijo Clara—. Es el luthier, ¿no?

—Sí —afirmó Caldas, pensando que Ramón Casal no había

mencionado ninguna llamada de Mónica Andrade—. ¿A qué hora hablaron?

—A ninguna —reveló Clara Barcia—. Mónica le llamó dos veces, pero fueron dos llamadas perdidas. Ramón Casal no descolgó el teléfono ninguna de las dos.

—Vas a tener que hablar con ese luthier —dijo el comisario.

Caldas asintió.

—¿Te doy el número? —preguntó Clara Barcia, mirándolo en el listado.

—No hace falta —dijo Caldas—. Ramón Casal va a participar en la concentración. Podemos pedirle que pase por aquí después.

El comisario Soto miró el reloj.

—Pues antes os da tiempo a ir a Tirán a echar otro ojo. Y de paso que precintáis la casa podíais hacer otra visita a Camilo Cruz.

—¿Para qué?

—¿Cómo que para qué? —dijo el comisario Soto recordando que la señal del teléfono de Mónica se perdía en su casa y que el corredor había visto a Camilo allí aquella noche.

Leo Caldas no quiso discutir.

—Está bien —resopló.

Móvil. 1. Que puede moverse o se mueve por sí mismo. 2. Que no tiene estabilidad o permanencia. 3. Aquello que mueve material o moralmente algo. 4. Aparato portátil de un sistema de telefonía.

El coche avanzaba por el carril lateral del puente de Rande, listo para desviarse hacia la península del Morrazo al atravesar la ría. Por la rendija abierta en la ventanilla penetraba el aroma de una bajamar que, en algunas zonas, dejaba a la vista amplios fondos de arena.

Al arrancar, Caldas y su ayudante habían compartido pareceres con respecto al veterinario, el luthier y Camilo Cruz, pero hacía ya rato que marchaban en silencio. Caldas había dejado de pensar en Mónica Andrade, ahora era Elvira Otero quien ocupaba su mente.

Por la mañana, mientras sujetaba la puerta al despedirlo, Elvira le había recordado que ahora ya sabía dónde encontrarla si quería verla alguna otra vez. Los dos eran conscientes de que hervían por volver a verse.

—Tú también sabes dónde encontrarme —había dicho Caldas.

—A partir de las nueve en el Eligio, ¿no? —había preguntado ella mostrándole los hoyuelos a los lados de la sonrisa.

Acababan de tomar el desvío cuando empezó a sonar por los altavoces el teléfono de Rafael Estévez. En la pantalla situada en la parte central del salpicadero apareció el nombre de Clara Barcia.

Estévez pulsó un botón y saludó a su compañera.

—¿Está el inspector contigo? —le preguntó Clara Barcia.

—Hola, Clara —dijo entonces Caldas—. ¿Qué pasa?

—Estoy revisando las llamadas que recibió Mónica Andrade desde que su teléfono se apagó —respondió ella—. Hay unas ciento treinta desde el móvil de su padre, otras cuarenta y tantas desde el teléfono fijo de casa del doctor, seis o siete más desde su consulta. Otra persona que la ha llamado casi cien veces es Eva Búa, la amiga. Y esa alumna suya también ha intentado hablar con ella varias decenas de veces. Lo mismo el amigo inglés y el profesor de cerámica.

—Vete al grano, Clara. ¿Qué pasa?

—Hay tres llamadas desde un teléfono portugués. Alguien trató de hablar con ella el viernes y luego volvió a intentarlo otro día.

—¿A quién pertenece el número?

—Sé que es un móvil, pero el ordenador no me da los titulares de líneas extranjeras.

—¿Has llamado para ver quién responde?

—No, he preferido avisarte antes. ¿Quieres que llame?

—Dame el número, mejor. Ya lo hago yo.

—Te lo acabo de mandar a tu teléfono. ¿Lo tienes en silencio?

—Es posible —dijo Caldas.

El inspector marcó el número en la pantalla del coche. Primero resonaron en los altavoces los tonos de la llamada, luego una voz masculina respondió en portugués al otro lado de la línea:

—*Tou?*

—Buenos días —saludó Caldas, y, después de identificarse, preguntó con quién hablaba.

—Soy el *inspector-chefe* Vasconcelos —contestó el hombre en un español más que correcto.

Caldas y Estévez se miraron.

—¿De la policía judicial?

—Sí, de la *diretoria* Norte.

—Sabemos que durante la última semana llamó a Mónica Andrade varias veces.

—Sí —admitió—. Le devolvía una llamada, pero no me cogió el teléfono. ¿Sucede algo?

—Sucede que no se sabe nada de ella desde el viernes pasado —dijo Leo Caldas—. ¿Se le ocurre dónde puede estar?

—No —dijo el otro, y guardó un silencio que reflejó preocupación—. ¿Está usted al frente de la investigación, inspector Caldas?

—Sí.

—¿Podríamos vernos?

—¿Cuándo?

—Cuanto antes.

—¿Usted dónde está? —preguntó, sorprendido, Leo Caldas.

—En Oporto —explicó el *inspector-chefe* Vasconcelos—, pero puedo acercarme a Vigo.

—¿No es más fácil que me cuente de qué se trata por teléfono?

—No —respondió, tajante—. ¿Puede recibirme hoy?

El asunto debía de tener trascendencia si estaba dispuesto a aparcar sus obligaciones y echarse a la carretera de inmediato para recorrer los ciento cincuenta kilómetros que separaban Oporto de Vigo.

—Claro —dijo Caldas explicándole que tenía su despacho en la comisaría de la calle Luis Taboada.

—Sé dónde es. En dos horas estoy ahí.

—¿Seguro que no quiere adelantarme nada?

—Seguro —reiteró Vasconcelos—. En dos horas le cuento todo.

Laberinto. 1. Lugar formado artificiosamente por calles y encrucijadas, para confundir a quien se adentre en él, de modo que resulte difícil encontrar la salida. **2.** Cosa confusa y enredada. **3.** Parte del oído interno.

Caldas seguía tratando de desentrañar la llamada del *inspector-chefe* Vasconcelos, preguntándose qué sería aquello que solo contemplaba compartir cara a cara, cuando aparcaron el coche frente a la casa rectoral y bajaron caminando la pendiente que llevaba a la iglesia y el cementerio de Tirán.

—¿Crees que tiene relación con el profesor de cerámica? —le había preguntado el comisario Soto cuando Caldas le llamó para informarle de su conversación con el portugués.

—Es posible —había respondido el inspector, que albergaba una sensación extraña, como si alguien le hubiese distraído al alcanzar el último recodo de un laberinto.

Al llegar al atrio, comprobó con alivio que no había periodistas rondando. La noticia aquella mañana estaba en la otra orilla, en la concentración que tendría lugar frente a la escuela.

La reja del cementerio estaba cerrada y todo parecía en calma. Caldas se asomó sobre el murete del atrio, encendió un cigarrillo y contempló la playa. Había tres grupos de mariscadoras con ropa de abrigo y botas de agua, rastrillando las lenguas de arena entre las rocas. La marea estaba bajísima y el manto verde de algas varadas saturaba el ambiente con su olor.

Al frente, la superficie del mar parecía teñida de verde oscuro aquella mañana de viernes. Un día más, el hombre de la pipa sostenía el sedal cerca de la piedra de los cormoranes en la que, se comentaba, había visto una vez una sirena. Caldas podía oír los trinos de los jilgueros en la jaula de madera, sobre la popa de la barca del zahorí.

También percibió nítidos los gritos de aliento de los timoneles de dos traineras cuando pasaron entre las bateas. La voz marcaba el ritmo de los remos como el tambor en una galera.

A la derecha, varios barcos marisqueros arañaban el fondo con los aparejos y, más allá, un velero desplegaba todo el trapo para aprovechar la brisa. Caldas se acordó de Ramón Casal y miró alrededor, a las decenas de lugares en los que se podría desembarcar de un barco pequeño.

Dio una calada al cigarrillo, escondió el mentón en el cuello alto del jersey y contempló el edificio frente al mar donde había pasado la noche.

—Al menos hay alguien de buen humor esta mañana —comentó Rafael Estévez, que se estiraba cruzando los brazos sobre la cabeza. En una mano llevaba el rollo adhesivo de precinto policial.

—¿Quién?

—Usted.

—¿Por qué dices eso?

—No ha dejado de silbar desde que nos bajamos del coche —contestó el aragonés.

Cuando Estévez terminó de estirarse, se dirigieron al sendero que llevaba a la casita de Mónica Andrade. El ayudante abrió con la llave la puerta principal y los recibió desde el suelo la escultura del centauro que parecía querer galopar por el salón.

El ayudante desapareció para buscar el teléfono en el dormitorio y Caldas comenzó a revisar las baldas sobre la chimenea. Se quedó inmóvil al notar que algo se había movido a su espalda. ¿Había echado a correr de verdad la escultura? Se volvió lentamente y comprobó que el centauro seguía en su sitio, pero quien se le acercaba contoneándose era el gato gris de Mónica Andrade. El animal se frotó el lomo contra la pierna del inspector y continuó avanzando hacia la cocina. Caldas lo vio beber agua fresca en el cuenco y se preguntó si Camilo seguiría allí, espiando desde algún escondite como el día en que le había dibujado. Miró alrededor, pero no halló rastro del chico de naranja.

Cuando estuvo saciado, Dimitri se acercó a la puerta que daba al patio posterior y comenzó a maullar.

Estévez apareció de inmediato en la cocina. Traía las manos enfundadas en guantes de látex.

—¿Ha oído al gato?

—Ahí está —confirmó el inspector—. Para mí, que quiere salir.

Apenas el ayudante abrió un resquicio, el gato saltó fuera y desapareció tras los macetones de arcilla.

—¿Ves el teléfono? —preguntó el inspector.

—No lo encuentro —dijo Estévez, y Leo Caldas se unió a él en una búsqueda que resultó estéril.

El teléfono móvil había emitido su última señal en aquella vivienda, pero ya no parecía estar allí.

—Si se llevó el teléfono apagado debe ser porque no quiere que nadie sepa dónde está —comentó Estévez.

—Sí —dijo Caldas, preguntándose una vez más de quién estaría huyendo.

Estévez pegó dos tiras de precinto policial en las dos puertas de la casa formando un aspa, lo mismo que en la del gabinete, donde tampoco localizaron el móvil de Mónica. Luego salieron al camino, cerraron la cancela y Estévez la marcó con aquella cinta en la que se alternaban el emblema de la policía y un mandato escrito en letras mayúsculas: «NO PASAR».

—Vamos a ver al muchacho —dijo Caldas.

—¿Adónde? —preguntó Estévez.

—A su casa —dijo Caldas—. ¿Te importa ir en coche para no tener que venir a buscarlo después? Yo ya voy andando.

Herida. **1.** Perforación o desgarramiento en algún lugar de un cuerpo vivo. **2.** Golpe producido por las armas blancas. **3.** Ofensa, agravio. **4.** Aquello que aflige y atormenta el ánimo.

—¿Por qué han tenido que acusarlo en público? —preguntó Rosalía Cruz.

—No fue una acusación.

El matiz no convenció a la madre de Camilo.

—¿Un joven vestido de naranja que se escapa cuando se cruza con alguien? Ese hombre estaba señalando a mi hijo. Aquí todos saben cómo se viste y cómo se comporta. Usted tenía que haber impedido que lo mezclaran en esto.

—Abrimos el programa a los oyentes buscando ayuda —se justificó Caldas, aunque sabía que a la mujer no le faltaban motivos para estar furiosa—. Ese hombre solo dijo que vio a una persona...

—Ya sé lo que dijo —le interrumpió Rosalía—, no hace falta que lo repita. Ese hombre mintió.

—¿Mintió?

—A las dos de la madrugada mi hijo estaba durmiendo.

—Tal vez no fuese su hijo la persona que vio el oyente.

Rosalía Cruz se quedó un instante mirando a un lado, hacia el pozo y el pequeño huerto que había en su parcela.

—¿Quién le devuelve la fama? —preguntó—. Camilo nunca ha hecho daño a nadie.

—Lo sé —dijo Caldas, por ofrecerle consuelo.

—Desde ayer miran mi casa como si fuese la guarida de un monstruo —susurró Rosalía, devastada. Estaba acostumbrada a librar batallas con la vida, pero aquella cuchillada en el buen nombre de su hijo parecía haberla herido de gravedad.

Varios perros comenzaron a ladrar y Caldas supo que Estévez no andaba lejos.

El aragonés se reunió con ellos en el patio de cemento frente a la casa, saludó a Rosalía Cruz y señaló el corral con gallinas que había al fondo, detrás del pozo.

—¿Puedo verlas? —preguntó.

—Claro —dijo ella, y el aragonés se dirigió hacia el gallinero.

—¿Podría ayudarme a hablar con su hijo? —preguntó Leo Caldas.

—Quién sabe dónde está —respondió ella—. Además, no va a ser capaz de decirle nada. Ya sabe que le cuesta comunicarse.

—Tal vez sepa algo que nos pueda ayudar.

La mujer le miró a los ojos.

—Camilo estaba durmiendo en casa. No es verdad lo que les contó ese oyente.

—¿Está completamente segura?

—Completamente —dijo Rosalía—. Todas las noches me levanto a taparlo. Cuando está dormido lo puedo besar.

Caldas tragó saliva.

—¿A qué hora es eso?

—Pongo el despertador a las cuatro de la mañana —contestó—, pero siempre me despierto antes varias veces.

Volvió a explicarle que, además del cementerio y la iglesia, por las noches limpiaba una cafetería en el centro de Moaña que daba los primeros desayunos a las seis y media.

Caldas asintió, ya estaba al corriente: volviendo de limpiar esa cafetería había visto a Mónica en la bicicleta.

—Me da miedo quedarme dormida y no llegar a tiempo. El horario es malo, pero solo voy una hora y así puedo estar con Camilo cuando se levanta.

—¿Y la noche del jueves?

—Fue una noche como todas. Después de cenar, Camilo se quedó en su cuarto dibujando. Ya no sé qué hacer con tantos dibujos —suspiró—. Luego se quedó dormido.

—¿A qué hora?

—No lo sé —contestó—. Yo me levanté a beber agua a la una o una y media. Él ya estaba dormido.

—¿Está segura?

—Pasé por su cuarto a apagarle la luz —recordó—. Ya estaba dormido.

—¿No pudo salir después?

Rosalía le dijo que no.

—Le cuesta coger el sueño, pero, una vez que cae, duerme profundamente varias horas. Además, si hubiera salido yo lo habría sabido —dijo, y señaló la casa—. Me despierto al menor ruido y ya ve que no vivimos en una mansión.

—Ya —reconoció Caldas, y le preguntó si después de cruzarse con Mónica Andrade había vuelto directamente a casa.

—Claro.

—¿A qué hora llegó?

—Algo después de las seis.

—¿Camilo estaba en la cama?

—En la misma postura —confirmó—. No se movió en toda la noche.

Caldas llamó a Estévez, que seguía observando las gallinas.

—Nos vamos —le dijo.

—¿Sin hablar con el chico? —preguntó el ayudante.

Caldas miró el reloj. Prefería volver a Vigo y hablar con la juez antes de ver al luthier y al veterinario. Y también estaba de camino Vasconcelos, el policía portugués.

—No vamos a esperar a que aparezca —dijo.

—Pero si está en la casa —repuso Estévez apuntando con el dedo.

Caldas miró a Rosalía Cruz.

—¿Está su hijo dentro?

El rostro de la mujer se había demudado al verse descubierta en la mentira.

—¿Está dentro? —volvió a preguntar el inspector.

La mujer no respondió y Estévez lo hizo por ella.

—Lo he visto hace un momento en la ventana que da a la parte de atrás.

—Dígale que salga —pidió Leo Caldas a la madre.

—Por favor —se resistió ella—, no puede hablar.

—Dígale que salga —insistió el inspector. Su voz había sonado como una orden.

—No puede hablar —repitió ella.

—¡Camilo! —gritó Leo Caldas.

—Por favor, no le grite —suplicó en voz baja.

—¡Camilo, sal de la casa!

—Todo el mundo le grita. Lo van a asustar —dijo la mujer, que se quedó callada al ver que la puerta se abría de repente y el chico aparecía en el umbral.

Llevaba la sudadera naranja y tenía el cuaderno de dibujo abrazado contra el pecho.

—Ven —le ordenó el inspector Caldas.

—Camilo, vete —le pidió con un hilo de voz Rosalía.

El chico abrió la boca y la situación lo llevó a balancearse como había hecho en la playa. Adelante y atrás, adelante y atrás.

Rafael Estévez echó a andar hacia él.

—¡Métete dentro! —le gritó, desagarrada, su madre.

Camilo dejó caer el cuaderno al suelo y, tambaleándose, desapareció en el interior de la casa.

—Tenemos que hablar con él —dijo, severo, Caldas a Rosalía Cruz. Era consciente de que, sin la sospecha de que se estuviese cometiendo un delito, no podían entrar a la vivienda si ella no les permitía el acceso.

—¿Qué va a decirle, el pobre? —objetó ella—. Si no puede hablar.

Estévez alcanzó la puerta. El cuaderno, del que se habían soltado algunas hojas, estaba en el suelo, junto al felpudo. Con una mueca de dolor, el aragonés se agachó a recogerlo.

—¡Dios! —exclamó al dar la vuelta a un dibujo que había caído boca abajo—. ¡Inspector, tiene que ver esto!

Rosalía Cruz se llevó las manos a la cabeza y cerró los ojos con todas sus fuerzas, como intentando borrar la escena que estaba a punto de suceder.

El dibujo tenía el realismo fotográfico de todos los de Camilo y la firma en espiral. Mostraba a Mónica Andrade tendida en el suelo, con la sangre manando de una herida abierta en la garganta.

Tenía los ojos a medio cerrar.

Estaba muerta.

Caldas reconoció la casa de Mónica en el dibujo. Acababa de estar allí. Había una alfombra cubierta de sangre que el inspector no había visto en el salón. El centauro del suelo parecía querer escapar.

Abrió el cuaderno y vio la misma escena repetida en todas las hojas, copiada de forma compulsiva. Unas veces desde un poco más cerca y otras desde más lejos, pero en todos los dibujos aparecía Mónica con los ojos muertos y la herida en la garganta.

Encontraron a Camilo balanceándose detrás de una puerta. Entre los dientes desordenados se le escapaba un gemido monocorde y profundo.

—¿Dónde está Mónica? —le preguntó Caldas.

Adelante y atrás, adelante y atrás.

—¿Dónde está?

Como Camilo no contestaba, el inspector salió a preguntar a la madre.

—¿Qué hizo con ella? ¿Dónde está el cuerpo?

—No lo sé —gimoteó—. Nunca había hecho daño a nadie.

Caldas volvió adentro e insistió una y otra vez, pero no obtuvo más respuesta que el balanceo.

—Métalo en el coche —dijo Caldas al ayudante, y la madre se echó a llorar desconsolada al ver que se lo llevaban con las manos a la espalda. Imploraba que no lo encerrasen, decía que no lo podría resistir.

—Les juro que nunca había hecho daño a nadie —repetía.

Caldas entró en el coche y notó el olor acre de las axilas del muchacho. Seguía el gemido, como una letanía rezada entre dientes, y el eterno adelante y atrás.

Estévez puso el motor en marcha y dio la vuelta sobre el camino de tierra.

El chico se volvió a mirar a su madre empapado en lágrimas y, al alejarse, su gemido se transformó en un grito gutural. El inspector también vio llorar a Rosalía más allá del cristal. Se había quedado de pie, sola en mitad del camino, entre el barro y la desolación.

Versión. 1. Traducción. **2.** Modo que tiene cada uno de referir un mismo suceso. **3.** Cada narración o descripción distinta de un mismo hecho, de una obra o de la interpretación de un tema.

El inspector extendió los nueve dibujos sobre la mesa. El comisario ya había visto la escena en una fotografía que Caldas le había enviado al teléfono desde el coche, cuando le pidió que mandase a la Unidad de Inspección Ocular a casa de Mónica.

La hija del doctor, vestida solo con unas bragas y una camisa holgada, estaba tendida sobre una alfombra que ya no estaba en la casa. Llamaba la atención la cantidad de sangre que le había manado de la garganta, empapándole la camisa y extendiéndose como un charco bajo su cuerpo.

Tenía los ojos y la boca abiertos, y las manos cerca del cuello, como si en el último momento hubiese querido ayudarse a respirar. El dibujo parecía una versión macabra de la lámina de Ofelia que colgaba en la pared de la Escuela de Artes y Oficios.

—Son como fotografías —dijo el comisario, asombrado.

—Sí —confirmó Caldas, pesaroso—, lo dibuja todo tal como lo vio.

El comisario le preguntó si no podrían ser fruto de la imaginación del chico. El inspector lo descartó.

—Todo es real —dijo—. Camilo solo necesita ver algo un instante para reproducirlo con memoria fotográfica, pero no sabe imaginar.

El comisario pasó la vista de un dibujo a otro.

—¿Es siempre el mismo dibujo?

—Eso creo —dijo Caldas.

—No, no son iguales —les hizo notar Rafael Estévez.

—¿Qué ves distinto?

—La hora —concretó el aragonés.

El inspector se fijó en la estantería que señalaba Estévez: había un reloj. Comprobó la posición de las agujas y la comparó con la que había al lado.

—Tienes razón —dijo, y recolocó los dibujos sobre la mesa ordenándolos cronológicamente—. El primero es de las doce y cuarto y el último, de un poco más tarde de las dos —resumió después.

—De la noche, ¿verdad? —preguntó el comisario.

—Sí —dijo Caldas apuntando a una ventana tras cuyo cristal solo había oscuridad—. Tiene que ser la noche del jueves al viernes.

—Cuando lo vio el tipo que llamó a la radio —intervino Estévez.

—Sí —lamentó Leo Caldas, en cuya cabeza todo comenzaba a encajar.

Comprobó que la mancha de sangre también era más extensa cuanto más tarde era en las manecillas del reloj.

—A ver si lo entiendo —dijo el comisario—. ¿Mata a la chica y se queda dos horas frente al cadáver?

—Eso parece —dijo Caldas. Le costaba centrarse en los hechos, asumir que Camilo había acabado con la vida de quien siempre lo había tratado bien.

—¿Y qué hizo con ella?

El inspector no lo sabía.

—El chico no dice nada —respondió—. No puede hablar.

—¿Y su madre?

—Según ella, tampoco sabe nada.

—¿La crees?

Caldas movió la cabeza para indicar que no.

—Nos ha estado mintiendo todo el tiempo. Había visto los dibujos y sabía que Mónica estaba muerta. Por eso declaró que se la había cruzado horas más tarde yendo al barco. Ha estado encubriendo a su hijo desde el principio.

El teléfono del inspector comenzó a sonar sobre la mesa y el nombre de la juez Flores se iluminó en la pantalla. Caldas acababa de mandarle la fotografía de uno de los dibujos.

—¿Está seguro de que está muerta? —le preguntó la juez.

—¿Ha visto la fotografía?

—Es la foto de un dibujo —repuso ella—. Puede ser una fantasía.

—No lo es —mantuvo Caldas—. Es el dibujo de alguien que solo dibuja lo que ve.

—¿La mató y se puso a dibujarla? —preguntó, confusa, la juez.

—No —dijo Caldas, y le explicó que había hecho los dibujos más tarde, de memoria—. Es capaz de reproducir con todo detalle lo que ve, aunque ya no lo tenga delante.

—Y el cadáver ¿dónde está?

—Aún no lo hemos encontrado.

—¿Y qué pasa con las imágenes de Mónica Andrade desembarcando en el puerto de Vigo a la mañana siguiente?

—Parece evidente que no era ella —resopló Caldas—. La localización del teléfono también confirma que no se movió de la casa.

El teléfono se quedó en silencio y Caldas intuyó que Isabel Flores se estaría mordiendo el labio, como cada vez que reflexionaba.

—¿El chico ha confesado?

—No, señoría —dijo—. No puede hablar.

—Para responder un sí o un no tampoco es necesario hablar.

La juez tenía razón.

—No, no ha confesado —repitió Caldas—. Pero la madre no deja de repetir que el chico nunca había hecho daño a nadie. Eso es asumir su culpabilidad.

—No es suficiente: una madre tiene derecho a no declarar contra su hijo.

—Fue ella quien le proporcionó una coartada —respondió el inspector—. Declaró que había visto a Mónica yendo a Moaña cuando llevaba varias horas muerta.

—¿Usted sabía que la testigo era la madre del muchacho?

—Sí —admitió su responsabilidad Leo Caldas.

—¿Y qué hace la bicicleta en el muelle? —preguntó la juez.

Caldas se rascó la cabeza, no se había vuelto a acordar de la bicicleta.

—Supongo que la llevaría ella.

Hubo otro silencio al otro lado de la línea. Los dos eran conscientes de que quedaban demasiadas incógnitas por despejar.

—¿Entiende que necesito más pruebas que un dibujo para acusar a un hombre de asesinato? —preguntó Isabel Flores, al cabo de un poco.

—Sí, claro —dijo Caldas, y le contó que un equipo de la científica estaba en camino para recoger muestras en casa de Mónica Andrade—. También hemos avisado a la unidad canina.

—No tenemos demasiado tiempo.

—Lo sé —dijo Leo Caldas antes de despedirse y asegurarle que la mantendría informada de cualquier novedad.

Dejó el teléfono en la mesa y se levantó. Había decidido bajar a hacer otra visita a Camilo. Solo disponía de setenta y dos horas para acusarlo formalmente o dejarlo en libertad.

Cargo. 1. Empleo, oficio. **2.** Persona que desempeña ese oficio. **3.** Gobierno, dirección, custodia. **4.** Obligación, responsabilidad. **5.** Delito o falta de que se acusa a alguien.

El inspector Caldas bajó las escaleras que conducían a los calabozos de la comisaría. El chico estaba en una esquina de la celda, de pie sobre la colchoneta, con la mirada perdida en la pared. Seguía balanceándose y emitiendo el gemido constante que había comenzado en su casa.

—No sé cómo no se queda sin aire —farfulló el agente a cargo de su custodia.

El inspector se acercó a la reja, observó a Camilo y se aclaró la garganta. No pudo evitar un estremecimiento que le hizo sentir algo parecido a la lástima. Se preguntaba en qué momento se había desviado la naturaleza de su cauce apacible, por qué el monstruo habría devorado al inocente.

—¿Qué hace atado? —preguntó al ver la brida que le ceñía las muñecas.

—No dejaba de darse golpes —se justificó el agente.

—Abre, anda —pidió Caldas.

Cuando entró en la celda, el olor intenso a excrementos le hizo arrugar la nariz. Camilo se había defecado encima en el coche, al poco de ponerse en marcha. También había manchado el pantalón de chándal limpio que alguien le había proporcionado en comisaría.

—Camilo —le llamó en voz baja, recordando que su madre le había prevenido contra los gritos.

El chico no se inmutó. Continuaron el vaivén, el sonido arrastrado desde la garganta y la vista en la pared del calabozo.

—Sé que me oyes —insistió Caldas sin levantar la voz—. Sé que entiendes lo que te digo. ¿Por qué lo hiciste, Camilo?

No esperaba una respuesta sino una alteración en su comportamiento que tampoco se produjo.

—¿Le clavaste un cuchillo? —preguntó, y decidió dejarle una escapatoria antes de apretar el nudo—. ¿Fue un accidente?

Adelante y atrás.

Cuando Caldas se acercó a menos de un metro, el chico cerró los ojos como quien espera un golpe. El balanceo y el sonido monocorde incrementaron su intensidad.

—¿Dónde está? —le preguntó Caldas—. ¿Dónde escondiste el cuerpo?

Adelante y atrás, adelante y atrás.

El lamento de Camilo se convirtió en un grito sin fin cuando dos agentes entraron al calabozo y lo sujetaron de los codos para trasladarlo a la sala de interrogatorios. Caldas pretendía tener al muchacho sentado y, a ser posible, quieto frente a él.

—Inspector —lo llamó una voz.

No había oído llegar a Rafael Estévez, que, de pie junto a él, observaba la conducción del detenido.

—El comisario quiere que suba inmediatamente —dijo—. Tenemos visita.

Caldas chasqueó la lengua e hizo un gesto a los agentes para que dejaran al muchacho en la celda.

—¿El policía portugués? —preguntó a su ayudante mientras subían las escaleras.

Estévez negó con la cabeza.

—El doctor Andrade —respondió.

Oscuro. 1. Falto de luz o claridad. **2.** Color o tono que se acerca al negro, o que se contrapone a otro más claro de su misma clase. **3.** Confuso, poco inteligible. **4.** Incierto, de modo que infunde temor, inseguridad o desconfianza. **5.** Triste, sombrío, que produce pesadumbre.

Caldas entró al despacho del comisario y miró a los lados, pero Víctor Andrade todavía no se encontraba allí.

—Creía que el doctor ya había llegado.

—Está aparcando —confirmó el comisario Soto—. Viene a ver si tenemos noticias del teléfono.

El inspector vio las hojas con los dibujos de Camilo Cruz. Soto las había recogido y ahora formaban una pila sobre la mesa.

—¿Qué le vamos a contar, comisario?

—La verdad: que hemos detenido a un sospechoso. No quiero arriesgarme a que se entere por otro medio.

Aquello solo era una parte de la verdad.

—¿Vamos a decirle también que su hija está muerta?

—No tenemos constancia de eso —reculó Soto.

—¿Vamos a decirle que creemos que su hija está muerta?

—No, hasta que tengamos evidencias —zanjó el comisario; luego señaló los papeles de la mesa—. Y llévate esos dibujos antes de que los vea el doctor.

Dejó los dibujos en su despacho y, al regresar al del comisario, recibió otra llamada. En esta ocasión era Clara Barcia, quien había acompañado al equipo de la UIDC a casa de Mónica Andrade. Caldas conectó el altavoz.

—Dime, Clara —respondió advirtiendo a la agente que fuera breve. El doctor podía aparecer en cualquier momento.

—Llamo solo para adelantarte que la escena del dibujo es real.

Caldas cruzó una mirada con el comisario.

—¿Qué habéis encontrado?

—Han limpiado el suelo, pero en el reactivo aparecen trazas de una mancha grande de sangre —confirmó Clara Barcia—. Tiene la forma que se ve en los dibujos.

El comisario aún estaba resoplando de resignación cuando la puerta del despacho se abrió y un agente anunció al doctor Andrade. Caldas le cedió su asiento.

—¿Se sabe algo del teléfono? —El doctor no venía a perder el tiempo. Las ojeras habían seguido conquistando territorios en su rostro, confiriéndole un tono apagado, casi gris.

El comisario asintió.

—La última señal que emitió fue en Tirán, la noche del jueves al viernes.

—¿En Tirán?

—En casa de su hija.

—¿Eso significa que no salió de allí?

—No con el teléfono encendido, al menos.

—¿Y la mujer que me enseñaron en el puerto? —preguntó. Se había dirigido al inspector, que ahora estaba de pie a un lado de la mesa.

Caldas apretó los labios y negó con la cabeza para hacerle ver que no se trataba de Mónica.

—Entonces ¿dónde está? —preguntó mirando alternativamente a Soto y a Caldas.

—No estamos seguros —dijo el comisario.

—¿Qué sucede? —preguntó—. Hablen con franqueza.

Caldas pensó que un padre tenía derecho a saber qué había pasado con su hija.

—Hemos encontrado restos de sangre en casa de Mónica —comenzó—. No tenemos la certeza absoluta de que sea suya, pero hay una posibilidad grande de que sea así.

—Pero ¿creen que está viva? —preguntó entonces Andrade.

—Aún no hay motivos para pensar otra cosa —respondió el comisario.

—¿Está viva? —preguntó de nuevo el padre de Mónica. Esta vez no había mirado al comisario, sino al inspector—. Dígame la verdad, Caldas —exigió—. ¿Está viva?

Caldas obedeció pese a que los ojos del comisario suplicaban que no lo hiciera.

—Es posible que no.

—¿Posible? ¿Cómo de posible?

—Bastante posible —matizó Caldas, y el doctor, acostumbrado a decorar la realidad de sus pacientes con eufemismos, supo que apenas había espacio para la esperanza.

Se recostó en la silla y cerró los ojos mientras asimilaba las palabras del inspector. Fueron solo unos segundos de turbación, aunque a Caldas le parecieron interminables. Luego Víctor Andrade se recompuso y se frotó las manos tratando de aparentar serenidad.

—¿Me van a contar qué le sucedió?

—Aún es pronto —admitió Caldas.

—Esta mañana hemos detenido a una persona en Tirán. Creemos que está involucrada —reveló el comisario.

El doctor apuntó al centro de la diana.

—¿El chico ese, el vecino?

El comisario asintió y el doctor Andrade extendió su dedo sarmentoso hacia el inspector.

—Se lo dije, Caldas —remarcó, como quien recuerda una pequeña batalla ganada en una guerra perdida—, le advertí que era venenoso. Le dije que solo era inofensivo hasta que aflorara el instinto.

—Lo sé —dijo Caldas. Lamentaba que los hechos le hubiesen dado la razón.

—¿Qué hizo con ella?

—Todavía lo estamos investigando.

—Entonces ¿por qué lo han detenido? —preguntó—. ¿Qué ha cambiado?

Caldas no respondió: no quería que el doctor exigiese ver a su hija en los dibujos.

—¿Dónde lo tienen? ¿Aquí?

—Abajo —reconoció el comisario—, en el calabozo.

—Quiero verlo.

Soto miró al inspector implorando su ayuda.

—Me temo que eso no es posible —dijo Caldas, tajante.

El doctor volvió a cerrar los ojos. Esta vez fue para no mostrarse al borde del llanto.

—Debí haber insistido en que lo detuvieran —lamentó.

—No habría cambiado las cosas —dijo Caldas—. Todo ocurrió antes de que usted viniese a poner la denuncia.

Cuando el doctor Andrade se levantó, tuvo que apoyarse en el respaldo de la silla para no perder el equilibrio y permaneció un momento de pie, aturdido, mirando a ningún sitio. Apenas quedaba nada del hombre de porte autoritario al que el inspector había conocido en aquel mismo despacho unos días antes.

—Se disfraza con colores vivos para ocultar que por dentro es oscuro —murmuró—. Tiene el alma negra.

Lo acompañaron hasta la entrada y, al atravesar la comisaría, Olga hizo un gesto al inspector para indicarle que tenía visita: en uno de los bancos estaba Rosalía Cruz mirando al suelo, sujetándose la cabeza entre las manos.

Caldas se despidió del doctor en la acera.

—¿Lo meterán en la cárcel o lo llevarán a una casa de reposo como si no fuese un criminal? —le preguntó Víctor Andrade.

El inspector habría querido decirle que lo tendría de su lado cuando reclamara justicia y enfrente si buscaba venganza, pero no contestó.

Sacó del bolsillo el paquete de tabaco y encendió un cigarrillo. Le dio tres caladas rápidas y regresó al interior.

Escena. 1. Entarimado del teatro donde tiene lugar el espectáculo. **2.** Cada una de las partes de una obra dramática o una película. **3.** Suceso o manifestación de la vida real que se considera digno de atención. **4.** Actitud o manifestación exagerada que se finge para impresionar.

—¿Dónde está el cuerpo? —preguntó Leo Caldas por tercera vez.

—Son estas dos —respondió Rosalía Cruz, y dejó unas cajas de medicinas en la mesa—. La fluvoxamina por la mañana. Y si está muy agitado hay que darle esta otra —dijo, señalando el bote en el que ponía Topamax.

—Hemos encontrado sangre en la casa. Todo es como su hijo lo dibujó.

—La pastilla de la mañana la toma con leche para que no le haga daño al estómago.

—¿Es consciente de que vamos a acusar a Camilo de asesinato?

—¿Está muy inquieto?

Caldas resopló.

—Un poco.

—Cuando está más inquieto pueden darle una infusión.

—Señora, no sé...

Rosalía Cruz le interrumpió.

—¿Dónde está el niño ahora?

—Abajo, en un calabozo.

—¿Encerrado?

—Por supuesto que está encerrado.

—No lo va a resistir —dijo, y los ojos se le llenaron de lágrimas.

—Puede pasarse años encerrado —trató de hacerle ver Leo Caldas.

—Tiene que ayudarle, inspector.

—Ayúdeme usted a mí. Dígame dónde está el cadáver de Mónica Andrade.

—No puedo ayudarle en eso —dijo Rosalía Cruz, sin dejar de llorar—. No sé dónde está.

Caldas no la creyó.

—Hay unos padres que quieren enterrar a su hija.

—Le repito que no sé nada de ningún cadáver.

—Su hijo estuvo dos horas de pie frente a Mónica, incapaz de moverse después de matarla —dijo el inspector.

—Camilo, *fillo* —sollozó.

—¿Quién lo sacó de allí? ¿Fue usted?

Lloró y se sorbió los mocos, pero no contestó.

—Se despertó y, al ver que Camilo no estaba en su cama, salió a buscarlo, ¿verdad? —conjeturó Caldas—. Y en casa de Mónica se encontró la escena.

La respuesta fue más silencio.

—Hay un equipo de la policía científica recogiendo pruebas. Ya hemos encontrado la sangre. También vamos a examinar la bicicleta.

Rosalía le miró a través de las lágrimas.

—Creo que en ella encontraremos sus huellas —siguió hablando el inspector—, que usted llevó la bicicleta al puerto para hacernos creer que Mónica se había marchado.

Unos nudillos golpearon el cristal y Rafael Estévez asomó la cabeza.

—Ya está aquí el portugués —anunció.

—Ahora estoy con él —dijo Caldas a su ayudante, que volvió a cerrar la puerta.

—¿Puedo irme ya? —preguntó la mujer.

—Puede irse, sí —convino el inspector—. Pero antes le tomarán los datos mis compañeros. Es necesario que esté localizable.

La madre de Camilo se secó los ojos y deslizó los medicamentos sobre la mesa, acercándoselos al inspector.

—Esta por la mañana y esta si tiene un episodio —le recordó—. ¿Se las dará?

—Tiene que autorizarlo el médico —dijo Caldas—, pero no creo que haya inconveniente.

Reflejo. 1. Que ha sido reflejado. **2.** Respuesta involuntaria a un estímulo. **3.** Dolor que se siente en una parte del cuerpo distinta a aquella en que se originó. **4.** Luz reflejada. **5.** Representación, muestra. **6.** Capacidad para reaccionar con rapidez ante un imprevisto.

El *inspector-chefe* Vasconcelos era un hombre más alto y algo mayor que Leo Caldas. Tenía el pelo corto y salpicado de canas, y una sombra de barba de las que no desaparecen al afeitarse. Vestía traje azul oscuro y camisa blanca sin corbata. A cada lado del cuello colgaba la mitad de unas gafas que se unían con un imán sobre los ojos. Llevaba un maletín negro como si fuese un vendedor.

—Iba a prepararme un café —le dijo Caldas tras las presentaciones—. ¿Le apetece?

Se sentaron uno a cada lado de la mesa del inspector. Rafael Estévez había preferido seguir la conversación apoyado en la pared, con la espalda muy recta.

—Me ha comentado su ayudante que han detenido a un hombre —dijo Vasconcelos en su muy correcto español.

Caldas le contó que, más que de un hombre, se trataba de un muchacho.

Mientras escuchaba, el *chefe* Vasconcelos vertió medio sobre de azúcar en la taza y comenzó a darle vueltas con la cucharilla.

—¿Por qué está detenido? —preguntó.

—Me temo que por asesinato.

Vasconcelos dejó de remover el café.

—Creía que solo había desaparecido.

—Nosotros también lo creíamos hasta hace poco más de una hora —respondió Leo Caldas.

—Pero... —el *chefe* estaba confuso— ¿cuándo?

—Creemos que sucedió la noche del jueves pasado —le informó el inspector—. La misma en que le llamó a usted por teléfono.

El portugués movió el cuello como si necesitase recolocar las cervicales y las gafas comenzaron a bailar.

—¿El detenido ha confesado? —preguntó después.

Caldas negó con la cabeza.

—Es un muchacho con problemas de comunicación. Pero es cuestión de tiempo.

—¿Mónica lo conocía?

—Sí —dijo el inspector—. Tenían bastante relación. Son vecinos.

Vasconcelos miró hacia arriba como quien trata de recordar algo.

—¿De Tirán? —preguntó.

—¿Conoce Tirán? —se sorprendió Caldas. Había gente en la ciudad que no sabía situarlo pese a ver sus playas a diario al otro lado de la ría.

—Estuve alguna vez allí —dijo.

—¿En casa de Mónica?

—En su casa, claro —respondió, como si cualquier otra respuesta fuese absurda.

Caldas pensó que tal vez se había equivocado al tratar el asunto con Vasconcelos de policía a policía. Tal vez lo suyo con Mónica fuese algo personal.

—¿Usted y Mónica Andrade...?

—No, nada de eso —dijo el *chefe* con una sonrisa pesarosa—. Mónica es testigo en un caso en el que trabajo desde hace tiempo.

—¿Un caso?

Vasconcelos dio un sorbo breve al café y devolvió la conversación a la muerte de Mónica.

—¿Tienen certeza de que el asesino es ese chico?

Caldas y Estévez se miraron y asintieron a la vez.

—Lamentablemente, sí —dijo el inspector—. La madre del detenido ha estado aquí hace un momento. Ella también lo cree.

—¿Cómo la mató?

—Le clavó algo en la garganta —dijo Caldas tocándose el cuello donde estaba la herida en el dibujo, asumiendo que era un reflejo fiel de la realidad.

Vasconcelos le miró a los ojos.

—¿Algo como un bisturí?

—No estamos seguros.

—¿Podría ver el cadáver?

El inspector Caldas movió la cabeza a un lado y al otro.

—Aún no hemos encontrado el cuerpo —confesó.

—Entonces ¿cómo saben...? —comenzó a preguntar, desorientado, el otro.

—Hemos encontrado restos de sangre en su casa —reveló el inspector—. La suficiente como para entender que está muerta.

El *chefe* volvió a estirar el cuello y Caldas supo que aquel movimiento que ordenaba sus vértebras le ayudaba también a ordenar las ideas.

—Si no hay cadáver y el chico no ha confesado, ¿cómo pueden saber que le clavó algo en la garganta? —preguntó.

Leo Caldas pidió a Estévez que le acercara los dibujos.

—El asesino de Mónica la dibujó muerta —dijo el inspector y, dando la vuelta a la primera hoja, la colocó sobre la mesa.

Caldas notó cómo el policía portugués se echaba levemente hacia adelante. Luego unió las gafas sobre el puente de la nariz.

—Sé que puede sonar extraño —continuó diciendo Caldas—, pero el mismo muchacho que no es capaz de hablar tiene la facultad de reproducir sus recuerdos con el lápiz como si fuesen fotografías.

Vasconcelos levantó la vista del dibujo y separó la montura de las gafas que volvieron a bailar sobre su pecho.

—Me temo que ustedes y yo estamos buscando al mismo asesino —dijo entonces—. ¿Han oído hablar del Caimán?

Fuerte. 1. Que tiene gran resistencia. **2.** Robusto, corpulento. **3.** Poderoso. **4.** De carácter firme, animoso. **5.** Duro, que no se deja fácilmente labrar. **6.** Lugar resguardado con obras de defensa que lo hacen capaz de resistir los ataques del enemigo. **7.** Terrible, grave, excesivo.

—El primero fue Nuno Veloso —comenzó el *inspector-chefe* Vasconcelos—, se lo llevó hace casi seis años. Luego vinieron João Silva, Pedro Nunes, Gabriel Sa, Hugo Ferreira, Santiago Silva, Dinis Carvalho, Santiago Pinto y Francisco Costa —enumeró—. Francisco es el niño que se llevó en septiembre.

—¿El que acaba de aparecer? —preguntó Leo Caldas refiriéndose al hallazgo del cadáver que seguía acaparando las noticias.

—Sí —dijo el *chefe*—. En total son nueve niños, todos varones, todos de una edad similar. El más pequeño, Dinis Carvalho, tenía siete años. Los mayores, Santiago Silva y Gabriel Sa, tenían diez. Hay otros tres niños que encajan en el perfil y nunca han aparecido, de manera que es posible que también sean víctimas del Caimán.

—¿Por qué le llaman el Caimán? —preguntó Rafael Estévez.

—Casi todos los cuerpos aparecieron en zonas pantanosas, en humedales cerca del mar o de ríos —reveló el *chefe*—. Alguien comentó que los caimanes solían esconder los cadáveres de sus presas en el agua y empezamos a llamarlo así.

—¿Cómo saben que todas son víctimas de un mismo asesino?

—Porque todas llevan su firma. Después de abusar de ellos les secciona la arteria carótida —dijo llevándose una mano a la garganta.

—¿Con un bisturí? —preguntó Caldas.

—Creemos que sí —respondió—. El corte es muy limpio y la hemorragia, grande. Se desangran en minutos.

—Como Mónica —dijo Caldas.

Vasconcelos asintió.

—Por cierto, la prensa no sabe que siempre aparecen los cortes en el cuello —dijo.

—No saldrá de aquí —le prometió el inspector.

El *chefe* abrió el maletín, sacó un sobre amarillo con fotografías, separó dos y las dejó sobre la mesa. Las dos imágenes eran tan parecidas entre sí que Caldas tardó en descubrir que se trataba de distintas víctimas. Eran dos niños desnudos, tendidos boca arriba, con medio cuerpo en el agua. La sangre que había manado de las gargantas se extendía formando manchas oscuras en la piel que no había entrado en contacto con el agua. Los dos tenían las manos ensangrentadas, cerca del cuello.

El inspector Caldas colocó también sobre la mesa uno de los dibujos de Camilo Cruz. Los cuatro policías observaron en las tres imágenes el mismo corte, la misma sangre y las mismas manos buscando una vida que se escapaba.

Cuando el *inspector-chefe* Vasconcelos devolvió las fotografías al sobre, nadie en aquel despacho dudaba que una única persona era responsable de todas las muertes.

Soto, desubicado, comenzó a resoplar. Caldas le había pedido que se incorporase a la reunión y el comisario había aceptado esperando que el portugués fuese a hablarles de Miguel Vázquez y de su estancia en Lisboa la semana anterior.

—¿Cuál es el nexo entre Mónica y estos niños? —preguntó.

—Mónica era la testigo más importante del caso —le aclaró el *chefe*—. La única que podría reconocer al Caimán si lo tuviese enfrente.

—¿La única?

—La única —confirmó—. Hay otros testigos que vieron a un hombre y un niño a lo lejos, pero solo ella estuvo cara a cara con él.

—¿Cuándo?

—En septiembre, hace tres años —respondió el policía portugués, y sacó del maletín un ordenador portátil que dejó abierto sobre la mesa—. Al final del verano, Mónica Andrade alquiló una semana una casa cerca de Afife. Ya la había alquilado otras veces. Le gustaba tomar el sol entre las dunas de la Praia de Arda, que en esa época del año apenas tiene gente. Fue la semana en que desapareció Gabriel Sa —dijo, y buscó un archivo de vídeo en el ordenador.

—Yo estaba tumbada —contestó Mónica Andrade en el vídeo a alguien que la estaba interrogando—. Había estado leyendo, pero ya había dejado el libro en la cesta para tomar el sol.

Caldas tragó saliva al verla y oírla hablar. Al sentirla viva.

—¿Dónde estaba exactamente? —preguntó una voz.

—En las dunas que hay al final de la playa de Arda —dijo ella—. Cerca del fuerte.

—¿El fuerte de Paçô?

Caldas vio a Mónica Andrade dudar en la pantalla.

—Supongo —dijo, y movió la mano hacia un lado—, el que hay un poco más al sur.

—Siga, por favor —le pidió la voz, y Mónica obedeció.

—Yo estaba tumbada, tomando el sol, medio dormida, cuando oí una risa de niño. Abrí los ojos y... —Detuvo un instante la narración para concentrarse en los detalles.

—¿Y?

—Pasó un pájaro planeando, sin batir las alas, y detrás llegó el niño corriendo con los brazos en alto, como si lo quisiera coger. —Se detuvo otra vez—. Solo llevaba puesto un traje de baño verde mar y no tenía... —dijo, y agitó una mano en vez de terminar la frase.

—¿Le faltaba una mano? —preguntó el interrogador, como si quisiera que quedase constancia en la grabación.

—Sí, ya se lo expliqué a su compañero —dijo ella.

—¿Recuerda qué mano le faltaba?

—La izquierda —respondió.

—Gracias —dijo la voz—, continúe.

—El niño se quedó parado en lo alto de la duna al verme. Yo estaba, bueno... —vaciló—, yo estaba desnuda y el niño se quedó mirándome. Y como llevaba manzanas en la cesta, saqué una y se la ofrecí. No sé bien por qué lo hice. Creo que fue porque me dio pena verle el muñón, pero el hecho es que le ofrecí una manzana. Y entonces apareció el hombre.

—El hombre ¿qué hizo?

—Nada, se quedó parado a cuatro o cinco metros de mí, junto al niño, en lo alto de la duna. También venía sonriendo, pero al verme dejó de hacerlo. Yo me tapé con el pareo y noté que él estaba incómodo, porque miró al niño como si quisiera apartarlo de mí. Yo creí que era porque no le parecía apropiado que me viera desnuda. ¿Cómo iba a saber lo que ocurría?

—Y después, ¿qué sucedió?

—Le pedí permiso para darle la manzana.

—¿Él qué dijo?

—Nada —respondió Mónica Andrade—. El niño no le dio tiempo: bajó la duna, cogió la manzana y salió corriendo con ella en alto como si fuese un trofeo.

—¿Y el hombre?

—El hombre se fue tras él.

—¿No los volvió a ver?

Dijo que no con la cabeza.

—Bueno, al niño sí. Lo he visto estos días en la prensa.

Le mostraron un retrato.

—¿Era este niño?

No necesitó mirarlo demasiado.

—Sí, era ese.

—¿Hacia dónde se marcharon? —le preguntó la voz.

—Hacia el sur —respondió—, hacia el fuerte.

—¿Había visto alguna vez al hombre?

—Nunca.

—¿Oyó si el niño le llamaba de alguna forma?

—No.

—¿Lo oyó hablar en algún momento?

—Tampoco —dijo la hija del doctor Andrade.

—¿Podría describirlo?

—Pelo corto, castaño oscuro o negro, entre treinta y cuarenta años, cara normal...

—¿Normal? —la interrumpió la voz.

—Ni guapo ni feo —explicó ella.

—¿Estatura?

—Más bien bajo.

—¿Muy bajo? —consultó la voz.

—Tampoco muy bajo —dijo—. Mediría un poco menos que yo.

—¿Cuánto mide usted?

—Un metro ochenta y dos —respondió ella, con cierta timidez.

Caldas se dijo que él mismo también sería «más bien bajo» a ojos de Mónica.

—¿Barba o bigote?

—No.

—¿Alguna marca? ¿Un tatuaje, un lunar o una mancha?

—No, que yo notara.

—¿Pendientes, *piercings*?

—No.

—¿Anillos, pulseras, collares, reloj?

—No estoy segura —dijo—. Nada que me llamara la atención.

—¿Recuerda cómo iba vestido?

—Con ropa de playa —contestó—. Una camiseta lisa, de color claro, y un traje de baño.

—¿Calzado o descalzo?

—Yo estaba entre las dunas —explicó—, no pude verle los pies.

—¿Cree que lo reconocería?

—Sí —dijo, sin titubear.

—¿Está segura?

—Sí, sí —repitió Mónica Andrade, y el *inspector-chefe* Vasconcelos cerró la tapa del ordenador.

—El niño manco se llamaba Gabriel Sa —les contó—. Acababa de cumplir diez años, aunque parecía menor. Estaba jugando con sus primos mayores en la playa cuando dejaron de verlo. Un testigo lo situó en una caravana que se había marchado a toda velocidad en dirección norte y estuvimos siguiendo esa pista hasta que Mónica Andrade, que ya estaba de vuelta en Tirán, vio la fotografía del niño en un periódico. Nos llamó por teléfono y preguntó si le faltaba una mano. El periódico español no lo mencionaba, pero ella lo sabía. Vino a vernos y se prestó a colaborar desde el primer minuto. Dejamos de perseguir una caravana y buscamos en la zona del fuerte de Paçô. Estaba allí, metido en el agua —dijo Vasconcelos—. El Caimán, ya saben.

El *inspector-chefe* les contó que desde entonces habían revisado miles de fotografías de sospechosos sin que Mónica pudiese identificarlo en ninguna.

—Pues el jueves pasado lo identificó —dijo Leo Caldas—. Por eso debió de llamarle a usted, para avisarle.

El portugués asintió.

—Por la mañana supe que la noche anterior una española había llamado a la central preguntando por mí. Supuse que era Mónica y le devolví la llamada, pero no me contestó —confesó Vasconcelos.

—¿Ella no tenía su número directo? —preguntó extrañado Leo Caldas.

—Se lo he dado ya varias veces. Tantas como ha perdido el teléfono.

Singular. 1. Solo, único en su especie. 2. Extraordinario, raro o excelente. 3. Número gramatical que se refiere a una sola persona o cosa. 4. Combate, batalla o pelea que enfrenta individualmente a dos personas.

—¿Cómo es posible que nadie en el entorno de Mónica haya mencionado al Caimán? —preguntó el comisario Soto. Había abierto la ventana buscando aire fresco, pero no dejaba de resoplar.

—Cuando le pedí que considerara bien a quién confiar un asunto tan sensible me advirtió que no pensaba compartirlo con nadie —recordó el *inspector-chefe* Vasconcelos—. Insinuó que había tenido una mala experiencia.

—La mala experiencia tuvo que ver con el doctor —apuntó Caldas.

—¿Quién es el doctor? —preguntó Vasconcelos.

—El padre de Mónica —dijo el inspector—. Es un cirujano de los importantes. ¿No lo sabía?

El portugués le dijo que no.

—¿Qué le sucedió con el doctor? —quiso saber el comisario.

—Mónica acababa de llegar a Santiago para estudiar la carrera cuando quiso denunciar a un vecino que pegaba a su mujer. Mónica aún era menor de edad, de modo que desde la comisaría avisaron al doctor —dijo, y les contó cómo Andrade la había convencido de que no presentase la denuncia—. La mujer del vecino acabó en una silla de ruedas y Mónica nunca se lo perdonó, ni a sí misma ni al doctor. Ahí empezó a deteriorarse su relación.

—¿Cómo sabes eso? —le preguntó Soto.

Caldas se encogió de hombros. No era el momento de remover aquel asunto.

—¿Qué puede contarnos de ese Caimán? —preguntó, en cambio, mirando a Vasconcelos.

—Poco más que lo que han oído en el vídeo: ni muy alto ni muy bajo, ni guapo ni feo, ni gordo ni flaco. —Abrió la carpeta y sacó un retrato robot—. Un fantasma capaz de llevarse a nueve niños, violarlos y cortarles la carótida sin llamar la atención.

Caldas cogió el dibujo del sospechoso entre las manos y trató sin éxito de encontrar algo singular en aquel rostro. Vasconcelos tenía razón: podía ser cualquiera.

—No hay una huella, ni un resto de ADN —siguió diciendo el portugués—. Es meticuloso y debe de ser persuasivo, porque nunca se los lleva a la fuerza. Los testigos hablan de un hombre y un niño que se van juntos jugando o haciendo carreras, como cualquier padre con su hijo. Y ya han oído la declaración de Mónica: Gabriel Sa se reía cuando llegó a lo alto de la duna y el Caimán también sonreía cuando apareció poco después. Los niños no le tienen miedo —concluyó.

—Ese niño iba persiguiendo un pájaro —recordó Rafael Estévez—. ¿Puede ser alguien a quien le gusten los animales?

—Que esté relacionado con los animales es una de las dos teorías que manejamos —aseguró Vasconcelos—. Un testigo que vio de lejos al Caimán y a Pedro Nunes cerca del río en el que apareció muerto el niño dijo que el chiquillo también iba persiguiendo un pájaro, como hacía Gabriel Sa en la duna. Hemos investigado a miembros de sociedades ornitológicas y clubes de observación de aves —les contó—. Y también a dueños de perros, porque la madre de Santiago Pinto, el penúltimo de los niños, había oído ladrar un cachorro cerca de su casa cuando su hijo desapareció. Hemos visitado criadores, adiestradores y sociedades caninas; hemos localizado camadas recientes y visitado a las familias con cachorros; acudido a exhibiciones y tomado fotografías de todos los visitantes. Todas las imágenes han sido revisadas por Mónica sin resultado.

—Una teoría es que esté familiarizado con los animales —dijo Caldas—. ¿Y la otra?

—Que sea cirujano —dijo— o que tenga un trabajo relacionado con la sanidad. Sabe dónde cortar y lo hace limpiamente. No le tiembla el pulso ni necesita perforarles el cuello más de una vez.

—Podría ser las dos cosas: médico y amante de los animales —apuntó Estévez.

Vasconcelos estiró el cuello.

—No sé si le entiendo —dijo.

—Rafael se refiere a un veterinario —aclaró Caldas.

—Hemos estado en el colegio de veterinarios y revisado todas las fichas —reconoció Vasconcelos—. Ninguno coincide.

—Usted nos ha contado lo que sabe —dijo Caldas—, déjeme contarle lo que sabemos nosotros.

El inspector le explicó que, el jueves, Mónica Andrade se había quedado a cargo de la clase de cerámica y que todo había ido bien hasta que, hacia las ocho y media de la tarde, se ausentó.

—Al regresar, se encerró en un despacho a oscuras —continuó el relato Leo Caldas—. La alumna que la encontró dijo que estaba temblando, pero Mónica no le quiso contar el motivo. Se quedó vigilando el patio cuando las clases terminaron y se marchó con el tiempo justo para coger el último barco a Moaña. Y tampoco se sentó en el sitio de siempre, sino en el banco del fondo. Parece evidente que se escondía.

—Tuvo que reconocer al Caimán —dijo Vasconcelos.

—Se debieron de reconocer mutuamente —dijo Caldas—, eso explicaría que tuviese miedo.

—Tiene razón.

—Sabemos algunas cosas que sucedieron durante el tiempo en que Mónica estuvo fuera de su clase —siguió el inspector—. Por ejemplo, que subió al taller de luthería antigua. Ya había estado allí poco antes para avisar al maestro luthier de que podía disponer de la madera de un árbol de su jardín. No lo encontró y dejó unas indicaciones a unos alumnos, pero volvió para hablar personalmente con él. ¿Me sigue hasta aquí?

—Hasta ahí sí —dijo Vasconcelos.

Estévez y el comisario Soto también movieron la cabeza afirmando como si la consulta hubiese sido extensiva a ellos.

—Mientras subía a ver a los luthiers, hizo una llamada desde su teléfono móvil. La conversación duró algo más de dos minutos. Ramón Casal asegura que Mónica no llegó a entrar y que estaba hablando por teléfono cuando la vio en la puerta —continuó con la recomposición el inspector—. Hemos llegado a pensar que el luthier no decía la verdad, porque el alumno que estaba con él no la recuerda, pero después de esto ya no hay motivos para sospechar de Ramón Casal.

—Creo que me estoy perdiendo —dijo Vasconcelos—. ¿Qué tiene que ver esa llamada?

—Ahora lo entenderá todo —anunció Caldas—. Esta mañana hemos recibido de la compañía telefónica el listado de llamadas de Mónica y hemos comprobado que el número corresponde a una clínica veterinaria. Nos hemos puesto en contacto con el veterinario y no niega que habló con ella el jueves por la tarde. Dice que mantienen una relación desde hace tiempo, aunque está casado y tiene familia. Algo de índole sexual, nada más.

—Dudo que Mónica se acostara con el Caimán —comentó el *chefe*.

—Mónica nunca confesó a nadie que tuviese un amante —dijo Caldas.

—¿Cree que el veterinario miente?

—Creo que decir que se mantiene una relación clandestina es la coartada perfecta —respondió—. Justificaría que hubiesen tenido contacto telefónico o que pudiésemos encontrar las huellas del veterinario en casa de Mónica.

Se hizo un silencio que el comisario rompió para preguntar dónde se encontraba el veterinario.

—Ha quedado en venir en cuanto cierre la clínica —respondió Caldas.

El comisario levantó la vista hacia el reloj de la pared.

—¿No podemos pedirle que venga ya?

—Podemos —admitió Caldas—, pero lo alertaríamos.

—Entonces hay que esperar.

—¿Y qué hacemos con Camilo Cruz? —quiso saber el inspector.

—¿Cómo que qué hacemos? —preguntó a su vez el comisario.

—Habrá que pensar en soltarlo.

—No hasta que aparezca el cadáver —repuso Soto con sequedad.

—Comisario, no podemos tenerlo encerrado si sabemos que el asesino es otro.

—Estás dando por cierto el dibujo, cuando ni siquiera tenemos la certeza de que Mónica esté realmente muerta.

—Ya ha oído a Clara, hay sangre en la casa. Y ese chico solo dibuja lo que ve.

—Precisamente que haya sangre en la casa y que el muchacho estuviese allí respalda que esté detenido.

—Mónica tiene el mismo corte en el cuello que esos niños —dijo Caldas.

—Tiene el corte en el cuello en un dibujo, Leo —se revolvió Soto—. No podemos asegurar que está hecho por ese Caimán.

—¿No ha visto las fotografías?

—Claro que las he visto. Yo no digo que no sea así, sino que no lo podemos probar. En cuanto encontremos el cuerpo y comprobemos que es el mismo corte, soltamos a Camilo Cruz. Hasta entonces, vamos a esperar. No perdemos nada por tenerlo unas horas más bajo custodia.

Caldas no insistió. Sabía que todas las razones para liberarlo eran pocas frente a la que preocupaba al comisario en realidad: la reacción del doctor.

—Perdón por volver al otro tema —los interrumpió Vasconcelos—, pero no acabo de ver claro esto del veterinario y el teléfono. Hay algo que no cuadra.

—¿El qué? —preguntó Caldas.

—Es cierto que un veterinario encaja en el perfil que buscamos —reflexionó el *chefe*—, pero Mónica ni siquiera conocía la voz del Caimán. Nunca lo oyó hablar. Es raro que sea una llamada la que desencadene todo.

—A mí también me extraña —apuntó Rafael Estévez.

—Pero los hechos son los que son —replicó Caldas mirando a uno y a otro—. El perfil encaja y esa llamada coincide con el momento en que Mónica empezó a tener miedo.

Vasconcelos volvió a levantar la tapa del ordenador.

—¿Cómo se llama ese veterinario?

—Emilio —dijo Caldas buscando el nombre en su cuaderno—, Emilio Rueda.

—Emilio Rueda, veterinario —dijo en alto Vasconcelos mientras tecleaba.

Todos se acercaron a ver la pantalla cuando devolvió la imagen de un hombre moreno, delgado y con poco pelo.

—No es ni guapo ni feo —comentó Caldas—. Podría ser.

—Está bastante calvo —dijo Estévez—, ella no dijo nada de eso.

—Se puede perder bastante pelo en tres años —comentó el inspector.

—Y el Caimán podría llevar peluca —añadió el comisario, y miró a Vasconcelos—. ¿No es posible que se disfrace para pasar inadvertido?

—Muy probable, sí —reconoció el portugués, aunque su rostro arrugado denotaba que seguía lleno de incertidumbres.

—¿Qué es lo que le chirría, Vasconcelos? —le preguntó Caldas.

—Que sigo sin entender cómo se puede identificar a alguien hablando por teléfono cuando no se conoce la voz.

Se quedaron observando al veterinario en la pantalla hasta que Estévez planteó una conjetura:

—A lo mejor el Caimán sí sabía que estaba hablando con la única persona que podía identificarlo y le hizo ver de qué se conocían.

—¿Para delatarse? —se extrañó Caldas.

—No lo sé —retrocedió el ayudante—, solo era una posibilidad.

—Tampoco cuadra —dijo el *chefe*—. Si Mónica se escondió es porque tenía miedo físico a que él la encontrase. El Caimán suponía un peligro real, no una amenaza al otro lado del teléfono.

—¿Y no sería más fácil que Mónica hubiese salido a la calle, hubiese visto pasar al Caimán y se hubiesen reconocido? —preguntó el comisario.

—Algo así encajaría más —dijo el portugués.

—¿Sabemos si en ese rato que dejó la clase, además de hablar por teléfono y subir a ver a los luthiers, Mónica salió a la calle?

El comisario había hablado en plural, sin embargo había mirado a Leo Caldas.

—No, no lo sabemos —respondió el inspector—. Pero conozco a alguien que nos puede ayudar.

Respirar. 1. Absorber y expulsar el aire los seres vivos. **2.** Sentirse aliviado después de haber pasado un problema o realizado una tarea dura. **3.** Entrar y salir aire en una habitación u otro lugar cerrado. **4.** Pronunciar palabras o dar alguna noticia.

—Sí, la vestal salió un momento a la calle el jueves por la tarde —dijo Napoleón.

—¿Está seguro? —le apremió Caldas.

—*Æquam memento rebus in arduis servare mentem.*

—Conserva la mente tranquila en los momentos complicados —tradujo Vasconcelos.

—Acaba de hacerme perder una moneda —gruñó el mendigo.

—¿Y por qué no me lo contó? —le interrogó Leo Caldas, y él mismo se respondió—: No se lo pregunté, ¿verdad?

—*Eo ipso* —dijo Napoleón sin dejar de acariciar el lomo de su perro. Estévez había tenido que alejarse unos metros para que Timur dejase de ladrar—. Usted solo me preguntó la hora a la que se retiró por la noche.

—Cierto —se disculpó Leo Caldas—. ¿Recuerda si estuvo mucho tiempo en la puerta?

—Poco —respondió—. Casi todos los días sale un momento a la puerta, respira y vuelve adentro.

—¿Respira?

—Es una forma de hablar, inspector. A veces, si me mira, bromeo con ella. Le pregunto: «¿Qué, cogiendo aire *extra muros*?».

—Ya.

—Hace el mismo gesto que su amigo —dijo Napoleón señalando a Vasconcelos.

—¿Qué gesto? —preguntó el portugués, y Napoleón estiró

el cuello como hacía el *inspector-chefe* para ordenar sus pensamientos.

—¿Se estira?

—Se estira, coge aire y regresa al tajo.

—¿Cuando ella sale pasa mucha gente?

—Bastante.

—¿Recuerda si el jueves habló con alguien?

—No.

—¿Ella no habló o usted no lo recuerda?

—No lo recuerdo.

—Tampoco si se quedó mirando a algún transeúnte.

—Tampoco —dijo el mendigo, y luego señaló a la gente concentrada en silencio en la puerta de la Escuela de Artes y Oficios—. Todos están ahí por ella.

Sostenían una pancarta que debía de aludir a Mónica Andrade, aunque no podían leerla desde allí. Caldas no había dejado de vigilar al grupo con la esperanza de ver a Elvira, pero aún no la había localizado.

—Lo sé —dijo el inspector.

—*Ut ameris, amabilis esto.*

—Cierto —dijo el portugués.

Leo Caldas movió la cabeza: él no lo había entendido.

—Sé amable y serás amado —tradujo el mendigo. Luego se dirigió al inspector en confidencia—: Hablando de amabilidad, gracias otra vez por el vino.

—¿Lo probó?

Napoleón inspiró rememorando el aroma.

—Está escrito en la Biblia —musitó—: *Bonum vinum laetificat cor hominis.*

—Pues tengo alguna botella más en el despacho —susurró el inspector—. Cuando todo esto termine le traeré otra.

Dejó las monedas en la lata, se despidió de Napoleón y se acercó a la concentración que se extendía a ambos lados de la puerta de la Escuela de Artes y Oficios. Apostados en la acera de enfrente, varios fotógrafos y dos cámaras de televisión tomaban imágenes de conjunto.

Caldas calculó que serían casi trescientas las personas congregadas para pedir la vuelta de Mónica Andrade. Distinguió a Miguel Vázquez y a Dolores y al resto de alumnos de cerámica en primera fila. Sostenían la pancarta que rezaba «MÓNICA, TE ESPERAMOS». Con ellos estaba el alcalde, tal como había prometido en la radio el día anterior. Detrás vio a Xaime Rivas y a Carlos Corral, los luthiers que enseñaban a construir instrumentos gallegos; y a Ramón Casal junto a Tina, Óscar Novo y los demás aprendices de su taller. También reconoció a Eduardo, el orfebre a quien un día había señalado Napoleón cuando le dio una moneda. A un lado de la pancarta estaban el hombre y la mujer que trabajaban en secretaría y María, la ordenanza que había asustado a Mónica Andrade el jueves anterior. Elvira Otero y los alumnos de dibujo estaban en el extremo más alejado. Casi todos los asistentes mostraban en alto letreros con el rostro de la desaparecida.

Alguien acercó un micrófono a Miguel Vázquez para que leyese el manifiesto antes de que el alcalde cerrase el acto y los periodistas se apiñaron como un enjambre frente a ellos.

Miguel comenzó a leer el texto en un ambiente emocionado, pero Leo Caldas apenas escuchó las palabras del ceramista como un ruido de fondo. Solo prestaba atención a Elvira, que, a su vez, lo estaba mirando a él. Tenía el gesto serio, como exigía el trance, pero sus ojos le sonreían.

Inicial. 1. Del origen o principio de algo. 2. Letra con la que comienza una palabra.

Caldas había encendido un cigarrillo y regresaba hacia la comisaría junto a Estévez y Vasconcelos cuando lo llamó una voz a su espalda. Al volverse, se encontró con Santiago Losada, cuya presencia ya había advertido entre los periodistas que cubrían el acto.

—Sé que hay un detenido —le dijo Losada en voz baja.

—¿Quién te ha dicho eso?

—¿Lo hay?

—No —mintió el inspector.

—Sé que es alguien que vive cerca de Mónica. Y también sé que un equipo de la científica está registrando a fondo la casa.

—Estamos trabajando, claro.

—Entonces ¿lo del detenido es cierto?

—No voy a comentar los detalles de un caso contigo.

—No necesito que los comentes, pero esta vez no voy a esperar a que los demás me pisen la noticia.

—Haz lo que quieras —dijo el inspector con desdén y, dándole la espalda, se reunió con su ayudante y el *inspector-chefe* portugués.

Una pregunta formulada en voz alta le hizo detenerse.

—Sus iniciales son C. C., ¿verdad?

Caldas retrocedió.

—¿Quién te ha contado eso?

Santiago Losada miró a los lados para constatar que nadie al margen de los policías podía oírle y blandió la expresión cínica que tanto repugnaba a Caldas.

—¿Camilo Cruz? —preguntó.

—Ni se te ocurra dar ese nombre en antena —le advirtió Caldas—. Espera al menos a que hayamos reunido pruebas para llevarlo ante el juez.

—Tú no eres nadie para decirme lo que puedo o no puedo decir en mi programa. Cada vez que te hago caso pierdo una oportunidad.

—Ese chico no tiene nada que ver.

—En cambio mis fuentes aseguran que su propia madre confirmó que está involucrado.

—¿Tus fuentes? —preguntó—. No me hagas reír.

—¿Es cierto o no?

Estévez, que asistía a la escena a pocos pasos, se unió a la conversación.

—¿Puedo contar un secreto a nuestro amigo locutor?

—Estoy hablando con tu jefe —le espetó Losada.

—Es algo que le va a interesar —aseguró el aragonés, y, acercándose, le habló muy despacio y al oído—: Si en su emisora se menciona el nombre del chico en antena le juro por el hijo que voy a tener que le arranco todos los dientes uno a uno.

El locutor se apartó de él.

—¿Me estás amenazando? —se revolvió.

—Está claro que es usted un hombre perspicaz —sonrió el aragonés—. Veamos si también es un hombre valiente.

—¿Has oído, Leo? Me ha amenazado.

—¿Qué le has dicho? —preguntó el inspector.

—Nada —respondió Rafael Estévez—, cosas nuestras.

Tutela. 1. Autoridad que, en defecto de la paterna o materna, se confiere para cuidar de la persona y los bienes de aquel que, por minoría de edad o por otra causa, no tiene completa capacidad civil. **2.** Defensa o amparo de una persona respecto de otra.

Al llegar a comisaría, Leo Caldas acudió a la sala de visionado y pidió a Ferro que empezase a revisar las imágenes grabadas cerca de la escuela el jueves anterior.

—Mónica salió de clase e hizo una llamada a las 20:38 —le dijo—. Es alrededor de esa hora cuando hay que buscar.

Luego bajó a ver al detenido, que seguía balanceándose con las manos atadas y emitiendo aquel lamento que parecía no tener fin. Se acercó a la celda y le dijo con voz suave que necesitaba su ayuda para encontrar al culpable, pero la reacción del muchacho fue la de siempre: adelante y atrás.

Subió a su despacho y desde allí llamó a la juez.

—¿Me traen al chico ya? —preguntó Isabel Flores deduciendo que habían reunido pruebas suficientes para pasar la tutela de Camilo Cruz al juzgado.

—Al contrario, señoría —dijo Caldas—. Quería decirle que puede no ser culpable.

—¿Los dibujos no son reales?

—Sí, lo son —respondió—. Ya le conté que dibuja lo que ve.

—¿Entonces?

—Camilo pudo llegar cuando ya estaba muerta —explicó—. En su dibujo hemos encontrado coincidencias con otro caso en el que Mónica Andrade era testigo. Me huele que hemos dado con la pista buena.

—¿Lo van a soltar?

—El comisario prefiere esperar a que aparezca el cadáver —respondió Leo Caldas.

—¿Y si no aparece en las setenta y dos horas?

—Confiemos en encontrarla. Vamos a apretar a quien pueda haber visto algo y mañana reanudaremos las batidas alrededor de su casa —dijo, aunque omitió que se centrarían en las zonas húmedas y en las orillas del mar—. También vamos a revisar las grabaciones del jueves por la tarde. Si la mataron esa noche ya no tiene sentido buscarla el viernes.

—No, claro —asumió Isabel Flores, y Caldas supo que se estaba mordiendo el labio—. ¿Necesitan otra orden?

—No hace falta, señoría —dijo el inspector—. Tenemos todo aquí. Solo quería que lo supiera.

—Le agradezco que me informe, Caldas —dijo ella.

Dejó el teléfono y repasó los dibujos de Camilo Cruz. Buscaba algo que hubiese pasado por alto, pero solo encontraba a Mónica con la garganta abierta, desangrándose sobre la alfombra. La imagen le dolía más después de haberla visto en el vídeo, llena de vida, colaborando en la búsqueda de un asesino.

Miró el reloj. En cualquier momento llegaría el veterinario. Pese a los argumentos de Vasconcelos para descartar que una conversación telefónica hubiese podido atemorizar a Mónica, seguía convencido de que, de algún modo, aquella llamada guardaba relación con el caso. Algo por dentro le decía que el veterinario podía ser el Caimán.

Dejó los dibujos y llamó a la madre de Camilo.

—Soy el inspector Caldas.

—¿Cómo está el niño? —preguntó Rosalía Cruz.

—Bien —mintió.

—¿Le han dado las medicinas?

—Todavía tiene que autorizarlas el doctor.

—Sin medicinas estará inquieto.

—Un poco —reconoció Caldas.

—Pueden darle papel y lápiz para que dibuje —dijo ella—. Se tranquilizaría.

—Veré qué puedo hacer.

—¿Sigue encerrado?

—Sí, claro.

—El abogado dice que no encerrarán a Camilo en una cárcel.

—No deberían encerrarlo en ningún sitio.

—Que lo llevarán a un sanatorio.

—Le repito que...

—Sería lo mejor —le interrumpió ella.

Caldas se aclaró la voz antes de decirle que lo mejor sería que volviera a casa.

—Camilo no es un asesino, pero tienen que ayudarme a demostrarlo.

Un silencio al otro lado de la línea le hizo ver que la mujer no le creía.

—¿Dónde está el cadáver, Rosalía?

—No sé de qué me habla.

—Sin un análisis del cuerpo no podemos soltar a su hijo —le explicó el inspector, pero el teléfono solo le devolvió otro silencio cargado de desconfianza.

Alto. 1. De gran estatura. **2.** Altura considerable. **3.** Levantado, erguido. **4.** Porción de territorio que se halla a mayor altitud que el resto. **5.** Río crecido o mar alborotado. **6.** Detención, parada.

Soto, Vasconcelos y Caldas estaban sentados alrededor de la mesa del comisario cuando Estévez llamó a la puerta.

—Está aquí Emilio Rueda —anunció.

—¿Es el veterinario? —preguntó el comisario.

—Sí —confirmó Caldas.

Antes de apartarse de la puerta para dejarlo pasar, el ayudante miró al inspector Caldas y movió la cabeza negando. En cuanto el visitante entró en el despacho, todos entendieron el gesto: el veterinario no podía ser el Caimán.

Aquel hombre cuyo rostro habían visto poco antes en el ordenador debía de medir más de dos metros. Los ciento noventa centímetros y cien kilos de peso de Estévez parecían escasos comparados con él.

Caldas recordó las palabras de Eva Búa: a Mónica siempre le gustaron altos.

—Buenos días —dijo, tímido, Emilio Rueda.

Había acudido a la comisaría a revelar los detalles de una infidelidad y resultaba evidente que no esperaba un comité de bienvenida tan numeroso.

Caldas se puso en pie y lo liberó de hablar ante todos ellos.

—Acompáñeme a otra sala —indicó.

El inspector regresó al despacho del comisario veinte minutos después. El veterinario ya se había marchado. Su declaración no se había separado un ápice de lo que ya les había adelantado por teléfono esa mañana. Traía anotadas todas las citas con Mónica, registradas en la agenda a nombre del gato, y en el teléfono móvil guardaba varias fotografías en las que aparecían los dos.

—Se conocían desde hace tiempo —dijo—. Todo es verdad.

—¿Y la llamada? —preguntó el portugués.

Caldas le explicó que, el jueves por la mañana, cuando el veterinario llegó a casa de Mónica, se había encontrado allí al trabajador del ayuntamiento que talaba el árbol.

—Ella le llamó esa tarde para disculparse por no haberle avisado —añadió—. Quedaron en verse esta semana.

—Eso ya lo sabíamos, Leo —replicó el comisario—, pero ¿te dijo si notó algo extraño cuando habló con ella?

—Nada —respondió—. La llamada terminó de forma abrupta, con un «tengo que colgar». Pero a veces se despedían de esa manera.

—¿Le has dicho que está muerta?

—Por supuesto que no —dijo Caldas, y luego miró a Vasconcelos—. Usted aún no ha comido, ¿verdad?

El *chefe* movió la cabeza.

—Todavía no.

Desatado. 1. Lo que se ha soltado del lazo o nudo que lo mantenía atado. 2. El que ha perdido la timidez. 3. Desordenado, acelerado y sin freno.

Caldas llevó al *inspector-chefe* a comer al Bar Puerto, donde descubrieron que tenían más cosas en común que el oficio. El padre de Vasconcelos había hecho vino en una bodega pequeña. En su caso, a orillas del Duero.

—Murió hace siete años —le contó el portugués.

En su infancia, como en la del inspector, las estaciones del año también se habían llamado poda, purga, floración y vendimia.

—Recuérdeme que antes de irse le dé una botella de las de mi padre —le dijo Caldas—. Tengo alguna en el despacho.

Después del lenguado llegó el queso y, cuando no quedó nada, el portugués acompañó a Caldas a fumar un cigarrillo a la calle. Volvieron adentro para tomar los cafés.

—No sé cómo vamos a reconocer al Caimán sin Mónica —murmuró el *chefe* Vasconcelos removiendo con la cucharilla el medio sobre de azúcar que había vaciado en el café.

—Tal vez alguno de los testigos que lo vieron de lejos pueda identificarlo en los vídeos —apuntó Caldas, aunque ambos sabían que la esperanza era remota.

—¿Y el detenido? —preguntó Vasconcelos.

—¿Qué le pasa?

—¿No lo habrá visto?

—Dibuja en cuadernos y revisamos los últimos —le contó el inspector—. De aquella noche solo encontramos los nueve dibujos que le hemos enseñado.

—¿Y si no se ha atrevido a dibujarlo?

—¿Usted cree? —dudó Caldas.

—Podríamos dejarle un lápiz.

—Su madre ya me pidió que le permitiera dibujar —confesó el inspector—. Pero tanto los médicos como los agentes de abajo lo desaconsejaron. Mientras estuvo desatado intentó hacerse daño. Nadie quiere complicarse la vida exponiéndose a que haya problemas mientras esté a nuestro cargo.

—¿Usted tampoco se la quiere complicar? —le preguntó Vasconcelos.

—Lleva horas así —les dijo el agente que custodiaba los calabozos cuando bajaron a ver a Camilo Cruz. Les contó que los tres detenidos de la celda común no dejaban de quejarse e insultarlo.

Camilo seguía de pie en la colchoneta, con el pantalón empapado, la mirada perdida y el constante vaivén. Su lamento interminable se estaba volviendo más ronco.

El *chefe* observó al muchacho y se preguntó cómo una persona en apariencia tan ajena al mundo podía ser capaz de reproducir con tanta maestría la realidad.

El inspector pidió que le abrieran y entró en la celda. El sonido de la garganta se hizo más evidente y el balanceo se intensificó.

—Te hemos traído esto para que puedas dibujar —dijo Caldas.

Los ojos cerrados con fuerza. El cuerpo adelante y atrás.

El inspector no se acercó más. Dejó varias hojas en el suelo y, sobre una de ellas, un trozo insignificante de cera negra, de las que usan los niños para colorear.

—Sabemos que tú no lo hiciste, Camilo —dijo el inspector—. Sabemos que eras amigo de Mónica y que cuidas de Dimitri.

Adelante y atrás, adelante y atrás.

—¿Quién le hizo eso? —le preguntó Leo Caldas—. Dinos quién estaba allí. Muéstranos quién la mató.

Hasta que el inspector no salió de la celda, Camilo no abrió los ojos. Hasta que no se apartaron de la reja no se redujo el vaivén.

—Libérale las manos y no lo pierdas de vista —pidió Caldas al agente—. Y avísame en cuanto empiece a dibujar.

—¿Y si intenta lesionarse de nuevo?

—Lo atáis —dijo el inspector, y luego repitió el mensaje en voz alta para asegurarse de que el muchacho lo oía—. Si se golpea otra vez le quitáis los papeles y lo atáis.

Vaivén. 1. Balanceo o movimiento alternativo de un cuerpo de un lado a otro. **2.** Inconstancia, cambio imprevisto en el desarrollo o duración de algo. **3.** Encuentro o riesgo que expone a perder lo que se intenta o a malograr lo que se desea.

—¿No hay ninguna imagen de la puerta? —preguntó Vasconcelos.

—No —confirmó Ferro, sentado frente al monitor.

—¿Y cómo vamos a saber adónde miraba?

—Sabemos la hora aproximada a la que se asomó por la llamada —respondió el inspector Caldas.

—Llevará tiempo —dijo Ferro—, pero si el Caimán pasó caminando frente a la escuela tiene que aparecer.

—Al menos a esa hora no llevaban paraguas —comentó Estévez.

—En eso tienes razón —convino Caldas.

Media hora más tarde, mientras Ferro señalaba a un nuevo hombre que encajaba en la descripción, recibieron el aviso de que el chico había empezado a dibujar.

Caldas y Vasconcelos se precipitaron por las escaleras y se acercaron a la celda. Vieron a Camilo Cruz sentado en el suelo, de espaldas a ellos, deslizando frenéticamente el trozo de cera negra por una hoja colocada entre las piernas. El inspector notó que ni siquiera concentrado en el dibujo dejaba de balancearse.

—¿Me abres? —pidió.

El agente abrió la puerta, el inspector entró en la celda y el detenido dejó de dibujar. Cuando Caldas se le acercó, cerró los ojos, incrementó el vaivén y volvió a proferir el lamento.

Alguien protestó desde la celda común mientras el inspector se asomaba sobre el hombro del chico.

El dibujo no estaba terminado, pero Leo Caldas tragó saliva. Ya había visto aquella escena. A través de la luna trasera de un coche se intuían las casas del Lazareto. Rosalía Cruz estaba sola en mitad del camino embarrado, con el rostro contraído por el llanto.

Después de dibujar a su madre, Camilo repitió la escena que Caldas ya había visto tantas veces: Mónica con la herida abierta en el cuello sobre un charco de sangre. La punta roma de la cera no permitía el detalle del lápiz, pero el dibujo era idéntico a los otros. Ni sobraba ni faltaba nada. Tampoco en el nuevo había rastro del Caimán.

—Es natural que le produjese tanta impresión —dijo Caldas cuando regresaron al despacho—. Estuvo dos horas frente a ella.

—¿Cómo sabe que fueron dos horas? —se extrañó Vasconcelos.

Caldas buscó en el estante los nueve dibujos del cuaderno de Camilo.

—Mire las agujas del reloj.

El *chefe* fue pasando una tras otra las hojas.

—¿Y el Caimán esperó dos horas para deshacerse del cadáver? —preguntó.

—No creo que lo escondiese el Caimán —respondió el inspector, y le contó que la madre había mentido para proporcionar a Camilo una coartada—. Está convencida de que su hijo la mató.

—¿Cree que fue la madre quien ocultó el cadáver? —preguntó el *chefe*.

—Ella dice que no —confesó el inspector—, pero no me

imagino al Caimán esperando dos horas para después entrar, esconder el cuerpo y limpiar a fondo la casa. ¿Usted qué piensa?

Vasconcelos meditó apenas un segundo.

—Lo mismo que usted —dijo—. El Caimán debió de huir al ver aparecer a Camilo.

—Y el chico debió de estar esas dos horas balanceándose hasta que encontró el valor para marcharse a pedir ayuda o hasta que alguien lo sacó de allí.

El portugués se quedó mirando a Mónica muerta en uno de los dibujos.

—Es necesario encontrar el cadáver —dijo luego—. Si el Caimán no pudo deshacerse del cuerpo es posible que sus huellas sigan en él.

La puerta de cristal se abrió y el comisario asomó la cabeza.

—Leo, ¿puedes venir a mi despacho?

—¿Pasa algo?

—Ven —ordenó Soto, sin más.

—Pues yo me marcho ya —dijo Vasconcelos levantándose de la silla—. Aún tengo hora y media de viaje.

—¿Le ha dado Ferro las copias de los vídeos?

—Tengo todo menos las matrículas de los coches.

—¿De cuáles?

—De los que pasaron frente a la escuela cuando Mónica salió a la puerta —explicó Vasconcelos—, por si el Caimán hubiese sido un conductor.

—Se lo recordaré a Ferro —prometió.

—Me conformo con que no olvide avisarme si aparece el cuerpo —sonrió el *chefe* tendiéndole la mano, y Caldas se la estrechó asegurando que lo haría.

Vasconcelos estaba abriendo la puerta cuando el inspector lo detuvo.

—Un momento —dijo, y desapareció bajo la mesa para coger una de las dos botellas que quedaban en el estuche—. Ya me dirá qué le parece.

Sigilo. 1. Secreto que se guarda de una cosa o noticia. 2. Silencio
cauteloso.

—Seguimos buscando —respondió el inspector, y contó al
doctor Andrade que se había puesto otra vez en marcha el
operativo en los alrededores de la casa de su hija.

—He consultado a un amigo juez esta mañana —dijo Víctor
Andrade, y Caldas supo que se refería al juez decano—. Por su
experiencia, cree que si mi hija no aparece será difícil incluso jus-
tificar que se ha cometido un delito. No basta con tener la convicción, sino que se deben aportar las pruebas que lo demuestren.

—Así es como funciona la justicia —asintió Leo Caldas.

—También dice que existe un plazo de setenta y dos horas
para reunir esas pruebas y pasar al detenido a disposición judicial.

—Es correcto, sí.

—Y que si en ese plazo no las reúnen, tendrán que soltarlo.

—Sí, es así.

—¿Y cómo van a obligarlo a hablar? —preguntó mirando a
Leo Caldas con unos ojos aún más hundidos en sombras que
por la mañana.

—Estamos tratando de conocer lo ocurrido, pero el detenido tiene dificultades de comunicación —empezó a justificarse
el inspector.

Andrade le interrumpió.

—No me venga con eso, Caldas. Ya sé cómo es ese Camilo.
Lo que le pregunto es qué van a hacer para no tener que soltar-

lo. ¿O van a permitir que se quede callado hasta que no haya otro remedio que ponerlo en libertad? Seguro que hay formas de hacer hablar a un hombre que todavía no han probado.

—Acabo de explicarle que estamos buscando evidencias que refuercen una u otra decisión.

—¿A qué se refiere con una u otra decisión?

—A ponerlo bajo la tutela del juez o dejarlo en libertad.

—¿Dejarlo en libertad? —gritó—. ¿Lo dice en serio?

—Solo es una posibilidad —intervino, vacilante, el comisario Soto.

—¿Una posibilidad tan grande como la de que mi hija no esté viva? —estalló Víctor Andrade golpeando la mesa con la mano abierta—. ¿Qué esperan, que se inculpe por las buenas? ¿Por qué no hacen su trabajo y le arrancan una confesión?

—No vamos a torturarlo, si es lo que insinúa —dijo Caldas.

—Por supuesto que lo insinúo —replicó Andrade señalando al inspector con su dedo como un palo—. ¿De qué lado está usted? Esta mañana me anuncia que es probable que mi hija no esté viva y que han detenido al culpable. ¿Para qué lo detienen, entonces? ¿Me lo quiere explicar? ¿Para qué, si no tiene el coraje ni la decencia de obligarle a decir qué hizo con ella? ¿Y se atreve a hablarme de tortura? —prosiguió encabalgando argumentos, incapaz de contener las lágrimas—. Por supuesto que quiero que lo torturen. Sé que no es posible, pero al menos voy a ocuparme de que la vida de ese tipo sea un infierno, de que todo el mundo sepa la clase de monstruo que es. ¿Usted imagina el tormento que esto está suponiendo para mi familia, Caldas? ¿Es consciente del dolor que el veneno de ese ser nos está causando?

Se quedó jadeando, con la frente apoyada en las manos. En las comisuras de los labios, la saliva se había condensado en una película blanca. Caldas guardó silencio mientras Andrade se secaba las lágrimas con un pañuelo. Sabía que un asesinato era un virus que, aunque solo produjese una muerte, acababa por infectar a todos los que entraban en contacto con él.

Cuando el doctor se calmó, el inspector le habló con la franqueza que merecía quien acababa de perder a una hija.

—Camilo Cruz no es responsable de lo que haya sucedido a Mónica —dijo evitando mencionar la palabra asesinato.

—No sé si le entiendo —repuso el doctor—. ¿Qué significa que no es responsable?

—En las últimas horas hemos encontrado indicios que apuntan hacia otro lado.

—¿Hacia otro lado? —se impacientó—, ¿quiere hablar claro de una vez?

—Mónica lleva tres años colaborando con la policía en una investigación importante —le contó.

—¿Qué tipo de colaboración?

—En un caso de asesinato —respondió—. Creemos que lo que ha ocurrido está relacionado con ese asunto.

El doctor Andrade se pasó las manos por la calva.

—¿Puede explicarme de qué se trata? —pidió.

—No puedo revelar demasiados detalles.

—Pero ha dicho que lleva años colaborando.

—Más de tres años —concretó el inspector y le contó que temían que el culpable fuera el mismo hombre involucrado en los otros crímenes.

—¿Son varios crímenes?

—Sí —respondió Caldas sin precisar cuántos—. Todo apunta a que se encontró con ese hombre el jueves anterior y se reconocieron mutuamente.

—¿En Tirán?

—No, en Vigo —aclaró—. Pero creemos que él la siguió hasta su casa.

Víctor Andrade se dejó caer en el respaldo de la silla, se quitó las gafas y se frotó los párpados mientras asimilaba la información que acababa de conocer.

—Entonces, Camilo ¿por qué está detenido?

Caldas no le quiso contar que había dibujado a Mónica muerta.

—Porque esta mañana no teníamos esta información y porque para estar seguros tenemos que encontrar a su hija y creemos que el entorno de Camilo puede ayudarnos —dijo, y le pidió que no hablase con los medios—. Necesitamos todo el sigilo si queremos atrapar al culpable. No puede sospechar que estamos tras su pista.

—¿Quién está al corriente de esto? —quiso saber Andrade.

—Usted y nosotros —respondió Caldas—. Mónica nunca quiso compartir que era testigo en una investigación. No se fiaba de nadie y convivió sola con su secreto hasta el final.

Víctor Andrade cerró los ojos para contener el llanto y Caldas supo que estaba gateando quince años atrás en la memoria, hasta una discusión en una comisaría en Compostela.

Hebra. 1. Porción de hilo, estambre, seda u otra materia hilada, que suele enhebrarse en una aguja para coser. **2.** Ciertas fibras vegetales o animales. **3.** Partícula del tabaco picado en filamentos. **4.** Hilo del discurso.

El comisario acompañó al doctor hasta el coche y Caldas bajó al calabozo. Camilo Cruz seguía sentado en un rincón de la celda. No había soltado la cera ni un minuto. Siguiendo las órdenes del inspector, el agente de guardia había ido apartando las hojas a medida que las terminaba.

—Lo de este chico es increíble, Leo —dijo mostrándole un dibujo en el que el propio agente aparecía al otro lado de la reja—. Te juro que mientras dibujaba no se ha dado la vuelta ni una vez a mirarme. Colocó el papel en el suelo, se sentó de espaldas a la puerta y dibujó todo de memoria. Hasta mi llavero del Celta —dijo tocándolo—. Te digo que ni una vez me miró.

—¿Ha dibujado algo más?

El agente le pasó dos hojas.

—A la señora que se ve desde el coche la ha retratado otra vez —dijo, y le entregó un dibujo idéntico al que Caldas había visto antes—. Y aquí hay un dibujo de un gato.

—¿Solo esto?

—¿Te parece poco?

—No —admitió, y pidió que le enviasen al teléfono una fotografía de cada dibujo que el detenido terminara.

—Te vamos a saturar el móvil —sonrió el agente.

—Da igual —dijo Caldas—, tú mándamelos todos. Y díselo a quien te releve: los quiero en cuanto los termine, no importa la hora.

Regresó al despacho y se quedó observando los dibujos de Camilo Cruz. Volvió a ver a Mónica muerta y reparó en que la escultura del centauro pisaba la alfombra ensangrentada que ya no estaba en la casa. Quien hubiese retirado la alfombra tenía por fuerza que haber movido antes la escultura y, aunque hubiera limpiado el salón, era poco probable que nadie se hubiese detenido a frotar el vientre de aquel caballo de cabeza humana.

Caldas echó mano del teléfono para avisar a Clara Barcia, que seguía en la casa de Tirán.

—No dejéis de buscar huellas en la escultura —le pidió el inspector.

—Lo haremos —dijo ella—. Iba a llamarte ahora mismo: hemos encontrado algo importante.

—¿Qué es?

—¿Te fijaste en una maceta alta que hay en el porche de entrada, detrás de la mecedora? —le preguntó ella.

Caldas recordaba un par de mangos asomando en un macetón junto a la puerta.

—¿Donde deja los paraguas?

—No son paraguas, son bastones para caminar —le corrigió—. Pero sí, esa maceta.

—¿Qué le pasa?

—Que dentro hemos encontrado tabaco reciente —le contó ella.

Mónica no fumaba, pero el inglés sí.

—Puede ser de cualquiera.

—Son hebras largas, sin prensar.

—No te entiendo.

—Es tabaco de pipa, Leo —dijo Clara, excitada—. Y en el borde interior de la maceta hay un par de marcas oscuras redondas. El genio —explicó refiriéndose a uno de los técnicos de la UIDC— está seguro de que alguien golpeó la cazoleta de una pipa para vaciarla antes de entrar en la casa. Sabes quién fuma en pipa por aquí, ¿no?

Por supuesto que lo sabía.

—El mismo que se sumó a la teoría de que Mónica estaba yendo al muelle de Moaña cuando en realidad llevaba horas muerta.

—Ese mismo —dijo ella—. Estaba pescando frente a la iglesia hace quince minutos.

—Sal a ver si sigue ahí —le pidió Caldas.

—Mierda —dijo Clara, que había corrido por el sendero hasta el atrio para asomarse sobre el murete—, ya no está.

—Es casi de noche —dijo Caldas—. Estará yendo al muelle.

—Desde aquí no lo puedo ver —se lamentó ella, y Caldas la oyó maldecir y después respirar intensamente. Supo que corría de vuelta por el camino, hacia la pasarela que llevaba al mirador.

Caldas recorrió a su vez la comisaría sin separarse el móvil de la oreja y se acercó a la mesa de Estévez.

—¿Puedes conducir? —le preguntó en un susurro.

Seguía oyendo el jadeo de Clara en el auricular.

—Sí, claro —dijo Estévez.

—Pues vamos —le apremió el inspector.

El aragonés se puso en pie y corrió tras él hasta el coche.

—¡Sí lo veo! —exclamó Clara Barcia—. Está remando hacia el muelle que hay al final de la playa.

—No lo pierdas de vista —le pidió el inspector Caldas—, pero no te acerques demasiado, ¿de acuerdo?

Los cuatro intermitentes del coche se encendieron a la vez y Caldas abrió la portezuela.

—Enciende la sirena —pidió.

—Pero ¿adónde vamos? —preguntó Estévez al entrar en el coche.

—A Tirán —respondió Leo Caldas—, a detener a un hombre.

Jaula. 1. Especie de caja hecha con listones de madera, alambres, barrotes de hierro, etcétera, colocados a cierta distancia unos de otros, dispuesta para encerrar animales. **2.** Celda, cárcel.

—¿Dónde estás? —preguntó el inspector a Clara Barcia para decidir dónde aparcaban el coche.

—En la playa grande, a la altura del camping —dijo ella—. ¿Vosotros?

—En Tirán también —respondió Caldas. Habían tardado menos de quince minutos en llegar desde Vigo—. ¿Y el Vaporoso?

—Caminando por el muelle, creo que va hacia una nave. Lleva una caja en la mano.

—Son pájaros —dijo el inspector.

Dejaron el coche a la entrada del camping y bajaron al encuentro de Clara hasta la playa. Llevaban las linternas apagadas.

—¿Dónde está? —le preguntaron al reunirse con ella.

—Ha abierto la nave —señaló Clara—. Creo que está dentro.

Caldas miró la nave blanca al final de la playa de A Videira, levantada junto al espigón que abrigaba las barcas. Walter Cope le había contado que los marineros la utilizaban como almacén.

Estaba en penumbra y parecía cerrada.

—¿No tiene luz?

—No lo sé —respondió ella.

—¿Te ha visto?

—Creo que no —contestó.

Recorrieron la arena seca de A Videira y alcanzaron la nave blanca. Había anochecido y solo se oía el motor de un barco a lo lejos y las olas que rompían en la orilla. Caldas empujó la puerta, pero estaba cerrada con llave. Indicó con un gesto a Estévez que se acercase a mirar adentro por alguna ventana de la fachada lateral.

El aragonés se encaramó a una ventana y encendió la linterna los segundos imprescindibles para atisbar el interior.

—Parece que no hay nadie —dijo en un susurro al regresar.

Clara se tocó la nariz.

—¿Lo oléis?

Los otros dos husmearon el aire y asintieron al reconocer el aroma de la pipa. El olor parecía provenir del otro lado de la nave, de manera que caminaron siguiendo el rastro hasta que Clara se detuvo y señaló el suelo. Estévez encendió la linterna y apuntó al lugar que indicaba su compañera. El Vaporoso había vaciado la cazoleta de la pipa en el suelo y había echado un puñado de arena para apagar las brasas, aunque un resto todavía humeaba.

—Sabe que estamos aquí —susurró el inspector.

Permanecieron quietos, con las linternas apagadas, atentos al menor ruido, y, de repente, sobre el murmullo de una ola, les llegó nítido el dulce trino de un pájaro cantor.

—Los jilgueros —musitó Caldas, y Estévez señaló las rocas que separaban aquella playa de la siguiente, la cala rodeada de bosque que todos conocían como el Nido del Cuervo.

Avanzaron sin hacer ruido y, al llegar a las rocas que hacían frontera entre las dos playas, se detuvieron a escuchar.

—Creo que está allí —murmuró Estévez, que se había subido a un peñasco, señalando al frente. Sin embargo, la voz de uno de los pájaros del Vaporoso les hizo mirar más cerca, a los árboles que ascendían desde la playa.

—¡Está entre los árboles! —dijo Clara al distinguir la pequeña luz de la que el hombre se valía para abrirse camino.

Los policías se separaron: Estévez y Clara corrieron por la playa hacia la luz mientras Caldas retrocedía un poco para subir bordeando el bosque y tratar de cortarle la retirada.

Se internó en los árboles y empezó a avanzar entre los troncos, sin encender la linterna para no descubrir su posición. Tropezó con una raíz y entendió que no podría recorrer el bosque a oscuras. Oyó las voces de sus compañeros acercándose desde la playa y aguardó inmóvil a que una luz o un sonido le guiasen hacia el hombre de la pipa. Al poco, oyó los trinos y empezó a caminar. Primero sonaron algo lejanos, pero pronto los cantos de los pájaros se fueron haciendo más nítidos en la oscuridad.

Llegó a un pequeño claro entre los árboles y apagó la linterna. Los cantos provenían del otro lado y Caldas se aproximó muy despacio, apoyando primero los talones para poder rectificar si una rama o unas hojas caídas amenazaban con crujir bajo sus pies.

Alcanzó el otro lado del claro y aguzó el oído. Los trinos eran más evidentes ahora. Calculó que no debía de haber más de diez o doce metros entre los pájaros y él, y siguió avanzando casi a tientas.

De pronto, oyó un chasquido y la pequeña luz del Vaporoso volvió a encenderse entre los árboles.

—Alto, policía —gritó encendiendo la linterna y avanzando primero con pasos prudentes y, en cuanto vio un hueco entre los troncos, apretando la carrera.

Al pasar entre dos árboles gruesos, se le engancharon los pies con algo y cayó de bruces. El hombre salió de su escondite tras un árbol y pateó al inspector en el estómago.

Caldas se dobló en el suelo y, mientras abría la boca para buscar el aire que le faltaba, vio la luz de su linterna reflejada en un sedal atravesado entre los dos troncos, a poca altura. Fue consciente de que los pájaros lo habían atraído hasta la trampa, y se acordó del pequeño Gabriel Sa.

Esperaba otro golpe cuando una voz hizo que el hombre primero se detuviera a escuchar y después se alejara con prisa, llevándose los trinos hacia el lugar en el que había caído su pequeña linterna, lanzada como un reclamo para incitar al inspector a correr.

En el momento en que el Vaporoso se agachaba a recogerla, Estévez apareció entre los árboles y, sin darle tiempo a incorporarse, se lanzó contra él arrojándolo al suelo. El hombre profirió un gemido al caer bajo el peso del aragonés, que le golpeó con el codo con toda su furia. Luego le dio la vuelta para tumbarlo boca abajo, le apretó la cara contra el suelo y le juntó las manos en la espalda.

—Estás detenido —bramó mientras le ceñía las esposas.

Confidencia. 1. Revelación secreta, noticia reservada. **2.** Confianza estrecha e íntima.

Hora y media más tarde, Andrés el Vaporoso seguía sin responder a las preguntas del inspector. Tampoco, pese a las magulladuras de su rostro y su cuello, había querido someterse al reconocimiento médico al que tenía derecho. Se había limitado a mirar al frente, guardar silencio y llevarse cada poco una mano cerrada a la boca sosteniendo una pipa invisible.

Caldas abandonó la sala de interrogatorios y llamó a la juez.

—¿Caldas? —se sorprendió ella.

—Buenas noches, señoría. ¿Está ocupada?

No necesitó explicar que era importante.

—Estoy en casa —dijo ella—. ¿Han encontrado el cuerpo?

—No —contestó—, pero hemos detenido a otra persona.

—¿Quién es? —preguntó ella.

Caldas supo que había llegado el momento de revelarle los detalles que desconocía del caso.

—¿Podríamos vernos?

—¿Tan grave es? —quiso saber la juez Flores y el inspector le devolvió otra pregunta.

—¿Sabe quién es el Caimán?

En cuanto se despidió de ella, llamó a Vasconcelos.

—Soy Caldas —se anunció, y un fondo de voces infantiles le confirmó que él también estaba en casa.

—¿Ha aparecido el cuerpo?

—No, pero hemos detenido a un hombre.

—¿El Caimán?

—Podría ser —respondió.

Vasconcelos no quería ambigüedades.

—¿Encaja en la descripción?

—No del todo —confesó Caldas—. Tiene unos sesenta años. Además, no vive lejos de Mónica. Se conocían de vista.

—Entonces no puede ser.

Caldas compensó la balanza con los argumentos que comprometían al Vaporoso.

—Estuvo en casa de Mónica aunque aseguró no saber dónde vivía —explicó Caldas, y le habló de la pipa vaciada en la maceta—. También declaró que la había visto viva el viernes, cuando sabemos que estaba muerta. Además, entre sus cosas hemos encontrado una navaja pequeña, muy afilada. Parece que la usa para cortar hilo de pescar.

—¿Es pescador?

—En realidad es zahorí, pero cuando no trabaja se pasa el día pescando.

—No sé qué es un zahorí —confesó el *chefe*.

—Alguien capaz de localizar agua bajo la tierra.

—¿Un radiestesista? —preguntó—. ¿De los que buscan agua con un péndulo?

—Este creo que usa una horquilla —dijo Caldas—, pero sí.

—Busca agua —murmuró Vasconcelos, como hablando para sí mismo.

—Y lleva pájaros en una jaula —añadió Caldas, y le contó las circunstancias de la detención—. Los utilizó para atraerme hacia él.

El *chefe* preguntó si el detenido estaba dispuesto a hablar y Caldas respondió que se mantenía en silencio.

—Vamos a dejarlo toda la noche en aislamiento para ver si se ablanda. Mañana volveremos a interrogarlo —dijo—. No me importa esperar a que llegue usted, si no es demasiado tarde.

—Se lo agradezco —dijo el *chefe*—. A primera hora estoy ahí.

Se dejó caer en la silla y revisó las llamadas perdidas, consciente de haber recibido varias. No estaba entre ellas el nombre que deseaba encontrar. Miró la hora en la pantalla antes de dejar el teléfono en la mesa. Eran casi las nueve y media. Se palpó la cabeza en el sitio en que se había golpeado al caer al suelo y se notó el pelo apelmazado, manchado de sangre seca.

Rafael Estévez apareció poco después.

—¿Todavía estás aquí? —le preguntó Caldas cuando abrió la puerta.

—Me marcho ya —dijo el ayudante—. Solo venía a avisar de que acaba de llegar la juez.

—Gracias —dijo el inspector sin dejar de tocarse la cabeza.

—¿Se encuentra bien?

—Sí —respondió Caldas—. ¿Tú?

—Bien también.

—¿No te duele la espalda? —preguntó Caldas. Le sorprendía que no se quejase después de haber cargado como un búfalo contra el hombre de la pipa.

—La verdad es que no mucho —dijo Estévez, y rotó los hombros para hacerle ver que no mentía—. Creo que me ha venido bien el ejercicio.

—Hace tres años que Mónica, estando en una playa, vio a uno de los niños desaparecidos y al hombre que iba con él —relató Leo Caldas—. Desde entonces ha estado colaborando con la policía portuguesa. Era la única testigo fiable que tenían.

—¿Y por qué cree que el Caimán está relacionado con su desaparición? —preguntó la juez Flores, que le había escuchado mordiéndose el labio por dentro.

—No ha trascendido, pero ese tipo mata a los niños cortándoles la carótida. Se desangran —dijo—. Es lo mismo que hizo con Mónica.

—Será si se confirma que lo que se ve en esos dibujos es lo que ocurrió.

Caldas le enseñó una de las últimas imágenes que le habían mandado al teléfono los agentes que vigilaban a Camilo.

—Pregunte a los que lo han visto dibujar en el calabozo, señoría. El chico ni quita ni pone nada. Si la dibujó muerta es porque la vio muerta —afirmó—. Además, no puede ser casualidad que tenga el cuello rajado de la misma forma que los niños.

—Y si no ha trascendido que mata así, ¿cómo han conectado los casos?

—Por el teléfono —dijo, y le contó que el listado había arrojado varias llamadas a Mónica desde un número portugués—. Eran del *inspector-chefe* Vasconcelos, que es quien está al frente del caso del Caimán. Él nos contó que Mónica era la única persona que podía identificarlo. ¿Recuerda que su última llamada fue a la policía portuguesa?

—Sí.

—Creemos que lo reconoció y llamó a Vasconcelos para avisarle de que lo había encontrado.

—Y el Caimán la reconoció a ella.

—Él también, claro —convino el inspector—. Por eso Mónica se escondía la tarde antes de desaparecer.

—¿Eso sucedió mientras estaba en la Escuela de Artes y Oficios? —consultó la juez.

—Sí —respondió Caldas—. Estamos casi seguros de que fue en un momento en que se ausentó de la clase.

Isabel Flores estaba confusa.

—Pero ¿el hombre al que han detenido dónde vive?

—En Tirán —dijo Caldas—. Relativamente cerca de ella.

—Y si es el Caimán, ¿cómo es que lo reconoció en la escuela y no lo vio antes por allí? —preguntó la juez.

—Eso es lo que no cuadra —admitió Leo Caldas—. Eso y que parece demasiado mayor.

—¿El resto encaja?

—El resto sí —confirmó el inspector, y le habló del tabaco de pipa, de la relación con el agua, de la declaración falsa, de la cuchilla afilada y de la jaula de los pájaros—. El niño iba persiguiendo a un ave cuando se acercó a ella. Y otro de los niños también fue visto persiguiendo un pájaro antes de desaparecer.

La juez se quedó mirando el dibujo con el labio inferior entre los dientes.

—¿Dónde está ahora el detenido?

—En la sala de interrogatorios —dijo, y le explicó que se negaba a hablar.

—¿Va a seguir interrogándolo?

—Seguiremos mañana, en cuanto llegue Vasconcelos —la informó Caldas—. Quiere estar presente.

—¿Se entiende bien con él? —preguntó la juez.

El inspector asintió.

—Muy bien —afirmó—. No me extraña que esté al frente de un caso así.

—¿Y el muchacho?

—Aún está abajo, dibujando sin descanso —respondió el inspector—. Mañana tendremos que soltarlo.

—Sí.

La juez se levantó para marcharse y Caldas le agradeció de nuevo que se hubiese acercado a la comisaría. También le contó que al día siguiente compararían las huellas del detenido con las halladas en casa de Mónica y le adelantó que a primera hora enviarían al juzgado varias solicitudes para investigar teléfonos, cámaras, peajes de autopistas, movimientos bancarios y cualquier otro elemento que pudiese situar al detenido en Portugal en las fechas de los asesinatos.

—Pídannos lo que necesiten —se brindó la juez Flores.

La intimidad de Mónica Andrade había pasado a un segundo plano, ahora la prioridad era encontrar al Caimán.

A las once menos cuarto, el inspector se fue de la comisaría. Estaba cansado y le dolía la herida de la cabeza, pero sus piernas lo condujeron por el camino de siempre, bajo el pedestal del hombre pez, hasta la travesía de la Aurora. Empujó la puerta del Eligio y el aroma del vino, el calor de la estufa y el rumor de las confidencias le hicieron sentir mejor.

—Buenas noches, Leo —le saludaron los dos catedráticos que quedaban en la mesa de la entrada.

Carlos miró el reloj al verlo aparecer. No acostumbraba a llegar tan tarde.

Caldas se acercó a él con la intención de tomar un vino en la barra, pero Carlos inclinó la cabeza hacia su mesa de siempre, donde Elvira Otero estaba sentada con la vista hundida en un libro.

—Lleva ahí desde las nueve —le dijo—. Ya te llevo el vino yo.

Caldas caminó hasta el fondo de la taberna.

—¿Qué lees? —se interesó al sentarse a su lado.

Elvira cerró el libro y le enseñó el título en el lomo.

—Lo he cogido de ahí —dijo señalando los libros viejos de la estantería.

—Debes de ser la primera que lee alguno.

Elvira sonrió enseñándole los hoyuelos.

—Tenía tiempo —dijo, y reparó en la sangre seca sobre su oreja—. ¿Qué es eso?

—Un rasguño —contestó sin darle importancia—. ¿Has cenado?

—Carlos me ha traído pulpo —confesó ella—. ¿Tú?

—Yo acabo de pedirle un vino.

—¿No vas a cenar nada?

Caldas no quería cenar.

—Casi prefiero que vayamos a tu casa.

Gesto. 1. Movimiento del rostro o de las manos con que se expresa algo. **2.** Semblante, cara, rostro. **3.** Acto o hecho que se realiza con una intencionalidad determinada.

Se levantó muy temprano, se echó encima una manta y salió a la terraza a fumar. Se tocó el costado, donde la patada del Vaporoso le había dejado un recuerdo en forma de dolor sordo.

Había pasado casi toda la noche desvelado, con el brazo derecho alrededor de Elvira y la cabeza escarbando en busca de las piezas del puzle que le faltaban. Había vuelto a ver en el teléfono los dibujos de Camilo y revivido la persecución en el bosque. Se recordó atraído por los trinos de los pájaros e incitado a correr pendiente abajo hacia el hilo de pescar y volvió a agradecer que Estévez hubiese aparecido cuando él ya estaba caído y sin respiración a los pies del hombre de la pipa. Prefería no imaginar qué habría ocurrido si no.

Sin acercarse demasiado a la barandilla, contempló la ría y, al otro lado, las luces aisladas de Tirán, donde en unas horas se reanudarían las batidas. Aquella mañana nadie encontraría a Andrés el Vaporoso en el mar junto a la piedra de los cormoranes. En lugar de la barca de madera estaría la lancha neumática de los buceadores que iban a zambullirse en el fondo rocoso en busca de un cadáver.

El comisario Soto todavía albergaba esperanzas de encontrarla con vida y había animado al doctor a no rendirse, pero para Caldas no había duda: que estuviese muerta en el lápiz de Camilo era tan definitivo como no encontrarle el pulso en la muñeca.

Examinó su teléfono y comprobó que no le habían enviado más dibujos. Supuso que los agentes de guardia habrían preferido no molestarlo con mensajes durante la noche. O eso, o Camilo había dormido bien.

Regresó al dormitorio, recogió su ropa para vestirse fuera sin despertar a Elvira y, cuando la besó, venció la tentación de meterse otra vez en la cama.

Subió hasta su casa para ducharse y dejó que el agua caliente terminase de limpiarle la sangre seca del pelo. Se afeitó bajo el chorro del agua, como siempre, y se pasó las manos por la cara a contrapelo para asegurarse de que no quedaban islas de barba por las que pasar la cuchilla. Luego se vistió y salió a la calle.

Bajó el tramo de la calle Romil y, desde el paseo de Alfonso XII, volvió a observar la ría, donde un transatlántico enfilaba el puerto para recalar en la ciudad. Aún no había amanecido y algunas estrellas todavía brillaban en el cielo. El viento de la noche había empujado tierra adentro las nubes bajas llevándose con ellas la amenaza de lluvia.

Saludó al agente de la entrada, dejó la chaqueta en el despacho y fue a prepararse un café en la sala contigua. Allí, uno de los agentes que terminaba la guardia le contó que la noche había sido agitada.

—¿Qué ha pasado?

—El chico raro —le dijo el agente, y Caldas bajó a los calabozos.

—Joder, Leo —le recibió Uribe, uno de los agentes más veteranos, que había estado a cargo de la vigilancia nocturna—. Menuda noche.

Camilo Cruz estaba otra vez de pie, balanceándose en la colchoneta con las manos atadas por delante con una brida de plástico. Tenía un vendaje en uno de los brazos. El sonido que profería al alterarse se había convertido en algo semejante a un jadeo afónico.

—¿Qué ha ocurrido?

—Lleva así desde que se despertó.

—Pero ¿por qué está atado?

—Porque no dejaba de golpearse. Hubo que llamar al médico —dijo, y le contó que se había dado contra la reja con el antebrazo como si se quisiera partir los huesos.

Camilo parecía tranquilo el día anterior y Caldas no comprendía qué podía haber sucedido para alterarlo hasta ese punto.

—Todo empezó cuando bajaron al otro —dijo Uribe.

—¿A qué otro?

—Al detenido al que estuvisteis interrogando hasta tarde. Cuando el muchacho lo vio pasar a través de la reja soltó la cera y empezó a darse golpes contra todo —recordó—. Lo redujimos, lo atamos y llamamos al médico, que le dio un sedante y le hizo la cura. Durmió dos o tres horas, pero desde que se despertó no ha dejado de balancearse y hacer ese ruido con la garganta. Todo el tiempo sin parar. No me extraña que aquellos estén histéricos —dijo señalando la celda común.

—¿Y el otro detenido? —preguntó el inspector.

—Como si la cosa no fuera con él. No sabemos ni cómo es su voz.

Leo Caldas se acercó a la celda y vio al Vaporoso sentado en el suelo, descalzo y con la espalda pegada a la pared. El golpe que Estévez le había propinado al derribarlo le había producido un hematoma en el cuello que se había ennegrecido durante la noche. También tenía algo hinchados el labio y la nariz.

El inspector le habló a través de la reja, pero el Vaporoso ni se inmutó. Permaneció, como el día anterior, mirando al frente sin devolverle una palabra ni un gesto.

Regresó al despacho y reparó en un papelito amarillo que alguien le había pegado en la pantalla del ordenador durante la noche. Caldas reconoció la letra de Clara Barcia. «Tenías razón, mira en tu correo electrónico», había escrito la agente con un rotulador de punta gruesa.

En el correo, Clara explicaba que, a pesar de que la zona manchada de sangre había sido limpiada a fondo, habían encontrado numerosas impresiones digitales en distintos lugares de la casa. El informe lofoscópico aún tardaría varias horas, pero Clara había querido adelantarse contrastando las huellas encontradas en la escultura del salón de Mónica Andrade.

Junto a una fotografía de las huellas plasmadas en el vientre del caballo con cabeza humana figuraba el nombre de la persona a la que correspondían: Andrés Canosa Blanco. El hombre a quien los vecinos de Tirán apodaban el Vaporoso.

Acorralado. 1. Perseguido hasta algún sitio del que no puede escapar. **2.** Llevado a una situación de la que no puede salir sino accediendo a lo que se le pide. **3.** Confundido o sin respuesta.

—Esto prueba que el Vaporoso estuvo en la casa la noche que mataron a Mónica —dijo Caldas mostrándoles el caballo que pisaba la alfombra manchada de sangre en el dibujo de Camilo Cruz—. Dejó las huellas en la escultura al levantarla para poder deshacerse de la alfombra.

—Sigues basándolo todo en un dibujo, Leo —dijo el comisario Soto.

Estaban sentados alrededor de la mesa junto al *inspector-chefe* Vasconcelos, recién llegado de Oporto.

—Las huellas de ese hombre no las encontramos en el dibujo sino en el salón de la hija del doctor. Y además está la reacción del chico al verlo —dijo Caldas—. Comenzó a gritar y a golpearse hasta el punto de que hubo que atarlo y sedarlo —relató—. Y desde que se despertó no ha hecho otra cosa que balancearse y gemir.

—En cualquier caso —dijo Soto—, no va a ser fácil probar que se cometió un crimen si no aparece el cuerpo.

Vasconcelos, abstraído en el dibujo, no dejaba de estirar el cuello.

—¿Qué piensa? —le preguntó Caldas.

—Que ese tipo no puede ser el Caimán si pescaba a diario frente a su casa —respondió el *chefe*—. Y que sesenta y tres años son demasiados. Siempre hemos buscado a un hombre más joven.

—Pero estuvo en la casa esa noche. Y ayer huyó cuando vio que lo seguíamos y me tendió una trampa cuando se vio acorralado y no le importó golpearme —repuso el inspector Caldas—. Y además de todo eso, están los pájaros. No puede ser casualidad.

—Sí, tiene razón —convino Vasconcelos—. Pero Mónica lo habría identificado.

—Necesitamos encontrar el cadáver y comprobar que el arma es la cuchilla que llevaba cuando lo detuvimos —argumentó el inspector.

—¿Dónde está ahora esa cuchilla? —quiso saber el comisario.

—La están analizando los genios —dijo Leo Caldas—. Vasconcelos va a enviar el informe a sus forenses para ver si se corresponde con las heridas de los niños.

La evocación de los pequeños produjo un silencio tenso.

—¿Qué más sabemos de él? —preguntó, al cabo de un momento, el comisario.

—Sabemos poco —admitió Caldas—. Se llama Andrés Canosa y parece que trabaja como zahorí, buscando corrientes de agua subterránea para excavar pozos. Cuando no trabaja, se pasa el día pescando frente a una roca en la que cuentan que un día se le apareció una sirena. Dicen que por eso se quedó a vivir en Tirán.

Soto manifestó su escepticismo con un alzamiento de cejas.

—Suena todo un poco raro.

—Lo sé.

—¿De dónde es?

—De Corcubión.

—¿Eso dónde está? —intervino el portugués.

—A dos horas al norte, cerca de Finisterre —respondió el comisario moviendo la mano—. ¿Sabemos si tiene coche?

Caldas confirmó que ya había facilitado la matrícula a Vasconcelos para que su equipo tratase de situarlo en Portugal en alguna de las fechas de las desapariciones. También tenía un teléfono móvil para el que se había requerido una orden al juzgado.

—La juez está dispuesta a autorizar lo que le pidamos —indicó el inspector.

Sonó el teléfono del despacho y el comisario lo atendió.

—Era Estévez —anunció Soto—, para avisarnos de que ya han llevado al detenido a la sala. ¿Vamos?

Los tres hombres se pusieron en pie.

—En el interrogatorio de ayer ¿mencionó a alguno de los niños o hizo alguna referencia al Caimán? —preguntó a Leo Caldas el *inspector-chefe*.

—Solo me referí a Mónica Andrade —dijo Caldas—. Hasta que no tengamos más pruebas, creo que es mejor que no sospeche nada.

—Sí —coincidió el *chefe*—, es lo más prudente.

—¿Hoy cómo está? —preguntó el comisario.

—Igual que ayer —dijo Caldas—. Esperaba que la noche en aislamiento le hubiese añadido tensión, pero aparentemente sigue entero.

Llegaron a la sala de interrogatorios y, a través del circuito cerrado de televisión, vieron al detenido sentado dentro, con la cabeza baja y las manos esposadas.

Estévez los esperaba en la puerta.

—Yo no entro —dijo el *chefe*—. He aparecido demasiadas veces en televisión hablando del caso del Caimán. No me quiero arriesgar.

Caldas estuvo de acuerdo y abrió la puerta de la pequeña sala blanca.

—Buenos días —saludó al entrar, pero el Vaporoso no se inmutó.

En cambio, cuando vio a Estévez detrás, se encogió un poco más en la silla.

Destino. 1. Fuerza desconocida de la que se cree que actúa de forma inevitable. 2. Sucesión de acontecimientos que se considera irremediable y no se puede cambiar. 3. Uso o aplicación de una cosa o un lugar para determinado fin. 4. Punto al que se dirige una persona o una cosa. 5. Lugar donde se ejerce un empleo.

Durante más de media hora, el inspector Caldas trató de hacer hablar a Andrés el Vaporoso, pero no le arrancó una palabra ni cuando le mostró la fotografía de sus huellas dactilares, ni cuando le explicó que habían sido halladas en casa de Mónica Andrade, ni cuando lo enfrentó con la declaración a Clara Barcia en la que había asegurado desconocer dónde vivía la mujer desaparecida.

Ni siquiera había querido hablar con el abogado de oficio que le habían asignado, quien asistía al interrogatorio como un espectador.

—Mónica tenía cámaras en casa —mintió el inspector—. En una se ve cómo llegaste aquella noche y vaciaste la pipa en la maceta antes de entrar.

El Vaporoso se limitó a mirarle con los ojos vidriosos. Tampoco se sorprendió cuando el inspector mencionó la herida en la garganta que había segado la vida de Mónica y la sangre que lo había manchado todo.

—Hay restos por todo el suelo. La cantidad basta para concluir que murió una persona. Podemos encerrarte aunque no la encontremos —aseguró el inspector, y el hombre le miró como si no temiese a su destino—. ¿Por qué la mataste?

Caldas había hecho la pregunta casi por rutina, esperando que el Vaporoso tampoco respondiese. Sin embargo, consiguió una reacción en el detenido: no pronunció una palabra, pero se encogió de hombros.

El inspector se volvió a comprobar que estaba encendido el piloto en la cámara que lo enfocaba.

—¿Por qué lo hiciste? —repitió.

El abogado intervino por primera vez:

—No tiene por qué contestar.

Andrés el Vaporoso desoyó la recomendación del letrado y volvió a levantar los hombros, como si él tampoco acertase a entender los motivos que lo habían llevado a matarla, pero admitiendo de forma tácita su responsabilidad.

—¿Qué hiciste con ella? —preguntó Caldas, y el hombre de la pipa bajó los ojos—. Hay unos padres que querrían enterrarla. Es justo que lo hagan, ¿no crees?

No respondió.

—¿Vas a decirnos dónde está de una puta vez? —le exigió Estévez, que se mantenía de pie detrás de su jefe.

El otro no parecía dispuesto a revelar el paradero de la víctima.

—Hay buzos rastreando la costa y vamos a revisar todos los pozos —le dijo Caldas—. Antes o después la encontraremos, pero te convendría que pudiéramos hacerle la autopsia antes de que ingreses en prisión. Si no aparece, todos van a creer que la violaste —añadió, con gravedad.

Estévez se acercó al Vaporoso.

—¿Sabes cómo reciben a los violadores en la cárcel? —preguntó, y le obsequió con unas palmadas pretendidamente afectuosas en el moratón del cuello que le arrancaron una mueca de dolor.

—Agente —protestó el abogado.

—Los que abusan de mujeres o de niños nunca lo pasan bien —resumió, antes de levantarse, el inspector.

Caldas abandonó la sala para cambiar impresiones con los que habían asistido al interrogatorio a través del monitor.

El comisario y Vasconcelos se retiraron los auriculares.

—¿Lo han visto? —les preguntó—. Lo ha admitido.

—Sí —sonrió el comisario.

Vasconcelos también asintió.

—Es extraño que siga tan frío —dijo Soto—. Está admitiendo un asesinato y no se inmuta.

—Mejor un asesinato que diez —dijo Caldas—. Además, sabe que si no aparece el cuerpo será difícil armar la acusación.

—Pero no es un delincuente veterano, sino un hombre sin antecedentes —replicó el comisario—. La posibilidad de ir a la cárcel debería impresionarle, pero es como si no le importase.

—¿Va a volver adentro? —preguntó Vasconcelos.

—No hay prisa —dijo Caldas, y los demás estuvieron de acuerdo en aplazar el siguiente interrogatorio hasta que la búsqueda del cadáver o las conclusiones de la policía científica ofreciesen algún resultado nuevo en el que se pudiesen apoyar.

El inspector Caldas echó un vistazo al móvil. La juez Flores le había llamado y le había enviado un mensaje interesándose por las novedades del caso.

No era el único que había recibido llamadas.

—Mientras estabas dentro he hablado con el doctor Andrade —dijo el comisario—. Alguien le ha dejado en el buzón un sobre con un mechón de pelo rubio y una nota en la que se pide un rescate. Va a traerlo para que lo analicemos.

Caldas resopló.

—No puede ser de Mónica —dijo, y lamentó que hubiesen asomado los primeros canallas dispuestos a sacar partido de la esperanza y el dolor de la familia.

—Pero no podemos dejar de comprobarlo mientras no aparezca el cuerpo.

—No, claro —accedió.

—No dejan de llamarle detectives para ofrecerle sus servicios —les contó el comisario.

Caldas miró a Vasconcelos y por su gesto supo que mantenía ciertas reservas.

—¿Qué le preocupa?

—Entender cómo es posible que Mónica no lo reconociera teniéndolo tan cerca.

—¿No cree que sea el Caimán?

—No sé qué creer —respondió el *chefe*, y le confesó que había comenzado a dudar de su instinto—. Prefiero fiarme de las evidencias.

Culpa. 1. Falta cometida voluntariamente. **2.** Responsabilidad que recae sobre alguien por haber cometido un acto incorrecto. **3.** Acción u omisión que provoca en alguien un sentimiento de responsabilidad por un daño causado.

El inspector estaba preparando unos cafés, contando al portugués que la cafetera era un regalo de un joyero agradecido, cuando Olga apareció en la puerta.

—Está aquí la señora de ayer.

—¿Qué señora?

—La madre del muchacho detenido —aclaró—. Quiere hablar contigo.

El inspector Caldas hizo pasar a la madre de Camilo al despacho.

—¿Le apetece un café? —le preguntó, pero ella lo rechazó moviendo la cabeza.

Rosalía Cruz tenía los párpados hinchados por el llanto y el poco sueño, y Leo Caldas tomó asiento frente a ella dispuesto a contarle que su hijo se había herido y que se habían visto obligados a inyectarle un sedante.

—Tiene que soltarlo —le pidió ella—. Le juro que no ha hecho nada.

—Lo sé —dijo Caldas tratando de serenarla.

—No ha hecho nada —repitió—, no ha hecho nada.

—Hemos detenido al hombre que la mató —le informó Caldas.

Rosalía se tapó el rostro con las manos.

—No ha hecho nada —volvió a decir.

—Vamos a soltarlo. Tiene mi palabra —la tranquilizó Leo Caldas—. Le prometo que su hijo dormirá hoy mismo con usted.

La madre de Camilo le miró a los ojos.

—Es de Andrés de quien le hablo —murmuró, incapaz de contener las lágrimas—. No ha hecho nada.

—No sé si la estoy entendiendo.

—Andrés el Vaporoso —suspiró—. Lo han detenido, pero no tiene nada que ver con la muerte de Mónica.

Caldas carraspeó.

—Andrés Canosa acaba de reconocer que la mató.

—Andrés es inocente, inspector, se lo juro. Todo es por mi culpa. Tiene que soltarlo —había roto a llorar—, tiene que soltarlo.

—Le estoy diciendo que ese hombre ha admitido el crimen —repitió Caldas despacio para que ella pudiese asimilar el significado de sus palabras.

—Si ha confesado es para protegerlo.

—Para proteger ¿a quién?

—Para proteger al niño.

—¿A qué niño? —preguntó Caldas, y un instante antes de que Rosalía Cruz contestase, entendió que estaba sentado frente a la sirena que el Vaporoso había encontrado en Tirán.

—Camilo es nuestro hijo —sollozó—, de Andrés y mío.

Pesadilla. 1. Sueño que produce angustia y temor. **2.** Preocupación grave y continua.

—Cuando quiera —dijo Leo Caldas acercándole el teléfono con el que iba a grabar su declaración.

Rosalía Cruz comenzó el relato recordando que aquella noche se despertó, como tantas otras, y se levantó a beber agua a la cocina. Pasó por la habitación de Camilo para arroparlo, pero la cama estaba hecha y la habitación vacía. No se había acostado.

Recorrió la casa y el jardín y, al no encontrarlo, decidió salir a buscarlo por los alrededores. Anduvo por los caminos que él solía transitar, bajó a la playa, miró entre las rocas y en la orilla. Luego fue caminando hasta la casa azul.

—Sabía que a Camilo le gustaba verla trabajar el barro. La había dibujado muchas veces y pensé que podía estar allí. Desde el camino ya oí a mi hijo —recordó—. Cuando se pone tenso, se agarrota y empieza a decir un aaaah. Puede estar horas con eso. Aaaah —repitió reproduciendo el lamento del hijo.

Caldas le pidió con un gesto que continuase.

—Cuando lo oí, abrí la cancela y entré al jardín. Llamé a la puerta de la casa, pero nadie me abrió. Oía el aaaah del niño justo detrás de la puerta y empujé, pero estaba cerrada con llave. Rodeé la casa y entré por la cocina. Al llegar al salón vi a mi hijo balanceándose y, cuando me acerqué, la vi a ella tirada en el suelo. Parecía irreal, como si estuviera pintada. Todo estaba lleno de sangre. Mi hijo también estaba manchado. Le pregunté qué había pasado y él solo aaaah —le imitó y buscó a Leo Caldas con la mirada—. Le juro que nunca había hecho daño a nadie, inspector. No me puedo explicar por qué hizo algo así. Camilo no es malo. Sé que es difícil de creer, pero no es malo. Le han dado mil motivos para estallar, todos los días hay alguien que lo insulta o se ríe de él —dijo sin poder contener las lágrimas, y les contó que cuando tenía quince años llegaba a casa y descargaba toda esa rabia autolesionándose—. A veces se golpeaba el brazo contra el canto de una mesa hasta que se le veía el hueso como si no sintiera dolor. Pero Camilo nunca había sido violento con los demás. No entiendo qué se le pasó por la cabeza esta vez para atacar a Mónica si ella siempre lo trató bien —acertó a decir entre suspiros—. El abogado dice que lo llevarán a un sanatorio. Creo que es lo mejor para todos. Un sitio en el que pueda estar bien atendido, con especialistas que lo entiendan.

Caldas tragó saliva, no quiso explicarle que un psiquiátrico penitenciario estaba muy lejos de ser el lugar que ella imaginaba.

—Entonces ¿es cuando fue a buscar a Andrés el Vaporoso? Rosalía Cruz respondió que sí.

—Camilo no paraba, estaba como en trance. Parecía hipnotizado por lo que había hecho y no dejaba de mirar a Mónica, balanceándose frente a ella como un loco, con las manos llenas de sangre. No se callaba y no se quería mover —volvió a gemir—, y yo sola no era capaz de callarlo ni de sacarlo de allí. Cerré la puerta y me fui a buscar a Andrés. El pobre estaba dormido cuando llegué a su casa, pero se puso un jersey y me acompañó —dijo arrugando el rostro—. En todos estos años nunca le he pedido nada.

—¿Qué hicieron? —inquirió el comisario.

—Primero le cerramos los ojos y la envolvimos en la alfombra para que Camilo no pudiera verla. Pero seguía con el aaaah. No podíamos sacarlo de la casa porque iba a despertar a todo el mundo, así que le metimos un pañuelo en la boca, como hacen en las películas cuando quieren que alguien no grite.

—¿Y después?

—Andrés consiguió llevarlo hasta el camino y yo lo acompañé a casa. Le lavé la sangre con agua caliente, lo desnudé y lo dejé metido en la cama. Le quité el pañuelo de la boca porque me daba miedo que se ahogara —explicó—. Empezó otra vez con el aaaah, pero yo cerré su cuarto con llave y volví a la casa azul para ayudar a Andrés. Teníamos que sacarla de allí antes de que se hiciese de día. Cuando terminamos, metimos algunas cosas en una mochila como si Mónica hubiese hecho un equipaje y Andrés llevó la bicicleta al puerto de Moaña. Fue por las playas aprovechando la marea baja, para que nadie lo viese.

Caldas miró a Estévez, que movió la cabeza confirmando que él también recordaba la nube de arena que se había desprendido del guardabarros de la bicicleta en el muelle. Supieron que estaba diciendo la verdad.

—Yo me quedé limpiando la sangre y, al acabar, me marché a trabajar. Me retrasé un poco aquel día. Aún estaba haciendo los baños cuando llegaron los primeros clientes a desayunar —recordó—. Después, volví a casa. Camilo seguía en la misma postura. Se había dormido y yo también me acosté. Creí que no iba a poder dormirme, pero estaba agotada y al final me venció el sueño. Cuando abrí los ojos pensé que todo había sido una pesadilla, pero al entrar en la habitación de Camilo encontré el suelo lleno de dibujos de la chica muerta. Le pedí que no la dibujase más, pero ha seguido dibujándola una y otra vez —se lamentó—. No sé cuántos dibujos habré quemado desde aquel día.

Se frotó los ojos con las manos y luego miró al inspector, como dando por concluido su testimonio.

—¿Qué hicieron con el cadáver? —le preguntó Caldas.

La respuesta de Rosalía Cruz fue otra pregunta.

—¿Van a dejar a Andrés en libertad?

—Tendríamos que confirmar que todo lo que nos ha contado es cierto.

—Todo sucedió como se lo he contado, ¿qué más necesitan?

—Si no tenemos el cuerpo, va a ser difícil probarlo.

—Suéltenlo y los llevo al sitio.

El comisario Soto tomó la palabra.

—Andrés Canosa ha admitido su culpabilidad, hemos encontrado sus huellas en la casa. No podemos ponerlo en libertad.

—Andrés diría cualquier cosa para salvar al niño —replicó ella—. Y yo acabo de acusar de asesinato a mi propio hijo. ¿Cómo pueden dudar que sea cierto?

Los policías se miraron y fue Caldas quien habló:

—Puede que su hijo no la matara.

—¿Cómo?

—Es posible que llegara a casa de Mónica cuando ya estaba muerta.

—No le creo —murmuró ella—. Lo dice para que les diga dónde está.

Caldas apoyó una mano sobre el hombro del policía que estaba sentado frente a ella.

—Este señor es el *inspector-chefe* Vasconcelos —dijo—. Ha venido desde Oporto esta mañana. Mónica Andrade colaboraba con él desde hace años en un caso. Trataban de detener a un hombre muy peligroso. Es probable que sea ese hombre quien haya matado a Mónica.

—Lo que le dice el inspector es cierto —dijo Vasconcelos.

—No tenemos otra forma de comprobarlo que examinando el cadáver de Mónica —continuó Leo Caldas—. El asesino hace siempre el mismo corte en la garganta. La herida que hemos visto en los dibujos de su hijo parece hecha por la misma mano, pero necesitamos que los forenses lo confirmen.

—¿Y si lo confirmaran? —preguntó ella.

—Si lo confirmaran intentaríamos que la juez los pusiera en libertad. No puedo prometérselo, pero la juez es razonable. Insistiríamos en que tuviese en cuenta que ahora nos está ayudando.

—¿Andrés quedaría libre?

—Andrés y Camilo —asintió.

Rosalía Cruz bajó la mirada.

—Creo que es mejor que Camilo vaya al sanatorio.

—Hágame caso —dijo Leo Caldas—, ese sanatorio no le gustaría.

Resto. 1. Parte que queda de un todo. 2. Resultado de la operación de restar. 3. Sobras de comida o residuos. 4. Cuerpo de una persona después de muerta.

La comitiva llegó a Tirán una hora más tarde. En un coche iba la comisión judicial, compuesta por la juez Flores, el secretario y Guzmán Barrio, el médico forense. Rafael Estévez y el inspector Caldas llevaban en su coche a Rosalía Cruz y al *inspector-chefe* Vasconcelos, que los había querido acompañar. También había venido una furgoneta negra de la funeraria para trasladar el cadáver.

El comisario Soto se había quedado en Vigo con el doctor Andrade, quien había llegado poco antes trayendo renacida, en el mechón de pelo con el que alguien pretendía estafarle, una esperanza que se vieron obligados a extinguir.

Por la calle estrecha que desembocaba en el atrio de la iglesia solo bajó la furgoneta. Los demás coches aparcaron arriba, en el terreno de la casa rectoral. Rosalía Cruz llegó caminando junto al inspector. Llevaba la cabeza baja y, aunque no llovía, se cubría de las miradas de sus vecinos con la capucha.

La batida se había cancelado y los policías que buscaban en el agua habían desembarcado para ayudar a acordonar la zona. También estaban allí Clara Barcia y los miembros de la unidad científica, que habían acudido a primera hora a la casa de Mónica Andrade para seguir escudriñándola en busca de restos.

Rodearon la iglesia, descendieron los tres peldaños, empujaron la reja y pasaron bajo la cruz de piedra colocada a la entrada del cementerio parroquial. Luego siguieron a Rosalía Cruz por los pasillos de tierra compactada, entre paredes repletas de flores, fechas y nombres de difuntos.

La madre de Camilo se detuvo y señaló un nicho a ras de suelo. Estaba cerrado con una lápida anónima de piedra blanca. Parecía vacío, como otros que, tapados con ladrillos o con lápidas similares, podían verse aquí y allá.

—¿Es necesario que me quede? —preguntó la mujer en voz baja, y Caldas negó con la cabeza antes de pedir a Estévez que la acompañase a un lugar discreto.

Dos agentes de la policía científica vestidos con monos blancos introdujeron una palanca por un lateral para retirar la lápida. Detrás apareció el tabique con que Andrés el Vaporoso y Rosalía Cruz habían sellado el nicho la noche del jueves anterior.

A pesar de las mascarillas, cuando los policías rompieron los primeros ladrillos, el olor los obligó a apartarse. Acabaron de abrir el nicho y deslizaron al exterior la alfombra que Caldas ya había visto en los dibujos.

Los agentes depositaron el bulto en el suelo, le hicieron fotografías desde distintos ángulos y miraron al forense, que terminaba de ajustarse los guantes.

—Allá vamos —murmuró Guzmán Barrio.

Desenrollaron la alfombra con cuidado hasta descubrir un cadáver con el rostro hinchado, los ojos exorbitados y la lengua fuera de la boca. La camisa manchada de sangre estaba pegada como una segunda piel al cuerpo abombado por los gases.

Un olor fétido se apoderó del cementerio y Barrio, que nunca llevaba mascarilla, se volvió con los ojos cerrados y se tapó las fosas nasales con dos dedos. El secretario judicial, que levantaba acta junto al nicho, retrocedió, e incluso quienes asistían al levantamiento a más distancia se apartaron o se cubrieron la boca y la nariz con las manos.

Como siguiendo un ritual repetido muchas veces, los agentes de la científica fotografiaron el cuerpo e introdujeron las manos de la fallecida en bolsas para preservar cualquier resto genético que pudiera conservarse bajo las uñas.

—Mujer de unos treinta y cinco años —comenzó el forense en voz alta, para que el secretario le pudiese escuchar—, vestida con una camisa blanca y bragas del mismo color —dijo tras levantar el faldón para comprobar que llevaba ropa interior—. ¿Sigo?

El secretario judicial asintió.

—El cuerpo presenta enfisema putrefactivo generalizado. La causa aparente de la muerte es una herida incisa en el lado izquierdo del cuello —prosiguió Barrio—. Los bordes del corte son lisos, pero hay afectación interna en los vasos y se aprecia hemorragia abundante.

Uno de los agentes se acercó a fotografiar la herida y el forense manipuló la cabeza.

—No presenta contusiones ni hematomas en el cráneo —aseguró mientras separaba con delicadeza mechones de pelo rubio—. Tampoco hay otras heridas distintas de la del cuello.

El secretario judicial siguió tomando notas mientras el forense desabotonaba la camisa para examinar el torso, inflamado y cubierto por una mancha verduzca, más oscura en la región abdominal.

Una vez que Guzmán Barrio terminó, los agentes de la unidad científica subieron el cadáver a una camilla portátil que los empleados de la funeraria habían arrastrado hasta allí. Lo colocaron en una funda plástica y cerraron la cremallera.

Luego, dos policías se tumbaron en el suelo para inspeccionar el nicho que había albergado el cuerpo. Primero lo alumbraron con linternas y tomaron fotografías desde fuera. Después, uno de ellos se asomó al interior en busca de vestigios.

—Aquí no hay nada —dijo tosiendo en la mascarilla cuando salió.

Había transcurrido casi hora y media cuando precintaron el nicho y dieron por concluido el levantamiento. La juez autorizó el traslado del cadáver y la comitiva abandonó el cementerio.

Caldas se apoyó en el murete que cerraba el atrio de la iglesia, encendió un cigarrillo, se tocó la herida debajo del pelo y se quedó mirando al mar. En algún lugar bajo el agua debía de reposar la mochila de Mónica Andrade con el cepillo de dientes y algo de ropa. Andrés el Vaporoso la había lastrado con piedras antes de hundirla en mitad de la ría.

—Nunca habríamos encontrado el cuerpo —comentó la juez poniéndose a su lado. Los dos respiraban intensamente el aroma del mar, tratando de limpiarse el olor a cadáver que parecían llevar impregnado.

—Nunca —corroboró Leo Caldas, y le contó que Rosalía limpiaba el cementerio dos días a la semana—. En el coche nos confesó que el nicho que eligieron para ocultar a Mónica había pertenecido a una mujer que decidió ser incinerada.

La juez Flores se volvió hacia Rosalía Cruz. Se había sentado en un banco de piedra con la cabeza entre las manos. No se perdonaba haber dudado de su propio hijo.

—Esperemos que la autopsia confirme que no fue él —susurró la juez.

—Esperemos —dijo Caldas, y, mirando a la madre de Camilo, se juró que atraparía al Caimán.

Afilado. **1.** Que tiene filo delgado o agudo. **2.** Hiriente, mordaz. **3.** Que tiene delgados la cara, la nariz o los dedos.

El doctor Nuno Ferreira, el forense que había examinado los cadáveres de seis de las víctimas del Caimán, llegó desde Oporto para acompañar a Guzmán Barrio durante la autopsia. Al concluir, los dos salieron juntos al pasillo donde esperaban Caldas y Vasconcelos.

—¿Fue el Caimán? —preguntó el *chefe*, y el doctor Ferreira lo confirmó con un gesto.

—Son los mismos cortes que tenían los niños —afirmó el forense portugués—. No hay duda de que fue él.

—Le clavó un instrumento cortante en la garganta y lo movió perpendicularmente para seccionar los vasos —explicó Guzmán Barrio, que al primer vistazo había descartado la posibilidad de que la cuchilla de Andrés el Vaporoso fuese el arma del crimen—. Esta es más estrecha y tan afilada que apenas necesita hacer fuerza para causar un destrozo enorme. Tiene la yugular y la carótida seccionadas con cortes limpios. En una zona tan vascularizada, la hemorragia es fatal. Debió de morir en muy poco tiempo.

—Con los niños hace lo mismo —dijo Ferreira—. Todos presentan un tipo de corte idéntico, es la misma arma plana siempre.

—Vasconcelos cree que puede ser un bisturí —apuntó Caldas.

—Podría ser un bisturí quirúrgico, sí, pero también es compatible con otra cuchilla de corte fina y muy afilada —respondió Barrio, y el forense portugués estuvo de acuerdo—. Lo que sea penetra con toda facilidad en los tejidos.

—¿Del Caimán has encontrado algo?

—Si te refieres a restos orgánicos, nada —respondió el forense—. No sé si tus compañeros de la científica encontrarán algo en la alfombra, pero en el cuerpo no hay nada. Ni un poco de piel bajo las uñas.

—¿No se defendió?

—No parece —contestó Guzmán Barrio—. No hay cortes en las manos ni en los brazos.

—¿Es normal que no se protegiese?

—Si se te acercan por detrás y te ponen un objeto cortante en la garganta ni te mueves —dijo el forense.

—A no ser que sepas que te van a matar de todas formas.

—A lo mejor cuando te quieres dar cuenta ya es tarde.

—Es posible —convino Leo Caldas—. ¿Y dices que la atacó por detrás?

—Sí, él estaba detrás de ella —confirmó—. Eso seguro.

La herida en el dibujo de Camilo estaba en la parte delantera del cuello.

—¿El corte no fue aquí? —preguntó Caldas señalándose debajo de la barbilla.

—Sí —dijo Barrio y, colocándose tras el inspector, reprodujo el movimiento que la había matado—. ¿Ves? Primero le clava el arma así y luego rasga todo por dentro.

—¿Con la mano derecha? —preguntó Caldas.

Los dos forenses asintieron.

—Es diestro —dijo Barrio—. Y me han llamado del laboratorio para adelantarme que hay restos de alprazolam, aunque no demasiada cantidad. Luego me mandarán el informe completo.

—Eso es un sedante, ¿no?

—Un ansiolítico, sí —confirmó el forense—. Debía de estar nerviosa y se tomó una pastilla.

—¿Crees que estaba dormida cuando él llegó?

El forense abrió las manos.

—No lo sé —respondió—, pero se tomó un tranquilizante, no un somnífero.

—Ya.

—Oye, Leo, y hablando de tranquilizantes, ¿sabes que esta noche ha tenido que ir el residente a inyectar una ampolla al muchacho detenido?

—Lo sé.

—Luego le ha hecho una cura y ha encontrado unas cicatrices antiguas que tienen pinta de autolesiones —le informó—. Son habituales en ese tipo de pacientes.

—Nos ha contado la madre que cuando era más joven se daba golpes hasta que se le veía el hueso —dijo Caldas.

—¿Vais a tenerlo mucho tiempo encerrado?

—Pensaba hablar con la juez para soltarlo lo antes posible.

—Pues yo lo mantendría atado mientras lo tengáis en custodia —dijo Guzmán Barrio—. Por si acaso.

Caldas le agradeció el consejo y sacó el teléfono móvil.

—¿Has visto cómo dibuja? —preguntó buscando las fotografías—. No habla, no se controla, pero le das un lápiz y no te crees lo que es capaz de dibujar.

—Coño —exclamó el forense al ver a Mónica muerta en el móvil—, es la víctima.

—Estuvo dos horas frente a ella hasta que la madre se lo llevó a casa —le contó Caldas pasando de un dibujo a otro—. Parecen fotos, ¿verdad?

—¿La encontró muerta y se puso a dibujar?

—No —dijo Caldas, y le explicó que dibujaba todo de memoria—. Por ejemplo, este es de ayer y, como ves, es idéntico a los que hizo los otros días. No sé si me sorprende más su talento para dibujar o para recordar los detalles.

Guzmán Barrio se quedó mirando el dibujo de Camilo y Caldas señaló la alfombra.

—¿Tanta sangre es normal?

El forense asintió.

—Perdió casi tres litros. Cortar una arteria es como dejar un grifo abierto —aseguró. Luego se acercó a mostrar el teléfono al forense portugués, que se había retirado para hablar a solas con Vasconcelos.

—¿Hay más dibujos? —preguntó el doctor Nuno Ferreira después de ver el primero.

—Todos estos —dijo Barrio pasando de unos a otros.

—Y tiene que haber muchos más —explicó Caldas—. El muchacho se pasa el día dibujando.

Custodiar. 1. Guardar con cuidado y vigilancia. **2.** Vigilar a alguien, generalmente a un detenido, para evitar que escape.

—Desde ese día, en la mayoría de los dibujos aparece Mónica cubierta de sangre —contestó Rosalía Cruz, sentada en la sala de interrogatorios. Caldas ocupaba la silla frente a ella, mientras que Vasconcelos y Estévez asistían a la declaración de pie—. Le pedí que dejase de dibujarla, pero Camilo insistía e insistía. Una tarde le quité todos los papeles y la dibujó en la pared de la habitación.

—Dice que en muchos de esos dibujos aparecía Mónica muerta —recapituló Caldas—, y cuando no la dibujaba a ella ¿qué dibujaba?

—No estoy segura.

—Necesitamos ver todos los dibujos que hizo desde la noche en que murió Mónica —dijo Leo Caldas.

La madre de Camilo Cruz respondió que ya no era posible.

—Cuando detuvieron a Camilo quemé todos los dibujos que no había quemado antes.

Estévez y Vasconcelos intercambiaron una mirada de decepción, pero Caldas no se rindió.

—¿Recuerda si en esos dibujos aparecía algún hombre a quien usted no conociese?

—Varios —aseguró.

—¿Varios?

—Creo que eran voluntarios de las batidas.

Leo Caldas buscó en su cabeza algo que permitiese identificar al Caimán entre los hombres a los que Camilo hubiese dibujado, pero fue al *inspector-chefe* Vasconcelos a quien se le ocurrió el modo de distinguirlo.

—¿Todos los hombres aparecían dibujados de día o había algún dibujo nocturno? —preguntó, después de estirar el cuello.

—No lo recuerdo —se lamentó Rosalía Cruz, mirando primero a Vasconcelos y luego a Caldas—. Estaba más preocupada por deshacerme de los dibujos que por ver lo que había en ellos.

—No se preocupe —la tranquilizó el inspector—. Supongo que si su hijo lo hubiese visto podría dibujarlo de nuevo.

—Si realmente lo vio, lo tendrá aquí —aseguró ella llevándose un dedo a la sien—. Tan fresco como si lo tuviese delante.

—Usted es quien mejor se entiende con Camilo —dijo Caldas—. ¿Puede preguntarle si vio a alguien aquella noche y pedirle que lo dibuje?

—Puedo preguntarle y puedo pedírselo —admitió Rosalía Cruz—, pero Camilo siempre hace las cosas a su manera. Podría ponerse a dibujar inmediatamente o esperar dos semanas. Tiene su propio sentido del tiempo.

Caldas mandó a Estévez que bajase al calabozo a buscar al muchacho.

—¿Qué va a pasar con nosotros? —preguntó la mujer cuando el aragonés abandonó la sala de interrogatorios.

—Andrés Canosa y usted van a pasar a disposición judicial. La juez les tomará declaración y después decidirá —dijo, aunque Isabel Flores le había adelantado que, si la autopsia confirmaba que el Caimán era el responsable de la muerte de Mónica Andrade, su intención era la de decretar la libertad con cargos para Rosalía Cruz y Andrés el Vaporoso.

—¿Y Camilo?

—Camilo no ha hecho nada malo.

—¿Qué van a hacer con él?

—No hay razón para que esté aquí —dijo Caldas, y le explicó que un coche patrulla podría acercarlo a su domicilio.

—¿Y qué va a hacer él solo allí? —preguntó Rosalía Cruz—. Me necesita para todo.

—¿No tiene algún familiar o un amigo que pueda ocuparse de él?

La madre del chico de naranja negó con la cabeza. ¿A quién se podía acudir para algo así?

—Si nadie puede hacerse cargo de su hijo, podemos confiar su custodia a los servicios sociales hasta que usted vuelva a casa —sugirió Leo Caldas.

Los ojos de Rosalía Cruz se llenaron de lágrimas.

—La culpa es mía, inspector. Tenía cuarenta y tres años cuando me quedé embarazada. La doctora me advirtió que podía haber problemas y no la quise escuchar —dijo con amargura—. Condené a mi hijo a vivir una vida de mierda.

Daño. 1. Dolor, sufrimiento. **2.** Perjuicio o deterioro. **3.** Mal de ojo. **4.** Delito consistente en causar deterioro en la propiedad ajena de manera deliberada.

El inspector salió al pasillo para hacer una llamada.

—Soy Caldas, señoría —saludó.

La juez Flores le confirmó que el forense le había hecho llegar su informe.

—Ya no hay duda de que fue el Caimán.

—Ninguna —asintió Caldas, y le contó que tenía la esperanza de que Camilo Cruz hubiese llegado a verlo—. La madre dice que, si su hijo lo vio, tarde o temprano acabará dibujándolo. Pero no sabe si será pronto o si se demorará varios días.

—Entiendo.

El inspector le contó que iban a pedir al chico que se pusiese a dibujar de inmediato.

—Pero no podemos obligarle —explicó—. Ni siquiera tenemos la certeza de que lo haya visto.

—Claro.

—Tampoco podemos tenerlo aquí mucho más tiempo si sabemos que no hizo otra cosa que llorar frente a un cadáver —dijo Caldas—. Ya lleva demasiadas horas en el calabozo.

—¿Sigue en el calabozo? —se sorprendió la juez.

—Y con las manos esposadas para evitar que se lastime. El forense lo ha recomendado mientras esté aquí.

—Vaya.

—Voy a hacerle un hueco en mi despacho para que esté tranquilo mientras dibuja, pero después no debería volver abajo —dijo el inspector, y la juez estuvo de acuerdo—. El problema es que tampoco podemos dejarlo salir por la puerta sin más. Al chico le angustia la gente. No avanzaría ni dos pasos.

—¿No puede acercarlo un coche a su casa?

—Eso no solucionaría demasiado —respondió Leo Caldas, y le hizo ver que Camilo dependía de su madre para casi todo—. En último caso, podríamos encargar su custodia a los servicios sociales mientras la madre no esté libre.

—Ya le adelanté que mi intención es dejarla en libertad en cuanto declare.

—Sí, señoría, pero necesito asegurarme —dijo el inspector, algo incómodo por que la juez pudiese considerar que se inmiscuía en su trabajo—. Después de lo que ha sufrido ese chico, no querría...

—Le digo que esta noche podrá dormir con su madre, Caldas —repitió Isabel Flores sin dejarle terminar la frase—. ¿Pueden tenerlo ahí hasta que tomemos declaración a la mujer?

—Gracias, señoría —contestó el inspector.

Cuando colgó el teléfono, oyó el lamento de Camilo subiendo las escaleras y salió a su encuentro.

—¿Adónde lo llevamos? —preguntó Rafael Estévez.

Camilo iba detrás, con las manos esposadas, conducido por un agente que lo sujetaba de un brazo.

—A mi despacho —indicó el inspector, y pidió a Estévez que, antes de sentarlo, le ayudase a despejar la mesa. Pretendía que Camilo tuviese amplitud para dibujar, pero también buscaba apartar cualquier objeto con el que se pudiera hacer daño. Seguía impresionado con la descripción de las autolesiones que se había infligido años atrás.

El agente condujo a Camilo hasta el pasillo del fondo y lo hizo pasar al despacho del inspector. El chico de naranja se quedó de pie junto a la puerta y, mientras Estévez trasladaba la primera pila de papeles de la mesa a la estantería, Caldas se acercó a decirle que pronto estaría con su madre. También le habló de la noche en que mataron a Mónica Andrade.

—Si viste al hombre que lo hizo, puedes dibujarlo sin miedo. Tómate el tiempo que necesites —le dijo con voz suave, despojándolo del traje de sospechoso y revistiéndolo con el de testigo indispensable en la búsqueda del asesino de su amiga—. Nadie sabrá que nos has enseñado cómo es.

Camilo no le miró, pero Caldas intuyó que sus palabras habían hecho mella en el muchacho. Por primera vez en muchas horas, la garganta del chico dejó de quejarse. Se quedó de pie, ligeramente encorvado, con las manos esposadas sobre los genitales y sin dejar de balancearse..., pero en un silencio lleno de alivio.

—Leo —le llamó una voz desde fuera. Era Uribe, el agente veterano encargado de la guardia en los calabozos.

Salió al pasillo y Uribe le entregó un bolígrafo y, colocado sobre una tablilla de madera, el documento por el que el detenido pasaba a quedar bajo la custodia del inspector.

—¿Qué tal? —preguntó Caldas, por decir algo, mientras firmaba el papel.

—Mejor ahora que me habéis quitado de encima al chaval ese —respondió Uribe—. Es insoportable estar con él cinco minutos. No me extraña que su madre quiera ingresarlo en un psiquiátrico.

Caldas se volvió como guiado por un reflejo hacia la puerta abierta de su despacho.

Camilo los miraba sin dejar de balancearse. Tenía la boca abierta para retomar un aaaah, pero se le había atascado la voz en la garganta.

—Mierda —rumió Uribe, contrariado por su propia imprudencia—. No sabía que estaba ahí. Como estaba callado...

—No le des más vueltas —dijo Caldas devolviéndole la tablilla.

—¿Crees que me ha oído? —insistió Uribe.

Leo Caldas estaba convencido.

—Seguro que no —mintió.

Uribe acababa de desaparecer por el pasillo cuando el comisario Soto se acercó a reclamar a Caldas.

—¿Puedes venir? Está aquí el doctor Andrade.

Caldas aún no había tenido oportunidad de verlo tras el descubrimiento del cadáver de su hija.

—Ahora mismo voy —dijo.

Luego echó un último vistazo a su despacho y se fijó en un bote de metal colocado en la estantería: entre los lápices y bolígrafos, asomaban los ojos de unas tijeras.

—Llévate aquellas tijeras —le pidió a su ayudante en voz baja—. Prefiero que no las tenga a la vista.

—¿Dejamos al muchacho aquí? —preguntó el agente.

Caldas vio a Camilo balanceándose con las manos esposadas. Tenía la mirada perdida en el suelo y la boca, muda. Todavía masticaba las palabras de Uribe.

—Que se siente en mi silla —dijo—, pero dejad el despacho abierto y que alguien se quede en la puerta para echarle un ojo.

—¿Traemos a la madre? —inquirió Estévez.

La respuesta de Caldas fue negativa.

—Espera hasta que yo vuelva. No voy a tardar mucho.

—¿Le quitamos las esposas para que vaya empezando a dibujar? —consultó el aragonés.

Leo Caldas no olvidaba el consejo del forense.

—Mejor espera hasta que yo vuelva —repitió.

Responsabilidad. 1. Cumplimiento de las obligaciones o cuidado al hacer o decidir algo. 2. Hecho de tener al cuidado a alguna persona o cosa. 3. Obligación de responder ante ciertos actos o errores.

—Lo siento mucho —dijo Leo Caldas.

Víctor Andrade asintió. Vestía camisa blanca y traje y corbata negros, de luto. Parecía haber envejecido varios años en unas horas.

—¿Cómo está su mujer? —se interesó el inspector, y el doctor se encogió de hombros.

—Es difícil saberlo —dijo, con resignación—. Al menos su estado la ayuda a no sufrir.

—¿Usted ha podido dormir algo?

—Poco —contestó—. Tengo ganas de que pase todo.

Caldas tragó saliva. Pasaría el ruido, pero el dolor se quedaría a su lado para siempre.

—Si puedo ayudar de alguna manera...

—Ayudaría encontrando al culpable —señaló el doctor Andrade.

—Haremos todo lo posible.

—¿Saben ya quién es?

—No —confesó Caldas—. Sabemos que es alguien a quien Mónica vio el jueves por la tarde, cuando hizo un receso en la clase. Subió a dar un recado a un luthier y antes o después salió a la calle, a tomar el aire. Creemos que fue entonces cuando lo reconoció. Debió de pasar caminando por la acera o en un coche.

Andrade se recolocó los mechones que le crecían sobre las orejas.

—¿Cómo piensan dar con él?

—Estamos revisando las cámaras para identificar tanto a los transeúntes como las matrículas —dijo el inspector.

—Y desde Madrid van a enviarnos la relación de teléfonos que pasaron cerca de la Escuela de Artes y Oficios mientras Mónica estuvo en la puerta —añadió el comisario.

—Llevará tiempo —admitió Caldas—, pero daremos con él.

El doctor Andrade se quitó las gafas y los miró con sus ojos miopes.

—¿Y qué va a pasar con las personas que metieron a mi hija en ese nicho? —preguntó.

—La juez decidirá —se apresuró a decir el comisario, sacudiéndose la responsabilidad.

—Desde que saben que Camilo no tuvo nada que ver, no han dejado de colaborar —apuntó Leo Caldas.

La disculpa no convenció a Andrade.

—Si hubiesen colaborado desde el primer día, mi hija no habría estado una semana en un agujero.

—Eso es cierto —dijo Caldas—. Pero el muchacho todavía está a tiempo de ayudarnos.

El doctor torció el gesto, descreído.

—¿Cómo?

—Con su lápiz y su memoria —respondió el inspector, y le explicó que no descartaban que hubiese coincidido con el asesino—. Camilo Cruz está ahora mismo en mi despacho. Intentaremos convencerlo de que dibuje a ese tipo para nosotros.

Víctor Andrade dejó las gafas en la mesa y se frotó los ojos oscurecidos por el dolor y las noches sin sueño. Luego se pasó las manos por la calva, como peinándose el pelo que alguna vez había estado allí.

—¿Por qué?, ¿por qué mi hija? —preguntó, como se había preguntado tantas veces en las últimas horas, y Caldas no pudo darle una respuesta. Sabía que muchas de las cosas importantes sucedían por casualidad. Un niño y su asesino habían tropezado por casualidad con una mujer que se ocultaba de las miradas entre las dunas de una playa solitaria; y la misma casualidad la había puesto de nuevo en el camino del monstruo el jueves anterior, cuando se asomó a la calle a respirar.

—Mucha gente mira hacia otro lado. Mónica no solo no lo hizo, sino que se volcó en ayudar a descubrir a ese tipo.

A Andrade le costaba encontrar consuelo en el sacrificio de su hija.

—Y mire de qué le ha servido.

—El hombre que mató a Mónica es un pederasta reincidente, un depredador que raja la garganta a los niños que viola —le dijo Leo Caldas—. Si lo encontramos, habrá servido para lo que ella pretendía, para evitar el sufrimiento de muchos inocentes.

El doctor Andrade le miró de soslayo. Iba a replicar cuando una voz llegó desde fuera interrumpiendo su conversación.

—¡Dios, Dios! —oyeron gritar en el pasillo—. ¡Ayuda! ¡Ayudadme!

Caldas reconoció la voz de Rafael Estévez y se levantó de un salto. Al abrir la puerta, se encontró de frente con Olga. Tenía el rostro demudado.

—Es el chico —dijo, sin más.

Corrieron al despacho de Caldas y encontraron a cinco o seis policías alrededor de Camilo Cruz, que se había derrumbado sobre la mesa. Estévez y Ferro estaban sujetándole las manos. Una mancha de sangre de un rojo intenso que partía de la garganta del muchacho se iba extendiendo sobre la mesa.

El doctor Andrade entró al despacho, apartó a los policías y se agachó junto a él.

—Ayúdenme a tumbarlo —ordenó mientras se quitaba la chaqueta.

Estévez y Ferro sujetaron al chico por las axilas y lo tendieron en el suelo. Tenía una herida enorme en la garganta que había desprendido la carne bajo la barbilla en un colgajo. Al inspector le sorprendió el sonido burbujeante de su respiración.

Víctor Andrade extendió una mano para atrapar la toalla que alguien le tendió y la apretó contra el cuello del chico. Luego manipuló al herido para colocarlo de lado.

—Aguanta, chaval, aguanta —le decía mientras trataba de contener la hemorragia con la toalla—. ¿Alguien ha llamado a una ambulancia?

Una voz respondió que sí cuando el chico comenzaba a convulsionar. Su respiración sonaba como el aspirador de un dentista.

—Aguanta —repitió el doctor Andrade con la voz llena de frustración y la camisa cubierta de sangre.

Luego pidió a Ferro que le relevase apretando la toalla y estiró la camiseta del chico hacia los lados hasta rasgarla. Trató de separarle las manos para liberar la zona torácica y reparó en las esposas.

—¿Pueden soltarle las manos? —gruñó, y un agente se agachó con una llave.

Caldas miró a Estévez. El aragonés se había retirado unos pasos. Tenía algo en la mano.

—Ha sido él mismo —balbuceó, con el gesto crispado por la culpa y la aprensión—. He oído un ruido de cristales rotos y, cuando me he asomado, se estaba pinchando en la garganta.

—Pero ¿qué se ha clavado? —le preguntó el inspector.

—Esto —dijo Estévez enseñándole el cuello de una botella rota.

—Mierda —murmuró Caldas al recordar la botella de vino de su padre que guardaba bajo la mesa.

El comisario Soto estaba desconcertado.

—¿De dónde coño ha sacado el detenido una botella? —preguntó.

—Es culpa mía —musitó Caldas—, es culpa mía.

Cerró los ojos un instante y, al abrirlos, vio a Camilo en el suelo, boqueando como un pez fuera del agua, con los ojos en blanco. El doctor, sentado a horcajadas sobre él, le presionaba el tórax con las dos manos, tratando de arrancar otro latido a su corazón.

El inspector se volvió maldiciendo su descuido y encontró a Vasconcelos apoyado en la puerta, observando cómo la oportunidad de identificar al Caimán se estaba quedando sin fuerzas, como Camilo, entre un charco de sangre.

Blanco. 1. Color semejante al de la nieve o la leche, y que corresponde al de la luz solar no descompuesta en los varios colores del espectro. 2. De color más claro que otros de la misma especie. 3. Espacio intermedio entre cosas. 4. Pálido, generalmente a causa de una emoción fuerte, un susto o una sorpresa. 5. Objetivo o fin al que se dirige un acto o un deseo.

El lunes por la tarde, un elegante coche fúnebre enfiló muy despacio el paseo central del cementerio de Vigo, abriéndose camino entre el gentío. Tras el cristal, los ramos y coronas de flores apenas permitían intuir el ataúd de madera noble.

El doctor Andrade caminaba detrás, algo encogido en su traje negro. Le acompañaban el alcalde y otras fuerzas vivas de la ciudad. La cámara de la televisión local se había quedado tras la verja, pero algunos asistentes grababan con sus teléfonos móviles el paso del cortejo. Pese a las muestras de cariño abrumadoras que recibía en la despedida de su hija, Víctor Andrade nunca se había sentido tan solo.

A la misma hora, en Tirán, las campanas de la pequeña iglesia parroquial también tocaban a difunto por uno de sus vecinos, aunque el funeral de Camilo Cruz apenas había congregado a una docena de personas.

Caldas llegó tarde y prefirió esperar fuera, en el atrio. Se asomó sobre el murete a ver las olas que rompían en la playa. Le pareció que el día azul intenso no casaba bien con la tristeza. La ciudad lanzaba destellos en la otra orilla y, más cerca, en la roca rodeada de mar, un cormorán abría las alas, calentándose al sol. Aquella tarde no había cerca una barca con jilgueros. Solo una trainera que pasó batiendo los remos al ritmo de la voz del timonel.

Varias mujeres salieron de la iglesia con gesto grave. El funeral había concluido. Tres hombres que no habían entrado a la iglesia dejaron de hablar y se retiraron unos pasos, como si el respeto pudiera medirse en distancia. Unos muchachos vestidos con el uniforme de la funeraria bajaron discretamente la cuesta y entraron para cargar el féretro.

Los remordimientos que acompañaban a Caldas se volvieron insoportables cuando los vio salir llevando a hombros un ataúd blanco, como si dentro hubiese un niño.

Rosalía Cruz iba detrás, rota de dolor, y, a su lado, Andrés el Vaporoso. Caldas había decidido no denunciar la agresión de Andrés Canosa y la juez Flores lo había puesto en libertad. El sábado, en la sala de interrogatorios, le había hablado de su decisión de permanecer en Tirán, tomada tan pronto como supo que Rosalía esperaba un hijo.

—Me quedé por si algún día podía hacer algo por él.

—Y ese día llegó —había dicho Caldas.

—Sí —había afirmado el Vaporoso—, ese día llegó.

Mientras en Vigo el coche fúnebre con los restos de Mónica Andrade detenía su marcha frente al panteón familiar, los hombres que cargaban el ataúd blanco de Camilo bajaron los tres escalones, pasaron bajo la cruz de piedra y caminaron sobre la tierra compactada del cementerio de Tirán.

El sacerdote esparció agua bendita y Rosalía Cruz lloró con desgarro cuando lo deslizaron en la oscuridad del nicho. Se abrazó a Andrés el Vaporoso y se quedó apoyada en su hombro, viendo cómo el enterrador iba encerrando el féretro, arrancándole con cada ladrillo un pedazo de vida.

—Dale, Señor, el descanso eterno —recitó el sacerdote cuando las últimas paletadas de cemento sellaron los bordes.

—Y brille sobre él la luz eterna —respondieron dos o tres voces.

—Descanse en paz.

—Amén.

Luego, el sacerdote cerró el libro y solo se oyó, sobre el rumor de las olas rotas, a un gallo cantando a deshora desde algún corral vecino.

Leo Caldas se acercó por el sendero hasta la cancela azul de la casa de Mónica Andrade, donde el precinto policial seguía prohibiendo el paso. Vio el agujero del árbol derribado por el viento y la madera apilada a un lado del jardín. No había rastro del gato.

Siguió por el camino y continuó por la pasarela de madera hasta el mirador de la Mona. Su padre estaba apoyado en la barandilla, observando la ciudad que se extendía en la otra orilla.

—¿Ya? —le preguntó.

—Sí, ya —afirmó Leo Caldas, y, colocándose a su lado, encendió un cigarrillo.

—Desde aquí no parece la misma ciudad, ¿verdad? —comentó el padre al cabo de un rato.

—Eso dice Estévez —respondió el inspector.

Agradecía que su padre no se hubiese referido a sus ojos emocionados al verlo llegar. No dejaba de pensar en la madre de Camilo Cruz y en la comprensión que había encontrado cuando se acercó a darle el pésame y quiso hablarle de la botella olvidada bajo la mesa.

—Les juro que yo no... —había balbuceado Caldas, sin saber ni cómo empezar—. Olvidé que...

Rosalía Cruz le había sujetado una mano entre las suyas, evitándole el tormento de explicarse.

—Lo sé.

Regresaron por el camino y subieron la cuesta empinada hasta el coche, aparcado en el terreno frente a la casa rectoral. Allí arriba apenas llegaba un murmullo de olas de mar.

—¿Adónde quieres ir ahora? —le preguntó su padre cuando se sentó al volante.

—A tu casa.

—¿A la mía?

Leo Caldas bajó unos dedos la ventanilla.

—Sí —confirmó, aunque habría querido pedirle que lo llevase aún más lejos.

Conciencia. 1. Conocimiento del bien y del mal que permite a la persona enjuiciar moralmente la realidad y los actos, especialmente los propios. **2.** Sentido moral o ético propios de una persona. **3.** Conocimiento espontáneo y más o menos vago de una realidad.

Por la noche, después de cenar, salieron al patio trasero y se sentaron abrigados con mantas bajo las estrellas. El perro marrón se tumbó a los pies del padre y Caldas encendió un cigarrillo. Se recostó en la silla de lona a mirar el cielo, pero no pudo distinguir ni una luz, solo una oscuridad sobre la que se proyectaban, como en una película, los mismos minutos fatales del sábado anterior: veía a Camilo desamparado escuchando en la voz del agente Uribe que su madre era partidaria de ingresarlo en un psiquiátrico; se veía a sí mismo despejando el despacho sin acordarse del vino que guardaba bajo la mesa; oía al comisario reclamándolo desde el pasillo y, al poco, los gritos de Estévez tratando de impedir que el chico de naranja se hundiera otra vez la botella rota en la garganta.

También veía la camisa blanca de Andrade teñida de rojo, al médico que llegó en la ambulancia alertando de embolia gaseosa y la sábana con la que cubrieron el cadáver. Y a Rosalía Cruz, incapaz de soltar la mano fría de su hijo ni de entender por qué.

El inspector no dejaba de repetirse que todo habría sido distinto si hubiese pedido silencio a Uribe, mirado bajo la mesa o dispuesto una vigilancia constante para el chico.

—¿Eso es tu teléfono? —preguntó el padre cuando el móvil del inspector emitió otro pitido.

—Sí —contestó Caldas. Era otro mensaje de Elvira en su buzón de voz, que tampoco esta vez se molestó en escuchar. Prefirió seguir mirando al cielo, digiriendo la culpa por haber mostrado a Camilo un destino aterrador, puesto a su alcance una salida, hundiéndose en una niebla que ni siquiera la comprensión de Rosalía Cruz en el cementerio había logrado disipar.

Era casi la una de la madrugada cuando su padre se levantó y anunció que se iba a la cama.

—Yo me quedo un rato más —dijo Caldas.

—No has mirado por el telescopio —le recordó el padre mientras se retiraba. El perro se había levantado y caminaba tras él.

El inspector aseguró que lo haría pero siguió sentado, sin moverse, hasta que oyó un coche a lo lejos y el perro empezó a ladrar. Caldas se mantuvo alerta hasta que se apagaron el motor y los ladridos.

En el tiempo que permaneció allí afuera, se levantó en tres ocasiones para alumbrar con el teléfono distintos lugares en los que creía haber oído pisadas, aunque solo encontró oscuridad. Ya no recordaba lo lleno de ruidos que estaba el silencio del campo.

Antes, durante la cena, había vuelto a comentar a su padre la necesidad de poner unas rejas que dificultasen el acceso a la casa. Su padre se había limitado a llevarse la mano al bolsillo donde guardaba el sacacorchos como un *sheriff* se palparía el revólver, haciéndole ver que un intruso no lo encontraría desarmado. Caldas había celebrado aquella broma repetida con un amago de sonrisa, pero no pensaba dejar de insistir. Su falta de cautela acababa de costar una vida y no estaba dispuesto a añadir otra carga a su conciencia.

Dejó de mirar al cielo y contempló las luces rojas de los molinos de viento alineadas en las montañas de Portugal. Luego sacó el móvil y repasó las portadas de los periódicos locales que ya aparecían publicadas en internet.

El asesinato de Mónica Andrade seguía acaparando demasiada atención, y Caldas leyó las letras gruesas para cerciorarse de que no se hacía referencia a los asesinatos de niños ocurridos en Portugal.

Estaba preocupado por si la noticia llegaba a los medios y ponía en alerta al Caimán, pero nada había trascendido. Nadie relacionaba la muerte de Mónica con el hombre que, al otro lado del río, tenía sobrecogido a un país.

Caos. 1. Estado amorfo e indefinido que se supone anterior a la ordenación del cosmos. **2.** Confusión, desorden.

—¿A qué hora te acostaste? —le preguntó su padre por la mañana.

—Sobre las tres —respondió Leo Caldas.

—A las seis tenías la luz encendida.

—No me podía dormir —confesó el inspector, que al llegar a su habitación se había tumbado en la cama para seguir leyendo la prensa en el teléfono móvil.

En el *Faro de Vigo*, un editorial cuestionaba la seguridad en la comarca refiriéndose al asesinato de Mónica Andrade. Tampoco pasaba por alto el suicidio de uno de los sospechosos, y se preguntaba cómo era posible que alguien bajo custodia policial tuviese a mano un objeto con el que quitarse la vida. El *Atlántico Diario* añadía a la información del entierro una columna titulada «Leyendas urbanas» en la que se refería al rumor extendido en las redes sociales de que el cadáver de la hija del doctor habría estado oculto en un nicho en un cementerio. En la edición local de *La Voz de Galicia* se entrevistaba al comisario Soto, quien confiaba en que «la investigación interna puesta en marcha termine por aclarar los pormenores del asunto y depurar responsabilidades».

El domingo por la mañana, el inspector Caldas había acudido a la comisaría para recoger sus cosas. Se le había abierto un expediente y, como parte del procedimiento penal iniciado tras el suicidio de Camilo Cruz, había acudido al juzgado para tratar de explicar por qué, pese a los antecedentes de autolesiones y a la advertencia expresa del forense, el detenido se encontraba sin vigilancia y con una botella de cristal al alcance de la mano.

—¿Cuántas noches llevas sin dormir?

—Algunas.

—Pues tienes que descansar —dijo el padre.

—Lo intento.

—No tienes que intentarlo, hijo, tienes que hacerlo. Si no, te vas a volver loco.

—Ya.

—Hablo en serio —insistió el padre—. La locura siempre ataca a los insomnes. Espera hasta que te agotas y cuando bajas la guardia se apodera de tu cabeza. No puedes permitir que la locura te venza, no sin plantarle cara —le dijo—. Y sé de lo que hablo: yo también pasé muchas noches sin dormir, lamiéndome unas heridas que nunca cicatrizaban. Un día cerré los ojos y me entregué a las pesadillas que tanto miedo me daban, y descubrí que no solo no eran peores que lo que estaba viviendo despierto, sino que tenían un efecto sanador.

Caldas le prometió que lo haría.

—Y si no te duermes, lee —volvió a la carga el padre—. Pero no leas nada que tenga que ver con lo que te angustia, sino algo que te aleje de lo que estás viviendo. ¿Quieres zumo de naranja?

—Por favor.

Mientras le llenaba el vaso le habló del libro que estaba leyendo.

—Es un poco largo, pero hacía mucho tiempo que una novela no me gustaba tanto —le contó—. Lo tranquilizador de algunos libros es que al final sabes que van a ganar los buenos. Al menos, sabes que van a acabar devolviendo un poco de orden al caos.

—Algo es algo —dijo Caldas, aunque sabía que, en la vida real, nada sucedía así. Podías resolver un caso, pero rara vez podías recomponer lo que se había resquebrajado en el camino.

El padre de Caldas salió de la cocina y regresó con un libro grueso que dejó sobre la mesa, frente a su hijo.

—Ayer me quedé dormido mientras leía y, cuando me quise dar cuenta, estaba siguiendo la historia a mi aire, en sueños. Esta mañana, cuando me desperté, tuve que volver atrás para ver qué parte estaba escrita y cuál era de mi cosecha.

Caldas sonrió, abrió el libro y comenzó a leer las primeras páginas. Los Boston Red Sox viajaban en un tren que se quedaba parado en un campo donde jugaban al béisbol unos muchachos negros. Los jugadores profesionales decidían bajarse del tren a jugar contra ellos y solo el silbato anunciando que se reanudaba la marcha los salvaba de perder el partido.

—Esto habla de béisbol —dijo Caldas dejando de leer.

—De béisbol, de una huelga que hubo en Boston en los años veinte, de gente buena y mala...

—No entiendo una palabra de béisbol.

—Yo tampoco —confesó el padre—, pero no importa. También hay varios policías, como tú.

Caldas resopló.

—Espero que no sean como yo.

—Joder, Leo, no seas cenizo, ¿quieres? Todo el mundo comete errores. El libro también habla de eso, de pecado y redención.

Caldas se llevó el vaso de zumo a los labios con el eco de las palabras de su padre resonándole en la cabeza: pecado y redención.

La perspectiva de redimirse pasaba por detener al Caimán, pero ni Camilo ni Mónica podían ya reconocerlo. Sabía que, a veces, los casos llegaban a un punto muerto, a un lugar desde el que ya no se podía avanzar. No quedaba ni la alternativa de arrojarse al vacío, solo era posible esperar.

Si las cámaras no daban algún fruto, deberían resignarse a aguardar hasta que el Caimán diese un paso en falso, a que alguien lo pudiese identificar la siguiente vez, a que otra Mónica Andrade fuese colocada por el destino frente al monstruo.

Caldas se preguntaba cuál sería el precio que deberían pagar, cuántos inocentes más habrían de morir antes de que pudiesen pararlo.

Prisa. 1. Prontitud, rapidez con que se ejecuta algo. **2.** Necesidad o deseo de ejecutar algo con urgencia.

Leo Caldas pasó el día sumergido en aquella novela cuya lectura compartía con su padre. Había avanzado casi trescientas páginas cuando el perro comenzó a ladrar y su padre se asomó a la ventana para ver la entrada.

Regresó al cabo de un momento y anunció al inspector que tenía visita.

—Está aquí.

—¿Quién está aquí?

—Elvira Elvira —dijo, con el tono guasón de siempre—. Está ahí afuera, en un coche.

—No quiero ver a nadie.

—No digas tonterías, ¿quieres? De niño ya te brillaban los ojos cuando la mirabas. ¿Cuándo vas a dejar de flagelarte y a disfrutar un poco de la vida?

—No quiero amargarla con mi porquería, papá.

—¿Prefieres amargarme a mí? —preguntó el padre—. Déjate de remilgos y sal a recibirla. La mejor forma de no volverse loco es perder de vez en cuando la cabeza.

Caldas cerró el libro, se pasó la mano por el pelo y fue al encuentro de Elvira. Estaba agachada en el patio de entrada, acariciando al perro.

—Te he estado llamando —dijo ella al verlo aparecer.

—Sí, lo sé.

—He ido al Eligio varias tardes —le contó—. Carlos sugirió que te buscase aquí.

—Necesitaba alejarme unos días.

—¿Alejarte de mí?

—No —respondió—, de ti no.

El padre de Caldas esperó a que dejaran de besarse para salir a saludar.

—¿Vienes a sacar al ermitaño de la cueva?

Los dos hoyuelos se formaron en las mejillas de Elvira Otero.

—Si se deja, sí —respondió dando un abrazo al viejo amigo de su padre.

—Y tú... —preguntó el padre de Caldas— ¿te dejas invitar a un vino?

Una hora más tarde, Leo Caldas se sentó en el asiento del copiloto y bajó varios centímetros el cristal.

—Espera un momento —le pidió el padre, y desapareció dentro de la casa.

Regresó trayendo en la mano el libro que compartían.

—Llévatelo, Leo —dijo entregándoselo a través de la ventanilla abierta.

—Todavía lo estás leyendo tú —repuso Caldas.

—Da igual —insistió el padre—. Tú eres quien necesita que los buenos ganen.

Leo Caldas tragó saliva y le dio las gracias.

—Te lo devuelvo en cuanto termine.

—No hay prisa —dijo el padre—. Yo mientras puedo ir soñando otro final.

Pájaro. 1. Cualquiera de las aves terrestres voladoras con pico recto no demasiado fuerte. **2.** Persona astuta y con pocos escrúpulos.

Tres días después, Leo Caldas había terminado el libro. No sabía cómo sería el final que habría fabulado su padre, pero le parecía difícil que fuese más redondo que el que había escrito el autor: una persecución a un niño en un mercado que el inspector había devorado sin dejar de pensar en el Caimán.

Aquella misma mañana había hablado por teléfono con el *inspector-chefe* Vasconcelos. Uno de los coches que pasaron frente a la Escuela de Artes y Oficios mientras Mónica estaba asomada a la puerta había resultado tener matrícula portuguesa. El *chefe* tenía la intuición de que la pista era buena.

El vehículo pertenecía a una mujer que vivía en Ponte da Barca, a unos cuarenta kilómetros de la frontera. La mujer había confirmado que la semana anterior había viajado hasta Vigo para acudir a la consulta de un médico, pero las cámaras no dejaban ver quién conducía. Vasconcelos creía que estaba encubriendo a uno de sus hermanos.

—Hugo Ferreira, el quinto niño que se llevó el Caimán, vivía a ocho kilómetros de ellos. El hermano de esa mujer fue una de las personas a las que interrogamos cuando el niño aún estaba desaparecido.

—¿Tenía coartada?

—Su familia aseguró que estaba con ellos.

Las familias podían decir cualquier cosa.

—¿Alguien ha hablado con él?

—Todavía no. Prefiero esperar a juntar más pruebas —indicó el *chefe*—. Pero hay algo más.

—Escucho.

—He estado revisando los testimonios de los vecinos interrogados mientras buscábamos a ese niño. Una mujer mencionó que vio un pájaro grande pasar varias veces volando cerca del lugar en que jugaba. Yo no lo recordaba porque no fui yo quien la interrogó, pero figura en el expediente.

—Mónica también vio un pájaro.

—El hermano de la mujer del coche cría palomas mensajeras —dijo el *chefe*—. Compite en concursos con ellas.

—Una paloma no es tan grande.

—Si cría palomas, no sería raro que criase también otras aves.

—No sería raro, tiene razón.

—Y he estado repasando también las declaraciones de los familiares de todos los niños y encontré otra coincidencia —le contó el *chefe*—. La abuela de Nuno Veloso, el primer niño que desapareció, dijo que antes de salir de casa el niño había visto un pájaro grande por la ventana. ¿No es mucha casualidad que siempre haya pájaros y que ese hombre los críe?

—Bastante —dijo Leo Caldas.

—Esta mañana le hemos puesto un seguimiento y le hemos intervenido el teléfono —reveló Vasconcelos—. Creo que lo tenemos.

—Ojalá —susurró Caldas, que seguía soñando con una detención que le permitiese volver a dormir por las noches.

Se asomó a la terraza del apartamento de Elvira para ver las casas de Tirán, pero el enorme transatlántico atracado en el puerto tapaba la perspectiva del otro lado de la ría. Sacó el teléfono del bolsillo y llamó a su padre. Se sorprendió al ver que contestaba casi al primer tono.

—He terminado el libro —anunció.

—Yo también —dijo el padre, y Caldas lo imaginó sonriendo al otro lado de la línea—. ¿Duermes mejor?

—A ratos —contestó.

—Al menos, no duermes solo.

—Eso sí.

—No es poco.

—No lo es, no —convino Leo Caldas—. ¿Vas a venir por Vigo?

—No tenía pensado.

—Pues a ver si el fin de semana puedo ir a devolverte el libro.

—No te preocupes —dijo el padre—. Mi final no está tan mal. Me sirve durante unos días.

—No imaginas cómo es el de verdad —replicó Caldas—. Merece la pena.

Hubo un silencio breve al otro lado de la línea.

—¿Estás en casa de Elvira?

—Sí —respondió—, ¿por qué?

—Porque Óscar, el hijo de Chicho Novo, va a estar esta tarde en la Escuela de Artes y Oficios y vendrá después por aquí a buscar una caja de vino. Chicho se ha quedado sin combustible y ya sabes que no quiere beber otro.

—Ya —dijo Caldas.

—Si Elvira le acerca el libro a la escuela, Óscar puede traérmelo hoy mismo.

—Elvira no ha comido aquí, pero tampoco va a pasar hoy por su clase. Tenían una actividad fuera de la escuela —dijo, y le contó que había ido con los alumnos a ver una exposición en Pontevedra—. ¿Tiene que ser hoy?

—Óscar Novo va a venir hoy, sí —respondió el padre—. Pero no te preocupes, ya me lo devolverás otro día.

—Podría acercarle el libro yo —se ofreció Caldas, aunque no estaba seguro de querer pasar por la escuela. Desde su vuelta a la ciudad, apenas había salido de casa para no exponerse ni exponer a Elvira a preguntas o miradas incómodas.

—No te molestes —dijo el padre.

—No es molestia.

—¿Seguro?

—No tengo mucho más que hacer.

—Solo si el final es tan bueno como dices —bromeó el padre—. Si no es para tanto, puedo aguantar con mi final unos días.

—Te aseguro que lo es —afirmó Leo Caldas—. Se lo llevo esta tarde a Óscar y esta noche lo compruebas.

Pulso. **1.** Latido intermitente de las arterias, que se percibe en varias partes del cuerpo y especialmente en la muñeca. **2.** Seguridad o firmeza en la mano para ejecutar algo que requiere precisión. **3.** Enfrentamiento entre dos partes equilibradas en sus fuerzas, que mantienen intereses o puntos de vista diferentes.

Napoleón se levantó de su banqueta cuando lo vio acercarse por la calle García Barbón. Timur se desperezó y se colocó a su lado.

—¿Cómo está, inspector?

—Más o menos —dijo Caldas.

—Oí lo de ese chico.

—Sí.

—*Abyssus abyssum invocat.*

Caldas hizo una mueca semejante a una sonrisa.

—No llevo monedas.

—No le hacen falta —aseguró Napoleón—. Quiere decir que las calamidades atraen más calamidades.

—Pues es verdad.

—Claro que es verdad —dijo el mendigo—. Aquí no despachamos mentiras. ¿Verdad, Timur?

—Nunca lo he dudado —dijo Caldas, y el vagabundo torció la boca y el bigote se le apelmazó contra la barba gris.

—¿Viene por la vestal?

—Hoy no —dijo—. Vengo a devolver un libro.

Caldas se lo mostró y Napoleón lo tomó entre las manos.

—*Cualquier otro día* —leyó en voz alta—. ¿Merece la pena?

—Ya lo creo —aseguró el inspector.

Iba a seguir su camino cuando el mendigo le dijo:

—*Amicus certus in re incerta cernitur* —y, enarbolando un dedo, le advirtió—: No lo olvide si me necesita.

Caldas abrió las manos. ¿Que no lo olvidase? ¿Cómo no iba a olvidarlo si ni siquiera lo podía repetir?

—Los amigos buenos dan la cara en los momentos malos —tradujo Napoleón.

Subió hasta el aula de lutería antigua y, al abrir la puerta, encontró el olor a barniz y la música tenue que tanto le gustaban.

Buscó a Óscar Novo y, aunque estaba de espaldas, reconoció su coleta. Trabajaba en una de las mesas del fondo, junto a la ventana. A su lado vio a Tina, la muchacha de brazos tatuados con la que Mónica Andrade había estado hablando el jueves anterior.

Ramón Casal interrumpió las instrucciones que daba a uno de los alumnos más veteranos al sentir que la puerta se abría y lo miró por encima de sus gafas.

—Qué pena lo de Mónica —dijo el maestro luthier saliéndole al paso.

—Sí.

Caldas temió que fuera a referirse al chico que se había suicidado en comisaría, pero Ramón Casal eludió el asunto.

—¿Le podemos ayudar?

Caldas se acercó al lugar en el que Óscar perforaba una lámina de madera y saludó a la muchacha de los tatuajes. Al inspector le fascinó la concentración del hijo del amigo de su padre, que ni siquiera parecía haber reparado en su presencia.

—¿Qué es eso? —preguntó, en voz baja, y Óscar Novo levantó la cabeza.

—Ah, hola —sonrió—. No te había oído llegar.

Repasó el canto de la pieza que trabajaba con papel de lija antes de enseñársela.

—Cuando esté terminada, será una roseta para un laúd.

—Para mí, eso es como construir una catedral —afirmó Caldas.

—No es para tanto —dijo Óscar Novo—. Solo hay que cortar la madera siguiendo el dibujo.

—Yo no sería capaz. No tengo pulso ni paciencia —aseguró Caldas antes de abordar el asunto que le había llevado aquella tarde hasta allí—. Creo que vas a estar con mi padre.

—Cuando acabe la clase pasaré por la bodega de camino a casa —confirmó Óscar Novo—. Mi padre insiste en que le llevemos el vino que hace el tuyo. Fiel hasta el final.

Caldas tragó saliva.

—Hace años que no veo a Chicho.

—Mejor —dijo Óscar.

Caldas estaba de acuerdo. Prefería recordarlo como el hombre de los aviones de vuelo interminable. Era uno de los pocos recuerdos felices que conservaba de un tiempo casi siempre amargo.

—Me acuerdo de sus aviones.

Tina, la estudiante de los brazos tatuados sentada junto a Óscar, señaló bajo la mesa y Caldas sonrió al descubrir la forma de un avión silueteada con lápiz en una cartulina. Su padre ya le había contado que el hijo de Chicho Novo mantenía aquella tradición familiar.

—Solo es un dibujo —se justificó Óscar echando un vistazo a Ramón Casal.

El inspector Caldas entendió que no le apetecía que su maestro descubriese que dedicaba parte del tiempo a otras cosas, de modo que apartó de la conversación los aviones y tamborileó con los dedos en la cubierta del libro.

—De paso que vas a casa de mi padre ¿te importaría llevarle este libro?

Óscar lo guardó en una mochila colgada de un gancho en el borde de la mesa.

—Así ya no se me olvida —sonrió.

—Muchas gracias —dijo Caldas—. ¿Y podrías hacerme otro favor?

—Claro.

—¿Darías a tu padre un abrazo de parte de Leo?

Óscar Novo respondió moviendo la cabeza.

—Dile que me acuerdo muchas veces de él.

Vértigo. 1. Trastorno del equilibrio caracterizado por una sensación de movimiento rotatorio del cuerpo o de los objetos que lo rodean. **2.** Alteración del equilibrio que produce la altura. **3.** Turbación pasajera producida por una impresión muy fuerte. **4.** Apresuramiento anormal de la actividad de una persona o colectividad.

Leo Caldas volvió a casa de Elvira, encendió la radio para encontrar compañía en las voces desconocidas y se dejó caer en el sofá. Estaba agotado por la falta de sueño, pero no intentó dormir. Sabía que el ataúd blanco de Camilo se dibujaría en su mente tan pronto como cerrase los ojos y se resignó a dejar pasar la tarde, tumbado, mirando al techo.

Mientras bajaba caminando desde la Escuela de Artes y Oficios, había recibido otra llamada del *inspector-chefe* Vasconcelos: el sospechoso transportaba sus palomas a los concursos en una furgoneta blanca.

—Varios testigos mencionaron furgonetas blancas —dijo Vasconcelos.

Para Caldas, aquel era un dato demasiado vago.

—¿Cría algo más que palomas? —preguntó.

—Dos vecinos con los que hemos hablado creen que no —respondió el *chefe*, y le contó que no habían insistido para no levantar desconfianza en el entorno del sospechoso—. Pero dicen que puede hacer volar las palomas a su antojo.

—Si hubiese sido una paloma, Mónica la habría identificado —repuso Caldas, y recordó la declaración de la hija del doctor Andrade. En su cabeza volvió a verla sentada en la silla frente a la cámara, con su vestido largo, mirando a alguien situado a la derecha del objetivo. «Pasó un pájaro planeando y detrás llegó el niño corriendo con los brazos en alto, como si lo quisiera coger». Un pájaro, había dicho. Nada más que un pájaro.

Los otros testimonios tampoco hacían referencia a la especie. ¿No era extraño que nadie reconociese un ave tan común como una paloma? Aquello no terminaba de encajar.

Para el *chefe*, concentrado en estrechar el lazo, el dato carecía de valor.

—Es posible que críe otras aves y sus vecinos no lo sepan —dijo—. Pero lo importante es que hemos encontrado más pruebas que lo incriminan.

—¿Cuáles? —quiso saber el inspector.

—La cámara de una gasolinera a las afueras de Póvoa de Varzim sitúa allí una furgoneta como la del sospechoso el día que desapareció Dinis Carvalho —explicó refiriéndose al más pequeño de los niños, cuya pista se había perdido en los aledaños de una playa próxima a aquella localidad—. Y hemos comprobado en su ordenador que son habituales las búsquedas de noticias relativas al caso. Yo estoy seguro de que es él.

—¿Cuándo van a detenerlo?

Vasconcelos le contó que la policía científica estaba registrando una casa abandonada de la que era propietario en busca de más indicios.

—En cuanto no haya duda —respondió, y luego añadió—: O en cuanto dé un paso en falso.

Caldas permaneció mirando al techo mientras recordaba su conversación con Vasconcelos. La noche anterior también había hablado unos minutos por teléfono con el doctor Andrade, quien le había hecho repetir en voz alta que nunca dejaría de buscar al asesino de su hija. Pese a sus esfuerzos por mantenerse entero, el doctor estaba comprobando que la certeza producía un sufrimiento mucho más intenso que la incertidumbre. La emoción que lo había enmascarado todo durante los primeros días estaba remitiendo, dejándole una insoportable sensación de desamparo, de alma a la deriva. Ahora necesitaba el consuelo de saber que el sacrificio de su hija había servido para atrapar al monstruo y evitar que rajase más gargantas inocentes.

Si la intuición del *inspector-chefe* era buena, pronto se podría confirmar que el criador de palomas era en realidad el Caimán. Había demasiado aliento contenido esperando su captura, demasiada gente necesitada de un alivio que restañase el miedo o el dolor.

Caldas deseaba que la noticia de la detención resultara tan balsámica como el doctor esperaba, pero se preguntaba dónde encontraría consuelo Rosalía Cruz.

Cuando el transatlántico hizo sonar la sirena para despedirse de la ciudad, el inspector se levantó del sofá y salió a la terraza para verlo partir. Decenas de viajeros miraban a tierra desde las cubiertas del barco y, aunque no podía distinguir los rostros, supuso que muchos de ellos lamentarían abandonar Vigo al anochecer, cuando las calles próximas al puerto comenzaban a llenarse de ambiente.

El enorme barco se separó del muelle y, después de virar, enfiló el océano que se abría más allá de las islas Cíes. Caldas encendió un cigarrillo y siguió al barco con la mirada hasta que una de las gaviotas que volaban sobre el puerto atrajo su atención.

La vio planear, con las alas muy quietas, aprovechando un viento que se había vuelto más intenso, y con la gaviota regresaron a su cabeza la declaración de Mónica Andrade y aquel pájaro que le había hecho mirar hacia arriba para descubrir al niño manco y al Caimán.

En la ría, las gaviotas eran parte del paisaje. Como especie protegida, anidaban por decenas de miles en las Cíes, formando una de las mayores colonias del mundo. Se dijo que alguien acostumbrado a verlas nunca se habría referido a una gaviota como a un «pájaro» y se reafirmó en que algo similar debía de suceder con las palomas. Vasconcelos aún no lo había podido constatar, pero Caldas estaba seguro: el portugués que amaestraba palomas tenía que criar otras especies.

Dio una calada al cigarrillo y se acordó de Walter Cope. Una madrugada de insomnio, había valorado la posibilidad de llamar al inglés, por si pudiera ayudarles a identificar qué clase de ave podía haber visto Mónica planear sobre su cabeza. Ahora que el círculo se había estrechado en torno al Caimán, se alegraba de no haberlo molestado. Debía de seguir al pie de la cama en un hospital de Londres, velando a su hija recién operada.

El día en que Rosalía Cruz los condujo hasta el cementerio había hablado con él para comunicarle la aparición del cadáver. Walter Cope le había escuchado en silencio y le había dado las gracias.

—Llámeme cualquier día, cuando vuelva —le había dicho Caldas, con sinceridad, al despedirse.

—No sé si me apetece volver —había respondido el otro con la misma franqueza y su marcado acento inglés.

El inspector Caldas contempló al otro lado de la ría la costa de Tirán. Pese a la oscuridad, podía distinguir en la orilla la franja blanca de las playas que Cope no volvería a recorrer junto a Mónica cada mañana.

Luego vio, sobre el monte Ramil, las luces dispersas de las casas del Lazareto y tragó saliva al imaginar a Rosalía Cruz y Andrés el Vaporoso unidos en el dolor por su hijo muerto.

Iba a encender otro cigarrillo cuando notó que los brazos de Elvira lo abrazaban por la espalda. Caldas miró instintivamente el reloj. Apenas eran las siete y media.

—¿Qué haces aquí tan pronto? —preguntó.

—Si prefieres, me voy —le susurró ella al oído.

—No —dijo Caldas, podía imaginar los hoyuelos a los lados de su sonrisa.

—Acabamos de volver del museo. Mañana retomamos las clases —explicó ella, sin dejar de abrazarlo—. ¿Qué haces aquí afuera?

—Ver volar a las gaviotas.

Elvira se colocó mirando al mar, delante de Leo Caldas, y dejó que fuese él quien la rodease con los brazos. Luego atrapó las manos del inspector entre las suyas.

—Tienes las manos frías —dijo.

Caldas hundió la nariz en su nuca.

—Ya.

—A mí también me encanta verlas volar —dijo Elvira—. Cuando las veo planeando sobre los barcos me acuerdo de mi padre.

—¿Por qué de tu padre?

—¿Te suena una película de la Segunda Guerra Mundial que se titula *Tora! Tora! Tora!*?

—Creo que no.

Elvira sonrió.

—No te preocupes: casi nadie la conoce —dijo—. Pero yo la habré visto diez veces con mi padre. Era su película favorita. Trata el ataque japonés a Pearl Harbor.

—Ni idea.

—Los japoneses atacaban al amanecer con unos aviones pintados de blanco. Cada vez que veo una gaviota volar sin mover las alas —dijo Elvira señalando una que en ese momento planeaba frente a la terraza— me acuerdo de aquellos aviones y de mi padre.

Leo Caldas se echó hacia atrás.

—Aviones —repitió.

—¿Qué pasa, Leo? —preguntó Elvira al notar que su abrazo se había relajado, pero Caldas no contestó.

Se había apoyado en la barandilla sintiendo un vértigo distinto al habitual: el de las piezas del puzle que encajaban a toda velocidad en su cabeza.

—No los atrae con pájaros —murmuró entendiéndolo todo—. Son aviones.

Planear. 1. Trazar o formar el plan de una obra. 2. Hacer planes o proyectos. 3. Volar con las alas extendidas e inmóviles.

Leo Caldas estaba bajando las escaleras cuando notó la vibración del teléfono móvil en el bolsillo.

—Tengo tres llamadas tuyas —dijo el comisario—. ¿Qué sucede?

—¿Está en comisaría? —preguntó a su vez el inspector.

—Sí, claro que estoy aquí —respondió Soto, y luego insistió—: ¿Pasa algo?

—Ya sé quién fue.

—¿Cómo?

—Sé quién mató a Mónica Andrade y a esos niños —dijo Caldas, que ya había salido a la calle y apuraba el paso—. Sé quién es el Caimán.

Diez minutos más tarde, Caldas estaba sentado a la mesa del despacho del comisario. Soto, Estévez y Clara Barcia ocupaban las otras sillas.

—No lo reconoció en la calle, sino la segunda vez que fue al taller de luthería antigua para avisar a Ramón Casal de que podía disponer de la madera —comenzó—. Ya había subido antes, pero no había encontrado a Ramón. Había hablado con dos alumnos que estaban cortando madera en la sala contigua. Les explicó que el viento había tirado el árbol e incluso hizo un dibujo para indicar cómo se llegaba hasta su casa. La alumna a la que dio el papel es una muchacha con los brazos cubiertos de tatuajes llamada Tina. El otro alumno era el Caimán, aunque Mónica no lo pudo reconocer porque llevaba la máscara protectora.

—¿Él sí la reconoció?

—Él sí —respondió, sin dudar.

—¿Cómo lo sabes?

—Cuando supo que la testigo trabajaba allí, no se marchó inmediatamente para no correr el riesgo de cruzársela, pero entendió que no debía acudir ni un día más a la escuela. Por eso contó al profesor que se veía obligado a abandonar las clases por motivos personales. Ramón Casal estaba pidiéndole que reconsiderase su decisión cuando la puerta se abrió y apareció Mónica Andrade de nuevo, hablando por teléfono con el veterinario. Aunque el Caimán se había dejado crecer el pelo, identificó al instante al hombre al que había visto en la playa. ¿Recordáis que el veterinario mencionó que se quedó callada? —preguntó mirando a los demás.

—Sí —dijo Estévez.

—Mónica tuvo reflejos y se volvió tratando de aparentar normalidad, pero debió de darse cuenta de que él también la había reconocido y entró en pánico. Bajó a su clase y, temiendo que el Caimán la buscase por todos lados, se encerró a oscuras en el despacho de Miguel.

—¿Por qué no pidió ayuda? —preguntó el comisario.

—A veces el miedo paraliza —sugirió Clara.

—Pero ¿por qué no llamó a Vasconcelos desde el despacho? —insistió Soto.

—A Vasconcelos no podía llamarlo porque hacía pocas semanas que había perdido el móvil y no tenía su número. Además, abajo no hay cobertura y no querría exponerse a salir al patio y que él la encontrase.

—Sigue.

—Cuando las clases terminaron, se quedó en el taller de cerámica con las luces apagadas, vigilando el patio desde una ventana —continuó Caldas, y recordó el susto que le había dado la ordenanza al bajar a cerrar el grifo—. Salió de la escuela cuando ya no quedaba nadie, con el tiempo justo para llegar al puerto y coger el último barco. Debió de sentir bastante alivio al ver que él no la seguía.

—Entonces, ¿cómo la encontró? —preguntó Estévez.

—¿Recuerdas el mapa con las indicaciones que Tina dejó sobre la mesa de Ramón Casal? ¿El que nunca apareció?

Estévez afirmó con un gesto.

—Desembarcó en Moaña y se fue a casa en la bicicleta. Debía de seguir muy nerviosa, porque al llegar se tomó un tranquilizante —prosiguió recordando el informe del forense—. Luego fue al gabinete a buscar en el ordenador el teléfono de la policía portuguesa y dejó un recado para Vasconcelos. El Caimán debió de llegar poco después y me imagino que, antes de matarla, trataría de saber si había hablado con alguien.

—¿Por qué lo crees?

—Porque, una vez que la mató, ha seguido yendo a la Escuela de Artes y Oficios —aclaró Leo Caldas—. No lo habría hecho si sospechase que Mónica lo había denunciado.

—Tiene sentido.

—Luego debió de aparecer Camilo —dijo el inspector—, pero nunca sabremos si llegó a verlo.

—¿Y quién es el tipo? —preguntó el comisario después de un silencio.

—Se llama Óscar Novo —dijo el inspector—. Es hijo de un viejo amigo de mi padre, aunque al chico lo conozco poco. Es bastante más joven que yo.

—¿Qué te ha hecho pensar en él? —preguntó Clara Barcia.

—¿Recordáis el vídeo de Mónica Andrade, cuando declaró que vio pasar un pájaro con las alas muy quietas y que el niño manco corría detrás estirando el brazo bueno como si quisiese atraparlo?

Las tres cabezas contestaron que sí.

—Hay varios testigos que vieron pájaros en los lugares en que se produjeron las desapariciones —apuntó Soto—. Vasconcelos cree que se vale de aves para llevarse a los niños. Su sospechoso es un criador de palomas.

—Lo sé —dijo Caldas—. Pero Vasconcelos está equivocando el tiro: no son pájaros, sino aviones de papel.

—¿Aviones de papel? —se extrañó Rafael Estévez.

—Pero no son los aviones corrientes en los que estás pensando, sino aviones así de grandes —precisó el inspector, que había dejado cuatro palmos entre las manos—. El padre de Óscar ya los hacía cuando yo era pequeño. El hijo aprendió de él.

El comisario no salía de su asombro.

—¿Dices que atrae a los niños con aviones de papel?

Leo Caldas asintió.

—Los aviones de Chicho Novo volaban muchísimos metros. Y seguro que Óscar los decora para que parezcan pájaros. Creo que es así como consigue conducir a los niños hasta lugares apartados.

Se hizo otro silencio que Rafael Estévez rompió con un carraspeo.

—¿Qué pasa? —le preguntó Caldas.

Estévez se encogió de hombros. Era evidente que le incomodaba llevarle la contraria en presencia del comisario.

—Di lo que tengas que decir —le instó el inspector.

—Algo no encaja.

—¿Qué?

Miró a los lados antes de preguntar.

—¿A nadie le extraña que dos personas que van todos los días a la misma escuela no se hayan visto antes?

El comisario Soto levantó la mano.

—A mí sí.

—Óscar no va todos los días —repuso el inspector—, va dos días a la semana y solo desde hace dos meses. El curso empezó a mediados de septiembre.

—Aun así —arguyó Soto.

—Tú has estado allí —dijo Leo Caldas mirando a su ayudante—. El taller de Mónica está en el sótano del edificio principal y el de Óscar, en la segunda planta del edificio anexo. No es fácil que se crucen. Además, los profesores siempre son los primeros en entrar y los últimos en irse. Rara vez coinciden en la puerta con los alumnos.

—Puede ser, sí —dijo Estévez.

—¿Y si la estaba siguiendo? —preguntó Clara Barcia.

—¿Cómo?

—A lo mejor supo que la testigo trabajaba en la escuela y se matriculó para tenerla vigilada. ¿No has dicho que ahora tiene otro aspecto?

—Tiene el pelo largo, sí —admitió—. Pero ¿cómo habría sabido dónde trabaja?

—Joder, jefe —terció Estévez—, ¿no le suena la palabra «filtración»? Además, deshacerse de una mujer como Mónica no es tan fácil como matar a un chiquillo. Igual quería tenerla vigilada mientras esperaba la oportunidad.

—Podría ser —dijo el comisario.

—Yo creo que se encontraron por casualidad —opinó Caldas—. En todo caso, lo importante es que es nuestro hombre.

—¿Has mirado si tiene antecedentes? —preguntó Clara Barcia.

—No, no lo he mirado —respondió Caldas—. Pero, tenga o no tenga antecedentes, Óscar Novo es el Caimán.

—¿Sabes si ha vivido en Portugal? —le interpeló el comisario.

—No necesita haber vivido allí para conocer bien el terreno: creció en una casa próxima a la frontera, a pocos kilómetros de la bodega de mi padre.

—¿Encaja en el perfil?

—No es alto ni bajo, aparenta unos treinta años y es de complexión delgada.

—¿Nociones de medicina? —preguntó Clara Barcia, en busca del dato que terminase de apuntalar al sospechoso.

Caldas la miró a los ojos.

—No lo sé —contestó—, pero tampoco importa. Nadie encaja del todo en un perfil hasta que encaja.

—Como conjeturas, todas las que has planteado están bien —indicó el comisario Soto—. Pero ¿no deberíamos tener alguna evidencia? Ya nos hemos confundido demasiado.

Caldas recibió el reproche sin un mal gesto.

—Hoy mismo he estado con Óscar en ese taller —dijo—. Debajo de la mesa tenía una cartulina con unas alas silueteadas.

—¿Insinúas que planea llevarse a otro niño?

—No insinúo nada —respondió—, digo que hoy he visto unas alas de avión listas para ser recortadas.

El comisario se frotó los ojos.

—Joder.

—¿A esta hora seguirá en la escuela? —quiso saber Clara.

—En teoría, sí —calculó Caldas—. Las clases no terminan hasta las nueve.

—¿Qué propones? —preguntó el comisario—. ¿Que vayamos al taller de lutería a detenerlo?

Caldas movió la cabeza de un lado a otro.

—No sería seguro —respondió—. Hay decenas de objetos con los que puede defenderse y demasiada gente cerca. Podría tomar algún rehén.

—¿Entonces? —inquirió Soto.

—Yo esperaría en la puerta —dijo Leo Caldas— y lo abordaría por sorpresa al salir, antes de que pueda sospechar nada.

Vigilancia. 1. Cuidado y atención que se presta a lo que está a cargo de cada uno para prevenir su daño o perjuicio. **2.** Servicio ordenado y dispuesto para vigilar.

Caldas y Estévez, desde un coche aparcado a pocos metros de la Escuela de Artes y Oficios, mantenían la puerta bajo vigilancia para poder marcar el objetivo. Dos parejas de agentes uniformados esperaban dispuestas a entrar en acción a la vuelta de la esquina, en una zona mal iluminada. Clara Barcia y Ferro, simulando ser una pareja de enamorados, se sentaban en un banco a pocos pasos de la esquina que ocupaban Napoleón y su fiel Timur. Todos los grupos estaban conectados mediante intercomunicadores.

—Clara —dijo Leo Caldas desde su puesto en el coche—, ¿por qué no subes al taller de luthería antigua y confirmas que sigue dentro?

—¿La acompaño? —preguntó Ferro.

Una chica despertaría menos recelos yendo sola.

—Mejor no.

La agente Barcia, obedeciendo las instrucciones del inspector, atravesó la biblioteca para llegar al edificio anexo y subió por la escalera de metal hasta la segunda planta. Luego empujó la puerta decorada con la pequeña viola y miró alrededor en busca del joven de la coleta.

—Creo que no está —murmuró.

—Mira bien —dijo Leo Caldas—. Hay otra sala a la derecha.

Al cabo de un instante llegó la confirmación en otro susurro.

—Aquí tampoco está.

—¿Cómo que no está?

—No está, Leo.

—Asegúrate, anda.

—No lo veo.

—Pregunta a Ramón Casal. Es el hombre del pelo rizado y la barba gris.

Caldas la oyó dirigirse al luthier a través del auricular. También escuchó la contestación del otro.

—Óscar se marchó hace unos minutos.

—¿Sabe si va a volver? —se interesó Clara Barcia.

—Hoy ya no creo —contestó Ramón Casal.

—Mierda —dijo Caldas, y anunció a los equipos que la operación quedaba abortada. Luego apagó el intercomunicador, bajó unos dedos la ventanilla y se dirigió a Estévez—: Arranca rápido —le pidió—, sé adónde ha ido.

—¿Adónde?

—A la bodega de mi padre, a buscar vino. Date prisa.

Retirada. 1. Acción y resultado de apartarse. 2. Retroceso en orden, alejándose del enemigo. 3. Retreta, toque militar que llama a recogerse por la noche en el cuartel. 4. Terreno o sitio que sirve de acogida segura. 5. Terreno que se va descubriendo y quedando en seco cuando cambia el cauce natural de un río.

Estévez solo redujo la marcha cuando llegaron al camino que desembocaba en la finca del padre de Caldas. Delante de ellos vieron las luces del coche del Caimán atravesar la verja de la entrada.

—Apaga las luces, cruza el coche y frena —pidió Leo Caldas, y el aragonés lo dejó atravesado en aquel camino estrecho que corría entre dos muros.

—¿No sería mejor pedir refuerzos? —insistió el ayudante.

La bodega estaba demasiado aislada. El inspector no quería correr el riesgo de que los coches patrulla pusiesen sobre alerta al Caimán.

—No —zanjó.

Abrieron las portezuelas y echaron a andar hacia la verja. Aunque ya era noche cerrada, avanzaban agachados junto al cierre de piedra que el padre de Caldas había levantado para determinar unos límites que resultaban difusos en algunas zonas.

Se detuvieron cuando Óscar Novo apagó las luces de su vehículo y se dirigió caminando hacia la casa, iluminada por la luz de unos faroles. Estaban a menos de cien metros de distancia y Caldas contuvo la respiración al oír la voz de su padre, que salía al encuentro del hijo de su amigo.

Óscar le saludó y empezó a caminar hacia él hasta que, de pronto, el tono de llamada de un teléfono se apoderó de la noche y el Caimán se detuvo a sacar el móvil del bolsillo trasero del pantalón.

—Dime, Tina —oyeron, nítida, la voz de Óscar.

—Mierda —murmuró Leo Caldas—, le va a decir que alguien ha ido a buscarlo.

Estévez iba a preguntar cómo podía estar seguro cuando oyeron a Óscar interrogar a su amiga acerca del aspecto de la mujer que había estado en el taller de lutheria interesándose por él.

Cuando colgó el teléfono, el Caimán se quedó inmóvil y miró alrededor, en busca de cualquier señal de peligro.

Aunque tenían la certeza de que no podía verlos, los policías se apretaron contra el muro.

—¿Vienes a buscar el vino o qué? —oyeron preguntar al padre de Caldas con su tono amable de siempre.

El Caimán vaciló y, por un momento, creyeron que iba a regresar al coche para marcharse. Fue una falsa alarma.

—Ya voy —le oyeron decir, y se dispusieron a esperar a que Óscar Novo hubiese recogido la caja de vino para cortarle la salida.

El inspector estaba viéndolos caminar hacia la bodega cuando unos ladridos se fueron haciendo cada vez más intensos en la oscuridad.

El perro marrón que siempre acompañaba al padre del inspector se acercó a la carrera y, desde dentro del muro, comenzó a ladrar lleno de excitación.

Óscar Novo y el padre de Caldas se volvieron hacia el lugar del que provenía el escándalo.

—Será un gato —comentó el padre, pero los sentidos en alerta del Caimán le dijeron otra cosa.

Corrió el pequeño trecho que lo separaba del coche, arrancó el motor e hizo derrapar las ruedas para dejarlo orientado hacia el camino. Los faros sorprendieron a Caldas y a Estévez pegados contra el muro, tratando en vano de apartarse de una luz que también iluminó el coche de los policías que cortaba la retirada más allá.

Óscar Novo se quedó un instante inmóvil, valorando sus alternativas. Luego salió del coche y se dirigió hacia el lugar en que aguardaba el padre de Leo Caldas.

El inspector vio destellar la hoja metálica que el hijo de Chicho Novo blandía en la mano derecha.

—¡Papá, cuidado! —gritó desesperado tratando de hacerse oír sobre los furiosos ladridos del perro—. ¡Es el Caimán!

Libre. 1. Que puede decidir lo que hace y el modo de hacerlo. **2.** Que no está sujeto a ninguna autoridad o poder. **3.** Que no está preso ni retenido contra su voluntad. **4.** Atrevido, desenfrenado.

Estévez espantó al perro, aunque sus ladridos los acompañaron como un eco mientras avanzaban hacia la casa. Los focos que iluminaban el exterior seguían encendidos, pero dentro la vivienda estaba a oscuras.

Se aproximaron despacio a la puerta de la cocina, concentrados en detectar cualquier sonido que delatase la posición del Caimán o del padre del inspector.

El aragonés llevaba en la mano derecha la pistola reglamentaria. El arma de Leo Caldas seguía bajo llave, en un despacho de la comisaría.

Estévez esperó inmóvil mientras el inspector rodeaba la casa para comprobar la fachada posterior, la que daba al viñedo. Caldas vio las luces rojas de los molinos de viento alineadas en la montaña, al otro lado del río. El resto era oscuridad.

Se acercó a la bodega solo para cerciorarse de que estaba cerrada con llave y confirmar que el Caimán mantenía a su padre retenido en el interior de la casa.

Regresó junto a Estévez y le pidió que rompiese con la culata de la pistola uno de los cristales de la puerta de la cocina. Luego el aragonés introdujo una mano y giró el pomo para abrir.

Entraron y permanecieron varios segundos alerta, conteniendo la respiración, esperando un movimiento que no se produjo. Abrieron la puerta que daba al pasillo y avanzaron guiados por el resplandor de los focos que entraba desde la ventana de la cocina.

—Estamos aquí —dijo una voz.

—¿Dónde? —preguntó Caldas.

—En el salón —confirmó Óscar Novo.

Siguieron caminando a tientas, hasta el final del pasillo, donde se abría la puerta del salón.

—No os veo —dijo Caldas.

—Aquí, al fondo —señaló la voz.

—¿Puedo dar una luz?

—Que tu compañero encienda una de las que tenéis detrás —indicó el Caimán.

Cuando Estévez apretó el interruptor, una lámpara se encendió a su espalda y permitió que el Caimán los distinguiese con claridad. Óscar Novo y el padre de Caldas, en cambio, seguían en la penumbra.

Caldas intuyó el contorno de su padre y entornó los ojos para acostumbrarse a la falta de luz. Vio que el Caimán lo tenía sujeto por detrás, tapándole la boca. La cuchilla con la que había segado tantas vidas estaba apoyada contra su garganta.

—Papá, ¿estás bien?

La respuesta fue un sonido gutural.

—Mmm.

—Está bien —dijo el Caimán.

—Suéltalo.

—No quiero hacerle daño, te lo juro. Pero lo mataré si no me dejas otra opción.

—¿Qué quieres?

—Quiero que me entreguéis las armas y las llaves del coche. Yo me iré con tu padre y, en cuanto vea que el camino está limpio, lo dejaré libre. Te lo prometo.

—Mmm —protestó el padre.

—No estoy armado —dijo Caldas.

—Tu compañero sí —dijo el Caimán—. Dile que se acerque.

—Rafa, ya lo has oído.

El aragonés avanzó hasta situarse junto al inspector. Aún tenía la pistola en la mano, apuntando al Caimán, que se movió para esconderse tras el escudo del padre de Caldas.

—Deja la pistola en el suelo y dale una patada hacia aquí —ordenó Óscar Novo.

—Mmmm.

Rafael Estévez no se movió.

Esta vez el Caimán se dirigió al inspector.

—Que tire la pistola y me la acerque con el pie o despídete de tu padre.

A Caldas le pareció que una mancha de sangre se estaba formando en el extremo de la cuchilla.

—Rafa, hazlo.

—No sé si puedo —vaciló Estévez.

—Rafa, por favor.

—Este tipo es un monstruo, jefe.

—¡Suelta la pistola ya! —exigió el Caimán, parapetado tras su rehén.

—Mmmm —dijo el padre en un tono distinto, como en un grito de rabia contenida.

Caldas vio la hoja apretada contra el cuello y, a la vez, distinguió un brillo nuevo que se levantaba en la mano de su padre para hundirse después en el muslo de Óscar Novo.

El Caimán aulló de dolor y se sujetó la pierna, y el padre de Caldas, aprovechando el momento de desconcierto, se echó a un lado para dejar expuesto al hijo de su amigo.

—¡Dispárale! —ordenó.

Estévez estiró el brazo y sonaron dos tiros, dos fogonazos ensordecedores que incendiaron el salón.

Cuando Caldas corrió a encender la luz todavía no era consciente de que su padre le había clavado el sacacorchos. Con los disparos retumbando en los oídos, se agachó junto a él para examinarle el cuello.

—Estoy bien —susurró el padre, aunque la herida no dejaba de sangrar.

—No hables —le pidió el inspector, y sacó el móvil para llamar a una ambulancia.

A un metro de ellos, en el suelo, Estévez trataba de reanimar al Caimán.

—No te mueras aún, hijo de puta —decía el ayudante, mientras le comprimía el tórax—. ¡Respira!

Duda. **1.** Estado de quien no está seguro de una cosa o no se decide entre dos juicios u opciones. **2.** Problema o cuestión que se propone para resolver. **3.** Vacilación o falta de firmeza en la fe religiosa.

Tres días después, el corazón del Caimán aún no se había detenido. Óscar Novo seguía en coma, conectado a un respirador en una habitación de hospital vigilada día y noche por dos agentes. Los médicos no sabían si llegaría a recuperar la consciencia alguna vez.

El *inspector-chefe* Vasconcelos llamaba por teléfono con frecuencia para interesarse por su evolución. Temía que muriese sin confesar dónde estaban los tres niños que nunca habían aparecido.

En la terraza de casa de Elvira, donde el progreso había robado una playa a la ciudad, Leo Caldas encendió un cigarrillo. Había anochecido y el cielo seguía encapotado sobre la ría, como si las estrellas no quisiesen salir hasta que su padre se recuperara.

El inspector había estado con él por la tarde.

—No se subía a los árboles, ¿verdad? —le había preguntado, cuando el padre le sonrió desde la cama.

—¿Eh?

—Óscar Novo —aclaró—. Chicho decía que su hijo se subía a los árboles, que todos aquellos golpes eran caídas.

El padre de Caldas había murmurado algo y se había vuelto a quedar dormido.

Dio una calada al cigarrillo y observó las luces de la otra orilla. En una de aquellas casas, Rosalía Cruz volvería a pasar la noche llena de dudas, intentando comprender por qué su hijo decidió quitarse la vida cuando ya lo iban a liberar.

El día anterior se lo había preguntado de nuevo, y Caldas había tragado saliva para no darle una respuesta.

Sonó el móvil: era Estévez.

—¿Cómo estás, Rafa?

—Yo bien —aseguró—. ¿Cómo va su padre?

—Poco a poco —contestó—. Al menos hasta la semana que viene no le darán el alta.

—Así se repone mejor.

—Ya me han contado lo de la medalla —comentó Caldas.

—Las noticias vuelan.

—Te la mereces.

—El comisario debería haber propuesto que nos la concedieran a los dos.

—Bueno... ¿Sabes que a Mónica Andrade también la van a condecorar en Portugal?

Vasconcelos le había comunicado la decisión de entregar a la hija del doctor la Gran Cruz de la Orden de la Torre y Espada, a título póstumo, en reconocimiento a su mérito, lealtad y valor.

—Ella sí que se la merece —dijo el ayudante.

—Ella también —convino el inspector.

—Y usted ¿cuándo piensa volver por comisaría? Se le echa de menos.

—Todavía hay que ver si se archiva la causa.

Cuando colgó el teléfono se quedó mirando el vapor que se acercaba desde Moaña. No había ningún pasajero en los bancos de la cubierta superior.

La noche anterior, sentado junto a la cama de su padre, había estado pensando en el amor como en un viaje en barco. Muchos preferían ir en cabina, cómodos y a resguardo del mal tiempo, pero a Leo Caldas la falta de aire fresco le aturdía y el trayecto se le acababa haciendo insoportable. En cubierta, en cambio, sintiendo el aire en el rostro, aunque lloviera o hiciese frío, podría viajar al fin del mundo.

Se preguntó si aquel sería el último barco que tomaba o si aún le quedarían otros en los que hacerse a la mar.

Miró la hora y sonrió: Elvira estaba a punto de llegar. Tenía cuatro horas antes de dar el relevo a Trabazo en el hospital.

Apagó el cigarrillo, entró al salón y se sentó en el sofá. Cerró un instante los ojos y, por primera vez en muchos días, el cansancio pudo más que los remordimientos.

Y se quedó dormido.

Algunas aclaraciones
y muchos agradecimientos

En este libro que homenajea a los que enseñan, a los que hacen las cosas despacio y a los que aman el mar, unos personajes son reales y otros son una mera invención literaria.

Ni Camilo Cruz ni su familia existen y cualquier semejanza con la realidad sería una coincidencia desafortunada. Sin embargo, sí existen muchos Camilos que no logran descorrer el velo y buscan formas alternativas de comunicación. Cipriano Jiménez y Pedro Martínez Iglesias, de la Fundación Menela, y Luján Borrás, me ayudaron a intuir a través de esa niebla.

También son imaginarios los funcionarios policiales y judiciales que aparecen en este libro, aunque mi amiga Marga Guillén, más allá de un valioso asesoramiento jurídico, me permitió conocer mejor a los hombres y mujeres que participan en la investigación de un delito. El levantamiento es, en buena medida, cosa suya.

En cambio, Ramón Casal y Miguel Vázquez existen y son maestros de maestros en sus disciplinas. Miguel es un ceramista de primer nivel y continúa al frente del aula de cerámica de la Escuela Municipal de Artes y Oficios; pero el luthier Ramón Casal se jubiló en la primavera de 2018. Ahora navega y sigue construyendo instrumentos de cuerda y atendiendo con la generosidad de siempre a quien quiera recoger algo del conocimiento que a él le sobra.

Ambos me recibieron en sus talleres, me dedicaron horas de conversación y me prescribieron las lecturas técnicas que me ayudaron a entender sus respectivos oficios. Les agradezco la audacia de acceder a verse convertidos en unos personajes literarios que, en realidad, son un poco ellos mismos y, otro poco, los Ramón Casal y Miguel Vázquez que he necesitado para escribir esta novela. Espero que el paseo por la ficción les haya merecido la pena.

María Vázquez, Carlos Corral, Xaime Rivas y Eduardo Álvarez Blanco son igualmente personajes reales. María cuida de todos en la escuela; Carlos y Xaime enseñan a construir gaitas, zanfoñas y otros instrumentos tradicionales; y Eduardo, que disfruta de su retiro junto al mar de Bouzas y conserva un anecdotario inacabable, fue maestro de orfebres durante más de treinta años. A todos ellos, así como a Xosé Feixó, jefe de estudios, y a Mª Jesús Cuesta, bibliotecaria, vaya mi gratitud por abrirme de par en par las puertas de la escuela desde el primer instante.

Entre las entradas del diccionario que encabezan cada capítulo también hay variedad: unas están tomadas de manera literal del de la Real Academia Española, del diccionario ideológico de Julio Casares o del María Moliner y muchas otras, en cambio, están creadas por mí para un mejor encaje en la historia.

Durante los ocho años en los que este libro fue tejido y destejido varias veces, no he dejado de recibir muestras de cariño de lectores que insistían en que llegara a ver la luz. Vaya a todos ellos, y a los que esperaron en silencio, mi gratitud y mis disculpas por la demora.

Debo un mar de agradecimientos a mi editora en Ediciones Siruela, Ofelia Grande, en quien siempre he encontrado consejo, cariño, amistad y paciencia; y a mis editores de Galaxia, mi editorial en lengua gallega, Víctor Freixanes, Francisco Castro y Carlos Lema, que me proporcionan una calidez y comprensión casi familiar.

También a mi agente, Guillermo Schavelzon, que sigue velando por mí con el celo del primer día.

Mi madre, mi hermano Andrés y mis hijos Tomás y Mauro tomaron el relevo de mi padre como estoicos oyentes de las lecturas en voz alta que preciso. A los cinco agradezco su bondad y resistencia para escucharme (casi) sin un reproche.

Elena Abril y Estrella García corrigieron el manuscrito y me ayudaron a podar las ramas sobrantes del árbol. Les doy las gracias, a partes iguales, por las recomendaciones y por transmitirme la confianza que necesitaba.

También quiero dar las gracias a Eduardo y a Willy que leyeron el primer tercio de la novela cuando me ahogaban las dudas; a Itziar y a Emilio que con una disciplina asombrosa me animaron a avanzar; al editor Luis Solano por su aliento cuando había menos luz; y al equipo de Ediciones Siruela, que durante las últimas semanas me acogió con un cariño que no olvidaré.

Y a Carlos y Cesáreo, donde estén, por tantas horas al calor de su conversación en el Eligio; y a mi amigo el librero Paco Camarasa, que pidió año tras año a los Reyes Magos que dejaran este libro junto a su zapato. Solo yo sé cuánto lamento haber llegado tarde.

Y a Alfonso, Cristina, Andrés, Clara, Michi, Luisa, Jorge y Maribel, por estar siempre.

En último lugar, aunque son lo primero, a Bea y a nuestros hijos Tomás, Mauro y Antón, que me soportan cada día y alumbran la oscuridad de la cueva.

Marzo de 2019

El último barco de Domingo Villar
se terminó de imprimir en noviembre de 2019
en los talleres de
Litográfica Ingramex S.A. de C.V.,
Centeno 162-1, Col. Granjas Esmeralda, C.P. 09810,
Ciudad de México.